师者·文心

萧殷评说七十年

饶芃子 温儒敏 主编

王蒙

SPM 南方传媒 花城出版社

中国·广州

图书在版编目（CIP）数据

师者·文心：萧殷评说七十年 / 饶芃子，温儒敏主编. -- 4版. -- 广州：花城出版社，2022.9
ISBN 978-7-5360-9369-0

Ⅰ. ①师… Ⅱ. ①饶… ②温… Ⅲ. ①文艺评论－中国－当代－文集 Ⅳ. ①I206.7-53

中国版本图书馆CIP数据核字(2022)第167767号

出 版 人：张　懿
责任编辑：黎　萍　夏显夫
技术编辑：林佳莹
封面设计：李玉玺

书　　名	师者·文心：萧殷评说七十年 SHIZHE·WENXIN: XIAOYIN PINGSHUO QISHI NIAN
出版发行	花城出版社 （广州市环市东路水荫路11号）
经　　销	全国新华书店
印　　刷	佛山市迎高彩印有限公司 （佛山市顺德区陈村镇广隆工业区兴业七路9号）
开　　本	787毫米×1092毫米　16开
印　　张	26.25　1插页
字　　数	450,000字
版　　次	2022年9月第1版　2022年9月第1次印刷
定　　价	158.00元

如发现印装质量问题，请直接与印刷厂联系调换。
购书热线：020－37604658　37602954
花城出版社网站：http://www.fcph.com.cn

1915—1983

萧殷 原名郑文生,笔名萧英。作家,文学评论家。出生于广东省龙川县。1932年开始写作。1938年入延安鲁艺学习,同年加入中国共产党。曾任太行山新华日报编委、延安中央研究院研究员、延安中央党校四部教员、晋察冀日报编委、石家庄日报副总编辑。新中国成立后,历任《文艺报》主编,《人民文学》执行编辑,中国作协青年作家工作委员会副主任,中国作协文学讲习所副所长,暨南大学中文系主任,中共中央中南局宣传部文艺处处长,广东省文联、中国作协广东分会副主席,《作品》杂志主编,中国作协第一至三届理事。著有短篇小说集《月夜》、文学评论集《论生活、艺术和真实》及《萧殷文学评论集》《萧殷自选集》等文学评论及散文、小说作品多部。一生从事写作、报刊编辑、文学教学、文艺理论研究等工作,培养文学青年无数。

编委会

文学顾问：王　蒙
主　　编：饶芃子　温儒敏
执行主编：傅修海
副 主 编：梁少锋
编委会主任：梁伟光
副 主 任：骆满星
编　　委：黄树森　黄伟宗　郭小东　林　岗
　　　　　弘　征　夏和顺　贺仲明　张　钧
　　　　　赵小琪　刘茉琳　赖金凤

序言 永远的萧殷

我读了萧殷的书，他循循善诱，结合写作实际，提倡生活的真实与艺术的真实，主张文学创作从生活出发，告诫文学青年不要搞公式化、概念化，字字中肯，句句有用。

我见了萧殷恩师的面，六十五年前，他肯定了芜杂粗糙的《青春万岁》初稿，赞扬了青年王蒙的"艺术感觉"，指出了经营小说结构尤其是主线的重要性，鼓励我把小说改好，并推动了中国作协为我请得了半年的创作假期。

然后有了写作人王蒙，有了许多故事。

又读到这么多朋友想念萧师，评论萧师的文章了，师恩浩荡，心潮起伏！萧师永生！

王蒙

2020岁末

目录 Contents

第一辑　萧殷文学人生论

被王蒙称为"第一恩师"的萧殷	温儒敏 / 002
一个时代的文学批评精神和遗产	林　岗 / 005
明湖的萧殷——怀念萧殷先生	郭小东 / 009
令人灵魂战栗的人生过程——从文学作品读萧殷	程文超 / 013
梅花村头忆萧殷	黄树森 / 021
一代文艺评论家——萧殷论	贺　朗 / 025
文学青年的良师益友——萧殷	游焜炳 / 032
萧殷的文艺人生	刘国钰 / 046
作家·战士·园丁	弘　征 / 056
萧殷之记者生涯	陈家基 / 062
回忆初识萧殷时	高　戈 / 071
学习萧殷先生"七者"形象，抒写新时代文学大篇章	邹晋开 / 075
一个高尚的人——悼萧殷同志	黎　白 / 079
独具慧眼，甘当伯乐——三位大作家感恩萧殷点滴	周永战 / 082

第二辑　萧殷文学批评论

萧殷文艺批评风格论	饶芃子 / 092
萧殷的文学评论	刘伟林 / 098

文学评论家的勇气和责任心	黄伟宗	104
试论萧殷的文艺理论贡献	何楚熊	114
试论萧殷的文学批评思想与方法	黄展人	122
"赶任务"与当代中国文学批评的困惑	李遇春	130
规律·辩证·中肯——萧殷文学批评的特点及价值	熊德彪	134
萧殷文艺批评的精神品格及其现实意义	马 忠	142
萧殷与延安文艺批评及其当下意义	吴 艳	150
萧殷对极"左"文艺思潮的批判	游焜炳	162
生命构筑的台阶：萧殷文学评论的精神品格	喻季欣	169
独立的价值与卓异的品格——浅谈萧殷的文学评论风格	谢友义	175

第三辑　萧殷文学思想论

萧殷的文艺教育思想与实践	饶芃子	182
萧殷十七年的文艺美学观	谭元亨	187
"熟悉的陌生人"——萧殷的文学思想史价值及意义探论	傅修海	194
萧殷文艺思想的理想精神和情感美学	金 雅	207
萧殷的现实主义文论及其当下意义	王 泉	216
论萧殷十七年文论的对话性	赵小琪　杨彩虹	222
萧殷在延安生活及其文论创作的转折	刘 妮	231
萧殷文学思想中的客家文化意识	肖佩华	237
与时俱进拓展萧殷研究领域	夏和顺	246
不忘鲁迅　需要萧殷	郑心伶	252
勇敢的战士，温热的手——萧殷与鲁迅的未了情缘	陈家基	258

第四辑　萧殷文学创作论

谈萧殷论创作	蔡运桂	272
老牛羸病犹奋蹄——记萧殷并为他写《创作论》呐喊	章 明	279
被时代遮蔽的"五四"追求——萧殷创作论	刘茉琳	299

从《坚持写作实践与青年作者的成长》看萧殷的文学创作方法 ············ 唐　瑾 / 309
论萧殷的典型理论及其艺术实践 ··· 李慧云 / 314
略论萧殷的典型理论思想 ·· 刘安海 / 321
浅论萧殷的文学典型论和文艺批评标准 ······································ 赖伯疆 / 334
萧殷的文学典型论及其特色 ··· 楼　栖 / 339
萧殷文学理论的核心——文学典型论 ······································· 贺　朗 / 343
浅谈萧殷早年的"现实主义"创作 ··· 包　莹 / 353

第五辑　文学作品论

高屋建瓴　平易近人——简述萧殷的诗歌评论 ····························· 张永健 / 370
萧殷短篇小说艺术论 ·· 王祚庆 / 377
历史脉络里的寒冷与温暖——萧殷小说分析 ································ 王学海 / 384
评论家的艺术情思——萧殷的小说散文集《月夜》读后感 ············· 谢望新 / 392
寻找现实主义的河流——从《月夜》看萧殷的创作观及现实意义 ····· 关向明 / 396
小人物，大内涵——浅析萧殷1949年以前小说中的小人物形象 ········ 郑紫苑 / 402

第一辑

萧殷文学人生论

被王蒙称为『第一恩师』的萧殷

温儒敏

山东大学人文社科一级教授,博士生导师。兼任北京大学语文教育研究所所长、教育部聘中小学语文教科书总主编。曾任北京大学中文系主任、北京大学出版社总编辑、中国现代文学研究会会长。

萧殷先生与我未曾谋面,但我20世纪五六十年代上中学时,就知道他的大名,也读过他的《论文艺的真实性》《给文艺爱好者》等论集,印象颇深。他深入浅出地讲解文学理论,带领我们这些年轻的文学爱好者进入文学的殿堂,说来他应算是我的启蒙老师。

萧殷先生一生有三大贡献。第一大贡献,就是在文学界甘为人梯,用他的肩膀支撑很多年轻人登上文坛。他在《文艺报》《作品》和文学讲习所工作时,大量时间都用在扶植文学新人这项工作上。五六十年代成长起来的一批作家,很多都得到过萧殷的帮助。据说王蒙也受惠于萧殷。王蒙的《青春万岁》就是萧殷主持编发的,因王蒙被划右派而搁浅,清样则一直保存在萧殷身边。而王蒙复出的第一个短篇小说《最宝贵的》,又是萧殷组来发表在其主持复刊的《作品》上的。所以王蒙很动情地称萧殷为"第一恩师"。

萧殷的第二大贡献是文学评论。他不是那种局限于学院圈子的高头讲章的论者,而是深深扎根于现实大地的批评家。他坚信文学源于生活,文学应当有益于社会人生,文学必须是真实的。重读《论文艺的真实性》《习艺录》《论生活、艺术和真实》等论集,可以见到他一以贯之的文学追求和殷实的批评作风。作为饮过延河水的战士的萧殷,他有理想,有热情,始终忠诚于党的文学事业;作为评论家的萧殷,他服膺真理,固守良知,敢于真刀真枪地针砭文坛时弊。1956年底,王蒙的《组织部来了个年轻人》受"围剿",萧殷公开发文为王蒙辩护。1958年出现"大跃进"浮夸风,在文艺上也有所表现,萧殷敏锐地觉察到这种倾向,写了《求实精神与革命热情相结合》一文,批评文艺界"左"倾的现象。1961年,为批判庸俗社会学,纠正简单化的教条主义批评方法,他在《羊城晚报》上发起关于长篇小说《金沙洲》的讨论,在全国产生很大影响。萧殷的评论文章总是能抓住文艺创作和文艺思潮中的一些主要倾向,从理论和实践的结合上给予分析说明,他的文学评论富有现实感和战斗气息。尽管萧殷的评论也带有特定时代的某些局限,但他的那种批评的锐气和独立的眼光,是非常值得学习的。对比之下,现今的文学批评往往缺少萧殷这种大气和责任感。

萧殷的第三大贡献是文学组织。他1938年入延安鲁艺学习,曾任《新华日报》编委、延安中央研究院研究员、《石家庄日报》副总编辑。新中国成立后,历任《文艺报》编委,中国作协青年作家工作委员会副主任兼文学讲习所副所长,暨南大学教授、中文系主任,中共中央中南局宣传部文艺处处长,广东省文联、中国作协广东分会副主席,《作品》月刊主编,中国作协第一至三届理事,等等。萧殷在报刊编辑、文艺教学、文艺活动组织等多方面都耗费大量精力,他不但是杰出的文学家、批评家,同时也是杰出的文学事业组织者。他的整个生命都融汇到新中国的文学事业中。

纪念萧殷先生,我们很自然会面对一个如何评价"十七年文学"(即1949年新中国成立到1966年"文革"爆发这一段文学)的问题。这十七年走过许多弯路,有极"左"的影响,但也有特定时期的文学建树,萧殷他们一代人曾为此付出巨大的劳动。"十七年文学"的某些部分事实上已经化为传统,渗透到社会文化生活的根须之中。面对这种新的传统,那些极"左"的教训应当总结,对并不遥远的当代历史,应当有足够的尊重、理解与承担,而不是站到历史之外,采取虚无主义态度,一概颠覆与抛弃。

萧殷先生的作品不多，他也不是很高调的评论家，他扎扎实实做事，老老实实做人，他从文品到人品都赢得广泛的尊重。萧殷身上似乎有一种我们熟悉的客家人的扎实作风。我为老家河源拥有这样一位杰出的评论家而感到骄傲。广东是改革开放的前沿，希望广东包括河源，能多出一些有作为的作家和文化人，让南粤的文化事业也能紧随改革的脚步，大踏步前进。萧殷先生在九泉之下有知，一定也是这样期盼的。

一个时代的文学批评精神和遗产

林岗

中山大学中文系教授、博士生导师,中国现当代文学教研室主任,广东省文艺评论家协会主席。

萧殷是广东籍的著名文学前辈。说起来,他还是我老师的老师。1958年广东决定复办暨大。萧殷从北京《人民文学》回到广东不久,奉调出任暨大中文系主任,而饶芃子老师从中山大学中文系抽调暨大中文系任教。当时饶老师大学毕业不久,作为年轻教师担任萧殷的助手。他们两人亦师亦友,情同师生。我多次听老师讲起她与萧殷在暨大中文系的往事。这些隔代的师生情缘更让人增添对萧殷前辈的亲近与敬意。

从图书馆借来《萧殷自选集》,认真拜读。萧殷当年做过的工作,从某种意义上说,也是我作为晚辈今天所从事的工作,也算隔代的同行,我比前辈晚超过一个世代。在社会环境、气氛、条件已经有了巨大改变的今天，拜读前辈的大著，既有今昔沧桑的感慨，也深深感受前辈的精髓血脉值得我们好好传承和发扬光大。我有两点感触，以下略为申述。

以《讲话》为标志，中国革命文艺的大方向和基本原则已经奠定，随着新中国成立后俄苏文艺理论的引入，两者相互结合，一个大的文艺理论的框架就建设完成了。在这个过程中，应该说马克思主义与中国革命具体实践相结合的文艺理论，对推动革命事业和文艺发展是做出了大的贡献。革命有枪杆子，也有笔杆子。革命文艺批评事业确实担当了笔杆子里面不可或缺的零部件。具体到文学创作，这个理论最重大的影响，我觉得是产生了确定意义的"理想文本"或者说"潜在文本"。理想的当然是需要去实践的，潜在的当然也不是已经写好的，但它们都已经像蓝图、方案一样等待用心用力的作家去把它们创作出来。作家本人未必充分意识到这一点，也未必合乎要求地将文艺的理想变成现实，未必能有充分的才华将潜在的化为现实的。这种"未必"就提供了理论批评施展的充分空间，而萧殷就是在这个大的时代气氛下展开批评活动的。毫无疑问，他是那个时代广东声名卓著的批评家，在全国范围内也是有数的。

萧殷对大的文艺理论框架下的"理想文本"或"潜在文本"有深刻的理解。它充分体现在那篇影响广泛而且形象生动的论文《典型形象——熟悉的陌生人》里。"熟悉的陌生人"这个令人印象深刻的概括，表面上看与古人论诗"人人心中所有，人人笔下所无"的说法有相似之处。但这个相似是表面的，"熟悉的陌生人"作为典型形象的概括，是被赋予了完全不同的理论内涵的。所谓熟悉，它被定义在典型化的范畴之内，其含义是指文学艺术"需要反映生活的本质"，而生活的本质又是被更高的革命意识形态所定义的。正是在这意义上，它是熟悉的。而陌生则属于怎样反映的范畴，是遵循文学艺术的特殊规律，通过活生生的、个性鲜明的形象，还是用图解本质的概念来表现本质？对萧殷来说，他毫无疑问是赞成前者而反对后者。根据这个对"理想文本"或"潜在文本"的深刻理解，萧殷的理论批评是两线作战式的，既反对不能揭示"生活本质"的表面的形象生动，反对偏离"生活本质"的错误倾向和导向，又反对概念化、图解党的政策、路线的教条化倾向。通俗地说，萧殷的理论批评，既反对右的，也反对"左"的。他所以能够如此立场坚定，又旗帜鲜明，并且不失对文学艺术特性有深刻理解，是因为他对大理论氛围下的"理想文本"和"潜在文本"有非常恰当的理解。批评的偏差和跟风现象，是那个时代的批评症候之一，但萧殷的理论批评不跟任何偏差方向的风，始终能够沿着正能量的道路，重要的原因就是他胸中怀揣基于大的理论框架下的"理想文本"和"潜在文本"。照着心中之"竹"而写笔下之"竹",两者的规范性和距离当然就能远胜胸中无"竹"或者胸中有"歪竹"了。

在萧殷批评活动活跃的年代,他在作家和读者心中是一位热情、负责任而亲切的文学教育工作者的形象。他的教育主要不是在课堂上,而是在指点青年习作的圈子里。他是那个时代名副其实的文学青年的导师。他一生回复了数不清的文学青年的来信,或者用复信的形式做面上的指导。据我的老师饶芃子教授说,萧殷是有信必复,不辞劳苦的人。他的身体不算强壮,复信的工作时断时续。最长的有过康复三个月之后再回复病前读者的来信。这种将文学青年放在第一位的工作精神,今天已成绝迹。如果有所谓"接地气"的批评,那么在我读过的批评著作里,萧殷的批评是最符合这一评价的。他跟文学青年亲近,一丝不苟,以平等的姿态探讨他们遇到的具体问题,不发空泛之论。他的批评风格是理论联系实际的,他的批评文章所联系的,有作者的困惑,有作者的认知问题和趣味偏向问题。例如,当有读者强调"作品的内容与自己的生活没有直接关系,读了有什么用"的时候,萧殷就会强调文学的教育作用,阐述文学对改造人的灵魂、提升人的觉悟的作用,并不是只有与自己的生活有直接关系的文学才能起改造灵魂的作用。古代的优秀作品可以说与今天的生活完全没有直接关系,但它们同样可以起陶冶性情和教育的作用。(《向文学汲取精神力量》)当有作者来信觉得身边的生活过于平凡,找不到可写的题材的时候,萧殷就劝青年作者不要好高骛远,期望一下子就写出一部史诗性的伟大作品,与其让苦恼来折磨自己,不如就熟悉的生活"选择一些较有社会意义的人物或事件来写写","这样练习得久了,写得多了,你的感受生活的能力就会敏锐起来,概括生活和表现生活的能力,也可以逐渐得到提高。"(《关于找题材》)这些提点,当然不是什么高论,但我们可以从中看到萧殷指点作者一切从实际出发的风格。他没有教作者如何观察身边的事件,如何练就敏锐的感受力,只是劝青年作者拿起笔,写起来,因为一日不练笔,一日就没有敏锐的感受力。从他的批评风格可以看出萧殷对作者读者一切都是从实际出发的。

萧殷生活的年代已经有人有疑问,他何以不去研究名作名家,或者研究理论专题,为什么要在青年习作上花那么大的精力?这跟时代有关,也跟萧殷的个人品格和奉献精神有关。从抗战即将胜利的时候起,随着人民解放事业的进展,大批战地记者、随军通讯员、文艺宣传员应运而生,文艺创作的队伍发生了先前从来没有过的变化。他们文化底子不厚,教养不深,缺乏对文艺的定见。新中国成立后的政治运动接连不断,反映在创作上，形象单薄，人物关系简单化，生活气息稀薄，作品欠缺真实感，而萧殷那时活跃在编辑岗位上，他对此是深有感触的。他既是首当其冲，不能置之不理，又是富有诲人不倦的精神，所以虽然看似所说的是"炒冷饭"，但也不厌其烦。我相信，他的工作使无数青年作者蒙受教益。而这正是一个批评家的良知和对时代社会的认知。正如他自己在自序里说的，"有什么办法呢？即使到现在，还不断地有青年写信来要求解答那些基本问题，其中有些问题，实际上三十年前已经解决了。既然这些问题仍然不断地被提出来，我就只能不厌其烦地再三进行阐述了"。我觉得这正是萧殷作为那时代批评家的可贵之处。他所贡献于社会、他所披德泽于青年作者的，正被后人所铭记在心。

今天的批评环境已经大大地不同于萧殷的时代。就我自己来讲，心目中的"理想文本"没有萧殷的时代那么坚定不移了，"潜在文本"也没有萧殷的时代那么清晰了。因为批评的空间大了，不同的文学趣味也有它们自己的位置，不可能再定于一尊了，于是"潜在文本"的模糊性自然就影响了批评的决断性。这是一个需要在新环境下摸索批评道路的问题。那么萧殷的批评遗产最有价值的是什么呢？

借用古人的说法，批评家对待文本和作者的态度可以有两种选择，一类是"六经注我"，一类是"我注六经"。批评家某种程度上可以被看成是给批评对象"作注"的人，有的人是"六经注我"，剪裁文本来证明自己的价值观和看法，至于文本到底思想艺术如何，不大关心，批评的理念先行。应该说，这种"六经注我"式的批评是大量存在的，这也是批评失去对创作推动作用的原因。尤其是西方当代的各种"主义"和理念传播进来，更加剧了这种情形。但是我们批评界的前辈萧殷给我们树立了一个完全不一样的标杆和榜样。纵观他的批评实践，他是"我注六经"式的批评，把作者的文本放在第一位。他的批评是以作者文本为中心的批评，在透彻理解作者文本的基础上提出批评意见。正因为这样，他的批评总是能与创作的实践紧密结合。对青年作者来说，他能想到他们所想，能急他们所急，批评有强烈的针对性。我认为，萧殷的以作者文本为中心的批评是他留给我们的宝贵遗产，他的批评精神是值得我们今天大力发扬光大的。

明湖的萧殷
——怀念萧殷先生

郭小东

国务院政府特殊津贴专家、文科二级教授、国家一级作家、中国作家协会会员,广东省作家协会副主席、广东省人民政府文史研究馆特聘馆员。广东省优秀中青年专家、广东省优秀中青年社会科学家、首届"广州市十大杰出青年"。

20世纪70年代末,我在中山大学进修,有时会去拜访父亲的几位朋友,秦牧、杨樾和黄雨先生。由于专修中国现代文学,我对广东文坛大略有了解,特别是梁启超的《文学地理大势论》,拓开了眼界。这几位潮汕籍的作家,都是有文学大胸怀与格局的有革命志向的作家。

两年后,我随广东民族学院迁回广州,全面开启了我对广东文学的憧憬,并迅速地进入一个文学的新天地。

那是一个百废待兴的年代。劫后的广东文学,还是一片荒芜。新作家寥寥无几,少数绝地余生的老作家是文坛的主力。萧殷、秦牧、陈残云和吴有恒等,致力于文坛的复苏与重建,创作力旺盛。特别是欧阳山,开始写"广语丝",为保卫革命文学作最后的呐喊。他似乎还没有从残酷的"文革"伤害中回过神来。他对新作家寄予厚望并期待秉承革命文学的工农兵方向。

这时广东的文学创作,正处于蓄势待发的酝酿期中。而文学理论却异常的活跃,饶芃子的"论社会主义时期的悲剧",黄伟宗的"社会主义批判现实主义",黄雨、章明关于"朦胧诗"三个崛起的论争,黄树森、谢望新和李钟声的广东作家评论,以及文学向前看向后看的讨论等等,所有话题石破天惊。这种文学理论的超前与新锐,与当时文学创作的平稳与观望同时趋于时流的板块推进,形成一个尖新的锐角。

这种态势看似反常,却是广东近代史的一个常规。广东历来都是文化革命的策源地。康梁的传统,新史学的革新精神和自由思想,其理论创新传统,近代以来层出不穷,精神根深蒂固。大凡粗通世界文学史的人,对此会有合理解释。

19世纪中叶,俄罗斯文学批评有三个斯基,他们奠基并划分了俄罗斯现代文学的现代性及文学分期。别林斯基的《1840年的俄国文学》《道德哲学体系试论》等文学史论著,将俄罗斯文学提升到新的高度,也使同时期的陀思妥耶夫斯基等的文学精神,及经历过十二月党人的作家文学创作,得到世界性的文学史评价。

广东80年代的文学理论,其勇猛、蓬勃之势,不是开启于全国新时期文学评论势成燎原的1985年,而是早在1980年前后异军突起,全因这一切的背后,站着一个人,他就是批评理论家萧殷。萧殷的政治开明及文学胆略,是建立在他的学识、情怀以及漫长的革命与文学经历之上的。

当时的萧殷,同时至少肩着两个职务:中国作家协会广东分会党组书记、暨南大学中文系主任。这在今天是不可思议的。80年代的文坛与大学的合体,作家与学者的同源,以及文学与教育的体制及其政策,都有着回归传统同时前瞻的开放目光。而萧殷在这两者之间,找到一种融会贯通的行政效果。这两个职务,不但极大发挥了萧殷固有的学问,也大大拓展开阔了他的文学胸怀与目光。他一开始就具有一个文坛领导者的文学整体观。当我阅读了他的全部著作之后,我有了拜访他并期待通过他建树广东文学批评新秩序的想法。

我想到陈国凯,我希望从作家那里获得创作对评论的期许,像别林斯基从果戈理那里得到评论的灵感支持一样。我请教过杨樾和黄雨先生,他们很是赞同,本可以由他们引见萧殷先生,但我还是想通过与陈国凯的交流,再去拜访萧殷先生,更为切近。那时杨樾先生正在主编《当代文学》,他最是关注广东文学问题。

我和陈剑晖乘黄氮线，在广氮下车，找到广氮职工宿舍，在陈国凯狭小简陋的宿舍里，我们聊了一个下午。他向我们推荐了好几位作家，以为应该好好评论他们的作品。他提到朱崇山、谭日超、杨干华、伊始、杨羽仪和洪三泰等。陈剑晖对女作家感兴趣，陈国凯笑说，女作家留给你们去发掘。那时女作家并不多，有待剑晖发掘。陈国凯的意见很客观。

他留我和剑晖吃晚餐，夫人正在做饭，我们说谢了，他的房子，多几个人，实在转不开身，何况彼此已经喝了好多啤酒。

我还没正式提出要请他引见萧殷，陈国凯却主动说，下午谈的这些意见，要反映给萧殷同志，他主持全局，又很重视文学评论，事关广东文学事业的开局和未来发展。那时，作协文学院刚刚成立，一批工农兵作家刚刚集结。陈国凯说，学习并提高作家水平，文学批评的作用尤其重要。他的话语，正是我们此来的初衷。

次日，我和陈剑晖怀揣着陈国凯的介绍信，找到暨南大学明湖招待所101房（？）。那是一个简陋的套间，没有空调，好像也没有风扇。第一次见到萧殷，感觉似曾相识，太像我曾经接触过的那些老知识分子。消瘦，清癯，干净，脸色苍青，戴深度眼镜，金丝或者珐琅框架。他们全都疲惫不堪却又意气风发，在衰弱中似有无限憧憬。他们给人的印象，整个是关于革命年代和乌托邦的想象。还有就是，似乎患有肺病或是营养不良，又有伏案过度而致的仙风道骨。总之，萧殷先生让我想起英年早逝的父亲，他就是这种类型。从解放区或延安来的知识分子，大都是这个模样。我顿时心跳加剧，心酸莫名。

将近夏至，天气酷热。萧殷先生穿着白色汗衫短裤，很宽大，看起来空荡荡的。他坐不住，老是咳嗽，在小小的客厅里走来走去。夫人陶萍拿着大葵扇，追着他扇风。他说话很慢，但节奏很快，大部分时间在听我们说。我不敢浪费他的时间，尽量快速地表达全部。他问得仔细。我说，我的评论处女作，就是发表在您曾经当主编的《文艺报》上。他高兴地说："哦，是吗？很好，很不容易的！"

记得那天谈了许多：社会主义文学流派，岭南散文问题，海南岛的知青作家，作家培养及作品评论，文学队伍的具体分析等等。我们怕他太劳累，几次表示告辞，他都说，没关系，再说一会儿。看得出他很在意。大约聊了将近两个小时，应该走了，我们退到门口。他见状，站到书桌前，弯腰，伏案，写了一页信笺，交到我手上说："去《作品》找易准、树森同志，转达我的意见。"

我们告辞。萧殷先生和夫人陶萍，送至明湖月亮门。我们走远，回望，他和夫人还在月亮门,往这边挥手。后来在作协多次见到萧殷先生,他已日渐不支。

第三天,在文德路75号《作品》编辑部,易准、黄树森先生并排坐在老桌子后面,我和剑晖与他俩面对面坐着,气氛有些严肃。易准很和善,老先生的样子;黄树森很犀利,不苟言笑。他们分别交换阅过陈国凯和萧殷的手谕。易准说了几句鼓励后辈的客气话,黄树森说:说说看!

剑晖说先自我介绍吧,他说了大约20分钟,连带把我一起介绍了。轮到我,我把跟陈国凯和萧殷先生说过的话,10分钟概括了。黄树森说:写东西拿来。我们说好,告辞。两个初出茅庐名不见经传的小人物,三天里见识了这几位心目中的大神,很有成就感,一点也不气馁。这才有了后来,黄树森先生请我们几个,在东江饭店吃两只鸡,喝两瓶茅台,花300元的盛宴。80年代,300元。

过了些日子,我把万余字的《论知青小说》,交到黄树森手里,很快在《作品》发表,好像《作品》评论栏目从没发过这么长的文章。此前,跟萧殷先生谈起海南岛知青作家时,我说起这个写作计划,他很是赞同。他说:"这是社会主义文学的现实方向,广东有那么多知青,应该在文学上有所作为。"

萧殷是一个崇高的人,他代表了一个时代的良知,为文学事业的发展做出了积极的贡献。我们常说一个人和一座城市的记忆,弥足珍贵!是最真实的历史。2006年诺贝尔文学奖获得者奥尔罕·帕慕克的自传性作品《伊斯坦布尔:一座城市的记忆》就是通过回忆这座城市过往的时间,透过福楼拜这些人在此生活过的痕迹,让人感受到一种无形的力量,飘荡在城市的上空,成为笼罩这座城市的一种社会文化,从而形成一种思想的力量,推动城市的现代化发展。萧殷对于广东广州,就是这样的一个人,他的生活痕迹,以及萧殷文学馆在河源开馆,都已成为笼罩在广东上空的文化力量,推动广东的现代化发展。

2019年5月9日

令人灵魂战栗的人生过程
——从文学作品读萧殷

程文超

中山大学教授、博士生导师,曾任中国新文学学会副会长、广东省作家协会副主席、广东省文艺批评家协会副主席、《学术研究》杂志编委。

与其理论、批评文字相比,萧殷的创作并不多,在文学史上也没有获得专章专节论述的荣幸。然而,萧殷的创作文字却是他文学追求乃至其整个血肉人生的重要组成部分,表现了他几十年对文学与革命的追求与思考。今天重读,不禁怦然心动、不能自已。究其实,我们在这里读到了一种令人灵魂战栗的人生过程,读到了我们对自己、对时代的人生思考。

一

刚刚步出少年之乡时，萧殷便获得了不低的创作起点。处女作《乌龟》及其后的《疯子》①都创作于1932年。给人突出印象的是，17岁时的萧殷便已经不仅知道"讲故事"，而且注意到"如何讲"故事。

两篇作品都写了悲惨小人物。陆伯（《乌龟》）之妻被富商强奸致孕而自杀，陆伯为报妻仇上法庭告状，自己却被抓起来坐了大牢，出狱后在穷困中死去。疯子（《疯子》）因还不起债，年关被曾乡长抢走了爱女玉姐，玉姐不愿受辱竟被杀害。疯子最终摔下深谷而走完了疯癫的历程。

可贵的是，两篇作品的叙述都通过一个孩子的视角。悲惨小人物的故事不是被直露地描写出来，它被推到了另一个故事的背后。我们首先看到的是悲惨小人物与孩子"我"的邂逅、交往。《乌龟》里"我"对"乌龟"开始并无好感，为蚂蚁事件"我"还大为光火，游泳落水被"乌龟"救起后，"乌龟"在我眼中才变成陆伯。"我"于是知道了陆伯的善良，进而知道善良的陆伯的贫穷。在陆伯离开人世之前，"我"终于知道了善良而贫穷的陆伯的悲惨的一生，知道了世界之黑暗与陆伯之悲惨的关系。《疯子》里的"我"，从对疯子好奇，到救疯子，到亲眼看到疯子摔下深谷，最后从疯子弟弟口中听到疯子的伤心故事。"我"了解疯子的过程正是"我"认知世界的过程。在这样的叙述方式里，孩子的纯真与世界的脏污之间形成了极具表现力的艺术张力。孩子的纯真显得更加可爱、可贵，世界的脏污则显得更加丑恶、更令人发指。孩子幼小的心灵被世界震撼着、伤害着。孩子视角的运用，使叙述不仅限于对社会的揭露，而且引人做更多的思考。

二

处女作奠定了萧殷1949年之前创作的基调。写悲惨人生是萧殷这一时期创作的主要着力点。善于写小人物的悲剧是萧殷创作的一大艺术特色。

作家长于用巧合手法，把社会上的众多悲惨故事在一个人的一生乃至一个人的一件

---

① 本文所谈作品，均见《萧殷自选集》（花城出版社1984年版），并将小说、散文、特写等创作范围的文字统一谈论，不做文体上的区分。

事上集中表现出来。祸不单行、雪上加霜，造成一种惨而又惨、悲上加悲的强烈艺术效果。狗运（《狗运的一生》）短暂的一生便是集苦难于一身的一生。他出生才一年，母亲便病故。穷扛扶的爹爹把他寄养在叔母家。无娘的孩子从小受尽了叔母的虐待和其他小孩的欺侮。读书，老师诬他偷手表；扛工，主人栽他偷钻戒。他不仅一生贫穷，而且人格和尊严受到肆意践踏。他反抗过，但终于不堪忍受而悬梁自尽。阿荣（《生路》）家境贫寒却又失了业。这已经够他受的了，偏偏这时心爱的儿子又摔伤致死。最后他连卖苦力都没人要，断了"生路"。阿瑛（《父与女》）的父亲病重，无钱医治。万般无奈，阿瑛瞒着父亲出外，希望用自己的肉体换一点药费，却不幸被抓。消息登报，父亲连病带气，一命归天。通过这些小人物的命运，萧殷有力地鞭挞了那个社会。

这些悲惨小人物的故事，萧殷写得动情。我们不能不提及阿毛（《除夕之前》）的故事。快过年了，阿毛不仅一身债无法还，更无米下锅。家里仅剩一匹布，原准备将一家人的破烂衣服换换。没办法，阿毛忍痛将布拿去当了一块六角钱。本以为家人可以过一个有饭吃的除夕，却在路上碰到了债主汪大爷，尽数搜去了那一块六角钱。作家颇具匠心地将故事时间设置在除夕之前，设置在有钱人灯红酒绿、尽享天伦之乐的日子里，而阿毛一家竟连最可怜的一点希望也无法满足。作家更通过妻儿在家对阿毛的等待，等待那一年中唯一可能的一丝欢笑，而等来的却是又一个失望这一情节渲染着气氛的悲凉。作家显然动情了。读到最后，那文本里流的是人物的泪、是作家的泪，抑或是读者的泪？大概谁也分不清了。

萧殷之所以如此深情地写小人物的悲惨故事，与他的贫苦出身密切相关。萧殷出身于贫穷家庭，幼年丧父，母亲长年病卧在床。萧殷从小便尝遍世态炎凉。在回顾童年时，萧殷说"这种人压迫人、人剥削人的黑暗社会，在我幼小的心灵中埋下仇恨的种子，我有一肚子不平、有一肚子愤怒：想向世界控诉"[1]。因而，萧殷笔下的那些故事、那些故事的"魂儿"，从根本上说，不只是他看来的，更是他经历过的、体验到的。也因此他才写得真切、写得入木。

---

[1] 萧殷：《萧殷自选集》，广州：花城出版社，1984年版，第6页。

三

萧殷并不为悲惨写悲惨。要理解这一点，我们需要先了解萧殷的双重情结。

20世纪30年代，在佗城小学教书期间，萧殷写过一篇散文《第一次颤栗》。这篇散文艺术成就不算太高，连作者的自选集也未曾收入，但它对理解萧殷的创作却十分重要。作品剪接着两个意象：其一，两个天真烂漫的小姑娘在森林里跳舞。优美的环境、美丽的人物、愉快的活动，它成为高度抽象的具象图画，成为美好的象征。其二，一恶魔冲出来莫名其妙地把两个小姑娘痛打一顿，美被摧残。这是邪恶的象征。作品用象喻笔法集中而鲜明地"泄露"了作者的双重情结：对美好的憧憬与追求，对邪恶的抨击与控诉。

双重情结在萧殷幼小时便已被置入心中并逐渐孕育成写作的强大动因。萧殷十岁时发生了一件对他至关重要的事：1925年北伐军第二次东征。萧殷曾回忆道：

> 记得我上小学的时候，刚好遇上东征军过境。他们当时的口号："有田耕、有工做、有饭吃、有书读！"深深地打动了我；我开始受到革命理想的鼓励，产生了对未来社会的憧憬；但我的故乡，我周围的社会现实，却是那样黑暗，贪官污吏横行霸道，人民群众饥寒交迫。以后我读了鲁迅、蒋光慈和其他人的小说，便很自然地引起了共鸣。于是我深感社会的不平，觉得有许多话憋在心里，要倾吐，要发泄，要呼喊。[1]

幼小时的心灵震撼是强烈的，这使萧殷很早便有了创作冲动和创作欲望，中学时代便已提笔为文，随着经历的丰富、阅历的广泛、思考的深入，双重情结不断成熟，创作便逐渐丰厚。萧殷不否认双重情结与他创作的关系。他说："我之所以走上文学的道路，原因就是我很早就对新的社会制度有朦胧的理想，因之对剥削阶级的所作所为，怀着强烈的憎恨"[2]。双重情结一而二、二而一不可分割。正因为有"朦胧的理想"，萧殷才揭露社会黑暗、描写悲惨人生。而揭露社会黑暗、描写悲惨人生正是为了追求"朦胧的理想"。因而，在作家所有悲惨故事的背后，我们似乎都听到一个沉重而有力的潜台

---

[1] 萧殷：《萧殷自选集》，广州：花城出版社，1984年版，第6页。
[2] 萧殷：《萧殷自选集》，广州：花城出版社，1984年版，第955页、963页。

词:这日子过不下去了。反了吧,人们!

这在当时无疑是革命的呼号。在整体革命氛围中成长并受鲁迅、蒋光慈影响的萧殷,自觉地用创作为革命呐喊。1936年再到广州后,他更直接参加我党领导的革命文艺活动,成为进步文艺团体的骨干,用笔从事革命斗争。萧殷的双重情结表现在人生上便是追求文学与追求革命的二位一体。他追求文学便是追求革命,他追求革命便是追求文学;他的文学便是他的革命,他的革命便是他的文学。文学与革命构成了萧殷的生命,他在这里倾注了全部热情和热血、所有精力和才华。

这便是萧殷的前半人生,憧憬理想、向往未来、献身革命的人生。

四

了解了萧殷的双重情结,我们便能理解,1949年后,萧殷为什么一改揭解、批判的文笔,而唱起了热情的赞歌。表面看来,萧殷新中国成立前后的创作迥然不同,实际上,那只是表现对象和写作手法的某些调整,萧殷创作的"魂儿"没变,他的人生态度没变。两种不同的写作都由其双重情结派生,并由双重情结一以贯之。对旧世界的无比憎恨和对新生活的热切憧憬对萧殷不仅是一种理论认识,更因源于切肤之痛。当他亲身参加的摧毁旧世界的战斗取得了胜利,当他亲手迎来了他憧憬已久的新曙光时,他怎能不欢欣鼓舞,怎能不激动不已,怎能不歌之舞之颂之!

于是,他用一系列作品歌颂农业社建社运动。他塑造了刘桂荃(《在深山里》)、骆火狗、阿德、苏雪娥(《五月间》)等农业社新人形象;他渲染了齐心协力、与天奋斗的热气腾腾、朝气蓬勃的农业社气氛(《天旱的时候》);他批评了苏发旺(《五月间》)等人物在农业社的社会主义建设中的落后言行。他歌颂了"三反""五反"等城市社会主义改造运动,塑造并抨击了性格较为丰富的不法奸商高鸿茂形象(《高经理》)。

他不仅对当时的生活与奋斗热情讴歌,而且对更美好的未来充满了憧憬。他经常借人物之口,将这憧憬溢于言表:

> 社主任给我们传达了全区农业建设远景规划以后,我兴奋得几乎好几夜没睡着,你想想呀,再过十年八年,我们这地方会变成什么样子呀?那简直是大

粮仓大油库啦！你看……

写悲惨人生的萧殷变成了写憧憬人生的萧殷。他自己的具有双重情结的人生，也在憧憬中燃烧着。

如何评价农业合作社运动及表现农业合作社运动的作品，不是本文的任务。我们这里只想指出，萧殷当时对新生活的拥抱和对理想的憧憬、对未来的向往，是真诚的，是他生命的真切表现，是他人生的必然路径。

五

然而，"未来"的发展，却并不如憧憬的那般"理想"。萧殷后来回忆道："自从全国解放以后，政治运动不断出现。几乎每次都一样，每进行一场运动，随之而来的总是向'左'转。愈是向'左'转，实事求是的传统作风便愈来愈遭到破坏，客观规律就愈被否定，主观主义和形而上学便愈益泛滥，复杂的事物被看得越来越简单。""左的倾向持续越久，影响越大，其后果就越严重。"①

当理想被以激进的方式向"左"的方向不断地极端推移时，理想倾斜了，失落了。不难想象，一个人把生命放在憧憬里拼搏与奔驰，当憧憬在手中一点点变异、迷失、耗尽时，他所承受的心灵重击。

对"左"倾苗头，萧殷早就有所觉察与思考。早在1956年，萧殷便创作了《月夜》，对不顾农民利益的高超理论和做法提出了疑问。作品塑造了两个可作为象征形象去读的人物。区委书记黄狄，是当时流行的"社会主义"理论的发言人，他熟读理论，肚子里一套一套大道理，做起报告来长篇大论，平时与同事讨论起来也是雄辩滔滔，把其他干部唬得一愣一愣。区委副书记叶道民是农村实际情况的言说者。他理论水平不高，常常不明白黄狄理论的精妙，辩论起来更不是黄狄的对手。但他却熟悉农民，了解农村的实际情况。区委书记和副书记，一对工作搭档，在如何对待农民分配上产生了分歧。"理论"与"实际"出现了不一致与摩擦。

"理论"主张分配时多扣公基金，少给社员分配。他教训"实际"："嗨！怎么连

---

① 萧殷：《萧殷自选集》，广州：花城出版社，1984年版，第1—2页。

这么简单的理论都不懂！这叫作先公后私嘛！不先把社的基金很快地积累起来，还有什么社会主义？"

"实际"没有能力驳倒"理论"，却又忘不了实际："我的文化水平很低、理论懂得太少，这是我的缺点；不过，我想的是一些乡里的实际问题，要是照你的意思，农民在建设社会主义的时候，是不是不要改善他们的生活？""实际"没有大道理，但他有"实际"的担忧，"要是这样下去，我们拿什么来证明合作社的好处？拿什么来提高他们的生产热情？生产情绪这样低落，又能拿什么来支援工业建设？许多农民愿意走合作化的路子，就是认定合作社会使他们增加收入。像现在这样，合作社就会垮……"

"理论"却急了。"垮台？"他说，"谁要退出，任他退出去好了！等将来机械化了，他来磕头也不许他进来！"

在这个冲突故事里，作家对"实际"给予了大胆的理解和支持，并通过"实际"的言行对"理论"进行不乏分量的反思。这种反思绝不能仅仅理解为是否照顾农民利益这一具体问题，它传递出对"左"倾思潮的敏锐捕捉和及时思索的信号。

萧殷对悲惨人生有着难忘的记忆，对未来有着真切的憧憬。当允诺憧憬的"理论"发展与"实际"发生不一致现象时，萧殷的感受自然是敏感的。仅仅在创作《月夜》的前一年，即1955年，萧殷《五月间》里的人物苏发旺说了与"实际"叶道民大致相同的话："我不晓得我有什么错误，我不会讲大道理，但我懂得怎样使农民兄弟得到好处。满足农民兄弟的要求，有什么不好呢？难道不照顾群众的利益才正确吗？"萧殷那时让苏发旺受到了骆火狗、苏雪娥、阿德等人接二连三的批评，而萧殷1955年时的情感态度显然是站在骆火狗等人一边的。一年之后，萧殷却转向了苏发旺、叶道民等"实际"们。

这一微妙转变十分重要。萧殷憧憬理想，但并不盲从。而从热情憧憬到冷静思索之间的某种失落感与人生悲凉感是每一个有过类似经历的人都不难体验的。

六

遗憾的是，在当时的历史语境中，萧殷的思考和与他同时的思想者的忧虑加在一起，也只不过是微弱的声音，它无法改变大潮的涌进。也许因为在这种语境中创作的艰难，也许因为希望唤醒更多的人与他一同思考，当然也由于作为文艺编辑的工作需要，萧殷以后更多地用理论、批评对文学青年发言，他苦口婆心、不厌其烦地阐述创作规律，要求创作亲密与"实际"的关系。他寄希望于青年。此时萧殷的人生在痛苦的思考中艰难地跋涉。

然而，事情越来越向极端走去，我们似乎自己掘下了陷阱却执意往里面跳。终于，萧殷同他的读者、他的祖国一道，无可奈何地走进了把理想完全推向反面的年月。

一个热烈憧憬并用生命与热血去培育那憧憬的人，却在追求中"走进"了自己怎么也想不到的语境之中，而"走进"这种语境又并非没有自己的作用，这不能不令人战栗，令人灵魂滴血地战栗。萧殷早年作品《疯子》里，有一个颇有意味的情节：弟弟追哥哥，为把他从疯癫之中救出来。这一情节的关键动作是：追。追的目的是得而救之，其结果却是：失去。因哥哥摔下了悬崖而使他彻底失去了哥哥。在追逐中失去，这一意象被青年萧殷为渲染悲惨而写了下来，不想却成了某种人生和文化问题的隐喻。这也许是萧殷人生的宿命，却更是全部人生和文化的警示。

萧殷的"在追逐中失去"的人生历程并不是孤立的，他同他同代甚至几代的追求者、探索者走过了相同的路径。这便不仅仅是一个人的人生问题，它提交了一个值得历史学家、文化学家认真研究的"过程"。

在无可回避的特定历史、文化过程中，作为一个文学工作者，萧殷是杰出的，也是平凡的。重要的是，他思考过。他在思考中同祖国和人民一道，迎来了新的历史时期。思考，作为一个行动，是萧殷真正意义上的人生完成。对他来说，这就够了。对我们来说，这更是一笔宝贵财富。这笔财富给我们诸多启示。

拂去表层观照，今天重读萧殷的创作和萧殷的人生，更使我们从具体的人生过程去思考广博的文化过程。因为文化与人生、人生与文化是无法分割的。中外文化的发展，不是一再上演在追逐中失去的故事吗？对于追求现代人生与现代文化的我们来说，如何考虑我们的文化重构以真正光大中华文化，该是一个紧迫的大课题。

梅花村头忆萧殷

黄树森

文学评论家,编审,广东省文联荣誉委员,广东省文艺批评家协会名誉主席,广东省人民政府原参事,中山大学兼职教授,广东省社会科学院特约研究员,中国文联第六、七届代表。

2015年9月24日,是我的老师萧殷诞辰百年纪念日。京城十年,老师迭经重挫;1960年回归广东,才复振起。《作品》杂志名声鹊起,发行量高峰期达79万份;《典型问题》三篇宏文,横空出世;批判"文艺黑线论",头角峥嵘,被闫钢评之为"使广东大旗多次飘舞在国家队前头",从此,令岭南评坛蔚然而兴。萧殷回归后,谁人轻岭南。萧殷,在中国文艺批评界是一个难以企及的标杆人物。

1959年8月，我从中山大学毕业，第一个落脚点便是位于广州文德路75号（此前门牌为69号之一）的中国作家协会广东分会（即现今广东省作家协会）文学月刊《作品》杂志。那里是一栋留法留德同学会旧址，也是一个文化风云变幻的地方。1961年周扬说要把广州建设成继北京、上海后第三大文化中心，是在这里说的。改革开放后，任仲夷轻车简从，侃侃而谈"日出而作，日入而息"，也是在这里。许多文艺重大信息和活动，都由这里发布和启动。

《作品》主编、我的顶头上司便是从北京《文艺报》南归的萧殷。

萧殷毕其一生，做的都是编辑、理论、扶掖新人的工作。他担任过八家报刊的编辑，先是在张家口任新华社编委，尔后在《晋察冀日报》任编委兼副刊主编，再后创办中国文联机关报《文艺报》。回原籍广东的22年，他的所思所想所作所为，更潇洒坚守，轰轰烈烈，凿空创辟，开一代新风。

萧殷在中国作家协会工作了12年，历经9次政治运动而屹立不倒，得以幸免，是个奇迹。萧殷夫人陶萍在一篇《特殊的考验》[①]文章中把这个奇迹的要义，归结为萧殷极为可贵的"木木然""呆""像个木偶"。陶萍还用了"沉然不语""噤若寒蝉""深锁眉头""坐在角落里""在小本子上不断记录"来解读萧殷的"木木然"和"呆"。

萧殷"木木然"组合拳，堂奥极深，达于化境，到十年动乱结束，他才道出真谛。他当《作品》主编时，提出派人到北京向丁玲、艾青、舒展等人组稿，编辑部有人觉得，向这些人组稿不太好，担心会出问题，萧殷微露锋芒，说："我了解这些人，他们都是好同志，算什么右派？"

萧殷的正直正派、率真坦荡，萧殷的保持沉默、不与整人者为伍、不与谎言者同谋，弥足珍贵，于中国文坛，也是一个经典个案。"经师易得、人师难求（金钦俊语）"，在纪念萧殷百年诞辰之际，值得我辈深深记取和敬仰。

上世纪七八十年代交替之际，我常去萧殷家。萧殷住在东山梅花村35号二楼，家里常常宾客如云。他家有很多扇子，客人接过萧殷的扇子，离别时常常顺便带走，萧殷说："我只好在每把扇子上刻上梅花村35号印记。"那时候，他身体不好、厌食哮喘、靠酸奶度日；但生命力旺盛，常常用浓重的客家音，弹出"很严重""很复杂"的

---

① 见《风范长存——萧殷纪念与研究文集》，暨南大学出版社1994年版。

短语，言说当时文艺斗争的惨烈和复杂。人说有庙堂有江湖之分，其实庙堂里也有江湖，江湖里也有庙堂，萧殷身处庙堂，也有他的江湖，并且运用长期积累的文坛"信用"，斫开文坛板结厚土，致四方景从，如响斯应。

正是在这个背景下，在广东省文艺创作座谈会召开期间，在东方宾馆，萧殷要我为《南方日报》写《砸烂"文艺黑线"论，为实现四个现代化而创作》[①]一文，以该报特约评论员的名义，于1978年12月29日头版刊登。在其后数年中，我也"烽火"不断，炮声连天，很是来了几次大论战。如对台湾小说的首次引进，对李士非报告文学《昭雪之后》的辩护，对"恭喜发财"的首肯等等，正是得之于萧殷的人格和魅力的激励，那是潜移默化的，是汩汩静流的，也是担当正义的。

1983年，广东省作家协会主办的中国第一家文艺理论月刊《当代文坛报》创刊，萧殷原来是要担任主编的，但那一段时间，他的身体极度衰弱。就在这一年，他离开了我们，《当代文坛报》的担子，就落到我和易准身上。这份高峰期发行量达到130万份的刊物，于1997年终刊，郭小东说："广东文坛最遗憾的文学事件，是《当代文坛报》的终刊，它的消失，也意味着广东文学批评从新时期的艰难起步到鼎盛，从居南方之首到最终沦落的悲怆事实。它和它的作者、读者，在经济社会时尚消费中的文学退让一起，渐行渐远，失去了重要的前沿阵地，广东文学评论队伍整体溃散，以至连个体的突围也成了梦想。"[②]郭小东所言，传递了广东文坛几代人的共同遗憾，自然也包括萧殷在临终前数年间，四处奔走呼号，雄心勃勃要办一份理论刊物宏愿的"遗憾"。

1983年，萧殷逝世后，我也常进出梅花村萧家，与陶萍、陶萌萌商量打理后事，对那阴冷潮湿住所的归属，很感忧虑。

1993年萧殷逝世10年，我参与主编50万字的《风范长存——萧殷纪念和研究文集》，也作为萧殷梅花村气场对我的熏陶、培育和纪念。萧殷常常批评我们提出的问题不是个问题，而是个问号。萧殷常常敲打我们不要脱离实际，坐而论道弃用公式化、概念化、违背艺术规律的批评处方。萧殷常常要求我们对每份退稿都要写5000字评语，对作者和读者要谦虚谨慎，怀敬畏之心。

---

① 见《黄说——叩问岭南一甲子》，广东教育出版社2015年版。
② 见《说黄》，郭小东《致黄树森：回到文德路75号》一文，广东教育出版社2015年版。

我在1986年6月《当代文坛报》的《编后偶记》中有言:"斯人已逝,风范犹存。萧殷是非的分明,胸襟的坦荡,神韵的慈蔼,人格的正直,作风的平易,治学的严谨,我们是不应该也不可能忘怀的。"

一代文艺评论家
——萧殷论

贺朗

广东省社会科学院研究员,曾任《羊城晚报》"花地"副刊主编、中国解放区文学研究会理事、中国传记文学学会理事、广东省传记文学学会会长。

一

文艺界和广大的文学作者,对我国现代著名的作家和文学评论家萧殷,做出这样的高度评价:"他用生命之光,为后来者照亮通向文学之路。"萧殷的一生,兢兢业业地辅导文学青年走上文学道路,呕心沥血地培养了大批的作家和文学评论家,为繁荣社会主义文艺创作,造就一代文艺新军,做出了重大贡献。

作为文学评论家的萧殷,最可贵之处是认真刻苦地学习马列主义著作,结合我国文艺创作实际,辅导广大文学青年创作,开拓文学评论的新领域。他在三十多年的文学生涯中,接触了无数专业和业余作者，读过或者帮助修改过他们的作品。他对文学创作规律、创作方法，有着深刻的体会和丰富的经验，并形成自己的一套文学理论主张。他通过对作品评论、读稿通讯、家中座谈等方式，给文学青年进行辅导，向他们阐明自己的文学理论主张和文学创作规律，指导他们写作。

萧殷的文学理论主张核心是典型论。他主张作家从生活出发，深入生活，努力塑造典型环境中的典型形象。这是他的经验总结，也是他三四十年来执着的追求。因此他不轻易改变自己的文学理论主张，不管在任何环境下，遇到什么艰难险阻，都毫无动摇。就是在林彪、"四人帮"法西斯文化专制下，兜售什么"从路线出发""主题先行""三突出"等违反创作规律的"创作经"，并以高压手段强迫贯彻执行的时候，他仍然坚持自己的文学理论主张，并对"四人帮"那一套"创作经"敢于提出挑战，显示他作为马列主义文艺评论家的胆识和气魄。

萧殷的一生，为我们留下一百多万字的文学评论和数十万字的文学创作。这些著作，为我国社会主义文学宝库，增添了一份珍贵的精神财富。

萧殷一向坚持理论联系实际、实事求是的良好学风。他的文章以理服人、以情动人。他从不偏左，也不畸右，不看风使舵，东摇西摆，凡事坚持文学的党性原则，立场坚定，旗帜鲜明。他的文学理论主张，都是从实际出发，实事求是地探讨研究文学创作，解决实际问题，深受文学青年的欢迎。

萧殷的一生，培养了大批作家和文学评论家，为我国文学评论工作做出了重大贡献。他不愧为"一个坚定的、清醒的、有所作为的马克思主义的一代文学评论家"！

二

革命现实主义的创作方法基本原则之一就是：写典型的环境中典型的人和事。文学创作主要是塑造典型形象，因此文学作品的成败关键在于：作者能否在作品中塑造典型形象。

萧殷1938年从延安鲁迅艺术学院毕业，就开始从事文学评论工作，着力研究文学青年的创作问题。他从延安到了太行新华日报工作，就办了一个油印刊物《通讯与联络》，辅导文学青年写作。后来他负责《文艺报》工作，专门研究文艺创作问题。为了更好了解文学青年的写作问题，在《文艺报》设了《文艺信箱》《读稿随谈》等栏目，更好地辅导他们写作。

他在和广大文学青年接触交谈和阅读来稿中，觉得初学写作者的作品没有写好，主要原因是作者未能在纷乱错综的社会现象中，找出典型的人和事，没有塑造出典型形象。他认为，引导青年走上文学道路，首先要使他们认识文学创作规律，认真深入生活，熟悉人物，提高写作技巧，塑造典型形象。

因此，萧殷在1947年4月调到华北联大文学系教书时，他负责讲授的是"创作方法论"，主要是阐明文学创作的典型论问题。

作为文学评论家，萧殷一向坚持革命现实主义创作方法，认为生活是创作的源泉。萧殷在他的大部分文学评论文章中，着重阐明这个观点：创作要从生活出发，从生活中去发掘题材，提炼主题，"把日常的现象集中起来，把其中的矛盾和斗争典型化"，塑造出"典型环境中的典型性格"。萧殷是长期研究和探索这个典型问题的。因此他的文学理论核心是典型论。

塑造"典型环境中的典型性格"，这句话是恩格斯讲的。萧殷没有把它作为教条，而把它同文学青年创作实际结合，加以具体应用。他对这个问题进行分析研究，并在实践中阐明和深化它，具体指导文学青年创作，从而使它带有萧殷自己的个性和色彩，成为他自己的文学理论主张。

萧殷的文学理论主张，是从学习马列主义著作，学习我国古典优秀的文学理论《文心雕龙》和诗论等，结合文学青年创作实际，而且通过不断地实践，认识不断加深，从初级到高级，逐步发展而形成的。他在延安系统学习马列主义文艺理论，也学习了俄国杜勃罗留波夫、别林斯基、车尔尼雪夫斯基等的著作，进一步充实了他的文学理论观点。

萧殷提出的文学创作典型论，其中包括典型环境、典型性格（形象）、典型条件等等。这些问题，都是围绕一个中心：塑造艺术典型形象。

萧殷指出，要完成这个典型化的过程，首先要求作者解决生活真实与艺术真实的问题。作为一个艺术家来说，仅仅是写得"像"，准确地描写出社会生活中的各种存在的现象和事实，还是不够的。艺术家的任务，应该在现实生活的基础上，在共产主义理想光辉的照耀下，创造出能够反映生活本质面貌以及发展趋势的艺术形象。

当然，生活是艺术的源泉，但它本身并不等于艺术。因此机械地描写生活现象，不能造成艺术；对事实和现象的如实描写，也不能创造艺术的真实，当然也就更不可能塑造典型形象了。

萧殷指出，文艺作品要塑造典型，是因为文艺不仅反映现实，而且要给现实以积极影响，"推动人民群众走向团结和斗争，实行改造自己环境"。由于文艺有这一特点，因此就要求作家在艺术创造时，必须把生活真实变成艺术真实，也就是说，作家必须对生活进行艺术的概括，把现实生活典型化，使在文艺作品中反映出来的生活"比普通的实际生活更高、更强烈、更有集中性、更典型、更理想，因而就更带普遍性"。作为基本规律的典型化过程，就是将现实生活中的一般的、反复出现的现象，加以概括集中、提炼使之典型化。这典型化的过程，就是概括化和个性化统一的过程。而这一过程的全部奥秘，则在于塑造"典型环境中的典型性格"。这是文艺创作的一条最基本的原则。

我们文学作者要懂得这个文学艺术创作的特殊规律，并且要掌握它，运用它，才能很好地写出反映生活的文艺作品来。

萧殷以理论结合实际，阐明这个文学艺术创作的特殊规律。他认为，所谓"典型环境中的典型性格"，其含义是：一方面要通过典型的性格去反映现实中的矛盾及其发展的典型状态；另一方面，又要求作家严格地在现实矛盾与发展的典型状态中，去把握人物性格。愈能反映出一定社会矛盾发展状态下所形成的一定性格，其典型意义就愈大。一切离开典型环境影响的性格，都不能算是典型的。

按照萧殷的典型论观点，作家除了解决立场观点，以及深入生活的问题之外，还需要具备一定的对生活的观察能力和概括能力。萧殷说，我们塑造人物典型形象，不是材料的堆积，也不是社会现实和事件机械地再现。艺术形象应该是作者把在生活中感受的生活印象和事实，经过他们自己的世界观和美学观点的改造，经过融合和概括，塑造出有一般意义又独具个性的形象。因而，经过创造的艺术形象，就不再是低级形态生活现象和事件，而是现实生活更深刻、更典型、更理想和更完整的反映。

1961年，萧殷主持了长篇小说《金沙洲》的讨论，除了批判庸俗社会学外，更主要的是探讨文艺创作的典型问题，研究如何正确反映社会主义农村中新的人物、新的世界。

萧殷指出，在我们文学创作和文学评论中，对典型问题有错误的理解，认为艺术典型就是社会的阶级的本质特征，艺术典型的共性与个性，是数学的总和，等等，这都是错误的。

艺术典型是要反映生活的本质。但是我们是用图解某一阶级本质的概念来表现社会

（阶级）的本质呢，还是遵循文学艺术的特殊规律，通过活生生的、个性鲜明的形象，以"生活本身的形式"来反映生活的本质呢？答案当然是后者。

萧殷认为，艺术上的典型性格是多种多样的，生活中存在着千差万别的个性，艺术上就可以产生千差万别的典型性格：既可以有完全没有缺点的理想人物，也可以有有缺点的正面人物；既可以有具有全新的思想风貌的干部形象，也可以有正在改造、转变和成长中的农民形象。

文学艺术总是通过个别反映一般的。所谓个别，就是具体的典型形象。只有通过具体的、个性鲜明的典型形象，才能真实地、深刻地反映社会（阶级）的本质和规律。阉割了人物的个性，人物的阶级本质也就无从表现。正是这种个性与共性矛盾统一的辩证关系，构成了人物完整的性格。

关于典型环境，萧殷指出：在实际生活中，每个具体环境所包含的因素都是异常复杂的，不仅有民族的、社会的、历史的条件，阶级的关系，人与人之间的关系，还有地区的自然条件、风土人情、生活习惯，等等。所以，典型环境也体现着普遍性和特殊性在一定的时间、地点、条件下的矛盾统一。文学作品中的每一个典型环境，也和典型性格一样，是完全不可代替的"这一个"。同样的社会历史环境的本质特征，只能反映在千差万别的典型环境中。比如同时反映农业合作化的长篇小说，《山乡巨变》所创造的典型环境就不同于《创业史》，《金沙洲》所创造的典型环境也迥异于《三里湾》。这种显著的区别，固然与作品所选择的题材、所反映的主题、所体现的艺术构思有关，但更重要的，还是由于生活本身的丰富多彩。生活永远不会重复的，文学作品中的艺术构思及其典型环境也永远不会雷同。

因此，萧殷指出："三突出"这一套创作经验，不仅把党的文艺方针搅乱了，而且把创作规律也黑白混淆、是非颠倒了。他们彻底抛开现实生活，叫嚷创作要"从路线出发"或从政治需要出发，完全不顾特定环境中的特定社会关系，胡说什么"一切人物必须为主要英雄服务"，或"一切人物都要为主要英雄人物做铺垫或陪衬"。结果把艺术创造变成了按政治模式去"盖"作品，把丰富多彩的现实生活变成了简单的公式。这就摧残了文艺创作。

萧殷说，典型问题是一个复杂的问题，任何简单片面的理解，都会使我们的文学研究和文学评论陷入错误。在讨论长篇小说《金沙洲》中所出现的对庸俗社会学、形而上学的批评，就是这个原因。艺术形象的阶级本质，只能通过鲜明的个性才能表现出来，同一社会的、阶级的本质，只能反映在千差万别的典型环境之中，依赖于典型环境而存在和发展，并反过来又给环境以一定的影响。离开了典型环境，典型性格就失去了存在和发展的客观依据。

每一个艺术典型，不但反映着社会的、阶级的本质，而且渗透着作家的思想感情以及对社会生活的态度，正是这一切复杂的因素，形成了艺术典型的丰富内容。

萧殷指出，文学艺术的典型问题，是文学艺术创作的核心问题。我们作家必须认真解决，尤其是我们缺乏写作经验的文学青年，更需要解决。

三

萧殷是个有胆有识的文学评论家。胆从识来。由于努力学习了马列主义文艺理论，使他有着高度的理论水平和判断能力，掌握了文学的科学性和艺术性。他有了这个"识"，就增加了他的"胆"，从而使他明辨文艺的是非问题，坚持党性文学原则和党的方针政策。尤其是坚信自己的文学理论主张，从而使他的文学理论充分发挥了实事求是的特点。

20世纪50年代文艺界批判胡风，文坛的人大都被卷进去了，但萧殷没有参加批判；在揭发所谓丁陈反党集团中，他保持冷静和实事求是的态度，对待这个重大事件。他同陈企霞、丁玲主编《文艺报》，彼此了解，尽管他当时受到很大的政治压力，但他坚持不知道就说不知道，没有就说没有。他从来没有乱供胡说，因为萧殷认为做人的第一条准则是：诚恳、说真话，实事求是。

新中国成立初期，他负责《人民文学》编辑部工作。他发表了海默的小说《突破临津江》和杨朔的小说《三千里江山》，这两篇小说受到不应有的指责和缺乏实事求是的批评。他就大胆起来讲话，他对作品做了艺术分析，对那些不正确的批评，给予反批评。这使作品实事求是地得到应有的肯定。

1956年底，王蒙的小说《组织部来了个年轻人》在《人民文学》发表后，引起了文学界的强烈争论。当时正开始反右斗争，有人认为这小说是揭露官僚主义的好作品，也有人说它是反党的小说。王蒙被错误地打成右派，与这篇小说是有很大关系的。

萧殷认为这篇小说不是反党小说。就在反右开始时，他不顾个人得失，写了《动机与效果为什么发生矛盾》，在1957年3月号《北京文学》上发表。他公开为作者王蒙辩护。萧殷在文章中说:"首先我认为这篇小说是从生活出发的,题材是从生活土壤中选取出来的,尤其是其中揭示官僚主义的若干现象和细节是具有特征的。作品中的主要人物,既然反映了现实生活中的某些特征现象,而人物也有一定程度的真实性与典型意义;但为什么这篇小说在客观效果上,又引起广大读者的不满呢?"

萧殷认为这是动机与效果的矛盾。他认为作者不是反党的。他在文章中说:"据我所知,作者王蒙同志平日对党很忠心,对社会主义事业很热情,在谈吐之间,他的头脑冷静,是非分明;他喜欢思考,有相当不低的分析能力;他的美学理想,一般地看来,也是正确……"

萧殷对作品做了仔细的艺术分析,然后指出《组织部来了个年轻人》没有写好,"问题在于作者在对待生活中的落后现象时,抱着一种模糊的态度。作者只注意到应当反对官僚主义,却不明确为'保卫什么'和'建设什么'才需要反对官僚主义。如果在这点上还缺乏鲜明的自觉,甚至抱着模糊的态度,那么,作者怎么能够站在更高的角度来判断生活中的是非呢?"

萧殷对《组织部来了个年轻人》给予充分的肯定。

文学青年的良师益友——萧殷

游焜炳

曾任广东省作家协会副秘书长、创研部主任、评论委员会主任、《新世纪文坛》报主编。

萧殷,《中国文学家辞典》介绍道:"现代作家,文学评论家。"①

是的,作为作家,他从17岁便开始创作,20世纪30年代初,一口气发表了二三十篇短篇小说,有的当时即被改编成话剧上演。随后,他投身革命,戎马倥偬,便无暇写作了。新中国成立,他一直担任文学编辑、评论、教学、领导工作,百忙之中也抽空搞点创作。1958年出版二十余万字的小说散文集《月夜》(1980年再版)。他的作品短小隽永,其中如《孟泰仓库》《桃子又熟了》《月夜》等多次被选入中学课本与各种选本。"我总是想搞创

---

① 北京语言学院编委会编:《中国文学家辞典·现代第一分册》,成都:四川人民出版社,1982年版,第303页。

作"，他常说。无奈由于工作需要，也就只好"忍痛割爱"了。

他作为评论家更为人们所熟知。新中国成立以来，著有评论集《论文艺的真实性》《生活思想随笔》《论文学与现实》《怎样写新闻消息》《与习作者谈写作》《给文艺爱好者》《谈写作》《鳞爪集》《习艺录》《论生活、艺术和真实》《谈写作》《给文学青年》《萧殷文学评论集》《萧殷自选集》《创作随谈录》等。他的评论，切合创作实际，深入浅出，生动活泼，短小精练，全无八股味与学究气，却有权威性，尤为广大青年文学爱好者、习作者喜好，"我记得他写的《与习作者谈写作》一书于1951年出版时，许多文学青年几乎是人手一册，争相传诵"①。此书当时印行三十几万册。1980年出的《谈写作》一年之内即两次印刷，销行十几万册。无论是在文化尚很落后的20世纪50年代初，还是在文学评论"不景气"的80年代初，这两本书的销售情况，都近乎奇迹。

然而，萧殷最"出名"的，不是作为作家，也不是作为评论家。他的主要事业、他的突出贡献、他因之闻名遐迩的是他作为文学青年的良师益友。

我国文坛，有许许多多热心培育文学新人的前辈。人们公认，"能毕其半生扶掖后生，辅导文学青年，在当今文坛上，应首推萧殷老师。他以此为己任，鞠躬尽瘁，数十年如一日，几代文学青年把他当作良师，引为知心者。从王蒙到陈国凯及至更晚一辈，萧殷老师可谓桃李满门"②。其实，还有新中国成立前后社会主义新文艺事业开创时期步入文坛的更早的一辈。

当代文坛，群星灿烂。有这么一颗特别的星，他在自己的轨道和位置上，无私无畏、无声无息地献出全部的光和热，照亮、指引后来者前进的道路。他没有陨落，也永远不会陨落，人们从那众多的几代文学新星四射的光芒中，分明能感受到他的存在、他的光辉，能熟悉而崇敬地叫出他的名字——萧殷。

那么萧殷是怎么走上文学道路，又是怎么在社会主义文艺事业中找到自己的位置并做出自己特殊贡献的呢？

萧殷，原名郑文生，1915年农历八月十六日出生于我国南方的一个古城镇广东龙川县佗城镇。这一带是客家人世代聚居的地方，面临东江，背靠嶅山，山清水秀，景色怡人，虽地处山区，却自古颇有名气。秦末有个叫赵佗的，乘乱自据岭南，建南越国，设

---

① 章明：《老牛羸病犹奋蹄》，《芙蓉》1981年第4期。
② 孔捷生：《我之良师》，《当代文坛报》1984年9月30日。

都于此，佗城故而得名。此后历代不少文人骚客，得意的或失意的，均曾慕名跋涉到此流连，留下处处庙宇书院、名胜古迹。大约有缘于此，佗城一向较开化，文化教育较受重视，因而也较发达。尽管如此，却未曾给聪明好学的小萧殷些微荫泽，倒是让他从小备受苦辛。当然，这是整个社会境况使然，佗城也无能为力。

萧殷幼时家贫。全家九口，全靠父亲郑玉秋开的一爿叫"万隆"的小南货店度日。店里货架空虚，生意冷落，一点也不"隆"。一家人自然总是吃不饱、穿不暖。不得已，萧殷的五个姐姐相继送与人当童养媳。即便如此，郑家还是负债累累。八岁上，父亲病故，"万隆"即被隔壁一家叫"同裕"的大洋货店没收抵债。店里的货物、家具、生活用品，乃至父亲亲手制作的萧殷心爱的小玩具全收了去，一件也没剩下。哪有什么"同裕"！萧殷好伤心，也很气愤，他感受到了穷人与富人的对立，感受到了世间的不平。

哥哥郑文华小小年纪便到城里店铺当学徒以维持家计。萧殷则刚上小学。他常于放学后和节假日到河里捞鱼虾或到附近工地挑砖瓦，挣得几文钱交给母亲买油盐"火水"（煤油）。

遇到新学期开学，家中便一筹莫展了。萧殷很争气，读书用功，人也聪慧，每学期都考第一，老师们都很喜欢他。可是，每到新学期，家里四处求助，也总凑不起学费。眼看就要失学，这颗好学上进的小心灵，盛满了本是成人才有的焦急、悲伤、愤怒与绝望。几乎每次都是这样，正当绝望的时候，几位老师，梁卓云、邓斐章、骆秉云等（他们也很穷），每位掏出一元多钱为萧殷交了学费。如此坚持上完了高小。

这已经是万幸了。"咱们这样的家庭，能读完高小，就是鸭子飞上天啦"，哥哥说。包括萧殷自己，家里谁也不敢奢望再上中学了。哥哥替他找到了一个店员学徒的职位。那年暑假，别的同学都忙着温习功课，准备考中学，萧殷则成天在河里捞鱼虾，等着秋天就去上工。又是那几位好心的老师，硬要他去报考。听老师的话，考就考吧。没准备就去考，考过了又是天天在河里捞鱼虾，他早已心灰意冷。放榜了，他不知道；已被附近几县唯一的中学录取了，他也不知道；直到开学那一天，老师发现这位考第四名的郑文生没来注册。那几位小学老师听说了，赶忙又替他凑足了学费。中学的新老师问明了情由，赶忙帮他向高班同学借来旧课本，省去了书本费。第二天正式上课，萧殷喜洋洋地跨进了中学的门槛。

萧殷上高小的时候，正是国民革命风起云涌的年代。1925年，广东革命政府派遣国民革命军东征，打军阀陈炯明。军队的主力是黄埔军校的学生军，共产党员和社会主义青年团员是其中的骨干。他们一路行军作战,一路传播革命火种。路过萧殷的家乡,有一条赫然在目的巨幅标语"有田耕,有工做,有饭吃,有书读",特别吸引住了萧殷。萧殷的国文教师是个很有革命朝气的人,他既教国文,又教音乐。上课的时候,他常常离开课文讲天下大事,讲打倒帝国主义、打倒土豪劣绅,教学生唱《国际歌》《少年先锋》,在课室里挂起马克思、列宁、孙中山"世界三伟人"像,还介绍萧殷阅读大量中外文学著作和文学杂志,如鲁迅等人的小说,荷马史诗《奥德赛》(当时的普及本叫作《俄德西冒险记》),如《少年文艺》《小说月报》等杂志。萧殷开始憧憬未来,向往革命,并迷上了文学。

上了初中,萧殷就开始习作。有几篇散文被作为范文贴在学校的墙报上。其中一篇叫《风雨之夜》,是根据自己的切身感受,写一个穷学生在风雨之夜为交学费而奔走借钱的窘迫困境与心情。老师选送这篇作文参加全省美术展览会,竟获二等奖。美展怎么也有文学作品获奖?萧殷后来也始终没弄明白。不管怎样,这对他是个巨大鼓舞。他暗下决心,长大了,就搞文学创作,走文学之路。

少年萧殷这段经历他永生难忘。他特别体会到求学之难,深深体会到"老师"这个字眼丰富而崇高的含义。

初中毕业,萧殷16岁,他觉得自己已经长大成人,急切地要走向社会。一则因家庭经济困难,他决计自谋生计;一则为追求理想,寻找革命道路和文学道路。

那几年,萧殷一直在家乡与省城广州之间奔波,一边找工作糊口,一边开始写作,一边广交革命青年朋友,加入进步文艺团体,参加各种进步政治活动和文学活动——编刊物、印传单、演讲、秘密集会等。他先是在《广州民国日报》接二连三发表了二三十篇短篇小说,大胆反映城乡劳动人民的悲惨生活并抒发自己积郁已久的不平之气和爱憎感情。后来蒋介石势力渗入广州,斗争更显尖锐化,他索性操起"匕首和投枪",以"萧殷"笔名,在香港《珠江日报》(桂系反蒋报纸)发表大量杂文,抨击蒋介石的反动统治。

他当时写小说,全靠自己摸索。虽几乎全部意外地得到发表,但在写作方法上,自己却感到很盲目。有时候写得很如意,有时又写得很苦,是好是坏毫无把握,写好写坏也不知原因何在。既缺乏写作基础知识,又不会自己总结经验教训。他十分苦恼,却四处找不到行家指教。不得已,他怀着惴惴的渴求心情,给他所崇拜的鲁迅先生寄去了信和稿子,希望得到鲁迅指教。谁料到,十天后便传来了鲁迅逝世的噩耗!(后来知道,鲁迅1936年十月九日日记对此果有记载:"得萧殷信并稿。")

"我痛切地感到,一个初学写作者多么需要指点啊!"①他在回忆中写道。

于是,在那个他所憧憬的正为之战斗的"有田耕、有工做、有饭吃、有书读"的新社会蓝图上,他又自己给添加了一条小小的构想:文学青年有人辅导……

萧殷的文学活动引起了国民党反动派的注意,他险些被捕。广州待不下去了。1936年底他与挚友、著名画家赖少其一道,匆匆潜赴上海,后来又辗转去到武汉、西安,一路从事抗战宣传、报道和救护工作。最后,和当时全国各地许多革命青年一样,经过曲折漫长的跋涉,在1938年7月到了日夜向往的革命圣地——延安。同年10月,加入中国共产党。

他先是在鲁艺学习,后来在延安中央研究院文艺研究室任研究员,系统学习研究马克思主义文艺理论,并据以分析研究了大量中外名著和当时解放区、国统区的文艺作品。随后参加延安整风,学会运用马克思主义的立场、观点、方法,找到分析解决纷繁复杂、变化多端的社会现象和文学现象的钥匙。他这才真正懂得了革命,懂得了文学。

1939年,萧殷到报社工作,在太行山《新华日报》任编委兼通联科长。可以说,从那时起,他就开始了辅导文学青年的工作。他办了个油印的辅导性小刊物《通讯与联络》,专门发给报纸通讯员和业余作者,着重分析他们的习作的成败得失及其原因,此外还辟有《写作知识》《问题解答》《编辑与作者书简》等栏目。不消说,在那紧张艰苦的战争年代,这小刊物对广大青年战士中的文学爱好者和习作者,正是雪中送炭。

抗日战争和解放战争期间,萧殷主持过很多报纸的文艺副刊。他一直尽力帮助文学青年。编辑《晋察冀日报》文艺副刊时,一位无名青年战士投来一篇小说,萧殷将它发表,并亲自写了按语推荐,部队因此给那位战士记了二等功。另有位战士也寄了篇小说稿来,字迹潦草难辨,编辑们谁也不愿看。萧殷一字一字连猜带认,断断续续花了一星期才看完,发现作者颇有才华,遂嘱秘书誊写抄正。谁想战局骤紧,在张家口撤退中,秘书将稿子丢失了。事隔三十多年,重提此事,萧殷仍感惋惜。

1947年4月,萧殷调华北联合大学文艺学院文学系任教。华北联大是边区最高学府,学员来自全国各地。萧殷教"创作方法论"课。这是一门开创性的新课,鲁艺和早期联大都没有这门课。萧殷自编讲义,系统而深入浅出地向学员讲授创作规律。他结合

---

① 萧殷:《萧殷文学评论集》,长沙:湖南人民出版社,1983年版,第166页。

学员的生活实践和写作实践进行教学，给予具体、切实的指导帮助。当年的文学系学员黎白写道："多少年来，同学们凑到一起回忆起在文学系学习这一段难忘的经历时，首先提到的老师是萧殷同志。"①当年的音乐系学员鲍昌回忆道："萧殷同志是我印象最深的一位……那时，他最善于'辅导'，这我们都知道。"②这批学员后来大多成为活跃在我国当代文坛的骨干力量。

人民共和国成立了，萧殷为之奋斗了半生的新社会建立起来了。但萧殷想到的仍然是："现在时代不同了，在社会主义时代，我觉得无论如何不应当再像旧社会那样，让文学青年瞎碰乱撞了。"③因为什么？因为，"我相信一个简单的道理：任何大作家都不是天生的，都是从稚嫩的不知名的文学青年中产生出来，成长起来的。因此，发现、扶植、培养青年作者是繁荣创作的一个根本性措施"④。他喜欢将青年作者比作小母鸡，作品比作鸡蛋，只有培养好小母鸡，才会有源源不断的鸡蛋，才会有创作繁荣。这道理很简单，比喻也近乎粗俗，然而，却不失为一个难得的远见卓识，尤其在新中国成立之初。萧殷主动地担起了辅导、培养文学青年的责任。无论他担任何种文学工作——编辑、教学、评论、领导等，他都把这个工作摆在首位。他把自己的学识、心血，全部给予了文学青年。

新中国成立之初，萧殷相继担任全国权威刊物《文艺报》的副主编和《人民文学》的编辑，自调到广东后，又于20世纪60年代初和70年代末两度主编有全国影响的《作品》月刊，在我国文坛，是位声望很高的编辑。

他主持编辑刊物，有自己的主张和追求，有自己独特的想法、做法。他认为光编好一本刊物，还只能打50分，还不及格哪，另50分，就看是不是出人才，发现、培养一批文学新人。在编辑部那浩如烟海的稿件中，隐藏着许许多多文学的好苗子，总是编辑最先接触它们，它们的"命运"这时掌握在这些编辑手中。正因为它们还稚嫩，因而容易被"漏掉"，或被名人"盖住"；也正因为它们还稚嫩，因而需要给予支持、帮助。因此，萧殷认为，"编辑，与其说是刊物、书籍的编者和工匠，不如说是文学人才的发现者和指导者更为确切"⑤，"用一切可能，努力去培育一代文学新人，这是他们应尽

---

① 黎白：《一个高尚的人》，《文艺报》1983年第10期，第70页。
② 鲍昌：《"送你两个民字"》，《当代文坛报》1984年9月30日。
③ 萧殷：《萧殷自选集》，广州：花城出版社，1984年版，第6页。
④ 萧殷：《萧殷自选集》，广州：花城出版社，1984年版，第7页。
⑤ 萧殷：《萧殷自选集》，广州：花城出版社，1984年版，第662页。

的职责，也是他们的光荣"①。

"要辅导培养青年作者，首先就得提高编辑人员思想和艺术水平"②，而且培养文学编辑本身也就是培养文学人才。因此，萧殷很重视对青年编辑的培养。了解萧殷的人都知道，他不管在哪个刊物，都带出了一批高水平的文学编辑，他们同时也都成了出色的文学评论家、作家或组织家。像当年《文艺报》的唐因、唐达成、侯敏泽、杨犁、闻山、杨志一，《作品》的韦丘、黄培亮、易准、黄树森等。他们当时多是二十来岁的青年人，刚涉足文坛，在萧殷的精心指导和严格要求之下，后来都成长为我国文坛或广东文坛上人们所熟知的挑大梁的角色。

至于萧殷发现、培养的青年作者，那就难以计数了。正如陶萍同志在回忆文章中写的那样："要不是作家白桦自己讲起他第一篇小说是萧殷选用的，邵燕祥说他第一首诗是经萧殷发表的，萧殷自己早将这些忘了，在他手上发表的作品毕竟是太多了。"③就说邵燕祥吧。新中国成立那年，他16岁，10月4日写了一首抒情长诗《歌唱北京城》投到《文艺报》，几天后便收到萧殷的复信，称赞该诗"很有泥土气息"，因《文艺报》是评论刊物，他已将诗稿推荐给《光明日报》。10月17日，此诗就发表了，而且还颇有点影响，邵燕祥的第一本诗集即以此命名。他与萧殷并不相识，从未谋面，直到1980年在中南海邂逅，才与萧殷谈起了此事。粉碎"四人帮"后的头几年，陈国凯的《我应该怎么办》、孔捷生的《姻缘》、吕雷的《血染的早霞》，也都是经萧殷及时发表于《作品》，于是，这几位普通的青年工人业余作者便"破土而出"了。

这一切绝非偶然，是萧殷的编辑指导思想必然结出的硕果。他不分昼夜地不知亲自阅读了多少来信来稿，撰写了多少读稿意见，接待过多少青年作者。他有时似乎很"迂"，从不指望以名家作品抬高刊物身价；也很不近人情，不肯"照顾"发表熟人的作品。有几次，编辑人员因名家、熟人的作品不合用而犯难时，萧殷总是毫不犹疑："拿来给我，我来退。"但同时，他却很"照顾"青年作者。他提出"让青年作者坐前座"，遇上青年作者的优秀作品，他便将它放在头条，附上评论文章，以期引起注意；遇上犯有"常见病"的习作，他也发表，附上"读稿随谈"，分析缺点和产生原因，以期对广大习作者都有所教益；他还要求编辑人员注意阅读地、县级文艺刊物，见有好

---

① 萧殷：《萧殷自选集》，广州：花城出版社，1984年版，第662页。
② 萧殷：《萧殷自选集》，广州：花城出版社，1984年版，第663页。
③ 萧殷：《萧殷自选集》，广州：花城出版社，1984年版，第671页。

作品，即便略有不足，他也不惜在《作品》转载。他说："转载一篇，鼓励一片，值得。"是啊，值得，都值得。萧殷的主张没落空，功夫没白费，实践已提供充分证明。

萧殷的评论确是"著名"的。可要知道，他的评论文章，实际上是辅导文学青年工作中的"副产品"，他似乎从未专为研究某个作品或理论专题撰写过文章。那厚厚十几册几百万字的评论，或是回答文学青年疑难问题的复信，或是对青年习作的阅稿意见，或是创作辅导报告的记录，或是针对青年习作中的通病及普遍问题所发的议论，或是为文学青年的理论争鸣所做的总结，总之，都是就事论理，专为文学青年而写。行文深入浅出，平易中肯，力避引经据典、空洞抽象的学究式文风，也绝无居高临下、好为人师的意味，因此，十分切合文学青年的需要，深得他们的喜爱和欢迎。

不过，另一方面，萧殷的评论亦有其"不足"。他三四十年来反反复复阐述的都是文学基础知识和创作基本规律。这固然说明了他的文艺思想难能可贵的坚定性、一贯性，不随风摇摆，但同时也说明了他的理论无大突破和发展。他自己将此称为"炒冷饭"，还说，"我自己也感到没有多大味道"[1]。那么，何以为之？原来，在萧殷主观方面，"我时时想到我的服务对象是初学写作者"，认为"重要的是指引他们走上文学正路"[2]，因而应尽力帮助他们弄通基本原理。文学青年一批批成长，就像学校里年年都有新生，年年需要老师讲授初级课程一样。而从客观形势的需要看，如萧殷所言，"解放以来，由于运动不断，'左'的观点、'左'的作风不断出现，好些本属常识性的问题……不断被搅乱。这更是苦了文学青年"，因此，"为了引导文学青年能在文学正道上迈步，也就不能不反反复复地做这些'炒冷饭'的工作"[3]。

别以为这工作驾轻就熟，轻而易举。只要想想多年来"左"的势力是那样根深蒂固、声威浩大，就知道这需要多大的胆识。1961年广东开展关于长篇小说《金沙洲》的讨论，便充分体现了萧殷的非凡胆识。当时，他从来稿中深感政治上的极"左"思潮和艺术上的庸俗社会学、教条主义正在泛滥并严重束缚着青年作者和评论者，便以力挽狂澜的勇气、实事求是的态度和坚实深厚的理论功底，在《羊城晚报·文艺评论版》发起、主持了长达半年之久的讨论，最后还亲自主持撰写了几篇很有分量、至今仍闪闪发光的总结论文。讨论的意义远远超出了《金沙洲》本身，实际上是一次涉及创作、批

---

[1] 萧殷：《萧殷自选集》，广州：花城出版社，1984年版，第2页。
[2] 萧殷：《萧殷自选集》，广州：花城出版社，1984年版，第7页。
[3] 萧殷：《萧殷自选集》，广州：花城出版社，1984年版，第2页。

评、理论的全面深入的拨乱反正，在全国产生了极大影响。但也有不少人为萧殷捏着把汗。直到第二年，周总理、陈毅代表中央召开了以在文艺界反"左"为基调的著名的"广州会议"，人们才深佩萧殷的胆略和识见。

回想自己一生的评论工作，萧殷感慨良深。他说："如此匆匆三四十年，现在不觉年近古稀，两鬓已白，始终未能越出雷池一步，分不出力量来研究其他文学问题，只能在这么个小圈子里留下几个脚印而已。唉，说来惭愧，毫无建树！"[①]不，不！当人们明白了过去那"左"的观点肆虐的环境，谁不对萧殷油然而生敬意！

暨南大学是当时全国唯一的综合性华侨大学，学生以侨生和港澳生为主。由于极"左"思潮的影响，他们总是受歧视，被要求改造资产阶级思想。萧殷却不这样看。他认为他们年纪轻轻便离别家庭，有的远涉重洋来到社会主义祖国求学，已是具有高度爱国心和政治觉悟的表现，应给予更多的爱护、关心才对。他自己这样做了，也时时提醒教师和学生干部一定要这样做。他虽身为系主任，却成了与学生交往最多、关系最密切的人；他的住处成了课堂，常常聚满了一群又一群的学生。以后尽管各奔东西，这情谊却始终有增无减，直到萧殷去世前那几年，他还经常收到二十多年前的学生寄自美国、加拿大、香港等地的信件、著作和药品——由此可见他在学生中的地位。

对青年教师，萧殷更是满腔热情，悉心培养。他身边带了几位年轻助教。现在的暨南大学副校长饶芃子教授便是其中一位。当时她还是个十八九岁的年轻姑娘，刚从中山大学调来。开课前，萧殷指导她写好了讲稿。开课那天，萧殷说要来听课，饶老师在课堂后排专为他准备了张靠背椅，却总不见他来。上完课，才见萧殷笑嘻嘻地坐在课室外的走廊上，对她说："讲得不错。我怕你紧张，才没进里边来。"心真细！饶老师感动得一时不知说什么才好。

萧殷将中文系办得很有生气、很有特色。他一向主张一切文学工作，包括文学编辑、评论、研究、教学、领导等，都应直接间接为推动创作服务。文学教学中他主张让学生多接触社会现实和创作实际。他多次邀请著名作家和评论家，如周扬、张天翼、艾芜、林默涵、秦牧、陈残云等，给学生讲课，谈创作；组织学生阅读作品，观摩戏剧、电影，讨论、分析创作问题；还将学生分成十几个小支队，分头下乡采风，搜集民歌，后来编成民歌集《荔枝满山一片红》正式出版。他亲自帮助学生组织诗社，办小刊物，

[①] 萧殷：《萧殷自选集》，广州：花城出版社，1984年版，第7页。

鼓励、指导他们学写小说、诗歌、散文、话剧和评论，而不仅仅限于论说文、记叙文之类。见有好作品，他便推荐到报刊上发表，结果学生的习作兴趣和水平大为提高。这些"反常规"的教学法，当时曾被有的人非议："萧殷想在中文系培养作家"①。其实，萧殷的本意是想让学生在校期间多懂点创作，将来不管从事何种文学工作，都能为繁荣创作献力。就算真的培养出作家，那又有什么不好！萧殷的教学风格后来成了暨大中文系的传统。头几届学生中，也果然出了几位作家，如白洛成（香港）、谢金雄、林克欢、钟永华、张振金等。没成作家的，也很受各文艺单位欢迎。他们反映暨大中文系的毕业生"好用"，一分配来就拿得起工作。

"我的第一个恩师是萧殷，是萧殷发现了我的。"王蒙深情地说。

那是1955年春天，萧殷正担任文学讲习所副所长兼中国作协普及工作委员会副主任。在平日阅读的大量青年习作中，有一部青年出版社转来的王蒙的处女作《青春万岁》的初稿。萧殷看了，如获至宝，马上约见了王蒙。"我身体不好，你这部稿子我看了一个多月……人物是活的，虽然片片断断，但是发光……"萧殷笑嘻嘻地说开了。但原稿写得有点零散杂乱。"关键问题在于主线……"萧殷开始辅导。末了还把自己的《与习作者谈写作》送给王蒙。这"是我解放以后读的第一本这样的书"，王蒙回忆道。那时他是个年轻的团干部，忙于政治工作，连一期《人民文学》也没看过，更别说像这样辅导创作的书了。"我只觉得生动具体，字字珠玑，我从来没有想到过写小说还要考虑这么多。从此，文学的殿堂向我打开了它的第一道门。"②

接着，萧殷一连花了七八个星期天的下午，指导王蒙修改，还为王蒙请了半年创作假。《青春万岁》改出来了。紧接着才华横溢的王蒙发表了短篇小说《小豆儿》《组织部来了个年轻人》，开始步入文坛。后一篇作品在讨论中遭到非议时，萧殷站出来维护了作者。当然，这改变不了王蒙的厄运。被划右派的小王蒙又找过萧殷，萧殷还像往常那样亲切，极力劝慰王蒙："不要着急，特别是文艺的问题，比较复杂……"末了，送给王蒙两条欢快的热带鱼。很快萧殷工作调动了，他带着刚刚印好、已不能出版的《青春万岁》的清样来到了广州。从此两人便断了音讯。

多少次，夜阑人静时，他抚摸着这本清样叹息，有时他取出清样，情不自禁地向客人夸奖："难得的人才……""文革"中他因此多担了条"为右派涂脂抹粉"的罪名。

---

① 陶萍：《萧殷与文学青年》，《作品》1983年第12期，第42页。
② 王蒙：《安息吧，鞠躬尽瘁的园丁》，《羊城晚报》1983年9月8日。

他的藏书全部遭劫，唯独《青春万岁》仍被他藏了起来，熬过了漫漫长夜……

1978年，萧殷收到了王蒙从新疆试投的信。"王蒙来信了，王蒙来信了……"他像孩子般欣喜若狂地大叫着告诉家人、朋友。当时他正主编《作品》，而王蒙还未平反，他毅然向王蒙约稿，王蒙寄来了《最宝贵的》。后来，该小说被评为全国优秀短篇并得了奖。直到1983年初，这对心心相惜的师生才得以重逢。

广东著名作家陈国凯也满怀激情地说："是萧殷同志把我这个普通工人引入文坛的。"[①] "在萧殷同志身上，我深深地体会到了'老师'这个字眼的崇高含义。这些年来为帮助我这个业余作者成长，萧殷同志不知花了多少心血！"[②]那是足足二十多年的心血啊！

早在1962年，广州氮肥厂青年工人陈国凯就在《羊城晚报》发表了短篇小说《部长下棋》。他万万没有想到，卓有声望的评论家萧殷注意到了他这位无名小卒的习作而约见了他，而且还那么平易、亲切、热诚。从此他们建立了师生情谊。

"文革"期间，陈国凯被扣上了莫须有的罪名，遭到无休无止的批斗，而萧殷也因此被多添加了一条"培养黑苗子"的罪状。陈国凯写信向萧殷诉说自己的处境。萧殷从他几次来信"欲言又止"的破碎语言中，发现了他有轻生念头，便不顾自己处境也很困难，写信鼓励他，绝不能向邪恶屈服，光明一定会出现！萧殷邀他到家里聊天，安慰他支持他。而当陈国凯受当时时髦思潮影响，写了篇小孩子抓阶级敌人的小说《捉鸡记》时，萧殷则给了他当头棒喝："假的，编出来的……你自己相信吗？"在那荒谬残酷的年代，萧殷这大胆而严厉的忠告，顿时使陈国凯清醒过来。

"文革"一过，萧殷就叫陈国凯动手写东西。可一连写了几篇，全让萧殷"枪毙"了。当时萧殷是《作品》主编，却并不因他们间的深厚情谊而"高抬贵手"。"我编刊物是只认文章不认人的"，萧殷说。萧殷同时给他指出失败的原因主要是思想没有从旧套子里跳出来，鼓励他大胆解放思想。于是，他写出了《我应该怎么办》，萧殷将它发表了，作品引起轰动，但也招来不少非议。萧殷特地在《作品》连续几期组织了讨论，有力地肯定了小说，捍卫了现实主义创作原则。后来，该小说获奖，陈国凯因此蜚声文坛。

过不久，萧殷突然对陈国凯说："你把已发表过的小说收集一下交给我。我已经跟上海文艺出版社联系过了，他们答应给你出一本书。"陈国凯想都不敢想出版社会给他

---

① 陈国凯：《是您把我引入文学之门》，《羊城晚报》1983年9月12日。
② 刘卓安、陈婉雯：《泥土的风格》，《新华社新闻稿》，1979年第3575期。

这么个工人业余作者出书，萧殷却不声不响替他想到了，而且安排好了。接着，萧殷还亲自为他一篇篇审阅，决定取舍，撰写序言。在临终那一年，萧殷还在病榻上介绍他入了党。

当然不只是一个陈国凯。如陈国凯所说："目前活跃在广东文坛上的中青年作家，大都受过他不同程度的恩泽和关注。"①是这样的。王杏元，萧殷曾经不顾自己刚动手术的阑尾炎伤口已经感染，正在化脓，专程赶往他的家乡饶平，与县委书记商谈如何培养这位青年作家。程贤章，萧殷曾经在三天之内赶阅他的一部长篇小说《樟田河》，写下了一万多字的批语，刚一看完，便因用脑过度，致脑血管痉挛而昏倒在地。还有，杨干华、朱崇山、谢望新、李钟声、刘学强，广东部队作家柯原、章明等，无不得到过萧殷的关怀和帮助。

别以为萧殷就专门关心帮助作家。不是的。萧殷的目光始终是关注着广大普通青年文学爱好者和业余作者。上面提到的那些作家，受教于萧殷时，也还都是"无名小卒"。萧殷鄙薄那种待人家出了名才去"锦上添花"的做法。他要做的是"雪中送炭"，是文学启蒙、普及工作，是为提高一代青年的文学素质，以造成利于产生作家的良好文化基础和诞生天才的良好社会土壤。这比起培养几个作家，显然更要有战略眼光，要做出更大的牺牲和付出更多的劳动。事实上，几十年来，每天都有许多文学青年来信来稿来访，萧殷不管是相识或不相识的，都不遗余力、不厌其烦地给予指导帮助，尽管他很清楚，他们当中只有极少数有希望成为作家。

然而，即便在此时，他也不愿往自己的功劳簿上记上一笔。《萌芽》编辑部曾约请他撰文介绍辅导陈国凯的经过和经验，他一口回绝了，却另给他们写了篇《辅导很必要，但不能过分依赖》。文中先是郑重声明："关于陈国凯同志的成长，却不应归功于我的一点微不足道的辅导。"然后正面阐述了"每个青年作者的成长，主要是依靠他们自己的努力"的道理②。

我们还要说的是，萧殷在帮助文学青年的过程中，不仅付出心血，有时也吃尽苦头。有的青年人写作动机不纯，将"习作"送呈萧殷，说是请教，实是自视甚高，想借萧殷的面子推荐发表。耿直的萧老头哪会想到他们的用心，照样坦率认真地提了意见，谁知便招来了怨恨与咒骂，甚至恩将仇报。有一个萧殷家乡的农村青年，竟因此在"文

---

① 陈国凯：《是您把我引入文学之门》，《羊城晚报》1983年9月12日。
② 萧殷：《萧殷自选集》，广州：花城出版社，1984年版，第540页。

革"中落井下石，贴大字报，诬告萧殷出身"大地主"。为此萧殷也不无牢骚："如此青年，着实令人痛心。"

然而，牢骚归牢骚，对文学青年的深情厚爱他始终不渝。1972年冬，他刚从干校"解放"出来，便来到清远县参加省文艺创作室举办的创作学习班。几年来，眼见文坛乌烟瘴气，特别是眼见着文学青年被搅得晕头转向，他早就痛心疾首，忍耐不住了。这次终于有了发言的机会——要他做一个如何塑造英雄形象的专题报告。机不可失，面对台下迷惘而热切的目光，他不顾一切豁出去了："有人说，塑造英雄形象是根本任务，我认为不是唯一的任务……我看'三突出'不能说成创作的唯一原则……英雄不是天生的，也会有缺点，也有个成长过程……也应该塑造反面人物的典型，不能脸谱化……"台下一片热烈掌声。

这下可惹起轩然大波，有人连续五次告到"中央首长"那里。工作组进驻了，大字报出笼了："创作室就是有一股回潮复辟的暗流，源头就在清远学习班，要害是萧殷的那个报告。"一时甚嚣尘上。萧殷毫无畏惧，坚持说自己的观点没错，还提议公开展开讨论。工作组瞎折腾了一阵，后来只好草草收兵，不了了之。

动辄得咎的逆境，接二连三的"教训"，萧殷还是没"学乖"。他实在是"不忍眼巴巴地看一群青年人在被颠倒了的生活与艺术圈套里乱闯乱撞"[①]。"清远报告事件"风波刚过不久，他又于1974年盛夏开始计划为文学青年撰写系统阐述创作规律的著作《创作论》。到1975年夏，他已经抱着病弱之躯悄悄拟定了160多个小题目，每个题目下写了二三百字的论点。尽管这在当时是犯忌的，但萧殷斩钉截铁地说："不管怎样，我得写下去，总有一天会出版的！"

春天来得比萧殷预想的还快，又过一年，"四人帮"便垮台了。十年浩劫压不垮萧殷的精神，却摧垮了他的身体。此时他患有严重的肺气肿，进而又发展成肺原性心脏病。身体瘦弱到了极点，体重只有六十几斤，说话上气不接下气，时不时得靠喷气雾剂帮助呼吸，后几年则完全无法走动，只能在病榻上度日。然而他却在家中挂上赖少其手书的条幅"来不及了"，激励自己抓紧时间拼命工作。他重新整理、选编了几本旧作，撰写了《创作论》的好些片段，结成《习艺录》出版。发表了大量评论文章，那多是瞒着医生，用颤抖的手写下来的。细心的读者会发现，文章末尾署的多是"×月×日于东

[①] 萧殷：《萧殷文学评论集》，长沙：湖南人民出版社，1983年版，第167页。

病区"；自己不能读写了，就靠耳听、口述，由旁人整理成文，也集成了厚厚一本《创作随谈录》；还在暨南大学任兼职教授，带出了两名文艺理论研究生。他的床头案上到处堆满了文学青年的来信来稿。每天他都硬撑着看稿复信，硬撑着接待川流不息登门探病或请教的文学青年，鼻孔里插着吸氧导管，还在侃侃而谈、循循善诱。有一次他在新会县中医院治疗，县里正举办全省业余作者创作学习班。一天风雨大作，山洪暴发，他还是执意要去讲课，结果只好让人一个撑伞，一个背着他前去。另一次湖南举办青年文学讲习班，请他讲学，他也欣然应诺前往。结果是课未上完，便出现休克危象，被送往医院急救，而后又被人从飞机上抬了回来。

家人实在不忍看着他这样舍命工作，悄悄扣下一部分信稿，在门口贴上谢客纸条，后来他发现了，竟大发雷霆。劝他"留得青山在，不怕没柴烧"，他用"衣带渐宽终不悔，为伊消得人憔悴"顶回去；劝他少说话，他说"我们又不是闲聊天"；劝他少复些信稿，他说"这又不是个人的事"。不是闲聊，不是个人的事，是什么呢？是人民的文艺大业！个人的得失、荣辱、恩怨、名利、身体、生命又何惜呢？！

正是为了人民的文艺事业，他才自觉主动担负起辅导文学青年的重任，甘当人梯，甘作嫁衣，甘冒风险，甘愿牺牲自己的创作，甘愿献出自己的全部心力乃至生命。也正因为如此，再加上他坚实的理论修养、丰富的创作实践经验和传道授业的教师气质，他便成了我国当代文坛不可多得的辅导行家、文学青年的良师益友。虽说他一生的经历没有传奇色彩，没有惊天动地的事迹，他也没能成为一流的作家、一流的评论家，然而，"落红不是无情物，化作春泥更护花""待到山花烂漫时，她在丛中笑"。当萧殷看到亲手培育的幼苗一棵棵破土而出，茁壮成长，亲手栽培的桃李一株株遍布全国，开花结果，将社会主义文艺的春天装点得更加绚丽更加繁盛时，他感到无限欣慰、无比幸福。

1983年8月31日凌晨4时50分，萧殷同志终因油尽灯枯，永远闭上了眼睛。

唁电唁信雪片般飞来，花篮花圈摆满了灵堂，悼文悼诗不断出现在全国各地的报刊上。正是：

酷暑沉雷雨下迟，漫山桃李尽唏嘘。

后来人众开新路，都道萧殷是我师。①

---

① 韦丘：《奠萧殷师·之三》，《南方日报》1983年9月2日。

萧殷的文艺人生

刘国钰

华南理工大学文学院中国现当代文学博士。

萧殷原名郑文生,用过的笔名有萧英、何远、黎政等。1915年农历八月十六日出生于广东龙川县佗城竹园里,是一位地道、淳朴的客家人。幼年丧父、家境清贫,靠当店员的哥哥和几位教师的资助才得以念完初中。1932年至1936年在家乡当教员,后去往广州并考取广州美专国画系,一面读书,一面从事文学创作。20世纪30年代初期开始写作并发表反映城乡劳动人民悲惨生活的小说,曾任中国作家协会理事,《文艺报》主编,《作品》主编,广东省作家协会党组副书记、副主席,广东省政协委员,广东省文联主席,中国广州笔会中心理事,中山大学教授,暨南大学教授。他一生主要从事报刊编辑、文艺教学、文艺理论研究,对培养青年作家不遗余力，已出版著作有小说散文集《月夜》、评论集《论文艺的真实性》《给文艺爱好者》《谈写作》《鳞爪集》《习艺录》《论生活、艺术和真实》《给文学青年》《萧殷文学评论集》《萧殷自选集》等。纵观萧老辛苦耕耘的一生，本文将其文艺人生概述为三个方面：一、对文学青年的帮扶；二、对文学创作理论的探索与贡献；三、创作的实践及取得的成就。萧老对中国文学界的贡献，本文将从以上三点给予详细论述，期望从字里行间的行走中感受萧老充满收获的文艺人生。

一、对文学青年的帮扶

萧老对青年作家的提携与帮助是众所周知的，王蒙、杨朔、程贤章是典型的代表。王蒙对萧殷的知遇和提携之恩感怀在心，曾在香港《开卷》杂志1979年第4期刊登的作家访问记《王蒙谈反对官僚主义》一文中公开表示过，他在回答记者的提问时说道："50年代作家协会有个萧殷，他对我的帮助很大，那时我的草稿写得很乱，如果放在一个比较平庸一点的编辑手里，不一定被看中，因为它写得实在是乱，最大的困难是不会结构，不会编故事，尽是些零零碎碎的画面，自己实在有所感的一些东西。这些画面掺和在一起，在一些编辑看来，会认为是乱成一团，可是萧殷看了，给予了相当的重视，肯定它有较好的基础，做了大量的工作，还给了我创作假，让我能比较专心地去进行修改。任何人都离不开老一代的培养啊！……那时他在作协青年作家工作委员会担任副主任，对青年很是关心爱护。"①王蒙的一席话道出了老一代文艺工作者对青年作家培养的重要，也道尽了对萧殷提携之情的铭记与感激。萧殷之所以能够一直坚持为文学青年铺路，很大的一个原因是作为青年作者的萧殷也曾经得到过老一辈的赏识与帮助。他在自选集的附录《我是怎样走上文学道路》一文中曾特别提到过："我和《东西南北》的编辑从未见过面，也未通过信，可我寄给《东西南北》的作品从来没有退稿，全都发表了。我之所以走上文学道路并继续努力，与一个对文学作品有鉴别力的编辑是分不开的，我衷心地感谢他们。"②正是因为《东西南北》给予了萧殷文学上的自信使他能够坚持走下去，也因为这个原因，萧殷意识到作为先行者对于后来人的作用，于是把一生的精力和时间都花在对青年作者的扶持和帮助上。

---

① 萧殷：《创作随谈录》，长沙：湖南人民出版社，1985年版，第60—61页。
② 萧殷：《萧殷自选集》，广州：花城出版社，1984年版，第965页。

萧殷身后留下的大多能够表达他文学理论、文艺思想的文章都是给青年人的回信及针对文学青年的写作过程中容易出现的问题而作的理论文章，他的《给文学青年》就是这方面文章的集子。作者曾不止一次地谈及对文学青年的扶持问题，他在《萧殷自选集》的自序中清晰地阐明了自己之所以一直盘旋在文学青年创作的上空，三十多年老是在小范围内兜圈子，除去一些客观的形势之外，另一个很重要的原因就是"出自对青年作者的同情"。他说："每当我看到他们在文学歧路上徘徊彷徨，来回走弯路时，内心就深感不安，我总是不由自主地想到自己，想到自己年轻时代，想起自己在写作道路上摸索前进时，那种无人帮助、无所适从的困难处境，推己及人的心境出发，便很自然地使我与他们站在一处，想到一起。""在社会主义时代，我觉得无论如何不应当像旧社会那样，让文学青年瞎碰乱撞了。"①正是基于众多的原因加上萧老强烈的社会责任感，在20世纪30年代末期即1939年，萧殷刚刚开始从事报社的工作就对文学青年提供一些微小的帮助。之后由于他负责过中国作家协会青年作家工作委员会的工作，和青年作者的接触更多了，也接触和了解了更多的青年作家，给予的就不仅仅是同情了，也开始给一些力所能及的帮助，他一直坚持相信一个简单的道理："任何大作家都不是天生的，都是从稚嫩的不知名的文学青年中产生出来，成长起来的。"因此他始终认为"发现、扶植、培养青年作者是繁荣创作的一个根本性措施，不可忽视"②。他也是一直这样做的，用实际行动践行着自己的诺言。他曾经用一个非常形象的比喻描述过培育青年作者："培育青年作者如培育小母鸡……不要急于取蛋，重要的是善于发现良种，哺育母鸡，只要小母鸡成熟起来，不愁它不源源不断地下蛋。"③

借此，萧殷处处考虑的都是创作实践中的问题，处处从创作实践着眼，旨在分析、解决这些问题。他深知创作实践中的甘苦，谈及作品及创作实践时，他不仅仅为文学青年指出作品的缺点和不足，更注重的是分析这些缺点产生的原因，对于作品的优点、成功，也不仅仅是赞扬和祝贺，而是着力总结成功的经验，指出应该发扬什么，应该朝什么方向继续努力，真正地给青年作者以具体的、切实的帮助。当然萧老对于文学青年给予帮助的同时也会中肯地提出批评，然而并不是每个青年作家都是欣然接受的，萧老在他的一封给读者回信中曾经回忆道："而来稿的人是怀着各种各样动机的……由于出自责任感，我照直指出他们在写作中的缺点和错误，于是招来了不满、积怨或仇恨。……

---

①②③ 萧殷：《萧殷自选集》，广州：花城出版社，1984年版，第5—7页。

1964年6月，我曾给一个青年复过一封信（1964年8月《萌芽》曾发表我这封复信），在那封信中，曾严肃地指出作品中的错误，并从正面阐述了一些道理。谁料到这封复信竟令这位作者非常愤怒，在'文革'初期，他为了发泄私愤，居然无中生有，捏造我是'大地主'的谎言，并写成大字报寄到广州来，妄图'落井下石'。"①尽管受到此类个别事件的影响，但作为一名坚定的马克思主义者，他始终没有在帮扶文学青年的道路上停止，而是一如既往地前行。这样一来自觉地投身于辅导青年写作者的工作中已是三四十年，甚至在最后的时刻，在病痛折磨着他的最后时光里他也坚持为青年作者复信。王勉思曾回忆1979年去探望萧老的情形："哮喘也更厉害了，又得了肺气肿。啊！我知道这是很折磨人的病，这时我看他桌子上还堆了一些稿件，有的还没开封。我说，你们都该好好休息了，挨了这些年整，整出一身病，还不好好养养。陶萍说，我也这样说他，他不听，有什么办法，病一发作，只有自己受苦了……""大约在1981年7月，湖南文艺出版社请萧殷同志来长沙讲学。我又见到了萧殷和陶萍。萧殷同志更显得衰弱，而且讲话也有气无力，谈创作根本不能在大会上作报告，只能在小会上或对几个人讲。就这样，当有青年请他看稿，他还是答应下来。"②两年后萧老因病辞世了，后来选编的给文学青年的复信中不少是在病房中完成的，在晚期病重时萧老无法一一并迅速给文艺青年复信，愧疚之情在部分复信中曾有提及，复信的尾部也可以看到不少是写于东病区的。萧老可谓是终其一生地在为文艺青年服务，众多文学青年收获的是沉甸甸的果实，而萧老换来的是年近古稀、两鬓斑白、悄然离世，他谦虚地说自己在这个小小的圈子里"留下的仅仅是几个脚印而已"。殊不知这样的几个脚印，是众多文学青年在创作旅途茫然不知所措时指引他们前行的明亮的灯塔，是文学青年在创作取得小小成就时给予肯定和提携的那个老一辈，是为文学评论及理论贡献了独特的、缺乏"学术性""理论性"的、不是"鸿篇巨制"式的却又在浅显的文字中散发着深厚的理论根底和创作经验，并蕴含理论的发现和深掘，颇具形象性、实用性的评论和理论著作；也正是这几个小小的"脚印"使他成为载入中国当代文学史册的文艺评论家。

萧殷同志的追悼会上的悼词清晰地概述了他为文艺青年服务的一生："无论是在医院的病床上，还是在自己家中，他都经常热情地接待来访的青年作者，像挚友似的和他们促膝谈心，和他们一起讨论作品。在他的桌子上、床头边、抽屉里，到处堆放着一沓

---

① 萧殷：《萧殷自选集》，广州：花城出版社，1984年版，第137页。
② 王勉思：《怀念萧殷夫妇》，载《新文学史料》，2003年4月。

沓的青年习作。他经常以病弱之躯，躺在病床上给青年看稿，用工整的笔迹在稿子上写批语，给作者写回执，帮助他们了解自己创作上存在的毛病和问题，一字一句，都倾注着他的心血，表现了老一辈作家甘当'人梯'的崇高精神。"①确实，甘当"人梯"道尽了萧老帮扶文学青年这一轨迹的"一生"。

二、对文学创作理论的探索与贡献

萧殷在对文艺青年的帮扶中同时进行着文学创作理论方面的探索，他的文学创作理论观念大多蕴藏在他的文学评论中，当然他的文学评论是形式不一的，有书评，有随笔，有书信，有序跋，他正是以一种很无意识的状态把自己的理论、观点寓于多样的形式，自然地写出来。黄伟宗曾经非常清晰地表达对萧殷文学评论的看法："萧殷的评论，较少长篇大论，也不擅长纯理论的铺陈。但是，并不缺乏理论的发现和深掘。浅显明白的文字中融汇着深厚的理论根底和创作经验，使他的评论往往倍受创作者的欢迎。""他坚持和强调尊重文艺规律的自主性，并做到以这种自主性与时代针对性结合，做到两者的统一，即以文艺规律去解决不同时期的不同具体问题，又不断地在不同具体问题的解决中，深化探讨和坚持文艺规律。这是萧殷最为突出的特点，也是最值得我们效法的一点。"②谭元亨教授的《萧殷十七年的文艺美学观》一文也曾对萧殷在一段时期文学理论探索上取得的成就给予巨大的肯定："他在文艺理论上的建树，对于中国新文学的健康发展，尤其是抵御种种教条主义及僵化的、形而上学的攻击，功不可没。特别是改革开放初期，他在理论上启开的破冰之旅，不仅在推翻所谓的'文艺黑线论'上不遗余力，更在培养新一代的青年作家上身体力行。""他在当年极'左'盛行、教条主义肆虐之下，所进行的可以称得上是艰巨的理论抗争，所表现出的胆识与勇气，至今仍是值得我们效法与学习的。他的理论，对于新时期文学的发展，无疑具有冲破重雾拨乱反正的引领作用，直至今天，仍有着不可忽视的重大现实意义。可以说，如果没有萧殷这样老一代的文学理论家敢于抗争、敢于探索、敢于创建，我们今日的文学创作的路子就不会有所拓展、有所推进。"③

---

① 《萧殷同志追悼会悼词》，《新文学史料》，1984年第1期。
② 黄伟宗：《萧殷与广东的当今的文艺批评》，《中山大学学报》1994年第3期。
③ 谭元亨：《萧殷十七年的文艺美学观》《惠州学院学报（社科版）》，2012第4期。

他自己也在《萧殷自选集》自序中对自己从事文学理论批评数十年做出了总结性的自我评价，他说："尽管在不同时期，创作中出现的具体情况、具体问题不同，但都是在生活真实与艺术真实的关系上；在真实性、思想性同艺术性的关系上；在人物、环境和情节的关系上等等脱离了正轨；因而，这三十多年来，我也就是针对不同时期的具体情况和具体问题，反反复复地阐述这些基本规律。如此'炒冷饭'的活动，连我自己也感到味同嚼蜡。但从这三十多年不同时期所写的文章看来，特别是对形象创造的规律，其基本观点始终保持着一致；当然不能说在大风大浪中，自己没有晕眩，好在晕头转向不久，能很快地醒悟过来，避免了踏上错误的岔道，这是值得庆幸的。"①

他的许多有关创作理论上的见解都是在答青年作者的信中发表出来的，除了上述众多学者、专家给予的较高评价外，我希冀发掘他那零碎、反复强调的观念中清晰表达出来的资深文学编辑和评论家的创作理论体系。（一）是创作要来源于生活：这一观点在他的书信和评论文章、自己的创作实践中被反复提及。《在斗争中认识生活》《关于认识生活》《关于生活细节的描写》《从生活出发》等都是涉及创作要源自生活的创作理念。他还在《作品的"深度"是什么？》中认为，赵启强的小说《无形的主宰》后半部分艺术感染力不强，原因主要是作品所表现的这部分内容不是来自生活，"不是从生活的具体描写来深刻地体现生活的内部运动"，而是"以某些观念来支配情节和支配人物"，所以使细节不如前半部分那样丰满和动人。（二）是真实性的问题：他在《关于真实性》《论艺术的真实》《论思想性、真实性及其他》中区别和强调了生活真实和艺术真实的不同。他在《论艺术的真实》一文中指出："一篇作品是否真实，不在于它是否如实地描写了事实或现象，关键在于它是否通过事物的现象透视到事物的本质，是否通过生活现象的描写反映了生活的真实面貌（本质面貌），是否反映了一般事实的逻辑的真实。""生活外表上真实的东西，未必就是艺术上真实的东西，艺术的真实应该比生活现象的实有状态更有组织、更集中、更典型。"②他还把"真实性认为是文学艺术的生命"③。（三）关于写人物，《谈谈写人物》中清晰强调了写人物的重要性，他认为创作应该首先着眼于人。更重要的是他把"个性、气血、生命"塑造论反复强调贯穿于他的创作理论中，认为人物塑造应该坚持"个性、有气血、有生命的人物形象"。文

---

① 萧殷：《萧殷自选集》，广州：花城出版社，1984年版，第5页。
② 萧殷：《萧殷自选集》，广州：花城出版社，1984年版，第7—8页。
③ 萧殷：《给文学青年》，长沙：湖南人民出版社，1981年版，第169页。

学作品必须通过艺术形象——有血有肉的人物和合情合理的情节来体现某种思想感情。(《文学作品的感染力》)文学作品要善于通过生活细节描写,深入揭示人物的心灵、人物的精神世界,只有这样,作品才能打动人,才有取得成功的坚实基础。(四)善于积累和总结实践经验。他不止一次地在给青年作者的回信中告诫他们,要老老实实地从事写作,只有通过写作,才能提高,而不能把希望寄托在"写作秘诀"上,写作没有捷径可走。(《创作没有秘诀》《写作有秘诀吗?》)他认为,文学创作是一种创造性的劳动,要写出好作品,作者就需要有绞尽脑汁、呕心沥血的决心,有时甚至还要经历种种无以名状的痛苦。题材不是苦想出来的,而是在生活中逐渐得到积累和诱发的。他指出:"创作规律要求作家讲真话、发真情,要求用真实感情投入艺术构思中去,并用作家的激情与观点去渲染、哺育、培养、塑造形象。"(《给文学青年朋友们》)(五)关于作品评论,萧殷的文艺评论成就最高,《如何写作品评论》把其文艺评论观点表达得一览无余,实事求是和具体分析是评论者形成自己风格的基本条件。他还提出了博览群书,做生活有心人,在评论过程中不断学习,不断总结,不断充实自己等观点……这些意见不论对初学创作者还是老作者,都是深得个中三昧的经验之谈,再加上书信谈心的形式,使青年作者读来亲切具体,颇受启发。萧殷正是以形式不一的方式清晰地表达着自己的创作理论,尽管没有形成学理性很强的文学理论文章,也不是很具学术性的文艺批评,但是瑕不掩瑜,其对创作者的帮助显然是巨大的。

不仅如此,作为一名共产党人,他一生都在为党的革命事业而奋斗,是一名忠实的马克思主义拥护者:"萧殷同志是坚定的马克思主义的文学评论家。他对党的文艺方针政策,对马列主义的文艺理论,对毛泽东文艺思想的基本原理,对革命现实主义的创作原则和艺术规律,都有着深入的研究和精辟的见解。"[①]从根本上说,是他具有较高的马克思主义思想理论素养和社会责任感。他十分强调文艺工作者认真学习马克思主义的重要性,强调一定要用马克思主义去指导文学评论和创作。他认为,作家是人类灵魂工程师,"应担负起改造或提高人类心灵的责任"(《如何反映人物的精神面貌》),"我们的文学不仅应当担负起反映时代的责任,同时更要担负起建设社会主义—共产主义的光荣任务"(《求实精神与革命热情相结合》)。正是由于这些原因,萧殷同志在进行文学评论的时候,立场是坚定的,看待问题是清醒的,所持观点是稳妥的。

---

① 《萧殷同志追悼会悼词》,《新文学史料》,1984年第1期。

三、创作的实践及取得的成就

萧殷除了留下了大量的对青年创造者的回信及文学评论外还进行了创作实践,在20世纪30年代初期,他就开始了写作,并在报刊上发表文章。在小说散文集《月夜》后记中,萧老曾谦虚地说:"其实集在这里的其他作品,都没有写好,首先,对人物形象的刻画都没有达到应有的水平;其中,可能还有其他因素,但最主要的原因,却是生活理解得不深,尤其是对其中人物观察、体验还很肤浅。"[①]这是萧老对自己要求甚高,谦虚的说法,他的小说和散文,尤其是后期的创作《桃子又熟了》《在柳庄》《月夜》等就是以对人物形象刻画出神,对生活进行细致体验和观察见长。正如作者自己所总结的一样:"按照我的习惯和爱好,我更喜欢想象和幻想,更习惯于概括和描写活生生的,可感可触的东西……即使在那些戎马倥偬的日子里,我仍然热衷于微末细节地观察和体验生活,喜欢把事情掰开揉碎地反复地进行观察并且把我观察过和深思过的事物、人物、细节和场景,都记在小本子上……"[②]

萧殷创作的文学作品,正是他热衷于观察和体验生活,把事情掰开揉碎、细细品味的结果。其中有对革命英雄的讴歌;有对友人的怀念与回忆;有对劳动模范的赞颂;也有对农民教条主义及落后农民意识的批判……这些都是作者后期经过了革命洗礼、经历了生死磨难后创作的作品。而作者早期的作品就只局限于对被压迫劳动人民的同情和对他们不幸遭遇的描写,如《车夫阿伙》《哥哥的脸》。当然作者在一开始就接触了许多重大的社会问题,如《倒闭》《沉落》《借贷》《乌龟》《疯子》《灾》等作品,这些作品借助刻画穷苦劳动人民走投无路,表达了对劳动人民不幸遭遇的深切同情,控诉了那个黑暗的旧社会。纵观所有作家及其创作的作品,所处环境、成长经历、童年的记忆等一系列外围因素都或多或少地影响着作家的创作,萧殷三四十年的文艺人生也与他自小的经历、成长的环境等周遭的外部环境发生着千丝万缕的联系。细读作者早期的文学作品,联系其早年经历的苦难,会发现萧殷在一开始就是一个"生活的有心人"。他之所以在一开始就创作出对旧社会控诉的文章,和其灰色的童年密不可分,他自小丧父、家境清贫:"我的家庭和其他农民兄弟的遭遇一样,生活相当困难。八岁的时候,父亲

---

① 萧殷:《月夜》,广州:广东人民出版社,2009年版,第117页。
② 萧殷:《月夜》,广州:广东人民出版社,2009年版,第116页。

病故，母亲因风湿长期卧床，嫂嫂是个脾气古怪的人，哥哥不在家，在城里当店员，每月只拿五元工资。靠这微薄的收入，除了帮助家庭，还供我上学。""当时的政府根本不顾人民的死活，每年早晚两造，从惠州府派来的'粮官'仍然依期坐着轿子到乡下催粮，威风凛凛，前呼后拥，所到之处，老百姓都要杀猪宰鸡敬奉，这种人压迫人、人剥削人的黑暗社会，在我幼小的心灵中埋下了仇恨的种子，我有一肚子不平，有一肚子愤怒，想向世界控诉。""环顾四周破产的农村，满目疮痍，处处不平，是人间？又似地狱？我心里似乎有很多话要说，要控诉，控诉这不合理的社会。"①萧殷的故乡佗城面临东江，背靠鳌山，山清水秀，处处古刹，然自他懂事开始正面临着农村经济的破产，美丽的故乡满目疮痍、一片凄凉。夹杂着内心强烈迸发的激情、内心诸多要呐喊的积愤和迫不及待要宣泄的情感，作者拿起了笔杆来控诉罪恶、吃人的旧社会，倾诉心中满腔悲愤。他笔下妻子被人凌辱，自己报官不成反坐两年冤狱的"乌龟"，因女儿被曾乡长抢走不愿受辱被杀害而失心疯的"疯子"，得不到亲人关怀、帮助，因社会每一个角落都容不下他而自杀的"狗运"，为救父亲走出艰难卖身一步的阿瑛，还有被逼上讨债绝路的兴和米铺的何侃等一系列的穷苦人民形象，鲜活地在跳动着，作者一直坚持创作要来源于生活，这恰恰就是作者细心观察和体验生活，然后进行艺术加工的结果。

"没有斗争生活的体验和深入的观察、研究，就不可能真实地认识生活。"②"一个写作者如果没有丰富的生活经验和感受做基础，只凭'想当然'的一套主观概念来编造人物的思想感情，就不可能反映生活的真实面貌。"③作者正是用自己的创作实践践行着创作来源于生活的文学创作理念。

作者后来所形成的诸多的文艺美学观点，都是在自身经过了创作实践而总结出来的。早期的创作实践为其后来继续从事文学创作、文艺编辑、文学理论整理奠定了良好的基础。在不断总结和吸取经验中，在不断丰富人生阅历中，在历经了马克思主义思想的洗礼后，在经历了革命、战争的实践后，萧殷对人生、对生活、对文学、对艺术、对创作都有了全新的看法，创作的文字也日趋成熟，作品散发的生活气息、革命韵味、艺术特色等越发浓厚。在不断的积累和总结中，尤其是后期的几篇回忆、怀念友人的散文，文字优美，感情浓烈，把萧殷的文学创作推向了他自己的"顶峰"。《桃子又熟

---

① 萧殷：《萧殷自选集》，广州：花城出版社，1984年版，第955—956页。
② 萧殷：《萧殷自选集》，广州：花城出版社，1984年版，第29页。
③ 萧殷：《萧殷自选集》，广州：花城出版社，1984年版，第57页。

了》《月夜》《在柳庄》《伤疤》《严寒的夜晚》等，塑造了一个个充满生活气息的人物形象，活泼可爱、乐观向上、业务精湛却惨遭杀害的仓夷，还有那个曾经帮助过"我"，也为了全村人的生命和利益而牺牲的陈金海一家；一群在寒夜为驱寒而进行精神会餐和打篮球的革命伙伴……一个个鲜活的形象跃然纸上。萧殷这位生活的有心人，善于观察生活，对周围的事件、人物永远保持着高度的热情，在别人看来平淡无奇的素材经他一发掘就能出好的作品，塑造出典型的形象，再加上作者融入了真情实感，自然人物典型、感情动人了。他曾经说过："我写《桃子又熟了……》和《严寒的夜晚》时，是动了情的，常常是在写着写着，便情不自禁地淌下眼泪来。"[①]这些人物形象能够如此具有感染力，打动了不少的读者，正是践行了他"生活的素材只有经过作家真正感情的融化、心灵的感应，才能在创造形象的过程中升华和浓缩，达到典型化"[②]的创作理念。

萧殷短暂而漫长的一生值得铭记，短暂的是生命历程，漫长的是文艺人生，短暂的生命却铸就漫长的文艺人生。"解放三十多年来，萧殷同志的主要精力是放在编辑刊物、从事文学评论和培养青年作者方面。"[③]确实他培养了不少杰出的青年作者，在培养青年作者的同时他也在进行着零碎但却不乏实用、深度的文学理论探索，他还以自己的创作实践践行着这些实用理论，他把培养文艺青年、探索文艺理论、创作实践三者相互交织在一起，融会贯通于他的文艺人生。

---

① 萧殷：《创作随谈录》，长沙：湖南人民出版社，1985年版，第54页。
② 萧殷：《创作随谈录》，长沙：湖南人民出版社，1985年版，第19页。
③ 《萧殷同志追悼会悼词》，《新文学史料》，1984年第1期。

作家·战士·园丁

弘征

湖南省文史研究馆馆员,湖南文艺出版社原社长、总编辑,《芙蓉》杂志主编、编审,湖南省人民政府参事,湖南省文联委员及作家协会第四、五届副主席。

隆冬时节,我从湖南来到广州。晴空灿烂,万紫千红,仿佛春天已经来临。盛况空前的广州文学创作座谈会刚刚开过,与会的人一谈起它,就像怀里揣着一团火。就在这春意盎然的时节,我拜访了老作家萧殷。

提起萧殷,由于前些年"四人帮"的文化专制,扫地焚书,年轻同志也许只是久慕其名,而没有办法读到他的许多著作。但对中年一辈的作家和文艺爱好者来说,恐怕很少人没有从他丰富的创作论著中得到教益,无人不认为他是曾经指点过自己的良师。

他住在东山一幢小楼的二楼上。小小的书房前有一个阳台,大大小小的花盆,组成了一个色彩斑斓的花圃，一簇簇鲜花迎人竞吐，陪伴着这多年来以浇花为乐的受人尊敬的辛勤园丁。

萧殷同志年轻时学过美术，对绘画、书法、金石的鉴赏力都很高，至今仍和许多老画家保持着挚诚的友谊。小楼的壁上，挂着唐云、赖少其等老画家的近作，浑厚华滋，古拙苍劲，显示出室主人深厚的艺术素养。写字台前，挂着一位广东名老画家的墨竹，迎风潇洒，也正和主人的性格相称。

十七年不存在什么文艺黑线

我们在小书房中娓娓而谈，话题很自然地转到刚结束的广州文学创作座谈会来了。萧殷同志对这次会评价很高，认为它是一次空前少有的解放思想、分清是非的会。尤其是周扬等几位领导同志的讲话，站得高，看得远，使人豁然开朗，认识和分清了许多问题。当谈起那长期套在文艺工作者身上的枷锁，即所谓"十七年有一条文艺黑线"时，萧殷同志十分愤慨，怒斥其完全是一种荒谬的诬蔑。我们知道，"文革"前十七年，萧殷同志有十年在北京，担任过《文艺报》、《人民文学》杂志和中国作协文学讲习所的领导工作，参与筹备第一、二、三届全国文代会，按他自己的话说，是完全置身在文艺战线的漩涡中，感触到文艺界的每一根神经。他说：新中国成立以来，所有的文艺方针、政策都是由毛主席和周总理亲自制定，并由周总理直接领导的。当时具体负责文艺领导工作的周扬、乔木同志，每次和我们谈话，都是指示我们要认真执行主席和总理的指示，从未叫我们如何去反党反社会主义。所谓十七年存在一条"与毛主席思想相对立的反党反社会主义黑线"，完全是林彪、"四人帮"无耻的捏造，矛头是针对着总理来的。萧殷同志认为，必须把"文线黑线论"彻底推倒，才能使大家从沉重的精神桎梏中解脱出来。

繁荣创作不仅是作家的事

打倒"四人帮"后，文艺界的春天开始了，大家都期待着一个百花齐放的空前繁荣的时期到来。萧殷同志认为，第一，要有真正的、实事求是的文艺批评。批评不仅要体现马列主义的文艺思想，反映大多数群众的意见，而且要通过正确的、具体的分析，帮助作家总结创作实践中的成绩和缺点，使作家少走弯路。萧殷同志历来认为：批评家不是审判官,而是作家的知音。批评的目的是繁荣创作,推动创作,而决不是把别人都打翻在地,让自己踩着去爬上"批评家"的宝座。作为文艺评论家的萧殷同志,不仅众多的年轻作者从他的创作评论中受到教益,一些老作家也从他的诤言中得到帮助。我们谈话的当儿,就有一位上海的老作家来信,对萧殷同志在20世纪50年代写的关于他创作问题的意见仍感激于怀。"四人帮"的文宿姚文元,早在"文化大革命"前,就在张春桥的支持下,像一匹野马肆无忌惮地践踏着文艺花园。他不学无术,只知乱棍打人,居然成了上海滩上的评论权威,真是咄咄怪事,可见文艺批评中那种"左"得出奇、扼杀艺术民主的风气是早就存在着的了。许多作家和作品曾因此受到严重伤害和摧残,有的作家甚至因之失去了生命,这个教训值得认真吸取。第二,文艺报刊的编辑是创作的助产士。新的作家、好的作品,如果不被编辑发现,就如一棵可以长成大树的嫩芽,由于进不开地壳而消失,或如蓓蕾初绽因摧残而夭折。一般说来,编辑应具有才、学、识三个条件。其中才是相对而言,当然不能要求编辑比作家写得更好。但从学和识方面,则要求有比作家更广博的知识、更深厚的素养以及准确的、敏锐的判断能力。萧殷同志认为,编辑应当多读书,加深自己的修养,现在有些年轻的编辑同志基础不深又长期不读书学习的情况值得注意。无学就不能识,怎么能搞得好工作呢?此外,编辑还必须具有一颗求才若渴的心,做到不遗才、不弃才,不漏掉一篇好作品。

战士的性格和艺术良心

无产阶级的艺术良心是什么?就是热爱人民、坚持真理、不向邪恶势力低头的战士性格!而这种最可宝贵的战士性格,在林彪、"四人帮"横行之际,不是在许多老作家身上得到了生动的体现吗?如果艺术家不讲艺术良心,那就反而使那种见利忘义、投机钻营的市侩之徒踌躇满志了。"亦余心之所善兮,虽九死其犹未悔。"作为作家、评论家的萧殷,在前些年林彪、"四人帮"统制文艺时期,就曾经历了一个艺术家良心的严峻考验,把他忠于党的文艺事业的战士性格充分体现了出来。在那些日子里,他不去为"三字经"之类的帮论捧场,不去为"高大全"树碑立传。相反,在1972年冬,当得到一个机会,能在一个创作学习班上向青年做报告时,他公然宣称:"有人说,塑造英雄形象是根本任务,我认为不是唯一任务……"敢于与帮论针锋相对,以致后来被当作"黑线回潮"的典型。尽管如此,他仍未被吓倒,在1975年,他又由于"不忍眼巴巴地望着青年在被颠倒了的生活与艺术圈套里乱闯乱撞,不忍眼巴巴地望着他们在被搅乱了的泥浆里滚来滚去",抱着羸病之躯,着手写一部阐述创作规律的《创作论》。明知所论各点,都要触犯"天条",写了也不能出版,但他还是不舍昼夜地写下去,因为他要尽到帮助青年作者的责任啊!我们知道,就在他备受打击的时候,有人劝他:"你不是和张春桥两次共事吗,只要写封信给他,他能说几句话,你的处境就改善了。"但遭到了萧殷同志的严词拒绝!向邪恶势力低头是对一个艺术家良心的莫大侮辱,趋炎附势是和一个战士的性格绝对不兼容的。不久前,他要一个习作者为他刻了两方印章。一为"未宜轻屈平生膝",正体现了他不向邪恶势力低头的战士性格;一为"不辞羸病卧残阳",表达了他以抱病之躯正加倍工作为党和人民多做贡献的胸怀!

辛勤的园丁

萧殷同志爱养花,他几十年如一日地关怀和扶植青年作者,也是一位浇灌文艺鲜花的园丁。《组织部来了个年轻人》的作者王蒙,和许多年轻作者一样,一直受到萧殷同志的关心和培养。早在50年代,萧殷同志曾为他的长篇小说《青春万岁》提出详细的修改意见,后来,也一直对他寄予关切和同情。当我们谈起王蒙时,萧殷同志极力称赞他有才气而又很坚强,期待他为文艺事业做出更多的贡献。1970年,萧殷同志刚从外地流放归来,就为一位广东的青年作者批阅一部长篇小说,17万字的稿子,他的批注就有1万多字,竟致积劳成疾,因"用脑过度,致脑血管痉挛"而昏倒在地,经入院急救治愈。新中国成立以来,他先后出版了《论生活、艺术和真实》《与习作者谈写作》《给文艺爱好者》《论文学的现实性》《习艺录》……许多论著,使广大文学青年深受其益。他给青年习作者们的回信,一封一封,工工整整,收集起来几百万言,这里面倾注着他多少心血呵!

作为一个长期指导青年写作者的前辈,青年们求之若渴是很自然的。登门拜访者川流不息,远至新疆、云贵的信稿如雪片飞来。径寄家里的、编辑部转来的,每月数以百计。我们正在谈话的当儿,他的女儿就抱着一大堆刚收到的信稿进来了,不下十封。有的信写得密密麻麻,而又长达十几页,有的则寄上大部长篇要求详细批改,有的在一张小纸上抄上几首民歌请提意见,有的原稿写得龙飞凤舞,有的信又写得如蚯蚓爬行。但萧殷同志都一字一字地认真看下去。所有信稿,都注明收到日期、复信日期。在他家里，不仅写字台上、书架上堆满了信稿，连睡床上，也有一半为信稿所占据，这是萧殷同志在病中不能久坐，只好抱病躺在床上看的。他每天用于谈话、看信、复信要花好几个钟头，更不用说看稿的时间了。

由于时间都被分割了，上海文艺出版社约的一本书迟迟不能编成，《创作论》拖了一年多，至今无法下笔。目睹这种情形，不禁心有所感：请给作家以时间！青年文艺爱好者来信向老作家求教，愿望都是好的，有的还因此得到成长。但从大量来信中，也反映出一种想找捷径的心理：认为不须自己努力，完全靠老作家的帮助就可以写出好作品来。如有的来信中提出："我决心以文学为社会主义服务，请帮助我实现愿望""把你的秘诀告诉我吧，哪怕几行字也行"。问题提得如此不着边际，可见写信的人并无创作上的准备，也没读过有关的书，更不用说是因在创作实践中遇到了什么困难才来求教的了。他们天真地以为，只要萧殷同志告诉几条秘诀，他们就可以成为作家了。对此，萧殷同志有一个很形象的比喻：有个人想到达彼岸，但始终站在原地不动，步也不肯走，只是大叫，"您快来帮我达到目的地呀！"在个别年轻同志的信中，甚至还写些诸如"您是完全有能力帮助我实现愿望的，就看您愿不愿意了"，好像他将来如果不能成为作家，将要由萧殷负责似的。

经常遇到这种情况的恐怕不止萧殷同志一人，有些老作家也为此苦恼。创作是需要时间的。而有经验的老作家们的时间尤为可贵。他们年事已高，又大多身体不好，比起科学家来，他们的社会接触面要广，有着更多的社会活动和身外事。即如萧殷同志久病在身，连说话都感到吃力，他既负有行政事务和繁忙的编务工作，每天还得花很大一部分精力来处理信稿、接待来访，还有多少时间写文章、搞创作？

对当前诗歌创作的看法

在广州文学创作座谈会上，很多同志曾议论新诗的"危机"。由于自己比较爱好诗歌，趁此机会，想听听萧殷同志对当前诗歌创作的一些看法。

我的提问是直截了当的：当前诗歌创作的流弊是什么？萧殷同志认为：一是缺意境，把诗写得干巴巴的。这也就是我们常说的图解概念或语言的堆砌。二是虚假的浪漫主义，充斥着不着边际的浮夸。萧殷同志说：诗是要运用夸张手法的，但夸张要有内在联系，胡乱的夸张只能使诗里充满假话、大话、空话。三是没有时代感。有些诗四平八稳，老调陈词，你说它是哪个年代写的，50年代？70年代？分不出来。这就关系到诗歌是不是感受到了时代的脉搏，是否反映了人民的心声。在广州文学创作座谈会上，同志们提到某刊物在店里无人问津，降价都卖不脱，而由群众自己编印的《天安门诗抄》，销行几百万册，不想办法还买不到！什么原因？就因为这些诗唱出了人民的心声！而我们有的诗却惯于回避现实，粉饰太平，大话、空话连篇，难怪读者要说这不是抒情诗，而是"虚情诗"了。在萧殷同志的案头，我看到一封《诗刊》请他谈诗的信，我们期待着他对诗歌创作更全面和系统的见解。

　　老人新恙初愈，连说话都感到吃力。几番打扰，虽然获益良多，也不禁非常抱歉！当我离穗那天去向他辞行的时候，他送我出来，站在台阶上，几经回首，他那慈祥、亲切的笑貌久久萦回在我心……

　　附记：本文是作者在1978年写的。文中所述的问题，现在早已不成问题了。但萧殷老在和作者谈论的时候还正属微妙的敏感时期，可以看出一位正直的老作家在当时的卓见，引起我们深切的怀念。

萧殷之记者生涯

陈家基

广州外国语学院英语系原副主任,中美及南非文化学者。代表作有中国国家安监局南非培训教材《南非的矿山救援》;译作《艾滋病证人》、《正义》、《心脏保健50法》;《萧殷历史考证》系列;《史海钩沉寻丁龙》系列等。

萧殷(1915—1983)是我国著名的作家与文学评论家。然而,萧殷有过一段当记者的经历,这段本来也很辉煌的历史长期以来被他作家与文学评论家的光芒所掩盖,萧殷自己对此段经历叙述不多,也鲜有研究者专注于发掘他这一段经历的史实。最近,我在研究萧殷的历史的过程中发现了一些鲜为人知的资料,在整理这些资料的时候,我越来越觉得,萧殷的记者生涯是不能忽略的。

萧殷热衷文学,中学期间已经博览文学名著,从16岁起就开始发表小说和诗歌。1935年至1936年期间,萧殷在广州《广州民国日报》副刊《东西南北》以郑文生的名字发表过二十来篇小说与散文①。由于广州政治形势的变化，萧殷参加了曾生领导的"国际问题研究小组"及广州的革命组织广州艺术工作者协会②，于是放下小说散文的写作并拿起"匕首和投枪"，利用蒋桂矛盾在香港的桂系报刊《珠江日报》副刊《潮声》以"萧英"为笔名连续发表杂文，猛烈抨击国民党的反动立场③，因言辞激烈常被"开天窗"，最终遭到国民党特务机关通缉而被迫逃亡上海④。在上海，萧殷参加了抗日救亡团体"上海防护团"宣传抗战并救护伤员，其间读到多期延安《解放周刊》的油印小册子《解放文选》。1937年10月，上海即将沦陷，萧殷来到武汉青年会。11月，萧殷参加了第七战区政治部宣传队，到苏南、浙北和皖南各地宣传抗日，有机会听八路军驻汉办事处负责人张爱萍、张经武和聂鹤亭介绍共产党的游击战略，还看到中共高级将领介绍游击战的文章，深受启发。1938年初，萧殷随宣传队前往皖南的路上，因第七战区司令长官刘湘之死，宣传队解散，2月返回武汉，参加了范长江创立的中国青年新闻记者学会的工作。

自此，萧殷开始了记者生涯。

从1936年到1946年，萧殷的名字是"萧英"。所以我以"萧英"为线索，从而揭开一段段尘封的历史⑤。

1938年3月30日，中国青年新闻记者学会第一届全国代表大会在武汉举行，萧英出席了成立大会，并且在会上被选为"青记"的干事。关于萧英被选为"青记"干事的记录，刊登在中国青年新闻记者学会所办的刊物《新闻记者》的创刊号上公布的"中国青年新闻记者学会理事名单"上⑥。关于"青记"当时的选举情况，"青记"理事陆诒在回忆文章中写道：大会"选举范长江、傅于琛、陆诒、钟期森、曾圣提、朱明、徐迈进、陈子玉、夏衍、陈同生、恽逸群为理事，推定范长江、钟期森、徐迈进三人为常务

---

① 萧殷：《我怎样走上文学道路》，见《萧殷自选集》，广州：花城出版社，1984年版，第964—965页；《致育根》，载《萧殷文学书简》，第193页。

② 赖少其：《我的革命战友萧殷》，见《百年萧殷纪念文集》：黄树森主编，广州：花城出版社，2018年版，第75—76页。

③ 萧殷：《我怎样走上文学道路》，见《萧殷自选集》，广州：花城出版社，1984年版，第970页。

④ 赖少其：《我的革命战友萧殷》，见《百年萧殷纪念文集》，广州：花城出版社，2018年版，第76页。

⑤ 陶萌萌：《萧殷大事年表》，见《百年萧殷纪念文集》，广州：花城出版社，1984年版，花城出版社，第426—430页。

⑥ 《新闻记者》创刊号，1939年4月1日，第23页。

理事，朱明为秘书，具体领导会务。在常务理事下面，分设总务、组织、学术三个组，各组除由理事兼任正副主任外，另设专职干事。当时，总务组的干事是萧殷，组织组的干事是冯英子，学术组的干事是朱楚辛"①。

"青记"成立以后，萧殷被分配负责《新闻记者》的编辑工作。当时"青记"曾召集在武汉的各方面代表人士，举行国事座谈会，通过大家发表意见，坚定了抗战的决心，反击了投降派的活动。"《新闻记者》创刊号封面，就是用了一次座谈会的签名。浩浩荡荡的阵容，有力打击了当时的动摇和投降空气。"②萧英以"青记"干事的身份参加了座谈会，他的名字也出现在签名的图片上③。

在《新闻记者》杂志上，萧殷先后在第1卷第2期、第3期和第5期上发表了五篇文章：《上海〈大美晚报〉被禁发行与纵容侵略》《以打击汉奸〈庸报〉的手段打击一切民族罪人》和《利用汉奸内部矛盾加速其崩溃》④。

《改变新闻宣传的方针》以及《延安记者开始组织》（到延安后所写）。

在武汉期间，萧殷积极参加了"青记"的各种活动，在1938年7月1日出版的《新闻记者》第一卷第四期勾适生《战地记者的任务》一文中，刊登了"青记"欢迎中外战地记者大会与会者签名，萧英的名字也在其中⑤。

不久因为武汉即将沦陷，萧殷面临着撤退到重庆还是去延安的选择。这时候的萧英已经与新华日报以及八路军驻汉办事处有过多次的接触，他毅然决定离开武汉到延安去。他不久进入延安鲁艺学习。

最近，我发现了萧殷在1938年10月底，写了一篇题为《鲁迅艺术学院的轮廓画》⑥的文章，向外界报道了延安的鲁迅艺术学院的生气勃勃的学习与工作的情况。这篇报道以"全民社肤施（肤施为延安的旧称）通讯"的名义发表在1938年第32期的《战斗》杂志和《新华日报》上。这时，萧殷刚刚结束了鲁艺的学习。四个月前，萧殷一行七个人从武汉到西安，为了路上的安全，萧殷找武汉全民通讯社为一行七人开具"全民社西

---

① 陆诒：《"青记"的创立和它在武汉会战前后》，载范苏苏、王大龙主编：《范长江与青记》，北京：北京工艺美术出版社，2008年版，第263页。
② 冯英子：《在武汉的日子里》，《新闻传播与研究》，1981年第2期。
③ 范苏苏、王大龙主编：《范长江与青记》，北京：北京工艺美术出版社，2008年版，第204页。
④ 见古籍网http://www.bookinlife.net/book-385612.html。
⑤ 《新闻记者》1938年第1卷第4期
⑥ 萧英：《新华日报》，1938年10月28日，第3版。

北旅行团"公文,使得他们顺利成行。全民通讯社是李公朴与阎锡山和周恩来商议举办的通讯社,李公朴为社长。该通讯社向国内外发送大量的战地新闻与通讯。据此,我大胆推断,萧殷当时已经是全民通讯社通讯员。作为记者,萧殷在报道中大力推介延安,他相信全国青年看到他如此介绍的鲁艺,就像当年自己看到延安的油印小册子一样受到鼓舞和启发,投奔红色根据地。

萧殷在鲁艺学习期间便已经开始与有关人士和组织开始了"青记"延安分会的筹备成立工作。萧殷于1938年第10期《新闻记者》上的文章《延安记者开始组织》中写道:"自接到总会统筹组延安通讯处后,曾与徐冰先生商谈过一次,最后,由新中华报,解放社,通讯社发起登记留延新闻记者,我乘这机会与该负责人汪仑先生谈及组织青年记者学会延安分会事,颇得他赞许,并即去函总会。会员现已登记七十六名,谅下星期成立。分会成立时,我一定会给新闻记者写一篇报告!"①

学习结束以后,适逢1938年11月6日延安的中国青年记者学会成立,由于萧殷是"青记"总会的干事,在延安分会成立大会上他成为主席团成员,并被选为延安"青记"理事。据《新中华报》1938年11月10日第4版题为《纪中国青年记者学会延安分会成立大会》的报道:"大会推举蒋委员长、毛泽东先生、范长江先生、萧同兹先生、丁文安先生、王亚明先生、王芸生先生、邹韬奋先生、吴克坚先生等为大会名誉主席团。又推选徐冰、向仲华、汪仑、宁远、萧英(萧殷)、员宪千、方树民等同志为大会正式主席团……接着推选徐冰、向仲华、汪仑、萧英(萧殷)、沙凡、雷烨、方树民、英魁、方绥、周游、员宪千、刘人寿等十三位同志为理事。"②

"大会闭幕后,即行召开第一次理事会,讨论事项如左(如下):分工:……学术组决议以徐冰为主任,萧英(萧殷)付之。"

在此期间,萧殷参加了当时的中共中央机关报《新中华报》(旧版)的编委会工作③,他深入前线,正式成为一名战地记者。在被中央组织部派到晋西协助李公朴工作期间,他以"萧英"的名字写出报道《母与子》,并在《新中华报》上开辟了一个名为《西线小故事》的专栏。萧殷还前往吉县井圪塔村进行采访,写出了揭露日本侵略者惨绝人寰的杀戮暴行和村民英勇抵抗事迹的报告文学《井圪塔的血》,文章以"萧英"的

---

① 萧英:《延安记者开始组织》,1938年第9~10期。
② 《新中华报》,1938年11月10日,第4版。
③ 杨小川:《新中华报介绍》(http://docin.com/p-803435326.html)。

名字在重庆《新华日报》连载三日,激起国民对日寇的无比仇恨,引发了强烈的社会反响①。

1939年4月底,萧殷回到延安,继续在延安青年记者协会工作。在晋西地区工作的四个多月时间,萧殷不忘自己的记者身份,每天采访,积累了大量第一手资料,构思了多篇战地故事。回延安后,根据这些素材以"萧英"的名字写出一篇篇《西线小故事》,包括《传令兵之死》和《引路》(王二小故事的原型之一)两篇文章,在《新中华报》(新版)发表②。

1939年6月,延安"青记"召开了第二次大会,由于萧殷在这段记者经历中有着突出的表现,"徐冰、向仲华和萧英(萧殷)三位同志被推选为大会的主席团。接着由萧英代表上届理事会,报告半年来的会务……最后选出本届的理事:徐冰、李初黎、向仲华、乔木、刘光、萧英(萧殷)、汪琦等七位同志当选为理事"③。

1939年9月底,萧殷被派往太行山任中共中央北方局机关报(太行版)《新华日报》编委及通讯联络科科长。在太行山的战争环境中,生活艰苦,吃的是小米、黑豆、高粱,装束是土布军装、绑腿和军帽。因为敌人视《新华日报》为眼中钉,多次"扫荡"。报社因此需要不断转移阵地。萧殷既要前往冀南抗日根据地采访平原游击战及政权建设的经验,也常常跟随军区作战部队一起参加战斗。为了真实报道战地实况,萧殷常常跟随部队行军参战,以最快速度完成一篇篇战地报道。这期间,萧殷经历了生死一线间的战地记者生活。

不久前我们发现了萧殷在《新华日报》(太行版)上的一篇以"本报特派员萧英"名义发表在1940年12月11日的"百团大战通讯"专栏的文章《大破击在晋南》详尽报道了晋南抗日根据地军民在百团大战中英勇作战取得的辉煌战绩。

1957年萧殷写作《严寒的夜晚》回忆战地记者的生活,写到与他建立了深厚情谊的记者战友李谦、杨播、小刘,他们后来全部英勇牺牲。文中萧殷生动地记录了1939年11月份他和战友们在严寒中彻夜难眠的经历:"听着这惨厉的风声,我脑海里却掠过许多英雄的影子:在这样严寒的夜晚,有无数的哨兵,还像石像似的站立在山头上;有多少支勇敢的连队,正趁这严寒的夜晚,向敌人进行夜袭;谁能数得清有多少忠勇的通讯

---

① 重庆《新华日报》1939年3月23—25日。
② 见《新中华报》1939年2月25日、8月25日、9月1日。
③ 《延安青记举行第二次会员大会王明同志冒雨亲临指导》,《新中华报》1939年6月2日。

员，为及时地把作战命令送到目的地，正忍着寒冷泅过漳河……"①

当时，许多新入行的年轻记者不会写新闻消息。看到记者的困扰，为帮他们解决问题，萧殷特地编辑油印刊物《通讯与联络》，并以"黎政"的笔名，写出指导青年写作的小册子《怎样写新闻消息》②。

1940年1月，报社派萧殷到冀南抗日根据地采访平原游击战以及政权建设的经验。2月，在冀南，适逢"剿逆"战争（即石友三率部进犯冀南八路军）。作为《新华日报》战地记者，萧殷随军赴游击战前线，转战一个多月，及时报道人民和抗日武装与敌人战斗的事迹。

萧殷在前线，经常给与他一起共同生活和战斗的冀南妇救会的干部与工作人员讲述前线的新闻消息，和他们建立了深厚的感情。宋创在《战地记者故事多》中深情地回忆起"萧殷同志和新闻联系在一起了"的情况："差不多半个月没有见萧殷同志，认为他又到前方采访去了。同志们期待着听他讲更新消息，有时互相问问为什么萧殷同志还不回来。我真想知道前方的消息，萧殷同志和新闻联系在一起了，我想知道鬼子在各地的暴行，更想了解前方群众的抗敌热情……萧殷和战争情况联系在一起。"③

1940年3月，在冀南保卫战期间，萧殷在一次采访冀南军区副司令员王宏坤后，随同部队返回冀南军区司令部，在进入一个村庄时被村民告知村里有敌人，一行人立即掉头转移，情急中萧殷被受惊的战马双蹄踢伤，致左腿胫骨断裂。后来他被送入军区医院，治疗两月无效，膝盖以下将要腐烂，医生建议锯腿，但被萧殷拒绝了，他说道："没有了腿我还怎么跑战场？"后来经民间医生的草药治疗保住了腿。在村民家里养伤期间，萧殷曾经数次遭遇鬼子进村和敌机俯冲扫射的生死关头，幸免于难。这些虎口余生的惊险经历，后来萧殷在自己的小说《在柳庄》和《伤疤》之中有生动的重现④。半年后，萧殷返回新华日报，路上恰遇日寇对8月"百团大战"的报复性"扫荡"，他再次幸免于难。回到报社，因腿伤未愈，萧殷无法赴前线采访，于是专心履行编委职责，

---

① 萧殷：《严寒的夜晚》，载《萧殷自选集》，广州：花城出版社，1984年版，第877—878页。
② 黎政：《怎样写新闻消息》，见萧殷：《生活·思想·随笔》，人间书屋出版社，1951年版。
③ 宋创：《战地记者故事多》，见《百年萧殷纪念文集》：黄树森主编，广州：花城出版社，2018年版，第111页。
④ 萧殷：《萧殷自选集》，广州：花城出版社，1984年版，第930页、944页。

参加《新华日报》社论、专论的写作（其中包括"皖南事变"社论的写作）①。

1941年4月，萧殷因身体伤残无法适应恶劣的游击环境，被调回延安，在中共中央研究院中国文艺研究室文艺评论小组学习和工作。在这以后的四年多时间里，萧殷暂时离开了记者岗位，开始了文艺理论的学习和研究。

需要补充说明的是，1941年1月，延安"青记"召开第三次会员大会时，萧殷正在冀南前线而缺席，也未继续参与以后"青记"的领导工作。由于中国青年新闻记者学会在社会上的影响，1941年4月28日，国民党当局由社会部下令查封总会，禁止"青记"活动②。

1945年，日本投降，萧殷被派往张家口，任新华社晋察冀分社编辑组长，同时兼任中共晋察冀中央局机关报《晋察冀日报》编委。萧殷再次回到离开了四年多的新闻战线。1946年1月北平的军事调处执行部成立，2月，新华社北平分社成立，萧殷任新华社北平分社采访主任。同月，北平《解放》三日刊正式出版，萧殷任采访科长。采访与报道，再次成为萧殷战斗的主旋律。

国共谈判期间，萧殷作为新华社记者，随中共代表团住在翠明庄，负责采访中共代表团的活动及各地军事冲突的新闻，每天，他把写好的和谈消息、国共双方军事冲突的报道，直接请示叶剑英同志后及时发回延安③。

1946年3月，萧殷写了《〈解放〉三日刊出版前后》一文，寄回解放区《晋察冀日报》发表。报社根据最新情报，得知国民党特务对共产党文化人的暗杀行动步步升级（不久后，李公朴、闻一多、仓夷之死证实了这点），考虑到作者在白区工作的安危，报社在发表此文时把作者长期使用的笔名"萧英"改为"萧盈"④。萧殷受到启发，当报社印名片时，就把"萧盈"按照客家话（萧英是客家人）发音改成"萧殷"。此后，"萧殷"这个名字便一直被使用并为人所熟知。

1946年7月30日，安平事件发生。当时美国新任驻华大使司徒雷登坚信，中共军队此一行动受命于延安，意图"引起舆论从而导致美国从该地撤出陆战队"。这使得和谈

---

① 陶萌萌：《萧殷大事年表》，见《百年萧殷纪念文集》：黄树森主编，广州：花城出版社，2018年版，第433页。
② 中国记协：《1937—1949 "中国青记"时期大事记》。
③ 陶萌萌：《萧殷大事年表》，见《百年萧殷纪念文集》：黄树森主编，广州：花城出版社，2018年版，第434页。
④ 萧盈：《〈解放〉三日刊出版前后》，《晋察冀日报》1946年3月29日。

受到冲击。8月初，为调查事件真相，军调部成立第二十五特别执行小组。萧殷与记者同事仓夷奉命到北平参加第二十五特别执行小组报道工作。8月8日，萧殷与仓夷搭乘飞机前往北平参加国共三方记者对安平事件的采访。由于受到国民党特务故意刁难，萧殷与仓夷分乘两架飞机前往北平。当萧殷在北平机场苦苦等待战友的时候，25岁的仓夷却被敌人引去山西大同杀害。1957年，萧殷写下散文《桃子又熟了》详细记载了这一事件，表达了对战友的深深怀念[1]。

"一直到一九四九年七月末，当我们都因接到胜利的消息欢腾鼓舞的时候，当全部大陆快要解放的时候，我终于听到了仓夷的消息了……

"杀害仓夷的刽子手，已经捕获！从刽子手的口供里，我才知道，原来就在一九四六年八月八日上午十点钟，当我正坐在飞机的阴影里读着卡达耶夫小说等待他的时候，刽子手就拿刺刀将仓夷活活地杀死了……

…………

"啊啊！多雨的季节已经过去，桃子又快熟了……

"可是，可是仓夷啊！他却永远不再归来……"[2]

萧殷失去亲密战友，伤痛变成义愤，变成动力，鼓舞着他在新闻战线勇往直前。在第二十五特别执行小组会议中，萧殷成为我方唯一的记者，每日写报道发至延安。

1946年10月，在国共双方军队激烈的枪炮声中，萧殷随晋察冀日报撤出张家口，立即前往冀中导报担任副刊主编，并于1948年担任石家庄日报副总编辑。至此，萧殷的战地记者生涯画上句号，但是，萧殷仍然活跃在新闻战线。

1949年2月，萧殷随中共中央华北局进入北平，参加文艺界的座谈会，并参加了第一次文代大会的筹备工作，从此，萧殷离开新闻界，转向文艺界！[3]

纵观萧殷一生，他的记者生涯虽然仅有短短四五年，但这在萧殷不算长的生命里程中，其实很长很长，因为它曾经硝烟陪伴、生死相随；萧殷早已抱定艰苦奋斗、赴汤蹈火的信念，相信自己跟战友们一样，生命终结的最后称号，必定是——战地记者。想

---

[1] 陶萌萌：《萧殷大事年表》，见《百年萧殷纪念文集》：黄树森主编，广州：花城出版社，2018年版，第442页。

[2] 萧殷：《桃子又熟了》，见《萧殷自选集》：黄树森主编，广州：花城出版社，2018年版，第906—907页。

[3] 陶萌萌：《萧殷大事年表》，见《百年萧殷纪念文集》：黄树森主编，广州：花城出版社，2018年版，第436页。

不到死神一次次放过自己，虽然工作岗位随着革命的需要一次次变化，但是，经过战火熏染的骨血不变。晚年，萧殷曾经用六个字总结自己的一生，那就是——战士，作家，园丁。

新中国成立后，萧殷虽然担任文艺界领导，但是他一有机会就去采访报道，他没有忘记自己最熟悉的记者身份。1954年3月底，萧殷到鞍山钢铁公司采访劳模孟泰的事迹，写下报告文学《孟泰仓库》①。1956年11月，萧殷到河南参加青年业余作者会议期间，在河南洛阳参观并采访龙门石窟，写下《龙门印象》②，这篇文章近年被选为中考语文经典现代文选篇。1958年，广东省雷州半岛的五十万军民，以不到三年的时间修建了一条雷州"青年运河"，萧殷与作协的几位同志一起，到运河工地采访和组织稿件。朱崇山在题为《高山景行》的文章中说："稿子组好结集出版《银河纪事》，萧殷同志给集子写了小序，热情洋溢，谆谆教诲……"③1959年，萧殷在暨南大学中文系任教期间，组织中文系的学生下乡采风，回来后编成一本"华南新民歌选"《荔枝满山一片红》，萧殷为这个"民歌选"题写书名并加序④。

我相信，随着萧殷研究的深入，一定会有更多的史料被挖掘出来，我们完全有理由在萧殷的文学家和文艺评论家的头衔之上，补上新闻工作者的称谓，还这段曾经被尘封的历史以完整的面目！

---

① 《新观察》，1954年第8期。
② 萧殷：《龙门印象》，《旅行家》1957年第2期。
③ 朱崇山：《高山景行》，见《百年萧殷纪念文集》：黄树森主编，广州：花城出版社，2018年版，第268—269页。
④ 暨南大学中文系："华南新民歌选"《荔枝满山一片红》。

回忆初识萧殷时

高戈

回族人,原籍湖南。中共北京市委统战部原部长、北京市政协原副主席,现任全国政协委员。

萧殷同志(1915—1983)离开我们已经九年了。在战争年代,革命战士的聚合离散本来是常事,最后诀别也是不可避免的。然而先我而辞世的战友中,给我留下难忘印象的,萧殷就是其中的一位。

这是半个世纪前的事情:全面抗日战争开始前后,大批追求真理的青年投奔革命圣地延安。1938年8月间,萧殷和我几乎同时进入延安鲁迅艺术学院文学系第一期学习。我们同在一个小组,同住一孔窑洞,而且铺盖相连,朝夕相处了三个多月时间,直到我们一些同学于当年11月下旬离开延安,跨黄河赴晋东南八路军前方总部参加革命工作,萧殷继续留在延安学习,这是我们第一次分手。在鲁艺学习快结业时,我们几乎又是同时加入中国共产党的。

在鲁艺学习时,我们同学中大部分是爱好文学的大中学生，而萧殷却早已是闯荡社会，从事教育和写作，足迹遍布穗沪汉，用笔作武器，矛头指向国民党反动派残民暴政的斗士了。在第一次小组会上各人作自我介绍时，他简扼地叙述了自己的经历，并为能到延安学习深感庆幸。

萧殷过早涉足社会，独立生活，显然比我们学生出身的同学要成熟得多，生活习惯与我们迥异。他一般不苟言笑，常常手不释卷，或在窑洞外的平台上独自来回踱步，似乎常常陷入沉思之中。另一方面，在小组学习遇到争论时，他往往侃侃而谈，有时争得面红耳赤，坚持自己的意见。然而在和同学个别接触中，他又显得和善可亲。交换意见，能平等相待。循循善诱，使人感觉到他内心蕴藏着一团烈火，像岩浆一样从心底迸发出来。

萧殷同我第一次谈心的经过是这样的：在鲁艺学习的中后期，周扬同志给文学系布置了每个同学交出一篇习作的任务。在看完习作后，他又几乎对每篇习作作了讲评。说来真是"初生牛犊不怕虎"，我的习作是一篇描写地主豪绅勾结国民党基层政权官吏压榨欺凌贫苦农民的小说，原想写几万字，但只写出约万把字，没等写完就到限期交卷了。小说就用当时一些地主豪绅掌握了农村基层政权，掩饰欺压农民恶行常用的口头禅"为乡梓服务"的后四个字作标题。周扬同志在讲评时，说我的这篇习作乡土气息浓厚，写得还真实细腻，鼓励我写完它，并示意着力写写受苦受难的贫苦农民的思想和呼声。萧殷和我的谈心就是从这篇习作开始的。

萧殷仔细看完我的习作稿，劈头就问我：为什么要花很多笔墨描写地主豪绅，而不着力写好小说的主人翁？我告诉萧殷：我这时还是在念高中的学生，只是因为抗日战争开始后，学校一直处在停课状态。1937年底，张治中任国民党湖南省政府主席时，命令集中全省大中学生培训后下乡搞所谓抗日民众训练。经过一个月集训，1938年初，我和几位思想较进步的同学被分配在长沙县春华乡工作。很自然，那时在国民党的社会制度下，我们都处在基层官吏和豪绅的包围之中，乡长兼民众训练中队长指挥一切。我们也都被安排食宿在地主豪绅家中。除了少量训练时间接触农民，暗地根据一些有进步思想的小册子给他们讲政治课外，多数时间耳闻目睹的都是豪绅房东和乡保甲长们的所言所行。创作源泉的生活少到可怜，而自己有实际感受的就是这些，只好从写这些人着手，想透过他们的伪善言行和实际怎样对待农民，写出在抗战大背景下的二者的对立及怎样不适应全民抗战的形势。当然，我初出茅庐，要驾驭这样的题材能力是很有限的。萧殷听了我的说明，表示理解，但指出这是"先天不足"，只有在以后深入生活中才能解决。接着又看了我的习作简要提纲，提出了换个角度，再或改用别的题材样式，或者用自己第一人称介入的方式写作的中肯意见。可惜以后因工作变动关系，求知的热点转移，我没有继续完成这次作业。然而萧殷的这次同志式的帮助，几十年来未曾忘却，宛如昨日之事。

1939年3月，组织决定，把我从八路军野战政治部宣传部教育科调到新华日报华北分馆，开始作外勤采访，以后调内勤，做副总编辑韩进同志的助手，编辑太行区地方新闻。不久又根据社长兼总编辑何云同志的指示，除编地方新闻外，在编辑部创办通讯联络科，我为第一任科长。就在这年的7月上旬，日本侵略军发动对太行山区的大"扫荡"，打通了白（月蒲铁路线上的白圭镇）晋（晋城）铁路，把原系连成一片的太行山区割裂开来。变成太（行）北、太（行）南和太岳三个地区，敌后抗战进入更加艰苦残酷的阶段。根据地工作人员分批从太岳的沁县后沟村出发，通过白晋铁路封锁线转移到太北的武乡县大坪村。报社驻地转移了，但报纸原来建立的通讯网基础主要在太岳区。为了联络太岳区几百位通讯员，管理记者采访和报纸发行工作，经常听取区领导机关的意见，报社领导决定成立驻太岳区办事处。派我主持办事处的工作。于是我又立即穿过敌人封锁线返回太岳区。这年的深秋，回报社（这时报社因战事关系已迁到辽县后庄村）汇报请示工作时，我第二次遇见了萧殷，此时他已来到报社工作，并接替刘川峙同志为第三任通讯联络科科长了。

回报社第二天一早，萧殷就到我的临时住处来。在敌后见面，又是在同一单位做同样的工作，自是非常高兴。他的穿着和在延安时还是一样：一顶带格子的旧工人帽，一件旧麻布袋似的西装上衣，一条暗红色围巾绕在脖子上，一副深棕色镜架的眼镜架在鼻尖上，镜架的一条腿断了换成绳子系在耳上。两手交叉在袖筒里，嘴里还嘟囔着"冷呀，冷呀"的。冷，广东话发音近似"懒"，报社一些年轻同志碰见萧殷就喊"懒呀，懒呀"，一时成为口头语。

在叙述各人近年的经历后，我们的话题自然很快转到工作上来。萧殷表示他很高兴地走上党的新闻工作岗位来，能为党的报纸做工作，比在国民党区舒畅又安全——可以写要写的东西，讲应该讲的话，没有被通缉迫害之患了。

谈到通讯联络工作，他告诉我，准备改进出版和通讯员联系的油印刊物，不仅要有一般对通讯员的指导，如一个时期要宣传报道什么，对一段时间通讯员来稿的综合述评，还要选择有典型意义的稿件，具体分析，具体指导。这显然比我当时用手工业方式做通讯员的联络工作前进了一大步，我想做而未做到的，他以后实现了。

谈到新闻通讯的写作，针对当时我们报社年轻的编辑记者以及通讯员们大都是爱好文学艺术的青年，分不清新闻通讯的写作与文艺创作的区别，以致产生一些问题，如对事实报道夸大或失实、不必要的铺垫和描写，不适当的发表议论直至心理的刻画等，萧殷主张从新闻ABC和文学ABC开始学习和教育。这些问题一直是编辑部的热门话题，讨论得很热烈，萧殷也常和同志们有争论。到1940年初成立通讯联络部后，发展到反对"客里空"（当时苏联话剧《前线》中一名记者角色）的讨论，才较好地解决。

1939年12月，我被调回报社编辑部，次年1月又被派往太行区胜利报社工作。这段时间虽然短暂，但与萧殷过从甚密。他常拿自己编写的或通讯员的稿件来一起切磋，或是就我编写的稿件直到新闻标题提出问题，交换意见，使我得益良多。

1940年8月下旬至12月初，华北八路军为了粉碎日伪对抗日根据地频繁的"扫荡"，巩固扩大解放区，发动了对敌占交通线进攻的"百团大战"。萧殷和林火、华山等同志随军上前线采访。这期间，在《新华日报》华北版上，常常可以看到他们以特派记者或特派员的名义发表的新闻通讯。萧殷随军活跃在平汉线，以后进入冀南抗日根据地采访。他在平原游击战中不幸负伤，以及以后再次返回延安，我都是在事后知道的。

抗日战争胜利后，萧殷在张家口新华分社和晋察冀日报社，我在延安新华总社工作。国共两党"和谈"期间，1946年春萧殷调北平《解放》三日刊和新华社北平分社工作，我则于1947年初奉派到哈尔滨新华社东北总分社。一直到1950年以后，萧殷和我都在北京，大多是在共同参加的大会上，才有几次见面的机会，大家匆匆而来，又匆匆而去。1960年萧殷调广州后，从此我们就再未见面。但在这段时间里，我要感谢萧殷的同乡和老朋友，也是我的老朋友——民革北京市委副主任委员张克明同志，他借回乡探亲之便，沟通了萧殷和我的信息。在萧殷去世前，我们仅有一次互致问候通信的机会，他还随信寄我一本文艺评论《习艺录》，使我获知他在60年代，特别是在那"史无前例"的十年战斗的轨迹。以后他的孩子权权来京办事也曾探望我，他的女儿萌萌也曾来信要我提供关于他们父亲的"印象和一切"。这些延续下来的革命情谊都使我不能忘记。我想，我的这篇追念文，既是对已故老战友的缅怀，也是给萌萌的迟到的复信吧。

"人事有代谢，往来成古今"。在革命征程中结识的同志和朋友，有一点不以世易时移而变化的，则是大家结成的革命友谊是一贯的，是永恒的。萧殷同志在他的战友心中，在他的亲人心中，在他苦心培育的文学青年心中是活着的。

写毕于1992年春节前夕

学习萧殷先生"七者"形象，抒写新时代文学大篇章

邹晋开

广东省河源市作家协会名誉主席，中国作家协会会员、中华诗词学会会员。

2010年11月29日至12月1日，第23届世界客属恳亲大会在河源市召开。在大会筹备期间，当我得知市委、市政府拟兴建客家文化公园时，我即以市作家协会的名义向时任市委书记的陈建华同志写了个请示，其中说到三句话："萧殷先生在中国文坛享有盛誉；客家文化公园不能没有萧殷文学馆；萧殷文学馆将为客家文化公园增加含金量。"陈建华书记及市委、市政府采纳了我们的建议，河源终于有了萧殷文学馆。追溯萧殷先生的成长足迹、文学功绩及评论观，值得我们怀念和学习的地方是多方面的，我将其概括为"七者形象"，与大家分享。

一是勤奋读书的少者形象。萧殷从小就很懂事，知道读书对自己日后人生成长道路的意义。因

此,他很用功地读书,连中午都不放过。每当老师讲课时,他的精神都非常集中,除了老师讲课,他几乎什么声音都听不见,因此老师讲的他全都听得懂,而且全都记得。到考试的时候,成绩几乎都达到100分。萧殷上高小时,课本已远远不能满足他的学习要求,强烈的求知欲使他除了背诵、默写英文生字外,便把大量的时间都用来阅读课外书,接触了大量的中外文学读物,如蒋光慈的《鸭绿江上》《少年漂泊者》、荷马的名著《俄德西冒险记》等。有道是,少壮不努力,老大徒伤悲。萧殷这种勤奋读书的少者形象,多么值得我们的少年们学习啊。少年勤读书,老大功必成。

二是笔耕不辍的作者形象。萧殷先生上初中就开始写小说,后来又写散文,虽然小说、散文作品不多,但在中国文坛却占有重要的位置。他的一生主要从事报刊编辑、文艺教学、文艺理论研究,但在文学评论上,却是个笔耕不辍之人,成为深深扎根于现实大地的著名评论家。

三是博学多才的学者形象。萧殷先生从小就养成了博览群书的良好习惯,并贯串他的一生,使他成为博学多才的大家。这种学者形象,不仅成就了萧殷先生的人生,而且对我们每一个文学爱好者和作家都是有启迪作用的。

四是伯乐识人的编者形象。萧殷先生曾担任过《文艺报》主编、《作品》杂志主编等,具有一双伯乐识人的慧眼,发现、培养、扶持了许多当时是文学爱好者,后来成为文坛巨匠的大作家。在广东一直流传着"农民作者遇'伯乐'"的动人故事,说的是萧殷先生主持《作品》杂志时,了解到当年的汕头地区饶平县有个青年农民作者王杏元,根据潮州歌册改编了一部长篇小说《绿竹村风云》。为了帮助王杏元修改好这部作品,萧殷先生便将王杏元约到广州,还专门请了会讲潮州话的人和王杏元交流,提出具体的修改意见,并决定亲自到王杏元的家乡一趟,请饶平县的领导关心和支持王杏元的文学创作。途中,萧殷突发急性盲肠炎,疼得他浑身冒汗,不能行走,被陪他一起去的同志背下轮船,送到医院救治。手术过后,萧殷便不顾任何人的劝阻,坚持到了饶平县,和县及公社领导一起研究关心王杏元的生活,支持他的创作,为王杏元创造了一个比较好的创作环境,使他能够安心创作。萧殷还要求省作协派了陈善文同志帮助王杏元修改作品。《绿竹村风云》出版后,在广东的影响很大。萧殷先生充分肯定《绿竹村风云》是农民作者的一部成功之作,但认为王杏元要想成为一名作家,只靠改编还不行,应该帮助他自己独立创作,而且应先从创作短篇小说开始,于是又派了编辑人员到饶平,具体帮助王杏元创作。不久,王杏元便写出了《铁笔御史》,在《作品》杂志发表后,获得各界的好评。一个文坛上的伯乐，可以成就一大批名作家。如陈国凯、吕雷、程贤章等，都是萧殷先生发现和培养的文坛千里马。

五是甘为"人梯"的长者形象。萧殷先生一生有三大贡献。第一大贡献，就是在文学界甘为"人梯"，用他的肩膀支撑很多年轻人走上文坛。萧殷先生不仅具有一双伯乐识人的慧眼，而且具有一身无所畏惧的浩然正气，甘为"人梯"，成就作者。王蒙先生既是中国文坛上的大作家，著作等身，名气极大，又是中国政坛上的大领导，曾任文化部部长多年，政绩斐然。从他的文学创作经历看，同样得到了萧殷先生的青睐和帮扶。王蒙先生曾在他的自传《半生多事》《大块文章》《九命七羊》中，多次提到萧殷先生是他的第一恩师，感恩之情溢于言表。王蒙先生的第一部作品《青春万岁》的沉浮，萧殷先生在他北京东城区赵堂子胡同8号家里约王蒙先生的谈话，对《青春万岁》的肯定及关于"主线"的修改意见，协调王蒙先生所在单位给他半年时间的创作假，萧殷先生将《青春万岁》的清样从北京带到广州、由摆在书柜里到放在自己的枕头下当宝贝，直到出版在全国引起强烈的反响，无不体现了萧殷先生对王蒙先生和他的《青春万岁》的关爱与守护。还有，王蒙复出的第一篇短篇小说《最宝贵的》，又是萧殷先生组来发表在其主持复刊的《作品》杂志上。1956年底，王蒙先生的《组织部来了个年轻人》受到围剿，萧殷先生公开发文为王蒙先生辩护。所以王蒙先生很动情地称萧殷先生为自己的"第一恩师"，对萧殷先生的师恩刻骨铭心，永远不忘。1987年7月5日在龙川县城老隆文化公园举行的萧殷雕像落成典礼，王蒙先生因为公事繁忙而不能参加，可他特地写了《致萧殷雕像落成大会的信》，对自己几经安排都未能出席萧殷雕像的落成典礼而心中非常难过，承诺一定找机会专门去拜谒一下萧殷师的雕像。到了1988年，王蒙先生果真偕夫人来龙川拜谒萧殷师雕像。他恭恭敬敬地献上花圈，在萧殷雕像前肃立，行了三鞠躬大礼，并无限深情地说："萧殷恩师常在我心里，爱永存，恩师永垂不朽！"他还到萧殷的故乡游览，瞻仰了萧殷故居。今天，王蒙先生又出席了萧殷文学馆开馆仪式，并为河源的文学爱好者举办了一场精彩的高端文学讲座，将萧殷先生的甘为"人梯"精神传给了我们。

六是诲人不倦的师者形象。萧殷先生的第二大贡献，是文学评论。2012年7月9日，在中国新文学学会、河源市委宣传部共同举办的"萧殷与中国新文学批评"高级论坛上，我有幸与会，并赋诗一首："萧殷贡献在批评，久立文坛享盛名。多少门生成气候，繁花似锦尽精英。"萧殷先生曾用了8个星期天的上午或下午，约王蒙先生到他家里详谈《青春万岁》的修改，真是字字含深情、句句入人心啊！萧殷先生的文学评论集《论文艺的真实性》《给文艺爱好者》《谈写作》《鳞爪集》《习艺录》《论生活、艺术和真实》《给文学青年》《萧殷文学评论集》等，无不以诲人不倦的师者姿态与平易近人的感人作风，与文学爱好者倾心交流，为年轻作者们热情引路，帮助一大批文学爱好者、年轻的作者逐步成长为中国文坛上的名作家、大作家。

七是厚德配位的艺者形象。萧殷先生的第三大贡献，是文学组织。萧殷先生不仅是杰出的文学家、批评家，同时还是杰出的文学事业的组织者，是德艺双馨的文学艺术家。他把自己的整个生命都融汇到新中国的文学事业中，倾注在扶持文学爱好者和年轻作者上，是一位值得人们敬重、爱戴的艺者、师者、组织者。

我为河源拥有萧殷这样一位杰出的评论家而感到骄傲！今天，我们在这里举行"萧殷的文学及评论观"学术研讨会，就是要学习萧殷先生的"七者形象"，抒写新时代文学大篇章。我作为一个小地方的作协主席，也时常遇到一些会员要我为他们的作品集写序或评论几句，起初觉得自己人微言轻，总想推辞，但想到萧殷先生的榜样力量和可贵精神，我便豁然开朗，便时常为会员的作品集写序，为会员的作品写点评论，为会员做些鼓与呼的工作。我们将以本次研讨会为契机，进一步激发河源作家的文学创作热情，为人民抒写，为人民抒情，为人民抒怀，期待河源能多出一些有才气、有担当、有作为的作家、评论家，繁荣河源的文学事业。

一个高尚的人
——悼萧殷同志

黎白

湖南湘潭人。中共党员。1947年毕业于华北联合大学文艺学院文学系。1944年参加革命工作,1947年参军,历任晋察冀军区炮兵旅、特种兵纵队、炮兵部队政治部秘书和宣传、教育、组织干事及报社组长,华北军区政治部助理员,总政治部创作室创作员,八一电影制片厂高级编剧。1949年开始发表作品。1958年加入中国作家协会。

萧殷同志离开了我们。我压抑不住悲痛,我再也听不到他那诚恳、直率、耐心的教诲了。他那亲切的目光,那不停的手势,那滔滔不绝的挚言,全都在我的记忆中浮现出来。

1946年深秋,晋察冀华北联合大学从张家口撤退到冀中束鹿县。不久,萧殷同志从冀中导报调来文学系,给我们讲授"创作方法论"。他要求我们要和村里的农民、民校教师交朋友,要求我们深入生活,学习观察人,分析人,要求我们每周写一篇写作练习,主要是写人物素描。他指导同学编一个自己创作的月刊《文学新兵》,要抄得工整,画好刊头,用大头针钉在布上,挂在村头,大家读,大家评论,选其中好的文章在报刊上发表。同学徐光耀的短篇《周铁汉》就是从《文学新兵》中选出来在《冀中导报》上发表的。萧殷老师分析这些尚不能称为作品的"作品"时，深入浅出，具体入微。他那广东口音的普通话给我们带来了喜悦、亲切，也带来了知识和教诲。他对同学的写作要求是极为严格的，可以说是"吹毛求疵"，有时能把一篇写作练习批评得体无完肤，但是中肯，我们都是悦服的。多少年来，同学们凑到一起回忆起在文学系学习这一段难忘的经历时，首先提到的老师是萧殷同志。同学们都敬佩他；谈到他，都是那么亲切。这种宝贵的可珍惜的师生关系，虽然也是当时解放区时代党的优良传统之一，而萧殷同志的平易近人的作风、严格不苟的作风、诲人不倦的作风，以及他那丰富的知识也是足以使同学们敬佩的。

北平解放不久，文学系师生在中山公园"来今雨轩"聚会了一次。这是迎接即将到来的全国胜利的一次喜悦的师生聚会。萧殷老师高兴地、激动地挥舞着手，笑着说："我们就要渡江了，就要彻底消灭蒋家王朝了，我的家乡广东也要解放了，那可是个好地方哟！将来我请你们吃广东名菜龙虎斗！"

不幸，后来在不正常的政治运动中，这次聚会被诬为纠集反党集团的宗派活动，负罪达20年之久。我们也一直没有吃上萧殷老师要请的名菜龙虎斗。

十年浩劫之后，我去到广东，首先打听萧殷老师的下落。终于在梅花村35号二楼见到了阔别多年的萧殷老师和陶萍同志。他原来就体弱多病，现在更瘦得吓人。见到我们，他眼里放出光彩，脸上堆起笑容，问了许多同志的下落，感叹许多老师和同学受到诬陷的遭遇，更兴奋地谈到光明和未来，对他自己被诬为"陶铸的黑干将""漏网右派"却没有怎么谈，只说他在干校学会了识别中药，学会了针灸。他依然和三十多年前那样爽朗地大笑着说："《本草纲目》一千六百种药，我可以认识三分之一啰！"谈到文艺方面的拨乱反正，他充满信心。可是，他对他写的一篇关于在文艺问题上也要坚持实践是检验真理的标准的文章没能发表却感到奇怪，弄不明白为什么。他那种激动、天真，使我几乎要掉泪。我直感地认为他仍是在解放区时代那样的纯真、正直，不知道或者不愿意知道现在斗争的复杂性。当时正是"两个凡是"风行的时期啊！但我同时也深深地敬佩着萧殷老师。一个人正直的品质终生不变，在经历了无数的折磨之后仍然不变，这是何等的可贵啊！

1978年，我到广州，又去看望萧殷老师。他的身体更坏了，人也更瘦了，精神却还好，谈锋仍健，对文艺界的一些不正之风很为愤慨。他说他刚刚出医院，差一点见了马克思，又终于没有见到。他说有一个小册子要出版，一定寄给我一本，让我批评，并且笑着说："文学界的同学现在搞文学的不多了，是很难哪，但一定要坚持下去。"不久，我就收到了萧殷老师寄来的集子《习艺录》，多么谦虚的书名，多么谦虚的老师啊！

1980年我到广州后又去看望萧殷老师。他的身体更加坏了，人也瘦成了皮包骨。他的精神仿佛好了许多。他很高兴地讲着他多年来构思的一个长篇小说的内容，讲着他想到广东农村去跑跑，再熟悉一下生活，找个安静的地方写出长篇来。他桌上堆的是书、文稿、药，床头上堆的是书、文稿、药。他在和病做着顽强的斗争，他在拼命地工作。他也许已经知道他的生命快要到尽头了，他却要以百米冲刺的速度去工作，去奔往生命的尽头。

敬爱的老师，这次见面就是和您的永别。但是，您却永远活在我的心中，活在您的学生心中！

1983年9月5日于北京

独具慧眼，甘当伯乐
——三位大作家感恩萧殷点滴

周永战

河北省作家协会会员，中国微型小说学会会员。徐光耀文学馆馆长。

萧殷在我国现、当代文学史上是一个特殊的存在，他作品不多，却默默耕耘，培养作家无数；别人的"作品"是作品，他的"作品"是作家。文坛上的萧殷更像是"伯乐"，与伯乐不同的是，他不但善于发现"千里马"，还用心培养"千里马"。萧殷一生编辑过多种报刊杂志，曾任华北版《新华日报》编委、《晋察冀日报》编委兼副刊主编、《冀中导报》副刊主编、《石家庄日报》副总编辑、《文艺报》主编、《人民文学》执行编辑、《作品》月刊主编等；做过延安中央研究院文艺研究员、延安中央党校四部教员、华北联合大学教员、中国作协青年作家工作委员会副主任、文学讲习所副所长、暨南大学中文系主任等。萧殷以报刊杂志和学校为阵地，把自己总结的文学理论和写作理论，以一种"实用"的方式传授出去，扶持和培养了一大批青年作家，如徐光耀、徐孔、唐因、黎白、鲍昌、白桦、王蒙、邵燕祥等。这些作家成名之后，无不对萧殷充满感恩之情。

萧殷这种善于发现人才的"伯乐"之功似乎很早就有，后来成了他身上的一种高贵品质，受人敬仰。

著名作家康濯和萧殷并无师生之谊，但康濯一直对萧殷心存感恩，就是因为他文学的起步也得益于萧殷的助力。为此1989年康濯专门写过一篇文章《萧殷——我的三同战友》，深情回忆他和萧殷之间的深厚友谊。文章里说他和萧殷有过"三同"：同是延安鲁艺第一期学员，同住一个窑洞，同一天入党。名曰"三同"，其实康濯着重写的却是萧殷和自己的不同。

1938年，两位热血青年投奔光明，先后来到延安。当康濯艰苦跋涉，辗转来到鲁迅艺术学院时，萧殷早考入鲁迅艺术学院了。康濯清楚记得，来到鲁艺，第一个热情帮助他的人就是萧殷。萧殷帮他提行李，铺铺位，和他聊天，嘘寒问暖。于是萧殷成了康濯到鲁艺后第一个熟人。那年萧殷二十三岁，康濯十八岁。萧殷的资历也比康濯"老"得多，不但在广州《民国日报》发表过二三十篇小说、诗歌、散文，在香港《珠江日报》发表多篇杂文，还在范长江主持的中国青年记者协会当过干事，在"青记"会刊《新闻记者》发表过多篇抨击时弊的文章，这让康濯既感动又兴奋，康濯也莫名地对这位"老大哥"产生了信任和依赖。

当时康濯很担心自己学历浅，考不上鲁艺，萧殷很认真地问了康濯看过哪些古今中外文学名著和理论书籍，还问了一些文学常识，尤其了解近期看过哪些书籍，最后，萧殷才下结论：我看总有一定的把握。直到考试前，萧殷一直鼓励、宽慰、启发康濯，最后，康濯果然考上了鲁艺文学系。晚年的康濯曾深情地回忆起了这段经历，他说："我这次考试的思想准备和情绪稳定，很大程度上是得力于萧殷同志的帮助"。

在鲁艺文学系，康濯和萧殷成了同学，因此康濯也得到了萧殷更多的鼓励和帮助。在周扬主讲的"写作实习"课上，周扬要求每位学员至少交一篇作品，由他读后讲评。康濯写了一篇散文《哨兵》，写的是他们一批进步青年到陕甘宁边区的时候，一位老汉既严格盘查又热情接待的故事。文章上交之前，康濯先请萧殷等人看过，别的学员不置可否，甚至有人公然酸溜溜地评价这篇作品，萧殷不仅表现出少有的气愤，还鼓励康濯：不错，不错，交吧。这篇作品果然得到了周扬老师的表扬。一位初学写作者能够得到周扬表扬，的确能极大增强其写作的信心。

不久之后，康濯就可以在大型报刊上发表文章了。萧殷还因为康濯处女作的发表请康濯吃饭，在那样艰苦的条件下，萧殷居然炖了一只鸡请客，他比自己发表了作品都高兴。

萧殷对康濯一直是赏识的。后来萧殷到《人民文学》主持编务，纪念《在延安文艺座谈会上的讲话》发表十周年的时候，萧殷约康濯写稿，要求不要讲空话。康濯的稿子果然写得非常实在，于是在排版时，萧殷把一位资历、名望都颇高的作家的稿子排在后面。为此萧殷挨了批评，但萧殷坚持认为，那位作家的稿子太空，能够发表，已是照顾了。后来，康濯回到湖南，担任湖南省文联主席，并且成为了著名作家。

1980年，康濯再见到萧殷时，萧殷已患病，身体很虚弱。为师、为友，康濯都深刻理解萧殷，尊敬萧殷，他说："我感到自己懂得了什么叫呕心沥血。萧殷同志原来是把他全部的心血，哪怕只剩下一点一滴，也全部献给了我们的文学事业，献给了帮助别人特别是辅导和培养一代代的文学新人的事业。"

徐光耀能够成长为军旅作家、著名作家，萧殷功不可没，是萧殷发现了徐光耀的文学才能，并引导他走进文学殿堂。

1947年1月10日，徐光耀到华北联大文学系插班学习，在这里他遇到了许多文坛名家，其中对他帮助最大的就是陈企霞、萧殷。

只上过四年小学的徐光耀十分珍惜这次学习机会，也充满了写作的热情，那时他小说、诗歌、杂文、通讯、文论等体裁都写，涉及面很广。而小说《周玉章》应该是徐光耀文学生涯的转折点。这篇小说发表在《冀中导报》上，当时萧殷正在《冀中导报》任副刊主编，他不但编发了这篇小说，还给这篇小说加了按语，给了这位文学新人很高的评价。《周玉章》这篇小说的发表，给徐光耀带来了不小的荣誉，在联大走到哪，都是人们对他的称赞，还有的同学干脆拿着作品请他指导，这对徐光耀来说是极大的激励，使徐光耀的文学梦想闪现出了现实的火花。

徐光耀更幸运的是第二个学期萧殷到华北联大任教了，这位"伯乐"成了徐光耀的文论老师。萧殷在华北联大教授《创作方法论》，徐光耀是这门课的课代表。因为接触多，徐光耀"近水楼台"，当然也就得到了萧殷的许多特别"照顾"，这在徐光耀的日记中有许多记述。

萧殷虽然是一位文学理论家，但他和别的文学理论家有很大不同。好多文学理论家在青年作者看来，往往高高在上，善于批评，而萧殷的理论是指导型的，实用性非常强。据徐光耀回忆，萧殷的文论课是他听得最完整、最明白的一门课。萧殷的每次指导几乎都能使徐光耀有所进步，当然这和徐光耀自己的勤奋和悟性也是分不开的，但更得益于萧殷对徐光耀在学业上的严格要求。比如上课讲学员的习作，萧殷就专门拿徐光耀的文章做反面教材，既使他已给了徐光耀肯定评价的作品，也毫不留情地指出其中的缺点，哪怕徐光耀感到萧殷的当众批评总会让自己有些"无地自容"。这种严格其实正是萧殷看到了徐光耀是一个可塑之才，是一块璞玉，值得好好雕琢。即使在课余时间，徐光耀也从萧殷那里受到过许多教益。1947年9月26日，徐光耀日记记载："晚饭后到萧殷那里聊了半天天儿，他又谈了许多创作上的问题，劝我应特别多看点书，还介绍了许多书和作家。最后，借部《红楼梦》来，我希望这是我一段重要学习的开始。"这部《红楼梦》后来成了徐光耀最喜欢的作品，也是对徐光耀写作影响最大的一部作品。

在华北联大这段时间，在萧殷的关心帮助指导下，徐光耀虚心求教，进步神速，写作水平出现质的飞跃，由单纯的讲故事，提升到刻画人物、写景状物，实现了由写通讯报道到写文学作品的关键转变；徐光耀也由一个只会写通讯报道的文艺战士，成长为军旅作家。

在华北联大插班学习，虽然仅有八个月的时间，但对徐光耀的写作技巧来说是一次巨大的提高。尤其在萧殷任教的第二个学期，他的作品不断，而且以小说居多。在校学习期间徐光耀作品发表多、质量高，立了功，留了校。

其实就是留校一事，也有很多萧殷的因素在里面。他多次提醒徐光耀，按他这样的条件是完全可以申请留校的。这当然是萧殷的"私心"和"偏心"，在萧殷看来，留在联大这样的环境里才更适合徐光耀写出更多更好的作品。从个人生活到前途未来，萧殷对自己的"得意弟子"的关怀可谓是无微不至了。

在华北联大学习八个月，再加上留校的时间，徐光耀当面受教于萧殷有一年多之久，萧殷的耳提面命使他受益匪浅，这个阶段无疑是徐光耀文学生涯最重要的阶段之一，也是他的写作技巧由稚嫩走向基本成熟的重要过程。后来师生已经分开，萧殷很长一段时间不见从华北联大毕业后的徐光耀有更多更好作品出现，几次写信催促徐光耀要勤于创作，因为萧殷知道他能写出很好的作品来。徐光耀当然也会向老师汇报自己的情况,在1949年3月5日的日记中徐光耀写到:"早晨给真心拥护的老师萧殷同志写信,信提起他嘱咐我多写,我却没有做到,实为惭愧。见了鲁煤的《双红旗》甚受刺激,我确实感到落后了。不过尚未灰心,我尚在收集语汇、民歌,为将来做点打算。希望他的《创作论》赶快出版,大家都在盼望他给世上带来可贵的东西。"《创作论》是萧殷给徐光耀的信中提到的正在整理将要出版的一本文论集,对老师这部那么具有指导意义和实用价值的书,徐光耀早已迫不及待了。有一次,萧殷和华北联大时的学生陈淼谈论到凌晨12点半,说到不见徐光耀、徐孔等人有作品发表,萧殷睡意全无,连夜给徐光耀、徐孔他们写信,洋洋洒洒好几页,鼓励他们多写、多发表作品。这时萧殷在编《文艺报》,他盼望着在自己主持的"文艺阵地"看到弟子们的作品,其情切切。

新中国成立不久,徐光耀就写出了新中国第一部以抗日战争为题材的长篇小说《平原烈火》,一鸣惊人,好评如潮。《平原烈火》写出初稿后,徐光耀带到北京原本是打算先请老师萧殷过目提修改意见的,到北京后先遇到了华北联大另一位老师陈企霞,陈企霞对《平原烈火》的出版卖力尤甚。《平原烈火》给徐光耀带来了很高的声誉,萧殷自然为徐光耀高兴,他很快就向徐光耀约稿,让他写一篇关于《平原烈火》的写作经验的文章,为此萧殷给徐光耀写了几封信,从文章的立意,到文章的修改,事无巨细,直至文章发表在《文艺报》上。为师、为友,萧殷用情殷殷。

萧殷对徐光耀的确是寄予厚望的,仅一部《平原烈火》,老师萧殷是不满足的。在徐光耀1951年10月14日的日记中记载,陈企霞召集华北联大文学系在北京的老师、同学聚会,宴席间,人们纷纷祝贺徐光耀《平原烈火》出版,唯独萧殷又和徐光耀谈了一大堆作品的立场问题,有人笑他又开了"文学系",又有人怪他不顾场合,他这才作罢。他对徐光耀的引导的确是"无孔不入"、"不顾场合"。

1990年5月9日,徐光耀和黎白、白石二同学到石家庄辛集访旧后,写了一篇回忆散文《神游故校》,其中一段专门写到了老师萧殷。徐光耀认为在华北联大期间,"就我个人来说,最觉得益的算来是萧殷的'创作方法论'。""我从头听他的'创作方法论',后来还做了他的课代表,每堂课下来,我都赶忙收集同学们的各种反映,然后连同自己的笔记,一同拿给他看。他总是专注地听意见,记下要点,再仔细改正我记录上的舛误。实在说,我对文学创作能有个基本的概括的理解,确是从他开始的。"萧殷教导徐光耀要注重写人物,徐光耀也的确重视写人物,多年后徐光耀的名作《小兵张嘎》正是因为对人物的出色描写,才使作品大获成功,成为经典。对于萧殷,徐光耀觉得"此人性情温和慈爱，天生一副奖掖后进的的心肠，他生前的几部著作及主要功业，都突出地表现着他对初学写作者的尽心培育和热情辅导。""这份奖掖后进的热衷，是一直保持始终的。奉他为文学园地上的杰出园丁，当不是过誉之词吧。"（摘自《神游故校》）

徐光耀和萧殷始自华北联大的师生之谊保持了半个多世纪之久。2019年，萧殷的家乡建设萧殷纪念馆，已93岁高龄的徐光耀知道后，用小楷工工整整抄写了12页自己记录的1947年他受教于萧殷的日记，捐献给了萧殷纪念馆。徐光耀的这个举动，让我们切切实实地感受了这对"亦师亦友"的师生之间的深情厚谊。

更可贵的是，徐光耀在萧殷的身上学到了为人为师的宽厚、磊落、惜才、爱才，完全没有大作家的架子，竭力提携文坛晚辈。徐光耀主持刊物《莲池》和《长城》，以及任职河北文联时，河北籍的文学青年，尤其那些充满才气的青年作者，有不少都得到过他的提携、推荐或点拨，留下了不少正如他和萧殷一样的文坛佳话，这些作家后来都成就斐然。

学生继承老师的不只是学业，更有精神，徐光耀在萧殷身上学到的东西是全方位的，自己受用一生。这样的师生情才是纯粹的，值得称道的。

王蒙，曾经是中华人民共和国文化部部长，并被授予国家最高荣誉"人民艺术家"称号，多年来，他一直视萧殷为自己的第一恩师。

1953年初冬到1954年，王蒙利用业余时间创作出了长篇小说《青春万岁》，并交给中国作家协会文学讲习所的潘之汀，潘之汀将此稿推荐给中国青年出版社。1955年春，中国青年出版社的文艺室负责人萧也牧带着王蒙拜访萧殷。萧殷拖着病体用一个月的时间仔细看完初稿。再见到王蒙时，萧殷充分肯定书稿，在给予鼓励的同时，指出修改的重要意见，萧殷还以中國作家協會青年工作委員會的名義為王蒙向單位請了半年創作假。從那以後，王蒙每逢休息日，都到蕭殷家裡請教蕭殷，並且一鼓作氣完成《青春萬歲》。

萧殷还将自己新出版的《给文艺爱好者与习作者》送给王蒙。萧殷把高高在上的理论整理成了教材，把文学理论变成了文学创作"指南"。王蒙第一次读到这样的文艺理论书，感到帮助极大。王蒙说："萧殷以指导青年写作为己任，而且管用。这样的老师我一生只遇到一位。"正是萧殷的鼓励和帮助，令年輕的王蒙鼓起風帆，在文学之路勇往直前。

1956年，王蒙因为发表短篇小说《组织部新来的年轻人》遭到批判，萧殷不畏政治风浪，公开发文为王蒙辩护，这更让王蒙感激难忘。不久，王蒙被打成右派并且去了新疆，《青春万岁》出版一事搁浅，萧殷痛心不已，并把出版清样妥善保存，經歷文革風暴後，蕭殷的藏書大多數已經失去，但是《青春万岁》的清样依然擺在書櫃裡。每有同事出差新疆，蕭殷都會請他們尋找王蒙，但是無果，令蕭殷沮喪不已。

1978年，王蒙回到北京後，立刻給蕭殷寫信。蕭殷抑制不住興奮，逢人就說："王蒙来信了！"。王蒙复出后的第一篇小说《最宝贵的》就发表在了萧殷主编的《作品》雜誌上。

王蒙进入文坛初期迈出的重要的每一步，几乎都和萧殷有缘，从萧殷对王蒙的发现、肯定到保护、赏识、扶持，都令王蒙难忘和感激。因此王蒙曾说："如果以中国过去的观点说，我的第一个恩师是萧殷，是萧殷发现了我。"他在《不成样子的怀念》一文中回忆了和恩师萧殷的第一次会面："在那里，文学的殿堂向我打开了它的第一道门，文学的神物化为一个和颜悦色的小老头，他慈祥地向我笑，向我伸出了温暖的手。"王蒙情真意切。

1983年，萧殷病重期间，王蒙专程前往广州探望。1987年7月5日，萧殷的家乡龙川县舉辦"萧殷公园"落成典礼，王蒙因公务繁忙未能出席，他专门给萧殷夫人陶萍女士写了一封信，表达了对萧殷永世难忘之情，并且親自為"蕭殷公園"题字。第二年，王蒙专程攜夫人前往龍川小縣城，拜谒恩师塑像。2018年12月7日，"萧殷文学馆"在广东河源市图书馆开馆，王蒙专程出席仪式并发表了演讲。

王蒙说："萧殷一般很少严厉批评别人，他是一位非常讲品质的人，是一位非常自律、非常崇高的人。"像萧殷那样系统地、整理成教材来指导青年作家的，在王蒙一生经历中萧殷是仅有的一位。萧殷不愧为师者的典范。

今天，我特别把二十世纪三十年代、四十年代、五十年代，萧殷在早期培养帮助过的三位大作家的事迹放在一起，联想到从五十年代至八十年代，多位作家深情回忆萧殷呕心沥血培养自己的事迹以及深深的感恩之情，希望大家不要忽略了萧殷的"伯乐"精神由来已久。

最后，我还想提一下萧殷痛失"千里马"的一段往事。那是1946年，萧殷在张家口担任《晋察冀日报》副刊主编时，收到一位作者来稿，因字迹潦草，稿件辨认起来很困难，但萧殷求贤若渴，于是耐着性子，用了一周晚上的业余时间，总算把稿子读完了，居然发现这是一篇非常出色的小说。萧殷欣喜之余，请秘书赶紧把它誊写出来。但是十几天后因为战事吃紧，编辑部不得不从张家口撤离，慌乱中秘书把稿子弄丢了！萧殷为此痛心疾首，直到晚年，依然对此事念念不忘，心痛不减。我相信，以萧殷的慧眼，他肯定从这篇小说中确认了作者极具潜力，并且深信通过自己悉心栽培，尚且稚嫩的作者一定会迅速成长。可惜，战乱中，他与"千里马"失之交臂，这位年轻人从此被埋没。我是否可以推断，中国文坛从那时起，可能又失去一位大作家呢。

王蒙坚定地认为"萧殷不死，文学不死"，这是对萧殷蜡炬成灰的"园丁精神"和甘为人梯的"伯乐精神"的高度赞誉。文学繁荣需要"萧殷精神"，今日文坛更需要"萧殷精神"。

第二辑

萧殷文学批评论

萧殷文艺批评风格论

饶芃子

暨南大学中文系教授、博士生导师,中国世界华文文学学会会长。曾任暨南大学副校长、广东省作家协会副主席、广东省文艺批评家协会副主席、中国作家协会文学理论批评委员会委员。

萧殷先生是我国当代著名的文艺评论家和作家。他从17岁开始创作,25岁时为了追求真理投奔革命圣地延安,成为专业的文艺工作者,半个世纪以来,一直在文艺理论园地里辛勤耕耘,先后出版有《与习作者谈写作》《论生活、艺术和真实》《鳞爪集》《月夜》《谈写作》《习艺录》《萧殷文学评论集》《萧殷自选集》等著作。萧殷先生对文艺事业兢兢业业,是属于那种责任感强而又辛勤耕耘的人,他对文艺创作的要求是严格的,对文艺问题的探索和思考也非常认真和严肃。作为一个专业的评论家,他总想为文艺创作的发展尽自己的心力,可以说,他一辈子都在寻找、在解决文艺领域里出现的问题。我们读花城出版社出版的65万字

《萧殷自选集》，就可以看到，他的理论是如何跟随着文艺创作实践前进的，集子里的每一篇文章，都是他所走过道路留下的一个脚印。萧殷先生的评论文章，数量多，有见地，具有自己独特的风格：敏锐、具体，有的放矢和深入浅出。他的评论风格反映出他的文学追求，也表现出一个正直评论家对现实的观察力和审美度。

文艺评论要促进整个文艺事业的发展和繁荣，这是作为评论家的萧殷先生毕生所追求的。从这一思想出发，他的文艺评论都是从实际出发，有很强的现实感和针对性；同样是从这一思想出发，他经常呼吁尊重艺术规律，重视解决创作实践中的具体问题；在形式上则不拘一格，做到生动活泼和深入浅出，使它们能为更多的读者所理解、所接受。这种内容和形式的一致性，表现在萧殷先生各个时期的评论文章中，形成了独具一格的萧殷式的文艺评论。

敏锐、针对性强，是萧殷先生评论的一个特色。萧殷先生向来反对无目的的、脱离实际的"学院式"的文艺批评。他常说：理论的价值不在于多么深奥或者多么晦涩难懂，而在于它能够解决多少实际问题，对实践有多大的指导意义。不研究实际，从概念到概念，这种理论是没有生命的，是僵死的教条。他的评论文章都是从现实中来，是为了解决现实文艺运动、文艺思潮、文艺创作中的问题而写的。为了及时地发现问题，他很重视对现实的了解、现状的研究，他经常看阅大量的来稿，和许多爱好文学的青年保持联系，了解他们在文学道路上遇到的困难，关注文坛上的新人新作，研究一定时期有代表性的作品和评论，观察文艺的走向，掌握作家、评论家在思考、在探索的问题，进行分析归纳，找出其中的矛盾，然后有针对性地撰写评论。他早期出版的集子《与习作者谈写作》（一、二集），绝大多数的文章是为那些在"文学歧路徘徊彷徨"的青年作者写的，都是针对他们来稿中的问题从理论上给予疏导。由于他论述的问题是从大量的作品中归纳出来的，是一些带有规律性和普遍性的问题，所以他的那些评论文章，在广大爱好文学的青年中有很大的影响，对培养文艺新人也起着促进和指路的作用。

在《萧殷自选集》中，有一组论述主题和题材的文章，这组文章一共十篇，有的写于50年代，有的写于60年代初期，有的写于粉碎"四人帮"之后，它们都是针对各个不同时期创作领域里在这两个方面出现的问题而写的。在《关于主题思想》一文中，他通过分析评论契诃夫的小说《万卡》、希克梅特的诗《没有点着的烟卷》，揭示了主题思想与生活真实描写的关系，批评了50年代中期出现的那种只要思想不要艺术的倾向。他明确指出："所谓'主题思想'，并不是在生活描写之外，附加上一些可以表明作者态度或观点的话语。不是的！作品的主题思想，应当是'水乳交融'地体现在生活—人物—事件的描写之中，即体现在栩栩如生的形象之中。"在这篇文章里，他还谈到主题的非自觉性问题："……也还有这样的主题思想，它并不在作者所要求表达的观点和态度之内，这是什么意思呢？那就是，由于作者深入了生活，洞察了生活的奥秘，并真实地表现了生活的奥秘，因而不自觉地反映了生活的真理，但这真理却远远超过了作者的认识，甚至连作者自己也还不明白他反映了真理。"在50年代，对于创作中非自觉性的种种复杂现象，是没有多少人敢去谈论的，纵使在理论上接触到，也是持否定态度的多。萧殷先生却在他的评论文章中，根据创作实践提供的经验，具体、明确地阐明这种现象，并且给予肯定，这在当时确实是难能可贵的。《开拓题材、提高艺术质量》《〈伤痕〉是"眼泪文学"吗？》《悲剧、题材及其它》等文章，是萧殷先生在70年代末期写的，他在这些文章中针对十年动乱时期在题材问题上的种种禁锢，要作家冲破还在流行的"左"的遗毒，冲破题材禁区，写各种各样的题材和人物；对当时一些人反对写悲剧题材，斥之为"眼泪文学"的观点提出不同的看法，满腔热情地支持那些有生活气息、有真情实感，从严峻斗争中涌现出来的作品。他在文中写道："凡在严峻的斗争经历中认清了斗争的实质，同时又饱含着生活的血肉和强烈的爱憎——这就是伟大作品的基础。因此对于这些从严峻斗争中所涌现出来的作品，只能给予热情的辅助，决不能冷漠地加以指责。"（《〈伤痕〉是"眼泪文学"吗？》）不仅如此，他还认为这些作品在题材上"有新的突破、新的发展"，公开地表明自己的态度：不能把悲剧"看成是使人消沉、令人伤感的东西""我们都是在读悲剧过程中成长起来的"。他以自己热情如火的评论，支持了严冬以后第一批开放的文艺新花，表现出一个真正评论家对现实的敏感和审美的力量。

具体、以小见大，是萧殷先生评论的又一特色。具体，就是对具体问题进行具体的分析；以小见大，就是能做到寓创作法则于具体的文艺评论之中。萧殷先生在其自选集《序言》中说："这三十多年来，我的主要精力都用在阐述文学创作的基本规律，只是在不同时期所针对的具体情况、具体问题不同罢了。"这是他对自己评论实践的总结，也是我们研究他文艺思想的一根线头。如果我们按编年史的方式读完他各个时期所写的评论文章，就会明显地感觉到，他经常在呼吁尊重艺术规律。他认为评论家一定要掌握艺术规律，否则，就不能准确地、恰如其分地评价作品。他还主张有条件的评论家，要搞点创作，体验作家创作的艰辛。他自己虽然长期从事理论工作，但有生活感受时也写小说和散文。《萧殷自选集》里就选进了他在不同时期创作的23篇作品。因为他是一个有过创作体验、深知创作甘苦的评论家，所以他评论作品时，总是设身处地为作者着想，为他们打算。他不单是指出作品的优点和缺点，给予赞扬和批评，还深入到作者的构思里面，进行分析和解剖，帮助作者总结成功的经验，寻找失误的原因，力图给他们以具体、切实的帮助。他对于那些不尊重艺术规律的简单化的文艺批评非常反感；对于在"左"的思想干扰下，主观主义和形而上学泛滥，复杂的事物被简单化了，文艺作品中的人物形象越来越苍白，情节发展越来越走直线，人物关系越来越简单，生活气息越来越稀薄的现象，有很深的痛感。他不得不反复地在自己的评论中分析这些背离艺术规律的文艺现象，呼吁作家按照艺术法则创作，同时也通过对一些有代表性的作品（包括最佳的和最次的）的评论，来阐明文学创作的基本规律。尊重艺术规律，这是所有真正的评论家都这样做的，萧殷先生在这方面的特色，是在于他能够把文艺评论和阐明艺术规律结合起来，把人们认为是很深奥的那些理论讲得具体、好懂。

作家进行创作必须以生活作为出发点，这是贯穿在萧殷先生全部评论中的一个创作论的基本观点。他在前期写的《惊险场面不能填补生活的不足》《离开生活去探求提高准会落空》《从生活出发》《小说不是生活的任意再现》《图解不是艺术方法》和后期写的《作品概念化的原因何在？》《议论能代替生活描写吗？》《关于"问题小说"》等一大批文章中，都尖锐地批评了那些脱离生活追求"技巧"、追求"思想"的作品，反复阐明从生活出发是作家必须首先遵循的创作原则。只有肥沃的土地上才能培育出参天大树和鲜艳的花朵，生活积累的土层愈丰厚，作品的枝叶愈是茂盛，违反生活逻辑胡编乱造情节，在作品中图解概念，都是背离创作规律的。

萧殷先生在评论中不但要求作家应从生活出发来创作，还要求作家能对生活进行深入的发掘。他在《论艺术真实》《关于认识生活》《生活现象的提高和概括》《活得伟大才写得伟大》《为什么把动人的故事写得无血无肉？》《作品概念化的原因何在？》《探索是为了什么？》等文章中，通过对不同问题的评论，从不同的角度，要作家用心去体验生活，感受自己周围的人和事，从生活中发现诗情画意和触动自己心灵的东西，在生活中培养自己敏锐的艺术感受力，思考生活中所发生的事情的社会意义。他常以鲁迅、高尔基的作品为例，说明他们的成功，"主要是由于他们并没有停止在现象的描写上，而是通过现象，看出这现象背后所隐藏的、要经过深深思考之后才能发现的更深刻的意义"（《论艺术真实》）。他认为从生活中发掘出来的思想，才能像火一样照亮作家的创作，使庞杂的生活现象集中、概括起来，形象化。他说："文学作品不是技术教科书，也不是工作方法的指南。它是生活教科书，只能在精神上给你一些启发，在情绪上给你一些刺激，并在思想上引起你去思考，进而激励你为改造生活去奋斗。"作品能否达到这个目的，取决于作家"在描写生活时所揭示出来的社会意义的深度和广度"（《作品概念化的原因何在？》）。他的这些思想，对于当前文坛上一些思想肤浅的作品，仍然是有针对性的。

艺术贵在独创。文学创作是一种精细复杂的精神劳动，评论家要尊重作家的生活和创作，不能从某一观念出发去强求作家只写什么、不写什么。创作自由是艺术规律决定的，在文学园地里，最不能容忍强求一律和简单化的干预。在萧殷先生的评论文章中，有相当一部分是论述批评方法的，主要是为纠正那种简单、粗暴的文艺批评偏向而写的。他与人合作的两篇长文章《熟悉的陌生人》和《文艺批评的歧路》，就是针对小说《金沙洲》讨论中的一些批评方法问题进行评论，是对批评的批评。他在《文艺批评的歧路》中，一开头就说："评价文学作品，不能忽视文学创作规律，不能不顾作家的生活经验、艺术构思和个人风格；也不能撇开作品中特定性格以及他所依据的生活的特定环境；否则，就会把艺术创作简单化，在批评上就会出现粗暴和武断，从而戕伐了创作的生机，妨碍作家的创造性和积极性。"早在讨论《金沙洲》之前，他对于文坛上出现的一些无视现实生活的丰富性和复杂性，拿政治教科书或社会科学著作的原理、原则来硬套作品，从而说作品的是和非的评论文章，已有所感。所以，当《金沙洲》讨论中出现类似的批评时，就马上撰写文章，从批评方法的角度，对这种批评倾向进行评论。他认为评论者在评论作品的时候，要对作品所展示的艺术形象做具体的分析，不要离开作品所描写的社会生活和人物性格去苛求作家，不了解生活，不分析作品，从主观的各种框框条条出发，拿既定的标签硬贴到作品的人物身上，既不符合艺术创造的典型化原则，也背离艺术以个别反映一般的规律。60年代初期，在文坛和理论界不断向"左"转的情况下，萧殷先生撰写的这些批评和理论文章，真可谓是空谷足音。

萧殷先生写的评论，形式多样，生动活泼，丝毫没有"迂"气和"酸"味。他的许多文章，都是用"书简""读稿随笔"一类的形式写成的，他认为运用这种形式比较自由，人们读起来也比较亲切，容易为广大读者所接受。文章形式的生动活泼往往与作者思想的活跃有关系，但更主要的是萧殷先生有一颗为青年作者服务的火热的心，他是青年的导师，又是青年的朋友，他深知他们在文学道路上的难处，所以特别着力于帮助他们弄清文学的任务和创作的规律，总想把那些非寻常的、不容易懂的道理讲得更浅显明白。他说他相信一个简单的道理："任何大作家，都不是天生的，都是从稚嫩的不知名的文学青年中产生出来，成长起来的。因此，发现、扶植、培养青年作者是繁荣创作的一个根本性措施。"可见，他的评论的形式，也是反映他的文学追求的。

  萧殷先生离开我们已一年多了。他用心血浇灌的鲜花正在文坛上盛开，他所期待、所盼望的文学创作的黄金时代就要到来，文学在召唤着敢于开一代新风的新的评论，让我们评论家齐心协力，去开拓新时期文艺理论的新领域！

萧殷的文学评论

刘伟林

华南师范大学中文系教授，美学专业和中国古代文学专业硕士研究生导师，曾任广东文艺心理学研究会、广东喜剧美学研究会会长。

我的书橱放着萧殷同志四年前送给我的小说散文集《月夜》，而萧殷同志离开人间不觉已经一年了。萧殷是我国著名的当代文学评论家、作家。1915年生于广东龙川县，1938年到达延安，同年加入中国共产党。曾任《晋察冀日报》编委兼副刊主编、文学讲习所副所长。新中国成立后，历任《文艺报》主编、《作品》月刊主编、广东省文联副主席、国际笔会广州中心理事，兼任中山大学和暨南大学教授等。他的主要著述有：评论集《论生活、艺术和真实》、《与习作者谈写作》（一、二集）、《给文学爱好者与习作者》、《习艺录》、《谈写作》，小说散文集《月夜》等。我曾一口气读完萧殷同志的《月夜》，但可能由于工作和兴趣的关系，我对他的评论文章印象更深。

萧殷的文学评论是颇有特色的。强烈的现实感和坚定的原则性，是其主要特色。他的评论文章，总是能抓住当前文艺创作和文艺思潮中的一些主要倾向，从理论和实践的结合上，给予生动具体的说明，从而使他的文学评论富有现实意义和战斗气息。1958年，出现了浮夸风、"共产风"等"左"的错误，在文艺上也有所表现。萧殷敏锐地觉察到这种倾向。当时，他写了《求实精神与革命热情相结合》一文，明确指出："马克思主义要求革命作家在创作中既要忠实地反映时代的真实面貌，又要饱含着丰满的共产主义的理想和热情。"提出文艺作品要做到"求实精神与革命热情相结合"，并着重指出"侧重于冷漠地机械地记录事实"或"脱离了生活凭空去臆想"，这两种态度与做法，都是不正确的。又认为，"两结合"的作品"并不一定都要有个'想象的尾巴'；更主要的，应当体现在：用共产主义的思想来概括社会主义的现实"。这些辩证的观点，是切中"大跃进"年代文艺创作的时弊的。在十年内乱中，"四人帮"强行推行所谓"三突出"的创作模式，萧殷对此是十分反感的。尽管他受到了严重的迫害，但刚"解放"不久，在清远的一次讲习班上，他仗义执言，批驳把"三突出"捧为金科玉律的种种说法，为此，被告了黑状，但他并没有畏惧。在原则问题上，他是从来不避风险的。打倒"四人帮"不久，他发表了《是"英雄典型"，还是阴谋家形象》一文，再一次驳斥"四人帮"对"无产阶级英雄形象"的无耻篡改，指出社会主义文学所要塑造的英雄形象和"四人帮"的文艺所捏造出来的所谓"英雄"有着根本区别。这种立论，在当时不仅需要无畏的勇气，而且需要深厚的马克思主义理论根基。党的十一届三中全会前后，随着解放思想、实事求是路线的提倡，文艺创作也出现了新的局面，产生了不少揭露"四人帮"罪行的好作品，萧殷对此是充满热忱的。但是，也有极少数人在创作中表现出对四项基本原则的怀疑，萧殷同志敏锐地看到了这一点，并及时对这些创作思想做了具体剖析。他在一篇评论文章中提出，"要善于从阴暗处看见光明"，认为创作题材应该无禁区，但"中心的问题应该是我们站在什么立场上、采取什么态度去观察生活、判断生活和表现生活"。接着指出了当时有少数作品写"四人帮"时期的悲剧，仅在"惨"字上下功夫，而没有揭示悲剧"发生、发展的根源"；在典型环境创造时，夸大了消极因素，而抛弃了积极因素。更着重指出，有少数作品和理论，把"四人帮"和"社会主义制度"混淆起来，把社会主义时期的悲剧产生的根源归结为社会主义制度本身，这是非常错误的（见《要善于从阴暗处看见光明》）。记得1980年11月，我到他的梅花村寓所拜访他时，在侃谈中，他表露出为当时有些青年诗人以写"朦胧诗"为正路而担心，还敦促我们（与我同访的还有蔡运桂同志）撰文给予劝导；他还十分不主张一些大学文艺理论教师，脱离当时社会现实的理论和创作实际问题而进行经院式的教学和研究。可见，从特定社会历史时期的理论和创作实际出发，使文学评论始终与时代生活和创作同步前进，是萧殷文学评论之能发生影响的主要原因。

萧殷的评论，较少长篇大论，也不擅长纯理论的铺陈，但是，并不缺乏理论的发现和深掘。浅显明白的文字中融汇着深厚的理论根底和创作经验，使他的评论往往备受创作者的欢迎。例如，艺术典型问题是文艺理论研究和文艺创作的一个重要问题，凡是有所建树的美学家和文艺评论家，无不对艺术创作中的典型问题做艰苦而深入的研究并发表自己的见解，萧殷同志也不例外。1961年，广东文艺理论界开展了对于逢的长篇小说《金沙洲》的讨论，这场讨论涉及文艺与时代、作品的政治倾向性、主题的深刻性、人物的真实性等一系列原则问题，而艺术典型问题就是其中一个带关键性的问题。在讨论过程中，萧殷同志连续写了《典型形象——熟悉的陌生人》《事件的个别性与艺术的典型性》这两篇文章，以艺术典型问题提出了自己的见解。萧殷首先批评了文艺理论界有些同志把艺术典型形象与社会、阶级本质简单地画等号，把共性与个性割裂开来、把典型性格与典型环境割裂开来的脱离实际的形而上学倾向，接着阐述了自己关于典型问题的基本观点：（一）以个别反映一般是艺术典型创造的基本规律，"离开了这个人物的独特的性格、遭遇和命运，离开了她所处的具体环境，和在这种环境中所形成的全部复杂的精神世界的细致分析，就不可能理解人物的性格，透视人物的阶级本质，也不能作出是否典型的结论"。他以《金沙洲》中的梁甜为例，认为作品所赋予这个人物的独特的生命——个性，是相当鲜明的。梁甜的塑造，正是通过鲜明的个性，概括和再现了贫农阶层中这一类型的贫苦农民的命运和遭遇，揭示了他们共同的本质特性，是具有典型意义的。如果脱离人物及其所处的环境的实际，而要求通过这个人物概括同一阶级人物的所有的特征（所谓共性），既背离艺术规律，也取消了典型。（二）"所谓个别，就是具体的典型形象。""同一阶级的共性，只能通过人物独特的个性，以特殊的形式表现出来。"《金沙洲》中的郭细九和郭有辉，虽然同是上中农，但由于他们的出身、经历、气质和社会地位不同，他们的个性特征也就各有差别。（三）典型性格是多种多样的。"生活中存在着千差万别的个性，艺术上就可以产生千差万别的典型性格"，既可以有完全没有缺点的理想人物，也可以有有缺点的正面人物，既可以有具有全新的思想风貌的农民党员干部的形象,也可以有正在改造、转变和成长中的农民党员干部的形象。(四)典型环境,也是完全不可代替的"这一个"。审视艺术形象,"应该根据作家的艺术构思,从作品所提供的具体环境和具体性格出发"。典型环境也体现着普遍性和特殊性在一定时间、地点、条件的矛盾统一。同样的社会历史环境的本质特征,只能反映在千差万别的典型环境中。他举例说,同是反映农业合作化的长篇小说,《山乡巨变》所创造的典型环境就不同于《创业史》,《金沙洲》所创造的典型环境也迥异于《三里湾》,从而也创造出性格特征各异的刘雨生、梁生宝、刘柏、王金生等艺术典型形象。在这些论述的基础上,他提出:"凡是成功的艺术典型,可以说,都是对某种生活真理的新发现。"(《当前创作中的几个问题》)这是一个颇有新意的典型命题。由此可见,萧殷对典型问题的见解和对典型人物的评论,始终是坚持从创作出发,并为了指导创作而探讨的,绝少从理论到理论的经院味。

再如,真实性问题也是文艺理论和创作的一个重要问题。新中国成立以来,我国文艺界对这个问题曾经展开过多次讨论。对这个问题,萧殷不囿于成说,而是从自己的体验中,总结出独到的见解。首先,萧殷强调了生活真实和艺术真实二者的联系和区别。他认为,文艺要反映真实,但艺术的真实又不同于生活的真实。他在《论艺术的真实》一文中指出:"一篇作品是否真实,不在于它是否如实地描写了事实或现象,关键在于它是否通过事物的现象透视到事物的本质,是否通过生活现象的描写反映了生活的真实面貌(本质面貌),是否反映了一般事实的逻辑的真实。"其次,他认为:"只有深刻地理解了并真实地描写了'现有的'那个样子的生活面貌,才可能写出"它应该有的'那个样子的生活面貌,离开了'现有的'基础去幻想将来,是不合适的。"这就把艺术的真实牢靠地扎根于生活的真实的基础上。在"真实性"问题上,萧殷十分强调表现共产主义理想的重要性,指出:"马克思主义要求革命作家在创作中既要忠实地反映时代的真实面貌,又要饱含着丰满的共产主义的理想和热情。"(《求实精神与革命热情相结合》)在此基础上,他进一步指出了在对待文学真实性问题上的两种片面看法:一是把艺术真实和生活真实等同起来,以为现实生活中所有存在的实在现象,都是真实的,都可以变成艺术真实;一是把艺术真实和生活真实对立起来,为了美化生活而在创作中进行荒唐捏造。萧殷同志指出:"应该从生活出发,要按照辩证唯物主义反映论来反映生活。辩证唯物主义的反映论,是不能停留在对于现象或偶然事物的反映上,而是要从中反映出生活的本质和规律性。"(《当前创作中的几个问题》)

萧殷的评论，在形式上也不拘一格，有书评，有随笔，有书信，有序跋，把自己的理论、观点寓于多样的形式，自然地写出来。例如，他的有关创作论的见解，许多是在答青年作者的信中发表出来的，看上去零散，但综合整理出来却自成系统。在此不妨择其大端：（一）创作要来自生活。他在题为《作品的"深度"是什么？》的信中认为，赵启强的小说《无形的主宰》，后半部分艺术感染力不强，原因主要是作品所表现的这部分内容不是来自生活，"不是从生活的具体描写来深刻地体现生活的内部运动"，而是"以某些观念来支配情节和支配人物"，所以使细节不如前半部分那样丰满和动人。（二）要写出人物的精神面貌。他告诉青年作者，文艺创作不能片面地写事件的经过，写技术的操作过程，而是要善于通过这些描写，深入揭示人物的心灵、人物的精神世界。只有这样，作品才能打动人，才有取得成功的坚实基础。（三）认真积累和总结实践经验。他告诫青年作者，要老老实实地从事写作，只有通过写作，才能提高，而不能把希望寄托在"写作秘诀"上。（四）作者对周围的生活看得单调和平淡，便不具备起码的写作条件。他认为，文学创作是一种创造性的劳动，要写出好作品，作者就需要有绞尽脑汁、呕心沥血的决心，有时甚至还要经历种种无以名状的痛苦。题材不是苦想出来的，而是在生活中逐渐得到积累和诱发的。他指出："创作规律要求作家讲真话、发真情，要求用真实感情投入艺术构思中去，并用作家的激情与观点去渲染、哺育、培养、塑造形象。"（《给文学青年朋友们》）（五）创作贵在创新。"其实所谓'创作'，首先应在'创'字上多下功夫，不但要创出新的内容，还要创出新的形式来。"（《给文学青年朋友们》）这些意见不论对初学创作者还是老作者，都是深得个中三昧的经验之谈，再加上书信谈心的形式，使青年作者读来亲切具体，颇受启发。

萧殷为人作序，并很注意理论评价。他多是从生活、形象、思想三个方面立论，往往很能抓住作品创作中的要处。比如，他为陈国凯的短篇小说集《羊城一夜》作的序便说，"能着重写人，写人的性格，是陈国凯突出的优点"。指出陈的小说写的是他所熟悉的工厂生活，但由于善于观察、分析各种人，所以，他笔下的人物各式各样，性格丰富多彩，远远超出了一般工厂生活的限制。对吕雷的作品，萧殷同志说，吕雷笔下的人物，大多是青年，他写他们的爱情纠葛和思想斗争，歌颂青年人在困难挫折面前不屈不挠、勇往直前的举动。他接着指出，吕雷长期在海滨石油基地生活，积累了丰富的生活素材，加深了对石油基地的青年人的丰富内心世界的理解，正是这些生活体验，融汇在作品里，便充满一股大海的清新气息，洋溢着早晨那样的蓬勃朝气（《〈吕雷小说序》）。萧殷给青年作家的集子作序，总是"坏处说坏，好处说好"。既热情肯定一个正在成长中的作家的长处，又坦率地指出他的不足，这也是他的一贯的评论态度。正如鲁迅所说，这样的文学批评，"才于作者有益"。

萧殷的文学评论除上所论，还有许多特色，如所持观点的一贯性、评论逻辑的严密性、以具体作品说明理论的具体性、评论语言的通俗性，以及褒不溢美、罪不加过，实事求是的评论作风，等等。这些特点和作风的形成，不仅同他具有创作作品和欣赏作品的审美能力有关，从根本上说，是他具有较高的马克思主义思想理论素养和社会责任感。他十分强调文艺工作者认真学习马克思主义的重要性，强调一定要用马克思主义去指导文学评论和创作。他认为，"作家是人类灵魂工程师""应担负起改造或提高人类心灵的责任"（《如何反映人物的精神面貌》）；"我们的文学不仅应当担负起反映时代的责任，同时更要担负起建设社会主义共产主义的光荣任务"（《求实精神与革命热情相结合》）。正是由于这些原因，萧殷同志在进行文学评论的时候，立场是坚定的，看待问题是清醒的，所持观点是稳妥的。

当然，萧殷的文学评论也不是毫无不足之处的。可能是由于长期从事行政工作和长期患病的关系，他的评论比较缺少鸿篇巨制，又往往是指出存在问题的多，从正面给予理论上阐明的少。但瑕不掩瑜，这些不足并不妨碍他作为一个有所作为的马克思主义文艺评论家而载入中国当代文学史册。

1984年7月10日于华南师范大学

文学评论家的勇气和责任心

黄伟宗

广东省人民政府参事室特聘参事、广东省珠江文化研究会创会会长、中山大学教授,广东省文艺评论家协会顾问、广州市文艺评论家协会名誉主席。

1983年8月31日,中国著名文学评论家、作家、编辑家、教育家萧殷同志,结束了他战斗的光辉一生,到现在整整七年了。从1959年开始,我有幸直接或间接地在萧殷教授的教导或领导下工作,断断续续,粗算也有20余年之久,可说是他的众多学生中的一个。值先师七年忌日之际,缅怀他生前的许多往事,特别是他在一系列重大的历史和文坛风浪中的表现和处世为人的气度,重温他的著作,使我认识到有一条贯串他近四十年文学生涯的基本脉络和他在文艺各个领域做出贡献的核心所在,这就是:高度的文学评论家的勇气和责任心。

一

1982年夏天，《当代文艺思潮》编辑部写信向我约稿，说该刊拟办一个《文学评论家列传》专栏，着重从数十年中国现当代文艺思潮发展中论述著名文学评论家的地位和贡献，以此与一般传记文学区别开来，办出特色；编辑部希望我写写萧殷师。收信后我即向萧殷师汇报，他很有同感地说：中国的文学评论家主要是在风浪中搏斗出来的。

我当时和以后这些年，一直忙于其他论著的写作，腾不出手来完成这一使命，但我一直牢牢记着萧殷师这句话，策己观人，并以此纵观变幻莫测的时代文学现象，越来越体会到其中包含的道理。以此而观萧殷师数十年的文学道路，正如他自己所说，主要是在风浪中搏斗出来的；他作为文学评论家的勇气和责任心，也首先是在时代的社会思潮和文艺思潮的风浪搏斗中显现出来的。

虽然早在50年代初我已读过他的许多文章，从他的《与习作者谈写作》等著作中逐渐懂得什么是文艺创作，是他参加主编的《文艺报》的热心读者，但对他只有仰慕而无缘谋面。有幸的是在1958年夏天，他从他的故乡也是他当时被下放"劳动锻炼"的地方龙川到广州来，被请来中山大学中文系向全体学生做报告，谈的是当时文艺界热烈讨论的新诗与民歌的关系和发展问题。这是由于毛泽东在给当时刚创办的《诗刊》主编的一封谈诗的信引起的，也在于当时毛泽东提倡民歌、在"大跃进"中掀起民歌创作运动的背景。萧殷师在当时到处"头脑发热"的情况下，在报告中，一方面热情肯定群众的创作热情，批评了某些人轻视民歌创作的观点，一方面又认真地分析了当时民歌创作的优势与不足，从艺术规律上指出新诗的发展道路的民族化问题，反对脱离现实和民族基础去创立"新格律诗"的主张。对于新诗与民歌的评价和诗的形式问题，自然是学术性的问题，大可见仁见智，百家争鸣，萧殷师的观点亦可讨论，但这场论争是当时文艺思潮的一种表现。萧殷师在当时公开发表多篇文章谈这问题，并在报告中慷慨陈词地陈述他的观点，鲜明地体现了他在文艺思潮浪尖中既勇敢投入又保持冷静头脑的革命科学精神。这首次的谋面，他那瘦弱的身躯迸发出强烈的论战精神，给我留下的是敢于在浪尖中拼搏的形象。

1961年春，萧殷师以下放广东体验生活，而正式调来广东工作，任中国作家协会广东分会副主席、党组副书记，并兼任《作品》常务副主编、暨南大学中文系主任。他的职务虽多，主要精力却仍放在文艺理论批评工作上。由于这个缘故，当时刚与广州日报合并的羊城晚报,为加强文艺评论,决定创办《文艺评论》专版,每周一期,并决定由萧殷师直接主持这专版的编辑工作。当时正是我国经过"大跃进"后的经济困难时期,整个政策进行调整,文艺也进行调整,主要克服某些片面强调主观意志和"左"的偏向,文艺上主要是简单化和违背文艺规律问题,创作和理论批评都有这些现象。萧殷师敏感意识到克服这些现象是文艺理论批评的时代使命,上任后不久即率领当时广东作协理论组的成员,从来稿和广东实际中进行调查研究,以《文艺评论》版为阵地组织讨论长篇小说《金沙洲》,并由易准、曾敏之、黄树森三位同志分头执笔、集体订稿而写出了《典型形象——熟悉的陌生人》《艺术构思和作品效果为什么会脱节》《文艺批评的歧路》三篇文章,以深刻的理论切中时弊,向简单化和违背文艺规律的现象进行了有力的拨乱反正。当时《文艺报》连续转载了这三篇文章,在全国文艺界影响甚大。萧殷师在这三篇文章里所倡导的典型论,与这段期间和前后由《文艺报》提出的"反题材决定论"、邵荃麟提出的"写中间人物论"和"现实主义深化论"等理论观点,都是具有同样的作用和价值的。

《文艺评论》版从1961年夏天开始由报社副刊部负责编辑。我刚参加整风整社回来,领导分配我任此版的责任编辑,交代我仍继续直接向萧殷师请示工作。由此直到1966年"文化大革命"开始不久羊城晚报被封闭,事实上我都因这项分工而在萧殷师领导和教导下工作。1964年后羊城晚报由中南局领导,萧殷师任中南局宣传部文艺处处长,对我们领导和教导更直接了。在这六年的时间里,我国的政治风云变幻频繁,文艺思潮同样是波澜起伏,文艺批评稍有不慎,即招致甚大风波,要正确把握文艺走向、分辨出正确或错误很不容易。在这多事之秋,萧殷师在迷雾中点醒我的事例更是不胜枚举,他在风口浪尖中的拼搏精神和机智战术更使我钦佩。其中有两件事使我印象犹新。

1962年秋,《羊城晚报·花地》副刊举办首届作品评奖,领导委托我做具体工作。在初选作品的时候,有两篇小说我认为可以入选但又把握不准,一是林里(用王君父笔名发表)的《新闻记者的日常生活》,一是陈国凯的《部长下棋》。对前者难把握的是:小说写了主人公的爱情生活,而当时的气候是将写爱情视为犯忌的,动辄会被作为"人性论"批判;后者写主人公在日常生活中与群众打成一片的事例和个性为多,不正面表现人物的忘我劳动或进行激烈斗争的情节,这又与当时强调的在阶级斗争中塑造英雄典型的理论不合拍。显然,敢不敢给这两篇作品评奖,实质上是敢不敢对"左"倾文艺思潮抵制和斗争的问题。讨论前我请示萧殷师,他经过一番认真考虑,坚决支持这两篇作品获奖。在评奖委员会上,大家同意他的意见,但考虑到评奖主要是对业余作者,林里同志职务较高,故不评《新闻记者的日常生活》。这件事证明了萧殷师在文艺思潮中的胆识和慧眼。

另一件事是1966年初的《韶山的节日》事件。这时正是"文化大革命""山雨欲来风满楼"的时候。《韶山的节日》是周立波根据毛泽东重返韶山的实事写成的散文,1965年秋发表于《羊城晚报·花地》。发表后影响甚大,有多家报纸转载。由于此文写到杨开慧烈士,犯了江青之大忌;也由于其中写到当时陪同毛主席回故乡的罗瑞卿同志,而且这篇文章又受到陶铸同志的赞赏,江青便通过康生借此发难,托词说此文写"上坟"等是"丑化"领袖的"反党大毒草",责成中南局和报社检讨,实际是借此打倒陶铸同志,美化江青。这是后来才知道的政治阴谋,在当时谁也看不清江青和康生的罪恶企图,但领导层也不是毫无觉察个中的政治气候的。在江青、康生的压力下,中南局和报社领导决定再次发表周立波根据韶山革命纪念馆纠正个别细节的修改稿,并加了"编者按语"。这"按语"就是萧殷师执笔写的。这"按语"只是郑重说明修正个别细节,以示对领袖的尊重和对待这篇文章的严肃性,并不苟同于江青血口诬蔑。正因为如此,重发后更激怒了江青,后来即成了打倒陶铸同志、封闭羊城晚报、将周立波斗死的"罪状"。当时重新发表《韶山的节日》和所加的"编者按语",表现了中南局和报社领导的高度革命原则性和机智斗争艺术,萧殷师也在这一事件中显出了这样的气节和本领。

"文化大革命"中,萧殷师在广东连山县的中南局五七干校养鹅,我是在广东英德县黄陂五七干校养猪,各受其苦,无缘相见。我是1972年秋在广东清远县城重逢萧殷师的。当时我被作为"尚可用"的人被分配到韶关地区文艺办工作。林彪事件后开始有关于落实政策的空气,一些老同志被"解放",好像有些希求繁荣文艺的样子。萧殷师也被安排在当时被戏称为"收容所"的省文艺创作室工作。由于当时省文艺创作室和韶关地区文艺办都有办文艺创作学习班,以培养业余文艺作者的打算,于是共同决定在清远同时分别办班,以便于作家两边讲课。我被派往主持地区班的工作,由此而得与为讲课而来的萧殷师会面。当时尚在"四人帮"的高压之下,整个文艺界仍是由根本违背文艺规律的"三突出"一套统治着,要向业余作者传授些真正的文艺写作知识、坚持正确文艺思想是很困难的,要担风险,对于知名作家来说,由于受注目,影响大,风险更大。萧殷师也深知利害,但他不顾一切,仍坚持讲真话,在讲课中陈述了"写英雄人物是主要任务,但不是唯一任务"的观点,以毛泽东提出的"革命文艺应当根据实际生活创造出各种人物来，帮助群众推动历史的前进"的思想，向江青的"根本任务论"和极"左"文艺思潮进行了有力挑战，震惊四座。在1975年的所谓"反文艺黑线回潮"中，萧殷师又被作为"代表人物"而受审查。萧殷师拒不检讨，坚持真理。这事件的前后过程，更显出萧殷师作为一个文学评论家的铮铮硬骨和巍然正气！

1975年夏天我被调回广州，在《广东文艺》编辑部工作，属广东省文艺创作室，与萧殷师同一单位，但很少见到他，虽然他已得到"解放"，实际仍是"靠边站"，我只是有时私下到他家里看望他，彼此倾吐衷肠。他长期身体不好，一直带病工作，在当时风雨如磐的岁月里，他更瘦弱苍老了，但每次谈话他都在沉重叹息之余显出对前途的希望和信心，使我看到前景和力量。记得北京"四五"天安门事件以后，"四人帮"大搞白色恐怖，层层追查"谣言"和传抄的天安门诗篇，企图以高压手段掩盖事件真相和压制真相的传播。在一次私下谈话中，萧殷师向我讲了他所知道的真相和他的看法，指出"四人帮"的日子不长了。在当时条件下的这种谈话，有似黑夜见到明灯。我深深感激萧殷师的信任，更佩服他的崇高人品与胆识。

粉碎"四人帮"后，萧殷师才正式恢复工作，从广东省文艺创作室副主任到任重新恢复活动的中国作家协会副主席，并任《作品》主编，他仍像过去那样将主要精力放在抓文艺理论批评上，我那时在《作品》理论组并分管文艺评论委员会工作事务，属萧殷师直接领导。在这样重大的历史转变时期，掌握文艺理论批评的正确走向尤为重大而艰巨。1976年底和1977年间，极"左"的思想和路线的余毒仍很重，好些冤假错案尚未得到平反；人们都感到要狠揭狠批"四人帮"，但如何揭批则有种种顾忌，这是由于当时主张的两个"凡是"束缚手脚。广东文艺界在中共广东省委领导下，最早恢复了各个协会的活动，召开多次创作座谈会以活跃文艺思想，组织批判"四人帮"的文艺黑线和文艺理论。广东作协的理论批判工作是由萧殷师负责的，开始是批判"四人帮"的所谓"文艺黑线专政论""三突出论""写真人真事论"等，接着又成立以萧殷师为首的三人小组，写文章批评浩然的《西沙儿女》等为江青涂脂抹粉的作品，并且组织一系列文艺短论，针对现实存在的种种极"左"余毒表现进行有的放矢的批评。这些大大小小的文章在各报刊上发出，影响甚大，都是与萧殷师的组织指挥分不开的。在当时，揭批"四人帮"和极"左"思想路线需要勇气，而且还要有冷静科学的头脑，分清两类不同性质的矛盾，分清政治问题与文艺问题的不同性质，分清是卖身投靠还是受到影响，这是很不容易的事，正是在这些问题上，检验出一个组织者和评论家的功力和水平。

在70年代末和80年代初,中国文坛先后出现了两股文艺思潮:一是"伤痕文学",一是现代派文学。萧殷师对前一种思潮是支持的,对后一种持有异议。"伤痕文学"的出现,体现了对长期"左"倾文艺思想和路线的重大冲击,也必然遭受"左"病残余的阻力。萧殷师在这时候,支持陈国凯的《我应该怎么办》等作品的发表,在各种会议上并发表文章认为这些作品是"现实主义的胜利",反对《歌德和缺德》等文章的错误观点,在这场论战中做出了重要贡献,显出了他反对"左"的思想的坚定性。另一方面,他对当时开始出现的将揭露黑暗面走向极端的倾向(如《骗子》《女贼》等作品)则是及时发现并坚决反对的。这也显出了他的原则性。诚如萧殷师在《萧殷自选集》序言中所注:"自从全国解放以后,政治运动不断出现。几乎每次都一样,每进行一场运动,随之而来的总是向'左'转……现在可以看得很清楚,'左'的倾向越持久,影响越大,其后果就越严重。同时,也应看到,有时也出现右的倾向。由于政治上的左右摇摆,导致文学创作偏离了正确的道路,违背了创作的基本规律……这三十多年来,我也就是针对不同时期的具体情况和具体问题,反反复复地阐述这些基本规律。"这是萧殷师在风云变幻的文艺思潮中的基本思想和坚定性之所在;而这基本思想和坚定性的发挥,又是在于并突出体现了他具有的文学评论家的勇气和责任心之风骨。

二

萧殷师在他从事和关心的文艺工作各个方面,也强烈地表现出他作为一个文学评论家的勇气和责任心。

从40年代到80年代,他主要是从事报刊编辑工作,编过报纸文艺副刊,长期担任文学杂志的主编。他在文艺理论批评和培养青年作者这两方面做出有口皆碑的杰出成就,与他长期担任编辑工作,敢于并善于以报刊为阵地发挥文艺批评的战斗作用和培养作者的职能,是分不开的。他常说编刊物就是要"出作品,出人才"。这是总体概括,怎么"出"和"出"什么作品和人才,则大有学问,萧殷师自有一套主张和途径。多年来他多次言传身教我做编辑工作,断续地讲了他的许多编辑工作经历,使我体会最深的是:要敏感于新事物和现实迫切解决的问题;敢创新,抓重点;与作家和作者做知心朋友,甘心为他们服务。他同我谈到他在《晋察冀日报》编副刊的时候,将杂文专栏办得颇有生气,就是因为他同一班作家交往密切,经常从闲谈中抓到好些新鲜题目,他当即要这些作家写，有的无香烟写不出文章，他就亲自去买烟供应。他还谈到他在《文艺报》工作的时候，许多人来信提出怎样写作的问题，他也为此而办了辅导青年创作的专栏，密切了刊物与读者的关系，使刊物充满生机，他也由此而"迷上了向青年传授文艺ABC的工作"，数十年如一日，孜孜不倦。他还讲到在《人民文学》编辑部工作的时候，经常查阅编辑的退稿，往往查到一些可以用的或有修改基础的稿件，因而他认为当编辑就是做伯乐，要有识人辨稿的慧眼，要尊重名家，更要有扶植新人的勇气和责任心，有了好稿和发现了新人，要不顾一切地大力推出，引人注目，扩大影响。1961年初，他调广东主持《作品》编辑工作，便不顾一切地进行了一系列重大改革，改刊为大32开，将每期目录改为框线直排，将广东著名作家列为"本刊特约撰稿人"在每期刊出名单，显出作者阵容和刊物的凝聚力，尤其是开辟《谈薮》专栏，每期发一组千字文，针砭时弊，文风泼辣。这些改革既有复古味又有创新，在当时全国文学期刊中是首例，影响甚大。这样做，在当时是冒风险的。可见萧殷师在编辑工作上也显出他的风骨和特有风格。

萧殷师长期埋头做培养青年作者的工作并做出显著成绩，固然有他长期担任文艺的组织工作和报刊编辑工作的原因，但更为主要的是他对这项工作有高度的认识和自觉性。他说："我相信一个简单的道理：任何大作家都不是天生的，都是从稚嫩的不知名的文学青年中产生出来，成长起来的。因此，发现、扶植、培养青年作者，是繁荣创作的一个根本措施，不可忽视……在辅导文学青年时，重要的是指引他们走文学的正路。当他们开始学步时，如果路走错了或走偏了，以后就越来越难纠正。所以，特别着力帮助他们弄清文学的任务和创作规律。"这些自白，说明他将培养青年作者提到文艺根本建设的高度认识，同时又着力于走什么文学道路和文学的任务与规律的指引。这种指导思想和做法，正属文艺理论批评的性质和范围，或者说是文艺理论批评工作的一个方面，萧殷师长期坚持这样去做这项工作，实际上也就是以此作为文艺理论批评的一个领域，既以此把握培养文艺人才的走向，又以此作为阵地去介入整个文艺形势的斗争风云，脚踏实地、卓有成效地发挥文艺理论批评的战斗和教育作用。萧殷师也同样在这项工作中显现出他作为文学评论家的勇气和责任心。我每到他家里，都见到他收到许多相识或不相识的人寄来的信件，他收到后一一在信封上写上收信日期和复信日期，按时间先后次序捆扎保存。他每封复信都写得很认真，字迹十分工整，真不知道他为此付出了多少时间和精力，他常对我说："离开这些信我就写不出东西来；我写的文章都是根据这些信来谈当今文艺问题的。"1963年夏天，他重返了他故乡佗城一次。他回来时我去看望他，他即把一篇题为《二者必舍其一》的文章交我发表。这是一封某初学写作者的信，这初学写作者曾认识萧殷师，将新写的作品《春耕前夕》送他指教。在信中，萧殷师指出作品只是将一大堆支离破碎的、浮浅的、粗糙的生活现象堆积，所歌颂的人物也多是堆上些"奇迹"和"豪言壮语"，没有形象，只是概念，进而指出这是由于急于求成，流露出急切想当作家的个人主义意识；还指出这个作者不好好劳动，同人民打成一片，因而写的人物和生活缺乏应有的理解和感情，才造成写得空洞无物。并由此进一步指出：在个人主义与做"灵魂工程师"之间，是"二者必舍其一"，是不能"兼而爱之"的。这封信所谈的问题，显然都是创作态度和道路的一些根本问题。

使我深受感动而永远难忘的是关于我的一件切身之事：1980年春，我根据"伤痕文学""反思文学"大量出现的创作实践，将这些文学现象概括为"社会主义的批判现实主义"文学，试图以此理论反击将这种文学现象贬为"缺德"文学和"旧批判现实主义"的观点。事先向萧殷师请教，他不同意，认为这会导致另一个片面。我未能接受，还是发出了文章，并在当时于广州举行的中国当代文学学会年会上提出来。萧殷师到会上做报告的时候，毫不客气地批评了我，指出这会导致另一错误倾向。会后又在与我的单独谈话中，再三叮嘱我不要走向片面。这件事的前前后后，使我深切地感到萧殷师对后一辈的教育培养，是关切而又有原则性的，是从整体文艺走向的正确把握和制止片面性的高度去论文论事的。所以，我认为萧殷师在对后辈作者的关系上，同样鲜明地体现了他作为革命文学评论家的勇气和责任心。

萧殷师早在40年代曾任华北联合大学文学系教授，50年代初任新中国成立后第一个培养作家的学校——中国作协文学讲习所副所长，60年代任暨南大学中文系主任，80年代初任暨南大学中文系和中山大学中文系的兼职教授，还任暨南大学文艺理论硕士研究生导师。从我与他的直接接触的许多事情来看，他从事高等文学教育的思想和做法，也是很体现出他的特有风骨与风格的。记得1959年冬，他刚任暨南大学中文系主任不久，我也刚从大学毕业出来到报社做副刊编辑。一天，我到我的老师楼栖教授家里，向他组稿，因他刚从民主德国讲学回来，希望他写写见闻。萧殷师突然来到，要楼栖师去暨大讲讲课，谈些在外国讲学的感受。记得萧殷师说：办大学不仅要本校教师讲课，还要请外校有名望的教师讲学；不仅讲计划开设的课程，还要讲计划外课程，使学生增知识、广见闻，不脱离现实和实际。这是我首次正式结识萧殷师，他当时这番向楼栖老师讲的话之所以使我至今印象犹新，有初见面的缘故，更重要的近十年来我从事大学教育工作，越来越体会到这是深刻的教育之道。他曾多次向我谈到他怎样带进修教师和研究生。他的指导方法就是：既抓理论，更重实践，除布置必修书和定期听他讲课外，更要多写文章，特别是要密切关心和投入当今文艺斗争实际。他讲课的内容是理论联系实际，尤其是当今文艺形势分析，写文章也是要针砭现实文艺问题。他的这种教育思想和方式显然与一般大学教授不同，是很有改革勇气和高度责任心的文学评论家才敢于和有能力这样做的。

萧殷师说："我一向认为，无论是文学理论、中外文学史、中外文学批评史、中外作家作品研究、文学编辑工作、文学教学工作以及文学领导工作等等，尽管它们彼此的研究对象或工作性质很不同，但归根结底，都是直接或间接地为繁荣创作、发展创作效劳的；倘离开这最终的目的，这些工作就将失去存在的意义和价值。"这个看法，在大学经院的学者看来，可能会讥之为"实用主义"，然而，反经院派正是萧殷师的主旨所在。萧殷师特别注重文艺理论批评的现实性、理论对创作实践的指导作用，并不意味着他否定或轻视文学研究工作，恰恰相反，他是很重视这个领域，不遗余力地支持这项工作，并且也有自己的特有主张的。记得1981年间，当他知道全国大多数省、区、市的社会科学院都有文学研究所，广东的社科院仍未有设立的情况后，即派我去省社科院找张绰、杨樾、叶汝林同志，转达他建议设立文学研究所的意见。三位同志都很赞同，希望萧殷师牵头请著名作家、学者一道向省委提出建议和方案，萧殷师便委托我起草建议书和方案，并由我去征求欧阳山、王季思、楼栖、吴宏聪等前辈的意见，他们都表示赞同，并在建议书上签了名。建议书和方案上报省委后很快批复下来，终于建立了这个所。萧殷师在建议书和方案中，提出广东的文学研究所应有与其他省份不同的特点，要特别重视华南和港台文学的研究，要突出对现实的文艺理论和创作问题的研究，强调坚持从现实出发、从实际出发的研究方向和作风。他对我个人的要求也是如此。1979年我要求回母校中山大学从事文学教学和研究工作，起初他坚决不允，经我再三恳求才同意了。他深情地对我说："我就是考虑到我们在大学从事文学教学和研究工作的中年评论工作者有理论而联系现实实际不够、在编辑和文艺部门工作的评论工作者则忙于现实文艺实际而难以进行系统理论研究的情况，才同意你去的，希望你努力探索出一条弥补两方面缺陷的路子来，不管怎样，切莫脱离现实、脱离实际去搞什么经院式的文学研究。"这些嘱咐，始终是我的前进动力和指路明灯。

三

萧殷师在《萧殷自选集》序言中，有一段可能不大引人注意的话："从这三十多年不同时期所写的文章看来，特别是对形象创造的规律，其基本观点始终保持着一致；当然不能说在大风大浪中，自己从没有晕眩，好在晕头转向不久，能很快地醒悟过来，避免了踏上错误的岔道，这是值得庆幸的。"这实在是他发自肺腑之言，凝聚了他数十年饱经风霜的坚定信念和无限感慨，从另一个方面显出了他作为文学评论家的勇气和责任心的风骨和风格，也显现了他的崇高人品和气度。

众所周知，在过去的年代，政治运动和文艺斗争迭起不停，文艺这"时代的风雨表"常常是政治斗争的发难地带，文艺家们经常身不由己地被卷入政治风浪之中，时浮时沉；文艺理论批评又被赋予"斗争武器"的职能，文学评论家更是难以自主，常会由于政治运动的需要和职务的关系，写些无可奈何的文章。从我有限的阅历和经历看来，在那些年代的中国文学评论家是很难找出一贯正确、一切正确的"完人"的。萧殷师数十年不同时期的文章能够"基本观点保持着一致"是很难得的，这是他的风骨的主要表现。但这只是一个方面。另一方面是表现于他从真理出发而勇于承担和改正错误，他所说的"晕头转向"的事，是指1964年在全国根据毛泽东关于文艺的两次"批示"而开展的文艺整风和大批判中，对《三家巷》《苦斗》的批判，他被分配任务，写了一篇批判文章。他当时任中南局宣传部文艺处处长，职务要求他必须这样做。对这件事，他一直是引以为咎的。记得在1977年，广东作协刚恢复活动，他即支持我写为《三家巷》《苦斗》平反的文章，并经他亲自做文字修改签发在《作品》发表。此后他又一直支持我进行对欧阳山的研究，并经常向我说必须充分肯定《三家巷》和欧阳山在中国当代文学史上的重要地位。这些事实，与某些将自己封为"一贯正确"或以隐错掩过而"保持形象"的人，形成鲜明对比。

萧殷师的这种风骨和风格，还体现在他对待在"文革"中批斗过他的后辈人的宽恕态度上。"文革"中，我与他不同单位，对他被批斗的情况不清楚，只是后来才听说一些。他多次向我谈过："在那样的政治压力下，这些同志也是迫不得已的。大家汲取教训就是，不要计较了。"他不仅这样说说，而且切实这样做了。

萧殷师长期对我言传身教，值得写的事情很多很多，现在我只是将一些较能体现他的风骨和风格的事例写出来，是因为这种风骨和风格，最值得我们后辈永远继承和效法。

敬爱的萧殷师，安息吧！

试论萧殷的文艺理论贡献

何楚熊

华南师范大学中文系教授。

萧殷在其自选集的《序言》中说："可以说，这三十多年来，我的主要精力都用在阐述文学创作的基本规律，只是在不同时期所针对的具体情况、具体问题不同罢了。"确是这样。收入自选集中的83篇文稿，都紧紧围绕着文学创作的基本规律有针对性地设题论述。从40年代末至80年代初，他力排"左"的干扰，反复呼吁尊重艺术规律的理论胆识，对文学新人那份热切的厚望和严厉要求，为繁荣社会主义文学事业孜孜不倦的献身精神，在我国当代文艺理论批评史上，恐怕是极其少有的吧。读着那皇皇45万多言的理论文字，我常被作者那至诚至爱、至深至大的情怀所感动，也常为其中许多真知灼见所惊叹。

显然，萧殷的评论文字虽然都是面对某一时期存在的问题而发，并非体系性的理论建设，然而，这些文字表述的理论已远远超越了指导文学新人的层次，而已经进入到马克思主义理论批评的整体建构之中，不仅在艺术规律的论述上，而且是对马克思主义文艺研究方法论意义上的发现。所以，我试图把萧殷的文艺思想放到建设马克思主义文艺学的动态工程之中进行探索。我以为这对我们今天的理论建设和创作都是有意义的。

一

长期以来，人们大都把马克思主义文艺学看作是社会学的，而且按照这样一种认识去阐发马克思主义的文艺思想，结果弄出了许多片面性。在国外，如法国的文学家和文艺社会学家罗贝尔·埃斯卡尔皮在他的《文学社会学》一书中，就直言马克思主义文艺理论"是社会学的文学理论"。美国的当代文论家魏伯·司各脱也把马克思主义的文艺批评纳入由丹纳最终确定的社会批评模式之中，更有甚者，言称"马克思和恩格斯则提出了社会批评的第四个因素——生产方式，从而使马克思主义的批评成为社会批评的一个特殊支派"。这实质上无异于将马克思主义歪曲为经济唯物主义，以经济唯物主义的意识形态观取代马克思主义的意识形态理论。在我国，虽未有明确地以社会学概括马克思主义文艺思想的理论，但实质上，不少人却取了社会学的视角去处理文学艺术问题，进行文艺批评，制定文艺政策，以冒充马克思主义文艺思想。尤其在形而上学猖獗之时，更加肆虐违背艺术规律，损害文艺事业。

其实，马克思主义文艺学从根本上不是社会学的，而是美学与历史的统一的。这不仅因为恩格斯对歌德的研究之中，对拉萨尔剧本《封·济金根》的批评中曾明确地提出，而且在马克思、恩格斯的文艺论著中都贯串着这样一个美学原则。即便是论及无产阶级应当在现实主义领域占一个席位，或谈到有关社会主义倾向的文学之时亦然，集中到一点，就是提出要"莎士比亚化"而不要"席勒式"，即以具有丰富鲜明的个性的艺术形象反映生活，表现艺术家对现实的审美掌握的艺术规律。

萧殷的全部评论文学都表明他对这一马克思主义方法论的感悟。早在50年代中期，他的文章中就提出了反对以社会学取代文艺学的倾向。在批判图解社会学概念的创作和批评时，他便直言："文学到底不是社会学。"指出了以社会学要求文学，进行文学创作是违反艺术规律的。它必然导致创作的简单化、概念化、公式化，批评的粗暴和武断,"从而戕伐创作的生机",妨碍作家的创造性和积极性,其结果只会"把文学作品变成花花草草的社会学讲义",最终失去文学。当别林斯基关于"哲学家用三段论,诗人则用形象和图画说话,然而他们说的都是同一件事……所不同的只是一个用逻辑结论,另一个用图画而已"的论断广泛流行,充盈于大学中文系讲坛的时候,萧殷却对这种说法提出了批评,反复说明文学与社会科学的区别绝不仅是表现形式的差异,而根本上是研究对象、思维方式的区别。他曾说明:"文学的特征,绝不仅仅是因为它的具体性和可感性的形式,更主要的,是因为它是通过个别的完整的形象对生活进行最广泛的概括。"文学与哲学社会科学的不同"不仅限于反映生活的方式上,而是从一接触生活开始,一直到构思完成,两者在思维方法上就有区别"。这样的论述,实质上已经把两者的区别上升到对世界的掌握的方式的哲学层次。因此,他认为文学是对生活、对生活中的人生的全方位的审美掌握,是从生活出发,融进作家自己的美学观点和社会观点、热情和想象,把自己所感受的丰富的事实和印象加以提炼、融化、概括,构成个性化的完整的艺术形象反映生活。他在理论上一再把艺术形象从单纯的具体感性形式中区别出来,强调艺术形象"是经过作者社会观点和美学观点过滤和概括过的、集中了的人生图面,并且以完整的个性化形式表现出来"。多么敏锐的理论触角啊!这不是对美学的和历史的统一的方法的自觉掌握了嘛。难怪他一再呼吁要尊重艺术规律,而且把文学与生活的关系问题也纳入艺术规律范畴。正是在这样一个总的美学原则——美学的方法论指导下,萧殷对文学创作、批评中的主题、情节、人物、环境、语言等诸问题都进行了美学的历史的分析、研究与论述。

二

萧殷是将文艺与生活的关系,看作马克思主义美学中的一个重要的艺术规律问题认真对待的。文艺与生活的关系问题也曾经蒙上了来自"左"的庸俗社会学的污垢,而且已经产生过很坏的影响,损害着文学创作和批评的健康发展。萧殷在这个问题上的理论建设正是在清除这些污垢,肃清其影响的不懈的努力之中进行的。

他针对那种混淆生活与文学界限,或以"难道生活是这样的吗"之类非难文学,或停留在对生活现象的描写等倾向,侧重论述了文艺与生活的本质区别。其主要的立论在以下三个层面渐次深化地展开。他提出"生活只是艺术的源泉,它本身并不等于艺术"，说明从生活到艺术要经过作家头脑对现实生活的感受、加工、创造过程，创造出的是有血有肉的艺术的形象世界，进而区别艺术真实与生活现象的事实，指出"在艺术的范畴里，实有的事实不一定都具有艺术的真实性"。因为生活现象往往是未经加工的纯客观的，是杂乱、散漫和偶然性的。文学如果不加分析地描写现象是无意义的，而"单纯地'再现'生活，是客观主义在文学写作上的反映"。如果仅以生活的某些实有的现象作为尺度去指责文学作品的艺术真实，则"只会使我们的判断陷入片面性甚至错误"。"艺术的真实，它是比现实生活中所实际存在的现象更提高了一级的东西。"但又同时指出，艺术真实不是生活本质的赤裸裸的再现，而是非常丰富的蕴含着生活真理的人生图画。那么，怎样才能创作出这样的艺术真实呢？关键是作家要从生活出发，而不是从概念出发，要在生活中汲取有血有肉的生动的生活素材，要以生活本身那样生动的形态表现。

然而，作家怎样才能在生活中汲取有血有肉的丰富的创作源泉？这仍然是一个十分困难的问题。50年代，由于过分强调文学创作对生活的依赖，似乎只要把作家赶到政治运动或生产斗争第一线便解决问题了。但事实并非如此。这是一种把复杂的问题简单化的十分粗暴的极"左"的思想理论的表现。萧殷发现许多业余作者的作品都严重地缺乏生活气息，公式化、概念化倾向严重，其作品没有艺术感染力。对此，他做了大量的分析研究，写了不少文章。从1949年到20世纪80年代初的许多论述中都表现了对这一问题的探索。一方面他论述了学习马克思主义，树立先进世界观的重要，同时，又把作家对生活的"感受"提到十分重要的地位。他提炼出一个十分重要的概念——"艺术感受"。他多处论到作家在生活中必须善于感受，要在感受中找到自己对生活的独特的感觉。甚至认为即使是正确的认识，也只有"经过你感性的感觉之后"，才能融化到你的感情血肉之中，反复强调作家的生活积累，主要也不是依靠搜集，"而应当依靠作者自己的亲身感受"，作者应当去写再三感动过的生活和人物。对"艺术感受"的概念，作者已经意识到这"并不是全为理智所能驱使的"。他把"艺术感受"比作软片中的感光质，如果你的心灵深处没有这种感光质，你的理智硬要它对光和影有所感应是办不到的。这种"感光质"，在作家那里就是心灵深处的那种思想感情、那种爱和恨。因此，他进而提出了"用心灵去感受"的概念。"只有依靠你的心灵，依靠你精神仓库里储藏得最深最厚的、与你的身心结合得最牢固的思想感情去感受，你所感受的，才可能是有具体血肉的、深刻而细致的、带着激情和思想的情景和细节。"只有这样，才是符合艺术家对世界的审美掌握的规律的。他还从研究中得知有一些人隐藏了自己心灵深处的爱与憎、美与丑的感情，只从一些理论和知识出发，不可能从生动活泼的现实生活中汲取丰富的创作源泉。他们写出来的"先进事迹""先进人物"只能成为"图解某些社会学概念或政策条文"的东西。这样，虽用心良苦，结果却是不佳的。因此，他要求作家必须培养自己的敏锐的艺术感受能力。这些论述、这些思想都是作者50年代至60年代的文章中表述的。这些论述显然已经接触到人们在80年代才引起注意的文学创作中的潜意识的深层心理问题。虽然作者对"艺术感受"这一概念未做更充分的论述，仍然掩盖不住作者对艺术规律探索的灼见。

萧殷对文学与生活关系问题的另一个重要理论阐述，便是把作家的"艺术感受"的重点，从当时普遍注目的一般生活事件移到活生生的具体的人。他一再批评那种只把注意力集中在生活事件，以搜集奇异的故事、编排离奇曲折的情节为满足的作家。他认为作为一切社会关系总和的人才是文学的中心，因而也是作家观察体验、分析研究以及用心灵去感受的对象。他还指出作家在生活中不仅应当观察、研究人们在一般工作中的表现，而且应当观察他与周围的人的关系，"甚至他对家庭的态度与作风也必须注意"。作家应当从人们在各种场合的表现中"捉住他的性格特征——即他对社会的观念、态度以及通过他特有的个性表现出来的他所属的集团的特征——而且这些能体现其性格特征的言谈和行动又能印入我们的脑海"。这样，这个人物在我们头脑里就不是抽象的，我们就可以说掌握这个人物的性格了。这种以人物性格以及人物性格之间的冲突为文学艺术地掌握世界的中心的思想，可以说贯串他几十年所写的文章之中。这对当时存在着的将文学当成图解政策、图解某种观念的"左"的理论及创作倾向显然是一种了不起的针锋相对。

三

与前面两个论题密切联系的是萧殷对文学创作个性化的理论建树。当人们还在论争典型的共性是等于阶级性还是大于阶级性的时候，他已经发表了五六篇批评只注意英雄人物的共性，只热衷于在人物身上添加豪言壮语，而未能写出与人物性格相适应的人物言行的概念化倾向的文章了。他十分严肃地批评这些作品"没有注意到这些英雄事迹是否可能在这个性格中产生出来，是否一定会在这个性格中产生出来"，"这种从共性出发的人物形象是没有生命的"。他提出个性才是艺术形象的生命,是典型的核心的命题。这说明在当时,萧殷已经十分清醒地看到从苏联引进的这个典型理论的要害就在于将共性、普遍性作为典型形象的标志,而所谓"个性"只是外加于人物的"装饰"罢了。这显然是对艺术典型的错误认识,是对艺术规律的破坏。它必然导致文学创作的概念化、文学批评的庸俗社会学倾向。于是,个性化问题,便是萧殷维护艺术规律的重要论题。它在萧殷的评论文章中占据着十分重要的地位,就其自选集83篇文章中,论及个性化问题便有30余处之多。

他批评了把文学创作的典型化看作是"用集团特征搭成形象架子,然后在这架子上配搭些个人色调"的创作公式,指出这是违反艺术规律的,说明在这样的思想指导下造出来的人物充其量也只是集团特征的图解。这样的"形象","集团特征是够充分了,但'形象'却不能活起来,没有生命,也没有艺术感染力",因而绝不是艺术创作的典型化。他也批评了那种"把'个性化'的形象只看作作家表现概念、规律或范畴的一种手段,或一种方式",而指出个性化应当是作家对生活现象进行艺术概括的典型创造的实质。他明确地说:"艺术创造的过程,实质上就是个性化的过程。"唯有经过个性化的创造,才能创造出能够按照人物自己性格去行事的富于生命的典型形象。在萧殷看来,艺术创作的个性化是建立在作家对生活的深切感受、对现实关系中的人的全方位审美掌握的基础之上,"从生活出发,从活生生的具体人物出发","通过特殊去发掘一般,由个别去透视全体","通过特定的性格和他所处的特定环境的相互关系,来揭示其本身内在的集团特征",即以具有个性特征的活动和关系来概括社会的某种普遍性。在个性化的形象中,个性与某种社会普遍性是水乳交融地凝合在一起的具有鲜明的性格的艺术形象。这样的形象才能成为一个具有独立生命、独立心灵的人,才可能具有艺术感染力。

他还批评了那种普遍存在的把艺术典型看成是赤裸裸地"写本质""写主流"的同义语,在艺术典型与时代精神、阶级本质之间画等号的错误观点。他认为世界上的事物中,所谓赤裸裸的本质是不存在的,离开活生生的具体个人,阶级本质便无所依附。"写本质"绝不是艺术的典型化,而只是类型化,写出来的人物只能是类型化的、只具备某种类型的特征或某些集团的共性人物。"这样写出来的人物,不可能成为艺术形象"。多么严格的批评,又是多么严肃的科学态度。在他看来,艺术形象"一方面是具体的、可感的;另一方面人物形象是有思想的、有感情的,能呼吸的、有脉搏的,能独立思考……按照自己的思考去说话,按照他的感情去行动的",是一个完全自主的人物形象,"因此,是有生命的、有灵魂的、有个性的、有脾气的,这叫艺术形象"。如果从"本质"出发,从"类型"出发,那么只能是一具空有可感性外表的没有灵魂的"木头人"。从阶级"本质"出发,结果也只能导向一个阶级只有一种典型的概念化境地。所谓"主流"论,把"主流"和艺术典型等同起来,无异于主张多数就是典型。他列举了大量文学史的事实证明典型不等于主流。生活自身运动的复杂性、丰富性以及文学的特殊性都告诉我们,把典型同主流等同起来,无异于把生活简单化、公式化。他认为逆流也可以是艺术典型化的对象。在讨论这个问题的时候,萧殷提出一个"主流冲击"的概念,这个概念可以说明生活自身运动的复杂性和丰富性,说明在生活中主流与逆流,或非主流的关系。这个概念运用到典型化的艺术创作规律的阐述中,作者提出,问题不在非主流或逆流是否可以成为艺术典型,问题是作家是否感悟到"主流冲击"下的逆流,或在逆流中是否感悟到"主流冲击"的潜在力量,并且是否融进你的典型创作之中。这个理论是深刻的,也是合乎生活规律和艺术规律的。它不仅有利于澄清因"左"的干扰造成的混乱,而且对艺术地认识生活、感受生活的全部丰富性都是十分有意义的。

生活中本来就存在着千差万别的个性。社会的共性,或本质都是由这千差万别的个性汇集而成。对"典型性格"就是不可替代的这一个,典型化的核心就是个性化的论题,萧殷还从辩证唯物主义的哲学高度加以论证。他引用"共性,即包含于一切个性之中,无个性即无共性""任何一般只是大致地包括一切个别事件。任何个别都不能完全地包括在一般之中"(列宁语)的原理,进一步论述只有把人物的个性写得越充分,才越能显现"这一个"所必然具有的共性,或"本质"。对人物的性格的内涵,萧殷还做了深入的论述,给以丰富的界定。他说:"在文学作品中的所谓性格,不仅指人的脾气、爱好、欲望、习惯;也包括思想、观点、感情、态度、作风,而且还包括世界观和阶级意识。几乎可以说,人的整个精神世界,都包括在性格之中。"这就更令人信服地论证了关于个性化是典型化的核心,人物的鲜明独特的个性才是典型人物的核心的立论。

萧殷对典型问题的理论建树还表现在他对"典型环境中典型人物"的"典型环境"的立论。他旗帜鲜明地提出"典型环境,也是完全不可替代的'这一个'"。如此立论,无论是在当时还是现在,都堪称卓越。对"环境"的要素,他正确地指出"不仅有民族的、社会的、历史的条件,阶级的关系,人与人之间的关系,还有地区的自然条件，风土人情，生活习惯等等"。因此，典型环境不应当仅理解为社会发展趋势的表现，而应当是典型性格活动于其中的具体时间、地点、条件下的特殊的关系。它与典型人物一样，是完全不可替代的"这一个"。在同一历史环境之中，由于具体的矛盾运动的千差万别，而可以产生千差万别的典型环境。唯其如此，也才有千差万别的典型环境中的典型人物。

萧殷的理论文字，如他自己所说，大部分都是为了肃清"左"的影响，为了回答文学新人提出的，或他们作品中存在的创作问题而著。唯其如此，才形成了他理论的丰富性和锐利的论辩风格。在他那672页的理论著述中，几乎涉及了全部艺术基本规律问题，且不时闪耀着真知灼见的光芒。他的理论的深刻与博大，给我们留下了包括他那崇高人格在内的无可替代的丰厚遗产。他的理论建树对建设具有中国特色的马克思主义文艺学做出了独特的贡献。在他离我们而去的十周年日子里，我从心底呼唤一声：谢谢，萧殷老师。

1993年11月越秀山下

试论萧殷的文学批评思想与方法

黄展人

暨南大学中文系教授。

一

萧殷对文学事业的贡献是多方面的,对文学评论的建树更为突出。他的主要作品有12部,大多是文学评论。他一向认为:"无论是文学理论、中外文学史、中外文学批评史、中外作家作品研究、文学编辑工作、文学教学工作以及文学领导工作等等,尽管它们彼此的研究对象或工作性质很不相同,但归根结底,都是直接或间接地为繁荣创作、发展创作效劳的,倘离开这最终的目的,这些工作就将失去存在的意义和价值。而文学评论,更是从作品或创作实践中引出来,又回过头去指导创作实践的。因此文学评论工作直接关系到创作活动的盛衰，是创作活动最亲密的伙伴。"他说，"我时刻想到我的服务对象是初学写作者，我处处考虑的是创作实践中的问题"，"因此我所谈论的全是创作实践中出现的具体问题""目的是把那些非寻常的、不易懂的道理讲得更浅显明白"，由此形成了萧殷自己独特的评论风格。我们只要细心阅读《萧殷自选集》中的评论文章，就能体会到他以战略眼光提出并致力于研究创作实践中出现的具体问题，把理论和实践、创作和批评紧密结合起来，阐明创作的基本规律，为文学新人的成长，为文学创作的繁荣，为文学理论批评的发展，做出重要贡献。

萧殷是一位和蔼可亲、学识渊博、真诚务实、坚持真理、品格高尚，为文学评论事业孜孜不倦，一生奉献的文学评论家。他坚信"代表人民利益的先进的东西，符合历史发展趋势的东西，是扑灭不了的"。他胸怀革命理想，在战火纷飞的年代，置生死于度外投身斗争；新中国成立后，在政治风浪波澜起伏中坚持真理，呼吁尊重艺术规律，在文艺上反对"左"和右的倾向。在文艺批评上，批判艺术教条主义和庸俗社会学等极"左"文艺思潮；在文学创作上，批评刻板摹写真人真事、编造故事、图解政策、概念化公式化的说教以及只要思想不要艺术等"偏离了正确道路，违背了创作的基本规律"的错误倾向。特别是在"四人帮"横行的浩劫时期，萧殷以非凡的胆略，1972年在省文学讲习班讲课时与江青唱"对台戏"，启发学员摆脱"三突出"的桎梏，后来因人告密再次蒙冤受审查，但他始终认为自己没有讲错。"四人帮"垮台后，萧殷著文狠批"三突出"。他亲自抓《作品》评论工作，发表抨击"左"的文艺思潮的文章，率先突破描写爱情题材的禁区，带头发表为欧阳山等作家作品平反的文章，开展对陈国凯的小说《我应该怎么办？》的讨论，在全国引起关注。有人否定《伤痕》一类暴露"四人帮"及其一伙罪行的作品，认为这类使人伤心落泪的作品，只配称为"眼泪文学"，"无益于人民"。萧殷却怀着喜悦的心情去看待它们，指出："对于这些从严峻斗争中所涌现出来的作品，只能给予热情的辅助，决不应冷漠地加以指责。"1979年，他在《文艺报》发表的《他们用的是什么武器？》一文中尖锐地指出：近半年来，对一些刚冒芽的文学作品，出现了吹冷风、浇冷水的现象。有些人把揭露"四人帮"的作品，称为"伤痕文学""暴露文学""潮头文学""向后看文艺""缺德文学"，还有什么"市民文学"，等等。其中某些喊得最凶、反得最起劲的同志，却有一种不寻常的表现，他们过去面对"四人帮"造成的万马齐喑的文艺局面，噤若寒蝉；而今天，面对着一些揭露"四人帮"罪恶、批判"四人帮"流毒的作品，却大泼冷水，而且还口口声声喊着"为无产阶级""为四化建设""为社会主义"等动听的口号，摆出一副唯我独尊的架势，好像不把这些新冒出来的新生的作品压下去就决不罢休似的。接着对所谓"不典型""要反映本质、主流""事件必须普遍存在""悲剧使人感伤和消沉"等"论据"，进行深入的具体的剖析，指出这些人"撇开艺术创造的特点，抹杀形象创作的规律，硬把'通过个别反映一般''通过特殊形态反映普遍规律'的艺术法则弃之不顾"，吹起一股冻伤幼苗和蓓蕾的冷风，阻止对"四人帮"余孽及其流毒的斗争，并拿丑化干部的帽子来阻止批判歪风邪气。萧殷振臂疾呼："所有这一切都是以'左'的面目出现，在革命的名义下提出来的"，"损害了我们的创作事业，我们就不能不有所提防"。还有许多例证，充分说明萧殷不同凡响，是一位具有革命家的胆略、高尚正直、严谨务实的杰出的评论家。他自觉维护艺术的崇高的时代使命和批评家的人格；自觉维护文艺的美学价值，尊重艺术规律；自觉维护文学批评家的思想敏锐、富于创造的品格。他强调实事求是，理论联系实际，以自己独特的批评个性，深入浅出、严谨务实的批评风格，为我们留下珍贵的文学评论成果。

二

萧殷的文学评论是建立在科学的批评思想的基础上的。他的文学批评思想是他的文学思想的重要组成部分，两者是相辅相成、相互促进的。研究和学习萧殷的文学观、批评观，发扬萧殷精神，对推动我国的文学创作和评论事业具有重要的现实意义。

萧殷的文学批评观建立在马克思主义的哲学观、世界观的基础上，坚持以辩证唯物论为指导。他说："文艺是反映生活的，应强调反映论。"文学创作要"坚持从生活出发，忠实地反映"，"主要目的是为了改造社会改造世界而去反映生活"。在《论艺术真实》中，他指出艺术家的任务，应该在现实生活的基础上，"创造出能够反映生活本质面貌及发展趋势的艺术形象"，"现实生活正是作家创造艺术真实的最重要的原料"，"但是生活只是艺术的源泉，它本身并不等于艺术；因此，机械地描写生活的现象不能造成真实，事实和现象的如实描写也不能创造艺术真实"。萧殷指出文学艺术要遵循"以个别反映一般，以特殊性去表现普遍性"的法则，严格区分作为社会意识形态的文艺和科学的界限，区分用艺术方法和用理论方法去掌握世界的不同方式。艺术家用形象和图画去反映生活；哲学家用三段论法逻辑结论去反映生活。从思维方式上讲，前者用形象思维，后者用逻辑思维。所以萧殷的文学评论经常提出"如何更好地运用文艺的特性去反映生活，使生活被反映得更富有艺术魅力"的问题，而致力于"探讨艺术如何反映生活的特殊规律"。在《事件的个别性与艺术的典型性》中，他指出："文艺之所以不同于其他意识形态的科学，正是因为它是文艺。"强调文学是一种创造，反映现实生活有它不同的特点，"忽视了作者的想象、虚构和概括手段对艺术的重大作用，放弃了艺术形象的创造"，就将陷入公式化的泥沼。他经常批评"用形象"来图解事物的本质和意义、图解概念、图解政策的概念化公式化倾向，批判庸俗社会学、艺术教条主义对唯物论反映论在艺术上的简单化理解，批判机械反映论和摹写生活的再现论，坚持能动的反映论，使文学批评在唯物论反映论的指导下，正确把握文学的审美本质和反映生活的特殊规律，以美学的、历史的观点，"依靠科学分析"搞好文学评论，促进文学创作。

萧殷的文学批评思想是他在长期的理论研究和批评实践中，对文学批评规律和批评方法的深刻认识和自觉把握，建立在对文学创作规律的科学认识和深刻体验的基础上。其核心思想是按照文学反映生活创造艺术形象的特点，从作品实际出发，遵循文学创作的艺术规律，依靠科学方法和艺术分析，实事求是地对作品做出审美评价。他从思想内容和艺术形式统一、思想性和艺术性统一的观点去衡量作品的艺术质量和美学价值。早在1949年，他在《文学作品的感染力》一文中指出："只有思想内容的作品，不一定有艺术感染力；但如果作品光注意华美的形式，而缺乏思想内容，作品就会丧失社会意义和教育作用。只有两者结合起来，文学作品才能感染读者，动人心弦，又为人民所利用。"他十分重视文学的审美功能，认为文学之所以为群众所接受、所爱好，首先因为它是文学、是艺术。他说："当我们阅读一篇文学作品时，并不是怀着寻求社会学的知识去阅读的；在通常情况下，人们总是怀着寻求美的享受的心情去阅读的。"他指出，"有没有形象感染力，是关系到作品艺术质量高低的一个很重要的因素"，"直接关系到群众是否乐于接受问题"。他十分强调作品的形象感染力即艺术感染力的问题，并把它作为评论作品艺术质量高低的一个很重要的标志。由此可见，他为了帮助人们"弄清文学的任务和创作规律"，确是呕心沥血致力于他自己说的"炒冷饭"的工作，却从常识性的问题道出不寻常的真理来。

文学作品的艺术感染力从何表现，如何分析评价？在萧殷看来，作品的艺术感染力一方面应从读者接受与社会效益来考察，看它是否能满足人民的审美享受，引起共鸣而乐于接受；另一方面，更为主要的是从创作规律去看作家的艺术创造，看作品是否从生活出发，从真情实感出发，创造了典型现象与意境。概括说来，就是要围绕艺术形象创造这个中心，抓住两个要点去分析评价作品：一是艺术形象（意境）的典型性，或称为审美形象性；二是思想感情（情绪）的感染力，或称为审美情感性。

首先，创造艺术形象主要是典型形象与意境是文学创造的根本要求，是文学反映生活的特殊方式。他写的评论文章许多是论形象与意境的创造的，如《典型形象——熟悉的陌生人》《谈谈人物的个性化》《关于典型环境中的典型人物》《关于形象》《事件的个别性与艺术的典型性》《谈写诗》《关于散文的立意》等等，多不胜举。萧殷说他30多年来，针对不同时期的具体情况和具体问题，反反复复地阐述文学创作的基本规律，特别是对形象创造的规律，其基本观点始终保持着一致，值得庆幸。他认为，作品要具有引人共鸣共感、打动人心的艺术力量，"作品起码要有栩栩如生的个性鲜明的形象或情景交融的耐人寻味的意境"。所以文学作品"要写出典型环境中的典型人物"。对于抒情作品则要求创造意境，做到情景交融、有意有境，把诗人对生活的感受、体验、情绪、情意融入情景，创造出富有美感以情动人的境界来。萧殷以"树藤相缠"的民歌说明诗人要抓住有特征的动人的意象去表达他的感情，才能生动感人。文学是以艺术形象（意境）来表现生活、体现思想感情的。文学的形象或意境，"不仅是具体的、感性的形式；而且是经过作者社会观点和美学观点过滤过和概括过的、集中了的人生图画，并且以完整的个性化形式表现出来"；文学的特征是"通过个别的完整形象来对生活进行最广泛的概括"。萧殷特别指出：文学和科学的不同，"显然不仅限于反映生活的方式上"，而是从接触生活开始一直到构思完成，两者在思维方法上就有区别的，所以不能错误理解为"文学和科学所反映的内容是一样的，只是反映生活的方式不同罢了"。他指出思维方法的区别，已完全意识到了两者所反映的内容上的区别。在1957年提出这样的见解确是难能可贵的。概括说来，萧殷认为文学作品的形象和意境是客观生活在作家头脑的能动反映，是内容和形式、客观和主观相统一的：是作家运用形象思维以美感的形式，通过个别的完整形象来对生活进行最广泛的概括和反映的特殊方式；文学的审美形象性是文学的特性的集中表现。因此，萧殷指出："分析作品中的典型环境与典型性格的关系，就抓到了艺术分析的根本。"他强调文学评论要对具体作品做艺术分析，就是要抓住典型形象与艺术意境去分析。

其次，关于艺术形象的审美情感性。萧殷强调作品的艺术感染力，要以情动人，能引起读者感情的共鸣。文学作品通过艺术形象体现出来的思想和感情是统一的、相互交融的。萧殷一向重视作品的思想性和社会意义，同时批判"只要思想不要艺术的倾向"。他从文学的审美创造的特点和特殊功能，重视文学的美感作用和审美功能，要使人得到美的享受。从文学的描写对象看，萧殷认为文学的主要内容是"描写人的活动、人的关系以及人的精神状态"。只有写出人的心灵，才能"提高人的心灵"，"完成它的武装心灵的使命"。作品中"作者的思想感情和客观现实生活相互融合"，要求创作时"应当以我们的全部爱憎深入到人物的心理里"，"应当怀着强烈的爱憎去描写生活，体现作者的爱憎"。因而作者应该随着时代的发展，"和新的群众的时代相结合"，去抒发强烈的时代的激情。从文学的审美本质和特点看，文学之所以给人美的享受，具有审美功能，主要是它以美感形象具有美感作用。美感是对于美的事物的一种感受，是和情感的心理活动密切联系的一种审美体验，是一种情感态度。从这个意义来说，表现情感、传达情感、以情感人，是文学以美感形象去反映、去表现生活的特殊的基本的特点。所以萧殷强调创造形象，要"从生活出发，从真情实感出发，运用形象思维，寓思想于形象之中，寓教育于娱乐之中"。表现真情实感是他对创作规律认识的一个重要观点。他说："一首诗是否有生命，首先决定于作者对歌唱对象是否有生活实感和强烈情绪。"这里说的"生活实感和强烈情绪"就是萧殷说的"真情实感"。他在为《龙川报》作的《把社会主义的激情唱出来》中，批评一些"堆砌概念"的诗作，"就像丧失了色和香的花朵一样，它不能引人发生美感，更不能使人感动"，原因在于缺少"真情实感"。这种"真情实感"，就是作家在审美反映过程中，对有审美价值的事物所引起的情感、情绪和体验。艺术形象（意境）的美感，集中体现于审美形象性，同时也体现在审美情感性。因此，萧殷强调分析评论作品，既要抓住形象、意境的分析，又要抓住作品的审美情感性，分析它是否传达了真情实感，以情动人，给人生活真理、人生要谛，在美的享受中得到陶冶性情、"武装心灵"的审美效应。

三

萧殷的文学评论著作总结了当代文学创作与批评实践的许多宝贵经验，理论与实际紧密结合，写出许多有独特见解、分析具体深入、理论精辟、具有持久的生命力、富有学术价值和现实意义的评论。他的评论一类是作品评论，分析评论作品，同时注意从作品实际出发，提出创作实践中带普遍性的问题，从理论上阐析创作规律；一类是理论批评，针对一定的文学思潮、理论观点、创作思想与批评方法，提出理论命题，密切结合创作与评论实践、作品实际，深入进行理论探讨，阐明规律，建立法则。他写文章，"注意力避抽象地从理论到理论，力戒那种深奥艰涩的学究式的文风"。他的文章，不拘形式，"谈论的全是创作实践中出现的具体问题。旨在分析这些问题、解决这些问题"。他谈论作品，"总是处处设身处地替作者着想，为他们打算"，发现优点，指出缺点，分析原因，着力总结成功经验，指出方向，能给作者具体、切实的帮助。

萧殷的文学评论具有理论性与实践性结合、审美性和科学性统一的优良品格。它立足当代，面向实际，着眼创作，注重理论，以亲切易晓、严谨务实的风格，在当代文艺批评史上独树一帜。

萧殷的文学评论是他的批评思想（观点、原则）运用到评论实践中取得的成果；同时，也得力于他所掌握的艺术的、科学的批评方法。他一贯倡导实事求是，从作品实际出发，根据文艺的本质、特点、作用，按照艺术创作的规律，依靠科学分析，对文学作品及各种文艺现象进行具体的艺术分析，给予概括综合，善于发现，提出较有普遍意义的问题，提出自己独到的见解。他所倡导和运用的批评方法（研究方法），为文学科学的方法论提供了宝贵经验。

一般来说，观点和方法是辩证统一、相辅相成的。理论的发展，要以方法的发展为前提，而方法的更新，又有效地推动观念和理论的发展。马克思指出："不仅探讨的结果应当是合乎真理的，而且引向结果的途径也应当是合乎真理的。"要全面理解和学习萧殷的文学批评思想，就需要了解和学习他的批评方法。

早在1950年，萧殷写的《关于文学评论的方法》，是根据《读〈佃户林〉后》等几篇诗评，告诉作者："你的研究方法，有努力改进的必要。"因为诗评"除了引录原诗或叙述诗的内容之外，就只剩下一些'摸不到边'的空话"，既没有从诗集中发现什么问题，也看不出有什么见解，作者还有什么必要去写这样的诗评呢？1961年在《文艺批评的歧路》中，指出小说《金沙洲》讨论中出现两种截然不同的评价，其主要原因是"由于评论者不同的批评观点和方法所造成的分歧"。同时联系作品实际详尽地分析了"标签式"的批评方法，混淆"总代表"与典型、一般与个别、整体与单个、理论与现实，造成种种错误观点，离开作品的具体实际，违背了文艺反映生活的特性，不顾艺术创作的规律，用一般的抽象原则和概念来硬套作品，表露出简单、相暴的批评作风。

这种主观片面的批评方法，使批评者离开了辩证唯物主义而陷入形而上学的泥坑。这充分说明萧殷强调文艺批评，要在辩证唯物主义的指导下，要从作品实际出发，按照艺术的规律和特点，用联系的、发展的、整体的观点，对具体作品做具体的艺术分析，做出判断。萧殷多次指出文学评论要依靠科学分析，要用科学的态度和方法去分析作品，把作品放在一定的社会背景、自然环境中，从艺术分析入手去评论作品。他主要研究和评论现实主义一类作品，运用美学的、历史的批评方法。他对《金沙洲》的评论就是最好的例证。1980年，答《文艺报》记者问的《如何写作品评论？》，总结了他一生文艺评论实践的基本经验，系统全面地对文艺批评方法及作品评论的写作方法，做了精辟论述，是我们从批评方法、写作方法的角度，认识和学习萧殷的批评思想和批评方法的重要文章。

萧殷不愧是我国当代杰出的文学理论批评家。他一生孜孜不倦为文学事业做出重要贡献，永远为人们怀念，为人民所敬仰！

加强评论工作，坚持和发展马克思主义的文艺批评，发扬现实主义文学的优秀传统，繁荣创作，是萧殷同志一贯主张并身体力行的宏伟工程。我长期从事文学理论批评的教学与研究工作，有幸结识萧殷同志并得到他的关怀与指导。1958年萧殷教授主持暨南大学中文系工作，力倡理论联系实际的学风，将文艺批评列为专门化课程。我从1961年起主讲"文艺评论"，以后又开设"文艺批评学""文艺学方法论"等课程，正由于这项任务，使我有志于把文艺批评作为一门科学来研究。1991年，我主编的《文艺批评学》出版并得到读者欢迎。撰写《文艺批评学》既是文艺批评历史反思提出的要求，又是文艺批评自身发展，开拓新学科的必然结果。直接缘由却起于萧殷同志的课程设计。这本书从萧殷文学批评思想及评论实践中吸取了教益。它的出版为开创和发展文艺批评学科做了一点开拓性的工作，也是对萧殷同志最诚挚的纪念！

"赶任务"与当代中国文学批评的困惑

李遇春

华中师范大学文学院教授、博士生导师,中国新文学学会副会长兼秘书长,《新文学评论》执行主编,武汉市作家协会副主席,湖北省文艺理论家协会青年评论委员会主任。

由于中国新文学学会年后要在广东召开"萧殷与中国新文学批评"的学术研讨会,所以我最近重读了萧殷新中国成立初年发表的一篇名文《论"赶任务"》。这篇长文发表在1951年的《文艺报》第4卷第5期上,其时萧殷正与丁玲和陈企霞联合出任《文艺报》的主编。有意思的是,我在新时期出版的《萧殷自选集》等集子里找不到这篇文章,所以只能到泛黄的图书馆老报刊中寻觅,可见萧殷先生晚年对这篇文章并不重视,他也许觉得这是一篇时文,与时俱灭,已经不值一提了。然而,在我看来却并非如此。我并不认为此文已过时,相反我特别看重这篇文章的历史文献价值。尤其是重读这篇文章的时候,我产生了某种时空穿越之感,一个问题蓦然出现在我脑际：我们为什么总在"赶任务"？为什么我们总要"赶任务"？新中国成立60多年以来，当代中国的文学创作与文学批评为什么长期陷入了"赶任务"的怪圈之中难以自拔？

萧殷先生是一位"老延安"，作为一位革命作家和革命的文艺理论批评家，他在革命年代里对文学创作应该"赶任务"并不怀疑，因为这是光荣的"政治任务"，问题只是在于如何"赶任务"，如何"赶得上"和"赶得好"。今天重读《论"赶任务"》，我不能不为萧殷先生当年的煞费苦心深抱同情之理解。一方面，萧殷先生坚信"赶任务"是文学的必需；另一方面，他又深以"赶任务"为苦，因为如何在"赶任务"的过程中不丧失文学的真义并不是件容易的事。所以他才在长文中不厌其烦地为作家们更好地"赶任务"出谋划策，目的只有一个，即既要"赶任务"，又不能丧失文学的立场。想一想那个年代中国作家的创作处境，几乎很难逃脱"赶任务"的尴尬。老舍先生是著名的"跟跟派"，什么任务来了写什么，《龙须沟》《女店员》《红大院》《青年突击队》……都属于"赶任务"之作，即古人所谓应景应制之作。其他如郭沫若、田汉、曹禺、巴金等"文坛巨匠"，又有谁能幸免？翻阅那个年代的文学报刊，我们经常可以见到大大小小的作家的"创作计划"或长或短地刊登于其上，可见文学创作已经成了"政治任务"的派生物。何独文学创作如此，文学批评亦然。那个年代的文学批评也是作为"政治任务"而存在的，那个年代的批评家，诸如茅盾、周扬、林默涵、邵荃麟、李希凡、姚文元等批评大腕，包括萧殷在内，无不是常常陷入"赶任务"的批评写作陷阱之中。那个年代的文学批评和文学创作一样，其性质都属于"阶级斗争工具"，甚至在很大程度上，文学批评扮演着比文学创作更重要的"阶级斗争"角色，具有更浓的火药味，由此而导致他们的批评文章"政治气味太浓，人情味太少"也就不足为奇了。

回顾新中国成立后的前三十年，我们的文学批评主要是作为"政治任务"的附庸而存在的，用当时的政治流行语来说，文学批评就是阶级斗争的工具，就是一种文字武器。这一判断中隐含了新中国成立后长期蔓延的一种集体无意识的战争文化心理。文学批评与政治的联姻铸成了文学批评的政治化品格。这与当时的政治体制和文学制度有关，也与当时的计划经济体制有关，一切都是计划和规划的产物，文学批评自然也不能例外。然而，时过境迁，当我们回望20世纪90年代以来的中国文学批评时，却难以乐观，我们惊异地发现，我们再一次陷入了"赶任务"的写作陷阱中。创作界的"赶任务"是毋庸讳言的了，许多作家都是冲着"任务"而写，比如为所谓"三大件"（长篇小说、电视剧和儿童文学）而写作，为"茅奖"和"鲁奖"乃至于其他的什么奖而写作，也不管自己的创作个性或写作实力是否适宜这种文体的写作，反正是一窝蜂地跟着上，"赶任务"或凑热闹而已。

据说现在连作家也开始申报课题了，种种申报程序和评审程序之量化程度，比之学术界有后来居上的架势。学术界在"大跃进"，创作界也在"大跃进"，翻翻"大跃进"时期的文艺报刊，再对比一下今天的主流文艺报刊，让人不禁哑然失笑，这是一种"前度刘郎今又来"的苦涩，还是"古人今人若流水"的惶惑？作为学术界的一部分，批评界的"大跃进"情形就更严重了。许多批评家的文学批评不是为了促进文学创作的健康发展而写作，而是为了"赶任务"而写作，

今天参加一个作品研讨会写一篇批评，明天又参加一个作家研讨会再写一篇批评，不断地参加各种文学会议，不断地制造质量低劣的批评文章，我们的许多文学批评家都快赶上"华威先生"了。这样的批评文章能叫"批评"吗？它只能是一种生产，在我们这个泛商业化的消费主义时代里，文学批评已经异化成了一种论文的生产，而且是批量的论文生产！许多栖身高校和科研院所的批评家只顾为了"核心期刊"写作，为了所谓"CSSCI"而写作，而完全忽视了文学批评的内在精神诉求和艺术诉求。所以我们这个时代的文学批评同样是为了"赶任务"，不过主要不是"政治任务"而是"科研任务"，且美其名曰"学术指标"，长此以往我们的文学批评会沦落为"写材料"，我们的批评家会蜕变为写作机器。更严重的是，不仅我们的成年批评家是如此的堕落和暧昧，这种恶劣的批评风气甚至已经传染到了更年轻的未来的批评家身上，看看当今高校中文系的许多本、硕、博论文吧，不是"洋八股"就是"党八股"，再不就是无法命名的种种"新八股"，真所谓面目可憎、拒人于千里之外了。显然，当今的文学批评堕落成了论文的生产和制造，我们的文学批评家异化成了论文的生产商和制造商，这不是哪一个批评家的过错，这与我们这个时代的高校学术体制和教育体制有关，也与我们这个时代的市场经济体制环境有关，但这不能成为我们每一个有志于文学批评的批评家原谅自己的借口，我们必须反思，反思我们是否失去了文学批评的创造力。当然作家也要反思，他们创造力的衰竭，终日以重复度日亦不是什么新鲜事了。所以人们不禁要开始怀念，怀念80年代的文学批评，据说那个年代的文学批评是一种"创造"，是一种"再创作"，不管实际情形是否如此，反正翻开那个年代的报刊及其所刊载的论文，如此标举文学批评的性质都快成老生常谈了。然而，反驳的声音也不是没有，在反驳者看来，90

年代以来的文学批评之所以陷入困境，80年代的文学批评家其实难辞其咎，因为许多当今仍活跃的批评家正是在80年代里成长起来的，我们今天的"大跃进"风潮实在是与80年代的浮躁之风一脉相承。如此看来，怀旧并不是解决问题的办法，因为我们怀念的也许是一个从来没有去过的地方，是一个从来没有抵达的文学批评境界。当"赶任务"已成了我们批评家的一种生存习惯，我们除了通过反思把自己从中剥离出来，且诉诸个性化的行动，不可能有更好的出路。

规律·辩证·中肯
——萧殷文学批评的特点及价值

熊德彪

湖北工业大学商贸学院副院长、硕士研究生导师。

在人们的记忆中,萧殷是一个从战火纷飞的年代成长起来的进步作家,一个经历了延安精神洗礼的革命文艺战士,更是一个资深的刊物编辑、文学教授,一个兢兢业业"为他人作嫁衣"的"无名英雄"。在萧殷身上,思想、理论和实践获得了最大限度的结合:他秉持马克思主义的思想立场,是毛泽东文艺观点的阐释者、传播者,是"社会主义现实主义"理论的探索者、完善者;但萧殷并非一个通常意义上的文艺理论家,他自觉地承担起了文艺指导、文学教育的职责,将其一生的大部分时光奉献给了普通的文学爱好者、青年作家以及业余习作者,传播正确的文艺理念,解答普遍存在的文学疑题,致力于提高文学工作者的创作才能,提升普通群众的文学欣赏水平。萧殷将睿智的思想、深邃的理论转化成真切朴素的文字,汇聚为《论生活、艺术和真实》《给文艺爱好者》《给文学青年》《谈写作》《鳞爪集》《习艺录》等文学评论集,更转化成了有益的精神养分,滋养着一代又一代的文学新人。

一、文学"基本规律"的守护神

萧殷曾以谦逊的口吻梳理自己的职业生涯,"为了创作的正常发展,特别是为了引导文学青年能在文学正道上迈步,也就不能不反反复复地做些'炒冷饭'的工作。可以说,这三十多年来,我的主要精力都用在阐述文学创作的基本规律,只是在不同时期所针对的具体情况、具体问题不同罢了"(《萧殷自选集·序言》)。新中国成立之初的"十七年"至"新时期"之后的70年代末、80年代中,这是萧殷开展其文学批评的主要时段,在这动荡复杂的历史变迁中,萧殷探讨了马克思主义美学思想、毛泽东文艺观念的根本性命题(如"生活""真实""典型"等),更集中关注着文学创作的基本议题(如设置主题、寻找题材、塑造人物、展开情节、安排结构等)。萧殷的文学批评的常识性、重复性折射出了中国当代文学发展史的真实面向,即"左"的作风不断出现、文学青年"被运动搅得晕头转向""在创作道路上拐来拐去"的事实,反映了"有些实事求是的、有责任感的人难免要喊几声,呼吁尊重艺术规律"的勇气。正是在萧殷非体系化、非专题化的"书简式"的"短文"中,我们可以看到萧殷忠于信念、服膺真理、尊重规律、固守良知的品质,尽管带有一定的历史痕迹,但萧殷大多数的批评文字都能够超越时代局限,在集中精力"阐述文学创作的基本规律"时,于质朴真切的表述中彰显出鲜明的职业道德和书生本色。

纵观萧殷的文学批评会发现,"从生活出发"是萧殷论述文艺理论、指导文学创作的思想立足点,也是萧殷一以贯之的批评立场。在《关于真实性》《关于认识生活》《从生活出发》《离开生活去探索提高准会落空》《小说不是生活的任意再现》等文章中,萧殷从不同的侧面、不同的角度论述了"生活"对于文学审美、文学创作的意义。在萧殷看来,"生活是文艺的唯一源泉"既是毛泽东同志活用马克思主义唯物论思想在文艺领域的集中体现,更是一个基于艺术特性的常识,当然也是文艺或文学创作的一条基本规律。这一高度概括性、真理性的论断涵盖了与文艺或文学相关的丰富内容。

在萧殷看来,"反映现实生活是文学的起码的素质,没有生活的真实,就没有真正的艺术"。生活对于文学的重要意义首先就体现于文学的对象、目的和评价尺度等基本层面上。真实复杂、鲜活生动的生活是文学创作的坚实基础,它包含了社会环境、人物关系、人的思想感情、精神面貌、矛盾冲突等文学创作的诸要素,是作家的研究对象、表现对象,也是文学的服务对象和创作的目的所在,"一旦脱离了生活,艺术就脱离了对象,不但脱离了描写对象,也脱离了服务的对象,因为我们反映现实是为了反过来作用于现实……因此,第一,我们的文学应当帮助人民认识生活——认识现实社会的面貌以及它内在矛盾的发展趋向;第二,我们的文学应当通过形象的力量推动人们去改造生活、改造社会"(《从生活出发》,1982)。所以"生活"也成为文学的评价标准之一。"作品的好坏,主要取决于它所描写的生活的深度与概括的广度,即取决于它是否能通过活生生的人物及其活动的描写,真实地深刻地反映了现实生活中的典型状态。"(《向文学汲取精神力量》,1954)

其次,生活与文学的关系还体现于写作者如何"认识生活"、怎样"观察、研究生活"、怎样"表现生活"等更具体的层面上。在展开对这些具有操作性、实践性的问题的论述之前,萧殷预先着力强调了写作者的文学立场和创作态度,认为凡人皆有基于阶级利益的情感爱憎与好恶倾向,只有当作者"掌握工人阶级的世界观"、秉持"工人阶级的立场"看待问题,"站在马克思主义的高处""从发展的观点"去观察现实时,他才能认清社会的主流和本质,才能真实地反映生活。

就如何"认识生活",萧殷"强调革命实践对于认识生活的重要意义",作者只有对描写对象有"思想感情上的真正接受""深入到变革的实践过程中去""以生活创造者的身份参加到斗争中去,与他们并肩战斗,又经过反复的观察和体验",才能真正"深入生活""认识生活";否则,以"旁观的态度或抱着单纯'搜集材料'的采访方法,都将会毫无所得"(《在斗争中认识生活》,1951)。

关于如何"表现生活",萧殷认为创作者应该从自己的本职工作、自己熟悉的环境,以及日常事物中看到"有社会内容或教育意义的生活",而非抱着"一种收集奇闻异录、热闹场面或惊险事件的心情去'找'题材"(《关于找题材》,1954)。书写生活,并非照相机一般的实录,萧殷反对"庸俗的照相主义""爬行的自然主义"以及"刻板描写真人真事",强调"对生活现象的提高和概括",不用原则、条文去"硬套"生活,不在人物形象之外附加"议论",而是运用观察力、概括力去"发现事物的内在意义""找出生活本身所固有的实质及其规律性"(《生活现象的提高和概括》,

1951）。相应地，在萧殷看来，毛泽东同志提出的马克思主义的创作原则——革命现实主义和革命浪漫主义相结合的方法，通过个别反映一般、通过特殊反映普遍的"典型化"方法，即是"表现生活"的最佳范式，在创作实践中具有典范意义和指导作用。在《求实精神与革命热情相结合》《典型形象——熟悉的陌生人》《事件的个别性与艺术的典型性》等文章中，萧殷对以"社会主义现实主义"为主导的文学原则与创作方法做出了深入的分析，强调作者既要有"求实的精神"，也要有"革命的热情"，创作既要强调形象和环境的共性，也强调艺术形象的个性，既要致力于社会生活本质和历史规律的揭示，也在意于多姿多彩的生活具象的呈现。

二、"辩证"文艺观点的实践者

如果说，马克思主义唯物论是萧殷文艺理论观念的立足点的话，对唯物主义认识论和反映论的辩证理解则是萧殷进行文学批评实践时最基本的方法论。萧殷善用辩证唯物主义的观点观察生活，也用辩证唯物主义的观点研究文艺的诸多问题，在辩证思维的引领下，萧殷试图解决文艺与政治、世界观和创作、文学与生活、文学的意识形态共性和特性、现实主义和浪漫主义等问题，从而对纷纭复杂、特殊精细的文艺世界及创作现象进行了合理的、更切实际的诠释。

生活本身就是充满辩证法的，源自生活的艺术也散逸着辩证的气息。萧殷强调"生活是文艺的唯一源泉"，同时也充分肯定文艺对于生活的能动反映，认为"生活只是艺术的源泉，它本身并不等于艺术；因此，机械地描写生活的现象不能造成艺术；事实和现象的如实描写，也不能创造艺术的真实"（《论艺术的真实》，1951）。他强调文学作品应有的思想性，但并不否认作品艺术性的作用，"一篇文学作品是否有艺术感染力，单靠生硬地'说道理'显然是不成的：只有通过有血有肉的人生真实，通过性格鲜明的人物与事件的合理发展中去感染读者和启发读者"（《文学作品的感染力》，1949）。就作家而言，萧殷强调他必需的政治觉悟和思想水平，但同时强调其艺术感觉，"如果只有艺术感觉，写作者对于感觉此材料就无法深化与提高；如果只有政治觉悟和思想感情，就不能敏感地吸收和概括一切生动的具有典型特征的东西……这两者对于文学写作者来说都是重要的，缺一不可"（《生活现象的提高和概括》，1951）。在萧殷的文艺理念中，无论文学、创作抑或作家自身，都有其属自的特性，因此，萧殷极力反对用教条化、机械化、概念化、抽象化、划一化的方式理解文艺,在《图解不是艺术方法》(1956)、《作品概念化的原因何在》(1978)、《议论能代替生活吗》(1979)等不同时期的文章里,一直贯穿着他反对"图解"文学的声音。

"辩证"的精神体现于事物与事物之间相互依存、相互作用的格局,辩证精神也熔铸于文艺理论或文学创作对立统一的方方面面,诸如政治和艺术的统一、思想性和艺术性相结合、共性和个性的统一、抽象与具体的统一、个别与一般的统一等。但萧殷对文学的表述还不仅仅止于"统一"或"结合",他对于此有更深刻的理解,更符合文学复杂特质的诠释。在萧殷看来,所谓"结合"并非对立统一的两个方面的"算术"式的简单相加、堆砌,而是一种内在的融汇,正如萧殷在论述"求实精神"与"革命热情"对于文学及其创作者的共同作用时提到的那样,"上述二者必须结合起来,当然,所谓'结合',不应当理解为物理学上的'结合'或数学上的'凑合',而应当是化学上的'化合'(或者叫作'融合')"(《求实精神与革命热情相结合》,1958)。无论是阐述文艺理论或者进行文学批评,萧殷都竭力避免"绝对化"的论断,他习惯使用"糅合""渗透""溶解""饱含"这样的词语来描述文学这个独特的意识形态对象,例如:

> "马克思列宁主义的观点与方法贯串在日常的生活中与斗争中,贯串在人与人的关系中,理论才能被作者消化,理论才不再是抽象的概念,而变为作者自己的有血有肉的思想感情,变成作者自己的心灵。"(《生活现象的提高和概括》,1951)

> "革命的概念如果没有与你的思想相融化,没有经过融化变成你自己的心灵——观点、感情和情绪,而仅仅把革命概念停留在舌尖上,那无论如何你无法用它去融化素材和提炼主题,也无法运用它去塑造人物和安排情节。"(《二者必舍其一——给一位初学写作者的信》,1963)

> "作品的思想内容和它的感染力量,都不能离开生活的真实描写;只有真实深刻地把生活描写出来,生活中所蕴藏的社会意义,才能体现出来;所谓生活的规律或本质,应当是溶解在有血有肉的生活真实里面。"(《个别观察和艺术概括——在河北省青年业余文学创作者会议上的讲话》,1956)

> "所谓'主题思想',并不是在生活描写之外,附加上一些可以表明作者

态度或观点的话语。不是的!作品的主题思想,应当是'水乳交融'地体现在生活—人物—事件—的描写之中,即体现在栩栩如生的形象之中。"(《关于主题思想》,1956)

面对文学,萧殷是客观的、理性的,却将其客观与理性附着于文学的独特性之中。

三、中肯的批评和质朴的文风

生活、真实、典型等论题,既是马克思主义美学、毛泽东文艺思想体系中的根本性命题,也是文学创作中比较普遍的基本问题,萧殷的文学观念大都立足于此,也贯彻在他的编辑工作中,体现在他跟青年习作者的"通信"中,流传在他给文学爱好者所做的"报告"或"谈话"里,如"文学写作常识"系列、"给一个初学写作者的复信"系列等。

萧殷的文学批评不是高头讲章,不空泛无物,而是有现实针对性,有明确的接受对象。萧殷重视从现实中发现问题、从读者来信中了解情况,并由此展开思考和分析,因为善于设身处地地考虑创作者存在的实际情况,萧殷的文学批评大多"在青年习作者这个小圈子里兜来兜去",对一些基础性、规律性、普遍性的文学问题反复呼吁、再三强调。诸如,就如何确定"主题思想"、收集"素材"、处理"题材",萧殷完成了《关于主题思想》《关于找题材》《泛论写真人真事》等文章;就如何"构思"文章、如何"塑造人物",萧殷写下了《形象思维——艺术创造的必由之路》《人物和作者的爱憎》《论人物的转变和新人物的描写》等作品;萧殷不但回答"为什么读书、如何读书"这样比较笼统的、"大"的问题,甚至对如何"提问题"、如何"练笔"、如何描写"生活细节"、如何"写景"、如何"写孩子"等更为具体而微的"小"问题,他同样给出了认真仔细的答复。

萧殷反对给对象下"标签式"的定论,自己终身实践的是中肯而切实的批评,无论给读者的复信,还是做报告、做交流,萧殷总是耐心指出习作者创作中存在的缺点、分析其原因、提出合理化的建议。在讨论问题、分析作品时,他善于从自己的编辑经验、阅读感受、创作实践出发,给予习作者清晰的思路和有效的帮助。例如,在讨论文学作品政治性和艺术性相统一的问题时,萧殷开篇即表明了自己鲜明的艺术观点与职业态度:"我看稿从来没有分成两个步骤,即先政治、后艺术。一篇文学作品首先要经得起检验的,是真实性问题。""我常常碰到这样的情况:当这一关(即'文学真实性'——笔者注)被通过时,其他问题(比如作品的主题思想、作品的社会意义)……几乎同时也解决了。"(《分析作品能"先政治、后艺术"吗?》,1980)在萧殷自己构思、创作长篇小说《多南的夏天》时,他"每晚就寝前所记下来的零感,共七十多条,约九万多字",这些在事件中探索的片段即成为萧殷后来书写的《创作论》的雏形,给创作者带来相当丰富的教益。

萧殷的文章明白晓畅、深入浅出,文风质朴真切、鲜明生动,态度平和谦逊、循循善诱,有一种特别的亲近感和感染力,这也是毛泽东同志《在延安文艺座谈会上的讲话》一直强调的大众化、民族化的精神,克服了洋八股、新八股的空洞无物和深奥晦涩。萧殷在论及文学或创作对象时,常常旁征博引大家熟知的经典名著与生活事例,也善于结合习作者的具体的例子进行分析,得出令人信服的结论。不浮夸、不高调,"不瞎捧,也不胡批",坚持原则、恪守分寸,彰显出资深编辑和评论家的职业风范。

萧殷用深入浅出的语言描述何谓"文学作品""艺术形象"这些专门化的词语,常用"不是……而……"这样的辨析的手段予以展现,如:

"文学作品,既不是脱离了社会生活、纯粹由作家头脑里空想出来的东西;也不是脱离了作家头脑的作用、只机械地描摹生活现象的东西。文学创作必须经过这两者(作者的思想感情和客观现实生活)相互融合、相互渗透的过程,然后才可能通过艺术形象,把作者最深切的感受和对生活最广泛的概括表现出来。"(《生活应当和思想感情相融合》,1957)

"艺术形象,不是感觉的材料的堆积,也不是社会现象和事件机械的再现;应该是作者把他所感受的生活印象和事实,经过他自己的世界观和美学观点的改造,经过独化和概括,塑造出既具有一般意义的又独具个性的形象。"(《生活现象的提高和概括》,1951)

"这种体现在形象里面的态度、看法或判断等等,我们就管它叫'主题思想'。"(《关于主题思想》,1956)

萧殷的文章固然大多因一封封"读者来信""作者来信"所引发,所针对的也大多是读者或习作者存在的疑问，但萧殷的文章并非就事论事，他既善于对具体个案、具体问题进行解剖、分析，也能够依据马克思主义的文艺立场、观点和方法，合理、科学地解释现存的文学的实际问题，对文艺原理、文艺经验进行有效的理论总结和提升。1961年广东作家于逢的长篇小说《金沙洲》出版，围绕这部小说，文艺评论界出现了热烈的讨论，萧殷也写下了一系列文章，既为小说辩护，也指出小说存在的问题。如：《典型形象——熟悉的陌生人》以小说为例回答了何谓典型，如何塑造典型人物、典型性格、典型环境等问题，肃清了"典型即社会的平均数""典型与社会阶级本质简单画等号""割裂典型性格、典型环境"等当时文坛流行的错误思想倾向；《批评的歧路》则讨论了评价一部文学作品所应秉持的基本态度和具体的知识，对"'总代表'与典型的混淆""一般和个别的混淆""整体与单个混淆""理想与现实的混淆"等教条化、标签式的批评方法做出了批评；《艺术构思和作品效果为什么会脱节》则具体分析了小说存在的缺陷以及原因。萧殷的这些文章皆能超越批评对象本身，而诠释了文艺理论和文艺批评系列的重要性、原则性和规律性的问题，萧殷文学批评的主导观念，在马克思主义、毛泽东思想的文艺认识论和反映论的基础上予以展开，他的文学批评体现出来的"规律""辩证""中肯"等特点皆与马列主义、毛泽东思想相关，分别对应着实事求是的价值立场、辩证合理的思考方式、中肯切实的批评方法。萧殷从常识的角度论述了有关文学的基本规律和基本观点，从辩证的角度对现实存在的创作现象做出了更全面、深入的观察和分析，以平实而生动的方式总结经验、诠释理论、指导青年习作者的写作。尊重"艺术和创作的基本规律"，在概念化、绝对化、划一化的极"左"时代，萧殷以其独具一格的文学批评纠正了庸俗、教条的批评风气，为马克思主义文艺理论在中国的本土化建构做出了有益的探索。

萧殷文艺批评的精神品格及其现实意义

马忠

中国文艺评论家协会会员,任职清远市委宣传部,《北江》执行主编。

一

萧殷是从广东走向全国,又从北京回归到广东的著名文学家、文艺评论家。他一生中不仅在文学青年的培养工作上不遗余力,而且在对待原则问题和评论工作中,服膺真理,固守良知。他被誉为"中国当代文学史上有着伟大人格力量的标杆式人物"①。

作为与新中国同甘共苦、一路同行的文学批评家,萧殷认真研究马列主义文艺理论,1942年5月,他亲聆毛泽东在延安文艺座谈会上的讲话。努力地

---

① 梁展昭:《呼唤萧殷精神发扬优良传统》,《文艺报》2016年1月6日。

实践毛泽东《在延安文艺座谈会上的讲话》的重要思想。创建了新文学发展理论，坚持文学艺术理论与客观存在事实相结合。中国新文学学会原会长，华中师大原校长、博导王庆生在回忆萧殷时说："萧殷的文学评论从实际出发，把理论与实际紧密结合起来，他的文学评论既有理论的指导性，又有实际的针对性。"①萧殷自己也强调，文学评论一定要实事求是，敢于直言"不"；评论要有的放矢，要针对文学的发展和文学创造中的理论与实际问题有感而发；文学评论切忌一边倒，切忌千篇一律。他反对空谈理论的文学评论，反对以教条主义学习，坚信文学来源于生活。他在指导学生时，要求要准确、全面领会作者的观点，了解他们写作历史的背景，特别是与文化内容有关的历史事件等，从他的《给文艺爱好者与习作者》《与习作者谈写作》《给文学青年》等多部文学著作中也可看到，都是以典型案例为主，将枯燥的理论知识通过案列联系实际，以浅入浅出的方式提点他人要怎么写、怎么样写才会好。

萧殷一生不断学习、不停探索，秉持创作规律，坚守艺术真理，在文学批评领域树立起讲真话、讲道理，不媚俗、不回避、不妥协的应有品格。1956年底，王蒙的《组织部来了个年轻人》被打成反党小说，作者也被打成了右派分子。萧殷独具胆识，在《北京文艺》上发表文章，公开为王蒙辩护。1958年兴起的"大跃进"浮夸风，在文艺上也有表现。萧殷看到这种倾向，写了《求实精神与革命热情相结合》一文，批评文艺界的"左"倾现象。1961年，"左"倾主义愈演愈烈，庸俗社会学、简单化的教条主义批评方法盛行。对此，他敢于真刀真枪地面对这个深刻损害创作的问题，在《羊城晚报》发起长达7个月的关于长篇小说《金沙洲》的系列讨论，观点鲜明地批判"庸俗社会学"和"教条主义"，指出文学创作中理论与实践、创作与批评的客观辩证关系。由他主持起草的结论性文章《典型形象——熟悉的陌生人》《文艺批评的歧路》等三篇文章，在当时的国内文坛产生了很大影响。其中，前者是中国文学评论史上闪耀着理论与实践光辉的代表之作，对现今的文学创作仍具有很强的现实指导意义。

任何创作都是全新的尝试，在高声呵斥中一棍子打死并不利于艺术的发展，带着尊重和理解的意见和建议则尤其珍贵。萧殷对于那些不尊重艺术规律的简单化的文艺批评非常反感。他在《文艺批评的歧路》中，一开头就说："评价文学作品，不能忽视文学创作规律，不能不顾作家的生活经验、艺术构思和个人风格；也不能撇开作品中特定

---

① 詹惠强：《一腔热血写春秋，满怀深情育后秀——记中国当代著名文艺评论家萧殷》，《河源日报》2013年7月12日。

性格以及他所依据的生活的特定环境;否则,就会把艺术创作简单化,在批评上就会出现粗暴和武断,从而戕伐了创作的生机,妨碍作家的创造性和积极性。"① "尊重艺术规律,这是所有真正的评论家都这样做的,萧殷先生在这方面的特色,是在于他能够把文艺评论和阐明艺术规律结合起来,把那些人们认为是很深奥的理论讲得具体、好懂。"② 比如:针对20世纪50年代中期出现的"只要思想,不要艺术"的创作倾向,萧殷在《关于主题思想》一文中,通过分析评论契诃夫的小说《万卡》、希克梅特的诗《没有点着的烟卷》,揭示了主题思想与生活真实描写的关系,明确指出:"所谓'主题思想',并不是在生活描写之外,附加上一些可以表明作者态度或观点的话语。不是的!作品的主题思想,应当是'水乳交融'地体现在生活—人物—事件的描写之中,即体现在栩栩如生的形象之中。"③ 70年代末期,一些人反对写悲剧题材,斥之为"眼泪文学",对此,萧殷提出了不同的看法,满腔热情地支持那些有生活气息、有真情实感、从严峻斗争中涌现出来的作品。他在《〈伤痕〉是"眼泪文学"吗?》一文中写道:"凡在严峻的斗争经历中认清了斗争的实质,同时又饱含着生活的血肉和强烈的爱憎——这就是伟大作品的基础。因此对于这些从严峻斗争中所涌现出来的作品,只能给予热情的辅助,决不能冷漠地加以指责。"④ 不仅如此,他还认为这些作品在题材上"有新的突破,新的发展"⑤,公开地表明自己的态度:不能把悲剧"看成是使人消沉、令人伤感的东西"⑥,"我们都是在读悲剧过程中成长起来的"⑦。他以自己热情如火的评论,支持了十年动乱以后第一批开放的文艺新花,表现出一个真正评论家对现实的敏感和审美的力量。

作为一个批评家,萧殷还显示了他独到的批评家角色意识,那就是尽量扶持文学健康新生力量的成长。萧殷在新中国成立前就长期担任《解放》(三日刊)、《石家庄日报》等报刊的编委工作,并自始与文学青年结下了不解之缘。此事成为他一生兢兢业业、用心发掘文学青年的动力。白桦的第一篇小说、邵燕祥的第一首诗,都是经他之手

---

① 萧殷:《萧殷自选集》,广州:花城出版社,1984年版,第493页。
② 饶芃子:《萧殷文艺批评风格论》,《粤海风》2017年第5期。
③ 萧殷:《萧殷自选集》,广州:花城出版社,1984年版,第158页。
④ 萧殷:《萧殷自选集》,广州:花城出版社,1984年版,第225页。
⑤ 萧殷:《萧殷自选集》,广州:花城出版社,1984年版,第225页。
⑥ 萧殷:《萧殷自选集》,广州:花城出版社,1984年版,第234页。
⑦ 萧殷:《萧殷自选集》,广州:花城出版社,1984年版,第234页。

发表的；他极力推荐王蒙的力作《青春万岁》；陈国凯、吕雷等知名作家都得到过他的指导与帮助。知名学者、评论家饶芃子、黄树森、黄伟宗等都曾是他的学生。新中国成立后，他利用担任《文艺报》《人民文学》主编、编委，中国作协文学讲习所副所长，以及北京大学、中央美术学院客座讲师等身份，编写了很多指导青年写作和文学理论方面的书，继续毫无保留地帮助、扶掖文学青年，着力开拓新中国的文艺评论事业。

虽然萧殷不是职业的文论家和文学批评家，但他却是始终在不同的职业生涯中心系文学的论者和评说者。他没有将批评职业化，却很热诚地在自己的人生历程中把对文学的热爱化入了每一个曾经战斗过的岗位和职业生涯中。这尽管有社会历史的不得已的原因，却更显出了萧殷始终的文学批评自觉。正如温儒敏先生所言，萧殷"不是那种局限于学院圈子的高头讲章的论者，而是深深扎根于现实大地的批评家。他坚信文学源于生活，文学应当有益于社会人生，文学必须是真实的。重读《论文艺的真实性》《习艺录》《论生活、艺术和真实》等论集，可以见到他一以贯之的文学追求和殷实的批评作风"①。在评论他人作品时，对自己不欣赏的作品，他直言不讳地说出自己的意见，而对自己看好的作品，也绝不一味地吹捧，而是推崇和鼓励的同时，诚恳指出欠缺和不足，提出改进意见。

习近平总书记在文艺工作座谈会上指出："要高度重视和切实加强文艺评论工作，运用历史的、人民的、艺术的、美学的观点评判和鉴赏作品，倡导说真话、讲道理，营造开展文艺批评的良好氛围。"②对照当今文学批评界种种不正常现象，萧殷当年的文学批评不仅没有失去它应有的光彩，恰恰可以成为一面镜子。其蕴含的合理内核既可以成为我们反省现实的理论坐标，还能引领我们追寻文学批评的精神高地。

二

文艺评论应该怎么写？早就有大师给我们指出过方向，那就是要好处说好，坏处说坏，既不要捧杀，也不要骂杀。许多有成就的评论家就是这么做的，即使不知名吧，也是大狗叫小狗也叫，都是发出自己的声音。然而反观当下的文坛，虽然批评界也不乏认真、严肃的文艺批评，但不可否认的是同样也大量充斥着"捧杀"和"骂杀"之作。主

---

① 傅修海：《萧殷的批评态度》，《羊城晚报》2017年8月28日。
② 习近平：《在文艺工作座谈会上的讲话》，新华网2014年10月15日。

要表现为三种"病症"：

一为不说真话，没有可信度。不说真话，遇到问题绕着走，是当下文艺批评的一大通病。人情批评、圈子批评、空头批评、好话主义，是批评界经常能够看到的现象。这样的批评掺杂了太多的功利目的。就拿某些作品研讨会来说，要么一味赞颂，好像世界几百年、中国几千年才会出现这样一个伟大的作家、这样一部伟大的作品，要么就是说一些空洞无物、不咸不淡的大话、套话。还有的批评家满篇都是新术语、新名词、新概念，明明一句很明白、很简洁的语言就能说得很清楚、很到位，他偏要弯弯绕地说一些个个都不理解、人人都不明白的"鸟语"。这样的批评对作者来说，起不到半点磨刀石的作用，对读者来说，起不到一丝一毫的启迪作用，致使文艺批评丧失了它本身应有的力度。

二为缺少体温，没有生命力。当下的文艺批评，学院派占据强势，其"纯学术"的批评常常艰深晦涩、玄虚空洞，从概念到概念，从理论到理论，很少触及复杂的具体的创作现象。在似曾相识的批评里，看到的是"能指""所指""俄狄浦斯""镜像""后现代""后殖民"，看到德里达、福柯、本雅明、杰姆逊、萨义德等众多繁复、令人眼花缭乱的词语。评论者经过一番概念的搬用、逻辑的推演，最后证明出了"每个人都有十个手指头"，绝对符合学术规范，可是艺术感觉呢？问题意识呢？貌似深刻的专业形式之下是贫血的内容与对艺术与现实感觉的极度匮乏。一个好的批评家除了具备良好的理论素养，敏锐的艺术与生活感觉同样是不可缺少的。

三为脱离文本，没有针对性。不管是评谁的作品，有的评论家张口就来，直接把评张三的话搬到评李四的作品上。这种没有深入文本的批评业已成为当下批评界的一个令人担忧的缩影。

毫无疑问，当批评成为棒杀和捧杀的工具时，美、丑、好、坏就失去了道德的标准。批评的迷失直接导致文艺市场混乱，导致作品和人才良莠不齐、鱼龙混杂，各种乱象随之而来，文艺的精神追求就会失去目标。类似这样的批评，我们很难相信这是一种正常的批评，它打着评论的旗号实质上也解构了批评应有的尊严和价值，把批评等同于下三滥的窥阴癖，对于文艺的健康发展可以说百害无一利，和萧殷的文艺批评不啻天壤之别。

在萧殷的评论里，我们看不到上述种种庸俗的做派，他仍然是坚持着有好说好，而看到不好的东西则痛心疾首地指出来。他认为，一篇好的文艺批评文章应当是：敏锐、准确、中肯、有个性。批评家应该有责任感，不要随便给作家"戴高帽"，不管是桂冠还是黑帽。没有责任感，没有敏锐的眼光和深刻的洞察力，就不能成为真正的批评家，也不可能写出好的文艺批评文章。综观萧殷的评论，有着鲜明的个人特点和时代色彩，更有着极为显著的实用和实践底蕴。由于长期担任党的文艺战线上的领导，在他看来，无论是工作需要，还是自己的文论底色，都要求他必须时刻关注文学的现实功用、文学的社会功能。他的这种文艺批评观，对于今天文艺批评生态的建构，具有重要的指导意义和价值。学习发扬萧殷文艺批评的精神和品格，要从三个层面去努力。

一是重塑文艺批评的时代精神。萧殷在《萧殷自选集·序言》中说："这三十多年来，我的主要精力都用在阐述文学创作的基本规律，只是在不同时期所针对的具体情况、具体问题不同罢了。"[①]文艺事业的繁荣发展离不开文艺批评，真正的文艺批评通过对文艺观念的讨论辨明是非，通过对文艺现象的具体评析褒优贬劣、激浊扬清，从而形成应有的文艺价值导向，引导文艺健康地繁荣发展。文艺批评要起到这样的作用，关键在于要有自觉的批评主体精神，避免在复杂多变的文艺潮流中迷失方向。毋庸置疑，近30年来文艺创作繁荣的背后，也有隐忧。评价标准复杂多变、体系混乱导致的批评弱化即是其中之一。文化全球化的现实我们无法回避，文艺批评无疑也需要有开放的视野，但这并不意味着我们照搬西方理论，埋头追逐，盲目崇拜，跟着别人走，而是要重新认识中外文艺批评传统及特点，博采众长，为我所用，重建中国文艺批评的主体精神。我们赞成立场、理论体系的多元化，以丰富文艺思想的百花园。但不容忽视的事实是，以中国的、当代的立场和角度，看待和分析文艺现象、文艺作品的思考不多，言之有物的批评不足，商业化语境下文艺批评的精神普遍缺失。长此以往，必然导致文艺批评在功利主义的泥沼里越陷越深。因此，必须重启时代精神这一大概念，而且要重建一条能够将当下的文艺批评与时代精神相融合的整体性思想。具体而言，就是要站在这个时代应有的价值立场上，坚守文艺的审美理想，破除唯市场化的错误取向，确立起强烈的责任感意识：以历史的责任感透过文化艺术新现象发现文化艺术发展的新规律，确保文化艺术事业健康有序发展；研究文艺发展过程中的新规律，指出文艺发展的正确方向；善于发现与扶持文化新人，确保文化艺术事业的有序发展；厘定文艺理论，制定适合社会发展与时代进步的新的文艺批评体系。简而言之，就是要批评淘汰劣作，引导艺

---

① 萧殷：《萧殷自选集·序言》第2页，见《萧殷自选集》，广州：花城出版社，1984年版。

术家出精品；发掘优秀作品，并完成时代精品的经典化。这样才能够切实履行好文艺批评的责任，并为推动中华民族优秀文艺发展发挥积极作用。

　　二是重塑具有批判精神的文艺批评家。当今社会，文化多元，价值多元，急需批评家的批评精神、批评锋芒。批评精神的弱化，源于文艺批评家在商业化语境下缺失了对艺术标准的维护和坚持，没有正确的文艺批评标准，就很难有批判精神。比如，有人把文艺作品等同于普通商品，用商业标准评判文艺作品，这是标准的严重丧失。针对近些年来文艺批评界出现的这些不良倾向，我们有必要倡导一种勇于追求真理、实事求是地为文治学的品德与风气，使文艺批评回归本质，为文艺的发展和繁荣发挥积极的建设性作用。这即是鲁迅先生所倡导的"求真"思想，也是他用来批判、剪除不求真的"恶草"（"瞒和骗的文艺"）[①]，也用它来培养、灌溉"佳花和佳花的苗"（能够真实反映人生的作品）[②]，其根本目的还是要建设一种"为人生"的文学，追求真理。然而，这种"真"在当代语境下的言说对象，正是"娱乐至死"的文化拜物教浪潮，正是某些论调高声宣扬的"文化无灵魂"主义……多元不等于没有原则，宽容不等于肆意放任，和谐不等于不辨是非，在众声喧哗、泥沙俱下的当代文化现场，批评家必须以"真"为准绳，在评论中体现出主体的思想力量、精神力量和人格力量。作为严肃的批评家，必须有一种批判精神和"求真"思想，要有运用自己的理性严肃批评的能力。面对那些背离艺术、拥抱金钱的烂俗作品，必须举起刀子，像剜烂苹果一样，"剜"掉它。批评家倘若不能对文艺作品说真话、讲道理，让商业利益替代艺术标准，怎么会出精品、出人才？

　　三是重塑文艺批评的批判精神。文艺批评的基本性质与功能，并不仅仅在于对文艺现象进行描述与阐释，还要对这个时代的文艺发展趋向给予规范与引导。要强化文艺批评的职能，祛除文艺批评的沉疴，必须重塑科学、健康、锋利的批判精神。这就要求文艺界摆脱物质利益驱使，摆脱人情关系的束缚，改变以"官本位"为中心的学术体制。批评家应秉持"自由之思想、独立之精神"，保持客观、学术、理性的态度，保持自己的纯粹，以马克思主义的批判精神、历史意识和美学观念为坐标，通过抓撷疑难热点，展开观点的碰撞、思想的火花和智力的交锋，去发现、解析、领悟截然不同的艺术世界，获得崭新的思维空间、高超的见解，而不是做摇尾乞怜的马屁精和人云亦云的应声

---

① 鲁迅：《鲁迅全集》第1卷，第255页。《鲁迅全集》，北京：人民文学出版社，2005年版。
② 鲁迅：《鲁迅全集》第3卷，第162页。《鲁迅全集》，北京：人民文学出版社，2005年版。

虫。唯此，文艺批评才能走出靠取悦生存的迷途，真正实现以批判、探索、求新为精神旨归。一言以蔽之，文艺不是锦上添花，而是雪中送炭。我们需要批判的文艺，但批判不是找茬，而是纠偏。敢于揭丑亮短，敢于批判指正，这样的文艺，无疑也是社会的福利。文艺批评是文艺创作的镜子和良药，文艺创作的繁荣离不开文艺批评的健康发展。文艺创作与文艺批评是一个相互砥砺、相生相长的过程。在新的形势下，文艺批评应该在实践中确立自己的主体性和有效性，形成自己的话语系统，像萧殷那样在独立的审美判断中实现自身的价值，对于当下火热的文艺现场真正提出自己的真知灼见。

文艺批评应该实事求是与人为善。很多人虽然终身从事评论工作，但不一定能写出有价值、有真知灼见或者说有说服力的评论作品。批评从一定的意义上讲，对一个从业者的要求更高。首先，要有精神的操守，不能人云亦云，只唱赞歌，违背真实和良心。今天，我们纪念萧殷，就是要学习他自由的精神、独立的人格和实话实说的可贵品格，因为，这是一个评论家思想的立足之地、生存之本。唯此才能真正摒弃偏见，与人为善，持论公允，让批评找回迷失的自我，重新建立起应有的社会公信力。

萧殷与延安文艺批评及其当下意义*

吴艳

江汉大学人文学院教授,湖北省文艺学学会副会长,中国新文学学会理事。

萧殷与延安文艺批评关系深厚,他是一位受人尊重的"老延安"——曾亲历过延安文艺批评的一些史实,聆听过毛泽东《在延安文艺座谈会上的讲话》。1949年以后,萧殷由亲历到亲为——在北京办《文艺报》和《人民文学》,当中国作协领导;1960年后,调回广州办《作品》,在暨南大学任教授、当系主任,在广东省作协当领导。作为亲历者,他清楚延安文艺批评的精髓是什么;作为亲为者,他将延安文艺批评具有普泛价值的部分发扬光大,结合自己的创作经验,从实践中发现问题,进

---

* 此文为文化部课题"马克思主义文艺理论中国化典型形态研究——以延安文艺为中心11DA02"阶段性成果,曾在《新文学评论》2012年第4期上发表。

而解决问题。萧殷的文学批评朴实却一针见血，不乏深邃与穿透力——只是这些洞见是用朴素、平白的语言表达出来。今天我们纪念这位让人钦佩的"老延安"，是基于对他人格的敬重和守望，也基于这样一种信念：萧殷的文学批评实践及其成果，是延安文艺批评的继续，同时又具备矫正当下文学批评弊端的价值。

一、亲历亲为者，当局也清

萧殷于1938年到达延安进入鲁艺学习，由学员而成为教员——延安中央研究院文艺研究员和中央艺校教员。1939年，调到张家口任中国共产党北方局《新华日报》编委兼特派记者、《晋察冀日报》编委兼副主编。我在一篇文章①中曾经说过，延安文艺的发展具有多元、动态、复杂的特点，其过程具备逻辑的合理性，但在不同的发展结点，其特点却也大不相同。从复杂性角度分析延安文艺前后期形态上的变化，是否可以说延安文艺前期的发展是"多元共生"，后期就多少带有单纯与收敛色彩？"多元共生"有利于文艺的繁荣与发展，但在革命圣地延安、在飞沙走石的战争时期，在中国共产党由革命党到执政党的发展变化阶段，文艺的服从性和服务性就容易被提出和被强化，这大概也是历史的真实和延安文艺的必然结果。鲁艺是延安文艺发展的重要组成部分，还原鲁艺发展历程，对理解萧殷文学批评的特色是有帮助的。有关鲁艺发展历程中有几个方面值得我们注意：

1.创办鲁艺的首位发起人是毛泽东。1938年4月10日，鲁艺举行开学典礼。

2.鲁艺创办伊始，大家希望毛泽东兼任院长，他不同意，院长一职就空缺下来。副院长沙可夫兼任教务处长。直到1939年11月，中共中央才任命吴玉章为院长、周扬为副院长。此后鲁艺的日常工作，主要由周扬负责。

3.鲁艺的教育方针："以马列主义的理论与立场，在中国新文艺运动的历史基础上，建设中华民族新时代的文艺理论与实际，训练适合今天抗战需要的大批艺术干部，团结与培养新时代的艺术人才，使鲁艺成为实现中共文艺政策的堡垒与核心。"②[见1939年4月10日鲁艺建校一周年大会上，中共中央干部教育部副部长罗迈（李维汉）的

---

① 吴艳：《由"多元共生"到高歌"主旋律"——延安文艺原生态的当代反思》，见《延安精神研究》第六辑，武汉：武汉出版社，2010年版。

② 鲁艺史料均转引自王培元：《回溯"鲁艺"之路》，《北京日报》，2012年5月11日。

《鲁艺的教育方针与怎样实施教育方针》的报告〕

4. 鲁艺的教学方法："以'教学致用'合一为原则，即理论与实践密切联系，一方面尽量激发自动的创造性，一方面给以方针与指导。"（见《鲁艺第二届概况及教育计划》，1938年9月）1942年2月改订的《鲁迅艺术文学院教育计划及实施方案》，更明确指出了"理论与实践统一"的"最高教学原则"。茅盾说过："'鲁艺'并不采取'填鸭式'的教学法，它是以学生自动研究、各自发挥其所长为主体，而以教师的讲解指导为辅佐的。"

5. 鲁艺的学制：初期具有短训班性质，为期三到六个月。1940年开始，各专业均为三年制。具体实行"三三制"，并分为初、高级阶段。第一、二期在校学习均为六个月，分前后两个阶段，每个阶段为期三个月，即在校学习三个月，然后由学校统一安排到前方抗日根据地或部队实习三个月。从第三期起，学习时间延长至八个月，分为初、高级两个阶段，初级阶段学习必修课，高级阶段学习专业选修课。

6. 鲁艺办学方向的调整：1940年3月，对原有教育方针、计划和机构进行较大改革和调整，7月制订了趋向于"正规化"和"专门化"的教育计划及实施方案，并将学制一律延长为三年。1941年2月在教学体制和组织机构方面做出更大调整，组建了文学、戏剧、音乐和美术四个专业部以及教务、编译等四个行政处。这期间是鲁艺出人才、出成果的黄金时期。1942年毛泽东《在延安文艺座谈会上的讲话》以后，鲁艺改变正规化、专门化的办学方针，鲁艺学员走出校门、向民间文艺学习，从此进入"大鲁艺"发展阶段。

7. 鲁艺成果：延安办学期间，戏剧、美术、音乐、文学四个专业前后五期（文学系只有四期），共培养学员近七百名，教职员工总计有二三百人之多。解放战争结束后，鲁艺人带着他们在延安形成的特有文艺观念和经验，进入各大城市，从事文艺组织、领导、管理、艺术教育、表演、文艺创作、编辑、出版等工作，像种子一样撒遍了各地，成为一支十分重要的骨干力量，对当代中国主流文艺的形成、发展起到了不可替代的作用，对新中国文艺产生了巨大而深远的影响。

萧殷在鲁艺学习时间为1938年，是鲁艺早期教育方针、教学方法的直接受益者，其中"以马列主义的理论"为指导，"理论与实践密切联系"最为突出。1942年他在延安亲耳聆听毛泽东《在延安文艺座谈会上的讲话》。1949年以后，萧殷像许多鲁艺人一样，成为文艺的组织、领导和管理者，做艺术教育、文艺创作、杂志编辑等工作。

作为党的文艺领导骨干力量之一，萧殷的一生达到鲁艺人的最高境界："不知休息，不逃避任何困难的工作，把自己的一切力量、把自己的全副精力贡献于党所托付他的事业——鞠躬尽瘁。"①毫无疑问，萧殷的人生提升了鲁艺人所追求的境界，但萧殷分明又带有自己的色彩，以到延安之前的经历、才能、知识结构特点和1949年以后的工作成果展现出来。

先看年表②。萧殷1915年出生，8岁时，父亲病故，全家靠在城里做店员的哥哥的工资过活。读初中时，他与高中一些爱好文学的青年创办了文学期刊《湖畔》，第2期《湖畔》上，他发表小说《明天》和《风雨之夜》等散文。《风雨之夜》在省展览会上荣获二等奖。

中学毕业，萧殷到广州谋生。向同学借钱报名考广州市立美术学校，结果以优良成绩考取。为不加重哥哥的负担，萧殷开始向省级报刊投稿，以赚取稿费补贴生活。从1932年（17岁）开始，在报刊上发表了多篇小说，如《乌龟》《疯子》《父与女》及《倒闭》《沉落》等。发表在《广州民国日报》上的小说《乌龟》，后来被人改编成话剧搬上舞台。

萧殷在哥哥的帮助下读完了大学一年级，最终还是因为经济困窘辍学而回到家乡，在龙川乡村师范找了一份教绘画的工作。第二年春，乡村师范停办。1934年，他转到佗城小学任教。1936年春，转至龙川县民众教育馆工作。在家乡工作期间，写了《借贷》《哥哥的脸》《倒闭》等小说以及报告文学《年关杂写》等。

1936年7月，萧殷再次离开佗城，来到广州。在广州，同学帮他住进中山大学。半年时间，萧殷参加了多次革命活动，思想上发生了质的飞跃。为斗争的需要，他写了许多杂文，并在《珠江日报》上发表。10月初，他给鲁迅先生写了一封信，在信中简要介绍了广州革命斗争的形势，并把自己创作的散文《温热的手》一并寄去。没想到，鲁迅先生在收到他的信稿10天后就不幸逝世。悲痛的萧殷在中山大学礼堂参加了鲁迅先生的追悼会。

同年12月底，萧殷和挚友赖少其一同离开广州前往上海。全面抗战开始后，加入共产党领导的"上海防护团"，任战地记者。后来，赴汉口编辑中国青年记者协会机关刊

---

① 萧殷在1953年曾引述过的一段话，这番话用来评价他自己的一生也是准确、恰当的。转引自涂光群：《1949—1999：五十年文坛亲历记》（下册），沈阳：辽宁教育出版社，2005年版，第413页。
② 凌丽：《萧殷：革命·文学·伯乐》，《河源日报》2008年6月24日。

物《新闻记者》月刊。1938年,从武汉辗转到延安,就读于鲁迅艺术学院,同年加入中国共产党。

萧殷到延安之前在经历、才能、知识结构等方面已显示出一定特点:中学毕业,在广州市立美术学校学习过一年。初中时就办文学刊物发表小说和散文,并荣获过省级二等奖,其作品被改编成话剧;萧殷做过教员、编辑。他的才华表现在美术、文学、编辑多方面。因而萧殷在鲁艺的一年,如鱼得水。萧殷在经历、起点、文艺才华和知识结构上的特点一直延续下来。1949年后,与丁玲、陈企霞共同编辑《文艺报》,和陈涌轮流主编《人民文学》,同时担任中国作协文学讲习所副所长等职。1960年从北京调广州任中共中央中南局文艺处处长,广东省文联副主席,中国作家协会广东省分会副主席、党组副书记,广东省政协委员,中山大学和暨南大学教授等职。

新中国成立后,萧殷的工作分为三类:报刊编辑、文艺教学、文艺理论研究。值得我们认真研究的是1949年以后在北京办《文艺报》和《人民文学》,1960年调回广东办《作品》,在暨南大学中文系当系主任和教授。

"萧殷是老延安,资格很老,却在1960年调回广东。这一举动,和当年艾芜相似,艾芜也是在这相近的年月里要求调回四川老家。这里自然有故土难离的乡情,也有远离那时京城文坛是非动荡之地的心曲……并不是所有人都能做到这样明不规暗、直不辅曲,向往长闲有酒,一溪风月共清明的境界。文坛上,迎风躬逢和追名逐利之徒有的是。"①

暨南大学创办于1906年。1949年8月,根据上海市军事管制委员会的命令,暨南大学的文、法、商三学院并入复旦大学,中文系遂停办。1958年秋,时任广东省委书记的陶铸筹备复办暨南大学,他亲任校长,并"点将"当时在中山大学任教务长的王越为第一副校长。筹备仅一年,暨南大学开始招生。王越生前曾回忆,复办之初,暨大中文系有萧殷,外语系有曾昭科,历史系有朱杰勤,水产系有熊大仁、廖翔华,经济系有蔡馥生等名师,一时间人才济济②。

20世纪60年代初,《作品》杂志以它那内容的多姿多彩,开本样式的精美、讲究,在全国文艺杂志中独树一帜。20世纪70年代末到80年代初,在大学中文系学生的"排行榜"上,《作品》是与《人民文学》《上海文学》并驾齐驱的。

---

① 肖复兴:《佗城遇萧殷》,《南方日报》,2011年8月25日。
② 夏杨等:《暨大老校长王越逝世,两次承担复办暨大重任》,《羊城晚报》2011年2月28日。

这就是萧殷！"亲历亲为，当局也清。"进鲁艺之前，他在广州市立美术学校学习过一年，时隔6年后他才进鲁艺学习。这6年，萧殷不仅继续创作，还积累了较为丰富的阅历：从龙川到佗城又到龙川；从家乡到广州再到上海、武汉。从一般工作到革命工作。他在鲁艺学习的时间不及广州市立美术学校的长，却对比强烈。他清楚什么是延安鲁艺特色，清楚这个特色属于延安鲁艺并对今后所产生的巨大影响。萧殷亲历了延安文艺以及文艺批评史实，作为1949年后的文艺工作领导人，他同样清楚什么是延安文艺批评的精髓，他是同辈人中不可多得的、清醒的文艺工作领导人，同时又是具备个性风格且成果颇丰的文艺批评家。

二、文艺批评：弥坚弥清

延安文艺批评的精髓是什么？从延安文艺批评史实考察入手，我们大概可以领会到一些重要方面。据艾克恩《延安文艺史》[①]记载，1938—1942年间，大的文艺批评活动至少有12件。报刊上发表的有关文艺批评的文章近百篇，文艺批评研讨会一百多次，文艺批评所涉及的作家作品50余人（篇），所争论问题30余个，参与其中的专业人员50余人，业余人员则有数百人。因此我们说延安文艺批评的特点是经常而广泛，民主而又具备战时色彩，切合实际，涉及过重大理论问题和一般文艺理论问题。毛泽东《在延安文艺座谈会上的讲话》（以下简称《讲话》）就主要是针对延安文艺的现实，针对国际国内的现实状况和自五四以来全国的文艺状况而作。《讲话》结论第4部分是对文艺批评的专论，我暂时还不能还原萧殷当年听了《讲话》以后的具体反应，仅以一个普通读者的身份面对这篇文论经典，认真细读，也会产生诸多联想。

《讲话》首先将文艺批评看成是"文艺界的主要的斗争方法之一"，同时承认文艺批评"是一个复杂的问题，需要许多专门的研究"。在许多需要专门研究的问题中，选择了"批评标准问题"，认为"文艺批评有两个标准，一个是政治标准，一个是艺术标准"。紧接着分别阐释什么是政治标准、什么是艺术标准，两者关系如何，当时的延安文艺存在哪些问题，如何解决这些问题。

[①] 艾克恩：《延安文艺史》，石家庄：河北教育出版社，2009年版。

按照政治标准来说，一切利于抗日和团结的，鼓励群众同心同德的，反对倒退、促成进步的东西，便都是好的；而一切不利于抗日和团结的，鼓动群众离心离德的，反对进步、拉着人们倒退的东西，便都是坏的。

按着艺术标准来说，一切艺术性较高的，是好的，或较好的；艺术性较低的，则是坏的，或较坏的。

这里所说的好坏，究竟是看动机（主观愿望），还是看效果（社会实践）呢？

我们是动机和效果的统一论者。

检验一个作家的主观愿望即其动机是否正确、是否善良，不是看他的宣言，而是看他的行为（主要是作品）在社会大众中产生的效果。

我们的文艺批评是不要宗派主义的，在团结抗日的大原则下，我们应该容许包含各种各色政治态度的文艺作品的存在。但是我们的批评又是坚持原则立场的，对于一切包含反民族、反科学、反大众和反共的观点的文艺作品必须给以严格的批判和驳斥；因为这些所谓文艺，其动机、其效果，都是破坏团结抗日的。

我们的批评，也应该容许各种各色艺术品的自由竞争；但是按照艺术科学的标准给以正确的批判，使较低级的艺术逐渐提高成为较高级的艺术，使不适合广大群众斗争要求的艺术改变到适合广大群众斗争要求的艺术，也是完全必要的。

政治并不等于艺术，一般的宇宙观也并不等于艺术创作和艺术批评的方法。我们不但否认抽象的绝对不变的政治标准，也否认抽象的绝对不变的艺术标准，各个阶级社会中的各个阶级都有不同的政治标准和不同的艺术标准。但是任何阶级社会中的任何阶级，总是以政治标准放在第一位、以艺术标准放在第二位的。

我们的要求则是政治和艺术的统一、内容和形式的统一、革命的政治内容和尽可能完美的艺术形式的统一。

因此，我们既反对政治观点错误的艺术品，也反对只有正确的政治观点而没有艺术力量的所谓"标语口号式"的倾向。①

---

① 毛泽东：《在延安文艺座谈会上的讲话》，《解放日报》，1943年10月19日。

我几乎犯了学术研究的大忌，以极大篇幅援引《讲话》原文，实在是出于无奈。长期以来，有些涉及《讲话》文艺批评的文章，常常是强调一方而忽略另一方，或者以自己的理解取代原文的丰富性、复杂性和辩证性。实际上，只要仔细阅读《讲话》中的这些文字，我们就不难发现其中哪些论断是基于解决当时延安文艺的理论问题，哪些又是显然超越了延安文艺的时间和空间，显示了文艺批评理论的原创性、包容性和复杂性。比如把文艺批评看作是"文艺界的主要的斗争方法之一"，同时承认文艺批评"是一个复杂的问题，需要许多专门的研究"。前者留有战争年代的烙印，后者又分明遵从文艺批评的特殊性；再比如，原文提出的两个"容许"："我们应该容许包含各种各色政治态度的文艺作品的存在""也应该容许各种各色艺术品的自由竞争"。《讲话》告诉我们，两个"容许"存在的前提，恰恰是文艺批评存在的理由，但面对复杂而多元的文学存在，文艺批评应该发挥其甄别作用和引领作用。

在论述了有关文艺批评标准的理论问题以后，《讲话》针对延安文艺界存在的认识问题进行分析和批评。比如对"人性论"的分析，对"文艺的基本出发点是爱，是人类之爱""从来的文艺作品都是写光明和黑暗并重，一半对一半"等观点的条分缕析，有破有立，让人信服。

《讲话》里有关文艺批评的文字不到5000字，内容平实而简洁，却充满逻辑的力量。凡是认真阅读的人，都能清晰了解其主要内容。然而，对其中内容的丰富性、复杂性和理论思维辩证性的认识和把握，却不是一件容易的事情；《讲话》针对现实问题做出的理性分析和主张，是今天的许多人所不愿意面对的系列难题。

可以设想，当年的延安文艺人听了《讲话》以后该有多么热烈而复杂的反应，萧殷是其中的一员，他此时的主要工作虽然是新闻编辑，好像与文艺关系不大。但《讲话》影响至深，就像鲁艺对萧殷的影响一样。这些影响贯穿于1949年萧殷回到文艺界工作的全过程，弥漫于他的工作方式、研究方式及其研究成果之中。

萧殷是"老延安"，十几岁就开始文学创作，且收获丰厚。亲历延安文艺，亲自参加了史上著名的延安文艺座谈会总结大会。1949年以后，他出版文艺理论和文艺批评专著（专辑）有12本，所关注的重点还是文学与生活、文学的现实性、创作与理论、创作与技巧、实践与独创性等问题。他说过："想做一个合格的评论工作者，应多涉猎一些名著和典籍，不过，这只是其中一方面的条件，并非全部；更重要的是实践，是对实践的总结，并从中去寻找规律性的东西；否则，你对这方面知识的积累便无从谈起。""搞评论工作，当然要读很多书，世界名著，古今中外的作品都要广泛涉猎，因为没有比较，眼界不宽，就很难谈得上艺术鉴赏能力，也就很难判断一部作品的成败得失。马克思主义的文艺理论，我国古典的文论、诗论，外国作家、评论家谈创作经验的论著，以及美学著作都要有一个基本的了解。"①这些都是经验之谈，也是行家之论理。

有人说过萧殷的评论文章，"总是能抓住当前文艺创作和文艺思潮中的一些主要倾向，从理论和实践的结合上，给予生动具体的说明，从而使他的文学评论富有现实意义和战斗气息"②。为什么？一个在思维方式上"从来就不喜欢有条有理的分析和逻辑周密的推理"的人，一个从中学时代起"就习惯于幻想、想象、联想、虚构……喜欢钻进人们的内心去探索心灵秘密，爱好勾画人们的外貌特征或表情，更热衷于编织人们之间的喜剧或悲剧"的人，由于革命需要，"抗战后才开始读一些辩证唯物主义和政治经济学"，60年代以后"出于业务关系，有时不得不写一些理论性的短文"。不管工作有多大变化，始终如一的是实践、总结与反思。萧殷说："我个人以为，最好的、效果最显著的办法，是一面努力实践（包括创作实践和评论实践）不断进行总结，不断摸索规律，使实践经验升华为理论，使自己不仅有丰富的实践经验，而且把经验升华为规律性的理论；同时，一面努力学习理论，以自己总结出来的规律为基础，去消化、吸收他人发现的规律，使之不断地充实自己，努力使实践水平逐步提高。"③（萧殷1981年10月27日于东病区）这好像也都是经验之谈，却又不只是行家之简单论理。

三、萧殷及其文学批评在当下的意义

萧殷及其文学批评在当下的意义表现在四个方面：一是亲历却又对所经历过的始终保持清醒认识；二是文学批评勇于发现当下文学创作中带倾向性的问题；三是文学研究能够回应当代文学创作和文学批评的重要问题；四是始终重视实践的作用。

---

① 萧殷：《如何写作品评论》，《文艺报》，1981年第4期。
② 刘伟林：《萧殷的文学评论》，《学术研究》，1984年第5期。
③ 《坚持写作实践与青年作者的成长——答爱好文学的青年朋友们》，见千里汉江的博客，http://blog.sina.com.cn/hbzjj；转贴：萧殷老师的文章坚持写作实践与青年作者的成长。

鲁艺、毛泽东的《讲话》、战争年代、1949—1960年在北京……文艺界的灿烂阳光和疾风暴雨萧殷都经历过了，多半还身处中心。后来他远离中心，所做的还是文艺工作，与中心里的问题密切相关。不管时间和空间有什么样的变化，不变的是对已经发生和正在发生的事件保持清醒认识，为人处世不人云亦云，不迎风躬逢和追名逐利，为学则坚持理论与实践结合、理论与现实结合。

1953年上半年萧殷和陈涌主政《人民文学》，就在编辑部内部安排两项经常性的业务学习，一是学习社会主义现实主义理论，一是学习中国古典文学，两项穿插进行，坚持不懈，贯彻始终。学习使大家弄清新旧现实主义的联系和区别，拓展阅读范围，从《诗经》和白居易到契诃夫、高尔基……还观摩当时上演的契诃夫、高尔基戏剧。苏联关于社会主义现实主义的理论文章，凡翻译过来的，都搜罗，通读，以熟悉他们各家各派的论点[①]。

萧殷的文学批评勇于发现当下文学创作中带倾向性的问题。比如对如何做一名合格的文艺批评者，如何做一个合格的作家，他的回应是"想做一个合格的评论工作者，应多涉猎一些名著和典籍，不过，这只是其中一方面的条件，并非全部；更重要的是实践，是对实践的总结，并从中去寻找规律性的东西；否则，你对这方面知识的积累便无从谈起"。这里他尖锐地指出阅读、实践、总结缺一不可。

关于创作，他说：

> 本来文学创作是一种艰辛的、复杂的劳动。每个艺术形象的诞生，几乎都经过作者含辛茹苦、呕心沥血的过程；这明显的是一种日新月异的、永远不许重复的创造。可是现在却被一些青年误解为刻板的僵硬的技艺，以为用这种死板的模式，再不用一种不变的手法，便可以写出文学作品，便可以使自成为"遐迩闻名"的作家。
>
> 这里的症结问题，是不愿从写作实践开始，不愿老老实实地、一点一滴地去积累实践经验，并从经验中去总结有规律的东西。因而，（一）没有写作感性经验作基础，便读不懂别人根据经验所归纳的理论；除了背诵概念和词句，几乎什么也不能领会。（二）由于不认真在实践中来磨炼自己，不强调在实践

---

① 涂光群：《1949—1999：五十年文坛亲历记》（下册），沈阳：辽宁教育出版社，2005年版，第408—409页。

中提高概括生活和表现生活的能力，因而，在写作方面老停留在一个水平上，老停留在从表面写表面、从个别写个别；既不深入，也没法提高。偶尔读别人的作品，只会模仿人家的形式，或模仿事件的过程，却不注意抓取构成事件的人物性格和心灵。①

这段文字既有事实又有分析，既发自肺腑，也切中要害，带有鲜明的学理性。

萧殷的文学研究常常回应当代文学创作和文学批评的重要问题。在《论文学的现实性》②专著里，他把"现实"定义为艺术的真实，把"现实性"解释为艺术的真实性。他认为作品是否具有"现实性"，即是否具有艺术的真实性不是由现象与否来决定，而是由现象本质与现象法则是否得到艺术家表现来决定。凡艺术能将现象本质暴露出来，而又能给读者积极启示的作品，都可以说具有"现实性"。这些论述是否一定具备创新性是另外需要深入研究的问题，我在这里不妄做判断。但有一定可以肯定，此书出版在20世纪50年代初，萧殷正在北京编《文艺报》。如何表现日新月异的现实？所有艺术家是否都需要表现当下现实？是当时迫切需要解答的问题。萧殷的回应即《论文学的现实性》，实际上否定了"题材决定论"，表现出对艺术家创作的理解和保护、对艺术创作规律的尊重和守护，这些才是最可宝贵的。

萧殷非常重视实践在文艺创作、文学批评、文艺理论研究中不可或缺、不可取代的作用。对艺术创作和文学批评实践的重视，是萧殷一以贯之的做派。这一方面是他自己艺术、创作经验的提升，一方面也得益于鲁艺经历和毛泽东《讲话》精神的强化力量。晚年在病床上，他还语重心长地回复青年文学爱好者："如果我开初不曾从事写作，没有经历过形象塑造的一系列困难的摸索，不亲身尝尝创作的甘苦，不积累了一些复杂的写作实践的经验，我以后大概会遇到更多的困难。譬如，如果我没打这些实践经验作基础，如果我没有从经验中摸出一些规律性的东西，那么，后来遇到创作中一些复杂的情况和问题时，将无法理解；对别人所总结的规律、所研究出来的理论，也许会领会不深，甚至一知半解似懂非懂，或者只会背诵一些概念，而完全闹不清它们的精神实质和

---

① 萧殷：《萧殷文学评论选》，长沙：湖南人民出版社，1983年版，第112—113页。
② 萧殷：《论文学的现实性》，北京：天下图书公司，1950年版。

对实践的意义"①。

我们还可以从不同角度探讨萧殷对今天文学批评的启示作用，我以为，亲历亲为而对所处时代的文艺形势始终保持清醒认识，是件极不容易的事。比如，我们这一代人，亲历新时期文学发展30余年的历史，我们总是能够对过去的30年和正在经历的文学始终保持清醒的认识？当局也清，需要的是出乎其外，需要的是坚定的人格和对文学批评、文学创作特殊规律的尊重和坚守。这些好像是常识，要做到却非常困难，尤其是当你的坚守结果与名利发生冲突的时候，那取舍就更加困难。文学批评应该针对文学作品或者文学现象，这也是文学批评之常识，做起来却也不是很容易。针对文学作品或者文学现象的批评，需要"三感"，即理论感、历史感和艺术感②。萧殷其实在不同文章里也分别谈到过，而且他还特别注意说明这三者与个人实践的关系。萧殷的文学批评语言朴素、平白，却一针见血，有比较、有原则也有坚守。这不仅关乎其为人处世，也关乎评家自己是否具备基本的专业素质！萧殷及其文学批评的意义大概就在于此：回到现实，回到常识！扎扎实实地开展文学批评。亲历亲为，却始终清醒，始终坚守文学批评的本分，为创新文学批评理论尽职尽责。

---

① 萧殷：《我怎样走上文学道路》，见《萧殷自选集》，广州：花城出版社，1984年版，第970页。
② 张梦阳：《唐弢的艺术感》，《文艺报》，2012年3月16日。20世纪80年代初，刚复出的陈涌在与文艺理论工作者的一次谈话中提出要做好文艺评论和研究工作，需要培养"三感"，即理论感、历史感和艺术感。

萧殷对极"左"文艺思潮的批判

游焜炳

曾任广东省作家协会副秘书长、创研部主任、评论委员会主任、《新世纪文坛》报主编。

萧殷同志在其《萧殷自选集·序言》中介绍自己撰写评论的缘由时说："由于运动不断，'左'的观点、'左'的作风不断出现，好些本属常识性的问题，并且已在前一个时期解决了，但后来又受到'左'的冲击，正确的观点又被搅乱，于是不得不再一次进行澄清。为了创作的正常发展，特别是为了引导文学青年能在文学正道上迈步，也就不能不反反复复地做些'炒冷饭'的工作。分不出力量来研究其他文学问题，只能在这么个小圈子里留下几个脚印而已。唉，说来惭愧，毫无建树！"不，萧殷老师，您应该感到自豪。您所自谦的"炒冷饭"工作，固然限制了您对其他课题的研究，却更体现了您一贯坚持反"左"的理论倾向。在极

"左"文艺思潮长期主导文坛的压力下，做到这一点多么不易！它体现了您难能可贵的艺术良知和理论胆识，以及您的高度责任感和崇高的自我牺牲精神。您为发展文学事业，培养文学青年，做出了别人不愿做、不敢做或做不到的卓越贡献！这是很值得您自豪，更是值得我们好好学习与发扬的。

一、批评公式化概念化创作偏向

公式化概念化是新中国成立几十年来文坛的通病和痼疾。这是一种完全背离艺术规律的写作方法和模式，但其本身并不一定就与错误的政治思潮有关。即使到了新时期，同样也有大量图解正确政治观念和主题思想的公式化概念化作品。但问题是，它之所以在过去长期盛行，且愈演愈烈，就不是一个简单的艺术问题，而恰恰正是极"左"思潮的产物。正如萧殷后来指出的："长期以来，有些人把文艺创作简单地看作图解概念，这是艺术上教条主义最突出的表现。那时所谓为政治服务，实质上，就是服务于某个时期的某种具体政策。"当时还出现过"为中心工作服务"的口号。"配合中心"成为文艺工作者和文工团的主要任务。作者不得不忙不迭地编造事件来图解政策，以配合宣传鼓动。至此，文学创作实际上已沦为廉价的应时的政治宣传品，这就必然导致"干巴巴、冷冰冰的概念化、公式化的说教"。更糟糕的是，这种"为政治服务"口号下产生的概念化公式化模式，不但未引起怀疑得到纠正，反而被视为天经地义，受到大力鼓励和提倡。当然，由于时代的限制，当时谁也不可能认识到它的极"左"实质，提出反"左"的命题。但萧殷凭着自己的创作实践经验和艺术理论修养，一开始就发现它是一种创作歧路乃至绝路，并怀着巨大的勇气、良知和责任感，对它展开了坚持不懈的批评。这种对概念化公式化模式的批评，实际上便是对极"左"文艺思潮的批判。

萧殷早在写于1949年12月的《文学作品的感染力》一文中就指出："现在有好些作品，作者只借人物的嘴直接向读者（观众）说教，听众只能从其中知道一些政治概念和政策条文，此外，就再也不可能给观众留下什么印象，感动自然就无从谈起了。像这样的'文艺'作品，到底能在人民中间起多少作用呢？这是很可怀疑的。虽然仍然有人大吹大擂地吹捧这类作品怎样'起了作用'，怎样'配合实际推进了工作'，但是，这样的作品同一篇普通的演讲或一篇普通的论文有什么区别呢？文学还有什么独立存在的必要呢？文学作品必须要有文学作品的特点，就是说，文学作品必须通过艺术形象——

有血有肉的人物和合情合理的情节来体现某种思想感情。"此后，在《生活现象的提高和概括》（1951）、《论思想性、真实性及其它》（1956）、《个别观察和艺术概括》（1956）、《图解不是艺术方法》（1956）、《生活应当和思想感情相融合》（1957）、《关于形象》（1957）、《形象和构思》（1958）、《事件的个别性与艺术的典型》（1962）、《作品概念化的原因何在？》（1978）、《议论能代替生活描写吗》（1979）、《典型、本质、形象与图解政策》（1980）等一系列评论文章中，一再批评了诸如"把社会学概念当作自己作品的主题思想""以生活的浮面现象或表面细节来图解社会学概念""从当前的政治口号出发，加以想象，编造情节""拿生活'套入'原则的框框""根据几条抽象的'本质属性'虚构情节""按照阶级的集团的本质特征去塑造人物""用个性图解共性""拿个别性来装饰普遍性""以议论来代替作品的'思想性'"之类的概念化公式化写作模式。

萧殷对公式化概念化的批评，主要依据艺术创作的形象思维理论，且对此的认识很彻底。他不赞成当时许多人将形象思维理解为"由感性深化到理性，然后再由理性还原到感性""把个性化的形象只看作是作家表现概念、规律或范畴的一种手段，或一种方式"，指出"个性鲜明的形象不是文学的手段，更不是'装扮'的方式；它应当是作家对生活现象进行典型化创作的实质"，文学不同于科学，"不仅限于'反映生活的方式上'，而是从一接触生活开始一直到构思完成，两者在思维方法上就有区别的"。形象思维理论现在已不新鲜，可要知道，在过去很长时期，它是常常被当作"现代修正主义文艺思潮的一个认识论基础""反马克思主义的认识论体系"来批判的。直到"文革"后毛泽东给陈毅谈诗的信公开发表，它才在文艺理论界取得"合法地位"，并由此引发了一场大讨论。即使那时，对它也还存在着许多肤浅机械的理解。可萧殷却一直非常自觉、明确且彻底地坚持这一理论，显然是很有胆识的。

二、批判庸俗社会学与艺术教条主义的典型观与批评方法

1961年春，萧殷刚调来广东省作协工作不久，就从大量的评论稿件中发现，不但创作上有概念化公式化问题，理论批评中也同样存在严重的庸俗社会学和艺术教条主义倾向，其中以对典型的主观片面理解和批评方法的简单粗暴最为突出。为澄清是非、拨乱反正，使文艺理论批评回到实事求是、遵循艺术规律的正确轨道上来，萧殷便在《羊城

晚报》文艺评论版发起和主持了对长篇小说《金沙洲》的讨论，在长达几个月的争鸣的基础上，萧殷与易准合作，撰写了《典型形象——熟悉的陌生人》《文艺批评的歧路》《论〈金沙洲〉》三篇总结性文章，针对讨论中在典型观和批评方法上暴露出来的带有普遍性倾向性的庸俗社会学与艺术教条主义，进行了系统、深入且富有说服力的批判。

《典型形象——熟悉的陌生人》首先指出，许多评论文章"表现了这样一种倾向：即要求艺术的典型形象必须与总的时代精神相一致，甚至在典型形象与社会的阶级的本质之间，简单地画一等号"。萧殷特称之为"'典型即总代表'论或'总代表即典型'论"，并将其归纳为几种突出表现："其一，把艺术典型仅仅归纳为社会的阶级的本质特征，而丢掉了典型的个性特征。其二，把艺术典型的共性与个性看成是数学的总和，两者只有外在的联系。其三，把典型性格与典型环境割裂开来，离开了典型环境而孤立地分析人物性格；或者以生活的主流来硬套作品中的典型环境。""换言之，就是以社会学上的典型来硬套艺术上的典型，并且把这两者完全等同起来。"进而分析道："其共同特点是离开了文学的基本特性""与以个别反映一般的艺术规律毫无共同之处"，势必"导致性格、环境、题材的划一化"，"得出一个阶层、一个社会集团在一个历史时期只能产生一种典型、一种性格的荒谬结论"，"不但不能正确地阐明艺术典型的复杂现象，反而变成了一种创作的阻力，对艺术创作的发展起了很坏的作用"。在当时能有如此鲜明犀利的见解，是很了不起的。破字当头，立在其中，文章同时结合《金沙洲》的实际，根据生活辩证法和艺术辩证法以及艺术认识与反映现实的特殊规律，正面阐述了"典型形象——熟悉的陌生人"和"典型环境，也是完全不可代替的'这一个'"的道理。

《文艺批评的歧路》则集中批判了"在讨论中所表露的简单、粗暴的批评作风"和"从主观出发，用孤立的、静止的、片面的观点来判断作品；或者用一般的抽象原则和概念来硬套作品这种主观片面的批评方法"。因其要求"作品中的艺术典型，必须是他所属的那个阶级和他所从事的那个职务的抽象的定义和标签"，萧殷又将其称为"'标签式'的批评方法"。并具体分析了造成这种错误批评方法的原因："'总代表'与典型的混淆、一般与个别的混淆、整体与单个的混淆、理想与现实的混淆"；指出了它的危害性："戕伐了创作的生机，妨碍作家的创作性和积极性对文艺创作者造成一种不宜忽视的压力。"

文艺理论批评中的庸俗社会学和艺术教条主义，与图解政治的概念化公式化创作一样,是极"左"文艺思潮的突出表现,且带有相当的普遍性。正如萧殷在上述文章中所指出的:"这种现象,不仅在评论《金沙洲》时反复出现,对其他作品的评论也同样存在;不仅现在有,过去也有。""这次讨论所显示出来的问题,已经远远超越了《金沙洲》这部作品的范围,而涉及到文艺理论和文艺批评上一系列原则性的问题。"完全可以说这两篇文章论题的针对性和重要性及其批判的尖锐性和理论深度,达到了当时全国文艺界的最高思想认识水平,并在全国产生了巨大反响。《文艺报》随即分期全文转载,还专门配发了一篇《一次引人深思的讨论》的详细报道。当然,当时也有不少人为萧殷捏着一把汗。直到次年,中央召开了以纠正极"左"偏向为主调的广州会议并相应制定了"文艺八条"之后,人们才深为萧殷的先见之明和非凡胆识所折服。

三、深揭狠批"四人帮"谬论及其遗毒

"文革"期间,极"左"文艺思潮甚嚣尘上,一切理论是非全被颠倒,文艺事业遭到空前浩劫,广大文艺工作者惨遭迫害摧残,无不痛心疾首,却又只能敢怒不敢言。1972年秋,在"文革"初期遭批斗,后又被送"干校"改造才回来不久的萧殷,参加了在清远县举办的全省文学创作学习班。当他上台给近百名青年作者做辅导报告,而面对一双双困惑、迷惘、渴求的眼睛时,他终于按捺不住,不顾一切豁出去了:"有人说,塑造英雄形象是根本任务,我认为不是唯一的任务……我看'三突出'不能说成创作的唯一原则,英雄不是天生的,也会有缺点,也有个成长过程,也应该塑造反面人物的典型,不能脸谱化",公开反对"四人帮"的"三突出"谬论。此事后来果然引起轩然大波,有人5次告到"中央首长"那里。"反击右倾翻案风"时,工作组进驻了,大字报出笼了:"创作室就是有一股回潮复辟的暗流,源头就在清远学习班,要害是萧殷的那个报告",一时甚嚣尘上。萧殷毫不畏惧,坚持不认错,还提出公开辩论。工作组瞎折腾了一阵,只好草草收兵,不了了之。

"四人帮"终于垮台了,但这决不意味着他们推行的极"左"路线也自动退出历史舞台。相反,倒是以"两个凡是"为代表的思想观念当时还很有市场,何况,极"左"思潮也本非自"四人帮"始,而是长期根深蒂固地存在于革命队伍中,而且总是以马克思主义的面目出现,带有很大的迷惑性。因此,文艺界面临着艰巨的拨乱反正任务。而此时的萧殷,经过十年浩劫的教训,思想也发生了飞跃,对文艺界许多错误倾向的极

"左"实质及其严重危害，认识更清楚也更深刻了。于是，他和省作协的其他领导一起，在广东率先发起对"四人帮"极"左"文艺路线的批判。他所主编的《作品》，率先发表为《三家巷》《苦斗》翻案的文章，率先发表当时尚未平反的右派作家艾青、王蒙的作品，同时，重点推出一批控诉"文革"罪行、暴露极"左"路线祸害的作品。当这些作品受到非议时，他又在《作品》上组织讨论，批驳极"左"谬论，有力地维护了这些作品，捍卫了现实主义创作原则，在全国产生很大影响。当时全国文学读者都知道广东有个思想很解放的《作品》，印行69万份仍供不应求，到处都出现抢购争阅《作品》的盛况。而广东文学界，则成了当时全国文艺思想解放运动的排头兵。

萧殷自己也不遗余力地撰文做报告，而且不再局限于概念化、公式化、艺术典型、批评方法等问题，而是对"四人帮"的一整套极"左"谬论展开了全面的深揭狠批。《撕下红色的面纱》揭露了江青一伙卑劣的阴谋伎俩，撕破其"革命"外衣，使其"露出了黑色的狰狞的鬼脸"。《开拓题材、提高艺术质量》《悲剧、题材及其它》《写什么，怎么写》《典型、本质、形象与图解政策》《狠批"三突出"，努力创造高大的英雄形象》等文，则从理论上对"四人帮"的"从路线出发""主题先行""三突出""根本任务论"以及在题材禁区、歌颂与暴露的关系、社会主义时期的悲剧、批评方法等问题上的谬论进行全面批判。他指出，"从路线出发""三突出"之类，是"彻头彻尾的唯心主义和形而上学"，"只许歌颂，不许暴露"，只能是"粉饰太平，掩盖矛盾"，"叫人说假话，是虚伪的文章，骗人的文学"，"配合中心""是一条绝路……这样的作品没有一个能留下来"，"我们都是在读悲剧过程中成长起的"，悲剧能使读者"认清制造悲剧的黑暗势力，在心灵上播下仇恨的种子，……鼓舞人们前进"；"四人帮"的"贴标签式的评论""统统是打棍子、扣帽子，与其说是文学评论，不如叫做政治判决书"。鼓励作家"解放思想，冲破禁区"，从"四人帮"设置的"'框框'中解脱出来"。

针对包括《作品》在内发表的"伤痕文学"作品所受到的指责，他又撰写了《〈伤痕〉是'眼泪文学'吗？能纳入批判现实主义吗？》《他们用的是什么武器？》等驳论，明确表态："对于新近出现的一些揭露'四人帮'罪恶的作品，我总是怀着喜悦的心情去看待它们……因为我通过作品深深感到作者的内心激荡着对革命者热烈的爱和对敌人刻骨的恨……这样的作品，不正是一个时期内广大人民所需要的吗？谁能否定它们也是社会主义文艺百花苑中的几朵馥郁的小花呢？"同时，通过摆事实、讲道理，逐一驳斥了那些指责这类作品的种种错误观点。这些错误观点，正是"四人帮"思想路线阴魂未散的表现。因此萧殷又严肃地提出："我们必须擦亮眼睛，明辨是非，一刀两断，彻底肃清'四人帮'这种流毒；否则我们的文艺幼苗会被污染，影响长势，而且对于我们无产阶级文艺事业的繁荣与发展，也将受到严重的损害，千万不要等闲视之，更不能心慈手软！"

为此，他又专门撰写了《关键在于领导》一文，指出"'四人帮'推行的那条极左的路线以及他们散布的种种反动谬论，直到现在还在文化部门某些同志的头脑里潜伏着"，因而"他们不仅有意无意地阻拦别人揭批'四人帮'的思想体系，而且还在大模大样地继续推行"；另有一些领导干部，"很重视权力，重视官职，怕遇风险，怕丢乌纱帽"，因而"惯于看风使舵"，宁"左"勿右，以致"在一些地区，'四人帮'所鼓吹的极左思潮，在当地文化部门某些领导人的怂恿下，依然十分猖狂"。真是一针见血。因此萧殷提出"一定要解决文化（包括文艺）部门的领导问题，特别是要解决文化部门领导的思想问题"。批判和肃清极"左"思潮，这是抓到根子上了。

小平同志在南方谈话中非常英明地指出："中国要警惕右，但主要是防'左'，根深蒂固的还是'左'的东西。"因此，在中国，批判和肃清极"左"思潮的影响，仍是任重而道远。因而，萧殷批判极"左"文艺思潮的无私无畏精神和敏锐的真知灼见，也就愈发显示出了它的宝贵价值和现实意义，这也是它至今仍值得我们认真学习和研究的原因。

生命构筑的台阶:萧殷文学评论的精神品格

喻季欣

暨南大学新闻与传播学院教授,曾任人民日报高级记者、长沙政治军官学院教师、湖南师范大学教师。

人类自从进入自觉地创造文明历史,就没有忘记用文学来表达内心的深切的情感,去感动他人、影响他人。文学的功用和力量,是深远而幽长的;在人类文明史上,文学以及文学的创造者们,从没有因为历史的变动或社会的转折而失去自身的影响和意义,或者从人们的精神生活中销声匿迹。"文章经国之大业,不朽之盛事。"(曹丕《典论》)这虽未免过分看重了文学的价值和地位,但作为人们的精神食粮,可以说,文学与人们的精神生活共始终。

在中国现当代历史和现当代文学史上,更有一个突出而令人回味的现象是:文学曾充当了多个历史时期转折或一个新的时代到来的先声,最先传达了某种时代信息和人们的情感；而许许多多的仁人志士和革命者。因执着追求文学而改变了自己的人生，并由此走上了革命道路。文学成了他们人生勃发的契机和亮点，成了他们为民族解放事业、为人类文明贡献力量与智慧的武器和途径。在20世纪这样一段虽然短暂却辉煌的历史里，李大钊、鲁迅、胡适、瞿秋白、郭沫若、茅盾、巴金，这些令人景仰的名字，为文学和中国革命事业的关系，为文学和人类文化事业的关系，做了深邃而有力的说明，充满着历史的光辉和生活的诗意。

在中国现当代文学的长途行进中，在鲁迅高擎的旗帜的队伍里，有一位为中国最大多数人的解放事业，为这最大多数人的精神世界而勤勉奉献精神食粮、呕心沥血培养文学新人奋斗了半个世纪的战士、作家和园丁，他叫萧殷。

1915年，萧殷出生在广东龙川县佗城竹园里一个贫穷的农民家庭。这一年，《新青年》（原名《青年杂志》）在上海创刊。因了这一刊物，现代中国的新文化运动发出了震撼世界的呐喊，"民主"与"科学"的旗帜终在这个几千年封建专制相袭的国度里呼啦作响。萧殷有幸，他出生的年代，他成长的时代文化背景，昭示着一个新的文化革命与建设时代的到来；萧殷不幸，这个时代，他的国家还是一个半殖民地半封建国度，他的国家的最大多数同胞还处在被压迫被剥削的苦难之中。文学，对许许多多人来说，还没有传达他们的心声，或者说，还没有介入他们的生活。1932年，年仅17岁的萧殷便开始了他的文学创作活动。值得注意的是，和同时代的许许多多逐渐走上革命道路的作家一样，这一活动之于萧殷，便是他把自己投身时代、投身人民事业的起始和终身选择。1982年，年近古稀的萧殷在回首人生时，这样深情地写道：

> 我之所以走上文学道路，原因就是我很早就对新的社会制度有朦胧的理想，因之对剥削阶级的所作所为，怀着强烈的憎恨。同时，我对周围的农村生活十分熟悉，不仅熟悉邻居们的愿望和思想，连他们的痛苦和悲哀也了如指掌。特别是九一八事件以后，由于日本帝国主义的步步逼进，不仅农村破产更加恶化，亡国的威胁也日益加深。于是，心中有许多激情要迸发，有许多积愤要呐喊，有些不平的事要宣泄，描摹古美人既使我厌倦（1932年，萧殷考进广州市立美术学校，在老师的指导下成天描摹古仕女。——引者），我便急不可耐地拿起笔杆来倾诉心中满腔悲愤，正是这种种促使我走上文学道路。
>
> ——《萧殷自选集》第936页

萧殷的自述，总结了中国现代文学史上一个带有规律性的现象，那就是创作者们是在受压迫和窘困中寻找情感的抒发和生活的出路，从而他们把对文学的热情与追求当作对社会发言的途径，当作改造不平等社会的一种手段，当作实现自身生命价值的一种方式；因此，他们慢慢走出了个人的圈子，把这种热情和追求与社会的进步和人类文化建设紧紧结合在一起；生命不止，他们的这种热情与追求就没有停息。

这是这个时代的使命给文学与文学创造者们留下的深深烙印，是这个时代的文学与文学创造者们为时代做出的独特贡献。它承继了中国文学"文以载道"的历史传统，并进一步把文学的功用和力量做了充分的发挥与运用。这是不能轻易淡忘的，如同历史自身的规律与存在一样不可改变。理解萧殷的文学活动，理解这个时代里的文学活动，如果撇开这一点，我们就无法做出历史的说明。我们强调这一点，除尊重历史以外，还有着对我们今天的文学和文学活动的参照和思考意义。商品大潮涌起，文学经受着现实赤裸裸的冷酷考验，文学创造者们，你们是"下海"致富还是继续坚持理想与精神的文学操守？历史已经证明，人类文明的发展，离不开文化建设的发展，抛不开文学这项独具价值和意义的事业。一个更为现实的例子是：在诺贝尔奖这项举世仰慕的褒奖人类创造精神和献身精神的殊荣里，不是赫然有着一项文学奖吗？在商品经济发达的国家里，不是依然有着文学的地位和巨大意义吗？需要我们调整视角与心态的倒是：正确认识文学的地位和作用，散发人们的对一项事业的创造意识与献身品格。

正是这样从历史与现实的背景考察，萧殷的文学活动就尤其值得我们研究与纪念，特别是他为培养文学新人的园丁精神、用心血与生命化就一篇篇文章辅导培育文学新人成长进步的台阶品格，更是值得我们崇仰与记取的。

萧殷是怀着这样的心情与出发点去从事培育文学新人的工作的，他说："我相信一个简单的道理：任何大作家都不是天生的，都是从稚嫩的不知名的文学青年中产生出来、成长起来的。因此，发现、扶持、培养青年作者，是繁荣创作的一个根本性措施，不可忽视。"他还认为：

> 在辅导文学青年时，重要的是指引他们走文学的正路。当他们开始学步时，如果路走错了或走偏了，以后就越来越难纠正，所以，应特别着力帮助他们弄清文学的任务和创作规律。这些想法在我意识中越来越明确，我就越来越

自觉地投身于辅导青年写作的工作。可说是一头钻进去，再也出不来了。如此匆匆三四十年，现在不觉年近古稀，两鬓已白，始终未能越出雷池一步，分不出力量来研究其他文学问题，只能在这么几个小圈子里留下几个脚印而已。

——《萧殷自选集》第7页

夫子自道，萧殷创作文学评论的动机与实绩，他阐释文学理论问题的个性与精神，便都可从他的这段话里获得认识的内涵。

"走文学正路"，这是萧殷培养文学新人的准则，也是他自己文学历程的踪迹。因此，如果仅从一种政治的概念或者线性思维的理解来接受这句话，我们就难以获得真切的认知，也难以解释为什么萧殷会把自己的全部心血与热情倾注到他的文学事业里。"走文学正路"与其说是萧殷对文学方向的阐释，不如说是他人格与精神的自觉展示，是他的生命语法。把时代的大趋势、人生的大方向和作品的大题旨紧密结合起来，并由此理解文学、促进文学，并作用于社会，这是当代文学的特殊使命，也是中国当代文学问题的基本要义。萧殷属于这个时代，他的个性在于他把这种使命和要义通过温热的挚情和辛勤的劳作落实在对文学新人的扶持、引导和栽培上，倾注在一篇篇文学辅导与评论文章的字字句句里。他是从人格和文品的严格意义上来理解与评判作者和作品的，而不仅仅是从政治角度来臧否作者作品。因此，他始终站在一个稳定而客观的位置发挥他的作用，尽管某些时期政治风云变幻，文学又常常充当了风雨雷电直接撞击的对象，萧殷却没有迎风摆舞，没有因他的准则折损嫩芽新苗。相反，在那些非常时期，他发现、帮助并培养了像王蒙、邵燕祥、陈国凯等这样一些当时只是崭露头角的文学青年。这是需要远见和胆识的，或者说，这正体现了萧殷在"走文学正路"上的深邃和独特之处。

萧殷自己有着丰富的创作经验，又长期任国家和省级权威文学报刊的领导或编辑，这使他有更好的条件和更多的机会发现人才、培养人才，这也有可能使他被人推至"导师"的地位而与普通的青年作者拉开距离，写下的文学辅导与评论文章会使文学爱好者们觉得可望不可即。然而事实却不是这样。萧殷正是把文学创作的基础知识与艺术规律融为一体，浅显明白、具体实在地告知读者，紧密联系创作实际循循善诱地启发、引导走向文学殿堂的入门者。他注重的是打基础，"力避抽象地从理论到理论，力戒那种深奥艰涩的学究式文风"，"力图向作者提供比较具体、切实的帮助"（《萧殷自选集》第8页）。

"打基础"，这是萧殷培养文学新人的全部出发点，是萧殷文学评论创作热切关注的要点，也是他文学活动的基点。他从文学创作的实际出发，尤其是依据自己的成长道路和文学青年们的客观现状，言传身教，帮助他们打下扎实的基础。这"基础"既是文学创作理论的，也是生活实践自身的；是理论的基础、生活的基础。

　　打基础，实际也就是练基本功，这对于初学写作者来说，是必不可少的。萧殷对文学青年们晓之以"基础"的大义，引导他们一步步成长提高，而在更多的工作实践中，他是把自己"对象化"——以他的工作和努力、以他的文字与心血，化就文学青年们成长与提高的"台阶"，"铺垫"着他们发展进步的道路。因此，"打基础"是萧殷对文学青年们的要求、辅导文学青年们的基点，又是他对自己的意义规定，把自己价值形象化的实现。

　　这便是一种品格，便是一种精神。最初，萧殷的这种精神与品格是基于一种"同情"：

> 每当我看到他们在文学歧路上徘徊彷徨，来回走弯路时，内心就深感不安，我总是不由自主地想到自己，想到自己年轻时代，想起自己在写作道路上摸索前进时，那种无人帮助、无所适从的困难处境和苦闷心情。且不说什么培养人才，单从这种设身处地、推己及人的心境出发，便很自然地使我与他们站在一处，想到一起了。
>
> ——《萧殷文集》第6页

　　富有同情而博大的心灵总是这样温热而善良，身心付与而又善解人意。"在社会主义时代，我觉得无论如何不应当像旧社会那样，让文学青年瞎碰乱撞了。"（同上）其言也诚，其情也切；其志也坚，其行也恒。可以说，这种品格与精神，构成了萧殷文学评论乃至文学活动的动人光彩，熔铸为萧殷人生的辉煌篇章，流淌着萧殷生命的绵长诗意。

　　在萧殷长达近半个世纪的文学活动中，他从创作到理论、从讲台到斗室、从当普通编辑到刊物的主要负责人，足迹遍及文坛的方方面面，他在理论研究上也颇多建树。他具体组织与领导的对长篇小说《金沙洲》的讨论、对《三家巷》的讨论，以及他撰文对20世纪50年代颇有影响的戏剧《红旗歌》和影片《刘胡兰》的批评，在理论与创作实践上扬清抑浊，回答了许多重大的理论问题，诸如"典型问题""题材问题""文艺批评标准问题"等方面，显示了一个理论家的胆识和功力。尤其值得我们关注的，是萧殷在这漫长的文学活动中，在他组织的众多作品的评论中，在他阐述的广泛的理论问题中，他能一如既往，几十年把握自己的观点走向，从不人云亦云、骑墙摇摆。而他的这一切活动，是在我国政治风云变幻、文坛险象丛生的日子里进行的，这就令人思之再三。

  这最根本的原因，我们只能从萧殷自己身上去寻找。我以为，这与他从事文学活动的最初动机与目的相关；或者说，萧殷是把他的文学活动当作他对社会的创造劳动、当作他为人民事业的生命奋斗而进行的。在这个坚实而高尚的价值取向里，一切个人荣辱与得失，就显得无足轻重。因此，他可以挨批挨整、可以贫寒孤苦、可以宠辱皆忘，但不可以改其志、随其流、附其势。他不火爆而敦厚，他不喧哗而执着，他不工心而慈怀。中国知识分子的美德、中国文化人的品质，我们可以在萧殷身上感受到、触摸到。其次，萧殷是把事业的宏伟目标与他工作的具体实际紧密结合，他情怀牵系与身心关注的是普通的文学青年，"我时刻想到我的服务对象是初学写作者，我处处考虑的是创作实践中的问题"（《萧殷自选集》第7—8页）。萧殷是理想的，他的理想光芒投射于人民事业的光辉未来；萧殷是现实的，他的现实主义精神植根在普通人民的生活土壤。因而，萧殷是目光远大的，又是脚踏实地的；他是坚忍辛劳的，又是充实愉快的。

  他用生命构筑起文学青年们踩踏的台阶。我们在举步行进中感受到坚实与快慰，产生感奋与沉思。

独立的价值与卓异的品格
——浅谈萧殷的文学评论风格

谢友义

中国报告文学青年创作委员会副主任,广州市作家协会副主席,鲁迅文学院第二十期中青年高研班学员。

作家或评论家的风格,有的是不加经营,自然而然形成的;有的则是博中求独,精心设色而成的。无论是自然形成,或是经营所得,一个成熟的作家或造诣深的评论家总有他独自的风格。著名文艺理论批评家萧殷一生从事报刊编辑、文艺教学、文艺理论研究等,丰富的社会经历及多方面的文化素养,形成了他既敢说真话又能讲道理的文艺评论家品格,在文艺批评饱受诟病的当前尤其值得我们学习和发扬。

我们研究萧殷文学评论的风格,不能局限于理论说明,应该把着眼点放在他的文学评论本身,特别要从他早期生动活泼的评论文章和他那敢言人不敢言的评论文章中,来研究他文艺评论的风格。我认为萧殷文学评论有三种风格。

第一是坚持真理，实事求是。

萧殷是从延安走来的坚守信仰的马克思主义文艺批评家。他坚持的是辩证唯物主义和历史唯物主义的观点和立场，坚持实事求是，坚持人民是历史的创造者，也是文学的创造者，始终将文学同人民联系在一起，始终坚持辩证唯物主义的认识论和方法论。他既强调继承中国古代的优秀的文化遗产，又强调以开放的胸怀吸纳外域的优秀文化遗产，强调理论联系实际，强调有的放矢，目的是解决文艺创作中的实际问题，繁荣为人民服务的文艺，造福于人民。

我们说，文学艺术来自活生生的现实生活，而现实生活是复杂的、曲折的、多元化的、色彩斑斓的。艺术家必须通过艰苦的劳动、辛勤的耕耘，甚至是用自己的血、用自己的生命，才能写出受到读者青睐的作品来。作家、艺术家们很想自己的作品能感染读者，引起大家的共鸣，同时也很想从读者特别是文学艺术的评论家中知道自己作品中的主要倾向是正确的还是错误的、在艺术上的探索是成功的或是失败的。因此批评家应该如实做好评委的工作：该批判的、该肯定的；败笔在哪里，成功的又在何处。褒贬与否，一言九鼎，是关系到一个人的艺术生涯存亡的重大而又严酷的问题，真所谓"一字之贬，严于斧钺；一字之褒，荣于华衮"。

萧殷是一个敢于坚持真理、实事求是的文艺评论家，他的评论首先迥异于那些庸俗的无原则的隔靴搔痒式的批评，更有别于无聊的吹捧和恶意的挞伐。比如：他在《探索是为了什么？》一文中写道："探索是为了什么？也就是说，探索的目标和出发点是什么？如果为了更完美地、更深刻地反映时代——反映时代的生活和时代的精神，并使新创造出来的艺术形象更容易为人民所理解和乐于接受，从而更好地发挥文艺的教育、认识生活和审美功能的作用。毫无问题，这种探索正是人民所需要，也是文艺发展本身所迫切需要的。"他强调探索也就是求真的表现。在《论艺术的真实》中，他说了一个这样的故事：据说，一个有经验的电影老导演，有一次在拍摄一部影片的战场背景时，把百十门大炮排列在一起，集中在一个小区域里；一位有经验的人民解放军看见这种情形，就提出意见说："这是不真实的，战场上的大炮哪能这样集中呢！"电影导演回答道："那是现象的真实，我们要创造的是艺术的真实，即通过影片的艺术安排把生活的真实面貌表现出来；因此，我们不能机械地照着生活表面的样子去照抄。"这位老导演的话，是意味深长的。他告诉我们：生活外表上真实的东西，未必就是艺术上真实的东西。艺术的真实应该比生活现象的实有状态更有组织、更集中、更典型。我这样强调艺术真实与生活中实有的现象的区别，是否可能给读者造成一种印象，以为我贬低生活对于文学创作的重要性呢？不是的，我完全不是这样的意思；我只是说，机械地描摹生活中的实有现象，很难真正地反映出生活的真实面貌，也就很难创造出艺术的真实。由此可见，萧殷对真理的坚持，对生活中真善美的解读是何等的纯粹！

第二是有好说好，有坏说坏。

萧殷作为文艺批评家，对青年作者特别爱护，他会主动给青年作者提建议，给出修改点子，让他们去读文章学习。萧殷给青年作家的集子作序时，既热情肯定一个正在成长中的作家的长处，又坦率地指出他的不足。三十多年来，这位文艺园地的园丁，辛勤地用汗水灌溉，使一棵棵的文学幼苗在茁壮成长。全国著名的作家、文学评论家王蒙、唐因、唐挚、杨犁、鲍昌、刘剑青、徐光耀、陈淼、鲁煤等，都是得到萧殷的扶植而成长起来的。我省的陈国凯、王杏元、程贤章、孔捷生、吕雷、杨干华，以及易准、饶芃子等，也是在萧殷的关怀和培养下成长的。

萧殷给予文学青年的帮助，体现了他对他们的关怀关心和一个评论家的责任与良知。在这些文章中，萧殷表达最多的是对于众多文学爱好者的真诚鼓励和殷殷期待。他对每一位深爱文学并给他寄来作品的作者抱有敬意，并不辞辛劳写下对他们的鼓励和期待，希望他们的文学之树能愈加葱茏，文学之路更加宽广。在几乎每一篇序文和书信中，我们都能看到这样真挚的鼓励和期待。如在给《吕雷小说》的序中，他说道："吕雷还年轻，要走的路还很长。中国的文学事业，正待繁荣发展，璀璨的创作高峰，期待下一代去攀登；因而凡是目前妨碍前进的路障或绊脚石，都应勇敢踢开；只有如此，他们才能勇往直前，轻装前进！"真挚的话语充满鼓舞人心的力量，对于写作者来说，读者的肯定是最大的动力和最高的褒奖。在《二者必舍其一——给一位初学写作者的信》一文中，萧殷对后辈的期许更是发自肺腑："……读过你的《春耕前夕》，很觉失望。它不能给人留下任何印象：既没有人物的印象，也没有情节的印象；既没有生动的细节描写，也不能给人以任何思想的启发。它只是一大堆支离破碎的、浮浅的、粗糙的生活现象的堆积。而且这些所谓'生活现象'，是完全没有特征的，无论对你的'人物'或者对你要表达的某种意义，都不能起什么作用。这些'生活现象'仿佛只是为了你一时的需要（譬如图解一个概念），而随意地、浸不经心地编造出来的……水娥娘，是你要歌颂的人物，但她同样不能给人留下什么印象。虽然你煞费苦心在她身上堆上不少的

'奇迹'和'豪言壮语',但是如果水娥娘自己没有性格,没有个性,没有跳动的脉搏,也就是说,如果作者不能使水娥娘自己有行动的生命,不能使她有独特的思考和情绪,又不能使她在接触矛盾时有按照她个性和心理状况来表达她特有情绪的独立能力;你就算在她身上堆上数倍于现在的'壮举'和'豪语',人们仍然可以看出,这些言行举止并不是她的,不是产生自人物的思想和个性;而明明显显是作者为了表达一个概念,硬把这些随意编造出来的东西贴到人物身上去的。既然如此,难怪它们('壮举'与豪语、'壮举'与壮举)之间没有生命贯通,没有脉络相连了。水娥娘既然没有自己的生命和心灵,她自然不能自己站起来,也不能自己行动起来;既然如此,那么,你所堆在她身上的'壮举'和'豪语',又怎么能感动人并使人信服呢?"从这里,我们也可以看出萧殷评论的另一个特色——语言灵动鲜活、简洁有力。他特别善于用生动而简短的词语总结特征、表达观点,言辞犀利,一针见血。在他的著作里,我们几乎看不到外在力量对萧殷文字的干扰,呈现的是一个文辞洒脱、思维开放、落笔有力、有真性情的批评家形象。

鲁迅曾说过:"批评必须坏处说坏,好处说好,才于作者有益。"文学评论不是扛广告牌的小伙计,也不是举着狼牙棒的打手。没有人品,怎有文品?心术不正,学术怎正?实事求是,不只是文风问题,有时也可能是个道德问题。萧殷的文学评论坚持实事求是,好则誉之,坏则评之,不追风趋时、随人抑扬,也不吹吹打打、捧杀棒杀。他在《论素材、消极现象及其它——给一个习作者的复信》中指出:"你的这些《琐记》,我认为是很有意义的;虽然只是生活中的一鳞半爪,或是零碎的断片,但都或多或少地抓住了揭示特征的东西,这是可贵的。尤其是你能在劳动过程中,把你所接触的较有特征的生活印象记录下来,就更加可贵。这样记录的时间长了,这样的素材积累得丰富了,不但容易把握住某类人物性格的典型特征,而且也获得了体现这种典型特征的血肉生活——也就是能体现典型特征的具体的、感性形式的生活内容。"在《活得伟大才写得伟大》中的评论:"比起《友好颂》来,要有一些生活气息,这种生活你可能比较知道得多一些。可是,你在这首诗中对于骆驼队的热爱,仍然是不深的;你只把许多热烈的字句倾吐在纸面上,但在你所歌唱的生活中,却看不出有多少热情。这又是因为什么呢?我认为,这仍然是由于你的感情上的爱,还没有赶上你在概念上'所应该'的爱的缘故。既然这样,是否凡思想感情未彻底改造之前,就不要写作呢?不是的。我只是说,只学习写诗的技巧是不够的;更重要的,是在火热斗争中不断地改造自己的思想感情,并在不断的写作实践中来锻炼自己的观察能力与表现能力。"……显而易见,这些意见建议建立在对于作者作品细致阅读基础上的,从语言到人物再到情节,萧殷都提出自己的见解和建议,全面而细致。这是萧殷面对写作者时一贯的态度,有鼓励,有批评,有表扬,也有建议,无论表扬还是批评,他都从文本出发,力求客观而准确。同时,这也是萧殷表达文学思想,参与文学建构的一种独特方式。他通过写作序文和回信鼓励作者,交流文学体验,也通过这样的方式表达他的文学观念和立场。

第三是形式多样,生动活泼。

萧殷的评论不说套话,不玩概念,尽量在操作层面为作者"指出"改进方向。他的评论文章给人的印象是,丝毫没有"迂"气和"酸"味。主要体现在以下几个方面:一是在形式上不拘一格。有书评,有随笔,有书信,有序跋。把自己的理论、观点寓于多样的形式,自然地写出来,他认为运用这样的形式比较自由,人们读起来也比较亲切,容易为广大读者所接受。这种娓娓道来,与别人"谈"写作,讨论、对谈和切磋式的评论风格,在他的《给文艺爱好者与习作者》《与习作者谈写作》《给文学青年》《鳞爪集》《习艺录》《萧殷文学书简》等论著中都有体现。他还通过对作品评论、读稿通讯、家中座谈等方式,给文学青年进行辅导,向他们阐明自己的文学理论主张和文学创作规律,指导他们写作。二是行文的生动活泼。萧殷的评论有散文化的优点。一方面语简意明,读起来通顺流畅,不吃力。比如在《习艺录》后记中,他写道:"我自己也有过青年时代,初学写作的滋味也曾尝到过。在三十年代初,我原是想学绘画时,而当时的老师只教我们描摹古美人和花鸟虫鱼,不幸当时的局势已不容许我们的心境平静下来。日本帝国主义步步进逼;国民党反动派极端腐败;农村破产,阶级矛盾日益尖锐。处在只知鱼肉乡民,不管人民死活的国民党反动统治下,无处不听到悲叹、呻吟和啜泣!在这样令人窒息的气氛中,谁不切齿痛恨,摩拳擦掌!面对着破落的农村,面对着人民无穷无尽的苦难,我早已失掉了描摹古美人的耐性,毅然抛开画笔,开始学习用小说或报告文学去描绘人民的苦难和控诉国民党的滔天罪行。"以自己的亲身经历来谈创作,完全就是一篇声情并茂的抒情散文。另一方面,含意隽永,耐人寻味,将评论和哲理糅合在一起,提出发人深思的问题。如《马克思主义会妨碍创作吗?——给一个青年读者的回信》一文写道:"……和我同系的一个同学跟我说,只要能忠实地描写生活,就可以写出好作品来;他说,马克思主义的世界观,是不重要的;他还说,受了马克思主义的束缚,反而不能写出好的作品来。对他这些意见,我感到有点'不对头',但我无法反驳他;相反,我倒给他说的什么'文艺的特殊性'等等弄糊涂了……我以为,你要反驳你这位同学的'理论',你最好先弄清他到底是想给什么人服务的问题。如果他不愿为人民(主要是为广大的劳动人民)服务,而愿意为已经死亡的阶级服务,他当然就用不着马克思主义;不仅'用不着',而且,他们还要千方百计地来反对马克思主义和破坏马克思主义。他们之所以要这样做,是因为他们认准了这是问题的关键。文学到底为谁服务,关键就取决于作者的世界观和他所站的阶级立场。如果我们中了他们的诡计,放弃了马克思主义,离开了工人阶级的立场,脱离了工人阶级先锋队——共产党的领导,那么,这将意味着什么呢?那就是从根基上——从思想上和精神上给解除了武装。"显然,萧殷这话在当时是实有所指的,但概括性很大,读来别有深意。此话既是对作家而言,也是对评论家而言,也可说是对两家同时而言。明白的话,明白的理,短短的文字,引起人们深深的思考,这是评论散文化的艺术效果。

总之,萧殷一生著作颇丰,文学理论、文学评论占大部分,其中有针对某一问题的专题阐发,有对作家作品的评论,由于内容不同,各有其独有的风貌,但因为同出于一人之手,所以又有其统一的风格。从总体上看,我认为萧殷的文艺批评可以用博杂明达来概括,也即是萧殷知识渊博、视野开阔,触及方面多,取材庞杂,但"博而能一",辩理通秀,行文流畅。尤其是他"说真话、讲道理"的批评品格,在今天显得弥足珍贵。

第三辑

萧殷文学思想论

萧殷的文艺教育思想与实践

饶芃子

暨南大学中文系教授、博士生导师,中国世界华文文学学会会长。曾任暨南大学副校长、广东省作家协会副主席、广东省文艺批评家协会副主席、中国作家协会文学理论批评委员会委员。

萧殷先生离开我们已经10年了,但他那一丝不苟的治学精神,他对文艺理论和文艺教育所持的那种认真严肃的态度,在我们的记忆里,却丝毫没有被时间所冲淡。关于萧殷先生文艺理论和批评方面的成就及其影响,已有许多同志撰文论述和评价,我在拙作《萧殷文艺批评风格论》一文中也曾发表自己的见解,本文着重论述的是萧殷先生的文艺教育思想与实践。

萧殷先生于1958年9月从北京借调到暨南大学任中文系系主任。当时,暨南大学刚在广州重建,校长是那时的广东省省长陶铸兼任。第一批上马的五个系,都是过去暨大在国内外有影响的专业,其中尤以中文系招生最多,规模最大。暨大中文系的第一批教师,主要是从中山大学调进的,我也是那个时候从中大调到暨大中文系任教,有幸在萧殷先生指导下进修和执教文艺理论课。1960年,由于工作需要,萧殷先生调任省作家协会副主席,仍兼任暨大教授。1978年,暨大招收文艺学硕士研究生,萧殷先生应聘为暨大文艺学研究生的领衔导师。萧殷先生在暨大任教期间,我一直是他的业务助手,对他的文艺教育思想和教改思路有较多的了解。我认为,先生的文艺教育思想是开放的、务实的,为了培养社会主义文艺事业的接班人,他立足改革,从理论和实践上,不断探索文艺教育的新路。

围绕如何更好地适应祖国社会主义文艺事业发展的需要,萧殷先生在进行各种探索之后,把着力点放在强化学校与社会的关系上,倡导教学要面向现实,有的放矢,做到理论与实际相结合。为此,他要求教师要冲破以往"学院派"的教学模式,反对从理论到理论的封闭型的教学,强调要重视对现实的了解,要研究创作和批评的现状,认为只有这样,才能做到有针对性地进行教学。他在担任中文系系主任时,就曾亲自为中文系设置了一套现实性、实践性很强的课程,如"文艺创作""文艺批评""创作方法论"《当代文艺思潮》等。他还经常把文艺界有争议的理论问题和文学作品引进课堂,组织课堂讨论,培养学生独立思考、分析问题和解决问题的能力,并通过这些,帮助他们掌握文艺批评的基本方法。记得在他亲自主持的"文艺批评"课中,就曾组织过对小说《一颗不平凡的心》、电影《达吉和她的父亲》、文论《论人情》等的讨论,每次讨论,他都细心听取学生的意见,从中给予引导,遇到一些一时解决不了的理论问题,就留着以后讲课时解答。为了让学生了解文学创作的艰苦,认识艺术创作的特殊规律,他经常邀请省内外著名作家、批评家来校讲学,1958至1960年,应邀前来我系讲学的就有艾芜、沙汀、张光年、刘白羽、林默涵、秦牧、残云、楼栖等。这不仅仅让学生学到了许多书本上得不到的知识,还扩大了他们的学习视野,激发了他们对专业的热情。

在教学中,萧殷先生常对我们说:"要让学生在战场上练兵。"他在中文系执教期间,就曾利用寒假,组织师生下乡"采风"体验社会主义新农村的生活,写农村中的新人新事。"采风"回来,学生交上了一沓沓的习作,他对这些来自生活的不成熟的作品,不但亲自看阅,还亲自给学生讲评,指导他们修改,最后由他审稿、定稿,编成《岭南春色》一书,在广东人民出版社出版。那次的"采风",既是一堂很好的文艺创作实践课,同时也加深了学生对文艺与生活关系的理解,使他们真正懂得:生活是文艺创作的源泉,只有从生活出发,对生活有具体深刻的感受,才能写出感人的作品;一个写作者如果对生活不熟悉，没有自己的感受和体验，就想进入创作过程，那是十分吃力的，也不可能创造出有生命的艺术形象。在萧殷先生的这种教育思想哺育下，许多学生都能自觉地面向社会，把课堂当作"战场"，勤于练笔，写了不少的诗歌、散文和评论，有的还在省内外的文艺刊物上发表。萧殷先生当年的学生中有一部分已成长为有名望的作家、评论家和大众传播方面的专家。

萧殷先生文艺教育思想的一个很重要的方面就是重视基础教育。他认为"万丈高楼平地起"，育人有如建筑，基础打得稳，才能立得高。他所强调的基础，主要包括两个方面，一是专业理论基础，一是学生的文艺观和美学观。他把这两方面的教学工作叫作"立本"。为了让学生能够系统地学习马克思主义经典作家的文论，他在中文系一、二年级设置了两门学习马列原著的课程："毛主席在延安文艺座谈会上的讲话"和"马列文论选读"。他要我们指导学生阅读原著，学习经典作家分析和解决文艺问题的立场、观点、方法。他一向反对以教条主义的态度来学习马列文论，因为那样只能培养一些"书呆子"，一些手里拿着"好箭"而不会射箭的人。他认为革命导师的文艺论著，都有很强的针对性，是他们在不同时期针对不同的文艺问题而写的，要使学生能够准确、全面地领会他们的文艺观点，就必须了解他们写作的历史背景，特别是与文论内容有关系的历史事件、学术论争、文艺思想、作家作品等，弄清楚文论中提出的文艺观点是针对什么问题而发的，引导学生把原著放在一定历史条件下来学习、理解，领会其中的精神实质，学习他们基本的文艺观点和方法论，帮助学生逐步树立马克思主义的文艺观，避免简单化。他教导我们，讲授马列文论，要立足现实，从今天社会主义建设的实际出发，针对当前革命事业对文艺的要求、革命文艺队伍的现状，运用马列主义的立场、观点、方法，来探讨、认识今天社会主义文学的历史使命，回答现实中各种各样的文艺问题，把教学的成果落脚在解决现实的问题上。在先生的指导下，我曾多次讲授马列文论课，由于能做到有针对性地进行教学，教学效果一直比较好。有一个时期，由于社会上一些错误思潮的影响，青年人对学习马克思主义理论表现比较冷漠，但我们的课堂依然是"热"的。

为了帮助学生树立科学的文艺观和美学观，萧殷先生十分关注学生的文艺思想状况，一旦发现有明显错误的文艺观点，就及时给予疏导。他经常参加学生的社团活动，把文艺界对一些理论问题的争鸣情况和各派的意见向他们介绍，引发他们去思考和讨论，要求他们讨论问题时要注意科学性，努力接近真理。他还亲自给学生做报告，为他们修改文艺习作，培养学生的写作能力和审美能力。萧殷先生这种循循善诱的育人精神和做法，在暨大中文系师生中有极其深刻的影响，许多成名的学生在谈到自己的成长时都无一例外地谈到先生对他们的教导。

1958年暨大在广州重建时，正是全国轰轰烈烈搞"大跃进""大炼钢铁"的时候，在当时大的社会背景下，学校里的各个系都要轮流下厂、下乡，参加各种各样的体力劳动，有时劳动时间长达两个月。他面对这种情况，常常因为教学计划不能贯彻而表现得十分激动。他认为学生的主要任务是学习，适当的劳动是必要的，但不能以劳动代替教学，劳动的目的是培养学生对劳动人民的思想感情，树立劳动观点，但劳动不是教学，也不能取代教学。他常说高等学校的教育水平和教学质量，是国家综合国力的重要标志，每个教师都要十分重视教学质量。所以他要老师带学生下厂、下乡劳动时，结合学生的劳动实践组织写作教学，发动学生写诗、写文反映自己的劳动生活，自办报纸和刊物，使学生受到多方面的训练。因为劳动多，正常教学的时间少了，为了保证教学质量，作为当时的系领导，萧殷先生把精力放在专业课程整体结构的调整上，在系里提出要处理好两个关系：一是基础课、专业课和选修课的关系，避免重复；另一是史、论和实践的关系，做到彼此配合、互促互补。在授课方面则要求教师要突出教学重点，在尊重课程内涵的基础上尽量浓缩教学内容，加强对学生自学的指导，以自学来补课堂教学的不足。由于采取了这种种的措施，暨大中文系1958、1959级的学生，不仅功底扎实，动笔和适应生活的能力都很强，深受社会的欢迎。

萧殷先生是著名的文艺批评家，他在指导学生写文艺批评文章时特别严格。他认为文艺批评的目的就是要解决文艺思想、创作实践中的矛盾，从而推动文艺创作的繁荣和发展，那些无目的的、脱离实际的文艺批评是没有生命力的。他反对学生去写那种不痛不痒、泛泛而谈的批评文章，要他们密切注意并掌握各个时期的文艺思想、文艺创作中出现的问题，针对问题，发表自己的见解。他常说要写出一篇好的文艺批评文章并不那么容易，因为一篇好的文艺批评文章应当敏锐、准确、中肯、有个性。要能做到这样，批评家就必须有清醒的头脑，善于发现问题，要尊重和掌握艺术规律，重视文本的研究，把作品放在作家所创造的艺术环境中考察，从形象的实际出发，对作品做具体的艺术分析，恰如其分地评价作品；批评家和作家应是朋友的关系，对文学作品中存在的问题，不是不可以批评，但不能随便给作家扣帽子，批评文章要说理，要力求辩证，注意科学性；文艺批评文章也应有自己的个性，有独到的风格，包括观察问题的视角、分析问题、论述问题、表达方式、语言风格等。萧殷先生的文艺批评文章,就很有自己的风格。他从不写那种泛泛而谈、不解决任何问题的文章,他的文章都是有所感而发的,是他针对自己发现问题的思考和解答。为了发现问题,他特别重视研究现状,掌握文艺创作动态,他把这些作为一个文艺批评家必须做的经常性的工作。他说:"如果我们的批评能引起读者的共鸣,又对作家有促进,这样的文章就有价值。当然,有时正确的批评,作家也不一定能接受,那可能是我们具体的分析和说理还不够,要不就是作家对自己的作品过于偏爱。总之,批评家应该有责任感,不要随便给作家戴'高帽',不管是桂冠还是黑帽。没有责任感,没有敏锐的眼光和深刻的洞察力,就不能成为真正的批评家,也不可能写出好的文艺批评文章。"

萧殷先生对学生总是满腔热情地帮助,这一点在当时的师生中留下很深的印象。50年代后期,暨大中文系的师生关系十分密切,师生之间有深厚的情谊,而且延续至今。我当时跟萧殷先生进修,先生的言传身教,使我获益良多。这么些年来,我在教坛上一直没有把学生当作生活里匆匆的过客,而是把他们当作自己精神生命的延续,正是得益于先生的教导。在萧殷先生半个世纪的文艺活动中,在暨大工作的时间并不长,但他的文艺教育思想与实践在我们当中的影响是深远的,先生的榜样力量是无穷的,愿先生的育人精神永存。

1993 年 11 月于暨南园

萧殷十七年的文艺美学观

谭元亨

广东省人民政府参事，华南理工大学客家研究所所长、教授、博士生导师、美学学科带头人，广东省珠江文化研究会副会长。

一、概述

萧殷是我国老一代的著名文学评论家、作家，更是中国新文学的开拓者、启蒙者。早年从广州到上海的文学创作活动，自延安至新中国的文艺评论及对作者呕心沥血的培养，在近50年的文学生涯中，他的主要成就，集中于文艺理论的探索、建树以及抗争，出版了上十种诸如《文学的理实性》《论文学与现实》《谈谈写作》《习艺录》《论生活、艺术和真实》《谈写作》《萧殷文学评论集》等文艺学专著。迄今，包括笔者本人，亦不难从书架上取出他的一本本著作，自然，也忘不了自己走上文学道路之际所受到的熏陶。毫无疑问，他在文艺理论上的建树，对于中国新文学的健康发展，尤其是抵御种种教条主义及僵化的、形而上学的攻击，功不可没。特别是改革开放初期，他在理论上启开的破冰之旅，不仅在推翻所谓的"文艺黑线论"上不遗余力，更在培养新一代的青年作家上身体力行。虽然由于"文革"历次政治运动的打击与摧残，他在刚刚迎来文艺的春天到来之际便英年早逝了，才67岁，但是，他留下的丰富的文学理论的遗产，直至今天，仍是我们须极力深掘的一个宝藏，有着不少闪光的思想。他在当年极"左"盛行、教条主义肆虐之下，所进行的可以称得上是艰巨的理论抗争，所表现出的胆识与勇气，至今仍是值得我们效法与学习的。他的理论，对于新时期文学的发展，无疑具备有冲破重雾拨乱反正的引领作用，直至今天，仍有着不可忽视的重大现实意义。可以说，如果没有萧殷这样老一代的文学理论家敢于抗争、敢于探索、敢于创建，我们今日的文学创作的路子就不会有所拓展、有所推进。而更重要的是，回顾萧殷等老一代文学理论家的"破冰之旅"，更激励我们为今天探索与创作无愧于历史也无愧于时代的洪钟大吕式的作品，不惜牺牲，无视横逆而奋笔疾书。

正是在这个意义上，笔者很看重萧殷文艺理论中包含的更多的属于未来的具有永恒魅力的，却又与中国传统息息相关的深刻内容与独立主张。这便是他十多部著作中所体现出来的文艺美学思想。这也是本文所要加以阐释的。

二、萧殷文艺观的"气血论"

在萧殷的众多文艺理论文章中，我们不难发现，他曾上十次地使用到这样的用语："有个性、有气血、有生命的人物形象。""贯以个性、气血、生命、使之（指人物塑造）成为可能。"① "所谓给人物贯以个性、气血、生命，也主要是凭想象，否则就没有一切。"② 他批评某些不成功的作品，也用的是："他们笔下的人物常常'立'不起来，无气血，无个性，既不感人，也没有令人神往的力量，总之不能感染力。"③ "……其结果只能写成为没有感觉、没有呼吸、没有气血贯穿的木偶。"④

这里仅引用这么多。

---

① 萧殷：《创作随谈录》，长沙：湖南人民出版社，1985年版，第6页。
② 萧殷：《创作随谈录》，长沙：湖南人民出版社，1985年版，第10页。
③ 萧殷：《给文学青年》，长沙：湖南人民出版社，1981年版，第81—82页。
④ 萧殷：《创作随谈录》，长沙：湖南人民出版社，1985年版，第12页。

其中,"个性、气血、生命"三者经常是联系在一起的。而"个性、气血"又更多在一起使用。"气血",则每每单独使用,不一定与"个性"或"生命"并列。

我们知道,萧殷的文学修养,尤其是古典文学修养是非常之高的,他如此频繁地使用"气血"这样一个中国古代的文艺概念,自是有深刻体悟而非随意而为的,这里寄寓有他深邃的美学思想。而"古为今用",对于建树现代的文学理论,使之与中国古典文学理论有机结合起来,这正是萧殷一生苦心孤诣地做出的努力。

因此,"气血"这么一个古典美学概念,一下子引起了笔者的关注,绝不是偶然的。笔者以为,这可以从中发掘出萧殷更多也更深刻的文学理念与美学追求。

"气",从来是中国文化中的一个重要的哲学范围。刘勰在他的旷世大著《文心雕龙》中,专门有《养气》一篇,孟子最早提出知言养气。刘勰认为,一位作家,关键在于培养自身的精神状态,也就是"养气"中之"气",便是指人的精神之力。在他看来:"夫耳目勇口,生之役也;心虑言辞,神之用也。率志委和,则理融而情畅;站砺过分,则神疲而气衰;此性情之数也。"[①]而在《体性》中,刘勰把"才""气"联在了一起,"然才有庸俊,气有刚柔,……故辞理庸俊,莫能翻其才;风趣刚柔,宁或改其气"。这才乃作家先天的才能,即"才有天资";气乃作家天赋的气质,故"才力居中,肇有血气"。刘勰认同曹丕的"重气之旨",称"意气骏爽,则文风清焉"。这里的"气"便是与气质、血性、才气一个意义。所以,"玄神宜宝,素气资养"[②]。

我们常说的"精气神",把三体作为一体,这与古代是一脉相承的。这"气"可包含人的精神、人的生命力、人的气质,而这,则会在写文章中自然融会、熔铸进去。"吾养吾浩然之气",还有文天祥的《正气歌》,其"气"的范畴,就不难体悟了。

而"气血"并用,在文学作品中,我们于李朝威的《柳毅传》中最早可能见到。文中可见"气血俱动,恨无毛羽,不能云飞",讲的正是人的精神亢奋、冲动、血脉偾张。而在传统文化典籍中,我们不难读到,生命在物质中产生的能量便是"气",在中医理论中,血为气之母,血能载气,气能生血,二者不可分。自然,这里"血"的范畴,不是今天的物质的血,而是与抽象的"血性""热血男儿"中的"血"有更多的关系。

在萧殷的文艺美学理论中,频繁使用"气血"这一概念,当然包含有中国古典形态美学的意蕴在内,但其包含的意义,当更辽远、更深刻。

---

① 张长青、张会恩:《文心雕龙诠释》,长沙:湖南人民出版社,1982年版,第275—277页。
② 张长青、张会恩:《文心雕龙诠释》,长沙:湖南人民出版社,1982年版,第135—136页。

文变染乎世情，兴废系于时序。萧殷生活的20世纪，是中国历史上一个天翻地覆的时代，从世纪初的辛亥革命，到世纪末的改革开放，他的家乡广东，都是站在时代前沿，这也给文艺创作以及新的文艺理论，带来了"浩然之气"，同样，也激发了中华民族天地所有的"正气"，而这，用萧殷的话说，当贯之于人物形象之中、艺术想象之中。也只有这样，方可出得了传世之作，真正记录下这风云时代。对于始终站在历史潮头上的文艺家兼革命家的萧殷而言，如此重视人物与作品中的"气血"，当是与他的人生实践与写作探索所分不开的。

　　因此，他讲的"气血"中的气，不仅仅是古典文学中的浩然之气、正气——这自然是对英雄人物、正面人物的要求，但更重要的是，笔下人物的生气，作家在艺术想象上的才气。而这些"气"，俱与一个人包括作家的精神状态是一气贯之的。

　　同样，他说的"气血"中的血，不是物质的血，也不仅仅是古典的"血"，而是与人物形象的真实性、有血有肉、活灵活现、绘声绘影，真正"立"起来紧密相关，当然，这与人物的"血性"亦相关，进而论之，在艺术想象中的"血"，则更多在于如何使人物有个性、有思想、有时代特征上，而非符号，木偶、僵化、死板。因此，他还在《谈谈写人物》文中说："作品的社会作用，认识和美感作用，主要是通过事件中人物的精神、人物的性格来体现。读者随着形形色色的人物命运，或在爱说，或在厌恶，或在同情，或在怜悯中受到感染和影响，并有潜移默化的过程中得到教育。如果忽视了人物，仅在情节上刻意追求，反而把人物性格推到次要的地位，就不能产生栩栩如生的艺术生命和揭示出深刻的思想意义或社会意义。"[①]这一段话结语中说的"栩栩如生的艺术生命"，还有"揭示出深刻的思想意义或社会意义"，实际上也是对"气血"一词最好的诠释，栩栩如生，即生气，思想与社会意义，也自是正气、文气所贯穿的，同样，"血"则是"血色"可释矣。

　　而他在《谈谈写人物》一文中，对"气血贯通"更做了详细的阐述："创造性格与创造环境，都必须从生活出发，从个别出发，而不是从本质出发，从概念出发。只能通过个别去发现整体，通过特殊去发现一般；而不是颠倒过来。那种从共性出发，用表面的脾气、怪癖去装饰共性，用人的皮毛去图解本质或规律，这种做法，叫作'蹩脚的个性化'，其结果只能写成为没有感觉、没有呼吸、没有气血贯通的木偶。"[②]接着他更

[①] 萧殷：《给文学青年》，长沙：湖南人民出版社，1981年版，第82—83页。
[②] 萧殷：《给文学青年》，长沙：湖南人民出版社，1981年版，第85页。

进一步认为:"形象——人物性格以及人和人的关系,是由许多细节、场景构成的,就像人的肌体之于细胞一样,离开细胞,肌体便不复存在。作家在社会生活中,随时都接触大量的生活细节和场景,所谓积累生活素材,主要是积累这些带着生活血肉的、活生生的、可触可感、可闻可见的东西。""那些能体现其内心世界、精神面貌或其本质特征的细节或场景,才是塑造形象最有用的素材。就是对某些人的观察和了解,也不能离开其特征,因为离开了特征,就离开了本质的探求。只有通过那些独特的、个性化的特征,才能栩栩如生地透视出他的集团特征来,才能把这人物的典型意义体现出来。"[①]

他还在《创作随谈录》中强调:"作家的任务,就是将其中具有突出特征,能反映、显示一定的本质和规律的生活现象(关系、矛盾、冲突)集中,概括到一个人物身上,使之成为这个人的命运和遭遇(即情节),才有可能创造出艺术典型,才能给读者留下更突出、更强烈、更鲜明的印象,其内在的意义才能更使人震动,激动人心。"[②]这里,萧殷把"气血"的真正内涵,高度地概括起来了。我们完全可以把"更突出、更强烈、更鲜明"视为其"血"的话,那更使人震动、激动人心的"内在意义",便是一股"气"了。这让我们联想起了孟子的"气":"其为气也,至大至刚,以直养而无害,则塞于天地之间。其为气也,配义与道;无是,馁也。是集义所生者,非义袭而取之也。"[③]

认真总结萧殷关于"气血"的美学思想,笔者以为,他首先强调的是生活,对真正生活的体验,这方可以使人物有血有肉,使文章有生命的血色;而作为一个作家的艺术修养,思想高度以及精神境界,则是一以贯之的"气",而这是重中之重,须臾不可忽视的。二者结合在一起,文章才有精神、有血色。

三、"气血论"是同异化的文学现象斗争的产物

萧殷的气血论,是与他面对的文学创作状况分不开的。因为,自从中国新文学开启以来,种种"左"的干扰,教条主义与形而上学的肆虐,尤其是文化管理上官僚主义的痼疾,都是他引以为忧的。这里就不必追述文艺界历历可数的痛心事件了。因此,他的气血论,正是同僵化、异化的文学现象斗争的产物。

[①] 萧殷:《给文学青年》,长沙:湖南人民出版社,1981年版,第86—87页。
[②] 萧殷:《创作随谈录》,长沙:湖南人民出版社,1985年版,第9—10页。
[③] 刘方元:《孟子今译》,南昌:江西人民出版社,1985年版,第55页。

让我们略为引证他在这方面的论述。

他对杨朔早期作品的评价是，人物既然缺少血肉，人物的性格与行动既然存在矛盾，那么，即使主题很积极，也不会得到预期的效果。因为主题如果不是融合在血肉之中，如果主题不是体现在可感的艺术形象之中，主题的说服力就是微弱的。只有当情节成为有生命的人物与社会（或阶级）相接触所发生的必然现象或事件时，只有当情节成为一定的性格与一定的环境相冲激所发生的现象或事件时，情节才具有感人的力量，只有由这样的情节所暗示出来的主题，才可能有艺术的说服力。

这一评价，不仅融汇有他气血论的文学主张，也开始了他对教条主义僵化式的主题先行所引起的警惕。

而在杨朔吸取教训，终于写出了《三千里江山》的长篇时，他欣喜道："革命现实主义创作方法与公式化概念化的创作方法是根本对立的。当时正是公式化概念化创作流行的时候，杨朔以革命现实主义创作方法，创作了长篇小说《三千里江山》，并在《人民文学》发表了，这无疑是对当时的公式化概念化创作倾向，给予有力的批判，对革命现实主义创作方法，给予大力的肯定和支持。"

并且萧殷挺身而出，抵制各种对《三千里江山》的"左"的批判："我不同意一切有意无意地完全否定《三千里江山》的意义。我认为《三千里江山》是1952年文学创作中较好的作品之一，特别在描写朝鲜战争的长篇或中篇小说中是比较好的作品。因此，我不同意这样一种说法：《三千里江山》只是杨朔本人创作的新收获，不是整个创作界的新收获。1952年的创作上描写表现现象，缺乏思想内容，公式化、概念化严重到了什么程度？大家想来还记得吧。在这种情况下，《三千里江山》能通过战斗的生活体现出积极的、健康的、引导青年们向上的思想感情，为什么不应该加以鼓励呢？同时，这种思想感情，是体现在生活的描写之中，因而它不是毫无艺术力量的。这部作品中的斗争与人物，既然是从生活中汲取来的，只是写得不够深刻，或者不够亲切，那么从这些生活描写所体现出来的健康的思想感情，为什么在评论这部作品时不应该首先加以肯定呢？"[①]

而且，萧殷还进一步对来自"左"的批判予以了反击："现在一部分同志对《三千里江山》不正确的批判，却在一部分读者和一部分作家中产生了一种不好的印象，他们认为一年之内才产生了一两部较好的作品，可是大家都摁住它，说这里不好，那里也不

---

① 萧殷：《创作随谈录》，长沙：湖南人民出版社，1985年版，第50—51页。

好；至于那些同志存在的公式化、概念化，毫无思想内容的作品，却无人过问。较好的作品反而遭到毁灭性的批判，这难道是一种正常的现象吗？这些批评所以使人不能满意，我认为最主要的原因，是不从中国目前实际的创作情况出发，因而，原则的运用就会变成'硬套'，也就不可能对作者有什么真正的帮助。"①

到后来，他更仗义执言，为王蒙的《组织部来了个年轻人》辩护，认为作者在作品中表露了正面理想，要揭露官僚主义。因为作者自己说，他原本是想通过这篇小说来批判林震这类人物，即所谓"娜斯嘉方式"的人物。作者在一年以前，就有这样的意见，认为好些青年人都不像娜斯嘉站得那么高和那么正确，如果皮毛地去学娜斯嘉那套斗争方式，就会产生新的问题，在生活中这类现象已经存在，作者想把这个问题通过这篇小说提出来，让大家去探讨。

萧殷夸奖道，大胆揭露社会消极现象，批判官僚主义，以党的利益为出发点，抓住了生活中的这个尖锐矛盾进行揭露，这篇作品显示了作者的勇气。

萧殷指出，反映生活的真实，没有把生活和人物简单化。作者对于那些把反面人物和正面人物写成黑白脸的作品，是不满意的。他认真地从生活出发，按照生活本身那样来反映生活的复杂面貌。因此，不管写林震也罢，写刘世吾也罢，作者都避免了"黑白色"的写法，赋予他们以多样化的性格。

萧殷认为，《组织部来了个年轻人》抓住了生活中的尖锐矛盾，又没有把生活和人物简单化，真实地揭示了官僚主义、教条主义对我们事业的损害，这是好的地方，具有一定的教育意义。

正因如此，他后来才不遗余力，为已被打成右派的王蒙所写的长篇小说《青春万岁》的出版，奔走了20多年。他对新时期出现的"伤痕文学"予以高度的评价。他甚至认为，凡是在严峻的斗争经历中认清了斗争的实质，同时又饱含着生活的血肉和强烈的爱憎，这就是伟大作品的基础。

这自然是一种大气的、血性的评价——又回到了他的"气血论"上。

诚然，他所呼唤的"伟大作品"也许尚未来得及问世，但是，他在理论上，不正为这类作品的问世扫清道路吗？只要我们真正如他所说的，根除教条主义、形而上学，根除官僚体制，我们的文学，当大有希望。

这也正是今天纪念萧殷之意义所在。

---

① 萧殷：《创作随谈录》，长沙：湖南人民出版社，1985年版，第52页。

"熟悉的陌生人"
——萧殷的文学思想史价值及意义探论

傅修海

现任福建师范大学文学院教授，曾任华南农业大学文法学院教授、硕导，郑州大学文学院副教授、直聘教授。兼任城市文化研究所研究员（深圳大学）、都市文化研究中心研究员（上海师范大学）、教育部公民教育中心研究员（郑州大学）、广东省当代文艺研究所特聘研究员、广东省青年社会科学家协会常务理事、《广府文库》编委，主要从事20世纪中国文艺思想史、马克思主义文论中国化进程、中国红色文艺研究、20世纪中国文学与文化批评等研究。

萧殷是谁？萧殷人生最辉煌的顶点，是曾作为《文艺报》创刊初期三位主编之一，与丁玲长期共事、亲密合作多年。1957年丁玲、陈企霞被打成"丁玲陈企霞反党集团"，萧殷自然受到牵连和审查，成为被打倒和反对的"集团"旁边的"等人"之一。

众所周知，跌宕的文艺思潮变动伴随着频密发生的政治运动，是中国当代文学史的前三十年的一个显著特征。在这三十年间，诸多文坛风云人物命运此起彼伏，东歪西倒，皆可谓风流总被雨打风吹去。此一众星浮沉之际，萧殷的面目、角色和意义便理所当然被遮蔽其间，这是幸也是不幸。纵观二十世纪中国文学史和批评史，萧殷将近七十年的人生坐标，置身于那个风云跌宕的大时代，显得极为朴素而平凡。然而，萧殷的文学思想史意义，正在于他的朴素和平凡。萧殷毕竟不是时代大潮中卓然成名成家的文坛翘楚，他是在民族独立和民族解放斗争中成长起来的、文艺战线上的战士，所谓的文学和新闻工作者。萧殷是那个大时代洪流河床上的一粒沙石，存在而不可或缺。

一

简单勾勒一下萧殷的人生轨迹吧。

萧殷1932年开始从事业余写作。1936年前往广州读艺术学院，参加"广州艺术协会"，发表多篇杂文，随后投入抗日学生运动。抗战军兴，萧殷加入共产党领导的"上海防护团"任战地记者。1938年萧殷辗转到延安就读于鲁迅艺术学院，同年加入中国共产党，后任延安中央研究院文艺研究员和中央党校教员，1939年调任《新华日报》华北版编委，1946夏接替丁玲担任《晋察冀日报》副刊主编。国共和谈期间，萧殷受命在北平编辑《解放三日刊》，兼新华社北平分社采访部主任。1947年11月18日《石家庄日报》创刊，萧殷奉调任职。1949年2月11日，萧殷奉命进京办刊，先后任《文艺报》编委、主编，《人民文学》编辑部主任，中国作家协会理事、作协青年作家工作委员会副主任兼文学讲习所副所长、中央美院文学系教授。1960年萧殷从北京调广州，任中共中南局文艺处处长、广东省文联副主席、中国作家协会广东分会副主席、党组副书记，广东省政协委员，中山大学和暨南大学教授，暨南大学中文系主任，《作品》月刊主编，中国作协第一至第三届理事。

萧殷一生，归纳起来，有三大亮点，也是拐点。一是他与丁玲合作，与陈企霞一起主编《文艺报》。后来由于丁玲被打成了"丁陈反党集团"的组织者，萧殷被连带纳入冤案；二是萧殷在文学界非常乐于支持年轻人登上文坛，做了许多细碎具体的文学帮扶工作，提携、培养了许多文艺工作者。其中最突出者，王蒙是也。王蒙称萧殷为恩师。[①]《青春万岁》是萧殷主持编发的，后因王蒙被划"右派"而搁浅，清样一直存在萧殷身边。王蒙复出后的第一个短篇《最宝贵的》，发表在萧殷主持复刊的《作品》；三是萧殷置身文艺工作领导岗位，曾组织了大量文学机构性活动，其间包括文学评论、

---

① 王蒙：《难忘恩师萧殷》。见《百年萧殷纪念文集》：黄树森主编，广州：花城出版社，2018年版，第184—185页。

文学讲习和文学通信活动，譬如组织过关于小说《金沙洲》的大型文学讨论。因于此，萧殷的文学思想史价值，自然呈现为四大方面的努力和贡献：文学论、创作论、写作谈、文学问答与通讯。从形态上说，萧殷的文学思考和工作成绩，也就对应着四大类型的文字：主题报告、专题论文、写作谈（创作谈）和通信书简。①

从萧殷的人生轨迹和文艺著述类别、文艺活动形态看，萧殷是随着民族独立战争和民族解放战争走上文艺学习和工作道路的。因此，萧殷的文艺道路是那个时代所造就的，他的文艺道路是在实践中展开的，边学边做，做中学，学中做。他既是革命队伍中的学生，也是革命队伍中的先行者和教员，既是文学艺术的工作者，也是文学衍生队伍（如新闻、宣传和文教组织机构等）中的骨干、组织者和领导者。由此，萧殷渐渐成为这一类文艺队伍中的组织者和领路人。

考察20世纪中国文学思想史、文化史、文学制度史和文学活动史，一个特异而延续至今的事实是，大量如萧殷这种的文艺（文化）工作者和他们所依存的机构、制度和活动圈层，是中国当代文学史之所以如此的根本缘由。考究中国现当代文学前世今生，倘若不包纳萧殷这一类从生活底层和革命实际工作成长起来的文艺工作者，将是极大的一个疏漏。此类研究不仅是必要的，也是困难的。目前学界有限展开的只是文学制度研究这一部分，如王本朝、张均等的著述。尽管大多是纸面上的文学制度研究，也已很不容易。有意思的是，恰恰是萧殷这一类文艺队伍，数量庞大，组织严密。在20世纪中国文学史上，人们却仅见及其中的若干身影或地位高大者。他们当中更多的，只是成为普普通通的历史河床上的一粒沙石，一朵浪花。然而，毋庸置疑，他们才是真正为20世纪中国当代文学制度、文学机构和文学战线、文学队伍和文学实际形态塑形、定型的中坚者。

萧殷，就是基数庞大的现当代中国文学史上的文学队伍、文学战线、文学制度和文艺工作链条上的"熟悉的陌生人"②。他是战士，是作家，是批评家，是官员，是文员，是教员……他什么都是，又什么都不是。萧殷是此类队伍中人的一个典型，一座耐人寻味的文学思想史基石的籍籍"有名"的个体，坚硬而朴素。而在这个意义上，作为横跨中国现当代文学史、从延安走出来、而后又走进中国当代文学批评史和思想史的文

---

① 《萧殷集》：傅修海编，广州：广东人民出版社，2018年版，导论第2页。
② [俄]别林斯基：《别林斯基选集》第1卷，满涛译，上海：上海译文出版社，1982年版，第191页。

艺战士之一，先后担任过延安中央研究院文艺研究员和中央艺校教员、《文艺报》编委和主编、《人民文学》编辑部主任、中国作协青年作家工作委员会副主任兼文学讲习所副所长、中央美院文学系教授、中共中南局文艺处处长、广东作协副主席和暨南大学中文系主任的萧殷，无疑是值得研究的典型。①

二

研究二十世纪中国文学思想史和文学史，不能不注意到文学制度和组织架构在延安文学系统和1949年之后的当代文学进程中的重要性和微妙地位。这不仅仅是"解放区批评圈"的文学批评圈子的意味，即"批评圈并非狭义的圈子"，而是"它逐渐发展成为一个泛指以这种文学观念为旨归的批评现象"②。

进一步说，在科层制逐渐强化、越加以"集体行动的逻辑"③为依归的时代里，推动和把控中国当代文学发展的，并非哪一个骨干人物，也不是哪一个小说家和诗人，而是那整个的制度和系统。延安以来，或者说左翼以来的中国文学，一直到中国当代文学，虽然作家作品同样名家辈出，但更耀目的是无数大大小小的文学事件、文学论战批判和文学思潮运动。这显然不是哪一个人物的意志和个人行为，而是系统性的制度和机构策略运转所致。尽管如此，层层传导和落实这一意志、实践这一理念并形成一整套制度的，仍旧是人。

萧殷就是这套制度、这个系统中成长起来的一个。他既是被培养起来的一个，也是培养后来者的一个。他是主动成才的一个，也是肯主动帮助更多人成才的一个。他是这个系统中的受益者、受助者，也是掌握了资源、站到一定高位之后，仍然乐意分享资源给更多人的助人者。萧殷就是在这个意义上成为中国文学思想史上的文艺工作者、领导者，成为中国当代文学史上的本土本色的批评家和官方组织者、教化者。是故，萧殷的文学批评实践的产物，既有文学论、创作论，更有写作谈和大量的文学问答与通讯。作为体制内的文艺工作者、领导者、组织者和参与者，萧殷集多种角色于一身。甚而至于在实际战争时期，萧殷更是一个战地记者和新闻工作者。萧殷对摄影有独特浓厚的兴

---

① 温儒敏：《燕园困学记》，北京：新星出版社，2017年版，第175页。
② 程光炜：《当代中国小说批评史》，北京：中国社会科学出版社，2019年版，第37页。
③ [美]曼瑟尔·奥尔森（Mancur Olson）：《集体行动的逻辑》，陈郁等译，上海：三联书店上海分店、上海人民出版社，1995年版。

趣，既是战地记者角色的锻炼，更有他以特殊时代的过来人角色对历史现场感和参与感的留心与在意。这一点，从萧殷文论写作节点的注意和警醒也可以得到证明。①

萧殷是一个注重参与感和现场感的当代文学史的存在者和记忆者。翻检萧殷文学馆藏的文档，最让人难忘的是萧殷那些数量巨大的读书笔记和写作笔记、写作提纲，还有他那些即使是部分呈现也令人震撼的数量巨大的编读往来的信件。最令人吃惊的是，萧殷的摄影兴趣之浓厚，拍摄照片数量之大、内容之丰富，在那个特殊的年代，无疑是个独特的存在。如此种种，萧殷的文艺日常的独特构成，一方面展现了实质上支撑着中国当代文学史主体部分的制度性、体制性文学活动的那部分群体的真实面目和力量。即便如此，作为上面所谓的制度性文艺活动和文学史典型个案的萧殷，也仍旧存在他个性和个体的部分，那就是他对顽强的自主学习与倔强的生活实践的艰难结合与坚持。这也就在另一方面提醒我们注意到，即使是在体制的系统和僵硬下面，也并非是凝固不变的铁板一块，仍旧有裂隙、有生机，还存有来自内部的、变形的、微弱的个体思考。这也就是萧殷为什么会从中国作协、《文艺报》的漩涡和风暴眼中激流勇退回到广东、回到河源龙川县老家的原因和考量。这也是为什么萧殷总在时刻表示自己写作的困难与毅力，总在强调自己从事评论工作的吃力，无时不刻坦诚交代自己的学习状态和底层流动的状态。对萧殷来说，他之于文艺批评和创作，前者是勉为其难而又必须担当的神圣职责，后者是"一向很感兴趣，并且还亲自参与其实践"②的艰难而快乐的劳动。

如此说来，固然不能说萧殷是那个时代的反叛者，但他的确算得上是那个时代的有限反思的行动者和实践派。从底层中成长的文艺生涯体验和人生经历，使得萧殷在时代大风暴中转而做出回到地方、回到农村沉淀的选择。也正是如此因缘时会，萧殷才基本上没有被过多和过深地陷入各类运动的深渊。贯穿萧殷起起落落的数十年间的，是他不计其数的改稿、荐稿和与底层写作者（甚至只是写作爱好者）的交流、谈话和通信，是他为普及文学和写作知识付出的大量心血。这期间，当然也不能或缺萧殷自己的写作和批评活动，正如他在《〈月夜〉后记》里所说的："虽然当时担负了很重的理论工作及评论工作的任务，感到十分吃力，以致需要加紧学习才能勉强应付；但还是本性难改，对自己一向习惯了的形象思维，依然很有兴趣。只要有深入基层生活的机会，我从不轻

---

① 萧殷非常注意一些重要的节点，如《毛泽东在延安文艺座谈会上的讲话》发表的周年庆、伤痕文学、朦胧诗的论争等。
② 《萧殷集》：傅修海编，广州：广东人民出版社，2018年版，第232页。

易放过；除参加一些必要的政治运动之外，每年还有一定时间的创作假期；就这样，我只要一离开办公室，一深入到农村中，深入到人民斗争的漩涡里，深入到人民生活气氛的中间，我每次都不由自主地提起笔来，不是写一两篇小说，就是写几篇散文。"①

由此可见，萧殷属于职业性和机构性的文学评论工作者，而非以文学评论为志业的文学评论家。萧殷是业余心态自居的文学爱好者，而非以文学创作为业的文学家。萧殷是以组织化和体制内的文艺教员、辅导员和前行者定位自我的文艺干部，而非激扬文字、指点江山、运筹帷幄自居的文艺领导和文学批评家。这样概括萧殷，并非意味着萧殷不是一个重要的作家，而是试图表明萧殷特殊的文学史和批评史角色形态。正是萧殷这种独特的批评角色和文学心态，才生成了专门的一类中国当代文学史和批评史极为朴素而日常的批评风格。我们或许可以将其概括为凝重严肃的工作风格与刻苦勤勉的学习心态两种日常形态融合在一起的文学批评。这是一种集读者、作者与编辑者、评论者于一身的、多种角色同时介入、混杂而居的文学批评。

萧殷式的批评是作家作品读后感和批评者、写作教员批改意见相结合的文字，是时政策略提点与文学创作规律两厢考虑、相辅相成的、形成互动的文学批评。萧殷这种平视中带有隐形操控的批评风格，这种主动与被动良性互动的批评风格，这种主动学习与主动改造相互融合的创作与批评风格，他这种介乎知识分子和文艺劳动工作者之间的状态和心态、情态，事实上，在相当长一段时间内，正是中国当代文学史、文艺工作活动史和组织史的主流和潜流。而萧殷则是这主流和潜流里极为典型的一个。

基于此，萧殷式的文学批评往往显得太过于朴素，显得非常中规中矩，一招一式都那么严谨，一笔一划都非常认真。那是一个时代中特有的真诚，是一代人发自内心的对文艺属于革命事业一部分工作的严肃，与"五四"时期文学研究会那种将文学看成"于人生很切要的工作"②意味上的严肃并不一样。这样的文艺评论工作，对人对己、对文对事，都有它特殊的意味。它已经与那个时代的制度、政策，它与一个时代的风云过往休戚相关，不是"皮之不存毛将焉附"的皮毛关系，而是血肉相连的成长、依存关系。也正因为如此，一旦文艺与政治的关系发生结构性的松动，一旦新的一代人的成长与一套制度形态没有了共存共荣的体贴，萧殷这一类的文学和批评，他们的活动和文字，便

---

① 《萧殷集》：傅修海编，广州：广东人民出版社，2018年版，第232页。
② 周作人等：《文学研究会宣言》。见《新青年文选》：陈平原选编，贵州：贵州教育出版社，2014年版，第135页。

迅速如同那个时代的灰布制服，僵硬、朴素地沉入历史烟云。

与此同时，在另一个方面却又令人感慨和欣慰，那就是他们以自己的严肃和真诚，踏踏实实地带出了下一代的文艺批评家和作家的种子、队伍。萧殷也是如此。在甘于平凡的同时，萧殷敢于和肯于培养了一大批文学工作的后继者、写作的爱好者。萧殷之后的中国当代文学上的裂变一代，恰恰就有不少人就来自于此。以萧殷为例，他就发掘和培养、推动和奖掖了一大批更年青的一代，杰出者如王蒙、陈国凯等，便受益于此。这或许就是萧殷那么多编读往来、读者通信、创作谈（论）和"文学写作常识"①系列种下的因果吧。

三

萧殷是从广东走向全国的文学批评家，也是从北京回归到广东的文学批评家。与此同时，萧殷还是有着丰富创作经验、报导与编辑经验的文学批评家，更是一位与新中国同甘共苦、一路同行的有着实际革命战斗经验的文学批评家。

正因为如此，作为文学批评家的萧殷，他的文论有着鲜明的个人特点和时代色彩，更有着极为显著的实用和实践经验底蕴。正如温儒敏先生所言："萧殷的第二个贡献是文学评论。他不是那种局限于学院圈子的高头讲章的论者，而是深深扎根于现实大地的批评家。他坚信文学源于生活，文学应当有益于社会人生，文学必须是真实的。重读《论文艺的真实性》、《习艺录》、《论生活、艺术和真实》等论集，可以见到他一以贯之的文学追求和殷实的批评作风。"②

具体而言，萧殷的文论可以从论域和形态两方面得到概括，这也是萧殷文论区别于其他文论家的鲜明特征。从论域上说，萧殷文论大致可分为总体文学评论（文学批评）、创作论和写作谈。从形态上说，萧殷文论除了一些长篇论文外，更大量呈现的是报刊编读往来形成的问答录、书籍的序跋文字以及远远未能收集完整的文学书简。这些现象，刘伟林先生早有论列，他说："萧殷的评论，在形式上也不拘一格，有书评、有

---

① 萧殷大量的文论文字里，一方面显著标明自己所谈论问题的知识性、常识形态和标准意味，一方面又多以通信、谈话、答业余作者问的形式来呈现，这种特殊的形式和内容的两结合，恰恰凸显出了萧殷这一类和一代批评家的文学批评史形象特色。

② 温儒敏：《萧殷先生的三大贡献》。《新文学评论》2012年第4期；黄永林等主编，武汉：华中师范大学出版社，2012年版，第108页。

随笔、有书信、有序跋。把自己的理论、观点寓于多样的形式，自然地写出来。……萧殷为人作序，很注意理论评价。……萧殷给青年作家的集子作序……既热情肯定一个正在成长中的作家的长处，又坦率地指出他的不足。这也是他的一贯的评论态度。"①

当然，这种状况显然与萧殷独特的人生经历和文学批评轨迹有关。萧殷不是职业的文论家和文学批评家，但他却是始终在不同的职业生涯中心系文学的论者和评说者。他没有将批评职业化，却很热诚地在自己的人生历程中把对文学的热爱化入了每一个曾经战斗过的岗位和职业生涯中。这尽管有社会历史的不得已的原因，却更显出了萧殷始终的文学批评自觉。

作为一个独树一帜的文论家，萧殷无疑是他那一代人的时代语境下的文学批评家的典型。我们不能用过于学术和学理层面的规范要求他，但我们可以怀着历史的温情与敬意，尽量贴近语境和心境，去聆听他的文学发现与体悟，去辨析他的理论洞见与智慧闪现，去感受他的点点滴滴的融入与掘进。

如此，我们便可以在这个典型的时代语境下的文学思考者和批评家的文字中，感受到生长在实际革命层面的文学识见，体会艰难存留于高度政治化的社会历史环境下的文学情怀，进而理解他的真与美。一定程度上，或者也可以称得上是别一种善。

毫无疑问，作为当代中国某一段历史语境下成长起来的本土文学批评家，作为一代中国人的文学工作同行者和文学事业建设者的萧殷，他的文论是有着自己鲜明特点。当然，这也是那一代文学从业者文论上的典型特征。

萧殷曾经写过不少小说、散文和特写，也从事过新闻记者的工作，算得上是有着较为丰富创作经验的文论家。因此他的文论自然就能按照文学创作自身的特点来总结和提升，说到点子上，也想到了文学本身。这一点，便是萧殷文论的文学本位特征。

也就是说，萧殷文论从谈文学开始，以论文学和写作为鹄的。在一定意义上，萧殷文论的文学本位特征，也可以说是他的文学写作主体意识浓烈的一个体现。萧殷始终没有忘记自己论文学、说文学、讨论文学的目的、基础和前提，核心都在于把一篇文字写好，把文章写好，把文章写得像文章，有文采，有文学意味。你只要看看他的论著的情形，《给文艺爱好者与习作者》《与习作者谈写作》《给文学青年》《鳞爪集》《习艺录》《萧殷文学书简》……大量的文字都是在提点他人要怎么写，怎么样写才会好。尤

---

① 刘伟林：《萧殷的文学评论》，《学术研究》1984年第5期。

其重要的是，萧殷在说这些道理的时候，他不是居高临下的教训，而是时时刻刻注意到自己在与别人"谈"写作，讨论、对谈和切磋，这便是萧殷作为一名文学从业者的朴素态度，也是他对待文学批评的本位态度，更是他文论言语中自然而然追求的文学本位工作意识的呈现。

说起萧殷文论的文学本位，并不意味着萧殷文论没有理论深度，没有理论色彩。相反，这恰恰标明萧殷对于文学的理论性的融化态度和深度。如果说深入浅出和浅入深出是理论从业者的两种路径，那么萧殷的文论算是第三条道路——浅入浅出。但就在这两头的浅中，我们却反而看出萧殷独有的文论的深功夫。那就是萧殷文论的有一个特征——理论普及性、现实性和原则性。而关于这个问题，刘伟林先生亦关注有加，他说："萧殷的文学评论除上所论，还有许多特色。如所持观点的一贯性、评论逻辑的严密性、以具体作品说明理论的具体性、评论语言的通俗性，以及褒不溢美，罪不加过，实事求是的评论作风，等等。这些特点和作风的形成，不仅同他具有创作作品和欣赏作品的审美能力有关，从根本上说，是他具有较高的马克思主义思想理论素养和社会责任感。他十分强调文艺工作者认真学习马克思主义的重要性，强调一定要用马克思主义去指导文学评论和创作……可能是由于长期从事行政工作和长期患病的关系，使得他的评论比较缺少鸿篇巨制，又往往是指出存在问题的多，从正面给予理论上阐明的少。"①、"强烈的现实感和坚定的原则性，是其主要特色。他的评论文章、总是能抓住当前文艺创作和文艺思潮中的一些主要倾向，从理论和实践的结合上，给予生动具体的说明，从而使他的文学评论富有现实意义和战斗气息。"②

萧殷文论的理论普及性、现实性和原则性，事实上是紧密联系在一起的问题。由于萧殷长期担任党的文艺战线上的领导岗位，在他看来，无论是工作需要，还是自己的文论底色，都要求他必须时刻关注文学的现实功用，文学的社会功能。一段时间以来，关于文学本位的讨论，似乎走向另外一个极端，仿佛文学与社会剥离得越干净，分开得越远就越文学本位，越有文学的纯度，恨不得在二者中间塞进十万八千里的绝缘体才好。这显然是一种偏见纠正另一种偏见。

事实上，文学的社会性也正是文学本位的一部分，正如我们不能拔着头发离开大地。因此，萧殷关注文学的社会功能本身，并不是与其强调文学本位矛盾的事情。但萧

---

① 刘伟林：《萧殷的文学评论》，《学术研究》1984年第5期。
② 刘伟林：《萧殷的文学评论》，《学术研究》1984年第5期。

殷无法脱离和超越自己所在的历史语境，他仍旧过于单一、直接地理解着文学的功能。例如他对"伤痕文学"、"朦胧诗"等文学思潮的看法，便是自觉将自己作为文学战线领导者和文学批评者角色的统一起来的实践。刘伟林曾有回忆说："记得1980年11月，我到他的梅花村寓所拜访他时，在侃谈中，他表露出为当时有些青年诗人以写'朦胧诗'为正路而担心，还敦促我们(与我同访的还有蔡运桂同志)撰文给予劝导，他还十分不主张一些大学文艺理论教师，脱离当时社会现实的理论和创作实际问题而进行经院式的教学和研究。"[①]鉴于这种理论普及的现实需要和岗位角色，萧殷的文论往往便从定社会历史时期的理论和创作实际出发，强调使文学评论与时代生活和作家的创作同步前进。

一方面，我们看到萧殷对于文学的由衷的热爱，他对文学自身执着的理解与追求。另一方面，我们也注意到了萧殷对文学的理论力量的普及努力，对文学批评的现实性的注重，对文学参与现实社会政治历史进程的介意。前者固然是艺术、是美和远方，后者则是现实、是立足、是眼前，二者很难不发生为难与错位。萧殷自然也难于置身其外。更何况，萧殷自己就是彼时现实政治潮流与历史进程的实践者与亲历者。当我们读到萧殷文论中不少类似的论说与周全时，萧殷文论的另一特征便是特别鲜明的，那就是萧殷始终注意到了自己文论中的原则性。

四

诚然，对于萧殷来说，其文论的原则性就是他所处的那个时代最为看重的某种政治品格的代名词。他十分强调文艺工作者认真学习马克思主义的重要性，强调一定要用马克思主义去指导文学评论和创作。

自然，萧殷的文论的原则也是马克思主义，没有任何理由能够让他放弃这个原则。既然如此，萧殷的文学观的基础便是当代文学史上曾经占据相当长一段时期的"文学反映论"，他说："应该从生活出发，要按照辩证唯物主义反映论来反映生活。辩证唯物主义的反映论，是不能停留在对于现象或偶然事物的反映上，而是要从中反映出生活的

---

① 刘伟林：《萧殷的文学评论》，《学术研究》1984年第5期。

本质和规律性。"①萧殷文论的这一特征，在讨论长篇小说《金沙洲》中是呈现得最为充分的一次。②不难理解，以文学反映论为呈现的萧殷文论的马克思主义原则，恰恰是萧殷能成为一代人的当代文论家代表、一个时期的文学批评家的重要人物的原因。

作为一代人的文学批评家代表，萧殷文论无论是文学本位意识也好，理论普及性、现实性和原则性也罢，归根结底都可以概括为一点——就是问题意识的鲜明与强烈。尽管在萧殷所处的时代和语境下，解决问题的套路和模式都是那么相对的一致。

萧殷的文学批评和文论是针对具体文学问题和文学现象的，它们或者是生活事实中出现的实实在在的作家、作品和文学思潮，或者是切切实实发生的文学争议、讨论与分歧。萧殷文论的指向，是介入并主导讨论的走向，是切入并分析透彻问题与争议的所在，是归结问题的解释或解决的方案、方法与思路，尽管最终引向的却是早已规定好的某一个原则性的政治概念、哲学理念和意识形态的共识。但答案的非个人性和凝固性，并不能否认引向答案的过程的艰难与真诚。萧殷文论的问题意识的价值就在于此，他始终谨慎而自觉地希望自己从文学走向文学，以文学或者写作的思路引导问题的讨论属于文学或者艺术，再不济也应该是写作的。在那个语境里，即便如此的小步慢走式的文论掘进，也显然是难的。试看看《分析作品能"先政治、后艺术"吗？》《图解不是艺术方法》之类的文字，也应该对萧殷的稳健与勇敢多少生出些敬意罢。

然而即便如此，要概括萧殷文论的特色，与其从文论本身在论域分布上呈现出来的思想特征来凸显，事实上还不如从它在文体或文类形式上的观察更为直观简洁。

萧殷文论在形式上也不拘一格，有书评、有随笔、有书信、有序跋，这更形象生动地呈现出萧殷文论的现实性与问题性的特色，也更可以实实在在地感受到萧殷作为某一代人的文论家典型所真正从事的工作方式与贡献。肯为他人做嫁衣裳、肯为人师，一个"肯"字蕴含着多少热忱而朴素的、甘为人梯的奉献精神啊！而这恰恰就是萧殷为这个民族、这个国家和那个时代的文学文化事业，为一个时代的文学批评事业所能做出的最大的、难能可贵的贡献。天之骄子、不世英才、时代巨人固然可敬，但萧殷这种切切实实推动民族群体进步、推动他人前行的文学教育者和辅导者，同样不应该被忘记。

---

① 萧殷：《当前创作中的几个问题》，见萧殷：《萧殷文学评论选》，长沙：湖南人民出版社，1983年版，第174页。
② 萧殷：《典型形象——熟悉的陌生人》，见萧殷：《萧殷文学评论选》，长沙：湖南人民出版社，1983年版，第1—20页。

可以想见，"在40余年的工作中，曾经担任过八个报刊编辑"、"为编辑部写给文学青年的复信不计其数"、"大约用了三分之二的时间在看稿子写复信"[①]的萧殷，他的文论展开方式是极为独特的，也是极富有生命高洁色彩的。也正因为如此，萧殷才得以多姿多彩的多渠道的文学批评方式，从各个方面、各个层面深度而全方位地融入了一个时代、一代人的文学事业，用自己既具有普及性的通俗化的文学知识、写作知识开启了下一代人乃至下几一代人的文学之门，拓宽了他们的文学成才的大道和小路，甚至在一定意义上改变了许许多多从业文学者的人生命运与现实道路。萧殷文论的这种实践品格，无私的"公谟"原则，有历史时代的规定性，但也有其自身的人格魅力和品格在。

也许正是在这一点上，程文超先生对萧殷文论和文学人生的前后两种评述，以微妙的表述差异，深刻地传达出了他作为同样卓越的文学批评家对另一位前辈文论家惺惺相惜的理解、敬重与同情。在早先写作的一篇论文中，程文超显然对萧殷这一类"在追逐中失去"的人生历程和思想状况有所保留，认为"这也许是萧殷人生的宿命，却更是全部人生和文化的警示"。他写到：

> 一个热烈憧憬并用生命与热血去培育那憧憬的人，却在追求中走进了自己怎么也想不到的语境之中，而"走进"这种语境又并非没有自己的作用，这不能不令人感动，萧殷早年作品《疯子》里，有一个颇有意味的情节：弟弟追哥哥，为把他从疯颠之中救出来。这一情节的关键动作是：追。追的目的是得而救之，其结果却是：失去。因哥哥摔下了悬崖而使他彻底失去了哥哥。在追逐中失去。这一意象被青年萧殷为渲染悲惨而写了下来，不想却成了某种人生和文化问题的隐喻。这也许是萧殷人生的宿命，却更是全部人生和文化的警示。萧殷的"在追逐中失去"的人生历程并不是孤立的，他同他同代甚至几代的追求者、探索者走过了相同的路径。这便不仅仅是一个人的人生问题，它提交了一个值得历史学家、文化学家认真研究的"过程"。[②]

然在另一个场合中，程文超却转而对萧殷这一类的文学评论家的"令人颤栗的人生过程"有了更体贴人情的判断，他说：

---

① 陶萍：《萧殷文学书简·后记》。萧殷：《萧殷文学书简》，广州：花城出版社，2009年版。
② 程文超：《谈萧殷的文学创作》，《中山大学学报（社科版）》1994第3期。

在无可回避的特定历史、文化过程中，作为一个文学工作者，萧殷是杰出的，也是平凡的。重要的是，他思考过。他在思考中同祖国和人民一道，迎来了新的历史时期。思考，作为一个行动，是萧殷真正意义上的人生完成。对他来说，这就够了。对我们来说，更是一笔宝贵财富。这笔财富给我们诸多启示。拂去表层观照，今天重读萧殷的创作和萧殷的人生，要使我们从具体的人生过程去思考广博的文化过程。①

程文超先生对萧殷作为"文化现象"的观照，自然也包括着他对萧殷文论的基本理解和判断。然而，他两次评价的差异所呈现的普遍性，却恰好在对比之中写出了萧殷文论的基本特征与理解萧殷文论的根本原则。那就是，无论是作为时代洪流的追逐者，还是革命事业的追求者，还是文学战线的探索者，萧殷都史属于一个时代的一代文学人、文学从业者的劳作楷模、探索者代表！如果说文学道路上有技与道两种层级两种境界，那么在技的习得进程中，在从技到道的升华进程中，萧殷都是有功于时代、有功于一代文学人的文论家的典型，这是毫无疑问的。

事实上，对萧殷在文学思想史和批评史上的贡献和意义的讨论，事实上已经不是对他一个人的估量与判断。1949年之后，或者更早从大革命时期算起，从上海"左联"时期开始，或放观延安以来的现代中国文学发展历程，如果我们承认文学史也包括政党机构系统和政治制度体系内的文学工作的历史，那么萧殷的道路、努力和成长、付出与贡献就是很有典型意义的。萧殷在当代中国的文化机构、文学系统内的地位不算太低，但也不至于非常高，他的文艺活动、文学批评活动，他在思想文化组织与教育普及推广上的工作，都极具历史反思和现实考察借鉴价值。他不是一个人，他代表了一类人、一代人的文艺思想风格，他显现出了一代人的文艺勤勉与文学沉思。是故，我们应该怀念萧殷！

---

① 程文超：《令人颤栗的人生过程——萧殷的文学评论》。见《风范长存——萧殷纪念与研究文集》：广东省作家协会编，广州：暨南大学出版社，1994年版，第244页。

萧殷文艺思想的理想精神和情感美学

金雅

浙江理工大学中国美学与艺术理论研究中心主任,教授。中国新文学学会副会长,中华美学学会理事,中国文艺理论学会理事,中国中外文论学会理事。

萧殷先生文学创作和理论批评两栖,还是一位编辑、学者、领导者。他的文艺思想涉及的问题很广,如文艺的本质、文学的理想精神、艺术的真实性、文学情感、典型塑造、小说的人物与故事、悲剧审美、文学语言、写作技巧等,可以说既有关于文学的基本的重大的理论问题,也有关于文学的体裁、要素等的具体问题。尽管这些文字留有时代的特点,但是其中谈到的一些重要问题,迄今仍没有解决或很好地解决。如萧殷强调的文学的理想精神和情感美学,在当下,仍具理论和实践的双重意义。

一

　　文学是什么？文学应如何？这是文学理论的基本问题和重大问题，也是萧殷文艺思想的基本问题与核心问题。他在多篇文章中谈到，一个伟大的作家，不会只是冷漠地按照生活的本来面目去描写生活，只是机械地反映现实中既定的事实，他们总是怀着比生活更高的理想和更远大的目标。直面现实而为将来着想，是萧殷对伟大作品共同特征的概括。一个作家，"你除了看见目前生活的本来面目之外，还感觉到生活应当是什么样子"①。在萧殷看来，文学显然不只是生活的镜子，更应是生活的标杆。生活加情感加意义，是萧殷对文学品质的基本界定。

　　实际上，自古希腊柏拉图和亚里士多德以来，文艺思想中一直就有再现的和表现的、写实的和理想的等派别与主张。文学再现论强调对于生活的模仿，重视文学的写实功能。如古罗马的贺拉斯主张到生活中去寻找"模型"，文艺复兴时期的达·芬奇把文学艺术比作"第二自然"，19世纪的车尔尼雪夫斯基认为"艺术的第一个作用"就是再现自然与生活。文学再现的和写实的理论在批判现实主义文学实践中达到了巅峰。批判现实主义文学的重要代表作家巴尔扎克在他的《〈人间喜剧〉前言》中说："只要严格摹写现实，一个作家就可以成为或多或少忠实的、或多或少成功的、耐心的或勇敢的描绘人类典型的画家。"②尽管批判现实主义文学取得了重大的成就，但把文学典型的创造也归于严格的模仿，显然是不够准确和科学的。文学的再现理论和写实理论对文学的源泉做出了唯物主义的解释，强调了文学的认识价值，对于引导作家深入生活具有重要的指导意义。但把文学视为给人以真知，把忠于逼真现实作为创作的最高准则，显然没有分清艺术和科学的界限，忽视了作家的情感体验和主观创造，忽视了文学的理想纬度与意义纬度。

　　20世纪初，梁启超在他的《欧游心影录》中曾就自然主义创作方法的消极方面提出过批评。他说：欧洲19世纪中叶的自然派文学，有一个"最重要的信条"，就是"即真即美"。这派文学，"把社会当作一个理科实验室""将人类心理层层解剖，纯用极严格极冷静的客观分析"。因此，"那些名著，就是极翔实极明了的实验成绩报告"。这

---

① ［俄］契诃夫语，见《文艺理论译丛》，1958年版，第2期，第176页。
② ［法］巴尔扎克：《人间喜剧》前言，载《人间喜剧》第一卷，北京：人民文学出版社，1997年版。

种"将社会实相描写逼真"的文学,"总算极尽画犬马之能事了"。但"人类既不是上帝,如何没有缺点?虽以毛嫱西施的美貌,拿显微镜照起来,还不是毛孔上一高一低的窟窿纵横满面?"自然派文学,"把人类丑的方面兽性的方面,赤条条和盘托出,写得个淋漓尽致,真固然真,但照这样看来,人类的价值差不多到了零度了"。梁启超认为其中的症结是把物质和环境看作绝对的支配力量,文学活动的主体——人失却了意志自由与主观情感。自然派文学盛行,"令人觉得人类是从下等动物变来,和那猛兽弱虫没有多大分别","一切行为都是受肉感的冲动和四围环境所支配"[1]。无疑,自然主义文学有自己的特色与成就。但是,自然主义的逼真描写和忠实记录,如果缺乏合适的尺度和理想的观照,就可能会影响到文学的美与价值。梁启超的这些文字虽然谈的是文学问题,但内里却是对人类文明发展中物质主义与工具理性所潜藏的弊端的批判。这在20世纪初的中国可以说是很有前瞻性的,而今天随着现代化的建设步伐,这个问题已日渐现实地摆到了我们的面前。

为应然而写作,让理想的光芒从文学照进现实?萧殷对文学的这一基本立场,不仅内蕴了与20世纪初中国启蒙主义、浪漫主义文艺思想的关联,在当下也具有突出的现实意义。"文学不是照相,不能停留在表面现象的描绘。"[2]那种只关注客观现象、只着眼于生活表象的作家,被萧殷讥嘲为"爬行的经验主义者",他们"只能永远跟随着现实后面,永远在历史发展的后面爬行"[3]。尽管萧殷的文学观点在今天看来不能算是新鲜,但他对文学理想的高度重视、他所提出的文学的理想光芒在根本上不是来自"文学的表现手法"而是来自"高瞻远瞩的眼光和心情"的思想,深刻地表达了他对文学本质问题的见解,也是文学活动中永远需要把持和解决的根本问题。在萧殷看来,正是因为具备了"高瞻远瞩的精神状态",优秀的作家才能清晰地面对生活中各种错综复杂的现象,塑造出感染人并影响我们灵魂的人物。

应该说,萧殷对文学的理想主义性质的见解,是对文学规律的较为深刻的把握,也是对文学的责任和承担的一种自觉。20世纪后半叶以来,随着社会生活的急剧变化,西

---

[1] 梁启超:《欧游心影录》,见梁启超:《饮冰室合集》第23卷,北京:中华书局,1989年版,第14页。

[2] 萧殷:《文学·生活现象·生活本质》,见萧殷:《论文学的现实性》,北京:天下图书公司,1950年版,第16页。

[3] 萧殷:《泛论写真人真事》,见萧殷:《论文学的现实性》,北京:天下图书公司,1950年版,第29页。

方现代后现代文化与本土文化复杂交融，人的价值取向渐趋多元，文学领域也出现了各种纷纭的新景象。"身体写作""私人写作""下半身写作""梨花体"等新名词一度充斥文坛，欲望宣泄与情绪宣泄，在这些"新的美学原则的崛起"下，似乎也与文学的出路与未来联系到一起了。在写这篇文章的时候，我读到了《钱江晚报》的一则新闻，主标题是"'废话诗'走红网友仿写欢乐吐嘈"，副标题是"是诗歌的探索还是网民的嬉戏？"[①]。文中介绍了诗人乌青写作的"直白记录生活的琐事，完全用自言自语的'口水'语言写成"的"废话诗"被网友热仿的现象，以及人们对此的不同看法。有人认为，今天的人们太无聊了，需要牢骚与废话。有人认为，宣泄与轻松符合当下工作节奏快、生存压力大的现实，要让精神疲倦的当代人读深刻的东西不现实。也有人认为，自由表达、惯性写作、口语化都无可厚非，但文学需要坚守自己的精神内核。确实，文学正在直面一个新的现实：一个中国社会的现代化进程。如果说梁启超在20世纪初已经敏感到了物质文明片面发展的弊病，而对文学与文化的安身立命的意义发出了呼唤，那么，萧殷对文学理想的精神坚守，在今天这个经济、技术、效益等指标日渐趋重而文学价值日益多元的时代，是迫切需要我们关注的。

二

与对文学本质问题的把握相联系，萧殷的文艺论文也敏感地捕捉与突出了文学的情感美学问题。如果说现实主义者是把生活与客观性视为文学美的基本尺度，那么理想主义者则往往把情感与主观创造视为文学美的关键。事实上，文学活动之所以有着它不同于科学探索活动、物质实践活动、伦理道德活动的魅力，主要就在于它和人的情感及其整体生命的关联。文学与情感的密切关联，既在于情感作为文学关键要素的不可或缺性，也在于文学情感具有不同于一般日常生活情感的美质而直抵人心。真正的文学必然源自情感、美化情感、传达情感。中国古人讲"情动于衷而形于言"[②]，罗丹讲"艺术就是情感"[③]，都揭示了情感之于文学的深刻意义和关键作用。同时，一切成功的文学作品，也都以情感的审美升华超越日常情感而陶养人心。梁启超即把文学视为"人

---

① 《是诗歌的探索还是网民的嬉戏？"废话诗"走红网友仿写欢乐吐嘈》，《钱江晚报》2012年6月20日A14版。
② 郭绍虞主编：《中国历代文论选》第一册，上海：古籍出版社，1979年版，第30页。
③ 罗丹口述、葛赛尔记、沈琪译：《罗丹艺术论》，北京：人民美术出版社，1978年版，第3页。

生最高尚的嗜好",认为它传达的是"高尚的情感和理想"[①],是"情感教育最大的利器"[②]。无情不成人,无情不感人,这是萧殷对于文学与情感关系的基本立场。萧殷把缺失情感的人物称为没有灵魂的"木头人"。而丧失了情感感染力的作品,"就象丧失了色和香的花朵一样,它不能引人发生美感,更不能使人感动"[③],文学的其他功能也就无从实现。从这个基本原则出发,萧殷提出了文学情感应该真挚、自然、具象、典型、饱满等审美标准。

萧殷认为真诚乃文学情感的第一原则。所谓真诚,就是对生活的真情实感,是作者对生活有过的真正的感动和感受。"诗是心的歌。"[④]"诗是否有生命,首先要看它是否有强烈的生活激情。"[⑤]一首好诗,不管句子怎样排列,关键是要有诗的情绪与境界。不"从真情实感出发,即不是'先乎情,始乎言',而是在内心并无激情和并无诗的冲动的情况'写'出来的;这样的诗,自然无法和诗作者自己的血液融化起来,无法在诗歌的每一行每一句中渗透作者的意识和情感,结果,当然只会成为冷冰冰的缺乏热情的东西了"[⑥]。而"没有强烈的爱憎,我们就不可能有灵敏的感觉和感受;同样也就不可能深刻地体验人物的精神世界"[⑦]。无真情实感,就会出现公式化概念化的作品,因为这样的作家不能用"自己的心灵去'感受'和'融化'生活"。热烈的词句不能掩饰内容的贫乏。一个"作者如果没有从生活中汲取灵感和真情实感的话,即使在纸面上再添几倍形容词和形动词,它仍然是空洞无物的"[⑧]。

---

① 梁启超:《晚清两大家诗钞题辞》,见梁启超:《饮冰室合集》第43卷,北京:中华书局,1989年版,第70页。
② 梁启超:《中国韵文里头所表现的情感》,见梁启超:《饮冰室合集》第37卷,北京:中华书局,1989年版,第72页。
③ 萧殷:《把社会主义的激情唱出来》,见萧殷:《论生活、艺术和真实》,北京:人民文学出版社,1980年版,第192页。
④ 萧殷:《谈写诗》,见萧殷:《论生活、艺术和真实》,北京:人民文学出版社,1980年版,第172页。
⑤ 萧殷:《谈写诗》,见萧殷:《论生活、艺术和真实》,北京:人民文学出版社,1980年版,第178页。
⑥ 萧殷:《谈写诗》,见萧殷:《论生活、艺术和真实》,北京:人民文学出版社,1980年版,第175页。
⑦ 萧殷:《生活应当和思想感情相融合》,见萧殷:《论生活、艺术和真实》,北京:人民出版社,1980年版,第32页。
⑧ 萧殷:《谈写诗》,见萧殷:《论生活、艺术和真实》,北京:人民文学出版社,1980年版,第178页。

其次，萧殷强调文学情感需要提炼与升华，即需要对真情实感予以美化。美情，即艺术化审美化了的情感。在萧殷看来，文学情感对日常情感的美化，包括情感品质的美化和情感形式的美化。他说："并不是什么样的生活实感和强烈情绪，都能够获得诗的生命。"①把生活实感变成文学情感，首先就要对情感的品质进行审美提炼。诗是"感情的自然流露"②，但"先有伟大的情感才能描写伟大的情感"③；"只有心灵健康的诗人，才能唱出健康的诗"④。因此，优秀的作家先要涵养自己的情怀，提引自己的胸襟。萧殷反对把文学情感单一化公式化，认为文学可以表现人物的"爱悦""厌恶""同情""怜悯""感伤""痛苦"等各种情感内涵，关键是作者是否拥有观照评判的审美态度。只要作者拥有情感的高度，能够以审美的态度去观照与评判，那么文学就既可以直接以崇高、爱、美的情感鼓舞人，也可以引导人去仇恨落后、腐朽与丑恶。他特别针对当时有些人把"伤痕文学"贬为"眼泪文学""感伤文学"等，认为这类作品"只会引人作徒然的悲伤或无望的浩叹"的责难，提出了辩护⑤。萧殷说，悲剧不是不能写，"而是不应抱着绝望的伤感心情去描写悲剧"。生活不可能回避痛苦和死亡，因此，文学也不能回避悲与痛。当正义的主人公最终倒在血泪之中时，所激起的"决不是绝望的悲伤和软弱的呻吟，而是切齿的痛恨，是刻骨的深仇"，是"读者火焰般的仇恨"的共鸣⑥。这样"伟大的诗篇"，虽然描写了痛苦与死亡，但是表现的仍然是"向上的、清新的、健康的思想情绪"⑦，并且可以给读者情感与思想的双重震撼。当然，美的文学情感的表现还需要借助美的形象。萧殷非常重视文学情感传达的形象化途径与手段。"所谓感情、情绪等等，不是外在的，可以看得见、触得到的东西。要将各种各

---

① 萧殷：《谈写诗》，见萧殷：《论生活、艺术和真实》，北京：人民文学出版社，1980年版，第178页。

② 萧殷：《诗人·理性·情感》，见萧殷：《论文学的现实性》，北京：天下图书公司，1950年版，第37页。

③ 萧殷：《诗人·理性·情感》，见萧殷：《论文学的现实性》，北京：天下图书公司，1950年版，第39页。

④ 萧殷：《为什么把动人的故事写得无血无肉》，见萧殷：《论文学的现实性》，北京：天下图书公司，1950年版，第34页。

⑤ 萧殷：《〈伤痕〉是眼泪文学吗》，见萧殷：《给文学青年》，长沙：湖南人民出版社，1981年版，第119页。

⑥ 萧殷：《关于典型环境中的典型人物》，见萧殷：《给文学青年》，长沙：湖南人民出版社，1981年版，第30页。

⑦ 萧殷：《谈写诗》，见萧殷：《论生活、艺术和真实》，北京：人民文学出版社，1980年版，第87页。

样的感情或情绪传达给别人，不把情感情绪附丽在某些具体事物之上，是很难充分地动人地表达出来的。"①情感的共鸣，依赖的是形象的桥梁。读者对作品人物的爱或憎，"是直接从艺术想象直观之下所引起，而不借助于作者言辞的解释"②。在小说中，就要把人物塑造得有血有肉，让情节生动饱满等。具体的生活情绪可以使人物显得真切，避免人物的平面化公式化。他举例说，有一篇描写志愿军的散文，写志愿军搭人桥让战友过河，结果过河的战友听到了下面战友发出的"哎哟、哎哟"的声音。这个象声词很生动，形象地表现出志愿军战士肉体的痛苦和意志的坚强，这并没有削弱志愿军战士的英雄形象，反而使形象更真切可感。让人物"按照自己的情感去喜怒哀乐"，"才可能是打动心弦的艺术形象"③。在小说中，不把人物的面貌、性格、行动等具体细致地描绘出来，读者对人物的情绪、欲望、感情、思想就会茫然，就"触不到他们的内心世界和精神状态"④。艺术水平高超的作家，往往不做抽象的议论，而是将他的观点与思想融会在具体的描写和情感的抒发中。萧殷指出巴尔扎克的小说就成功地将议论与"人物激情和个性融为一体"，读者阅读时，"不仅没有接触抽象理念的那种感觉，反而使人感到人物在这种场合下的某种激烈的情绪得到饱满的表现，性格的特征体现得更充分了"⑤。而对诗歌等抒情文学来说，同样不能"直接用概念去说服读者"。诗需要喷薄的激情，但光有热烈的情绪不等于就有了诗。"诗的说服力"是"让诗人的体验、情绪融入富有联想的、和谐的诗的意境之中，然后通过这意境去激起读者的共鸣"⑥。这就需要构思，需要想象，需要将诗的情绪情感化成动人的意象意境。萧殷特别提出，诗的形象性不是"激情的表面化"，不是堆砌华丽而空洞无物的辞藻，不是记录"感官所接触到的现象"，不是把"句子拆散分开，加以排列"，"用概念来代替生活实感；用大

---

① 萧殷：《把社会主义的激情唱出来》，见萧殷：《论生活、艺术和真实》，北京：人民文学出版社，1980年版，第196页。
② 萧殷：《论小说中的故事与人物》，见萧殷：《论生活、艺术和真实》，北京：人民文学出版社，1980年版，第75页。
③ 萧殷：《关于人物个性》，见萧殷：《给文学青年》，长沙：湖南人民出版社，1981年版，第79页。
④ 萧殷：《作品概念化的原因何在》，见萧殷：《给文学青年》，长沙：湖南人民出版社，1981年版，第19页。
⑤ 萧殷：《议论能代替生活描写吗》，见萧殷：《给文学青年》，长沙：湖南人民出版社，1981年版，第37页。
⑥ 萧殷：《谈写诗》，见萧殷：《论生活、艺术和真实》，北京：北京文学出版社，1980年版，第173页。

量形容词形动词来装饰'情绪';用说理去代替形象的感染"等,这都会妨碍诗的正常发展①。他强调,一首诗,如果它的"'情绪'完全是抽象的,由形容词和形动词装饰的'情绪',是感官无法触及的东西。这种表现在纸上的'情绪',既不能让读者(听众)感觉,也不能让读者(听众)体验到",那么它就"毫无感染力量",不可能成为一首动人的诗篇。诗的情感,是蕴藏在具体的生活里面,让诗人再三感动过的、从诗人内心滋长起来的意象和情景。萧殷说,诗的情感具象化,首先不是依靠外在修饰和机械拼凑,而是来自诗人的生命自身。然后,诗也需要写物附意、借物寓情,需要各种构思、修辞、语词、韵律等,来营造生动的意象和动人的意境,让诗的情感获得完美的呈现,使读者可感可触。

真情和美情,对于文学来说,不存在时间与空间的问题,任何一个时代、任何一个作家、任何一个读者,都有同样的需求。而在今天,当情感日益被实用所逼厄时,或许更应该引起我们的关注。

三

萧殷的文艺论文主要发表于20世纪50至70年代。那个年代,我国文艺理论体系主要受苏联文艺思想的影响,强调文学的现实主义立场和文艺本质的反映论。别林斯基的文学观点影响甚广。他认为,艺术与科学的区别不在内容,而在"处理一定内容时所用的方法","哲学家用三段论法,诗人则用形象和图画说话,然而他们所说的都是同一件事"②。由此,就把文学与科学的区别仅仅归结为思维形式的不同。这种认识论文学本质观长期左右了中国当代文坛,致使文学的理想精神、情感表现等问题未能获得应有的关注,文学自身的价值和意义也未能获得充分的开掘。实际上,文学艺术活动和科学活动、道德活动不仅在方式方法上有区别,在内涵与价值取向上也各有自己的特点与领域。对于人类而言,与科学求真、道德求善一样重要而独立的,就是文学艺术对美的追求。美就是一种精神理想、一种心灵翱翔、一种情感悦乐。西方美学史上,康德第一个明确地将审美与情感的愉悦相联系,从而真正为审美确立了人性的基石。文学艺术对美

---

① 萧殷:《谈写诗》,见萧殷:《论生活、艺术和真实》,北京:人民文学出版社,1980年版,第181页。
② [俄]别林斯基:《别林斯基选集》第2卷,满涛译,北京:时代出版社,1958年版,第429页。

的追求在本质上就是以美情为核心的。萧殷说,"在文学作品中,解决问题不能像自然科学那样具体"①,文学"不要你一个一个地去解决具体矛盾;也不需要你去回答每个难题"②。在那个年代,能对文学具有这样的见解,不是每个理论家都拥有的。文学需要给予读者的是理想的光,是人性温暖的抚慰,是美好情感的悦乐,是生命的信心和力量,使得每个平凡而普通的生命,都可以脚踏实地而仰望星空。因此,文学是最无用的也是最有用的,这就是文学的意义,是那些伟大的优秀的作品能够穿越时空的魅力所在。也是今天我们重新梳理阅读萧殷关于文学的理想精神和情感美学的相关文字的原因所在。

---

① 萧殷:《现实主义的胜利》,见萧殷:《给文学青年》,长沙:湖南人民出版社,1981年版,第38页。
② 萧殷:《现实主义的胜利》,见萧殷:《给文学青年》,长沙:湖南人民出版社,1981年版,第38页。

萧殷的现实主义文论及其当下意义

王泉

湖南城市学院学术道德委员会副主任、教授。

萧殷作为《文艺报》的创办人之一，在长达三十多年的文学批评与创作实践中形成了自己的现实主义文艺观。通过他的一些文学评论文章、与同人的通信及对文学青年的回信中，不难看出他对文学的极大热情与专注。关于文学题材的选择、生活真实与艺术真实的关系、典型化以及如何对待中国诗歌传统等，他都提出了自己的真知灼见，在他所处的那个年代切中文艺创作的要害，这在21世纪的今天依然具有现实意义。

面对纷繁的文学作品和层出不穷的文学现象，文学批评不应成为文学作品简单的衍生物，而应是批评者作为另一种创作主体的理性精神的升华。因此，文学批评应该是在场的，即通过阅读作品、与作家对话和审视文学现象，达到与作家主体心灵的沟通，从而形成批评的"场"，在场域的合力作用下，作品自身的思想与艺术得以鲜活地呈现出来。萧殷是一位勤奋而执着的批评家，他以平易近人的态度评价文学作品与文学现象，表现出别具一格的学术品位与人格魅力，赢得了学界的好评。

关于题材，透过他与文学青年的通信，可以看出，他不是一个题材决定论者，而是从生活本真出发、从文艺创作的实际出发的唯物论者。他认为："创作劳动是复杂的，它的成果应该是各具特色、日新月异的艺术。"①这既看到了文艺创作的独特性，又注重了创作主体个性的发挥，对于初涉创作者不无启迪。尤其是1966年，萧殷执意为周立波的散文《韶山的节日》撰写编者按，强调其教育意义，表明了他秉直的个性与坚持真理的姿态。

诚然，由于创作者审美取向的不同，他们对于题材的选择也不尽相同。当创作者以客观冷静的态度观察自然、社会与人生时，他会秉承现实主义的艺术方法，对现实题材加以高度提炼与升华，形成以典型人物为主导的现实空间，给予读者思索；当创作者以主观的态度看待现实时，现实就变成了一种环境或者氛围，构成了其创作开合自如的想象空间，形成的风格就会色彩纷呈。可以是浪漫主义的，也可以是魔幻现实主义的，还可以是意识流的。因此，题材只能是创作的素材，无法决定创作风格，更不能决定作品水平的高下。同为乡土小说作家，贾平凹以典型的现实主义手法描绘了时代进程中西部农村的世态炎凉，扎西达娃喜欢用魔幻现实主义去勾勒西藏大地的历史变迁，莫言则以魔幻现实主义书写乡土中国社会的人性裂变，凸显强烈的批判色彩。可见，乡土题材不限于用一种艺术手法去表现，正因为如此，才有了不同的鲜活乡村图景与广阔的社会生活画面展现在读者面前。萧殷对于一段时期内题材决定论的批评，体现出过人的胆识，击中了一些人的教条主义弊端，突出了文学的"人学"内涵，让文学回归到文学本身。

生活真实是现实生活中实际发生的事件与结果，是客观的自然环境、社会环境与人物生活的综合体。它是一切文艺创作的起点，却不是终点。由于文艺作品是创作主体内在情感的艺术呈现，艺术真实就显得十分重要。有生命力的文艺作品往往是生活真实与艺术真实的完美融合。萧殷认为："艺术真实，应该比生活中实有的事实更有组织、更

---

① 萧殷：《给文学青年朋友们》，见《萧殷集》：傅修海编，广州：广东人民出版社，2018年版，第203页。

集中、更理想和更典型。"①这里他强调了艺术真实的理想化和典型化，凸显创作主体个性的发挥。文艺创作是从个别到一般的提纯过程，创作者的理想与意图需要蕴含在其中。而这种理想的实现不是对生活的机械复制，也不是生拉硬拽，而要从创作者的个人兴趣、审美情感出发，探寻生活现象反映出的社会风尚和人们的价值观。因此，艺术真实需要创作者对于生活本质的审美判断，不是随心所欲的编造。生活真实是基础，审美想象是动力，艺术世界显现出的真实是创作者情感的真实，更是呼之欲出和触手可及的形象的真实感人。

当然，生活真实与艺术真实都离不开现实生活，强调艺术真实是文艺审美的要求，也能满足读者的期待视野。一件作品好与不好，读者心里有一杆秤，如果失去了读者，作品的意义也就打了折扣。因为艺术真实还要经得起读者的检验，当他们进入作家精心构造的艺术世界时，会有自己的审美判断。这是艺术真实的接受过程，尽管会因为接受者知识体系的不同而出现审美判断差异，但不会影响作品自身的艺术价值。在萧殷看来，文学不同于社会教育，不追求立竿见影的效果，而是"在审美享受中，在不知不觉的潜移默化中，陶冶性情，洗涤灵魂，滋养心灵，提高情操，从而使读者自己的灵魂更加完善更加高尚。这才是文学的特殊功能和特殊任务"②。可见，文学的艺术真实的接受过程是一种春风化雨式的社会化过程，不能急于求成，更不能勉强。

值得注意的是，萧殷的现实主义文论继承了马克思主义的文艺观，将典型化放在突出的位置，符合文艺创作的基本规律。塑造典型环境中的典型人物是现实主义文学的根本要求，这要求作家历史地看待现实生活，通过塑造典型人物形象，把握社会发展的某种趋势。批评家南帆认为："文学作品的每一个典型人物都显现了不可复制的个性特征，这些个性特征无不可以追溯到人物曾经拥有的社会关系。"③可见，典型人物的塑造离不开人物成长的历史与环境。萧殷认为要从生活本身的辩证法出发去塑造典型人物，从社会的大环境中把握人物命运的起伏。这实际上突出了典型人物的历史性，凸显环境对人物性格塑造的作用。诚然，现实生活中的人的性格不是千人一面，而是千人千面。现实主义小说塑造典型人物，要有历史意识，要善于取舍。从文学自身发展的规律

---

① 萧殷：《论艺术的真实》，见《萧殷集》：傅修海编，广州：广东人民出版社，2018年版，第20页。
② 萧殷：《关于"问题小说"》，见《萧殷集》：傅修海编，广州：广东人民出版社，2018年版，第101页。
③ 南帆：《文学批评中的"历史"概念》，《中国社会科学》2019年第3期，第157页。

来看，有生命力的文学不可能脱离火热的现实而成为自言自语的象牙之塔。文学要反映社会生活，离不开表现时代变迁对人的精神的塑造。作家的历史意识主要表现为他们对待历史的取舍态度，以及在个人和家族的历史与民族国家历史的坐标中历史的真实与想象的真实之间的平衡感。这就要求作家既要有丰富的历史感，又要善于表现历史之中人性的丰富性。现实主义文学历经几百年的发展，依然保持强大的生命力，离不开作家对于历史的把握，作品的传播与接受过程，则是其再经典化的过程。

文学的经典化是一个不断变化的过程，随着时代的发展，文学作品往往被赋予不尽相同的诠释，作品中的细节描写就显得特别重要。细节描写是人物形象得以鲜活、感人的基本元素，体现了作家观察生活的角度与审美立场。在萧殷看来，"作家的任务正是把他所选择、吸收来的细节和场景赋予鲜明的个性，把各色人物分别赋予生命、气血、情绪和脾气，使一些行为和言谈同某个性格统一起来。这一切既要可能，又要合理，不能有一点勉强"[①]。文学创作不是机械化的生产，它是作家选择生活与思考生活的过程，必然融入了个人的兴趣与价值观。因此，写人物、刻画人物的灵魂是作家情感与经验的结合。如何让读者感到作品中的生活热流，并认可典型人物的塑造，作家对于细节的把握与描写显得十分重要。古往今来，一切优秀的文艺作品无不注重细节和场面的描写。从《红楼梦》《三国演义》《西游记》到茅盾的《子夜》、姚雪垠的《李自成》、路遥的《平凡的世界》、陈忠实的《白鹿原》、莫言的《蛙》，不同的细节和场面描写背后是不同人物的性格与时代镜像。可见，细节在很大程度上决定了人物的精神风貌，反映出的是不同时代的氛围，有利于读者反思历史进程中人性的演变。

关于新诗创作，萧殷也提出了自己的见解，他认为："新诗应在民歌和古典诗歌及五四以来新诗的基础上进行探索，在民族形式上有所追求。"[②]这实际上涉及新诗创新与传统的关系。任何优秀的文学作品都不是无源之水，都有着深厚的文化渊源。从民间的口传文学到作家的创作，都离不开丰富多彩的民间文化。中国诗歌与民间有着不解之缘，从最早的诗歌总集《诗经》到屈原的《离骚》，再到解放区的民歌体诗，民间话语成为诗人创作的组成部分，成为意境产生之源。

[①] 萧殷：《谈谈写人物》，见《萧殷集》：傅修海编，广州：广东人民出版社，2018年版，第167页。

[②] 萧殷：《关于文学期刊的编辑工作》，见《萧殷集》：傅修海编，广州：广东人民出版社，2018年版，第225页。

中国传统诗歌强调意境之美，追求"象外之象，景外之景"①，表明了诗对于现实环境的超越之重要性。好诗追求优美的意境，"诗情、诗意、诗境的美自然源于现实生活，却又异于现实生活，它是诗人对现实生活的创造性再现或重构，其中融入了诗人对美的独特理解和把握，也融入了诗人对现实生活美的独特感受。这样才能言人所未言之情境，而使读者感到新奇振奋的愉悦，并使读者的精神世界更加丰富"②。从自然的物象到心灵之象，诗歌通过诗人的想象，表现出开放的空间。新诗是五四文学革命催生出的自由体诗，摆脱了文言文的束缚，一度成为大众追捧的对象，涌现出郭沫若、闻一多、臧克家、艾青、舒婷、余光中、席慕蓉等大诗人。从新格律诗到诗的散文化，再到新古典主义诗歌，中国现代新诗对意境的追求并没有变化，但这一传统在当代并没有得到很好的传承。20世纪90年代以来，对民族形式的探索显得力不从心。许多新诗作品陶醉于自我感觉的寻找，缺少民歌朴素的因子，渐渐远离了大众，不能不让人担心。实践证明，在全球化时代，任何一个民族的文化都不可能主宰其他民族的文化，只有坚守中华文化的民族性，才能在多元竞争中立于不败之地。民族性是一个民族的文学的灵魂，也是得以存在于世的根基。无论国家现代化的进程如何，无论世界文学的格局如何变化，民族性都始终是文学书写的核心。诗歌的民族性主要体现在诗人对于民族情感的审美把握与表现上，语言的运用、意象的选择、意境的建构等方面，都要体现民族的风格与欣赏习惯，以利于塑造民族形象，感染大众。这就要求诗人处理好小我与大我的关系，让个性风格在时代的浪潮中得到充分体现。萧殷在20世纪80年代就主张从中国诗歌传统中寻找秘方，向民歌学习，显现出一个批评家的敏锐思考，不失为重振当今中国新诗雄风的良策。著名诗人郑敏在2017年接受采访时也提出了拯救当代诗歌的对策："一是要重新整理几千年的诗歌遗产，使传统成为现代创作的重要资源；二是诗人要回归真实的自我，避免陷入狭隘的流派之争，只顾求新而疏远了诗本身。"③可见，中国诗歌的传统是不可忽视的，它是中国新诗创新的本源。中国现当代诗歌发展的历史已经告诉我们，新诗要抒写新时代与新生活，不能完全脱离大众的欣赏习惯，民族化始终是追求的目标。

---

① 司空图：《与极浦书》，载司空图《二十四诗品》，罗仲鼎、蔡乃中、吴宗海注，杭州：浙江古籍出版社，2013年版，第83页。
② 张炯：《百年新诗的回望与反思》，《群言》2016年第4期，第26页。
③ 丛子钰：《传承传统回归本心——访诗人郑敏》，《文艺报》2017年8月14日。

萧殷从文艺创作的实际出发,从文艺写作者的困惑出发,从长期的编辑工作出发,厘清了文艺的本质特征,总结了文艺创作的规律,推动了创作的繁荣。他关于文学题材的独特见解打破了国内曾经僵化的思维定式,为新时期文学的多元化发展奠定了理论基础。关于艺术真实,他没有拘泥于已有的成说,而是从生活真实出发,探究了艺术真实的源与流。他的经典化理论侧重于创作的角度,构成了其现实主义文论的核心,也树立了20世纪七八十年代文学批评的风向标。在他的正确引导下,王蒙、唐达成、饶芃子、黄伟宗、黄树森、陈国凯、程贤章、吕雷等一批作家和评论家相继崛起,成为中国当代文学的中坚力量。总的来看,萧殷的现实主义文论既有宏观的审视,又不乏微观的分析,在深思熟虑中透射出直率和朴实之情。他的文学批评实践告诉我们,呼唤真诚而透彻的批评和重建批评的文化坐标,已成为学界的当务之急。

　　文学经典凝聚着作家的创造性劳动与思想,也体现了不同时期大众的欣赏趣味,其不凡的艺术成就和积极的价值观能够培养大众尚美求真的品格,引导社会优良风尚的形成。中国当代文学不乏优秀的经典作品,如路遥的长篇小说《平凡的世界》在出版后的30多年间被广泛传播,成为家喻户晓的经典,对大众的人生观和价值观产生了深远的积极影响。文学批评贵在辨识文学经典和文学现象,从中发掘创作规律,引导文学进入大众的视野。因此,,文学批评在文学思潮和经典的形成中扮演着不可忽视的作用。然而,在21世纪的今天,中国的文学界出现了历史虚无主义的乱象,尤其是网络的恶搞,消解了文学经典的崇高与神圣,背离了创新的本质,有的甚至突破了道德的底线。与此同时,文学评论界也出现了失语症,一些文学评论工作者迷恋西方的后现代理论,缺乏对中国现实问题的关切,缺少人文关怀,导致了食洋不化的恶果。此外,文学界的"圈子文化"现象的存在,导致一些评论家不愿意讲真话。所有这些都不利于中国文学的健康发展。因此,重温萧殷的现实主义文论,正视生活的积累,呈现艺术真实的景观,走经典化的路径,是文学正本清源和明确发展方向的需要。只有如此,才能让中国文学在书写中国故事中有所作为,才能重建中国当代文学批评的话语权。

论萧殷十七年文论的对话性

赵小琪

武汉大学文学院教授、博士生导师,中国新文学学会副会长。

杨彩虹

武汉大学文学院研究生。

　　随着中国社会向现代化迈进步伐的加快,十七年文论也日趋受到学界的关注。然而,这方面的研究也常受到非此即彼的二元论的影响。在这种二元论的影响下,学界要么将十七年文论看成个性、情感、形式、真实性缺失的生成物加以否定,要么将十七年文论看成体现了民族、理性价值的结晶加以肯定。而在我们看来,这两种研究模式虽然得出的结论不同,却表现出了同样鲜明的政治化思维定式,它们都是从社会政治学的方位对十七年文学进行肯定性或者否定性评价的。事实上,十七年文论远非一些学者认为的那样,它在任何时候都将个体与集体、形式与内容、倾向性与艺术性的关系看成矛盾、对立的,而是在一些时候,将它们看成了既矛盾又统一的。著名文论家萧殷的十七年文论,就十分鲜明地体现出了这种对个体与集体、形式与内容、倾向性与艺术性的既矛盾又统一关系的重视。根据巴赫金的对话理论,这种二者之间既矛盾又统一的关系就是一种对话关系。下面,本文依据巴赫金的对话理论对萧殷十七年文论的对话性进行阐释,希图发掘萧殷十七年文论的特征和价值。

一、个体与集体的对话

在我国社会主义建设初期,集体主义是主流的价值观,它主张个人从属于社会,个人利益服从于集团、民族、阶级和国家的利益。但萧殷的十七年文论不仅表现出对集体的强调,也体现出对个体的关注。这主要表现在他关于典型形象的有关论述中,具体包括以下两个方面:

(一)个性与阶级性的对话

在社会主义语境下,共性即阶级性,指因政治、经济地位的不同而形成的不同利益集团各自拥有的某些共同的属性,而个性在萧殷看来是指一个人的主要性格特征。个性与阶级性的对话具体表现在典型化的过程中,即典型形象的塑造中。典型形象既深刻地表现出某一阶级最本质和最具有代表性的共性又体现出自己鲜明的个性特征,并通过个性反映共性,二者呈现出辩证统一的关系。大致而言,个性与阶级性在三个层面构成对话关系。

首先,阶级性是个性存在的基础和前提。"无论人物性格有多么复杂,归根结底总是要受到其阶级性的制约,而且常常是阶级性在各个个别人物身上的多方面的具体表现。"[①]由于每个人所处的具体的生活环境、经历、文化教养等不同,体现在文学作品中的各种人物也具有了各自不同的性格特征,即使是在同一个人物身上,他的性格也可以是多变的,这就是所谓的"人物性格的复杂性"。阶级性的限制使得这种复杂性的呈现具有了规则感和合理性。萧殷认为,《红旗歌》的主人公马芬姐这个人物形象虽然具有十分突出的性格特征,但她的个性既缺乏社会基础也缺乏思想基础,观众只看到她"倔强"的性格和"突然"的觉醒。从本质上说,主人公的个性是缺乏阶级性限制的,

---

① 萧殷:《典型形象——熟悉的陌生人》,见萧殷:《论生活、艺术和真实》,北京:人民文学出版社,1980年版,第50页。

在个性背后没有一个能为其发展提供依据的基石,从而导致了整个人物塑造的失败①。

其次,人的阶级性必须通过个体获得真实、具体地展开。纯粹的阶级性只可能存在于人们的头脑中,作为一种抽象的理念,在实际生活中,我们是无法直接看到、接触到的,因此它必须在具体的、可感的"人"身上呈现出来。"通过特定的性格和他所处的特定环境的互相关系,来揭示其本身内含的集团特征,以具有个性特征的活动和关系来概括社会(集团的)共有的特征。"②真正的艺术形象是具体的个性与抽象的阶级个性与阶级性的水乳交融。个性让人不再只是空泛的概念,它使人变得实在、具体,在这个基础上,人的各项权利才真正落在了实处。

最后,阶级中的每个人都是平等的,个人的基本权利必须获得尊重。"真正的艺术形象,要求个性与集团特征水乳交融地凝合在一起,要求广泛的概括和鲜明的性格浑然一体,成为一个具有独立生命的、独立心灵的个人。"③阶级性在这里实际上强调了人与人之间的平等性,在这个基础上人最基本的权利———"独立"和"自由"才真正能够得以展开,成为"一个具有独立生命的、独立心灵的个人"才有了可能。

(二)个体意志与国家意志的对话

早在梁启超倡导"欲新一国之民,不可不先新一国之小说"时,一直被认为是"经国之大业,不朽之盛事"的文学就被纳入了中国社会的现代化进程中,而新中国成立后的十七年文论正反映出这一阶段现代化进程的状况,尤其体现出文论家对现代性理解的复杂性。萧殷也许还未站在如此高的角度去批评当时的文学,但是在其十七年文论中仍然包含了他对个体意志与国家意志关系的思考。

个体意志可以理解为罗素所说的人具有的自由选择的权利,即每个个体要求的表达和利益的实现。国家意志即政府意志,在十七年的历史语境下,国家意志就是建设一个现代化的社会主义强国。这种国家意志将"人民共同富裕"看成了社会主义建设的最终目的。而显而易见,这种强调"人民共同富裕"的国家意志与新中国最为广大的工农兵群众的个体意志是极为契合的。像十七年时期极为流行的"我为人人,人人为我",就不仅仅只是一种政治口号,而是一种独特的国家意志与个体意志契合的体现。这种契

---

① 萧殷:《评〈红旗歌〉及其创作方法论》,见萧殷:《生活、艺术和真实》,北京:人民文学出版社,1980年版,第135—154页。
② 萧殷:《习艺录》,广州:广东人民出版社,1978年版,第57页。
③ 萧殷:《习艺录》,广州:广东人民出版社,1978年版,第57页。

合，在萧殷的文论中同样有非常明显的体现。萧殷认为，一方面，共和国公民应该为建设社会主义现代化强国而努力奋斗。因为"时代太伟大了"[①]，在这个伟大的时代，作家必须"成为一个在政治上十分坚定、能自觉地为社会主义事业去奋斗的战士"[②]。

另一方面，强调"人民共同富裕"的国家意志也使那些在旧社会处于被动、沉默状态中的工农大众的主体意识开始觉醒，他们不再作为被规训的对象、被填充的传统道德符号来看待，而已经成为共和国的主人。他们"生活在这伟大的革命时代，新人物的品质，在新的现实中，随时随地都在萌芽、成长"[③]。因此，作家必须站在这个群体的高度去看现实，在作品中以他们为主体反映出他们的生活、思想和感情，使工农兵群体真正发出自己的声音。

萧殷的文学观是从"人""生活"出发的，他总是力求在人物个性和阶级性之间求得一种平衡，所以他的文学观念带有"人性论"和"阶级论"调和的色彩。萧殷实际上是肯定了"文学是人学"这一观点，虽然他理解的"人"是打上了"阶级"烙印的人，但在肯定人的性格与心灵的丰富性这一事实上他无疑是进步的。这同时也反映出了两种不同的意识形态在其文论中的碰撞，即五四时期人的文学观（强调个体）和社会主义时期的文学观（强调整体）的冲突和碰撞。五四时期开创的人的文学传统将"个人"意识与"人的觉醒"推向了文学创作的焦点，而新中国成立后社会主义思想又将"集体主义""阶级性"等文学观推向了高峰。这即是一种对话，一种内在于其十七年文论中的对话。在这个对话过程中，萧殷排除掉了五四时期所遗留下来的那种重"主观主义"和"唯我主义"色彩的价值观念，体现出一种宏观的思维方式，符合当时的政治环境。但与此同时，他并没有因为主流的价值观念忽略掉集体之下的个体，他仍然看到了集体当中的"这一个"和"那一个"。

二、形式与内容的对话

在萧殷的十七年文论中，形式主要是指经过作者创造加工的部分，比如创作技巧和

---

① 萧殷：《多描写新的人物》，见《与习作者谈写作（一集）》，北京：中国青年出版社，1959年版，第116页。
② 萧殷：《不要把自己摆在一个危险的位置上》，见《鳞爪集》，北京：作家出版社，1959年版，第111页。
③ 萧殷：《多描写新的人物》，见《与习作者谈写作（一集）》，北京：中国青年出版社，1959年版，第114页。

文学语言，内容主要指来自生活的文学素材和具体的文本内容，二者的关系正如黑格尔所言："没有无形式的内容，正如没有无形式的质料一样。""内容所以成为内容是由于它包括有成熟的形式在内。"①

（一）创作技巧与文学素材的对话

艺术技巧即是对材料的概括、想象和虚构，典型化就是一种创作技巧，主要是指艺术概括在创作过程中的运用。文学素材则是创作文学最原始的材料，来源于生活。根据兰色姆"构架—肌质"理论，我们可以把"文学素材"理解为"构架"，"创作技巧"理解为"肌质"。二者的关系就"像一所房子一样，它显然有一个'蓝图'，或者说一个中心逻辑构架，但是同时它也有丰富的个别细节，这些细节，有的时候和整个的构架有机地配合，或者说为构架服务，又有的时候，只是在构架里安然自适地讨生活"②。

首先，文学素材是艺术技巧的基础与前提。萧殷认为，创作技巧不能脱离生活，"离开了生活来奢谈技巧，那就必然会使技巧变成'冷冰冰的手艺'或'生硬的套子'"③。在萧殷看来，电影《刘胡兰》的失败就在于电影编导脱离了生活，离开了实际，没有对刘胡兰的具体历史深入调查和认真分析。正因为缺乏生活和没有具体地理解生活，电影编导就不能不用一些惊险的场面来粉饰生活的贫乏和填补生活的不足④。

其次，艺术技巧是对文学素材的艺术概括和提升。就像兰色姆做的比喻那样：房子的梁和墙是构架，房子的装饰是肌质，两所房子的构架可以是一样的，但因装饰不同，也就有了不同的品质⑤。萧殷也充分肯定了作家艺术技巧的这种创造性——"作家的劳动是创造性的劳动。他应该充分运用他的广阔的知识、丰富的生活经验和艺术的概括能力，创造出既有思想力量又有艺术力量的艺术形象。"⑥作家采用各种艺术技巧对文学素材进行加工，实际上是在使文学区别于一般文本，"肌质"对"构架"的作用使得文

---

① ［德］黑格尔：《小逻辑》，北京：商务印书馆，1980年版，第279页。
② ［英］兰色姆：《纯属思考推理的文学批评》，见赵毅衡《新批评文集》，北京：中国社会科学出版社，1988年版，第97页。
③ 萧殷：《再论普及与提高》，见萧殷：《论生活、艺术和真实》，北京：人民文学出版社，1980年版，第118页。
④ 萧殷：《惊险场面不能填补生活的不足———评电影〈刘胡兰〉》，见萧殷：《谈写作》，长沙：湖南人民出版社，1980年版，第136页。
⑤ ［英］兰色姆：《纯属思考推理的文学批评》，见赵毅衡《新批评文集》，北京：中国社会科学出版社，1988年版，第97页。
⑥ 萧殷：《深入个别观察和艺术概括》，见萧殷：《与习作者谈写作（二集）》，北京：中国青年出版社，1959年版，第27页。

学具有了文学性，文学开始复现出一个活生生的"本原的世界"。

最后，创作技巧和文学素材在文学创作过程中是同等重要的。文学素材是创作技巧的材料，这些材料又必须经过艺术加工才能创造出既典型又真实的艺术形象。萧殷在评《木偶奇遇记》时认为：在艺术作品中，如果能真实而又形象地表现人们所理解的生活（即切合社会发展法则的生活），或者艺术作品能引导人们去生活，或为"理应如此的生活"去斗争的，就是美的。凡是恰如其分地表现这种美的形式（线条、彩色声音、语言等），也是美的。完美的文学作品正是形式与内容恰如其分地配合，其中既少不了对文学素材充分的挖掘，也少不了作家能动的创造性。

（二）文学语言与文学内容的对话

任何文学作品都是由语言（文字）呈现出来的，都有其主要内容。文学语言是文学内容的表现形式，文学内容是文学语言的实体。

其一，任何优秀的文学作品的语言和内容都是来自生活、来自群众的。"凡是最出色最有光彩的文学语言，都是从群众中来的，至少是从群众语言中脱胎出来的。普式庚的语言之所以有生命，是因为他大量地吸收了群众语言中的精华；《水浒》中的语言也是自群众中来的，它们富有生命、朴素，保持中国民间语言的本色。"①

萧殷同时强调文学作品的内容必须要正确地反映工农兵的生活、思想与感情，而最美的文学语言也必须是那些能够把工农兵的生活和性格表现得最正确最生动的语言。从来源上看，文学作品的语言和内容具有了同根性，二者在这个基础上相互配合相互统一。

其二，文学语言必须与它所描写的对象一致。"作为文学材料的语言，必须要有精确地、生动地、简练地表现各种生活与性格的能力，必须要有精确地、生动地、简练地表现各种动作、心理、情绪、声音、颜色、光亮的能力。"②强调这种语言能力实际上就是在强调文学语言与它所描写对象的一致性和统一性。萧殷十分反对毫无原则地搬用一切方言，他认为作家对于语言也要进行研究，不是盲目地去使用。"我们应该研究群众语言用什么方法正确地表现生活，同时，应该研究句子怎样构造，以及句与句中衔接

---

① 萧殷：《论文学语言的创造》，见萧殷：《论文学的现实性》，北京：天下图书公司，1950年版，第1—2页。

② 萧殷：《论文学语言的创造》，见萧殷：《论文学的现实性》，北京：天下图书公司，1950年版，第10页。

的规律，只有这样的文学语言才用来正确、鲜明地表现文学内容，即群众的生活和性格。"[1]而在他看来，民歌之所以可以成为新诗发展的基础，就是因为它无论在内容上还是在表现方法上，都与现实生活发展的要求相一致。在内容上，它与人民群众的生活密切相连；在形式上，它多种多样，尤其是语言形式，民歌较好地处理了语言和其表现内容的一致性，因而备受群众喜爱。

自五四以来，中国文学批评界总是会出现两种极端化倾向，或者偏重内容忽视形式，或者偏重形式忽视内容。与之相反，胡风、冯雪峰等文人对这两种极端化倾向极为不满，他们强调内容与形式的统一。胡风就提出："以现实主义的五四传统为基础，一方面在对象上更深刻地通过活的面貌把握民族的现实（包括对民间文艺和传统文艺的汲取），一方面在方法上加强地接受国际革命文艺底经验（包括对于新文艺底缺点的克服），这才能够创造为了反映'新民族主义的内容'的'民族的形式'。"[2]与这些人的文论相比，萧殷对文学内容与形式进行了新的解读和更为具体的阐释。在他眼里，文学内容已经被赋予了新时代的内容，即一个独立自主的社会主义国家已经成立，工农兵大众已经成为国家的主体。因而，无论是文学素材还是文学语言都必须要从这种新的内容中提取，要体现出新时代的精神和特质。与此同时，文学形式也呈现出了新的样态，即在文学语言方面，要以人民群众的语言为基础创造出一种具有高度统一性的文学语言。在文学体裁方面，要以现实为立足点，全面吸收民间文艺的精华，创造出一种具有民族特色的文学形式。在艺术技巧方面，强调社会主义现实主义的"两结合"手法在作品中的使用。这样看来，萧殷文论中的内容与形式的关系，实际上是一种具有新的时代特质的内容与形式的对话性关系。

三、倾向性与艺术性的对话

任何文学作品都不可能是"纯粹"的，它必定存在一定的思想内涵和倾向。文学的倾向性是指蕴含在作品中的作家的思想取向和情感倾向。艺术性是指艺术作品给读者带来的无功利性的审美感受。萧殷认为，任何一部文学作品都必须是倾向性和艺术性的交

---

[1] 萧殷：《论文学语言的创造》，见萧殷：《论文学的现实性》，北京：天下图书公司，1950年版，第12—13页。

[2] 胡风：《现实·内容·形式———以争取现实主义底胜利为中心》，载《胡风评论集（中）》，北京：人民文学出版社，1984—1985年版，第265页。

融，二者缺一不可。

事实上，在萧殷的十七年文论中，文学的思想性并不完全等同于政治性，比如他认为一些儿童文学的政治性就不强但它们仍然具有一定的思想性。在这里文学的思想性主要指政治性，但也包括一些对生活具有启发意义的感受和体会。文学的艺术性是指一种无功利的能激发读者审美想象和感受的文学特性，它与文学的思想性截然对立，却又统一于文学作品中。

首先，任何一部文学作品必然包含一定的思想性，思想性是艺术性的前提。因为"文学是心灵教育的重要手段之一，保持它的真实性、战斗性与党性，应该是每一个文学工作者所必须通晓的常识……一个文学作者，如果他不站在马克思主义的高度来看现实，不从发展的观点去观察现实，那他就很难认清哪是主流、哪是本质，也就无法辨别哪是典型特征……因而也就不可能真实地反映生活"①。萧殷是从"文学工具论"的角度出发强调文学必须具备一种统一性，即"保持它的真实性、战斗性与党性"，这既是建立社会主义新中国必然的要求，也是文艺工作者在当时特殊的时代背景下发出的真诚的呼声，但萧殷并没有因为时代对思想性的强调而忽略了对艺术性的重视。

其次，文学的艺术性是对思想性的美化和升华。萧殷十分反对拿艺术语言来解说政治，或借人物来背诵政策条文，这样就使得概念代替了形象、说教代替了艺术。艺术性实际上是具有相对的独立性的，它的独立性就体现在它对思想性的反作用上。"所谓'主题思想'，并不是在生活描写之外，附加上一些可以表白作者态度或观点的话语。作品的主题思想，应该是'水乳交融'地体现在生活—人物—事件—的描写之中，即体现在栩栩如生的形象之中。"②塑造栩栩如生的人物形象实际上就是一种艺术创造，是艺术性在人物形象中的体现。生动的人物形象使得"主题思想"更加形象化地表现在读者面前，文学才因之真正具有了审美性和可读性。

最后，思想性与艺术性并不是相矛盾的，二者在典型人物的塑造中、在回归生活的真实性中得到了统一。如果作家只有艺术感觉而没有深邃的思想洞察力，他就无法深化与提高文学素材。如果作家只有政治觉悟和思想水平而没有较高的艺术感悟力，他就不能敏感地吸收和概括一切生动的有典型特征的东西。二者对于文学写作者来说都是十分重要的，缺一不可。"所谓艺术性并不是什么高深莫测的东西，凡是真实地本质地又

---

① 萧殷：《从革命的高处看现实》，载《谈写作》，长沙：湖南人民出版社，1980年版，第7页。
② 萧殷：《关于主题思想》，载《谈写作》，长沙：湖南人民出版社，1980年版，第218页。

生动地表现了生活的作品,即具有了艺术性。"①"本质地"是对阶级性和思想性的强调,"生动地"是对人物个性和艺术性的强调,在向真实生活的回归中,思想性和艺术性找到了相统一的纽带。

萧殷在其十七年文论中对"思想性""政治性"的强调实际上是当时建设现代化中国和树立民族文化的集体意志在文学领域的显现。虽然他对文学作用的界定充满了"工具论"的色彩,但在他这里文学不再作为政治的附庸,为政治服务,它对政治也具有反作用。文学作品中对未来的想象、对典型人物的塑造是以现实生活为依据的,它们的作用不仅仅在于对过去社会制度的批判和对当前社会的赞美,还在于使人们在这种批判和赞美中感受到心灵的惊悚与激荡,体会到审美的战栗与愉悦。

四、结语

通过采用巴赫金的对话理论对萧殷十七年文论进行分析,我们看到了他在个性、艺术性的崇尚和共性、思想性的坚守之间进行调和所做出的努力。当然,由于种种原因,萧殷的这种对话性思维并没有在他的文论中得到完美、彻底的实现。但无论如何,他在个体与集体、形式与内容、倾向性与艺术性之间寻求对话的努力,至今都具有重要的启示性意义。那就是,只有坚持以综合性思维和方式去看待文学,我们对于十七年文论的评价才不会出现极端化的倾向。一个时代的文学状况是具有极大的复杂性的,我们考察一个时代的文学不能仅从一端出发,看到了这一面而忽略了那一面,如果只把十七年文论看作政策宣传取代艺术想象的文学批评加以否定,或者只把其看作体现了整个民族国家现代化建设的文化诉求的结晶加以肯定,就忽视了文学自身内在的丰富性和外在的复杂性,也忽略了这个时期文论家们对文学创作多样性的思考。

---

① 萧殷:《论"赶任务"》,载《论生活、艺术和真实》,北京:人民文学出版社,1980年版,第253页。

萧殷在延安生活及其文论创作的转折

刘妮

曾任延安革命纪念馆讲解员、延安市文物局办公室文秘、延安新闻纪念馆馆长、延安市文物局副县级调研员，现任延安鲁艺文化园区副主任、文博副研究员。

萧殷先生来自美丽的河源，是在延安鲁艺成长起来的新中国文学事业的开拓者，他在走完短暂的革命旅程后，留给后世不朽的功绩和永恒的追念。纵观先生一生，波澜壮阔，成就斐然。他经历抗日战争、解放战争的峥嵘岁月，以笔为枪激发国人抗日决心，是一名坚强的文艺战士；和平年代里，他的功勋之一是开创中国文学评论的新境界。延安，是萧殷从文学青年、战地记者成长为文学评论家的转折点。

一、从鲁艺学员到战地记者

萧殷，1915年出生在广东河源这个人杰地灵的祖国南滨小城。少年萧殷，艰难求学；青年萧殷，已成文学青年，以鲁迅、茅盾、巴金为旗帜，立志走上文学道路。但是，日寇入侵，国土沦丧，萧殷的文学梦因战争而搁浅，从此走向抗日救亡的征程，走向以笔为枪的抗日救国道路。

1938年7月底，萧殷经武汉八路军办事处、西安八路军办事处，一路辗转到达延安，从此开始了长达7年的延安生活。初到延安，爱好文学，极具文学天赋的萧殷考入刚刚成立不久的延安鲁迅艺术学院（简称"鲁艺"），成为文学系二期的一名学员。

鲁艺是1938年4月中国共产党在延安创办的第一所培养抗战文艺干部的高等学府，是"实现中共文艺政策的堡垒与核心"[1]。抗战时期的延安鲁艺汇集了中华民族文学艺术的优秀精英，仅文学方面就先后有周扬、何其芳、沙汀、卞之琳、茅盾、周立波、艾青、舒群、萧军等已经成名的作家、诗人和文艺理论家。鲁艺的教育遵循党中央确定的战时国防教育的方针，实行以抗日救国为目标的新制度、新课程，确定了培养抗日救国的革命干部的任务，为前线输送急需的文艺人才。在开办初期，采取短训性质的教学模式。萧殷进入鲁艺，接受了马克思主义的文艺观教育，收获了实用的文学知识教育。比如文学系代主任沙汀讲述报告文学的写作，以基希的《秘密的中国》、夏衍的《包身工》以及国际上一些进步作家反映西班牙革命战争的通讯作品为教材，进行分析，目的是让学员们迅速地掌握这种艺术形式，使之尽快地掌握为战争服务的技能。萧殷在校就读时期，也是周扬兼任系主任及文学系教员时期，周扬作为党内早期马克思主义文艺理论的探索者之一，1938年他撰写的《我所希望于〈战地〉的》《抗战时期的文学》等文章在《自由中国》等刊物上发表，其中的观点主要是文学要深入社会、深入到战地，成为战斗的文学的观点，是萧殷等进步青年在来延安之前都拜读并接受了其中的要义[2]。课程设置上政治理论与文学专业课程兼备，培养的是政治坚定的文艺干部人才，萧殷在这里得到了政治修养的提高和艺术营养的补给。

1938年11月底，萧殷于鲁艺毕业后在中国青年记者协会延安分会工作，恰逢民主人士李公朴一行来延考察，党中央对其极为重视，特地安排萧殷等陪同李公朴赴晋西北进行宣传，协助李公朴工作。在晋西，萧殷协助李公朴采访、写稿。其间他赴吉县县城

---

[1] 罗迈：《鲁艺的教育方针与怎样实施教育方针》（1939年4月10日），油印本（延安革命纪念馆存）。
[2] 康濯：《萧殷——我的"三同"战友》，载《百年萧殷纪念文集》，广州：花城出版社，2018年版，第80页。

六七里外的井垞塔村采访，了解到日寇刚刚对该村进行了残酷的抢掠和屠杀。面对血腥的残杀，萧殷义愤填膺，一气写下反映吉县井垞塔村村民在手无寸铁的情况下与日寇勇于搏斗，几乎全村被杀害的报告文学《井垞塔的血》，于1939年3月23日至25日连载于重庆《新华日报》，激起国民对日寇的无比仇恨，引发了强烈的社会反响。

1939年4月底，萧殷由前线回到延安，继续在延安记者协会工作。因记协人员甚少，故萧殷的组织生活依然参加鲁艺的党小组会议。但他一直盼望重返前线，同年7月，萧殷如愿以偿被组织安排再赴太行山敌后工作，在太行山担任《新华日报》（华北版）战地记者，同时兼任通讯联络科长。其间，他穿梭于太行与冀中地区战地，从军杀敌，以笔为枪，白天采访，晚上写稿。具有深厚文学修养及新闻业务素质过硬的萧殷甘于做基础普及工作，在繁重的工作中编写油印了《怎样写新闻消息》的教材，用于指导前线的青年记者们提高写作水平。在当时战时环境下，这种普及教育是急需，也是极其难得的。该教材萧殷以笔名"黎政"署名，新中国成立后得以正式出版。1940年1月萧殷在冀南采访平原游击战及政权建设途中，不幸遭遇劣马踢伤，左腿致残。此后他拄拐坚持工作，在《新华日报》（华北版）从事编辑工作。1941年4月，他因病及伤残被组织调回延安。至此，他结束了延安与前线、敌后往返两年多的战地记者生涯，在延安重新开启了新的创作与研究方向，这一转变奠定了他今后文学评论工作的重要起点。

二、中央研究院文艺研究室的研究员

回到延安的萧殷在鲁艺休息了短暂的一个月后（此时，鲁艺已搬迁至城东桥儿沟），就被安排赴马列学院学习。马列学院成立于1938年5月5日马克思的生日这一天，是党中央创办的专门培养党的理论干部的高等学府，校址位于延安城西北方向的蓝家坪，开设的课程有马列主义、中国革命史、联共（布）党史等，院长由时任中共中央总书记的张闻天兼任，毛泽东、周恩来、陈云等中央首长以及艾思奇、吴亮平、杨松等党内文化界理论大家均是兼职教员，他们经常来给师生做报告。萧殷在这里开始系统地学习和研究马列主义文艺理论和著作，同时也学习苏联别林斯基、车尔尼雪夫斯基等人的文艺、美学思想。1941年7月，正值延安整风运动开展阶段，为贯彻党中央《关于调查研究的决定》的指示精神，加强对中国的现状和历史的研究，马列学院改组为马列研究院，院长仍由张闻天兼任，副院长为范文澜。按照中央《关于延安干部学校的决定》

规定,"中央研究院为培养理论干部的高级研究机关,直属中央宣传部"。全院设置九个研究室,萧殷被安排至其中的文艺研究室工作,文艺研究室又分为五个小组:鲁迅研究小组、文艺评论小组、小说散文小组、戏剧小组、诗歌小组。萧殷被编入文艺评论小组,该小组成员共为三人,另还有王实味、蔡天心。

文艺研究室的宗旨是:以马列主义基本原则为指导,以研究中国文艺的实际问题为中心,调查研究各方面文艺的历史和现状,总结实践的经验,提出系统的文艺理论,指导今后的文艺实践。

可以说,文艺评论小组是为了解决当时延安文艺理论薄弱的问题而专设的。全面抗战爆发后,大批文化人和进步青年来到延安,为了抗日救亡,在党中央的重视和提倡下,在延安发起成立了众多文艺社团组织。据不完全统计,自1936年11月至1942年5月,延安和陕甘宁边区相继成立各种文艺社团组织100多个,仅《文艺史料卷》记载介绍的有影响力的文艺社团就有67个,使延安和各根据地的抗日文艺运动获得蓬勃发展。正如毛泽东所说的:"我们的整个文学工作,戏剧工作,音乐工作,美术工作,都有了很大的成绩。"①繁荣了抗战文艺,使文艺发挥了抗战动员的巨大宣传作用。

抗战时期的延安聚集的作家、诗人、剧作家、木刻家、表演艺术家甚多,但是专门从事文艺评论工作者甚少。文艺理论工作的滞后与当时的文艺运动发展极不平衡,表现出薄弱的缺点。早在1939年2月26日,周扬在延安文艺界抗战联合会领导下主编《文艺战线》月刊,他在创刊号上发表《我们的态度》一文,指出了目前理论落后与作品的现状,提出:"战时文艺理论批评工作的建立是十分重要的","我们需要有计划有系统地来开始一个理论的运动"。该刊的编辑宗旨就是每期都要有比较扎实的理论或批评文章,以加强延安文艺理论和批评工作。

1941年到1942年初,延安文艺界出现了关于歌颂光明和暴露黑暗的争论、关于文艺创作要不要马列主义立场的争论,以及政治与艺术的关系问题等方面的一系列争论。"党中央和毛主席看到了上述种种问题,尽管这种问题并没有构成延安文艺界的主流,但它们对抗战和革命事业是不利的,也阻碍着文艺本身的发展。为了解决这些问题,并系统地制定党的文艺工作的方针政策,党中央决定召开文艺座谈会。"②1942年5月,党中央召开了延安文艺座谈会,确定了文艺为人民服务的方向,和如何为人民服务的方

---

① 毛泽东:《在延安文艺座谈会上的讲话》,《解放日报》1943年10月19日。
② 胡乔木:《胡乔木回忆毛泽东》,北京:人民出版社,2003年12月重印版,第256页。

法问题,明确了文艺工作者与党与工农兵的结合,把延安文艺家们的思想引入一个新的境界。但对延安文艺评论工作的现状,毛泽东的《讲话》是这样论述的:"文艺界的主要斗争方法之一,是文艺评论。文艺评论应该发展,过去这个方面做得不够,文艺批评是一个复杂的问题,需要许多专门的研究。"之后,毛泽东主席对文艺批评需要的两个标准——政治标准和艺术标准进行了详细的阐述。

故,从1939年周扬的阐述到1942年毛泽东在延安文艺座谈会上的讲话,可以清晰地看出,延安文艺批评工作是当时环境下我们党极其想改变和提高的一项工作,毛泽东主席的这个重要指示,使已在中央研究院文艺研究室从事评论研究工作的萧殷自觉担当起这项党急需的艰巨任务,为日后长期专门从事文艺评论工作确立了明确的人生目标,奠定了萧殷作为一名党的文艺工作者坚定的艺术道路和人生信仰。

经历了战争年代,现在很难找到萧殷在延安公开发表的相关评论文章。所幸的是,笔者在延安《解放日报》找到萧殷以"萧英"署名的一篇评论文章《关于创作的态度——读书散记》[①],文首以古罗马伟大的诗人维吉尔因不满意自己的作品要被焚烧为题,引出艺术家有良心的创作话题,对延安一些文艺写作者"随便"的创作态度进行了批评,运用马克思、毛泽东的文艺观思想提出"先有生活,再从丰富而复杂的生活素材中选择主题"。在结论中说:"我总以为一个写作者——当他完成了一件艺术品之后,必须考虑到:这件是不是达到了一定的水平,是不是会辜负了读者?凡是有艺术良心的作家,总是尊重他的读者的。他献给读者的每幅作品,不一定每篇都十足'完美',但却能始终保持着一定的艺术水平。"这篇仅存的文章篇幅两三千字,但字里行间却洋溢着健康的气息、权威的指向,对延安文艺创作偏向发出了强有力的声音,体现了萧殷对文艺思想、政策水平的掌握和运用正在走向成熟。

同时,延安时期的艰苦生活,也锤炼了萧殷坚毅的品格、不屈不挠的精神。他生前曾回忆他在延安挖野菜、拾粪、养猪、纺线等生产劳动的情景,这种在劳动生产、艰难困苦中缔造的不怕困难、坚定理想信念,坚信革命一定会胜利的品格和精神信念,使他在后来无论遭受多少磨难都能笑对人生。

1943年5月4日,该院被改组为"中央党校第三部",1944年3月,萧殷担任中央党校四部文化教员。1945年抗战胜利后,他离开延安赴晋察冀,在新华社晋察冀分社担

---

① 《解放日报》1942年4月2日。

任编辑组长，兼《晋察冀日报》编委。

三、新中国的蓝天下

历史总是由伟大的人物推动着。1949年7月，新中国即将成立的前夜，中华民族历史即将揭开光辉一页之际，中华全国文学艺术工作者代表大会在北平召开，萧殷作为解放区文艺的重要参与者参加了全国第一次文代会。在新中国的蓝天下，他进入报刊编辑、文艺理论研究、文学批评的重要开创时期。

新中国成立后，萧殷先后担任《文艺报》主编、《人民文学》执行编辑、中国作协文学讲习所副所长等职务，是开创新中国社会主义文学事业的重要领军人物之一，走向全国的独树一帜的文学评论家。在延安解放区的七年生活和艰苦锤炼，奠定了他今后文艺工作的重要基石和新的出发点。萧殷先生留给现当代的一大批文集、文论等一切有影响的文学遗产及其精神高度，延安时期都是一个根子。

萧殷文学思想中的客家文化意识

肖佩华

广东海洋大学文学院副教授，中国新文学学会理事。

萧殷（1915—1983），原名郑文生，作家，文学评论家，出生于广东省河源市龙川县。萧殷从一个普通的贫苦农民的儿子成长为中国当代著名的文艺理论批评家、作家，其思想渊源和影响是多方面的。本文拟从客家文化对萧殷潜移默化的影响方面做些初步探讨，以期从另一视角获得对萧殷文学思想的新认识。

客家（Hakka）是一个独特而稳定的汉族民系。客家学奠基人罗香林认为，客家先民经过五次大迁徙后从中原往南，聚居在闽西、粤东、赣南三省交界的地区，后又以这些地方为基地，迁徙到全国及东南亚等世界各地。"客家"既是一个时空概念，也是一个地域概念，又是一个文化概念。客家文化的形成，经历了一个较长的历史时期。在其成型的过程中，由于大规模的流动迁徙和环境演变，形成了艰苦卓绝的精神和斗志，开拓了客家人的自我生存环境，从而造就了别具一格的客家文化精神特质：爱国爱乡、自强不息、刻苦耐劳、团结奋进、忍辱负重、刚强弘毅、坚韧不拔、与时俱进、崇文重教。

广东省的河源龙川作为最纯粹的客家地区，将近100%的居民是客家人，河源龙川人在漫长的历史进程中，始终承传着客家先民优秀的传统美德和人文精神。同时河源龙川客家文化又有自己无可争议的个性与地位。千百年来，河源龙川客家人不仅保留了古老汉民族固有的优秀文化传统，而且以东江流域为客家聚居地，形成了以东江为情感纽带的独具个性的客家文化，和其他区域的客家文化相比而言，河源龙川东江客家文化的个性体现在：河源龙川是最早客家先民的涉足地、岭南文化的发祥地。根据《史记》《汉书》等史料，赵佗在秦始皇三十三年（公元前214年）统一岭南前已经驻守在越地了。赵佗南征的东线一路大军，从江西沿东江顺江而下进入河源龙川，在龙川建立军事营寨，并在此地筑土城设立治所。一些学者注意到河源至今还保留着48个古老祠堂，便认定这是秦代中原人大规模迁往岭南并在此定居的历史见证，这批中原人实际上是真正意义上的客家先民，因此说河源龙川是"最早的客家先民的落居地"，河源龙川被称为"客家古邑"当之无愧。

河源龙川客家人内在的核心精神是儒家的人文精神，体现在为人处世的道德价值观念"四重"，即重名节、重孝悌、重文教、重信义。这种客家文化的价值取向既带有浓厚的理想主义色彩，又富于求实的精神，对人格塑造的影响是多方面的，深刻影响着客家人的人格特质，培育了许许多多各领风骚的仁人志士。

可以说，客家文化精神无形之中深深影响了萧殷，奠定、形成了他一生的性格、品行、待人处世方式乃至思想价值观念。

一、深沉挚热的爱国爱民精神

作为一个文人，萧殷的爱国爱民精神主要是通过其文学创作、文学批评来体现的。还在读初中时，他便展露了在文学上的才华。他与高中一些爱好文学的青年创办了文学期刊《湖畔》，发表了一些进步作品，也团结、联络了部分爱好文学的同学。在第二期《湖畔》上，他发表了小说《明天》和《风雨之夜》等散文。《风雨之夜》以萧殷的亲身经历和感受，写了一个贫困学生在风雨之夜到处奔走借钱交学费的故事。后来这篇文章还在广州的一个省展览会上获得了二等奖，这对刚走上文学道路的萧殷来说是莫大的鼓励。从此，萧殷学会了把对现实的愤恨宣泄于字里行间，把对美好的憧憬倾诉于笔端。他的作品充满了对底层劳动人民的爱。其创作的艺术特色是善于写小人物的悲剧，通过这些小人物的悲剧命运有力地鞭挞了那个人吃人的黑暗的旧时代。萧殷特别熟悉这些小人物，他们大多勤劳、善良、本分，遭受着种种痛苦，政治上受压迫，经济上受剥削，肉体上受摧残，精神上受折磨：不仅活得艰难哀哀无告，而且还要怀着恐惧走向死亡；甚至死亡在他们心目中不是悲惨生活的结束，而是另一种更大苦难的开始。如《生路》写了阿荣一家的生活，全家经常吃了上顿没下顿，他失了业，祸不单行、雪上加霜的是他最心爱的儿子又摔死了，为了维持全家的生计，伤心之下他只好去卖苦力，可就是找不到人要，没了"生路"。这篇作品的题目"生路"，其实暗示了无数像阿荣一样的小人物的"死路"。《除夕之前》则是写阿毛一家准备过年的故事，马上就到除夕了，可辛辛苦苦劳作了一年的阿毛家，不仅没有攒下钱，反倒欠下一身债，临到过年这个中国人最重要的日子，不要说弄好酒好肉好菜全家团圆，阿毛一家却是无米下锅，没办法，阿毛只得拿了家中仅有的一匹布上街去当了一块六角钱，这匹布原本准备用来换换家人的破烂衣服。阿毛的妻儿在家中充满了希望，满心期待着阿毛当了布换钱回来全家人可以过一个有饭吃的团圆年，可是，谁知道"天有不测风云"，阿毛在回家的路上碰到了债主汪大爷，这个逼债鬼二话不说，把阿毛当了布换来的一块六角钱全部搜去，可怜阿毛家过的是怎样的一个造孽年哟。

萧殷别具匠心地把这个故事设置在除夕之前：有钱人花天酒地、穷奢极欲，贫苦人无米下锅、穷愁潦倒，在艺术表现上造成了一种强烈的对比效果，这正是"朱门酒肉臭，路有冻死骨"！而《狗运的一生》更是触目惊心。这个叫狗运的男子命运极其悲惨，母亲生下他刚刚一年，便患病死了。家里实在太穷，无法养活狗运，爸爸狠下心肠把他寄养在叔母家。"无娘的孩子像棵草"，叔母虐待狗运，小孩欺侮狗运；好不容易熬到上学的年龄，然而，在学校，有人丢了手表，老师却诬陷是狗运偷了。他慢慢长大，扛工谋生，有一次，主人家的钻戒不见了，这户人家又栽赃狗运。不管他如何努力，到头来他还是一贫如洗，没有人疼爱他，没有人尊重他，他就像路边的一棵小草，谁都可以践踏他、污辱他。他不堪污辱，曾经反抗过，但是压迫从来也不曾断过，最终他被逼得悬梁自尽，黑暗的社会吞噬了他，这个叫狗运的男子，他的一生，就像他的名字预兆的那样：人活着，就像狗那样贱。读着读着，我们情不自禁要大声发问：人为什么要活着？人怎样活着？人的尊严和价值何在？《父与女》则描写由于家徒四壁、贫病交加，女儿阿瑛为了给病重的父亲治病，瞒着父亲外出，准备放弃自己的人格尊严牺牲自己的肉体换取药费来救治父亲，然而，不幸被抓。这个消息登在报上，不幸被父亲知道了，父亲不禁又羞又气，可怜这个阿瑛的父亲一病不起，撒手人寰。

萧殷满怀深情地描写这些小人物的悲惨故事，他非常熟悉他们，同情他们，热爱他们，因为他自己就出身于贫穷家庭。"穷人的孩子早当家"，世态炎凉萧殷从小便尝遍，萧殷回首童年："这种人压迫人、人剥削人的黑暗社会，在我幼小的心灵中埋下仇恨的种子，我有一肚子不平、有一肚子愤怒，想向世界控诉。"正是由于萧殷自己与他笔下的小人物有相同的人身际遇，他是真正地感同身受，他才写得那么投入、那么真切、那么形象、那么感人！"雄鸡一唱天下白"，1949年新中国成立后，萧殷开始了对新中国、新时代的讴歌。新旧对比，激起了他对新生活的热切憧憬，他欢欣鼓舞，用他手中的笔塑造了刘桂荃（《在深山里》），骆火狗、阿德、苏雪城（《五月间》）等农业社农村新人的形象，当"三反""五反"等城市社会主义改造运动在全国如火如荼开展时，萧殷又热情地进行了描绘。诚如程文超所说："萧殷对新生活的拥抱和对理想的憧憬、对未来的向往，是真诚的，是他生命的真切表现，是他人生的必然路径。"

萧殷又是我国当代著名的文艺理论批评家。他著述甚多，在广东乃至全国，他的文艺批评理论观点都有着重要的影响。有学者概括了萧殷文艺理论批评的特点：时代针对性和自主性统一；实践性、普及性与根本性、理论性统一；研究性、科学性与综合性、实效性统一。笔者认为所有这些特点最终归旨在萧殷本人强烈的爱国爱民情结上。正因为萧殷对祖国、对人民深沉挚热的爱才促使他写出这么多的充满责任感、使命感的文艺理论批评著作，影响、促进了中国现当代文学创作和文学批评的繁荣。

客家人具有浓厚的民族意识。历史上，客家人经历多次流离迁徙之苦，对民族危亡、国弱民穷、社会动乱有更深的切肤之痛，不惜牺牲追求民族团结、中华振兴、国强民富。这与萧殷爱国爱民的精神是一致的。

二、刚强弘毅的革命精神

萧殷富有强烈的革命理想。在1925年，他10岁时，北伐军第二次东征经过他的家乡,给幼小的萧殷留下了非常深刻的印象,他回忆说:"记得我上小学的时候,刚好遇上东征军过境。他们当时的口号'有田耕、有工做、有饭吃、有书读!'深深地打动了我;我开始受到革命理想的鼓励,产生了对未来社会的憧憬;但我的故乡,我周围的社会现实,却是那样黑暗,贪官污吏横行霸道,人民群众饥寒交迫。以后我读了鲁迅、蒋光慈和其他人的小说,便很自然地引起了共鸣。于是我深感社会的不平,觉得有许多话憋在心里,要倾吐,要发泄,要呼喊。"他还说:"我之所以走上文学的道路,原因就是我很早就对新的社会制度有朦胧的理想,因之对剥削阶级的所作所为,怀着强烈的憎恨。"因此可以说有了"朦胧的理想",萧殷才拿起笔来描绘各式各样小人物的人生悲剧,鞭挞那个人吃人的黑暗的旧时代;而描绘各式各样小人物的人生悲剧,鞭挞那个人吃人的黑暗的旧时代正是为了追求"朦胧的理想"。这二者可以相互印证。所以,透过萧殷描写的众多小人物的人生悲剧,广大读者可以得到这样一个启示:这种当牛做马的日子,谁还过得下去!正所谓"哪里有压迫,哪里就有反抗"!这其实就是呼唤大家起来革命。萧殷在这种革命氛围中迅速地成长起来,并受到当时左翼作家鲁迅、蒋光慈等人的影响,于是他以笔为武器,用自己的文学创作来为中国革命摇旗呐喊。一旦他认识到了国家衰败和人民贫困的根源,就毅然走上了革命的道路。他之所以参加革命,就是要挽救民族危机,振兴中华,富民强国。1936年萧殷再到广州后,很快就成为进步文艺团体的骨干,积极参加共产党领导的革命文艺活动,用程文超说的话就是:"他追求文学便是追求革命,他追求革命便是追求文学;他的文学便是他的革命,他的革命便是他的文学。文学与革命构成了萧殷的生命,他在这里倾注了全部热情和热血、所有精力和才华。这便是萧殷的人生,憧憬理想向往未来、献身革命的人生。"

  全面抗战开始后,萧殷加入共产党领导的"上海防护团",任战地记者。后来,他又赴汉口编辑中国青年记者协会机关刊物《新闻记者》月刊。1938年,萧殷从武汉赴延安,在鲁迅艺术学院就读,这年他加入中国共产党,任中央党校教员和延安中央研究所文艺研究员。当年,他还参加了延安文艺座谈会,亲聆了毛主席的讲话。1939年,萧殷调张家口任《晋察冀日报》编委兼副主编、中共中央北方局《新华日报》编委兼特派记者。在抗日前线从事采编工作时,萧殷曾在冀南的游击战中负过伤,是二等乙级残疾荣誉军人。在这期间,他一直用笔名"萧英",在《新华日报》《新中华报》《解放日报》上发表文章。初期发表文章仍用"萧英"这一笔名,有些同志认为这个名字在革命根据地报刊上出现过,容易引起敌人的注意。为了斗争的需要,他把笔名改为"萧殷",后来这个名字逐渐取代了他原来的名字。抗战期间,他发表了《井圪塔的血》等报告文学和散文。抗战胜利后,萧殷担任过《石家庄日报》副总编辑,并在华北联合大学文艺学院教书。1949年后,与丁玲、陈企霞共同编辑《文艺报》,担任过中国作协文学讲习所副所长。1960年从北京调广州任广东省文联副主席,中国作家协会广东省分会副主席、党组副书记,中共中央中南局文艺处处长,广东省政协委员,中山大学和暨南大学教授等职。1983年8月31日,萧殷病逝于广州。

萧殷的一生是革命的一生,他以笔为武器,揭露黑暗,呼唤光明,他刚强弘毅、坚韧不拔。我们知道,客家人在艰苦环境中磨炼,形成了客家人自强不息、敢想敢干、勇于革命、开拓创新的优良传统,这是在长期迁徙不断适应环境的过程中逐渐形成的。客家人通过各种途径和方法传承和发展这一优良传统,使客家人从小就养成奋发图强、开拓进取的品质,并且能够随着形势的发展、时代的变迁、环境的变化而革故鼎新、与时俱进、开拓创新、追求真理。

三、默默奉献的园丁精神

在文学界,萧殷爱护文学青年、甘当人梯、乐做园丁与伯乐有口皆碑。许多青年作家都是他亲自培养和指导,像康濯、王蒙以及广东的不少知名作家就是由于有了萧殷的精心呵护才卓然成才,这些作家都由衷地尊称他为老师。他几十年如一日做编辑工作,兢兢业业,任劳任怨,甘心为他人做嫁衣。他非常重视编辑工作,正确、客观地评价编辑在发展文学事业中的重要作用,1980年,萧殷在《人民日报》上发表文章,就编辑工作的重要性发出铮铮之言。

从20世纪40年代开始,萧殷便致力于辅导青年写作及文学评论工作,与许多青年作者建立了深厚的友谊。战争年代晋察冀日报报社转移中,副刊不慎将他仔细改好了的一份备用稿子弄丢了,该作者是初学写作的年轻战士,"很可能丢了一个有才华的作者!"岁月老去,他仍耿耿于怀。1949年后,萧殷有意减少了自己的文学创作,而在报刊编辑、文艺教学、文艺理论研究方面投入了更多的时间和精力,可以说编辑、教学、理论批评成了他的主要工作。比如,他主编过《文艺报》,曾任《人民文学》编辑部主任、中国作协青年作家工作委员会副主任兼文学讲习所副所长、兼职中央美术学院文学系教授。1960年后从北京调到广州工作,任《作品》月刊主编、中山大学和暨南大学教授、暨南大学中文系主任、中共中央中南局文艺处处长等职务。

1955年春天，中国青年出版社文学编辑室负责人萧也牧约王蒙同去萧殷家。那是文学的殿堂向王蒙打开的"第一道门"。萧殷热情地肯定了王蒙的处女作《青春万岁》，还说："看了你的作品，叫人感动。"并指出了作品的关键问题在于全书缺乏一条主线，一条贯穿的线索。萧殷热情地把自己一本名为《与青年习作者谈创作》的小册子赠送给王蒙。该书对年轻的王蒙来说无疑是雪中送炭。1956年秋天，王蒙的《青春万岁》终于完稿了。第二年，上海《文汇报》做了部分连载。称"我的第一恩师是萧殷"的王蒙，当年因被划"右派"致《青春万岁》搁浅，清样则一直保存在萧殷身边。王蒙的《组织部来了个年轻人》受围剿，萧殷独具胆识，并为作者辩护，著文在《北京文学》上发表。

1981年，萧殷病重住院时，对来自全国各地的文学青年的来信，仍一一做了热诚的答复。黄廷杰在《耐读的萧殷——先生逝世二十周年祭》中，对萧殷给予他的帮助做了深情回忆："我曾在追思文章中说'他为别人而活着'。萧殷几十年如一日焚膏继晷，甚至住院躺在病床上，都在为年轻人的文理'把脉'，甚至连酝酿多年的《创作论》也没能完成，不能不说是人生憾事。然而，这也正是萧殷生命价值、典型意义之所在！萧殷门下也有不解者1989年底著文说及：'我很难想象，许多名不见经传的文学作者，都和萧殷建立了有稿必看、有信必复的通信关系。看了最近一期《特区文学》的《萧殷书信集》，黄廷杰的信占了很大位置。'萧殷是属于我们广东的，也是属于中国的……"

的确，广东不少有名气的中青年作家都受过萧殷不同程度的惠泽和关注，如陈国凯、王杏元、程贤章、孔捷生、吕雷、杨干华、李钟声、钟永华、刘学强等。萧殷主持《作品》编务时，发现工人作者陈国凯的成名作、短篇小说《部长下棋》因遭《作品》退稿而在《羊城晚报》发表，提查退稿便成了萧殷的"专利"。作家马烽有句非常生活化的话：萧殷"不看人下菜碟"。将军作家吴有恒在《萧殷文学书简序》中曾说："萧殷是个好心肠的老人。"言"很难想象"。

1983年，萧殷去世，王蒙撰写《萧殷——鞠躬尽瘁的园丁》深情回忆："当年您在赵堂子胡同六号接见的那个青年习作者，还有许许多多您关怀培养过的青年习作者，以及许许多多从您的著作中得益的过去的和现在的青年人，正把您对文学事业的热望和对青年一代的关怀化为祖国社会主义文学蓬勃发展的现实，我们终于迎来了社会主义文学的春天。我们永远不会忘记您这位辛劳的、鞠躬尽瘁的园丁。"

确确实实，萧殷将毕生精力都耗费在了文学青年身上，为我国培养青年作家做出了杰出的贡献，他是当之无愧的文艺编辑家、教育家。诚如他自己所言："我相信一个简单的道理：任何大作家都不是天生的，都是从稚嫩的不知名的文学青年中产生出来、成长起来的。因此，发现、扶持、培养青年作者，是繁荣创作的一个根本性措施，不可忽视。在辅导文学青年时，重要的是指引他们走文学的正路。当他们开始学步时，如果路走错了或走偏了，以后就越来越难纠正，所以，特别着力帮助他们弄清文学的任务和创作规律。"同时这也可从他的著作看出来。与其理论、批评文字相比，他的创作并不多，而主要是理论、批评文字，如文学评论集《给文学青年》《与习作者谈写作》《给文艺爱好者与习作者》《萧殷文学评论集》《萧殷自选集》《萧殷文学书简》《论生活、艺术和真实》《鳞爪集》《习艺录》等。这是因为萧殷的心血都花在了扶持、培养文学青年上。这也是王蒙等不少知名作家钦佩萧殷并尊他为师的根本原因所在。

客家人有崇文重教的传统，萧殷的家乡龙川，自秦置县，就开始传播中原文化。唐朝时，岭南人烟稀少，山林里充满瘴疠之气，因此常常作为朝廷刺配流放贬官的地方。但是，韩愈等贬官把中原的文化带到了岭南，带到了龙川，促进了当地经济和文化的发展。比如，李商隐曾寓居龙川3年；苏辙在龙川筑苏堤以治鳌；南宋理宗左丞相、工部尚书吴潜在龙川正相塔讲学，在东山寺倡办三沙书院。在龙川，韩愈等读书人的影响深远。民间对读书教育非常看重，他们烧生石灰割路基草，吃苦挨饿，都得供儿女读书，有许多"一条草担干挑出一个金科状元"的佳话。龙川客家人纷纷让子女们读书，在民间形成了崇文重教的氛围。唐宋以来，创建了学宫、书院，并涌现出韦昌明等进士29名、举人112名，现代有萧殷、谢逢松等一批文化名人。

四、结语

综上所述，作为客家后人的萧殷受到源远流长的客家文化精神潜移默化的影响是毋庸置疑的，正所谓"春风化雨，润物无声"！客家是中华民族一个具有悠久历史和深厚文化的民系，客家人是一个极具爱国爱乡品质和创业精神的群体，客家文化底蕴深厚，在一千多年的历史中，他们迁徙颠沛，没有被覆灭和摧毁，凭着一股坚韧不拔、刚毅勤奋、开拓创新的精神，在蛰伏中奋起，创造着奇迹，维系着世代相传的熊熊薪火，使古老的文化在新的环境中延续发展。这种精神也蕴藏在伟大的中华民族精神之中，它深深潜进了萧殷的血脉和骨髓。作为客家后代的萧殷不仅继承了客家文化的优秀传统,而且与时俱进,多方面深化了客家传统文化的内涵,为客家文化注入了新鲜血液。无疑,他的人格精神、事迹和文学创作、文学思想对客家后代有着深远的示范和教化作用,对客家文化、中华文化有着重要传承意义。

与时俱进拓展萧殷研究领域

夏和顺

文化学者,现供职于深圳商报。

萧殷从20世纪30年代开始文学创作、走上革命道路,他一生挚爱文学,在文学创作、文学评论和文学理论以及扶持文学青年等方面做出过巨大贡献,萧殷研究有着广阔天地。萧殷逝世以来,有关萧殷的研究在文学理论、文学史的领域已经达到很高的水准和层次。但我认为,萧殷从20世纪30年代走上社会后,半个多世纪的人生经历贯穿抗日战争、国共内战、新中国成立以及其后历次政治运动,直到改革开放,他的活动范围不局限于文学领域,他的贡献也不止于文学领域,因此,萧殷研究应该与时俱进,更上层楼,拓展更广阔的空间。

我虽然无缘亲聆萧殷先生教诲,但是通过参与编辑《百年萧殷纪念文集》,拜读其文学作品,也间接感受到了先生卓越的文学才华、正直无私的品格和奖掖后进爱生如子的人格魅力，似乎也跟当年受过他教诲和奖掖的文学青年一样，感受到他那温润的双手在扶持推动着我前进。我是中山大学文艺学硕士，我的老师黄树森先生是萧殷的弟子，得到过先生亲炙，也因此有了再传弟子的荣耀。

萧殷先生逝世10周年时，广东省作协曾编辑出版《风范长存——萧殷纪念与研究文集》（暨南大学出版社1994年版），收录了先生的众多朋友、战士、同事、同学的回忆文章，留下了大量珍贵的第一手资料。如今，此书早已供不应求，而且又有大量新的、有价值的回忆与纪念文章出现。所以，编辑出版这部《百年萧殷纪念文集》意义不言而喻。萧殷逝世以后，一直不断有人在撰写怀念他的文章，饱含深情，令人感动，他们中有不少人早已是文学界的栋梁和中坚力量，这足以证明萧殷先生对中国现代文学的贡献，足以证明他在现代文学史上不朽的地位。这部《百年萧殷纪念文集》分为"岁月之痕""文化之脉"和"时代之子"三辑，所收录的纪念文章，基本上按时间先后，记录了萧殷先生进行文学创作和从事革命工作的一生。

此文集照原计划尚有第四辑，是文学评论，作者都是文学理论家、批评家、学者、教授，他们或评述萧殷的文学理论，或论述萧殷在现当代文学史上的地位，或评论萧殷的文学创作。最后因为篇幅容量问题，这部文集仅收录回忆、怀念或纪念文章，而割舍了第四辑，虽然有点遗憾，但显得更加纯粹，更符合纪念文集的体例。

原拟选入第四辑的评论文章共20余篇，十余万字，水平很高，基本代表了当今萧殷研究的水平。它们包括：楼栖《萧殷的文学典型论及其特色》、蔡运桂《谈萧殷论创作》、饶芃子《萧殷文艺批评风格论》、黄展人《试论萧殷的文学批评思想与方法》、黄伟宗《萧殷与当今广东的文艺批评》、何楚熊《试论萧殷的理论贡献》等，是早期研究萧殷文学理论和批评的重要论文；程文超《令人灵魂战栗的人生过程——从文学作品读萧殷》、王祚庆《萧殷短篇小说艺术论》、关向明《寻找现实主义的河流——从〈月夜〉看萧殷的创作观及现实意义》以及谢望新《评论家的艺术情思——萧殷的小说散文集〈月夜〉读后感》等，则从作品的角度论述萧殷，评价其对文学史的贡献。据闻，有关单位正在搜集有关萧殷的研究论文，编辑出版《论萧殷》，相信除上述文章外，还会包括萧殷研究的最新成果，弥补了《百年萧殷纪念文集》的遗憾，推动了萧殷研究向前发展。

萧殷的夫人陶萍、女儿陶萌萌与先生接触时间最久，对先生了解最深刻，她们写的回忆萧殷先生的文章值得重视。陶萌萌老师几十年来一直默默地做着父亲文献资料的搜集整理工作，推动着萧殷研究向前发展，令人钦佩。《百年萧殷纪念文集》附录《萧殷大事记》真实反映了萧殷先生的生平，是她辛勤劳动的部分结晶。我认为，《萧殷大事记》还可以扩展成更全面的年谱，以及更翔实的年谱长编单独出版，为更进一步的研究者提供基础史料。

贺朗先生是萧殷的重要研究者，他于20世纪50年代初入读北京大学，其时萧殷先生应邀担任校外辅导老师，每月一两次到红楼北大给中文系学生授课，因此两人有师生之谊。北大毕业后贺朗又入读中央文学研究所首届研究生班，该研究所第二期改称中国作协文学讲习所，萧殷任副所长。贺朗后来到广东工作，任广东省社科院研究院，对广东传记文学有开创之功。正因为与萧殷有着长时期的深入交往，他所著《萧殷论》《萧殷传》有着不可忽视的价值，为研究者所倚重。《萧殷传》出版于1993年，《萧殷论》出版于1989年，随着时间的推移，文学潮流和思想观念的进步，加之新史料的出现，两部著作难免显示出不足之处，希望能有后继者写出新的萧殷传记，希望内容更充实，视野更开阔。

萧殷先生从事文学创作和革命事业逾半个世纪，经历丰富，阅人无数。有关其文学创作、文学评论和文学理论方面的研究已经达到了很高水平，但仍有待更上一层楼，继续推进。而且，萧殷研究应该有更广阔的空间，我认为，除了文学领域外，至少可以从以下几个方面拓展萧殷研究和萧殷先生的角色定位。

1. 红色报人。1938年初，萧殷先生曾在"战时首都"武汉的中国青年记者协会工作，这个协会是范长江和胡愈之等人在周恩来的直接指导下成立的，而他是当时唯一驻会工作人员。除处理信件外，他还编辑过该协会的《新闻记者》月刊，在月刊上发表过两篇反对托派的短文。《大公报》是中国最重要也是影响最大的报纸，范长江作为该报记者，刚刚发表了西北之行和采访延安的系列长篇通讯，声名鹊起。他曾希望萧殷到《大公报》编辑部工作，并介绍了15岁男孩王杰给他当助理。但显然，相较于《大公报》，延安对萧殷更有吸引力，他还把王杰一起带到了延安，到延安后与范长江仍有通信联系。此后，萧殷曾任中共中央北方局《新华日报》编委兼特派记者、《晋察冀日报》编委兼副主编，可见，萧殷先生是那个时期重要的红色报人，他与新闻的关系值得研究。

2. "国共和谈"见证者。1946年2月，北平《解放》报出版，初为三日刊，又称

《解放》三日刊，萧殷任编辑兼任新华社北平分社采访部主任。是年1月，国民党郑介民、共产党叶剑英和美国罗伯逊三方成立北平军事调处执行部（简称"军调部"），作为马歇尔、张群（后改张治中）、周恩来"三人委员会"的执行机构，下设若干小组，分赴各地执行停止内战任务。萧殷采访军调部的新闻，直接请示叶剑英后把消息及时发回延安，他随中共代表团住在翠明庄。他还写过一篇《〈解放三日刊〉创刊前后》，发表在《晋察冀日报》上。4月3日大批军、警、宪兵强行逮捕解放报社十余名工作人员，5月29日蒋介石下令封闭《解放》报和新华社北平分社，存在仅3个月出版37期的《解放》报至此终刊。国共和谈破裂，内战一触即发，萧殷仍回张家口编辑《晋察冀日报》副刊。1946年7月29日，美国海军陆战队在河北省香河县安平镇与八路军发生武装冲突，双方各有死伤，史称安平事件。8月初军调部成立第25特别行动小组，前往调查安平事件，萧殷被派往采访调停经过，是中共方面的唯一记者，每日皆有报道发往延安。因此，萧殷先生是国共和谈那段历史的重要见证者，值得研究。（仅安平事件即有众多学者研究，杨奎松著有长文《历史的湮没与改写——有关1946年安平事件真相与中共对美交涉再考察》，载浙江大学出版社2011年版《读史求实》。）

3. 新文学的"缔造者"。1949年2月中旬，萧殷随中共中央华北局进入北平，带队的是华北局宣传部长周扬，他们同住在后圆恩寺胡同一座四合院内。在一次文艺界座谈会后，萧殷选择到华北文化艺术工作委员会（华北文委）工作，筹备第一次中华全国文学艺术工作者代表大会。7月底，第一次文代会开幕，中华全国文学工作者协会（中国作家协会前身）成立，决定出版《文艺报》作为该协会机关刊物，萧殷与丁玲、陈企霞同任主编。参加文协、主编《文艺报》，决定了萧殷此后三十多年的人生道路，他本人也成为中国新文学的一道亮色，因此我们说萧殷是新文学的缔造者之一，也不为过。9月25日，《文艺报》正式创刊，萧殷在创刊号上发表《我们需要文艺批评》一文，从此文也可见萧殷的与众不同。此后，萧殷连续发表《谈主题、情节和性格》《多描写新人物》《泛论写真人真事》等文，1950年在天下图书公司出版《论文学的现实性》一书。萧殷在艺术的本体论上一贯坚持遵行艺术基本规律，他希望文学能在一条正常的轨道上前行。但遗憾的是，由于"左"倾路线的介入，萧殷的文艺思想被不断边缘化，他本人也被边缘化，由《文艺报》而调入《人民文学》、中国作协文学讲习所、《文艺学习》，直至最后调回广东家乡。

4. 思想解放的亲历者。1955年肃反运动引发"丁陈反党集团"案，萧殷先生被迫写下《对丁玲同志的意见》一文，但此文因过于实事求是未获通过。1957年反右期间批斗丁、陈，萧殷作为《文艺报》主编之一却没有上台发言。在中国作家协会工作的12年里，萧殷历经9次政治运动，而且处于风暴中心。研究这段经历中萧殷的心路历程，很有必要。"文革"期间，回到广东工作的萧殷也历经磨难，他曾因提倡写小人物而被批为"文艺黑线回潮"，被下放劳动。"文革"结束后，他主持广东省作协工作，兼任《作品》杂志主编。萧殷先生最早嗅到思想解放的味道，多次在广州、顺德等地组织文学创作座谈会，邀请国内知名作家、评论家参加讨论；以特约评论员名义在《南方日报》刊载《砸烂"文艺黑线论"，为实现四个现代化而创作》一文（萧殷组织策划，黄树森等执笔）；在《作品》上连续发表陈国凯《我应该怎么办》、王蒙《最宝贵的》和孔捷生《在小河边》等伤痕文学作品；组织筹备文学理论和批评刊物《当代文坛报》。广东文坛"思想活跃、组织活跃、创作活跃"，萧殷先生起了重要的推动作用，反思极"左"路线、反思"文革"动乱，萧殷先生是难得的典型人物。

《百年萧殷纪念文集》还附有一篇萧殷先生回忆延安的文章，是20世纪60年代初那个特殊时期由中国作家协会广东分会秘书处记录整理的，虽然有说教意味，但很生动，是十分珍贵的史料。1981年冬天，广东省作家协会党组曾委派程贤章先生对萧殷先生做过访谈，为其整理回忆录。当时萧殷已因病住进广东省人民医院，他们每次访谈15分钟，前后超过两个月时间内录下四个盒式录音磁带。程贤章感叹萧殷记忆力惊人，经核对部分内容，时间、地点、人物、场景都十分准确。程贤章据此整理成《萧殷三十年代在广州的革命活动》一文（后改名《我怎样走上文学道路》刊发于《特区文学》，并收入《萧殷自选集》）。萧殷逝世后，程贤章将录音磁带交给其遗属，陶萌萌在写《萧殷大事记》的时候，也参考了这份访谈录音，希望能对其进行深度整理，充分发掘其史料价值。

书信和日记是史家们看中的第一手资料，文学史自不例外。1993年花城出版社曾出版过《萧殷文学书简》，萧殷先生谈文学的书信当然很有价值，是文学史的材料，也是文学理论和文学批评的资料，但这本薄薄的小册子显然只是萧殷书信的一个简集，萧殷生前发掘、培养出大批文学人才，而那个年代约稿、改稿、联络作者，主要是通过书信来完成的，萧殷这方面的书信肯定多不胜数，他在其他方面的公私通信也是宝贵的史料，应该尽可能搜罗齐全，以备整理出版。

萧殷先生生前曾任职于中国作家协会、广东省作家协会、暨南大学等单位，近30

年来，以上单位为推动萧殷研究做了大量工作，取得了显著成效，而萧殷先生桃李遍天下，他的弟子许多都成长为著名作家、评论家，他们对萧殷感念不尽，纷纷撰文，或纪念或论述，将萧殷研究推向了一定高度。

萧殷先生故里河源市对推动萧殷研究做出积极贡献，并将发挥越来越大的作用。2015年，龙川县举办了萧殷诞辰100周年纪念研讨会，2018年，河源市举办了萧殷文学研讨会暨萧殷文学馆开馆活动。萧殷文学馆设于河源市图书馆内，面积约500平方米，集展示和查阅书籍等功能于一体，是收集和珍藏萧殷资料、开展萧殷文艺思想研究的重要基地。此前，萧殷家属曾将有关文献资料捐献给萧殷文学馆，从开馆当天展出的300多幅照片和各类文献物品即见其价值。

总之，萧殷研究应该有更大的领域和更广阔的空间，应该有更多的优秀研究者介入，希望广东省作协、河源市等有关单位的领导更加重视，希望萧殷文学馆在组织搜集、整理和出版萧殷著作以及研究成果方面大有作为。

不忘鲁迅　需要萧殷

郑心伶

曾任广东省文联副秘书长、理论研究部主任，广东省文艺批评家协会副主席，广东鲁迅研究学会会长。

最近，在"鲁迅与中国现代文艺复兴思潮"国际学术研讨会上，有人提出"鲁迅是一个被不断发现和阐释的存在"，"鲁迅研究"是个"时代话题"。一说"存在"，一说"话题"，似乎都是公认并十分注重了的"复兴"意象与愿景。

毋庸置疑，这都是时代与社会的大课题，尤其是现代文艺"复兴"的关键词。不过，我始终认为，能否践行其"知行合一"，着实不敢说，也不好说。

因为，当代中国已难有鲁迅，也少了萧殷。鲁迅的"存在"与萧殷的"出现"乃至"鲁迅研究"是否真的成为"时代话题"，更须认真探讨，客观认识。光有意愿、讲"形式"，是没用的。不少事败就败在"知,而不行;行,而无果"。何况,虚无主义的思潮还在作祟呢。

一

"文艺复兴"是世界性文艺发展的历史经验与成功途径。中国现代文艺应运而生,其契机当然在于现代文化的蓬勃发展。尤其主帅、旗手鲁迅的出现,更是尽人皆知。不然,毛泽东同志怎么说鲁迅是"中国现代文化方向的代表",是"伟大的思想家、革命家、文学家"呢?这个全面而科学的论断,恐怕难以推翻吧。

鲁迅骨头最硬,最有韧性的战斗精神。他能在绝望中反抗,主张不能再唱"老调",要拆掉"铁屋子",翻掉"旧筵席",要打破思想的闸门。他既是国民性勇敢的解剖者,又无情地自我解剖,被公认为真正的"民族魂"。我们怎么也不忘鲁迅!其"发现"与"存在",也无须什么人为刻意地躲在"象牙之塔"中脱离实际地浪费纸张进行所谓"研究"。至于什么"官办"还是"民办"的诸多研究组织,也不在讲究"形式",更多的可能是"自发"吧。倘若离经叛道,早已"魂不附体"了,又何来学习鲁迅、研究鲁迅?连一点鲁迅精神都没有,还能谈得上研究鲁迅或戴上研究鲁迅"专家"的帽子吗?某些所谓鲁迅研究"专家",摇身一变为"反鲁""灭鲁"的打手,更是最可笑最恶劣的典型例子。

当前,有一股错误的社会思潮在出现,是值得警惕的。如盲目颂扬封建时代、民国时代的"文化复古思潮",为"文革"翻案的"老左派"思潮,反对改革、不思进取、固化已有利益的"保守思潮"……都必须正视才好。不然,沉渣浮起,乃至泛滥成灾,其危害是难以估量的。这正是甚嚣尘上的"赶跑鲁迅""打倒鲁迅"的思想根基、思想潮流。有人否定毛泽东同志对鲁迅的评价,甚至诬告鲁迅只是什么又臭又硬的"骂人专家"。试问如此"思潮",让其成为主流,改革被阻挡,我们的现代文艺还能"复兴"吗?

所以,我们的任务,不只在"发现与阐释"鲁迅的"存在",最重要的是承认鲁迅是中国现代文化之"魂"、中国现代文化方向的"代表"。伟大的思想家、革命家、文学家——鲁迅被否定了,"反鲁迅""去鲁迅"成为"时代话题","鲁迅研究"岂不变成子虚乌有的"伪命题",还谈什么"现代文艺复兴"!

孙郁在这次国际学术研讨会上说得好:鲁迅研究"一直纠缠着历史、现实以及自我意识里本然的存在。在对象世界里反观自我,乃今的学人应有的选择"。这种"反观自我",倒是值得倡导的,有良心有血性的知识分子,首先就要像鲁迅那样敢于善于"反观自我"。

二

接着说一说"选择"。这应该是历史的选择、时代的选择。

对于中国现代文化、现代文艺的选择研究,当然有很宽的自由度。你可以研究鲁迅、胡适、郭沫若、沈从文,也可以专注周作人、张爱玲,乃至更多的受压抑、被遗忘了的作家、诗人。排起长队,何止万万千。光是当下时髦得很的占据排行榜的个别红得发紫、富得流油的作家明星,就让不少青少年追到发狂。"学院派"的学者也好,"草根派"的专家也罢,尽可选择自己的对象、坐标。只要不出格、不失节、不迷途,只要不是别有用心,都有自己的"选择"自由。不过,我认为,脑髓与眼力、墨线与尺寸,总要靠谱吧。画一只猫占几行瓦,把狸猫当老虎,把燕雀当鸿鹄,把小丑当英雄,那就太不应该了。非但闹笑话,甚至反而会挨骂的。

关注一下"现状",看看我们作家、学者、专家们对中国现当代主流文化艺术传统是否真的入心入脑去学习、研究,且求其发扬光大。一些人要么在物欲横流中漂泊;要么事不关己,只求名利。有的稍吃点亏,排不上高档次,得不到什么"大奖",声誉不甚显赫了,便索性改行换道,甚至干脆封笔下海算了。曾有人公开宣称,不再研究鲁迅了,不再吃"鲁迅饭"了。于是,有些要走冷门,想从三四流作家的研究中另辟蹊径,开拓新天地。曾几何时,周作人热、张爱玲热、徐志摩热,烧红半边天。苏雪林、陆小曼也大行其道,大吃其香。连中国现代文学史中"鲁郭茅巴老曹"的排位都要调整了,有人还特别把个别青年作家排在这六位著名作家的前头了,甚至鲁迅的名字也被抹掉了,难道这是正常的吗?

我不敢多嘴,只能凭良心说真话,如果这六位大作家比个别亿万富翁青年作家都不如,那中国现代文学就是一片空白,或许真的被"决裂"了。这无疑是最可悲的事。

中国现代文化或曰现代文学艺术,一旦掉链子,断了"文脉",没了主帅与旗手,中国现代文化、现代文学艺术的"复兴",难道会天上掉下来、从地下冒出来?我坚信,在座的王蒙先生与诸位大名教授、学者、理论家,对此不会默认、不会无动于衷吧？

三

别说中国当代文学泰斗们对上面所说的某些错误思潮要抵制，我们的萧殷老师早就提出，要继承鲁迅的文化思想与文化传统，并特别要求文艺界的老同志须像鲁迅那样，把培养青年作者当成头等大事。

萧殷老师说到做到，并且身体力行，传承了鲁迅的优秀传统。

读大学时，我就听过萧殷老师做关于写作的报告。他鼓励我们好好学习，多为文学事业出力。

我1976年9月初从海南调进广州，专事鲁迅研究工作。得以与萧殷老师相知相熟的是，我的一篇论文《从鲁迅诗看他的思想发展》，由萧老师审阅，从提意见修改到发表于《中山大学学报》，都离不开萧殷老师的直接指导。后来此文被当作附录收在我1982年出版的《鲁迅诗浅析》一书中。从此，我就经常登门请教萧殷老师。有一天，萧老师给我一张便条，要我为他搜集鲁迅与青年的有关资料，我立即把五本书送去。后来他又叫我到省人民医院东病区病房听他畅谈鲁迅与青年的问题。萧殷老师非常激动地说："现在，我们的不少名家缺乏鲁迅精神，少帮助青年一代的成长，令人遗憾！"接着我与黎服兵同志到病房进行录音采访，他谈得更多了。萧老师要我与他合写学习鲁迅的三篇札记文章——《风格、流派及其他》《要立足于现实生活》《典型与真实》，皆用于指导青年作家如何学习鲁迅、如何搞好文学创作。当时，我根据他草拟的写作提纲写出初稿，交他审定时，却逢他身体越来越虚弱，以致不治！我便把文稿与录音带留在萧老师家中。虽然这些文章没有得到发表的机会，但我在日记中有详细记述，就当作对萧殷老师的永久纪念吧。此事，我的《他，伸出温热的手——兼谈萧殷与鲁迅》一文有谈及。感谢陶萌萌同志帮我找到了这篇文章。

萧殷老师最看重文学写作的民族风格与深入生活的问题。他鼓励青年作家，要像鲁迅那样"取下假面，真诚地、深入地、大胆地看取人生，并且写出血与肉来"，"踏在生活的地盘上"，"做生活的主人而不是客人。唯此，才不至于瞒和骗"。这是萧殷老师一再教导我们的至理名言，也是教育我最深刻的，永远难忘。

顺便讲一个小故事。萧老师家里养着一只可爱的花猫，常蹲在客厅的一张茶几上。

有一次不知何故花猫离家几天才回来,但一进家门又照样蹲在原地。萧老师见到我来了,就高兴地说:"你看到没有?猫也有固定生活习惯啊。我们搞写作,就要细心观察,才写得真实。"

萧殷老师不愧是学习鲁迅的好学生,从文艺理论到观察生活,他都以鲁迅精神激励自己,开启青年作者的心智与写作。所以,我一贯以"青年导师"四个字来概括萧老师的形象,并在讲文学课时经常传授萧殷老师诲人不倦的精神。我的学生都是比较熟悉萧"老师公"的。

四

遗憾的是,当代中国已很难找到真鲁迅了,连萧殷式的"青年导师"也很少很少了。

所以,我要借今天这个会,呼吁千万"不忘鲁迅",也迫切需要萧殷这样的好老师。

昔日,许多青年学生是由鲁迅文化、鲁迅思想、鲁迅精神的"灯火"指引,走上革命道路、文学道路的。新中国成立后,萧殷老师又传承鲁迅传统,伸出温热的手,引导青年作者深入生活,搞好创作,培养了一大批有作为的年轻作家,取得了辉煌的成绩,点燃了"文艺复兴"的希望。这种精神的薪火相传,是最可贵的。他发现与培育的青年作家,不胜其数,何止王蒙、陈国凯这样大名鼎鼎的文学好苗、壮苗,从他的大量书信与多次讲演中,可以看到他是如何做"春蚕吐丝"的。而今,我们的"青年导师"呢?从鲁迅到萧殷又能数出多少啊?

但愿更多人"发现和阐释"鲁迅与萧殷的真正"存在"!而且,这不光满足"发现"其"存在"而已,爱花更要爱园丁啊,唯此,我们的文化、文艺复兴才真正有望。

但愿在我们的神州大地上出现新的鲁迅、更多的萧殷。凭我个人的切身体会,要真圆现代文化梦、文学梦,应该从上到下、从下到上,让鲁迅精魂融汇于从事文化艺术、文学创作的每一个人的细胞,切切实实做到入心入脑的"魂附体"。

第一,坚定不移地确立以鲁迅为首的中国现代文化大军及其代表的现代文化方向,并且做到人不认错、路不迷向、志不游移。"魂"丢了,队伍散了,方向错了,能有学术可言,鲁迅研究可言吗?

第二,建设好当代萧殷式的导师队伍,齐心协力,培养青年一代,壮大新时代中国特色的社会主义文化新军。没有这支生力军,又何来"文化复兴"、文艺繁荣?

第三，把鲁迅研究与人文传播有机地结合起来。讲鲁迅不讲人文，讲人文不讲鲁迅，都是脱离实际、不正常的乃至是变态的。鲁迅是活的人文，人文没了鲁迅之"魂"，还有什么"学术研究"呢？"文学是人学"，更是"心学""灵魂""思想"之学。萧殷老师一再强调的学习鲁迅，反对"瞒和骗"，作家要"踏在生活的地盘上"，写出人生的"血与肉"来！

我想，做到这三点，就算是研究鲁迅与萧殷的实质意义吧。

末了，我还要补充几句并非多余的话。

当前，在"复兴"的澎湃大潮中，还有一股"保守思潮"的抵阻。我们学习鲁迅、研究鲁迅，坚守鲁迅的精魂与传统，也要像萧殷嘱咐的那样，把"发现、扶植、培养青年作家"定为"繁荣创作的一个根本性措施，不可忽视"。我曾撰文批评过某些报刊编辑只发名人、女人、熟人这三个人的作品，有的还不择手段"以编当权、以发为诱"。萧殷老师对此疾恶如仇。他曾多次劝告："不要急于取蛋，重要的是善于发现良种，哺育母鸡。只要小母鸡成熟起来，不愁它不源源下蛋。"多好的比喻啊。

所以，我要特别推荐萧殷老师1979、1980、1981年连续出版的三本书：《论生活、艺术和真实》《谈写作》《给文学青年》。这是萧殷老师面赠给我的文学创作教材，太珍贵了。

今天，萧殷文学馆开放了，萧殷研究会也开了。我们除了热烈庆贺，还要以文学馆为课堂、以研究会为契机，好好传承萧殷老师的精神，更要像萧殷老师那样活学鲁迅！

勇敢的战士,温热的手
——萧殷与鲁迅的未了情缘

陈家基

广州外国语学院英语系原副主任,中美及南非文化学者,南部非洲专家学者工程师联合会秘书长。

我国著名的文学家与文艺评论家萧殷,一生中都把鲁迅先生当作自己的旗帜与楷模,一生都在践行着鲁迅先生的精神。

萧殷在其逝世前一年编纂的《萧殷自选集》中,就有数十处提到鲁迅和他的作品[①]。

萧殷对鲁迅的崇拜,来自亲身的经历。

初中时期,从学校图书馆中博览群书,萧殷被鲁迅的著作深深吸引,干涸的心田被文学滋润,写作冲动大起,他写下散文《风雨之夜》,引起国文

---

① 《萧殷自选集》中如下处提到鲁迅以及鲁迅的作品:序言6,正文5、8、12、55、209、210、214、215、216、234、241、275、279、331、332、357、358、359、360、362、412、436、437、438、439、463、465、489、634、663、971。

教师注意并推荐到广东省美术展览会，获二等奖大受鼓舞，继而写散文《挑水妇》、《明天》等小说，还有一些新诗，但只能发表在同学自己创办的文学期刊上，最多发表在书店出版的《学生文艺丛刊》上。但是萧殷创作冲动不可遏止，接连写下揭露社会黑暗的小说《乌龟》和《疯子》等，但苦于没有机会发表。

1934年春天，萧殷在龙川佗城小学教书期间，写了一些散文诗，其中包括《牵牛花》和《第一次颤栗》。"《第一次颤栗》也是一篇散文诗。……借此讽喻当时好人受欺凌，坏人当道的黑暗社会。"[①]

暑假到了，为了躲避家乡"一小撮反动家伙"说他是共产党而预谋陷害，萧殷从龙川来到广州，希望找到工作安顿下来，但未如愿。这期间，在中山大学图书馆，萧殷阅读了鲁迅先生更多的著作，心潮澎湃。9月6日，处于人生十字路口的萧殷按捺不住激动的心情，贸然给鲁迅先生写信，并随信附上自己所写的一篇作品——散文诗《变》，希望能够得到鲁迅先生的具体指导并寻找机会推荐发表。这封信的手稿如今收录于《鲁迅藏同时代人书信》[②]。信和稿如下：

鲁迅先生：

在中国的作家中，您是我最敬爱的一个，因为您是站在被压迫大众的解放运动最前线的一个人。

正因为我敬爱您，所以我特地请您批评我的作品。这篇《变》是我最近写成的散文诗。本来拟投到附近的报纸副刊里去，但是，一想到那些充满了灰色内容的副刊，与那些思想糊涂的编者，不禁就令我胆怯起来。无疑的，这样内容的散文诗，必然地不容于那灰色的雾园里。

《变》的主题是叙一个一向不明阶级意识而受着欺骗的青年人觉悟底过程，和潜伏着的革命情绪的力量之伟大。（这样说法，也许不对。先生看了。自然明白。）可惜我的写作技术太不成了，请先生在回信里一一加以指正！！

如果先生认为略加修改之后可以发表出来，那末，请先生也不妨修改一下，并请介绍到前进的杂志里去发表出来。这是我的希望，也是我的要求。

---

① 萧殷：《我怎样走上文学道路》，载《萧殷自选集》，广州：花城出版社，1984年版，第964页。

② 张杰：《鲁迅藏同时代人书信》，郑州：大象出版社，2011年版，第242、432页。

末了，向先生致一个革命的敬礼！

崇拜您的人
郑文生谨上
九月六日

附　变

萧英

一个美丽而静谧的夏天底下午，我愉快的伴着一朵野花躺在一块凉快的青草地上。

轻微的凉风，象处女的辫发那么地软绵绵的，把那些浓绿的树林都吹拂得袅袅的，有如那些陶醉在华尔滋的旅律上的舞女那么地把身腰摇摆着。

蔷薇似的阳光，吻着鲜绿的叶尖，吻着辽远的紫青的远山微笑着。小鸟儿在绿林里歌唱，蜂蝶们在花丛中舞蹈。——啊啊！这世界是何等和平而美丽！

我愉快的躺着。一块美化了的花影，投到我的身上。令我感到一种难以形容的欢悦。于是，有一种抑制不住的微笑，便浮上我的唇边。

（远远的天边，仿佛有轻微的雷声。但是，谁去留意它呢？）

愉快的笑声，溢出了我的唇边，粉红色的花朵开在我的心上；还有，还有更美丽的梦，会开在有月亮的夜里。……

这时，我的肢腰经轻风吹软了，瘫瘫的，仿佛是躺在天鹅绒上。

（云外的雷声，更吼得厉害了，轰轰地。然而谁管他妈的屁？？）

我终于在这样的环境里入梦了。于是，我失掉了灵魂。……

轰！轰！轰！

一阵震天撼地的雷声，陡的将我美丽的梦粉碎了。我出奇的擦了擦眼睛，最后，我竟惶惑地惊跳起来。

——呀！怎么世界会变得这样？

天空早已布满了浓重而漆黑的云块了。风，已成了一个勇敢的战士，勇猛的，在地面上怒吼起来。许多残余的东西，都给扫荡了。雷电，时时在山顶上迸出灿烂的火花来。

丛林，仿佛要倒塌了，很厉害的摇撼着，哀叫着。

青草，颠覆地动摇着。……

地上的小石子，滚动着。破屋瓦，给打落了；墙角边的苍苔也在一边发抖。……

接着，是一阵雄浑浑的，高壮的雨声。那雨点，象豆子一样，密密的横扫过来。于是，一切都震撼了，吼叫了。仿佛还有雄壮的呐喊，勇敢的冲锋："杀呵！杀尽一切阻挠社会向前发展的恶势力！"

风，跟破屋顶撞击着。雨，和不平的地面决斗着。雷电在山顶上怒吼着，呐喊着。

灿烂的火花，在这不平的地面上爆迸了！

啊！好悲壮的暴风雨呵！

我抖索地蜷伏在一个树林底下，偷看着。我看清了一切。但同时我却又心痛着，我悔恨我在过去失掉了的灵魂。

——啊！我明白了，我不能再受欺骗，不能再在梦中！

我这么叫了一声，便毅然的站起来，勇敢的奔向前去。

——啊啊！从此，我认清了我们的路了！①

真名——郑文生
通讯处——广州石牌中山大学第八宿舍莫柱孙先生②

根据《鲁迅、许广平所藏书信选》收录的这封信的注，"此信信封写着：'上海福州路四三六号文化生活出版社收转邓当世先生 广州郑寄 九月六日。'对于此信和附寄稿件的处理，《鲁迅日记》未见记载。"

信中的收信人"邓当世"为鲁迅先生的一个笔名。鲁迅常常用日本友人开的内山书

---

① 所附的署名萧英的散文诗《变》收录于周海婴：《鲁迅、许广平所藏书信选》，长沙：湖南文艺出版社，1987年版，第129—131页。

② 莫柱孙（1916—2001），地质学家，20世纪30年代在广州中山大学地质学读书，为郑文生的朋友。网上有把他的名字写成"莫柱荪"的，然而莫本人的论文均署名"莫柱孙"。萧殷的《萧殷自选集》中两次提到他时均写作"莫柱荪"，应以1934年信中所用的名字"莫柱孙"为准。

店或他常用的出版社作为其对外的联络地址，代为收转信件。

给鲁迅的信发出去以后不久，为了生计，萧殷回到佗城。

虽然经过我们多方查证，但至今无法知道，当年，鲁迅是否给"郑文生"回了信，又是否对"萧英"的散文诗提出了意见。我们只知道，流离失所的郑文生曾寄住在朋友莫柱孙的宿舍，并以莫的宿舍作为通讯地址。我们设想，萧殷寄给鲁迅的信，焦虑期待若干时日后，可能放弃了自己小小文学青年期许大师回信的奢望，因而垂头回乡；也可能鲁迅先生当时真的写了回信，但是莫柱孙收到了吗？如果他收到了又是如何处理的，他转告萧殷了吗？如果他把信寄到佗城小学，而萧殷回乡后因为开学而离开佗小……这其中，一个个关节，任何一处出岔，萧殷都收不到鲁迅的回信。

果然，萧殷并没有收到鲁迅的回信；萧殷一生也从未提过这回事。

但是，这件事，无疑是萧殷文学生涯的里程碑，一个重要的转折点，正如他在《变》中所说，"从此，我认清了我们的路了！"回乡后，"给鲁迅写过信的"萧殷激情澎湃，专心研习、探讨小说写作，以手中的笔抒发对黑暗社会的压迫与对不公的仇恨，对被压迫的劳动人民深厚的同情。他的小说创作由此达到了一个高峰。从1935年开始，萧殷在《广州民国日报》副刊《东西南北》连续发表了二三十篇小说。

按照萧殷的文学积累和思想深度，照此写作进度，萧殷不难成为文坛先锋。但是，年底爆发的"一二·九"运动彻底打破了文学青年的梦想！萧殷被革命的潮流裹挟，转身走向革命。1936年1月，萧殷来到广州，加入中山大学员生工友抗日会主席团主席、广州学生抗日联合会主席曾生主持的"国际问题研究小组"（之前是共产党地下组织的"秘密读书会"），开会策划和开展各种抗日宣传活动，组织学生罢课。按照曾生同志的秘密指示，萧殷到中山大学参加爱国学生的革命活动，并参加了1936年1月9日广州市学生万人抗日大会，大会一致通过成立广州市学生抗日联合会，会后举行抗日示威游行。在"一·一三，""荔湾惨案"后，参加中大的学生集会，声讨国民党逮捕进步学生……

1936年暑假，萧殷又一次从佗城来到广州，在《萧殷自选集》的《我怎样走上文学道路》一文中，萧殷描述了他这段时间"思想发生了质的飞跃"。

"自七月到十二月，我在那里度过了最难忘的岁月。在那里。我参加过许多革命文学活动，写过许多矛头直指国民党反动派的杂文，参加了党所组织的革命活动，不仅印象深刻，而且还促进我的思想发生了质的飞跃。"①

这时候的萧殷，已经从单纯的文学青年转向革命战士，他以杂文为武器，作为对准敌人的"匕首"和"投枪"，把大量抨击国民党反动派的杂文寄到香港的桂系反蒋报纸《珠江日报》副刊《潮声》发表。萧殷再次萌生了给鲁迅先生写信的念头。这时候，他已经不是两年前那个一心想发表作品的文学青年，而是具有革命思想和斗争经历的革命青年与革命文艺工作者的带头人。

萧殷在《我怎样走上文学道路》一文中，叙述了他当年关注鲁迅并给鲁迅写信的情况：

"这半年来，我们一直注意着鲁迅先生，应该说，我们的革命文学活动，始终没有离开鲁迅。我们总是密切地注视着鲁迅的动向，把他当作我们斗争的旗帜。尤其在这革命更加复杂、更加艰苦的关头，盼望能够得到他指导的愿望更加强烈了。正是在这时候，十月初，我怀着崇敬的心情，给鲁迅先生写了一封信。我向他简略地反映了广州反动势力的猖狂和与之斗争的形势，汇报了我正以杂文为武器参加了战斗。在这封信里，我还把散文《温热的手》寄去，希望得到鲁迅先生的指教。

"信寄出去后，我天天盼望鲁迅先生的回信。但没有料想到，这位伟大的文学巨匠在收到我的信十天后，竟与世长辞了。鲁迅先生只在十月九日的日记上记上一句：'得萧英信并稿。'噩耗传来，我们悲痛欲绝，天啊，我们心灵中的精神支柱仿佛失去了支点，都沉湎于悲痛之中。"②

最近，我们发现了尘封84年的史迹——萧殷在1936年10月21日写了一篇名为《永别了，勇敢的战士！》③的文章，表达了对于鲁迅先生逝世的悲痛心情。这篇文章萧殷从来没有提及，现将此文刊登如下：

永别了，勇敢的战士！

萧英

一个不幸的噩讯随着一阵凄厉的秋风，在一个早晨飘到我的耳鼓边来：

---

① 萧殷：《我怎样走上文学道路》，载《萧殷自选集》，广州：花城出版社，1984年版，第966页。
② 萧殷：《我怎样走上文学道路》，载《萧殷自选集》，广州：花城出版社，1984年版，第971页。
③ 萧英：《永别了，勇敢的战士》，《文学生活》1936年第3卷第1期。

"鲁迅死了!"

一位勇敢的奋斗了20余年的老战士死了,从此不但中国文艺界是一种绝大的损失,就是东方的文艺界也将减少不少的光辉。

尤其是在这暴风雨的前夜,鲁迅先生的死,更令中国的大众感到无限的悲痛。在这时期内,所有的青年正需要着精神的粮食,所有的大众正急需着斗争的知识。在过去,鲁迅先生已做了我们的保姆,他供给了我们不少的富于资养的粮食,同时也领导着我们向真理之路前进。

他是一个经历了长期奋斗的艺术家。在20年前他已开始和旧社会决斗。这种精神一直继续到现在还没有更变过。他时时都正视着现实,从真理的观点上去暴露社会的丑态。他用冷酷而刻薄的笔锋,抨击着丑恶的现实,讽刺着旧社会的没落,他从没有宽容过敌人,他主张对待敌人要给予"最无情的抨击。"

然而,他对于大众却现示得非常热情,温暖,几乎每个中国的大众都有倾听着他那充满情热的真切的声音,而且每个大众都喜欢去接受他的教训;和高尔基一样,他同样是"大众的保姆"。

然而,鲁迅先生死了,从此我们再不能听到他那伟大而有光辉的教训了。在暴露社会丑恶的战士群里,现在又损失了最有力的一员。

于是整个中国的大众都沉在极悲痛的泥潭里。

但是,悲痛有什么用?鲁迅先生在他的遗嘱里,不是说"忘记我——管自己生活,倘不,那就真是糊涂虫"么,对呵,我们先接受起先生的遗教吧。从此我们要跟着鲁迅先生所走的路,用他奋斗的精神,去完成他那未完成的伟大的工程呵!

不要悲伤了,我们只要求大家将鲁迅先生所教训的,都在具体的工作上表现出来。

永别了,勇敢的战士!

二十五、十、二十一。

84年前,当萧殷写下这篇悼念文章的时候,他还并不知道鲁迅先生是否收到了他的信和稿。但是,1978年4月3日,复旦大学中文系鲁迅日记注释组,把一封询问信寄到广州萧殷的家中。来信说:

萧殷同志：

　　我们复旦大学中文系鲁迅日记注释组承担了《鲁迅日记》（1928—1936）注释部分。因年代久远，当年与鲁迅先生交往的一些人颇不易搞清，只得求助于各位老同志。"日记"上曾提及一人"萧英"，我们在调访中，据一些同志回忆说可能是您，故今不揣冒昧相烦，谨望指教。

　　现将《鲁迅日记》上有关条目录下：

　　1936.10.9 "得萧英信并稿。"

　　请您老回忆一下，这里的萧英是否是您？如是，根据注释体例，我们需知道：您的出生年月，籍贯，当时的职业，身份，笔名，化名，信的内容及稿件体裁，稿名，内容等。

　　专此布复，即颂

　　春祺！

复旦大学中文系

鲁迅日记注释组

4.3

此信唤起萧殷深藏脑海42年的记忆。收到信的第三天，4月13日，他立即给复旦大学中文系鲁迅日记注释组复信：

鲁迅日记注释组：

　　真佩服你们的调访精神，居然把一封查询"萧殷"的信函无误地送到我的眼前，而且还直接寄到我家里，实在感谢。

　　读了来信，看到鲁迅先生的日记中的那个条目，立刻勾起我的回忆。当时我住在广州中山大学一个同学宿舍里，由于一脑子的问题，亟想向鲁迅先生请教，便于十月五日（或六日）写了一封约五六百字的信，并附上一篇散文。过了十天以后，我几乎天天盼着先生的复信，不幸，我没有收到复信，却在报上看到先生与世长辞的噩耗。

　　我一九一五年农历八月出生于广东龙川县佗城，一九三六年在龙川民教馆管理图书，同年八月离龙川到广州，住中山大学，一面参加救亡运动，一面写小说。这半年由于蒋介石势力渗入广东，白色恐怖加深，斗争尖锐，于是我暂时放弃小说写作，把全力投入杂文写作中，对国民党政府的腐败统治进行无情的揭露与讽刺。

在这（一九三六年）之前，我用"郑文生"发表小说，这时为避开国民党书报检查官的注意，用"萧殷"笔名发表杂文。以后一直用这个名字，一直至一九四六年。

我写给鲁迅先生的那封信，详细内容已记不清楚，根据我当时的处境，我的活动以及我的心境，大概不出如下几点：（一）我当时已不能在广州发表文章，只能利用香港《珠江日报》（反蒋的桂系报纸）发表反蒋杂文，但常遇"开天窗"（即编者将一些重要的文字删掉，代之以□□□……）很恼火，可能把这种情况向鲁迅先生汇报。（二）为了斗争，需要把自己的武器磨得更锋利，所以几乎每日都细心学习鲁迅先生的杂文，这封信中可能向先生提出一些杂文的写作问题。（三）当时我已参加"广州文学艺术界救亡协会"（原名记不清，是文艺界抗日统战组织）每周都展开一些活动，很活跃，人数越来越多，……可能将这些向先生汇报。

附去的稿子是散文，题为《温热的手》，大意是一个正在彷徨苦恼的青年，遇到一个较有经验的革命者，并受到启发和鼓舞……细节已很模糊。

四月十三日（1978年）

通过书信（未公开发表）的来往，复旦大学中文系鲁迅日记注释组终于弄清楚了"萧英"就是"萧殷"，那篇"稿"就是散文《温热的手》。根据萧殷提供的说明，1981年出版的《鲁迅全集日记》的有关注释部分是这样的：

萧殷，原名郑文生，笔名萧英、萧殷等，一九一五年生，广东龙川人，文艺理论家。当时在广州参加广东文学艺术救亡协会，从事文学创作。曾函告鲁迅有关广东文艺界救亡运动的情况，以及对报纸被迫"开天窗"之不满，同时向鲁迅请教如何写作杂文。所附文稿是他作的散文《温热的手》。——1936年10月①。

虽然萧殷再也无法得到鲁迅先生的回复，无法得到鲁迅先生的指导，但幸运的是，在他生命最后的五年里，萧殷终于得知鲁迅先生收到了他的信与稿。

看过《温热的手》这篇散文的人，有萧殷同时代的朋友芦荻（著名诗人，萧殷20世纪30年代在广州的战友）。据广东鲁迅研究学会会长郑心伶对笔者所述，在芦荻家中听他亲口说曾看过这篇文章。

虽然萧殷在1978年以前并不知道鲁迅先生当年收到了他的信与稿，但他一生以鲁迅为榜样，以鲁迅一样的满腔热忱帮扶每一位青年作者，包括1938年在延安帮助后来成为湖南省文联主席的康濯，1947年在华北联大帮助《小兵张嘎》之父徐光耀，1956年在北京帮助《青春万岁》的作者、原文化部长王蒙，以及后来扶持的广东省作家协会原主席陈国凯等多位著名作家和数百位文学青年。

1946年，萧殷在《晋察冀日报》主编副刊工作。一天，收到一位业余作者的短篇小说，通篇字迹潦草，几乎不能辨认。萧殷只好花费一周的夜晚时间字字辨认，连读带猜，终于把稿子读通，发现这是一篇出色的短篇小说，惊喜万分，于是将稿件交给一位女同志誊写。不料战局突然紧张，十几天后，在报社匆忙撤离张家口期间，那位女同志将稿件丢失，令萧殷再也无法联络作者。萧殷说：稿子丢失了，好作品不能问世，好作者也从此埋没了！这件令他痛心疾首的往事，成为他一生甘为人梯、用心血发掘培养文学青年的动力。很多很多年过去了，直到晚年，每当说起这位青年，萧殷依然惋惜不止。

曾经两次造访萧殷，受过萧殷教诲的河南人民出版社编辑郭瑞三说过："蓦然，鲁迅先生那段名言，像一簇激越的浪花，撞开了我的心扉：'我先前何尝不出于自愿，在生活的道路上，将血一滴一滴地滴过去，以饲别人，虽自觉渐渐瘦弱，也以为快活。'

"哦！当萧殷那肌肉松弛的手背上，暴凸的青筋又出现在我眼前时，我想，这血管里不也流动着鲁迅先生那滴过来的血浆吗？"②

---

① 在河源市图书馆萧殷文学馆的萧殷书信中可查证。
② 郭瑞三：《润物细无声——萧殷印象》，见《百年萧殷纪念文集》：黄树森主编，广州：花城出版社，2018年版，第298页。

对于萧殷呕心沥血，燃烧自己照亮别人的精神，郑心伶有过以下描述——

"由于工作关系，与萧殷老师直接接触的机会多了，我便越来越清晰地从他身上看到一个活的鲁迅，深切体会到鲁迅当年是怎样培养青年作者的。他，向我们伸出的永远是温热的手。"①

萧殷在1934年和1936年两次写信给鲁迅先生。第一次，萧殷是渴望得到先生指导并发表作品的文学青年；第二次，萧殷是在革命斗争中初显身手，并以杂文做战斗武器因而遭到国民党特务通缉的革命青年。就在第二次寄信后的两个月，萧殷义无反顾远离家乡，北上寻找革命方向，从此开启人生另一个篇章。

两次给鲁迅写信，标记了萧殷人生两次重大的转折。此后，无论他在上海，在武汉，在延安，在晋察冀，在北京，在广州，无论任职中国作协青年作家工作委员会、中国作协文学讲习所，还是编辑各种文艺刊物，或者在大学中文系任教，在党政机关领导文艺工作，在广东省作家协会工作……都一样不忘潜心文艺理论研究与培养青年作者，萧殷一生，都在身体力行鲁迅先生的精神。

面对敌人，他无愧是勇敢的战士！

面对作者，他伸出的是温热的手！

补白二则

一、郑文生和萧英名字之谜

复旦大学中文系鲁迅日记注释组当年不知《鲁迅日记》中所提到的"得萧英信并稿"的"萧英"为何人。无独有偶，在《鲁迅藏同时代人书信》和《鲁迅、许广平所藏书信选》两书中，在《郑文生致鲁迅》的文末，并没有按照该书的体例，对写信人做一个简单的介绍，这不能不说是一个遗憾。在此，我提供以下说明，希望这两本书有机会再版时补上。

萧殷（1915—1983），原名郑文生，曾用笔名萧英、鲁德、郑心吾、黎政、何远等。作家，文学评论家。出生于广东省龙川县。1932年开始写作并发表作品。1938年

---

① 郑心伶：《他，伸出温热的手——兼谈鲁迅与萧殷》，载《百年萧殷纪念文集》，广州：花城出版社，第305页。

入延安鲁艺学习。同年加入中国共产党。曾任《新中华报》、《新华日报》（华北版）编委、延安中央研究院研究员、《冀中导报》文艺副刊主编、《晋察冀日报》副刊主编、《石家庄日报》副总编辑等。新中国成立后，历任《文艺报》主编，《人民文学》杂志执行编辑，中国作协青年作家工作委员会副主任兼文学讲习所副所长，暨南大学教授、中文系主任，中共中央中南局宣传部文艺处处长，广东省文联、中国作协广东分会副主席，《作品》月刊主编，中国作协第一至三届理事。著有短篇小说集《月夜》、文学评论集《论生活、艺术和真实》《萧殷文学评论集》《萧殷自选集》等。

二、第二封信和《温热的手》今安在？

1936年10月初，萧殷以"萧英"的名义给鲁迅写信并随信附上自己写的散文《温热的手》。这封信和稿，未见收入《鲁迅藏同时代人书信》和《鲁迅、许广平所藏书信选》两书中，在北京鲁迅博物馆的档案里也没有发现。

合理的解释是，此信与稿没有保存下来。

正如《鲁迅藏同时代人书信》的"总序"里所说："鲁迅所收书信有数千封，但很多信丢失了，有的是无意丢失，更多的是为时势所迫故意销毁的。"①

该书的"编写说明"中引用了鲁迅的《两地书·序言》中一段话：

我的习惯，对于平常的信，是随付随毁的，但其中如果有些议论，有些故事，也往往留起来，直到近三年，我才大烧毁了两次。

五年前国民党清党的时候，我在广州，常听到，因为捕甲，从甲这里看见乙的信，于是捕乙，又从乙家搜到丙的信，于是连丙也捕去了，都不知道下落。古时候有牵牵连连的'瓜蔓抄'，我是知道的，但总以为这是古时候的事，直到事实给了我教训，我才醒悟了做今人也和做古人一样难。然而我还是漫不经心，随随便便。待到一九三〇年我签名于自由大同盟，浙江省党部呈请中央通缉"堕落文人鲁迅等"的时候，我在弃家出走之前，忽然心血来潮，将朋友给我的信都毁掉了，这并非为了消灭'谋为不轨'的痕迹，不过以为因通信而累及别人，是很无谓的，况且中国的衙门是谁都知道只要一碰着，就有多么的可怕。后来逃过了这一关，搬了寓，而信札又积起来，我又随随便便了，不料一九三一年一月柔石被捕，在他的衣袋里搜出有我名字的东西来，因此听说就

---

① 张杰：《鲁迅藏同时代人书信》，郑州：大象出版社，2011年版，总序第3—4页。

在找我。自然喽,我只得又弃家出走,但这回是心血来潮得更加明白,当然先将所有信札完全烧掉了。

——《两地书·序言》①

当年,萧英在信中告诉鲁迅有关广东文艺界救亡运动的情况,以及对报纸被迫"开天窗"之不满,而他寄去的散文《温热的手》,讲的"是一个正在彷徨苦恼的青年,遇到一个较有经验的革命者,并受到启发和鼓舞",这些都是不为反动当局所能够容忍的。鲁迅为了保护写信者,他完全有可能销毁信、稿。但是,证据何寻?若非然,希望《温热的手》有重见天日这一天。

---

① 张杰:《鲁迅藏同时代人书信》,郑州:大象出版社,2011年版,编写说明第1页。

第四辑

萧殷文学创作论

谈萧殷论创作

蔡运桂

广东省作家协会党组原书记、原副主席。

萧殷同志离开我们已经10年了,但他的文艺思想、他的无私奉献的崇高精神却永远留在我们心中,指引我们沿着社会主义文学道路前进。纪念萧殷同志逝世十周年之际,我们有必要重温萧殷有关创作的论述。

一

创作必须从生活出发,反对任何胡编瞎造的错误倾向,这是萧殷论创作的一根支柱。署名林真的作者,在香港《文汇报》发表了题为《强调"从生活出发"的萧殷》,正是抓住了萧殷创作论的根本。萧殷在《从生活出发》《生活现象的提高和概括》《关于认识生活》《生活应当和思想感情相事例》《惊险场面不能填补生活的不足》《离开生活去探求提高准会落空》《作品的概念化的原因何在》以及《答爱好文学的青年朋友们》等若干书信中,都反复地论述这个问题。

所谓从生活出发,就是对生活要有深刻的理解感受。一个作家,如对所要描写的生活没有理解感受,搞什么"创作出差"搜集材料或靠查档案,是不能写出好作品的。萧殷说:"写作者在进行写作的时候则不能完全依靠他所搜集的材料;更主要的,是依靠自己的感受。一个作者如果对生活没有丰富的感受,就想进入创作过程,那肯定是十分吃力的。这样'创作'的结果,自然不能创造出个性化的有生命的形象。"[①]他还诚恳地告诫青年作者:不要热衷于在档案馆、资料室里搜集创作材料,若"自己完全没有这方面的生活体验和感受","妄想从这一堆冷冰冰的材料中去塑造有生命的艺术形象,是办不到的,甚至是费力不讨好的"[②]。他认为作家对生活的感受,不仅仅指对生活的一般的理性认识,而且是用丰富的感情去融化生活、拥护生活。只有当作家对生活有所爱憎、有所发现,并产生了强烈的艺术冲动时,才能进入创作过程。所以,"只有依靠你的心灵,依靠你精神仓库里储藏的最深最厚的,与你的身心结合得最牢固的思想感情去感受,你所感受的,才可能是有具体血肉的、深刻而细致的、带着激情和思想的情景和细节。也只有经过这样感受来的生活材料,才能与作者的思想融合起来,才可能创作出有血肉、有生命、有灵魂的形象"[③]。

从生活出发的问题,归根结底是要解决文学作品的真实性的问题。萧殷在著文中或在同文学爱好者的谈话、通信中,都十分注意这个问题。他在《惊险场面不能填补生活的不足》一文中,尖锐地批评影片《刘胡兰》不真实,"编导者离开生活,离开了实际,离开了对刘胡兰的具体历史的深入调查研究和认真分析","其结果,不仅妨害了刘胡兰性格的真实表现,而且也会歪曲生活的真实"[④]。在《离开生活去探求提高准会落空》中,批评了青年作者苏谋远的小说稿子《永远战斗在岗位上》与《老休养员的心》,"为了追求表现某各抽象的'主题'而脱离了生活的真实"。作者不是从生活感受出发,而是从抽象的概念出发,把人物变成原则的化身。萧殷告诫作者:"离开了生

---

① 萧殷:《萧殷自选集》,广州:花城出版社,1984年版,第68页。
② 萧殷:《萧殷文学评论集》,广州:花城出版社,1984年版,第134页。
③ 萧殷:《萧殷自选集》,广州:花城出版社,1984年版,第69页。
④ 萧殷:《萧殷自选集》,广州:花城出版社,1984年版,第118—119页。

活真实,离开了艺术形象的塑造,而单纯从概念出发,用一些生活表象去图解社会学或政治学的概念,那是不可能达到艺术目的的。"[1]他甚至认为:"反映现实生活是文学的起码的素质。没有生活的真实,就没有真正的艺术。"[2]

对于真实的审视。萧殷反对脱离生活真实的任意编造,又反对拘泥于生活事件、表面现象的所谓"真实"。他对生活的理解是以辩证唯物主义为指导的,并不是机械唯物论。他把生活真实与艺术真实看作是既有联系又有区别的两个真实层次。生活真实,是艺术形象的基础,是低层次;而艺术形象的生命,是艺术形象是否有感染力的重要方面,是高层次。他还认为:在艺术的范畴里,实有的事实不一定都具有真实性。一篇作品是否真实,不在于它是否"如实地"描写了事实或现象,关键在于它是否通过事物的现象透视事物的本质。否则,尽管事件写得很逼真,其作品所反映的生活仍然是不真实的。文学作品中的艺术真实,应该既能反映生活的真实,又能揭示生活的典型特征和发展趋势,不仅表现生活既有的样子,而且表现出生活应有的样子。所以"艺术的真实比生活现象的实有状态更有组织、更集中、更典型"[3]。

深入生活、生活真实、艺术真实等都是文艺创作的常识问题,然而对深入生活采取不正确态度的过去有,今天也有。有的人"只抱着'搜集材料'的态度去接触生活","视线和感觉,往往只停留在生活的表皮上,或者只看到生活中极不重要的一角"[4]。有的作家,连"搜集材料"的方式也不屑一顾,认为文学创作就是表现作家的主观意识的真实或心理真实,而不是什么客观现实的真实。还有些人甚至提出了艺术与生活相悖的论题,认为离现实生活越远,越能写出好作品。因此,重温萧殷的创作论,把萧殷自称为"冷饭"的东西,再"炒一炒"或"蒸一蒸",吃下去,相信会给作家增添一点生活的"热气"。前几年,有人运用信息论来研究文学作品。所谓信息对创作的作用,无非是作家对信息源进行开掘、接受、储存和改造,把信息传递给读者,并得到反馈。这实质上还是生活真实与艺术真实,以及艺术对读者的作用及反响的问题。离开生活谈艺术,很容易滑到唯心主义、唯美主义、形式主义的邪道上去。

---

[1] 萧殷:《萧殷自选集》,广州:花城出版社,1984年版,第123、124页。
[2] 萧殷:《萧殷自选集》,广州:花城出版社,1984年版,第128页。
[3] 萧殷:《萧殷自选集》,广州:花城出版社,1984年版,第1页。
[4] 萧殷:《谈写作》,长沙:湖南人民出版社,1980年版,第25页。

二

　　文学反映社会生活，必须通过塑造有血有肉的典型形象，创造艺术典型问题，可以说是萧殷论创作的核心。萧殷在典型理论方面的贡献，不在于复述以特殊反映一般、以个性表现共性、个性与共性的辩证统一之类教科书中反复出现的问题，而在于创造性地论述了典型性格与典型环境的多样化问题。新中国成立以后，在许多文艺论著和教科书中，都出现把典型创造简单化、划一化的倾向，把典型归结为写本质、写主流的同义语，归结为时代的、阶级的总代表。这种理论，导致人物塑造的简单化、类型化，形成了文学创作的公式化、概念化。笔者早期也犯了这种简单的错误，受到萧殷同志的严厉批评，获益匪浅。萧殷指出："人物的个性，由于矛盾的各各特殊，所以是千差万别的，这一个绝不同于那一个。同一社会集团的共性，只能通过人物独特的个性，以特殊的形式表现出来，离开了鲜明的个性，所谓时代精神和集团特征，就无从表现。"[①]他还指出：同一社会集团的典型人物之所以多样化，是由于"作家按自己的生活体验和艺术构思，在气象万千、瑰丽多彩的社会生活中，决定选择什么、舍弃什么、强调什么"，经过提炼和概括"而成为活生生的有血有肉的人物"[②]。而典型的划一化却走着一条相反的道路，"把原来丰富多彩、变化万端的生活现象，简单地纳入一些经过抽象的高度概括的规律或公式之中，从而否定了生活的个别现象，取消了个别的形态"[③]。

　　新时期的几年来，对于典型人物多样化与典型人物本身的复杂化问题，已经有了比较一致的看法，而典型环境的多样化问题还未能得到一部分人的接受。有人还根据恩格斯对小说《城市姑娘》的典型环境所做的原则性分析，对新时期某些揭露极"左"路线危害性的作品提出种种指责，认为作品歪曲社会主义典型环境，等等，坚持一个时代、一个阶级只有一个典型环境。早在60年代萧殷就批驳了这种理论，提出了典型环境独特性、多样性的鲜明观点，表现了理论家的卓识和勇气。他说："每个具体环境所包含的因素都是异常复杂的。""每一个典型环境，也和典型性格一样，是完全不可代替的这一个。同样的社会环境的本质特征，只能反映在千差万别的典型环境中。""恩格斯要求作品（指《城市姑娘》）再现无产阶级已经参加了五十年光景的战斗的典型环境，这

---

① 萧殷：《萧殷自选集》，广州：花城出版社，1984年版，第251页。
② 萧殷：《萧殷自选集》，广州：花城出版社，1984年版，第495—496页。
③ 萧殷：《萧殷自选集》，广州：花城出版社，1984年版，第460页。

种要求本身也不是划一化的。无产阶级……战斗的典型环境，仍然是丰富多彩的。"①萧殷勇于发展恩格斯关于"典型环境"的理论，提出了文学作品可以描写"消极的个别环境""非主流现象及其所赖以存在的个别的典型环境""主流冲击下的逆流的典型环境"等观点，把典型环境理论的研究引向深入，把典型环境的描写引向多样化。在改革开放后的中国，尤其是党的第十四次全国代表大会之后实行社会主义市场经济，经济成分的多元化，在文学作品中所表现出来的典型环境就更加复杂多样了。

在塑造典型人物的问题上，萧殷在我国文艺理论界较早提出英雄也是人而不是神的观点。早在1951年，有的读者批评某篇作品写志愿军同志被踩痛而发出"哎哟哎哟"的叫声不真实，萧殷反驳说："志愿军是英雄，但他们也是人。既然是人，当他肩上捐着一个极重的负担的时候，怎么能毫无声息呢？"他认为写英雄人物回避了写他们的肉体上的痛苦，"势必要把他们写成无血无肉、无感情、无心灵的木头人了。为了表现他们的坚强，就可以不顾他们的生理痛苦，硬叫他们愉快，这样写的结果，我们只会觉得他们是神"②。这个在新中国成立初就被萧殷批判过的错误观点，在"文革"期间被"四人帮"推向极端荒谬的地步。

"四人帮"一垮台，萧殷又奋笔疾书，批判这种神化英雄人物的错误创作倾向。他说："我们从丰富的生活素材中所集中概括出来的英雄人物，绝不是神灵，而是人，是普普通通的人、平凡的人。我们坚持排斥那种一出场就趾高气扬、指手画脚、无所不能的所谓'英雄'人物……'四人帮'对这类神灵似的'英雄'，扬扬得意，大肆吹嘘，可是广大观众却嗤之以鼻，报以冷笑。"③

三

作家必须树立正确的革命的世界观，必须培养高尚的思想情操，这是萧殷论创作的灵魂。他在《活得伟大才能写得伟大》《为什么把动人的故事写得无血无肉》《生活应当和思想感情结合》《马克思主义会妨碍创作吗？》《为什么不能写得更深些》等论文和与青年作者通信、谈话中，反反复复强调这个问题。

---

① 萧殷：《萧殷自选集》，广州：花城出版社，1984年版，第254页。
② 萧殷：《萧殷自选集》，广州：花城出版社，1984年版，第294页。
③ 萧殷：《萧殷自选集》，广州：花城出版社，1984年版，第307页。

萧殷首先强调，搞创作必须运用正确的世界观指导认识生活。创作要从生活出发，要塑造典型人物，但为什么有人身在生活的旋涡中却不能正确认识生活？面对着动人的情景却写不出有血有肉的艺术形象来？这就有一个怎样认识生活的问题。萧殷指出："写作必须从生活出发，是毫无疑义的，这应当是我们坚定不移的方针；但是，这不等于说，对任何现象的描写，都可以揭示生活的真理……必须站在时代思想的高处，来对生活加以选择和深入观察。"[①]他批评小说《杨春林》作者没有用先进的思想来观察生活和描写生活，虽然描写的是无产阶级英雄，可作品仍然苍白无力、缺乏思想内容。

其次，作家要用思想感情的熔炉去熔化生活素材。"有了素材还不够，必须对素材有热情，——爱或憎。如果没有爱憎，……也就无法把零碎的素材融化为有生命的、有个性的形象。"[②]但是，"真实的感情是否就一定能写出既动人又有意义的作品呢？不一定。因为真实的感情不一定都是健康的感情，也不一定都是与大众有关的感情"[③]。对于无产阶级作家来说，要有高尚的革命情操，要有和人民群众息息相关的思想感情，只有这样，"你才能理解你周围的英雄人物——不仅他们突出的英雄业绩你能深刻地理解它，即使在'平凡'的生活中，你也会深刻地感觉到他们不平凡的无产阶级战士的崇高气质。——只有到这个时候，你才能善于真实地、深刻地、生动地刻画英雄形象，有力地歌颂英雄事迹"[④]。写平凡的劳动者也应该如此。

再次，作家要有强烈的社会责任感。萧殷指出："充沛的社会主义精神，只能在献身于社会主义事业的作家的作品中表现得最充分和最动人。没有为社会主义事业献身的满腔热情，反而希望在自己的作品中洋溢社会主义的精神，那只不过是一种不准备兑现的空谈而已。"[⑤]

四

仅仅了解萧殷论创作的内容是不够的，还应该了解他的论创作的特点，只有这样，才能真正理解萧殷论创作的价值。

---

① 萧殷：《萧殷自选集》，广州：花城出版社，1984年版，第325—326页。
② 萧殷：《萧殷自选集》，广州：花城出版社，1984年版，第216页。
③ 萧殷：《谈写作》，长沙：湖南人民出版社，1980年版，第48页。
④ 萧殷：《萧殷自选集》，广州：花城出版社，1984年版，第59页。
⑤ 萧殷：《萧殷自选集》，广州：花城出版社，1984年版，第71页。

萧殷论创作主要有三个特征。

第一，实践性、针对性。萧殷论创作表面看来，似乎是文学理论的ABC，正是这ABC，培养了一批作家、评论家和文学编辑。他从来不搞"经院式"的理论研究，并经常告诫大学里的文艺理论教师，应从"经院式"的教学框子里跳出来。他为了增强自己创作论的实践性、针对性，经常地、广泛地掌握文艺界的各种信息，掌握党的文艺方针和政策，了解各时期有代表性的作品以及了解青年作者的创作动态和思想动向，等等。因此，他的理论做到有的放矢，能帮助青年作者解决问题。

第二，鲜明的思想性和坚定的原则性。他论人论文，观点鲜明，感情真挚，原则性强，肯定什么，反对什么，是非分明，不搞模棱两可、闪烁其词的东西。因此，他得到了大多数有进取心的青年作者的敬重。

第三，通俗易懂，形式多样。萧殷论创作，深入浅出，形式多样，叙述生动。他的文章很少引经据典、旁征博引，不摆理论权威的架子。他针对作者创作中的问题，随意道来，不拘一格。或书评，或书信，或随感、或序跋，或一问一答式的文章，文笔生动，自然流畅，读起来令人轻松愉快，又起到潜移默化的教育作用。

老牛羸病犹奋蹄
——记萧殷并为他写《创作论》呐喊

章明

曾任广东省作家协会理事、杂文创作委员会主任。

一

1953年春天，南国的金凤树正开着红霞般的满树繁花，还没成熟的荔枝泛着淡绿色累累缀在枝头。我正在万山群岛采访，碰巧在一个渔港邂逅了萧殷同志。那时，我还是个年轻的部队创作员，而萧殷是一位著名的作家和文艺理论家。他写的《与习作者谈写作》和别的文艺理论文章我早就读过了，获益匪浅，因此很自然地产生了想当面向他请教的念头，但心里还是不无顾虑的。初次见面，有点意外地，他给我的印象是个朴素得像农民的人。他四十岁上下，肤色稍黑，衣着有点土气，说话带着很浓的客家口音，笑语爽朗，谈锋甚健，热情洋溢。更使我觉得放心的是，他对同志极其平易和蔼，丝毫没有名作家的架子或"名士派头"。在谈话当中，他不但有问必答，有时也提出一些问题向对方征求意见、了解情况。在他的建议之下，我陪同他参观了翠亨村孙中山先生故居，访问了当地的渔村，并且跑了好几个海岛，听了十几位干部和战士介绍守卫海防前哨的战斗生活。有件事给我印象很深：萧殷在采访时并不做笔记，只是很有兴味地专心听着，间或提出几个富有启发性的问题。一回到住处，他就马上很认真地在活页本上记下谈话的内容。他的那个活页本也并不"保密"，现在我还记得他的采访记录一律都是端正的工笔，叙述简洁，描写传神，而且虽然是信笔写下来的，可遣字造句都很讲究，既朴素又优美，仿佛不用做什么修饰就是一篇很好的随笔。当时我想：他在文字基本功方面一定是下过一番苦功的。

在这段不长的相处的日子里，我大致地了解到他是如何走上革命和文学道路的，也请他谈了谈有关文艺创作的一些基本问题。更有趣的是，在一次散步当中，他偶然谈起了《欧也妮·葛朗台》和《红楼梦》这两部世界名著，把二者做了一番分析比较，指出它们有许多共同之处，现实主义创作方法在古今中外大作家中是"心有灵犀一点通"的……使大家听来津津有味。此外，记得我还把我在海岛上写的几首短诗请他看了看。他读得很认真，读后热情地指出诗中的某些优点，最后他说："我看可以给《人民文学》寄去吧！"——当时他担任着这个杂志的执行编委。但由于那段时间我对自己写的东西总觉得不满意，因而尽管有萧殷的建议，却终于没有把那几首诗寄出去。

这以后，萧殷回到北京去了。我因为工作忙，也不曾给他写过信。但这次短短的接触，他给我留下了一个极好的印象，每次在报刊上见到他的文章必仔细阅读。也就是在这些日子里，我连续地读到他的短篇小说《伤疤》和散文《桃子又熟了》以及《孟泰仓库》等。说实话，过去我主要是注意他的理论文章，只是在读了这几篇作品以后，才认真地感到他在文学创作方面也是一位才华洋溢、技巧纯熟的大手笔。我觉得他是心口如一、理论与创作实践紧密结合的。他强调生活的重要，强调形象思维，强调作者应注入自己真实而浓烈的感情；在他的小说和散文里，也确实每篇都有坚实的生活基础，有真挚动人的情感，有生动的、富于表现力的细节描写，主题思想是从对生活的描写中自然流露而出的，没有任何的"说教"成分，因此能够深深地打动读者。我想，像他这样又搞理论又搞创作而两方面都有较高成就的人，在全国也并不多，他一定是一位勤奋的工作者。同时我又想到，鲁迅先生曾经说过：搞创作要"热"，搞研究（即理论工作）则要头脑冷静。倘若两样都搞，心情时"冷"时"热"，人就受不了，要生病的（这里记下的是大意）。我想象不出萧殷是怎样解决这个矛盾的。

大约是50年代末或60年代初，萧殷调到南方来了，担任中国作协广东分会副主席、《作品》月刊主编和暨南大学中文系主任。稍后，又担任了中共中央中南局文艺处处长。这以后我们就经常在会议上碰见，每次见面时我总不放过请教的机会，总要听他谈谈对当前文艺问题的一些看法。但是，我始终没有到他家去拜访过。这原因并不是由于我有什么顾虑，或者他有什么"官架子"（他是任何时候都没有"官架子"的）。回想起来，原因可能一是工作上没有直接的关系，二是忙。

直到"文化大革命"十年动乱后期，他历尽磨难，终于从"干校"回到了广州，我也从英德茶场调回原先的工作岗位。又凑巧，我们的住处相距不远。听到他的身体被摧残得很厉害，患着重病，可每天还强迫自己带病工作，我心里十分不安，便急忙去看他。久别重逢，他显然比以前老多了，头发全部灰白，身子孱弱瘦削得令人担忧。原来，他患着很严重的肺气肿和肠胃病，每餐只能吃一小碗软饭，而且时常头晕失眠。同时我觉得他的心情也非常郁抑，说话很慢，完全没有过去那种充满豪情、侃侃而谈的劲头。他指着桌上一厚沓稿纸说："虽然还没完全垮下去，可也差不多了！现在还能写什么东西？给年轻的同志看看稿子，提点意见，就是我每天的工作。别的我什么也不想——就是想了又有什么用呢？"这次拜访后，我的心情是可以想见的。幸好过了不久，山河复苏，十月的春雷响了，在满街盈耳的爆竹声中我又去看他，只见他似乎从身体到精神整个都变了，脸上有了光泽和笑容，由于心情振奋，说话的嗓音也亮了，当年那个谈笑风生、热情奔放的萧殷又回来了！他说："'四人帮'粉碎了，感慨是说不完的，但更要紧的是工作！'白发书生神州泪，尽凄凉，不向牛山滴'呵！尽管我身体不好，但努努力，还是可以做出一点贡献的！"他又说："李纲不是有一首咏病牛的诗吗？'但愿众生皆得饱，不辞羸病卧残阳'。我原先有个计划，准备写一本专谈创作规律的书《创作论》，详细提纲都已经写好了，可惜如今已片纸无存。不过，我还可以凭记忆把提纲全部恢复起来，尽最大的努力写好这本书！我已经六十多岁了，就算是一头有病的老牛吧，但完成这个任务还是有信心的！"

这一次，见到萧殷那种发扬蹈厉的气概，我感到强烈的鼓舞和由衷的喜悦。特别是关于他准备写《创作论》的消息，对我来说简直是一个莫大的喜讯。因为我早就考虑过一个问题：像我们这样一个泱泱大国，解放二三十年了，可一直还没有一部有系统的、比较全面的，根据马克思主义文艺思想的原理，紧密联系创作实际阐明创作规律，能给文学青年和业余作者以切实指导的专书。同时我又认为，萧殷是有条件完成这个艰巨任务的。因为第一，他从17岁起就从事文学创作，有长期的实践经验。第二，他在延安中央研究院研究文艺理论和在华北联合大学讲授"创作方法论"的时候，就进行过系统的深入的研究。从他已发表的文艺理论文章看来，他既不搞极"左"，也不畸右，不看风使舵，东摇西摆。因此，他在50年代写的东西，至今仍有指导意义，经得起时间的考验。第三，他从20多岁起就开始担任报刊编辑工作，先后编辑过《新华日报》（华北版）、《解放三日刊》，担任过石家庄日报副总编辑，主编过《晋察冀日报》《冀中导报》副刊。全国解放后，又担任过《人民文学》和《人民日报》的《人民文艺》编委，主编过《文艺报》、《光明日报》的《文学》副刊和《作品》月刊，等等。在将近40年的编辑工作当中，他接触了无数专业和业余作者，读过或协助修改过他们的作品。通过长期的实践积累，他对创新规律、创作方法等有着深刻的体会和丰富的经验。因此我想：他的《创作论》如果写成出版，那将是一本出色的书，也将是他对我们文艺事业的一个很大的贡献。

这以后不久，我陆续读到了萧殷赠送给我的四本书。《习艺录》，这是新出版的文艺论文结集，其中大部分是新作，每篇都针对文艺创作中的一个具体问题做出了鞭辟入里、很有见解的回答，文风也朴素亲切，深入浅出，娓娓而谈，使人读来饶有兴趣。在书的后记中作者说这是他准备写的《创作论》中的一些片段，从数量来说只占全书的百分之几，他准备用三至五年的时间完成全书。其余的是三本重版的文艺论文集《论生活、艺术和真实》《谈写作》以及小说散文集《月夜》。读着这些书，我一方面更坚定了自己的想法，另一方面也再次感到欣喜和鼓舞，特别是希望他的《创作论》早日完成。当前，我们是多么需要一本这样的书啊！

但是，出乎意料，最近我又听到消息：由于萧殷同志的健康情况以及其他原因，他的《创作论》的写作遇到了很大的困难，原定计划有不能实现的危险。我听了心里非常焦急，同时又为自己无力给他任何帮助而感到内疚。经过一番踌躇，我忽然想起写这篇"记萧殷"的文字。在这里，我打算把我所知道的有关萧殷的革命和文学活动的经历，他对青年作者的热情爱护和精心培养，他写《创作论》的起因和曲折以及他的性格、品德和作风等写下来。这动机，固然是因为我认为这些都很值得记述，但更直接的是希望它能为《创作论》的顺利完成起到一点"敲边鼓"的作用，或者，说得艺术一点：为它

"摇旗呐喊"一番吧!

二

在广州石牌新建的中山大学法学院外面,时间是1936年的夏天,有一个20岁左右的青年在草坪上焦急地徘徊。他名叫郑文生,笔名就叫萧殷(或萧英)。片刻之后,又有几个年轻人匆匆赶到了,他们和萧殷一样,都是左翼作家联盟的外围组织"艺社"的主要成员。这天中午,他们得到联络员的通知,说今天有个重要的秘密集会,要他们傍晚前赶到中山大学法学院草坪等着。此刻,他们都装成互不相识的样子,东一个西一个地分散开。直到天快黑了,那位联络员才急急忙忙地跑来,把他们领进了法学院的礼堂。可是礼堂里一片漆黑,借着手电的微光,他们找到了座位。这时,大门关上了,电灯突然亮起来,会场一片通明。人们十分惊异地看到,主席台上居然高悬着马克思、恩格斯、列宁和斯大林的大幅画像。顿时,响起了热烈的掌声。原来,这是我们地下党召开的一次秘密集会。面对这雄伟壮丽的场面,年轻的萧殷激动得流下了眼泪。现在回忆起来,萧殷说:像这样的集会是极不寻常的,他在国统区度过的全部时间就只经历过这一次。当时会场的情景和自己惊讶、狂喜的心情还记得十分清楚,可是会议的内容反倒一点也记不起来了。

萧殷是怎样走上革命和文学道路的呢?没有别的原因,就只为一个"穷"字。用他自己的话来说,是"逼上梁山"。他出生于广东龙川县佗城一个破了产的小商人家庭,幼年丧父,靠当店员的哥哥勉强读完了小学,后来又由几位老师接济才上了龙川第一中学。但是,贫穷仍旧像毒蛇一样死死纠缠着他。他在初一的时候,由于学校壁报的约稿,曾写过一篇散文《风雨之夜》,内容就是自己的亲身经历:明天就要交学费了,可是今晚还两手空空,望着窗外风雨交加的凄凉景色发愁,想不出渡过难关的办法。这篇散文后来被学校选送去参加全省美术展览会(当时的美展怎么也有文学作品展出,连萧殷也不明白),得了二等奖。这件事可能对萧殷的未来有一定的影响。在整个初中时代,他都在不断考虑自己今后的生活道路。大路小路千万条,他觉得自己只能走搞文学这条路,因为学理工科一定要经过大学理工院系,但他绝对无此经济能力。他对美术(油画)的兴趣本来也很浓,可他自己忖度:颜料、画布都买不起,这条路同样比登天还难。想来想去,只有写作这条路大概还有条件摸索下去。这是一条艰苦的道路,做出这个决定是要有一点勇气的，同时也需要下苦功做许多准备工作。因此，他每天早上4点多钟就起床，借着走廊微弱的灯光，把从图书馆借来的中外文学名著一本本地细读，在完全没有人指导的情况下独自揣摩书中塑造人物和其他文学表现技法，同时不断勤奋地练笔。初中毕业以后，得到几个家境较好的同学帮助，他来到人海茫茫、举目无亲的广州。正当他处于惶惶然无所归的境地时，碰巧，"命运之神"第一次对他加以青睐，他考进了只要交很少一点学费的广州美专国画系。可入校不久，他就发现自己连学国画也很难凑够买纸墨的钱。同时，他感到周围的社会都在冒着火烟：国难当头，农村破产……他苦恼、不安、悲愤，可是每天在国画系教室里还要细心描摹古典美人和花鸟虫鱼。他觉得格格不入，想转西画系，校方不允许，同时他自己也感到：即使能转，经济也不许可。因此他决定把学画当作"副业"，而将主要的精力投入文学创作。当时他还只有17岁，就接二连三地发表了许多篇短篇小说。他写的题材都是自己非常熟悉的人和事：农村破产，农民被官府、豪绅压得活不下去。此外他也写城市劳动人民苦难悲惨的生活。这些作品当时引起注意的是《疯子》（一个放牛的孩子被地主残害成了疯癫）、《乌龟》（一位追随孙中山先生的士兵在打陈炯明时拼死作战，可他的妻子却被人强奸，有理打不赢官司，反而坐了牢，被人鄙夷地称为"乌龟"）、《年关》（高利贷者为了逼债，在旧历年前把穷人全家逼出门外，然后竟把门锁住了）……回忆起这些几乎时隔了半个世纪的旧作，连萧殷自己也觉得有些诧异："尽管这些作品都很幼稚，但一个十七岁的孩子，为什么能在一定的深度和广度上接触到这许多社会矛盾和阶级斗争题材？也许我在初中读的文学名著起了点作用，但更主要的原因，是因为我出身于社会底层，生活在贫困之中，对自己所描写的对象非常熟悉。每次拿起笔来心情都十分激动，笔端充满恨，也充满了爱。但因为我那时还没有建立起马克思主义的世界观，所以在作品里只能反映出旧社会人吃人的某些现象，而不能给我热爱的近邻或侣伴指点出路，这些作品不是以悲剧告终，就是以主人公被逼得独自铤而走险……"

正如我国许多老作家是经由文学之路而走上革命之路一样，到1936年，萧殷一面从事写作，一面参加了广州艺术协会，这是我党领导下的艺术界的统战组织。文学青年们经常在广州的白云山上林深草密之处举行集会，讨论各种各样的问题。也就是在这段时间里，萧殷曾经给鲁迅先生写了一封信，向他请教当前革命文艺的一些问题，并且附带寄去了自己的一篇散文《温热的手》。这件事情在1936年10月9日《鲁迅日记》里有简略的记载。

由于广州局势日益险恶，广州艺协会员不断遭到国民党反动当局的搜捕。1936年冬，萧殷、赖少其与在上海的吕蒙通了几封信，便于年底凑集了十几块钱，一同潜赴上海（这时鲁迅先生已不幸逝世）。可他们刚到上海就遭到国民党特务的追捕，原来，吕蒙是托一位小学教师转信的，萧殷他们寄去的信早已落在特务手中，而且还把他们的信复印了。据此，几个特务就到那位教师家里来追问："两个从广州来的共产党藏在哪里？"这样一来，萧殷和赖少其只好赶紧改名换姓，本来用最后的八块钱在法租界萨坡赛路一家面食店木楼上租好的一个亭子间也不敢去住了。他们身无分文，生活无着，写信到香港去催稿费也是远水不解近渴。最后，还是由吕蒙到北四川路向一位印刷工人"借"了点钱，帮助他们度过了这段最困难的日子。这笔钱为数虽少，可是每个铜板都浸透着工人们辛劳的汗水啊！每当回忆起这段生活，萧殷总是无限感慨地说："我们党领导的革命事业，就是这样在人民群众的支援下取得胜利的。我们如果不努力工作，怎么对得起人民——我们的'重生父母'？"在这段时间里，萧殷写了《薄暮》《在医院中》等好几个短篇小说，有的寄给了香港的进步报刊，有的给了荒煤编的《光明》杂志。但是还没来得及发表，全面抗日战争已经爆发了，接着，"八一三"的炮声也响了。萧殷他们便参加了"上海防护团"（这个团有不少共产党员和外围组织的成员），在前线担任救护、宣传工作，一直坚持到最后。上海沦陷之后，萧殷才和吕蒙等一道搭乘一艘意大利的轮船先到苏北，上岸后步行多日来到天生港，然后又乘船到达武汉。在武汉，他参加了中国青年记者学会，与范长江等一同编辑《新闻记者》月刊。1938年7月，武汉形势又吃紧，中国青年记者学会准备往重庆撤退，萧殷不愿再向后撤了，下决心奔赴延安。于是，他以"全民通讯社"记者的身份经京汉路和陇海路到达西安，然后由西安八路军办事处安排他乘汽车到洛川。由洛川往北就没有汽车路了，萧殷和许多投奔革命的青年一同步行了三整天，终于来到了当时的革命中心——延安。

到处漂泊，历尽艰辛，在反动派追捕中，在日寇的炮火下，在饥寒交迫的困境里，年轻的萧殷带着他的一支笔，咬着牙，始终不断地朝着光明之所在奋勇前行。从五岭之南的龙川县到西北高原的延安城，他走过了多么漫长曲折和崎岖的道路！

三

啊！延安，革命的圣地！在中国共产党鲜红的大旗下，聚集了多少中华民族的优秀儿女！这里有身经百战的老红军和八路军指战员，也有来自全国各地的青年知识分子。宝塔山上的号角，延河边上的歌声，一排排灿烂的窑洞灯光……处处都寄托着中国人民的希望，表达了中华民族不可征服的英雄气魄！萧殷到了延安，就像游子投进了母亲的怀抱，每天都处在愉快和兴奋的激动中，仿佛浑身有使不尽的气力。在这里，他遇到了过去在广州和上海认识的许多战友，也结识了不少老革命和胸怀大志的新伙伴。此外，他还看到了少数的"怪人"。有一个来自香港的青年，把自己的头发全部剃光了。萧殷问他为什么来延安，他直截了当地回答："因为失恋。"还有一个小伙子，身穿西装，头发梳得溜光，经常埋怨小米饭难吃。他毫不隐讳地告诉别人：他到延安来完全是因为好奇，想看看"革命"究竟是怎么一回事。而且声明：说不定哪天他不高兴了就要走的。在大的革命洪流里，这种鱼龙混杂、泥沙俱下的现象并不奇怪。我们党对这些人也毫不加以排斥或歧视。不久，这些"怪人"有一部分思想转变了，成了真正的革命者，另一些人则脱离革命，离开了延安。

萧殷在鲁艺文学系学习了几个月，中央组织部就调他担任李公朴先生的秘书，东渡黄河，辗转于晋西一带。他了解到日寇的许多血腥暴行，忍不住写下了《井圪塔的血》一文，发表于当时的重庆《新华日报》。1939年七一刚过，组织部又决定调他到敌后——晋冀鲁豫根据地去。这是萧殷向往已久的事情了：到敌后去，上前线去！在太行山上、青纱帐里和千千万万抗日健儿战斗在一起！

领受了任务，萧殷和几个熟悉的同志一道，高高兴兴地由两年前走过的路回到了西安，然后马上走陇海路，由风陵渡渡过黄河进入山西，一路风餐露宿地走到了太行山区。中共中央北方局安排他去参加党报工作：到《新华日报》（华北版）担任编辑委员兼通联科长。不久，报社因工作需要派他以特派员身份到冀南去采访。这个工作需要随着部队不断行军、转移，今天在这里，明天在那方，大部分时间要在马背上度过。在冀南大平原上，骑兵是极有用的兵种，可是对于广东人萧殷来说，学会骑马却不是个简单的事。经过许多波折和拼命摔打，这道难关终于突破了。现在，萧殷不但能够骑着马在华北大平原上纵横驰骋，而且学会了俯身握缰、贴在马背上冲过日寇火力封锁的本领。1940年2月，在一个拂晓，他们突然被敌人包围在西流舍固村。东、西、南三面枪声很剧烈，只有北面寂然无声。部队领导立刻机智地判断出：敌人一定在北面设有重兵埋伏，现在唯一的办法是冒着炮火从东边突出去。萧殷跨上马，一加鞭猛冲出去，机枪子弹"嗖嗖"地在耳边飞着，有一粒子弹贴着他的头顶飞过，棉军帽也被子弹烫焦了一块，幸好人、马都安然无恙。事后了解，日寇确实在北面埋伏着大部队。另一次，萧殷和一位军区副司令员从前线赶回司令部，10小时要赶160公里以上，只有13个骑兵护送。半夜，在一个村庄问了情况之后，才知伪军一个团在这村庄驻了5天，今天傍晚才离开。由于敌情不明，而我方只有十几个骑兵，必须紧急行动。马队在村外，当萧殷骑着马在马队后边绕过去时，一匹劣马忽然一抬蹶子，重重地踢在萧殷的左腿胫骨上。他负了重伤晕厥在地，而那匹马却跑到田野嚼麦苗去了。过了好一会，萧殷才被抬到一个县游击队的驻地，次日被送到军区医院。经医生诊断，原来他的胫骨已经粉碎性骨折，住院一月余，左腿肿胀越来越严重，逐渐有坏死的趋势。有人提议给他截肢，萧殷说："如果截了肢，我就得离开战场，离开太行山和冀南，也许一辈子成为革命的拖累。不，我宁死也不干！"后来，一位有经验的老中医用河北民间治跌打损伤的方法来给他治疗，因为瘀血堵住血管，伤口以下停止了血液循环，已经冰凉，老中医用"活血药"化开了瘀血。经过两个多月，萧殷渐渐能靠拐棍走路，左腿保住了，但留下了个行走不便的后遗症。为此，晋察冀军区发给他一张"乙等二级残废证"。

来到报社工作时间不久，萧殷就感到稿源不足，要开辟稿源，必须有更多的作者。而作者从哪里来呢？只有报社自己把培养、辅导青年作者的任务负担起来。在他的建议下，报社办了个油印的辅导性的小刊物《通讯与联络》，专门发给报纸通讯员和一些作者。这里面有写作知识、问题解答、编辑部与作者的通信等。这个小刊物一发行，立刻受到了热烈欢迎。萧殷把作品和作者比作鸡蛋和母鸡的关系，经常向编辑部的同志们宣传他的有趣的比喻："热衷于收鸡蛋，下功夫把鸡蛋擦洗干净（修改稿件）固然重要，但是喂养母鸡的工作尤其重要。因为你如果把母鸡喂养得好，它就会生出更多更大的鸡蛋来。"同志们很赞成他的主张。在以后编文艺副刊中，除在退稿信中指明优缺点及其产生原因外，还在发表的较好作品前面，加上编者按语，对作品进行分析，指出其优点和不足之处，鼓励作者继续下功夫。通过这种种措施，青年业余作者受到了极大鼓舞。对于经常联系的作者，萧殷不仅亲自为他们的作品写按语，并且只要有可能就主动去拜访他们，和他们一道讨论创作问题。有一件事情，萧殷至今谈起来还惋惜不止：那是在1946年，他在张家口主编《晋察冀日报》文艺版的时候，有一天，报社收到了一位业余作者寄来的短篇小说，拆开一看，字迹潦草得几乎完全不能辨认。几位编辑谁也不愿处理这稿件。萧殷只好自己费劲地连读带猜，因为忙，每天只能抽一段时间来苦读这篇来稿，足足花了一个星期才把它读完读通。他又惊又喜地发现：原来这是一个写得非常出色的短篇小说！萧殷把这篇稿子交给编辑部的一位秘书，请她抄写一遍，并且嘱咐：遇到困难可以随时来问他。这位女同志大概对其中很多字句也猜不懂，而她又觉得不便老去打搅萧殷，就把它暂时搁在一边。不料，过了十来天，战局更紧张了，张家口开始撤退妇女和儿童，那位女同志也在撤退之列。匆匆忙忙，什么也顾不上，在慌乱的情况下，那篇稿子便无影无踪了。在事情过去了30多年后的今天，萧殷谈起它来还十分心痛。他说："这件事情主要怪我自己！如果当时我不把稿子交出去，每天挤时间抄写几十个字，十几二十天也能把它抄写出来。就这样，这篇好作品埋没了，而这位作者也埋没了！"以后有一次他又说："要发现一个有才华、有培养前途的青年作者，是极不容易的。如果当时我处理得好，或者，如果他的稿子写得不是那样过于潦草，岂但报纸可以发表一篇好小说，很可能新中国还要多一位好作家哩！培养青年作者的工作，认真去做，可以说作用不小；掉以轻心，那可就罪孽深重了！"

在一般人的印象里，似乎萧殷是从新中国建立后才开始辅导业余作者的，但根据上述，这时间还要往前推许多年。事实是，早在全面抗日战争初期，萧殷已对培养青年作者的重要性有了明确的认识，做了大量的工作，积累了不少经验（尽管那时他自己也相当年轻）。我着重地"考证"这一点，目的不是给萧殷"争功"或"捧场"，而是为了说明：我们党的文艺事业的兴旺发达，是和许多甘当无名英雄、热情无私地帮助青年作者的编辑及老作家分不开的。我希望今后能有更多的同志注意这项工作，同时我也认为青年作家和老作家之间不应该是互相抵牾、势不两立的"代沟"关系，而应该是如师如友、互相学习、代代相传、一代比一代强的关系。

不错，在新中国成立以后，萧殷对培养青年作者更加积极了，倾注了更多的心血。我记得他写的《与习作者谈写作》一书于1951年出版时，许多文学青年几乎是人手一册，争相传诵，起了很好的作用。他在主编《文艺报》和编《人民文学》期间，也几乎把主要的精力都放在发现新人和培养新人上面。有一个例子很能说明问题。前年秋，王蒙在《开卷》杂志与该刊记者谈创作经历时，其中有一段说到：1954年，他写了自己的第一部长篇《青春万岁》，由于缺乏经验，小说的初稿结构松散、情节凌乱。如果落在某些编辑手里，很可能就被"枪毙"掉了。碰巧，看稿的同志是萧殷。他从这部杂乱无章的手稿里看到了一些可取之处，于是十分热情地指导作者进行修改，并且亲自替他请创作假，结果终于把这部作品改成了……

关于这件事，最近我又从另一张报纸上读到王蒙的一段话，可以和《开卷》上的文章互作补充。这是今年2月王蒙访美归来，经香港时和某报记者对话中的一段，不妨摘录一点放在这里：

彦：这个作品（章按：指短篇小说《小豆儿》）登出来后对您的创作是否起了很大鼓舞作用？

王：起了很大鼓舞作用。但《青春万岁》的稿子比《小豆儿》出来更早。……1954年，我把《青春万岁》第一稿交出来，说老实话，很不像样子。吴小武（章按：即萧也牧同志）看后，请萧殷看，结果萧殷看了之后，非常重视。如果以中国过去的观点说，我的第一个恩师是萧殷，是萧殷发现了我的。那时候，我并没有任何一篇东西发表出来过。但萧殷在我那么混乱的一个草稿中，就说这个人很有希望，把我找到家里去，一再谈，一再鼓励。而且以中国作家协会的名义给我请创作假，给我半年创作假去改，改这个长篇《青春万岁》……

这件事情，如果王蒙忘记了或不愿谈，很可能就永远不会为人所知，因为萧殷对这类事情是从来不说的。《开卷》上的那篇文章刊出以后，萧殷才告诉我："《青春万岁》写的是一间女中毕业班学生的故事。她们的家庭出身有工人、农民、干部，还有资本家。作者思路开阔，作品反映面很广。初稿的情节安排确实很凌乱，没有贯串的东西，有些细节和主线毫无关联。不过，他写的人物几乎个个都是活生生的，人物的心理、性格、风貌都刻画得非常生动深刻。这是最可贵的、闪光的东西。读完这部手稿，我深信这位青年作者是很有才华的，生活也很丰富，而且也看得出他读过很多书。我马上写信约请他星期天下午来谈谈。第一次谈话，我发现他对自己的作品优点在哪、缺点在哪、哪些地方应该展开、哪些部分是不必要的，似乎不完全明白。于是我就请他每个星期天下午都来，一连谈了七八次。我首先分析了这部作品的优缺点，然后提出具体的修改建议，最后问他有没有这些生活基础。他的回答是肯定的。他努力奋斗了八个月，修改稿完成了，我读后非常满意，中国青年出版社也决定出版。可是书刚印出来，还没装上封面，作者就被错划为右派。我想不通，也很伤心。那年11月我也来南方深入生活，并把一本没有封面的《青春万岁》也带到广东来。以后，有时我也把它拿给别人看，称赞它写得好。这样，在'文革'当中我的罪状之一就是'替右派分子涂脂抹粉'。现在，历史证明我是无罪的，那本书是好的。它写的是新中国年青一代的高尚情操和革命理想。现在，人民文学出版社把它出版了。"

从这里人们可以看到，萧殷帮助青年作者不但费时费力、无名无利，而且要冒很大的风险。历史上的"聪明人"曹操说过"慕虚名而处实祸"的事他是不干的，而萧殷却是"无虚名而有实祸"。可他硬是不"接受教训"，不计个人得失，乐此不疲。除了这件事以外，我还知道广东的青年作家陈国凯也是从五六十年代起就得到萧殷的辅导，他发表的每一篇作品几乎都事先请萧殷看过。最近，有个刊物约请萧殷写一篇关于他如何培养陈国凯的文章，萧殷婉言谢绝了。事后他说："一个作家的成长要依靠多方面的因素，不能归功于哪一个人，而决定性的是作家本人的努力。对于陈国凯，我是帮他看过一些稿子，也提出过一些问题并谈了我自己的意见，但决不能说他是我培养出来的，更不能把他的成长归功于我。"鲁迅有一次提到韦素园时，说他是一个"宁愿作为无名的泥土，来栽植奇花和乔木的人"，我看这句评语也很接近萧殷的特点和风格。直到"文革"后期，萧殷的身体已经很差了，可他帮助文学青年的热情也没有减退。有一次，他为了给一位青年作者看一部长篇小说的初稿，三个晚上细读了二十多万字，又写了一万多字的批注。结果由于疲劳过度，突然发作脑血管痉挛，四肢麻木，昏倒在床上。还有一次，我在街上碰到广州氮肥厂的工人诗人陈中淦。他说："前些天，我把近年来写的三十多首短诗送到萧殷同志那里，我知道他身体不好，只希望他看了提提意见。没想到，他竟在每一首诗后面都写下了详细的评注。这很使我感动，也叫我觉得过意不去！"

但是，随着年龄的增长（他今年已66岁）和慢性病的加剧，现在萧殷已经几乎没有精力像当年一样替青年作者看稿改稿或写个别辅导的信了。可来自全国各地的青年作者的信和稿件又纷至沓来地不断寄到他手里。有的作者还在信中提出非常急切的要求。这很使萧殷感到发愁。有一次，他不无悲凉地说："该死的肺气肿和别的病折磨得我不能正常地生活和工作。不少报刊的约稿我都无法如期完成。青年同志的稿子我是很想读的，人家给我寄来是抱着多大希望的呵！只要可能，我现在还挣扎着读一些，但更多的时候是感到自己没有精力，力不从心。"接着他又说："但愿我的《创作论》能够尽快地写出来。有了它，我就不用发愁了！因为它将要谈到各种各样的问题，也许可以作为对于青年同志来信来稿的一个总的答复……"

四

很久没有去看望萧殷了,为了完成这篇给他的《创作论》呐喊的文字,我在春节前一天(旧历除夕)又一次登门拜访。

他住的是一幢很旧的砖木结构的小楼,他的卧室也就是工作室。说来都有点叫人难以置信,他屋里竟没有一张书桌,只有一张不大的没有抽屉的八仙桌,那一沓沓的稿子、杂志、信件、文具就都堆在这张桌上。唯一值得称道的是,他的卧室兼工作室外头有一个大约一丈见方的朝南的小阳台。这是他心爱的地方,靠栏杆处摆着十几盆花木,有时他就搬张椅子坐在这里晒晒太阳和思考问题。这次我来的时候是下午两点左右,外面正是阳光耀眼,可刚进屋就感到气氛和我上次来时有些不一样。仔细看,原来就在距离他的小阳台不到两米之处,已盖起了座快要完工的长130多米、高达8层的大楼,它正以"泰山压顶"的姿态俯瞰着萧殷的宿舍。这样一来,这个小阳台自然也就不成其为阳台了,怪不得刚过中午屋里就显得相当阴暗。我抬头仰望那座正在安装钢窗的庞然大物,心里不禁有点气愤不平:"盖楼盖得和别人的住宅如此逼近,'以邻为壑',这岂不是太没道理了吗?……"

我首先问候萧殷的健康。他摇了摇头说:"冬天,肺气肿的症状照例要变重的。加上新盖的这幢大楼把南面的阳光全挡住了,坐在屋里整天感到冷森森的,经常咳嗽、气闷、缺氧,不时需要向喉咙喷射'肾上腺素'。有时连写一封短信都觉得吃力,遇到要在书柜翻点资料,缺氧气闷现象就更严重!"

"是不是能到医院去住段时间?"

"住院也不解决问题。"他又摇摇头说,"我已经住过好几次院了。医生也说这种病没有什么特效疗法,只有在较安静的环境静静疗养,叫我什么问题也不考虑、什么东西也不写。这可办不到!"

"这么说,您现在还每天坚持工作?"

"当然!不工作,也许我的病就更重了。有一口气就要工作!目前我自己不能写,就由我口述,请一位同志帮我记录整理,然后由我修订。用这样的办法,最近已写了几万字的《文学随谈录》,有的已经发表……"

因为比较熟悉,往下我就直截了当地谈出了我对他的《创作论》的一些看法和希望。我说道:从目前已经发表的部分看来,它们还像是一些没有串起来的闪光的珠子,而且其中有些篇章我觉得好像是限于篇幅，没有展开来阐述，似乎意犹未尽。我们希望《创作论》是一部有系统的、比较详尽地论述创作规律的专书。此外，我又表示希望更具体地了解他写《创作论》的计划和规模，也很想知道他在体弱多病的情况下怎样去完成这一计划。

萧殷坐在他那张旧藤椅上听着，时而点点头，想了一阵，然后很有条理地回答了我提出的问题。尽管他健康情况欠佳，但他的工作热情和精神状态都很昂扬，这又使我感到一点慰藉。

"关于《创作论》的写作计划，正如你所说的，它应该是一本有系统的、分门别类的，各个方面特别是一些带根本性的问题都应该谈深谈透的书。但是，我不打算把它写成教科书或《文艺学概论》，而想尽量写得生动活泼，密切联系实际，把一些原则、规律和我在创作和工作当中的体会结合起来，写成一本切合实际、深入浅出、能够阐明带根本性的或属于比较微末的创作规律的书。

"既然说的是创作'规律'，它必然就是一种客观存在的东西，既不会随着一时的政治风向的变化而变化，也不以某个人的好恶为转移。我想写《创作论》的念头，最初产生在1974年的夏天，但真正取得进展的时候是第二年，那时是邓小平同志主持中央工作，自己的心境比以前好多了。为什么想起写这样一本书呢？我过去曾长期考虑这样一个问题：解放三十多年了，但为什么我们的文艺理论收获不大，我们的创作总不很理想？这主要原因是由于政治运动不断，而每次运动过后毫无例外地变得更'左'。一'左'，就什么都简单化了，以前研究的成果都被否定，不少正确的、符合创作规律的理论也遭到批判，革命现实主义的优良传统一步步地受到摧残和破坏。于是，一些不应有的现象就反反复复地出现，把许多人的思想都搅乱了（除了少数自己有见识、有一贯主张的作家以外）。在这一长段时间里，有没有右的理论呢？也有的。但是不多，影响也不大，总的趋势是越来越'左'。这种'左'的东西，在解放初期也有，比如那时就出现过'领导出思想，群众出生活，作家出笔'的理论，实质上也是'左'的，是一种与创作规律背道而驰的东西。但那时民主空气还比较正常，文艺评论也比较大胆，所以《文艺报》当时就对这种理论进行过批评。但是从1958年以后，情况发生了变化，文艺思想不但又向'左'跨了一步，而且'左'的东西出现后不许批评了。那时除了强调阶级、阶级斗争之外，有一种否定一切的倾向。有位同志写文章《托尔斯泰还有用吗？》，上海也有人说：屠格涅夫对我们没有什么借鉴价值了。更加严重的是，有些同志把一些带根本性质的创作规律，如创作应该从生活出发，应借助于形象思维，文艺作品要用形象去打动人、感染人等，都否定了。政治口号就是一切，用政治口号图解一切代替创作规律，结果创作出一批脱离生活凭空虚构、图解政治概念的作品，和一些把吹牛皮或离开事物特征任意夸张当作浪漫主义的诗歌。结果这些东西很快就被人们抛弃了，几乎没有一本能够流传下来。违反了客观规律，就要受到规律的惩罚，在别的领域是如此，在文艺创作上也一样。到了'文化大革命'期间，文艺思想更遭到一次空前的大破坏，本来已经很'左'的东西被推到了极端，一切都颠倒了。正是由于看到长期以来文艺理论受到极'左'路线的破坏，看到违反创作规律的东西畅行无阻，看到许多年轻的同志上当受骗，在死胡同里挣扎，感到我们的创作总是在这条倾斜的陡坡上爬上滚下，创作不仅不能顺利前进，反而常常遭到破坏，我感到焦急，同时也产生了一种责任感，希望在有生之年能写成一本谈创作规律的专书，把自己多年来的体会贡献出来，使年轻人少走一点弯路。当时也考虑过写出来能否发表的问题，但邓小平同志主持工作时的许多措施鼓舞了我，使我看到了希望——即使当时不能发表，以后还可能有发表的机会。于是，我从夏天到秋天，整整花了三个月，在以前写的总提纲下面，分门别类，拟了一百六十多个题目，每个题目都写了一百多字到三百字的主要论点。当时因为心情比较平稳，所以写得也较顺手，到了秋末就写完了，正准备动笔写正文，不料风云突变。先是'四人帮'公开攻击邓小平同志，暗中把矛头指向周总理，接着又是周总理不幸逝世，我又因急病被送进医院。这一连串突发的事件使我情绪上受到极大的打击，哪还有心思写《创作论》呢？四月初，我由医院转到从化温泉疗养院，第二天就发生了'天安门事件'。我心里的忧愤达到了顶点。豺狼当道，鬼蜮横行，国家的前途在哪里？！文学的前途又在哪里？！当天下午，我就把一厚沓提纲拿到煮中药的屋子里投进煤炉里烧了。看着那跳动的火苗，就像烧的是自己的心一样……我不忍看下去，匆匆地离开了那间屋子。"

说到这里，萧殷心有余痛地苦笑着，咳呛起来，休息了一会儿，然后又谈下去。

"'四人帮'被粉碎后，我不是和你说过'即使我是有病的老牛，但完成这个任务还是有信心的'吗？可能我当时的估计是过于乐观了。不错，这几年我确实在拼老命地工作，也写出了三四十个散篇，但是原来的详细提纲烧了，大的纲目还比较好办，小标题回忆起来就很困难，而当时写下的主要论点其中有许多是心情振奋时突然抓住的、有所发现有所创见的东西，那些是稍纵即逝的，要再找回来就更不容易。加上身体越来越差,工作环境又是这样困难,因此尽管心里着急,写作速度却越来越慢,目前是把能记起来的一部分先写下来。不过,哪怕有天大的困难,我决不放弃我的计划!我也经常有继续写一些小说和散文的冲动,但一想到许多青年作者说的'请速寄一本《创作论》来''你的《创作论》能否早点出版'等,我就横下一条心,把一些活跃在我脑际里的人物形象和一些迷人的意境统统驱散。虽然这些不会轻易散去,但我对它们的引诱时时怀着戒备,处处给予冷遇,希望它们逐步离我远些。于是我就想:历史赋予我的任务也许就是这本《创作论》了吧!何况我的健康情况又这样不好呢!

"我对《创作论》的写作计划'锲而不舍'还有另一个原因。我想:尽管这几年经过大家的共同努力,对'四人帮'在文艺上散布的极'左'流毒做了深入的批判,澄清了许多问题,但是还不能说一切问题都解决了,也不能说搞创作和评论的同志人人都对创作规律认识得很清楚了。这是因为文艺领域里的极'左'路线延续的时间太长、范围极广,有些错误的东西已经'深入人心',一时不易彻底廓清,在某些场合下它还会以变态的形式出现,叫人一下子看不出它的'家谱'。其次,有些同志受了种种影响,从反极'左'的正确前提出发,却得出了错误的结论,从一个极端走向另一个极端,结果也是违反创作规律、造成思想紊乱。这种例子在目前文艺问题的争论中几乎随时可以看到——当然,开展这种争论总是有益的,是好现象。"

接着,他用很短的时间举出了几个例子。他说得很快,但是有分析、有论据,颇具说服力。尽管他事先声明这些都是他的"一家之言",但我想,这些显然都是经过深思熟虑的、符合生活逻辑和创作规律的肺腑之言。

"关于生活的本质和主流的问题,这是个长期争论不休的问题。我和易准同志在1962年写了一篇《典型形象——熟悉的陌生人》,反对那种'一个阶层、一个社会集团在一个历史时期内只能产生一种典型''只许写主流,不许写非主流;只能写光明面,不能写消极因素'以及'典型即总代表'等错误理论。但是,我们的文章不能解决问题。岂止不能解决问题,在'史无前例'的时刻,我们的话还成了'精心炮制的黑帮言论'哩!但规律毕竟是规律,它不是信口雌黄几句就可以推倒的。文艺总要通过个别反映一般,共性必须寓于个性之中。所以黑格尔说:要写'这一个'。恩格斯说:'每一个人都是一个典型。'一切事物总是从幼稚到成熟、从落后到进步的。在发展的过程中有先进的勇士,也有落后的渣滓,这一切都反映着事物的本质。社会主义社会消灭了人剥削人的制度,因此说光明是它的主流和本质。但我们目前的社会主义又是不完善的，还存在着许多封建的、资本主义的渣滓，有这样那样的缺点和弊端。这些东西虽然不是主流，但是能说它不反映出某些本质吗？因此我们除了歌颂以外，还有一个暴露的任务——暴露一切阻碍社会主义前进的邪恶事物。有少数同志从一个极端走到另一个极端，认为暴露就是一切，提出所谓'社会主义的批判现实主义'，毫无根据地说'社会主义时期的悲剧，其根源是社会主义制度'。这不仅不合事实，而且是违反科学的。难道建立在人吃人、人剥削人的基础上的旧社会比消灭了人剥削人的新社会还要好？资本主义社会的种种罪恶是与它的制度生而俱来的，是无法医治的绝症；而我们社会中的缺点弊端不是社会主义本身带来的，是可以改正的，这个大界限不能混淆！因此，我们的文艺不论歌颂或暴露，目的只有一个：这就是指明先进的、革命的、社会主义的力量必然会胜利的总的趋势。'四人帮'臆造了一个公式：只有也只许写光明面（其实他们所说的'光明'往往正是反革命阴谋）；没有也不许写阴暗面（其实他们自己就是最阴暗、最黑暗的）。这个公式既不符合辩证法，又违反创作规律，早已有许多同志批判过了。奇怪的是，目前我们有些同志评论某些有争议的作品时，又往往应用这个已经被人们抛弃了的公式，只是用词上略有不同而已。比如有些对剧本《假如我是真的》的批评文章，往往只指摘它揭露了我们社会中某些人搞特殊化、走后门的现象，说这不是社会主义社会的本质，因而不应当写，等等。这种论点是站不住脚的，因为它掩盖了生活真实。官僚主义、特殊化、走后门等，难道在我们生活中不存在吗？难道我们对这种现象不应该深恶痛绝加以鞭挞吗？最近陈云同志说：'执政党的党风问题是关系到党的生死存亡的问题。'这句振聋发聩、语重心长的话，难道不应该引起我们深思和唤起我们警惕吗？《假如我是真的》是有重大缺点的。但我以为，它的缺点决不是前面说的那些，而主要是它没有准确地、真实地写出我们社会的典型环境。在封建社会和资本主义社会里，行使特权和走后门是公开的、司空见惯的现象，而在我们的社会中，这种现象是不合理的、不合法的，是处处要受到人们抵制和谴责的。我们的革命斗争经过了好几十年，考验了广大干部，也锻炼了广大的人民。这些人民和干部的绝大部分是怀着革命正义对一切不正之风深恶痛绝的。可以说，这是一股强大的反对歪风邪气的社会力量。如放在典型环境中，这是行使特权的阻力。剧中完全忽略了这种情况，把这些阻力置之度外，让那群特权人物泰然置之，毫无顾忌，如入无人之境。而'骗子'也就畅行无阻一骗到底，这是不真实的。正因为作者在构思情节时没有把这种革命正气、这种强大的社会阻力摆进去，因而特定的典型环境就不能表现出来，而人物典型性也就必然显得虚假，受到损害。我以为这个作品的主要问题在这里，你看是不是这样？"

时间还不到4点钟，屋子里已经非常昏暗。萧殷开了一盏灯，接着又谈了另一个例子。

"关于文学艺术的功能问题，这也是个长期受到误解、曲解、纠缠不清的问题。鲁迅先生说：'一切文艺都是宣传，而一切宣传却不都是文艺。'他本来是想阐明文艺的特殊功能的：文艺虽然可以起到宣传作用，可它和其他一切宣传手段都不相同。这个不同在哪里？因为文字简略，他没有说出来。于是有人就抓住半句话，'一切文艺都是宣传'嘛！要文艺为政治服务、结合中心任务，提出'写中心，演中心，画中心'的口号。1958年，文艺要配合小高炉大炼钢铁，配合大放亩产卫星，结果逼得作家写出了一大堆废品。'四人帮'横行时，用行政命令强迫全国作家、艺术家搞'反走资派'的作品，全面利用文艺为他们的反革命政治服务。这个例子最好不过地从反面证明了'文艺为政治服务'的口号是不科学的。文艺的根本任务，是反映人的心灵——品质、性格、道德、思想、感情等，写人与人之间各种各样（包括矛盾冲突）的关系，写人的遭遇和命运，通过这些描写，指出生活发展的轨迹，影响读者的精神世界，使它变得更美好、更高尚，把人们引向革命的道路，这就是文艺的特殊功能。文艺和政治的关系也就在于此，而且也只限于此。斯大林说：'作家是人类灵魂的工程师。'指的也是文艺能影响人的思想和道德品质，这句话我至今还认为是对的。现在我们党中央提出'文艺为人民服务，为社会主义服务'的口号，这个提法是科学的，和文艺的特殊性相吻合的，可以说是解决了新中国成立以来一直令人困惑、阻碍文艺创作繁荣的大问题。但是，具体执行起来，某些领导同志对此并不理解，他们还是希望文艺配合某些具体的政治任务的。比如，哪一出戏写了与当前中心工作结合得较紧的题材，不问其艺术质量如何，一律青目相看，否则就只有白眼相加。也有些作者配合任务成了习惯，选材时不问是否熟悉或妥当，往往主动地去做简单的配合。比如我最近读到一首诗，里面有'我要高呼：自由市场万岁'的句子。自由市场是社会主义经济的必要补充部分，它将存在很长的时间，但歌颂自由市场不是诗的任务，就像给某种香皂、牙膏做广告不是戏剧的任务一样（电视里的广告采用点戏剧手法，又当别论）。从文学史上来考察，凡是急功近利，要求文艺为某项具体政策服务的，导致的后果就是出废品。也可以说，凡是配合当时的政治任务的作品，没有一本是可以流传下来的。这方面的例子还少吗？可我们迄今为止，在这个问题上还存在着思想紊乱的现象……"

往下,他又举了关于形象思维的问题、关于如何看待"现实主义和浪漫主义相结合"的问题等几个例子。这也是萧殷的风格:他往往一谈起文艺问题就精神百倍、妙思泉涌,完全忘记了自己的年龄和健康情况,仿佛自己还是个小伙子似的。由于担心他的身体,同时时间也不早了,最后我匆匆忙忙、心情急切地请他说说今后他打算怎样完成《创作论》的写作计划。他凝神想了一会儿,有点无可奈何地笑了笑,说:

"目前,几乎可以说没有什么好的计划。我的身体在'文化大革命'中受到很大的摧残,现常常出现缺氧气短现象,工作和行动都感吃力,原先估计不足,原定的计划也都不切合实际。现在我想:单凭我一个人的力量恐怕很难完成《创作论》的写作了。现在是请谢望新同志记录整理,而小谢又只能利用业余时间来帮助我。这样,工作效率就不可能高,也不可能写得深透。但要改变这种状态又很难……我只能对盼望《创作论》早日出版的同志们深深抱歉!同时,尽自己最大可能,每天能多做一点就多做一点,决不放弃努力,尽量不让自己躺下,如此而已……"

五

映着街灯的亮光,我慢慢地蹬着单车回家去。这次对萧殷的访问,使我既感慰藉,又感惆怅,心情十分复杂。回想起1953年我第一次见到萧殷同志,到现在几乎是30年了,那时彼此还都是少壮之年。现在,他已是个老病之身,而我自己也已年过半百了。在这段对人生来说不算短的日子里,我和萧殷不在一个单位工作,虽曾受过他的许多教益,但我没有在他主持的大学文学系和文学讲习班学习过,似乎不能说是有正式的师生关系,当然,也不敢称朋友,更不敢谬托知己。不过,我始终尊敬他是一位正直的、勤勉的、热爱社会主义文艺事业,在文艺方面造诣甚深、贡献颇大的好同志、好党员。经过十年浩劫,这样的老同志幸存下来的从全国范围算来也不多了。当前,我们国家虽有许多困难,但我想,给萧殷这样的同志改善点工作和生活条件还是办得到的。千千万万的业余和专业作者在企盼着萧殷的《创作论》,这位66岁的老作家也在"锲而不舍"地抱病奋斗,我们许多杰出的老作家已被林、江一伙迫害得过早地离开了我们,现在,应该小心翼翼地避免一切不应有的损失了!萧殷同志说:"希望尽自己有限的余年,努力把这本《创作论》写出来!"这是何等诚挚的语言、何等可贵的精神!但如果我们不抓紧时间,不给予关心,不尽一切可能帮助他实现这个愿望,那就将造成一个巨大的、无法弥补的损失。到那时,哪怕把动人的词句说上个千言万语也无补于事了!

心中的感慨远不止这些,但把它全部写出来似乎又大可不必。在快要完成这篇文字的时候,脑子里忽然冒出了几首笨拙的小诗,就录两首作为本文的结尾吧。

当年跃马太行山,今日挥毫南海边,
战士书生豪气在,甘当来者垫脚砖。

荷戟终身学老兵,欣然展纸记萧殷,
唯愿皇皇《创作论》,催发百花大地春!

被时代遮蔽的『五四』追求
——萧殷创作论

刘茉琳

台湾"中央大学"访问学者,澳门大学访问学者,中山大学访问学者,中国小说协会理事。

萧殷,是中国现当代文学史一个不应忽略的名字,他曾经是中国作家协会创建时的元老,他也是与丁玲、陈企霞一起在《文艺报》共事的老主编,他还是《人民文学》编辑部主任。他一生培养年轻作者,白桦的第一部小说、邵燕祥的第一首诗都是经他手发表,他更被王蒙称为"第一恩师",其奖掖后学的态度可谓"桃李不言,下自成蹊"。然而,这个不能忽略的名字,却常常被后人忽略他的创作成就。萧殷留下来的成果大多是为年轻作者服务的,出版有多部评论集:《论文艺的真实性》《给文艺爱好者》《谈写作》《鳞爪集》《习艺录》等。他自己也进行文学创作,早年创作的小说杂文发表于各地报刊,新中国成立后出版有小说散文集《月夜》，尽管只是一本薄薄的小说散文合集，却掩饰不住作者的创作热情与创作才华。

收录在《月夜》这本集子里的，都是萧殷在20世纪50年代的作品。其中有小说七篇：《在柳庄》（1958）、《伤疤》（1954）、《月夜》（1956）、《五月间》（1955）、《天旱的时候——陈小培的日记》（1956）、《在深山里》（1958）、《高经理》（1952）；散文四篇：《严寒的夜晚》（1957）、《桃子又熟了》（1957）、《姚玉贵》（1956）、《孟泰仓库》（1954）。这些作品都在短短几年间创作，可以看出萧殷当时高昂的不可抑制的创作热情，虽然这些作品里也有很多时代的痕迹与不可回避的政治元素，但是也有艺术性相当高的《桃子又熟了》这样的散文作品。从这里，可以看出一个作家在新社会里真诚的情感与追求，也可以隐约捕捉到高压的政治标准下作家们艺术生命被挤压的喘息，这是一代作家与时代同步的幸运的缩影，这也同样是一代作家被时代耽误的不幸的背影。

一、创作于共名的时代

20世纪50年代，在中国的当代文学史上是一段特殊的时期。一方面是当时的文艺氛围相对轻松，新中国成立之后一批来自全国各地，不管是革命老区还是国统区的老作家们都怀着兴奋、愉悦、走向新生的心情开始创作，一大批精彩的有分量的文艺作品诞生；另一方面，共时共名的政治标准渐渐形成，从1942年延安文艺座谈会就开始强调的"为工农兵服务"的文艺口号日益加强。洪子诚在《中国当代文学史》中曾经谈到左翼文学界的领导者和重要作家清楚地认识到"文学方向的选择应与社会政治的转折同步"。第一次全国文代会更强调了延安文学所代表的方向就是中国当代文学的方向，甚至对当代文学的创作、理论批评、文艺运动的展开方式和方针政策等都制定了规范性的纲要和具体的细则，延安文学的主题、人物、语言和艺术方法都是属于进步的正确的文艺工作经验被介绍并被继承。萧殷是1938年就到延安的老党员，一直跟随党的宣传、文艺建设工作，毋庸置疑他属于最信任最可靠的从老解放区来的中心文艺军队成员，他的文学批评与文学创作都是属于延安文艺方向的。作为全国文联和中国作协对文学界进行思想领导的重要机关刊物《文艺报》和《人民文学》是在第一次全国文代会后创刊的，而萧殷先后在这两个刊物担任领导工作，也足见组织上对他的文学思想的信任与肯定。

在用政治标准对文学提出的整齐划一的要求中首先反映出来的就是文学创作中的题材问题。从延安时期的整风运动开始，题材问题就变成了关系文学反映社会生活本质的"真实"程度、关系"文学方向"的重要问题，作家如何选取写作题材成为判断一个作家政治方向的重要标准，换句话说这对作家来自什么生活环境，对其生活积累与生活经验提出了"更高"或者说"更狭隘"的要求。萧殷来自广东南方农村的穷苦家庭，年轻时转战南北，从延安鲁迅艺术学院出来，他的生活积累正是当时所要求的文学创作题材，因此，其笔下的人物、事件都很符合这一时期的文学要求。在小说散文集《月夜》中的这些作品，有反映战争年代残酷的敌我斗争、深厚的军民感情的，也有讲述"三反五反"时与投机倒把的恶商做斗争的，新中国成立初期工人农民热情高涨地建设祖国的。总体而言，以重大历史题材比如抗日战争、解放战争时期的英雄事迹、军民鱼水情为主，以农村题材尤其是工农兵的形象为主，很少知识分子题材的作品；以写重大的政治斗争、新中国成立以后重要的建设任务为主，可以说，萧殷是自觉地在小说与散文创作中都以这些标准要求自己，但值得讨论的是，虽然都是自觉地选择符合政治要求的文学创作题材，在创作中作家是否放入了自己独立的思考呢？或者说戴着"一体化"枷锁跳舞的作家是否跳出了自己的舞步与旋律呢？

比如，虽然当时写知识分子题材的作品并不太受欢迎，萧殷的集子里还是出现了这样的作品《在深山里》。这部作品写的是年轻人刘桂荃因为没有考上大学，闹着要上吊，"我"作为在当地教书的老师去劝他参加农业生产，刘桂荃却激动地拒绝了，认为"你是来劝我种田吗？真是天大的笑话！"。半年之后，刘桂荃参加了农业生产，在一个风暴要来的黄昏，"我"与他在深山里相遇，通过一路上的交谈与碰到一个老大爷之后，刘桂荃一路上的表现与想法，说明他已经从排斥农民变成了热爱农业生产了。为了不显出这种转变的尴尬，作者专门设计了一问一答来回答这种转变的心理过程，刘桂荃的回答是："无论什么事，只要你真正钻进去了，大概都会发生兴趣的；特别是当你了解到你所做的工作在整个革命事业中所占的位置和意义的时候，这种兴趣大概会更加强烈些。""既然你懂得做那种工作的意义和苦处，那你当然就能理解做这种工作的人的心情，并且也就容易彼此心心相印了。"可是这样的回答显然非常大而化之，与当时主流媒体的政治宣传语录几乎一致，作者为了表明自己的立场，甚至在其中一段来了个"表决心"："我心里很激动，还想跟他谈些什么，可是却总找不出适当的话题来；最后，我想到我自己，觉得自己也很需要在体力劳动中锻炼一番，准备请求下放，趁这机会，很想征求他一些意见。"《在深山里》写于1958年，熟悉中国历史的人都知道，1958年"大跃进"，全民炼钢与人民公社化运动已经如火如荼地展开，不仅表现在生产上，"大跃进"之风甚至吹进了文艺界。此时，萧殷创作了这个短篇小说，极有可能正是受到了社会氛围的影响。人民公社化运动其实就是一个以农民以工业生产为主导的强国梦，萧殷笔下的知识分子从不能接受种田到热爱农业生产的转变正是对这种社会氛围的呼应，而不能忽略的是虽然他书写知识分子的转变，他骨子里对知识的尊敬、对知识分子的认可却是抹杀不了的。因此才会出现刘桂荃这个一旦转变思路就对农业生产的事情样样上手，而且创新思维非常多，似乎马上就能转变成带领乡亲发家致富的带头人。这里面隐含的正是萧殷对知识分子深刻的认同，在他看来，不管是发展文学事业还是农业生产，总归是要依靠知识的，知识分子在这些建设活动中的意义更是不可低估的，所以才有了这样的作品诞生，表面上看是一种对知识分子进行改造的模式，深层次里却依然是崇敬知识，社会发展需要依靠知识分子的逻辑。

萧殷对于知识分子的作用以及对于文化的尊重的这种思考延续在他整个20世纪50年代的创作中，《五月间》创作于1955年，写的是一次某乡政府的干部会议，农村里的党员干部苏发旺，并不真正理解"社会主义"的含义，在农村发展农业社的过程中百般阻挠，于是在会议上与众多同志进行了辩论，接受教育的过程。苏发旺有一个非常典型的思想就是"仇恨知识分子"，他认为"地主、资本家才稀罕知识分子！这些人只会坐在屋子里，动动嘴唇，他们就会浪费粮食"。在叙述中，还提到了其他干部批评苏发旺砸古庙、砸神像、砸金鱼缸甚至是花花草草。这些都是苏发旺同志被批评的举动。显然，此时的萧殷完全不可能想象得到，十多年后的"文革"期间，苏发旺的这一系列举动将变成合理的合法的甚至是提倡的全国性运动，而萧殷此时创作的这样一个农民干部形象明显有着一种不合时宜的效果，在全国准备大大推进农业合作社，马上就要掀起"大跃进"的年代里，他竟然创作了一个这样的农民干部形象，而且字里行间为知识分子说话，这些无不显示出萧殷的思想与当时的政治氛围格格不入，他依然在创作，他真诚地希望跟上时代的步伐进行创作，但明显，他是尴尬的也是别扭的。

除了《五月间》，还有《月夜》等作品都是对农村生活的描写，这种题材的倾向性显然是延续了新中国成立前解放区对农村题材小说的要求，着力表现在农村进行的政治运动和中心事件，农业合作社、"大跃进"、人民公社化运动、农村的"两条路线的斗争"成为此时选材的重心。然而正如在《五月间》的分析中谈到的，萧殷笔下的农村题材的作品描写，显然不再具备对战争时期军民团结的深厚情感那种书写的畅快自如，他陷入了另一种思考之中。

在萧殷当时的小说创作中还可以明显地看出对于赵树理模式的一种摹写，比如《天旱的时候——陈小培的日记》这样的作品。赵树理模式的小说曾经风行全国，后来又因其在小说中不断提出问题被打倒。可是赵树理模式的小说艺术却影响了中国的当代文学多年，也正是从20世纪50年代开始，我们发现原本提倡的赵树理模式的那种人物语言，也就是工农兵的语言已经从作品里的人物身上渐渐溢出，走到了作品创作中，这种语言的使用固然使得作品变得通俗易懂，工农兵群众更能接受，可是全国的各种文艺作品都变成下里巴人的时候，整体的文学创作的艺术追求就开始走下坡路。萧殷的作品中有很多超越当时的艺术特征，比如对细节的把握，大胆地对不同文类进行交叉使用以及各种叙述语言、叙述角度的转换等，但是依然不可避免地陷入了当时整体的艺术标准中，很多人物语言的使用，包括口号式的表决心式的人物语言或者心理活动，都带有明显的时代印记，这不能不说是其小说艺术之瑕。

从萧殷整个20世纪50年代的创作来看，他的创作取材虽然符合时代标准，艺术追求也受到了毛泽东延安文艺座谈会之后的艺术要求的影响，但是他的创作始终是在主流与主流之边缘徘徊，其选材是主流的，表面上看他的艺术追求也部分地符合当时的时代要求，但最终落在笔头上的写作与思考却是行走在异端的弦上。在主流选材中他看到了值得思考的深层次问题与隐忧，在朴素的语言背后有着他无法掩饰的各种艺术情调与细腻的情感体验，这些都是在当时有可能引来打击与批判的因素，却会在时过境迁后变成一个作家真正的价值所在。

二、创作中的"五四"传统

不管是从狭义的五四运动即1919年开始计算，还是广义的从1917年《新青年》（《青年杂志》，1915）创刊以来的新文化浪潮开始回顾，建设一种独立、民主、自由、科学的新中国文化就一直是活跃在历史舞台上的所有学人的理想，不管他们对古今中外的文化抱持怎样的态度，其根本的诉求都是要为中国建设适应世界新格局的新文化。1949年新中国成立以后，建设新文化、新文学、历史叙述等都以"五四"为源头为传统，但实际上在很长一段时间内，"五四"的根本内容与本质诉求在现实中是尴尬的，确切地说这种无所适从的状态在战争年代就已经表现出来。新文学传统在战时就已经开始了不相适应的脚步，以"启蒙"为特征的"五四"文化传统很快就被以"救亡"为特征的民族主义运动所湮灭，由于在战争中人民大众承担最主要的民族解放任务，他们站在了最前线，因此他们不再是需要知识分子启蒙的对象，反而成了服务的对象，整个社会结构的金字塔被颠倒了过来。在毛泽东《新民主主义论》《在延安文艺座谈会上的讲话》这两篇文章的建构中，五四新文化运动的一个重要标准"西方文化模式"被彻底颠覆否定，转而建立了"中国农民"或者说"工农兵大众"的需要，由此从知识分子启蒙大众变成了知识分子要无条件地向工农兵大众学习，为工农兵服务，以工农兵的审美为自己的艺术追求。这样，就形成中国现当代文学史上的两条线索——"五四"新文化的启蒙传统与抗战以来的战争文化传统，这也就意味着作家们可能存在一个对于传统继承的选择，或者是"五四"文化或者是"战争"文化，又或者二者兼具，在不同的时候任一方都有可能占据上风。

表面上看，萧殷是从延安鲁迅艺术学院走出来的典型的解放区作家与评论家，但是从深层次分析，他又有20世纪30年代在广州时期就开始创作，在上海、武汉都曾卖文为生的经历，这一段时期他接受的依然主要是"五四"新文化的启蒙传统，他最佩服的作家是鲁迅，曾经写信向鲁迅求教，而这一时段正是一个作家的价值观、世界观形成最重要的时期。因此，可以在萧殷日后的创作与评论中看出来，他一生追求的艺术目的最主要最根本的部分都是"五四"新文化的传统，都是"五四"时期的文学艺术标准。不管世界怎样变化，不管全国怎样风靡"样板戏"那样的狭隘创作，他都坚持着自己的文艺标准与艺术追求，而这贯穿他一生的文艺标准与艺术追求其实就是"五四"传统。

萧殷的文学作品虽少，却是他对文学对革命长期追求与思考的结果，是实践的作品，是战栗的灵魂，是对人生与时代的思考。萧殷与大多数中心作家一样，怀着一种朴素的价值观，认为文学写作与参加革命活动是同一个事情的不同方面，文学被看作是服务于革命事业的一种独特的方式。在这样的环境氛围中，萧殷身上难能可贵的气质在于，当别人都对文学中应该怀有的自主、独立的观念保持深刻警惕的时候，他依然坚持了这样的一种立场：即使是为革命事业服务，为建设祖国文化事业服务，也要坚持文学的独立立场。因此在反右、"文革"等一系列运动中不可避免地受到冲击与批判，究其本质就是，萧殷内心深处始终有一种对"五四情怀"的坚守，对"五四"独立精神的呼应。

萧殷一辈子孜孜追求的"现实主义",在文学评论与理论建设中不断强调的"写真实""写人生"其实就是对"五四"的忠实继承与发展。萧殷的文学创作秉承的就是这样一种对真实感受的追求,这种"写真实"的追求贯穿了萧殷整个的创作与评论,他说"只有依靠你的心灵,依靠你精神仓库里储藏得最深最厚的、与你的身心结合得最牢固的思想感情去感受,你所感受的,才可能是最有具体血肉的、深刻而细致的、带着激情和思想的情景和细节,也只有经过这样感受来的生活材料,才能与作者的思想融合起来,才可能创作出有血肉、有生命、有灵魂的形象"。但正是在萧殷追求"写真实"的大多数岁月里,"写真实"这个最基本的追求是被批判、被否定甚至被可笑地戴上了"资产阶级修正主义的理论"的帽子的,因此,我们只能从萧殷的作品中去分辨他的那些对"真实""人生"的思考、对"五四"的回响。

萧殷创作《月夜》这本集子的时代,正是知识分子题材不受欢迎的时代,可是萧殷还是选择了很多知识分子题材的作品,原因无他,就是因为这是他最熟悉的一群人物。除了小说中的知识分子形象,萧殷的回忆性散文中知识分子的形象也相当多,这与他的工作经历分不开,毕竟他自己就是实实在在地地道道的知识分子,从事的是文艺宣传工作,打交道最多的也是知识分子,书写起这些身边的人物明显要自由自在许多,对知识分子的内心世界也有更深刻的体会。

比如散文《严寒的夜晚》,写的是1939年的一个夜里,一群在根据地的年轻人晚上被冻得睡不着,"仿佛钻进了冰窖里",只好坐起来聊天,后来干脆去操场打篮球,直到黎明。这样的回忆性散文只是撷取了生活中的一个小小的片段,却塑造了李谦、小刘、杨播等一系列年轻的革命者形象,他们乐观、积极、向上的热情跃然纸上。比如写到大家都冷,是因为没有棉被,每个人讲述为什么会没有棉被,有的人是因为行军路上嫌行李重自己减轻的,有的人是把被单用来打草鞋了只能钻在破棉絮里,每个人物的性格特点跃然纸上,最后把原因引向了"国民党顽固派想把我们困死"。尽管其中许多语言表述在今天看来显得政治色彩太浓,但是真挚的情感足以说服读者,这是出于作者以及与作者一般年纪的一群热血青年的真诚的感情与想法,那种"鲜明的阶级情感和战斗的智慧"属于那一代人,散文因情感的真诚打动人。萧殷创作这篇散文时正值1957年,全国已经开始反右运动、"大跃进"的年代,尤其是1956年,萧殷的两位《文艺报》的老同事丁玲、陈企霞被打成了反革命小集团。面对昔日战友、同事之间的猜忌、打击与报复,萧殷的心里必定是难受无比的,作者此时回忆起这种真挚的情感并书写下来，深层次正是一种对现状的不满、对纯洁友谊的怀念，尽管那种战争年代物质生活条件极端匮乏，甚至有生命之虞，人与人之间却有着深厚的坚固的革命友谊。文章的结尾，作者用坚毅的语气记录下李谦的话："青年人，社会主义制度不是容易得来的，在社会主义的基石上有我流的血，也有无数革命者流的血。你们要保卫它，要拿出一切毅力和智慧来保卫它！"这不能不说是作者的一种决心一种暗示，任何时候他都不会向恶势力屈服低头，他曾经走过最艰难的岁月，身上更肩负着牺牲了的战友们的愿望与责任，文章之所以打动人，就是因为他"怀着强力的爱憎去描写生活，体现作者的爱憎"。这是鲁迅式的对真实与真诚的追求，中国历来的文学都是"瞒"和"骗"，他坚定地反对游戏人生，要求用"真诚、深入、大胆"的态度看取人生："敢于直面惨淡的人生和淋漓的鲜血。"这也是"五四"的传统，陈独秀说是"赤裸裸的抒情写世"，胡适说"不失真"，茅盾说"文学须求真；与科学一样，文学以求真为唯一目的"。当然，这"求真"也正是萧殷的追求。

萧殷小说对"五四"小说的继承，沈雁冰曾经说过文学研究会就是为了反映社会的现象，表现并且讨论一些有关人生一般的问题，追求解决实际的社会问题、社会矛盾。这一时期的现实主义最大的特点其实就是"为人生"。"为人生是一种艺术态度，不只是一般现实主义的作家有这种态度，其余的作家也会不自觉地表现出这种倾向。"

萧殷小说中的"为人生"特点非常突出。他的《天旱的时候——陈小培的日记》是从儿童的视角表现在进入合作化生产的过程中，农村里的进步思想与落后思想的斗争；《在深山里》是为了写知识分子打破成见，下地务农为农村做贡献的事迹；《五月间》则是写农村中的一些领导干部思想落后，影响社会主义步伐的现象；《月夜》更是讨论农村实际工作中，农民切身利益与社会长远发展的矛盾解决……很显然，在构思这些小说的时候，萧殷就是为了反映问题解决问题而创作的，他的书写都是为了"社会"与"人生"，且毫不避讳问题。

小说《月夜》描写的是1956年，区委副书记老叶面对区里领导不断要求交粮的任务，深感困难，在区委办公室被区委书记用一套套理论讲得云里雾里，却还是无法解决实际问题。小说结束时，作者用党的政策帮助老叶解决了具体困难，并且表示"党绝不会容许这种现象存在下去！……问题要看我们敢不敢向这种脱离群众、脱离实际的作风做坚决的斗争"。可是这显然很快就变成了萧殷的一种单纯的理解，从1956年开始，到1957年，全国的"大跃进"就无法避免地开始愈演愈烈，小说里提到的农民们背后私底下议论的"哼，区干部光知道叫我们向上交粮，却不管我们的肚子"的声音，显然是萧殷当时的一种隐忧，他把这种现象写出来，作为一个问题小说创作出来，希望通过小说来重视解决问题。这样的创作思想显然又是不合时宜不跟大潮流的。显然萧殷在处理这类题材的时候，无法真正做到当时要求的"深入核心"。他所追求的是一种发现问题、解决问题的模式，并不是一种单纯的农民立场或者政策立场，甚至可以感觉到萧殷的一种旁观者立场。他力图讲述的时候自己能介入其中，他在小说中采取了各种手法来使得自己站在斗争之中，比如主人公身份的界定、对话的使用等，但这种尝试并不成功，他依然是一个作为冷静的旁观者的作家，是一个与现实有意识地保持距离的作家，他不能停止思考，他也不能控制自己的笔不写问题只写赞歌，可是在当时当世，这需要极大的勇气且会面对许多的困难。"社会是怎样，就怎样写，社会有光明就写光明，社会有黑暗就写黑暗，有弊病就写弊病，有不平就写不平，有苦痛就诉苦痛。社会是充满血与泪的社会，就必然有血与泪的文学。作家关心社会人生，观察体验人生，就敢于揭示人生的真相。总之，真实地反映社会人生，是五四现实主义文学的根本精神。"

在文学类型的处理上，萧殷的部分小说、散文受到了"五四"另一种传统的影响，即小说的"诗化""散文化"倾向严重，散文的"小说化""诗化"审美也很重，这两者在小说《月夜》与散文《桃子又熟了》两部作品中都表现得非常明显。然而，在20世纪50年代，艺术上要求的是写英雄典型、写矛盾冲突、设计有波澜起伏的情节，留给这种文类模糊的"诗化""散文化"空间并不大，否则在这种跨文体创作方面，萧殷应该会有突出的艺术才华展现。

不可否认的是，萧殷他们这一代作家与"五四"及其稍后的现代作家有着许多不同。许多"五四"作家曾经留学欧美，他们对传统文学与西方文学等都有较多了解，不管是抱着对传统文化的排斥还是对西方文化的抵触，首先是他们对东西中外的熟悉与理解，奠定了这一代人深厚的文化素养与文学基础。而萧殷他们这一代作家大多数依靠自学成才——萧殷曾经在故乡读到中学又在广州美术学校学习，属于这一代作家中的高才生了，因此在工作中一直担任重要职务——学历不高，没有开阔的视野，因此在文学观念与艺术素养上都有很大的限制，他们在把生活经验转化为文学创作、在虚构能力与艺术创造等方面都会面临一些困难。由此也可以解释，为什么萧殷他们在新中国成立后所书写的文学评论或者给青年作者的建议等文章与著作，其中的思想性反比"五四"时期要浅，正是因为这一时期作家群体的整体素质相较于"五四"是下降了而不是升高了，对文学艺术的追求是狭隘了而不是广阔了。

但不管怎么说,"五四"最大的意义就是发现了"人",是个性解放,是每个人争取做真正的自我,在作家来说就是追求自己的话语,写自己看到的生活、想到的问题、真正的情感。可是作家要实现这种个性解放的独立追求,首先就要求有独立的人格,才能做到独立的思考,找到真实的反映现实的角度来进行创作。而这种"独立人格"与"独立思考"恰恰是在萧殷以及与其同辈的作家们人生的主要岁月里被打击、被批判,甚至被刻意遗忘与淹没的,萧殷的小说散文中,"五四"的声音一直不绝于耳,尽管有时模糊有时清晰,有时强音有时微弱,但他一直坚守着这样一种追求。

美国批评家赛义德曾经指出,文本总是无法逃脱环境、时间、空间和社会的纠缠——简言之,文本存在于世界之中,所以,文本是世界之物。不管多伟大的作家,他的主观态度与创作倾向也仅仅能决定文学创作的某一个方面,而中国当代文学的作家面临的是一种前所未有的时代困境,他们从思想、感情到审美语言,在一个新的时代环境和革命功利主义的要求下都完全失去了呼应时代的能力。

20世纪50年代的文学创作出现了多种方向的转移。首先是作家创作群体身份与地域的转移,从东南沿海转向西北、中原地带,这种身份地域的转移本质上则是文学创作中的"文化性格"的转移,新中国成立以后着力建设的当代文学发生了从重视学识、才情的传统文学到重视政治意识与政治生活经验的转移,描写对象从城市、知识分子到农村、工农兵的转移,这当然带来了文学创作新的审美、风格、语言的冲击,但是绝对的政治行政上的要求却对中国当代文学产生了不容低估的负面效果,许多作家笔下的创作抒情变得空洞,写实也变成图解时事。萧殷在20世纪50年代的创作也难以避免地进入了这种时代的艺术追求氛围里,在他的部分小说作品里,显然也存在着"先验的政治理想"与"乌托邦式的激情"。然而这些掩饰不住他独立的思考、欲言又止的疑惑,以及缠绕笔端的艺术情愫,这是一个创作与评论比翼齐飞的文学家,萧殷的一生没有背离"五四"传统,在当前呼喊"反思五四""回到五四"的时代,重读萧殷显然有着更重要的意义。

从《坚持写作实践与青年作者的成长》看萧殷的文学创作方法

唐瑾

国家税务总局河源市税务局干部。

萧殷（1915—1983），原名郑文生，笔名萧英，是我国现代著名作家、文学评论家。从教时便开始写作，之后几十年如一日，笔耕不辍。他的主要作品有文艺评论《论文学的现实性》《论文学与现实》《论生活、艺术和真实》《与习作者谈写作》《给文艺爱好者和写作者》《谈谈写作》《鳞爪集》《习艺录》《给文学青年》《创作随谈录》等，诗集《翻身诗谣》，小说散文集《月夜》。他还用自己从事文学创作的亲身经历指导青年文学爱好者和习作者进行文学创作，培养了一批文学新生力量。本文将根据萧殷给青年文学爱好者的回信——《坚持写作实践与青年作者的成长——答爱好文学的青年朋友们》，从主动感悟生活、培养个性思维、透过现象看本质、积极追求创新四个方面简要分析萧殷的文学创作方法。

一、主动感悟生活

文学来源于生活，却高于生活。文学作品反映的内容来源于作者在生活中的感受和发掘。而生活感悟是创作者对生活的一种洞察力，是其对生活的一种独特感受能力和对生活的思考能力。没有生活中的素材，并进行筛选、加工，产生感悟，是很难写出有影响力的作品的。古今中外的许多著名作家创作出不朽的名篇名著，写出好文章，就是因为他们留心观察生活，积累了大量的生活素材，并认真感悟生命中的真谛，感悟生活中蕴含的道理，挖掘生活的真、善、美，贬斥生活中的假、丑、恶，从而创作出有影响力、具有普遍意义的力作。

萧殷8岁时，父亲就因病去世了，母亲患风湿病常年卧床不起，全家只能靠在城里做店员的哥哥每月5元的工资过活。家境贫寒的萧殷从小便饱尝了人间的辛酸。这些经历成为萧殷感悟生活、从事文学创作的肥沃土壤。因此，萧殷认为："写文学作品，主要不是靠写作知识，也不是依靠写作技巧！对于一个初学写作者来说，更重要的是生活，是对生活的感受和认识。只有当你在生活的漩涡里，被水流（明流和暗流）冲击得不由自主、不能自恃的时候，你才会对生活、对社会产生爱憎感情，而且有一股非倾泻出来不可的强烈要求。这时候，写作的冲动搅得你心神不宁，蕴藏在心里的人物和事件，迫切地要冲到人世间来。如果说，写作要有什么首要条件的话，这大概就是首要的。如果没有生活积累和感受，没有对生活的认识和爱憎感情，又没有生活实感与主观感情的融合，作品是不可能产生的，艺术形象的创造也是不可能的。"

二、培养个性思维

文章往往是作者思想的体现。思想是客观存在反映在人的意识中经过思维活动而产生的结果。而思维是人类特有的一种精神活动，是在表象、概念的基础上进行分析、综合、判断、推理等认识活动的过程。那么，决定作者思想的，除了客观存在，还有作者的思维。说到底写作过程就是作者根据客观存在而进行思维活动的一种过程，就是作者站在一定的立场，以一定的世界观为指导，运用形象思维的方法，对社会生活进行观察、体验、研究、分析，并对生活素材加以选择、提炼与加工，塑造出艺术形象的创造性劳动。但每个人的生活经历不同，这直接影响了每个人对客观事物的反应和对现实生活的感悟的不同。

萧殷曾经生活在社会的底层，对社会有着深刻的认识。他写文章反映人民疾苦，抨击反动统治，揭露社会黑暗；他参加过延安文艺座谈会，亲聆毛主席在会上的讲话。他是坚定的马克思主义的文学评论家，对党的文艺方针政策，对马列主义的文艺理论，对毛泽东文艺思想，对革命现实主义的创作原则和艺术规律，都有深入的研究和精辟的见解；他深感当时文学评论受庸俗社会学的影响，危害甚深，遂撰写文章对马克思主义美学的根本问题——典型问题进行探讨；打倒"四人帮"后，他组织召开座谈会，旗帜鲜明地对极"左"思潮在文艺界的种种谬论进行了严厉而富有说服力的批判……这些都源于作者独特的生活经历和学习经历。萧殷在给青年文学爱好者的回信中写道："表现生活的能力，对写作固然很重要，但对一篇作品如何构思，常常起着决定性的作用；因为构思不好，无论你怎么表现，也无法挽救这篇作品的失败。……在思维方式上，我从来就不喜欢有条有理的分析和逻辑周密的推理。从中学时代起，我就习惯于幻想、想象、联想、虚构……喜欢钻进人们的内心去探索心灵秘密，爱好勾画人们的外貌特征或表情，更热衷于编织人们之间的喜剧或悲剧。总之，我较习惯于形象思维……"

三、透过现象看本质

文学创作中要透过现象看本质。用著名作家、茅盾文学奖获得者莫言的话来说，就是："不要太受很多表面现象的迷惑，抓住这个时代最主要的矛盾，把握这个时代最准确的脉搏，反映能代表这个时代的人的精神方面的变化。生活中就像一条大河一样，水面上充满了泡沫和漂浮物。作家不要被这些表面上的东西所迷惑、所吸引，在描写的时候只写泡沫，而不写真正的深流；去写那些奇怪的事情，而不写能够反映社会本质的事情。我们要透过现象看本质。"透过现象看本质，就是通过对事物的表面现象进行分析，探究其内部规律。

萧殷认为：生活真实不在于量的集中，而在于质的必然性。如果作者只看见最表面的生活现象，那么出现在作者笔下的所谓"作品"，除了一些最简单的事情过程之外，看不见人物，更看不见他们的精神世界和性格。正是这样，"作品"不仅没有生活气氛，没有真实性和感人的力量，甚至内容也使人觉得飘浮空虚。由于作者没有写出事情发生的根源，也没有写出人物在事件发展中的作用，因而，这样的"作品"只是见事（的表面过程）不见人（性格）。

因此，萧殷在给青年文学爱好者的回信中写道："表面的或琐碎的生活现象并不等于生活真实，周围发生过的事实，也不等于生活真实。把生活原原本本地描摹下来，也不等于艺术的真实。艺术的真实，不在于量的集中，而在于质的必然性；它绝不是客观事实的再现，而是逻辑的真实，是事物发展的必然性。因此，文学反映生活，不是看见什么就写什么，而是要经过主观意识或感情的融化，然后通过具体形象表现出来。这一来，不仅反映现有的样子，也反映出它应有的样子。这个具体形象不仅反映了个别形态，还在其中听到时代脉搏的跳动，同时也反映出社会发展的脚印。"

四、积极追求创新

人类认知社会和自身的渴望是永恒的，认知的过程是永恒。作为人类精神形态的文学，应该因人类对外部世界和自身生命的现实关注和终极追问而常写常新。生活的丰富多彩决定了文学的丰富多彩，生命的奥妙无穷决定了文学的奥妙无穷。因此，创新是文学永恒的动力。在文学历史上，大凡留下雄浑气势、历史长卷的宏篇巨作之人，其文学作品都是自成一格、与众不同的，在创作过程中，肯定包含了作者大量的心血和汗水，体现了作者丰富的生活体验、思想精华以及文学造诣。

在萧殷看来："本来文学创作是一种艰辛的、复杂的劳动。每个艺术形象的诞生，几乎都经过作者含辛茹苦、呕心沥血的过程；这明显的是一种日新月异的、永远不许重复的创造……文学既然是艺术，就需要日新月异地创新，就需要每篇作品有'自己独特的布局、结构、环境和风格'，为做到这一点，写作者就需要有绞尽脑汁、呕心沥血的决心，有时甚至还要经历种种无以名状的痛苦。"

萧殷还在给青年文学爱好者的回信中写道："自然走创作道路的人，在创作之前，对生活有爱憎，心中有不平要叫喊，有怨气要发泄，有愤怒要喷发……千万不要以为艺术形象是凭借一种模子搞出来的，艺术创作更不是千篇一律的、机械的重复，所以不要把作家最复杂的、最艰辛的劳动误认为呆板的、可以传授的'秘诀'……"

在《坚持写作实践与青年作者的成长——答爱好文学的青年朋友们》中，萧殷针对青年文学爱好者的提问进行了回答。他的回答是他开始并坚持文学创作的一个缩影，是他从事文学创作这一事业的切实体会和真实感悟。从他的回答中，我们看到了他由最初的爱好文学并坚持从事文学创作，到成为著名作家的方法，那就是：主动感悟生活、培养个性思维、透过现象看本质和积极追求创新。

论萧殷的典型理论及其艺术实践

李慧云

毕业于中山大学中文系现当代文学专业,文学硕士。历任《家庭》杂志记者、编辑、编辑部主任、家庭期刊集团副总编辑,现为家庭期刊集团总编辑。

萧殷是我国著名的评论家、文学家和培育文学新人的辛勤园丁。他把毕生的精力献给了他所钟爱的文学事业。

典型问题是马克思主义文艺理论中最有生命力的一部分,也是萧殷文学活动的一个基本贡献。综合起来看,我认为萧殷的典型理论的主要观点就是:反对典型的模式化,主张典型的多样性,其中包括典型性格的多样性和典型环境的多样性;反对典型的虚假性,主张典型的真实性。这种典型理论和创作实践,无论是在过去、现在和将来,都有着重要的指导意义。在萧殷作品研讨会召开之际,我想借此机会谈谈这个问题。

一、反对典型性格的模式化，主张典型性格的多样性

马列主义文艺理论强调文学典型是个别与一般、个性与共性的有机结合。而在具体的创作和文艺论争中，典型的个性与共性的关系问题，往往成为一个最敏感的问题，论争最多，而往往不甚了了，竟至使人畏而却步。不少文章专门探讨个性和个性化问题、典型环境和典型人物的关系问题。多数文章主要围绕着"典型是共性与个性的统一"这个说法，表示赞成还是反对的意见。于是形成了"统一说""类型说"诸如此类的观点和派别。萧殷在文学评论中，无意于标榜自己属于哪一派，也不想把自己的观点强加于人而做一些偏离文艺规律的、不合实际的夸张的诉说，他只是着眼于实实在在的生活。他在典型问题上提出的理论是有社会的、历史的原因和条件的。即当时的文学创作与社会生活严重脱轨，文学不能真实、生动地反映生活。萧殷以一个革命文学家的高度责任心和强烈的使命感而大声疾呼。

我们不妨具体来看。他的《典型形象——熟悉的陌生人》一文最集中地体现了他的典型理论。而这篇文章写于1962年，具体是针对长篇小说《金沙洲》讨论中所提出来的一些问题而发表的意见。当时的文艺界的现象是很清楚的：文学创作受浮夸风的影响，特别是"左"倾思潮的影响，出现了"一个阶级一种典型"的现象。文学作品大量地图解政治概念，所塑造的典型大多是"高大全"式的英雄人物。萧殷针对这种现象，一针见血地指出："凡此种种，都表明对典型理解的混乱。其共同特点是离开了文学的基本特征，脱离了作品的客观实际，既不分析生活，也不分析作品；而是从纷纭复杂的现实生活中抽出几条本质或规律加以对照或硬套，把艺术典型的创造看成是赤裸裸地'写本质''写主流'的同义语，在艺术典型与时代精神、阶级本质之间简单地画上等号。"①这体现了萧殷不被时尚压倒一切的社会热情所迷惑、所沉醉的文艺理论家的冷静与对马列主义文艺理论的执着追求。尽管他的呼声在当时显得极为微弱，却闪烁着追求真理的光辉。

在《事件的个别性与艺术的典型性》中，萧殷还具体地列举了当时文学作品塑造典型的模式化现象："写知识分子出身的工程师，免不了软弱保守、自命清高、瞧不起工人群众的创造发明：中农入社，必然三心二意、怀疑观望；党员书记，一定是样样正确、满口原则。"萧殷批评了那些根据人物的出身、经历贴上各种各样集团特征的标签

---

① 萧殷：《萧殷文学评论集》，长沙：湖南人民出版社，1983年版，第2页。

的做法，批评那些写一个党委书记，必须要求他代表所有的党委书记，写一类人物只允许一种性格的做法，即反对只要共性、不要个性，反对把千差万别的个性特征抽象化、划一化。从而形成了他关于典型性格的观点：通过个别或独特形态的事件，反映出典型环境中的典型性格。萧殷强调重视事件的个别性或特殊性，当然不是为个别而个别，或为特殊而特殊。而是通过个别的、特殊的、离奇的或者平凡的事件，进行情节的提炼，从这一独特的事件或情节中，揭示出典型环境中的典型性格，曲折地展现性格与环境之间的出乎意料而又合乎情理的矛盾冲突，并从艺术形象本身的必然逻辑中，体现出生活的本质和规律。萧殷还列举了古今中外一些成功的作品，印证他的观点："乞乞科夫到处去收买死灵魂的离奇事件，在生活中也是绝无仅有的，但果戈里却通过它深刻地展示了沙皇时代农奴的悲惨命运，暴露了贵族地主、官吏极其庸俗无耻的典型的精神状态，使《死魂灵》成为震撼世界的不朽之作。"

萧殷不仅理论上倡导典型人物的多样化，而且在实际创作中，也努力实践这种理论。他本着以生活真实为基础的原则，塑造了各种各样的人物形象。同样是农业社新人，他所刻画的刘桂荃（《在深山里》），骆火驹、苏雪娥（《五月间》）绝无雷同之嫌，更没有用"高大全"的模式去框这些人物，同样是写落后人物，苏发旺（《五月间》）与高鸿茂（《高经理》）却分别因各自所处的环境、身份不同而情态各异。他们都有丰富的细腻的合乎人物身份的性格特点。

二、反对典型环境的模式化，强调典型环境的多样化

"典型环境中的典型性格"是马克思主义的经典作家对文艺发展史所提供的艺术经验的科学总结。典型环境是典型人物生活于其中能反映出时代某些本质方面的环境。它实际包含两方面的含义：一方面它是人与物有机结合的环境，另一方面它是个性与共性辩证统一的环境。社会生活是无限广阔的，一部作品反映社会生活总是有其特定的角度和范围，绝不可能包罗万象。因此，作品中描绘的环境应当是具体的、个别的、独特的、对于同一个时代、同一个社会，可以而且应当写出各种各样的环境。萧殷在他的文学评论中就一再提倡典型环境的多样化，反对划一化。他批评那些把环境写得千篇一律的作品："反映'大跃进'，主人公周围的环境必定是热火朝天的，不是你追我赶、挑战迎战，就是废寝忘食、通宵夜战；工人的发明创造，开始都受到保守分子的嘲笑和阻

挠，经过党的鼓励、支持，才取得最后的胜利；而代表落后势力的技术人员或老师傅，经过了事实的教育和人们的批评，最后也必然承认自己保守，转变过来。"①萧殷批评他们写主人公活动的环境，都是按照理论逻辑的公式编造、描绘出来的，而事件进程的逻辑，又都是以抽象的生活本质作蓝图，跳不出一般规律的窠臼。批评他们只承认典型环境的普遍性，不承认典型环境的特殊性；批评他们把生活的主流当成典型环境的唯一内容，而排斥了在主流冲击下的非主流的环境，排斥了社会生活的复杂性和多样性，把支配人物性格及其活动的典型环境绝对化和简单化。萧殷指出："文学作品中的每一个典型环境，也和典型性格一样，是完全不可代替的这一个；同样的社会历史环境的本质特征，只能反映在千差万别的典型环境中，同是反映农业合作社的长篇小说，《山乡巨变》所创造的典型环境就不同于《创业史》，《金沙洲》所创造的典型环境也不同于《三里湾》。"②生活是永远不会重复的，文学作品中的艺术构思及其典型环境也永远不会雷同，正如要求"玫瑰和紫罗兰散发出同样的芳香"一样，要求典型环境单一化的做法是违反艺术本性的粗暴、愚蠢的行为。

在对典型环境的理解上，萧殷还阐述了非常客观的见解。他认为：生活的主流固然能够体现出时代的先进精神，但是时代的先进精神并不等于典型环境。生活的主流固然是典型，但主流冲击下的非主流，同样也是时代的、社会的产物（在大变革的过渡时期，这是一种必然的现象），因而也可以成为典型环境。萧殷指出："典型环境的存在和发展，不是绝对的，而是相对的。随着时间、地点、条件的变化，典型环境的存在和发展的情况也就跟着变化。所以典型环境并不是独一无二的，而是多种多样的。"这一点上，萧殷的观点是非常深刻而发人深省的，闪烁着历史唯物主义和辩证法的思想光辉。

萧殷在文学创作中，也的确描绘了若干五彩纷呈的典型环境。这些典型环境像一个个镜头，构成中国几十年波澜壮阔的历史画卷。我们从他所描绘的一幅幅画面里，可以感受到中国革命历史的脉搏，聆听到中国人民或向往自由或渴望过上幸福生活的心声。萧殷早期创作了大量描写黑暗中国小人物悲惨命运的故事的作品，无论是《狗运的一生》《父与女》，还是《生路》《除夕之前》，同样是描写苦难人生，作品中具体环境、具体矛盾是不一样的。萧殷不像现代史上的一些作家，创作素材往往跳不出本人的

---

① 萧殷：《萧殷文学评论集》，长沙：湖南人民出版社，1983年版，第28页。
② 萧殷：《论生活、艺术和真实》，北京：人民文学出版社，1980年版，第105页。

生活道路。萧殷作品里所描写的人物、环境也没有那种似曾相识的感觉。萧殷的创作是受他人生道路的影响，但他并不总以自己的生活经历为蓝本，他往往把眼光投向多色彩的、多层次的外部世界。因而萧殷的艺术世界是丰富的，也是独特的。

三、反对典型的虚假性，主张典型的真实性

如果说萧殷提倡典型的多样性、反对模式化这一观点具有巨大的生命力的话，那么这一观点的根基则是典型的真实性。文学的唯一源泉是客观存在的社会生活，社会生活是纷繁复杂的，而艺术的真实来源于生活的真实，所以强调典型的多样性的前提是强调典型的真实性。

萧殷写了大量的文章，如《泛论写真人真事》《论艺术的真实》《论真人真事和艺术概括》《论思想性、真实性及其他》等，从理论上简洁明了地阐述文学典型的真实性问题，其中包括生活的真实与艺术真实的关系问题，创作中如何对待真人真事问题，典型的真实性与倾向性的关系问题。不仅仅在这些专题的论文中，在其他给文学青年的信中，萧殷作为一名长者、文学前辈，也总是谆谆教诲青年人，创作要从身边的客观实际出发，反映社会的精神，而不能凭空想象。典型的真实性理论，像一条挣不断的红线贯穿在他的文论中，成为他典型理论中与多样性并驾齐驱的另一重要方面。

在生活的真实与艺术的真实的关系上，萧殷的主张与马列主义文艺理论是一致的。他曾通俗地说："我以为真实不真实，倒不在于是否完全符合实有的生活现象，而在于作品中所表现的是否真实地概括了生活中的典型现象。实有的生活现象的如实描写不一定就能造成艺术的真实。艺术的真实之形成，在于艺术地真实地反映生活。在于通过富有个性的形象真实地反映生活的本质和生活的规律性。"[①]萧殷列举了鲁迅所塑造的典型鸟乌利雅娜、奥列格等人物，说明了艺术中的典型并不完全等于生活中的典型，而是比生活中的典型更高、更强烈、更理想、更有集中性。

对于写真人真事的问题，萧殷论述最多，也最有代表性和实践指导意义。"真人真事可以写，而且还可以把真人真事写得典型。理由是根据实在的人物事件，将其本质特征给以突出的描写，使人物的性格表现得更丰满、更典型。"[②]但萧殷同时又强调，创

---

① 萧殷：《论生活、艺术和真实》，北京：人民文学出版社，1980年版，第107页。
② 萧殷：《论生活、艺术和真实》，北京：人民文学出版社，1980年版，第103页。

作不能总停留在刻板地写"真人真事"上，应该从现有的基础上跨进一步，获得较深的思想内容，如果仅仅停留在真人真事上，只会使作品陷入自然主义的泥坑，这样的写作方法是有局限性与片面性的。它限制了更广泛的生活与经验的表现，它没有本质地理解生活，没有从特殊的人物事件中看出一般的意义。因而萧殷在批评那些向天花板虚构生活，批评那些坐在"亭子间"里"闭门造车"的作品的同时，也强调作家合理的想象和艺术加工、艺术概括。

萧殷关于典型的真实性理论中最有价值的部分应该是他对概念化、公式化的批评，对文学来源于生活的真诚的呼唤，反对塑造虚假的典型，反对用主观臆想的典型去代替真实的典型。萧殷批评了文学创作中，一些作者"对某个人物并没有观察透，也没有做进一步的了解，只根据自己所感觉到的一点点，就急急忙忙地将这点印象贴上标签，这标签也许叫作'本位主义'，也许叫作'保守思想'"[①]。萧殷分析了公式化、概念化的原因不外乎两点：作者没有很好地研究生活、熟悉生活，没有按照生活本身的逻辑去说明生活，而是匆匆忙忙地草率地以"想当然"的态度去对待丰富多彩的生活的结果。不但生活的真实不能从生活的真实描写中体现出来，反而损害了生活的真实。萧殷指出正确的态度应当是用辩证唯物主义的观点认真地观察和研究生活，写作者应当以生活本身的逻辑去解释生活，从中体现作者的政治观点和美学思想，绝不应当用主观的推想去代替丰富的生活真实，尤其不应该以"尽人皆知"的一般化的概念去硬套生动活泼的生活。

萧殷关于文学典型的倾向性的观点，主要融汇于他关于典型的真实性与倾向性的关系的论述中。萧殷首先肯定文学的审美特性，批评了那种拿一些具体的事实来"图解"一些"尽人皆知"的社会学概念的做法，从而提出不能忽视读者的审美需要，忽视艺术形象的创造，不能以简单的生活细节、简单的现象去代替五彩缤纷的人生真实，不能以抽象的社会学概念去代替饱含在生活血肉中的生活真理。他认为文学作品的思想意义与它的生活的真实内容是分不开的："很难想象，一篇缺乏生活真实的作品会有深刻的思想意义。只有把文学作品的思想性做了庸俗解释的人，才承认作品的思想性可以从生活的真实血肉里游离出来；只有他们才承认作品的主题思想是附在生活真实（人物、情节）之外的东西。"[②]萧殷批评了那些想以社会学概念作为自己的"法宝"，把社会学概念当作自己作品的主题思想的青年作者，恳切地告诫他们：这种做法，只会阉割生活

---

① 萧殷：《论生活、艺术和真实》，北京：人民文学出版社，1980年版，第124页。
② 萧殷：《论生活、艺术和真实》，北京：人民文学出版社，1980年版，第124页。

的逻辑，降低作品的思想意义。

  我们知道，在20世纪50年代末60年代初，我国的文学创作出现了很多假、大、空的作品，文学走上了功利主义的路，而不是审美文学之路，许多作家笔下的人物片面追求价值倾向和理想主义色彩，很多作品不是按照源于生活又高于生活的文艺法则去描写，而往往采取夸张、变形、幻化的处理，塑造的典型人物往往是虚假的典型。在这种情况下，萧殷呼吁典型的真实性是非常难能可贵的。萧殷之所以能做到这一点，也是与他实事求是、不趋炎附势的人生态度相联系的。在他的小说《月夜》中，很清楚地看出萧殷对当时极"左"思潮的不满和辛辣的讽喻。这也体现了这位正直的作家呼唤真诚、追求真理的拳拳之心。

  萧殷在创作中也自始至终实践着自己的观点，从实实在在的生活中提炼出典型人物。他的笔下，人物典型是多种多样的，既有可怜的疯子，也有道貌岸然的绅士，有凄苦的车夫，也有纯朴善良的村妇，有旧中国受苦受难的穷苦人民，也有新中国扬眉吐气的社会主义新人，有先进的合作社干部也有难以简单划成分的复杂人物。他的作品就是一卷中国社会几十年的人物速写。读萧殷的作品，让人感到亲切，入情入理，没有那种空洞感和尴尬感。他勾勒一幅幅真实可信的人生图景，让读者产生强烈的共鸣，从而收到文学的审美效果。

略论萧殷的典型理论思想

刘安海

华中师范大学文学院教授、硕士生导师，华中师范大学汉口分校文学院文学教研室主任，湖北省文学学会秘书长。

在中外文学史上，随着作家、艺术家创造的艺术典型越来越多地出现在文学艺术人物形象的长廊里，典型理论就成了文学理论家、文学批评家、文学史家、美学家以及哲学家、思想家共同关注的重要命题，他们写下的有关典型形象的理论文章汗牛充栋，出版的有关典型形象的理论著作积案盈箱。萧殷作为一个文学工作者、一个编辑家、一个文艺理论教学者、一个文学理论家，他同样一直关注着文学艺术的典型理论问题，为此写了一系列的文章。今天我们研究萧殷、研究萧殷的文学思想不能不研究他关于典型理论的思想，研究萧殷的典型理论思想对于我们进一步认识萧殷的文学思想、进一步认识萧殷都有着重要的意义。

一、中外有关典型理论

在说明萧殷关于文学的典型理论思想之前先说明一下中外有关典型理论的概况也许并不是多余的。

典型又称典型人物、典型形象或者典型性格,在文学理论研究和文学批评实践中,研究者和批评者往往根据不同的语境使用这些含义相同的术语。就术语而言,典型概念来自西方文学理论,在希腊文中有"模子"的意思,指典型就像同一个模子可以铸造出许多同样的东西,而在文学中则指通过一个形象可以反映一类人的性格特征,因此这个术语最初强调的是形象的概括性和普遍性。启蒙主义运动以后,随着西方叙事文学的发展和日趋成熟,突出形象的个性特征越来越成为塑造典型人物的重点,典型理论也随之逐渐完善。在这个过程中,德国的古典美学起了推波助澜的作用,康德和黑格尔都曾用"理想"来阐述与典型有关的问题,他们强调"理想"具有通过个别形象来显现理念的特点。典型概念真正为人们所熟识则是通过批评活动,19世纪许多批评家特别是别林斯基等,都把典型作为一个重要的批评术语广泛运用于对批判现实主义小说中人物形象的分析和评价。这种情形正如韦勒克所说的那样——"'典型'这一概念对现实主义理论和实践"具有"关键意义"[①]。

典型概念在五四运动前后传入中国并逐渐流行开来,而且使用的范围越来越广,几乎成了文学形象的同义语。其实作为一个文学形象概念,典型仅仅适用于叙事性文学,适用于现实主义叙事文本中的有关文学形象。人们常常把典型人物或典型形象简称为典型,以至忽略了典型这个概念与人物和性格的联系,从而把典型理解为可以用于一切文学种类艺术形象的概念,更严重的是有人甚至用典型概念去分析抒情诗之类的文本。实际上在文学中真正能够塑造出典型人物形象的只有大型的现实主义的叙事性文本。匈牙利文学理论家卢卡奇曾经明确地指出,典型主要适用于现实主义叙事文学。

关于什么是典型,有几个非常有影响的说法。

黑格尔的说法。黑格尔在《精神现象学》中说的典型即是"这一个"或者"一个'这个'"。黑格尔说在人的意识发展的最初阶段是感性确定性阶段,作为主体的人所

[①] [美]韦勒克:《文学研究中现实主义的概念》。见韦勒克:《文学思潮和文学运动的概念》,刘象愚选编,北京:中国社会科学出版社,1989年版,第236页。

知道的对象客体只是一个纯粹的"这个",而这一个"这个"是最独特的、最个别的、最具体的东西,也是独一无二的东西,它不同于其他任何的"另一个"。

恩格斯的说法。恩格斯在1885年11月26日《致·考茨基》的信中引用黑格尔的说法并自己加以阐述,说:"每个人都是典型,但同时又是特定的个性,正如老黑格尔所说的'这一个',而且应当如此。"①更为重要的是恩格斯在《致玛·哈克奈斯》的信中指出:"据我看来,现实主义的意思是,除细节的真实外,还要真实地再现典型环境中的典型人物。"②

别林斯基的说法。别林斯基说:"在一位真正有才能的人写来,每一个人物都是典型,每一个典型对于读者都是似曾相识的不相识者。"③即通常译的大家耳熟能详的"熟悉的陌生人"。

卢卡奇的说法。卢卡奇说:"现实主义文学的主要范畴和标准乃是典型,这是将人物和环境两者中间的一般和特殊加以有机结合的一种特别的综合。使典型成为典型的并不是它的一般的性质,也不是它的纯粹个别的本性(无论想象得如何深刻);使典型成为典型的乃是它身上一切人和社会所不可缺少的决定因素都是在它们最高的发展水平上,在它们潜在的可能性彻底的暴露中,在它们那些使人和时代的顶峰和界限具体化的极端的全面表现中呈现出来。"④卢卡奇还指出:"按照马克思恩格斯的看法,典型不是古典悲剧中的抽象化的类型,也不是席勒式的理想化概念化的人物,更不是左拉式和仿左拉式的文学和文学理论炮制出来的'平均数'。可以这样来说明典型的性质:一切真正的文学用来反映生活的那运动着的统一体,它的一切突出的特征都在典型中凝聚成一个矛盾的统一体,这些矛盾———一个时代最重要的社会的、道德的和灵魂的矛盾———在典型里交织成一个活生生的统一体。表述平均数必然会导致这些总是反映着某一时代的矛盾在一个折中的人的灵魂和命运中失去锋芒、显得软弱无力,这样就失掉了它们的本质特征。典型的描写和富有典型的艺术把具体性和规律性、持久的人性和特定的历史条件、个性和社会的普遍性都结合了起来。因而在典型塑造中,在对典型性格和典型环

---

① 《马克思恩格斯列宁斯大林论文艺》:北京:人民文学出版社,1980年版,第130页。
② 《马克思恩格斯列宁斯大林论文艺》:北京:人民文学出版社,1980年版,第135页。
③ [俄]别林斯基:《论俄国中篇小说和果戈理君的中篇小说》。见别林斯基:《别林斯基选集》(第一卷):满涛泽,上海:上海译文出版社,1979年版,第191页。
④ [匈牙利]卢卡奇:《欧洲现实主义研究》英文版序言。见卢卡奇:《卢卡奇论文集·二》,北京:中国社会科学出版社,1981年版,第48页。

境的揭示中，社会发展最重要的动向就得到了充分的艺术表述。"①

上述"典型"指的是具有类型性、代表性、普遍性的含义，而不同于我们所说的艺术典型。真正的艺术典型应该是恩格斯所说的"典型"与"单个人"的有机统一，即一个具有普遍性、代表性的活生生的特定的单个人，换句话说艺术典型应是黑格尔所说的"这一个"或"一个'这个'"。

二、萧殷典型理论的主要思想

萧殷关于典型的理论正是建立在上述经典作家关于典型理论的基础上的，他的典型理论的主要思想概括起来有以下几个方面：

（一）"典型问题是马克思主义美学的根本问题，是文学创作的核心问题"②

萧殷之所以把典型问题提高到这样的高度，那是因为他充分认识到典型形象在马克思主义文论中的重要性，在文学创作中的重要性。他既然把典型问题看作是马克思主义美学的根本问题，看作是文学创作的核心问题，所以他不遗余力地写出了《典型形象——熟悉的陌生人》《事件的个别性与艺术的典型性》《脱离典型环境去追求性格，行吗？》《关于典型环境中的典型人物》《谈谈人物的个性化》等一系列文章，阐述他对典型问题的看法。同时，他在参加有关长篇小说和多幕剧的讨论中也一再地阐明他对典型问题的主张，在回答青年作者的问题并指导他们创作时也不失时机地阐发典型理论问题。

（二）典型形象是"熟悉的陌生人"

典型或者典型形象到底是什么呢？虽然在文学理论研究中存在着见仁见智的情形，但萧殷旗帜鲜明地认为典型形象就是"熟悉的陌生人"。他与易准合写的一篇文章就是以别林斯基关于典型问题的论断命题的，即《典型形象——熟悉的陌生人》。这个题目及这篇文章比较充分地概括了萧殷对于典型形象这一概念的内涵的看法。这篇文章虽然是针对当时围绕着于逢的长篇小说《金沙洲》的讨论写的，但其中的典型理论色彩却十分突出。在这篇文章中他首先批评了当时讨论典型问题的几种倾向：一是"把艺术典型

---

① [匈牙利]卢卡奇：《马克思、恩格斯美学论文集引言》，见卢卡奇：《卢卡奇论文集·一》，北京：中国社会科学出版社，1980年版，第290—291页。

② 萧殷：《典型形象——熟悉的陌生人》，见萧殷：《论生活、艺术和真实》，人民文学出版社，1980年版，第37—38页。

仅仅归结为社会的、阶级的本质特征，而丢掉了典型的个性特征"；二是"把艺术典型的共性与个性看成数学的总和，两者只有外在的联系，而不是有机的统一体"；三是"把典型性格与典型环境割裂开来，离开了典型环境而孤立地分析人物性格；或者以生活的主流来硬套作品中的典型环境，把典型环境抽象化和简单化，结果也和前者一样，抽空了作品的典型环境的具体内容，使人物性格游离于环境之外"①。这样他就为建构自己关于典型理论的问题确立了一个展开论争的对立面。批评典型问题上的不正确观点并不是萧殷的目的，他的目的在于通过对那些不正确的观点的批评来确立自己关于典型问题的观点。他的观点见于他对别林斯基著名论述的引用，从而为自己的立论找到了理论的支柱。他引用的别林斯基的论述是这样的："在真正有才能的作家的笔下，每个人物都是典型；对于读者，每个典型都是一个熟悉的陌生人。"引用了别林斯基这样的论述之后，他紧接着阐述道：

> 其所以是熟悉的，是因为作家对于这一类型人物的阶级特征做了高度的概括；其所以是陌生的，是因为作家赋予人物以丰富的、独特的生命——鲜明而生动的个性。既是熟悉的，又是陌生的，这里就包含着概括与个性化的高度统一。②

在引用了别林斯基的论述并做了简单的阐明之后，他还特地加了一个注释，了解这个注释对于了解萧殷关于典型问题的看法是大有裨益的。这个注释如下：

> 有人说：别林斯基这句话，原是谈论独创性的，认为本文对于这句话的解释是和原意有出入的。是的，别林斯基认为，有独创性才能的人"两个人可能在一种指定的工作上面不谋而合，但在创作中决不能如此，因为如果一个灵感不会在同一个人身上发生两次，那么，同一个灵感更不会在两个人身上发生，这便是创作世界为什么无边无际永无穷竭的缘故"。因此别林斯基说，"在真

---

① 萧殷：《典型形象——熟悉的陌生人》，见萧殷：《论生活、艺术和真实》，北京：人民文学出版社，1980年版，第36—37页。
② 萧殷：《典型形象——熟悉的陌生人》，见萧殷：《论生活、艺术和真实》，北京：人民文学出版社，1980年版，第41页。

正有才能的作家的笔下,每个人物都是典型;对于读者,每个典型都是一个熟悉的陌生人"。如果从典型创造的角度来看,承认有独创才能的作家笔下的典型形象,都打上了各作家的"纹章和印记"的话,那么从读者的角度来看,这些打上"纹章和印记"的典型人物,为什么不是"熟悉的陌生人"呢?那类典型人物不正是既高度概括其本集团的特征,又赋予人物以独特的、鲜明的个性吗?它们不是使读者感到既是熟悉的又是陌生的吗?[①]

这就是说,在萧殷看来,典型对于大家来说是一个"熟悉的陌生人"。所谓"熟悉的陌生人"即萧殷在上面说到的"使读者感到既是熟悉的又是陌生的"。萧殷之所以坚持这样一种看法,那是因为他认为"文学艺术总是通过个别反映一般的。所谓个别,就是具体的典型形象。只有通过具体的、个性鲜明的典型形象,才能真实地、深刻地反映社会(阶级)的本质和规律"[②]。在这里,萧殷坚持了对于典型形象来说极为重要的两个方面或两极:一是具体的、鲜明的个性;二是真实、深刻地反映社会或者阶级的本质和规律。对于第一个方面,即使在今天大家也不会有什么异议,而对于第二个方面在今天可能大家心里多少会存有疑义,或者说不同意萧殷的解释。实际上如果我们把问题置于当时具体的时代环境、政治气氛和学术背景之下考虑,这个疑义并不能成为我们理解萧殷典型理论问题的障碍。

(三)强调典型形象的个别性

他在《谈谈人物的个性化》一文中指出:"凡有独立人格的和独特个性的艺术形象,总是同生活在现实中的人们一样,是各人按各人不同的观点和方式去行动的。'人各不同,有如其面',甲就是甲,他不可能同时又是乙;林黛玉就是林黛玉,她有她自己不同的看法和情绪,有她自己不同的脾气和爱好,不管从外貌到内心,从对社会的观点以及对周围人的态度,她都有自己的一套,这一套显然与薛宝钗的那一套完全不同,与其他姑娘们也不一样。即令有谁的观点或姿态跟林黛玉相类似,但由于彼此阅历不同、精神状态各异,故表现这种观点和态度的方式,也不可能不带着各自不同的色彩和

[①] 萧殷:《典型形象——熟悉的陌生人》,见萧殷:《论生活、艺术和真实》,北京:人民文学出版社,1980年版,第41页。

[②] 萧殷:《典型形象——熟悉的陌生人》,见萧殷:《论生活、艺术和真实》,北京:人民文学出版社,1980年版,第40页。

姿态。也正是如此，所以林黛玉才成为林黛玉，'林黛玉'才成为一个独立的、不易与别的性格相混淆的艺术形象。"①他说："凡是有力量的艺术形象，首先要有生命，就像我们的艺术大师所创造的武松、李逵、林黛玉、阿Q……那样。这些形象，既有他们自己独特的心理状态，也有他们自己特有的脾气和外貌特征。我们不仅听到他们对事物的见解，也熟悉他们的一举一动或一颦一笑；甚至林黛玉在什么场合会悄悄淌泪，我们也能猜想得到。为什么这个形象有如此之大的魅力，人们对她的脾性如此熟悉呢？无他，就因为作者把这形象写活了，她活得就像在你的身边。这样的人物，再不像那些淡淡的影子，也不是那些概念的化身，而是具有强大感染力的艺术形象。"②说到鲁迅所创造的阿Q的形象的时候，他认为："也同样是被写活了的形象，什么魅力吸引着我们的呢？无他，是因为作者把大家见惯了的现象集中起来，运用典型化的方法，创造出一个'独一无二'的阿Q。在阿Q身上，虽然可以发见许多常见的东西，但阿Q到底只有这一个阿Q；虽然他是阿Q的代表，可他又不是阿Q们的替身；即使你在许多人身上闻到阿Q的气味，但是你一定不会把阿Q同他们混淆起来。这是因为阿Q有他本人特异的心理和习惯，有他自己独特的一整套与阿Q们不同的生活方式和心理特征。就因这，所以阿Q才成为别人不能代替的、完整的、个性独特的形象。"③萧殷之所以如此肯定林黛玉和阿Q这两个艺术形象，说到底是因为萧殷认为这两个艺术形象是个别的、独特的、鲜明的艺术形象，符合典型形象的个别性。

典型形象为什么能够成为典型形象呢？萧殷指出，那是因为经过了作家的个性化的创造。他说："所谓'艺术糅合'或'艺术创造'的过程，实质上，就是个性化的过程。光靠'素材'和'思想'机械地'聚拢'，不可能造成有生命的形象；唯有经过个性化的创造，富有特征的素材才能获得生命，人物才能按照他自己的个性去行事。只有如此，人物才会有感觉、能呼吸。如果是一个易怒的人物形象，你要是挨近他，你能感到他粗重的呼吸；他一顿脚，地上会扬起尘土；他气愤时，你不但能瞧见他颤抖的嘴

---

① 萧殷：《谈谈人物的个性化》，见萧殷：《萧殷自选集》，广州：花城出版社，1984年版，第332页。

② 萧殷：《谈谈人物的个性化》，见萧殷：《萧殷自选集》，广州：花城出版社，1984年版，第331页。

③ 萧殷：《谈谈人物的个性化》，见萧殷：《萧殷自选集》，广州：花城出版社，1984年版，第332页。

唇，也能瞧见他额角边抖动的青筋……"①萧殷清楚地知道，典型形象的创造一定是经过了个性化的艺术创造的，否则，作品中的人物形象不可能成为典型形象。

（四）反对"典型即总代表"的看法

萧殷一针见血地指出在当时围绕着典型问题讨论的过程中出现的一系列片面观点的实质——"归根结底都集中在这一总的观点上：即要求艺术典型成为某一客观事物的全部特征的总和（全部特征的总代表）。"他举例说当时有的论者要求凡是描写党支部书记的形象，都必须具备所有党支部书记和党领导者所应该具备的全部特征，凡是描写社会主义时代农村妇女干部的形象，都必须具备这一时代农村所有优秀妇女干部所应该具备的全部特征，如果党支部书记缺乏了改造世界的革命精神和宏伟气魄，妇女干部缺乏了远大的理想，那么在有些人看来就不能算作典型。萧殷指出，这"是以社会学上的典型来硬套艺术上的典型，并且把两者完全等同起来"。他认为这就叫作"典型即总代表"论或"总代表即典型"。"这种理论当然是错误的。"他指出："这些同志不了解艺术典型创造的一条基本规律，就是要求人物的共性与个性的统一，写出典型环境中的典型性格。这并不要求作家把所有同一本质的人物性格都全部包括到一个典型中去，而只是要求作家根据主题的任务和构思的要求，选择其中最本质的、最能揭示这一人物性格的典型特征概括进去——使作品中的艺术形象成为既是最本质的、具有一定代表性的东西，又是最有个性特征的东西，即恩格斯所说的'每个人是典型，然而同时又是明确的个性，正如黑格尔老人所说的'这一个'（《给敏·考茨基的信》）。倘若离开了这一原则，硬是要求作家把同一本质的一切人物的全部特征都毫无例外地堆砌到一个人物身上，势必会湮没了人物的个性和斫丧了人物的生命——使个性'消溶到原则里去'（恩格斯）。这样不但破坏了作品的主题和结构，而且也失去了其为典型的意义。"②正是基于这样的论述，所以萧殷反对"典型即总代表"这样一种看法。

（五）反对把个性化只是当作润色、装饰的手段的观点

萧殷指出，个性化并不等于一味地追求所谓特殊的"性格"，也不是不顾典型环境而追求所谓"性格"。他在写给友人的信中说："你是了解我的，我固然不喜欢把革命

---

① 萧殷：《谈谈人物的个性化》，见萧殷：《萧殷自选集》，广州：花城出版社，1984年版，第329—330页。

② 萧殷：《典型形象——熟悉的陌生人》，见萧殷：《论生活、艺术和真实》，北京：人民文学出版社，1980年版，第54—63页。

群众和革命干部写得软弱无能或贪生怕死,但我也不欣赏那种脱离特定环境、任意杜撰的革命干部如何英勇搏斗的故事。"①在话剧《红旗歌》的讨论中,他写了名为《脱离典型环境去追求性格,行吗?》的文章。他在文章中批评了剧作者脱离具体的环境而去追求所谓"性格"的做法。他说:"从整个作品看,作者对于这种'顽强'的性格也是同情多于批判。"②他申明说:"我在这里特别指出《红旗歌》的主角的性格无社会基础和她的'觉悟'无思想基础,主要目的是在于指责一切脱离生活、脱离典型环境、形式主义地追求人物性格的不良倾向,在于希望有这类倾向的作者不要再继续这么写下去。因此,与其说我的批评专对《红旗歌》,反不如说我拿《红旗歌》这具体作品,来证明轻视生活、形式主义地追求性格的创作方法,是一种有害的创作方法。"③

(六)强调典型形象的个别性的同时也强调典型环境的个别性

在《典型形象——熟悉的陌生人》这篇文章中有这样一个小标题:"典型环境,也是完全不可代替的'这一个'。"他指出:"在实际生活中,每个具体环境所包含的因素都是异常复杂的,不仅有民族的、社会的、历史的条件,阶级的关系,人与人之间的关系,还有地区的自然条件、风土人情、生活习惯,等等。所以,典型环境也体现着普遍性和特殊性在一定的时间、地点、条件下的矛盾统一。文学作品中的每一个典型环境,也和典型性格一样,是完全不可代替的'这一个';同样的社会历史环境的本质特征,只能反映在千差万别的典型环境中。同是反映农业合作化的长篇小说,《山乡巨变》所创造的典型环境就不同于《创业史》,《金沙洲》所创造的典型环境也迥异于《三里湾》。这种显著的区别,固然与作品所选择的题材、所反映的主题、所体现的艺术构思有关,但更重要的,还是由于生活本身的丰富多彩。生活是永远不会重复的,文学作品中的艺术构思及其典型环境也永远不会雷同。"④

在文学作品中为什么典型环境"也是完全不可代替的'这一个'"呢?萧殷认为这是由作品中不同的人物关系决定的。他指出:"无论作品所反映的生活画面多么广阔,

---

① 萧殷:《关于典型环境中的典型人物》,见萧殷:《萧殷自选集》,广州:花城出版社,1984年版,第349页。
② 萧殷:《关于典型环境中的典型人物》,见萧殷:《萧殷自选集》,广州:花城出版社,1984年版,第349页。
③ 萧殷:《关于典型环境中的典型人物》,见萧殷:《萧殷自选集》,广州:花城出版社,1984年版,第347页。
④ 萧殷:《典型形象——熟悉的陌生人》,见萧殷:《论生活、艺术和真实》,北京:人民文学出版社,1980年版,第45—46页。

表现的社会冲突多么巨大、尖锐，也只能通过不同人物的千差万别的命运、遭遇，他们之间千差万别的性格冲突才能表现出来。正是这些个别人物的千差万别的命运、遭遇和性格冲突，形成了作品特定的典型环境。"①

（七）在论述典型问题时还注意到事件或情节的典型性

萧殷在《事件的个别性与艺术的典型性》一文中特别论述了文学作品中事件或情节的典型性问题。他说："作品中的事件与典型性的关系问题，因为被误解，不但使丰富多彩的生活流于公式，使题材的多样性受到束缚，同时也阻碍了文学创作的思想力量与艺术力量的提高。"他认为"性格划一化与环境划一化，必然造成情节的划一化"。他说："公式化概念化的作品，常常是'千部一腔，千人一面'，这类作品的题材，虽然各不相同，也有各种不同的表现形态，但归根结底，它们却有一个共同的特征，就是把典型性格和典型环境划一化。作者进行创作，主观上大抵都有一些固定的框框，从一般的生活印象出发，按照阶级、集团的本质特征去塑造人物，写知识分子出身的工程师如何如何，写党委书记又是如何如何，根据人物出身、经历贴上各种各样集团特征的标签……写一类人物只允许有一种性格，也就是说，只要共性，不要个性，把千差万别的个性特征抽象化、划一化；个性既然湮没了，所谓'典型性格'也就变成千篇一律。"②

在当时讨论典型的过程中，出现了这样一种看法："事件"由于它认为没有体现我们时代精神，不能反映出"生活的主流"，因而也就不能成为作品中的"典型环境"。萧殷说："实质上是把这种观点，能够体现我们时代先进思想的事件当成为典型环境的唯一内容，而排斥了现实生活的复杂性。"他指出："生活的主流固然是典型，主流，同样也是时代的、社会的产物（在大变革的过渡时期，这是一种必然的现象），因而也可以成为典型环境。典型环境的存在和发展，不是绝对的，而是相对的。随着时间、地点、条件的变化，典型环境的存在和发展的情况也跟着变化。所以，典型环境并不是独一无二的，而是多种多样的。没有体现我们时代先进思想的生活现象，当然不能成为生活的主流，但在一部文艺作品中，难道只能允许写生活的主流现象，而不能写生活中的

---

① 萧殷：《典型形象——熟悉的陌生人》，见萧殷：《论生活、艺术和真实》，北京：人民文学出版社，1980年版，第46页。

② 萧殷：《事件的个别性与艺术的典型性》，见萧殷：《论生活、艺术和真实》，北京：人民文学出版社，1980年版，第56—57页。

非主流现象吗？难道只能允许写社会的先进力量占优势的典型环境，而不能写作某种特定的情况下，消极的力量虽然暂占优势，但在本质上足以说明它只不过是生活的逆流——因而也一定会被生活的主流所战胜的消极的个别环境吗？"[①]我们今天不能只看到萧殷的这种观点的正确的一面，更应该看到在当时那种政治背景下做出这样的判断所表现出的无所畏惧的探究勇气和敢于直言的学术品格、科学精神。

另外，萧殷还认识到，典型问题是一个非常复杂的问题，任何简单片面的理解都会使批评陷入错误，他特别强调艺术典型有着丰富的内容，认为典型不等于多数，也不等于主流，他希望文学创作中有理想人物的典型出现，他看到了典型问题的复杂性，他甚至指出对这个问题做全面系统的研究，我们还没有这种能力，等等。

三、萧殷关于典型人物论述的特点

纵观萧殷关于文学典型理论的思想，我们发现他在论述典型人物的过程中表现出了以下几个特点：

首先，紧密联系文学创作实际。萧殷虽然写了一系列关于文学典型理论的文章，但是很少有为写纯典型理论文章而写典型理论的文章，而是紧密结合有关文学作品或者围绕着有关作品的讨论而写典型理论的文章。那篇有名的《典型形象——熟悉的陌生人》是针对于逢的长篇小说《金沙洲》的讨论而与人合写的；《事件的个别性与艺术的典型性》是针对有人忽视了文艺不同于其他意识形态的科学，"对艺术如何反映生活的复杂问题，做了极其简单的理解"而写的；有的是针对读者或者文学青年在给他的信中提出的问题写的，虽然这些信不一定都是典型问题，但有的则涉及典型问题；他的《脱离典型环境去追求性格，行吗？》是针对话剧《红旗歌》的讨论写的。

其次，批评了在典型理论问题上简单化的倾向以及他认为不正确甚至是错误的认识和看法。在讨论文学典型形象的过程中萧殷批评了把本质与现象、抽象与具体、一般与个别混为一谈的情形，批评了把个性化只是当作润色与装饰的手段的倾向，批评了有些人常常以多数少数来作为衡量典型的条件，批评了一味地追求性格的所谓个性化而不顾及人物性格产生的环境的倾向。

---

① 萧殷：《典型形象——熟悉的陌生人》，见萧殷：《论生活、艺术和真实》，北京：人民文学出版社，1980年版，第47页。

再次，敢于坚持己见，发表自己经过思考而得出的结论，不人云亦云，不跟风，不唯上，不唯书。在整个典型问题的讨论中，他是这样的，在有关问题的讨论中他同样如此。这里值得特别提到的是关于话剧《红旗歌》的讨论。《红旗歌》是由鲁煤、刘沧浪等集体讨论，刘沧浪执笔的话剧，在当时的讨论中周扬、茅盾、曹禺、吴祖光、李伯钊等都写了肯定和称赞的文章，连周恩来也重视、喜欢这出话剧，直至2012年纪念毛泽东的《在延安文艺座谈会上的讲话》发表70周年的时候，5月21日中央电视台晚间新闻节目里还提到话剧《红旗歌》，并且请出作者鲁煤说这部话剧如何是毛泽东在延安文艺座谈会上的讲话的产物，有人甚至称这出话剧是"红色经典"。萧殷却在当时写了与众不同的文章，即前面提到的《脱离典型环境去追求性格，行吗？》。虽然他的这篇文章是根据《红旗歌》的初稿写成的，以后话剧做过一定的修改。他在文章中批评了剧作者脱离具体的环境而去追求所谓"性格"的做法。由此可以看出在《红旗歌》的讨论中萧殷属于少数派，而且那些持肯定意见的要么是文艺界的领导者，要么是文艺界卓有影响的人物。但是萧殷完全不为这些所吓倒，一直坚持着自己的看法和判断，对修改稿似乎也不以为意，一直保留有自己的看法和判断，直到他生前在编辑《萧殷自选集》的时候仍然坚持把自己批评话剧《红旗歌》的文章《脱离典型环境去追求性格，行吗？》收入其中。对一部作品有不同的看法对于文学批评来说完全是正常的现象，我们今天判断萧殷的看法正确与否已经并不怎么重要，更重要的是我们应该看到在当时那种政治背景下萧殷能做出那样的批评和判断所表现出来的无所畏惧的探究勇气和学术品格、科学精神，以及敢于直言的独立的学术意识和学术见解。

这里还得补充一个事实。王蒙在怀念萧殷的文章中说萧殷在同他的一次谈话中涉及一位被批判的作家，萧殷说："我向来是实事求是的。那位作家说过什么话，我听见了，但我不认为那是反党性质，我就坚持说，那些话里并没有反党的意思，你要那么理解，是你的事情……有的人，一会儿说是问题严重，一会儿又说是没问题，把什么都否定了……这种人真是品质成问题！"①由此可见，萧殷之所以能够坚持己见，并不是趁一时之愤，而是有着自己的一以贯之的思想作为根基的。

萧殷的人虽然离开了我们，但他的思想还在，他的精神还在，他追求真理、坚持真理的品格还在。存在主义哲学的先驱、丹麦宗教哲学心理学家克尔凯郭尔在日记中写

---

① 王蒙：《萧殷——鞠躬尽瘁的园丁》，见王蒙：《不成样子的怀念》，北京：人民文学出版社，2005年版，第22页。

道:"我真正缺少的东西就是要在我内心弄清楚我要做什么事情,而不是我要知道什么事情。"[①]我们今天缅怀萧殷、研究萧殷,应该知道面对萧殷我们要做什么事情,这就是铭记萧殷的思想对于我们今天有着深刻的启示意义。萧殷虽然在彼世,但他的思想还在此世,他的精神还在,他追求真理、坚持真理的品格还在。

---

① [美]宾克莱:《理想的冲突:西方社会中变化着的价值观念》,北京:商务印书馆,1983年版,第166页。

浅论萧殷的文学典型论和文艺批评标准

赖伯疆

曾任广东省艺术研究所副所长、党支部书记,广东省社科院文学所所长,研究员。

文学的典型问题,是文艺创作的核心问题,也是马克思主义美学的根本问题。作为马克思主义的文艺评论家和作家,萧殷同志数十年如一日,无论是自己进行创作、从事文艺评论,还是辅导青年作家进行创作,他都身体力行地实践和普及文学的典型论,并有卓特的拓展。

萧殷同志锲而不舍地坚持的文学典型论,主要由三个方面的内容构成:生活的真实、艺术的概括和想象、典型形象。三者有着有机的内在联系,并统一于艺术典型形象的塑造。

社会生活是文艺创作的唯一源泉,也是检验和评判文艺作品的重要标准。萧殷同志走上文学的道路、进行文学创作和评论的契机和动力,首先就是他所经历的社会生活。他在谈及自己走上文学道路的原因时，曾说过"我对周围农村生活十分熟悉，不仅熟悉邻居们的愿望和思想，连他们的痛苦和悲哀也了如指掌"。特别是日本帝国主义的入侵，使他"心中有许多激情要迸发，有许多积愤要呐喊，有些不平的事要宣泄"，于是"急不可待地拿起笔杆来倾诉心中满腔悲愤"。在风雨如晦的年代，他的许多揭露鞭挞旧社会的黑暗和腐败、反映人民的痛苦呼声的作品，就是吸取旧社会农村生活源泉而创作出来的。

后来，他主要从事文艺评论和文学辅导工作，也始终强调作家要有丰厚的生活积累，文艺创作要从生活出发，并以生活的真实作为一个重要标准去衡量和褒贬文艺作品的成败得失。他强调"创造性格和创造环境，都必须从生活出发""塑造人物、塑造形象靠什么呢？当然是依靠生活素……"，因为"性格和环境，都是维藏在生活之中"。50年代初，他欣赏青年作者王蒙的小说《青春万岁》，很重要的一个原因，就是因为作者对他所描写的生活很熟悉，因此，作品中有浓厚的社会生活气息，特别是校园生活气息，看了作品使人深为感动。他辅导王蒙修改这部作品时，也首先了解作者生活库存中有没有新的修改方案所需要的生活素材。

他在批评50年代颇有影响的戏剧《红旗歌》和影片《刘胡兰》时，也是针对作者缺乏他作品中所描写的社会生活而造成虚假失真的问题。他评论影片《刘胡兰》的文章的题目就是《惊险场面不能填补生活的不足》，明确指出作者的生活积累不足："我认为影片《刘胡兰》的失败，主要原因是电影编导者离开了生活，离开了实际，离开了对刘胡兰的具体历史的深入调查了解和认真分析""正因为缺乏生活和没有具体地理解生活，电影编导者就不能不用一些惊险的场面来粉饰生活的贫乏和填补生活的不足"。

直至70年代，"左"倾路线猖獗、"三突出"经验横行之时，萧殷仍顶风抗浪，强调文艺创作要从生活出发，他尊重来自生活第一线的青年作者，并鼓励他们坚持深入生活。他在一次创作报告中说："你们是来自基层生活中的文学作者，最有资格谈创作，因为文艺创作要从生活出发。"他鼓励青年作家无论创作还是修改作品，都要深入生活，取得第一手材料，在纷纭复杂、千变万化的生活中把握和炼取创作的题材和主题，塑造好各种人物形象，并且用生活真实去检验和校正自己创作中的问题。离开社会生活，依靠"三突出"之类的经验，是不可能塑造好人物形象的。他在肯定和鼓励那些从生活出发塑造好各种艺术形象的作者的同时，也严肃地批评了那些受了"三突出"影响的作者，指出他们的作品是脱离了社会生活，主观臆想，胡编乱造出来的，因而流于公式化和虚假失真，并且劝告他们回到生活的海洋中去深入地体验和思考。可见，文艺创作是否从生活出发，是否反映了社会生活的本质真实，既是萧殷同志文学典型论的一个重要内容，也是他褒贬文艺作品的一个重要标准。这对当前在市场经济大潮冲击下，有些作者为了追求"轰动效应"或经济效益，脱离生活，面壁虚构，粗制滥造文艺作品和节目，也是有很强的针对性的告诫。

　　生活对于创作固然极其重要，但文艺作品不是对生活创作做镜式的直接简单的反映，而是作家的能动的再创造，因此，作家不能满足于拥有生活积累，还要进行艰苦的创造性的创作实践，就是需要经过作家匠心独运的艺术概括和艺术想象。萧殷同志对此曾强调指出：因为生活中存在着许多零碎、分散、偶然、个别的现象，有的是与一定的本质和规律相联系的，有的则是一种伪象，因此，作家的任务就是要去伪存真，"将其中具有突出特征，能反映、显示一定的本质和规律的生活现象（关系、矛盾、冲突）集中、概括到一个人物身上，使之成为这个人物的命运和遭遇（即情节），才有可能创造出艺术典型"。他还强调艺术想象的重要性，"艺术创作，主要靠想象"，甚至认为"一个作家，如果失去想象的能力，或想象力不丰富，就无法进行艺术创造"。可见萧殷同志对艺术概括和艺术想象是非常重视的，他在1954年创作散文《孟泰仓库》的实践和经验，正是他的这种文学主张的体现。此文发表后，曾产生强烈的反响，有的青年作者对萧殷到鞍山访问为时不长，却碰上了孟泰做了许多好事而表示欣羡，有的则表示奇怪："怎么在一个早晨，什么都让你碰上了？"萧殷对此做了解释，他说，他所写的关于孟泰的故事都是他到鞍山后听大家说的，他只是把关于孟泰的事件、细节和场景集中在一个时间地点之内，有些事情相隔好几年，有些事情很分散，在写作时就把这些做了必要的剪裁和集中。他指出："在创作上，集中、概括是合理的，也是允许的。"这实际上就是联系自己的具体作品，深入浅出地向青年作者讲解文艺创作理论和经验。这种联系实际、现身说法的文艺创作理论课，无论是对今天的文艺创作辅导人员，还是从事文艺创作的青年作者，仍然是有教益的。

　　创作的过程就是合理的艺术概括和想象的过程，萧殷自身是这样做的，他也是这样要求青年作者的，同时也指出，艺术概括和艺术想象必须以生活积累为基础，艺术想象力的培养是要在深入生活、丰富阅历中提高观察能力入手，不能脱离生活，做荒诞不经的胡思乱想、胡编乱造。他肯定王蒙的《青春万岁》，除了作者对生活熟悉之外，就是作者"有艺术感觉"，能艺术地认识和反映生活，这也就是作者能对自己所熟悉的生活进行艺术的概括和想象。即使在强调政治第一、突出"路线斗争"的70年代，许多人都避讳谈艺术性，萧殷仍然谆谆教导青年作者要重视文学作品的艺术性："没有艺术性就没有创作""必须加强艺术性"。这不仅表明萧殷同志对文艺创作的特点和规律的熟悉和执着，而且表现了他在逆境之中，仍然敢于坚持现实主义的文艺创作规律的胆识和勇气。

从生活中发现和遴选题材、提炼主题，进行艺术概括和想象，最终目的，是为了塑造典型环境中的典型人物。萧殷从文学反映社会生活和文学的社会功能等方面，阐明文学创作主要是写人，塑造鲜明生动的典型人物形象。能否塑造出典型人物形象，人物所处的环境是否典型是至关重要的。因为一定的典型人物的思想性格和行动，是在一定的典型环境中形成和发生的，离开特定的典型环境，离开影响或促使人物去行动的客观条件或依据，人物形象将会是不合理不可信的。新中国成立初期，萧殷批评戏剧《红旗歌》时，就指出剧中所塑造的落后工人马芬姐形象，是不典型不真实的，其原因就是因为这个人物形象缺乏应有的社会基础，在艺术上就是缺乏必要的典型环境。50年代初期，新中国刚诞生不久，有工人阶级政党共产党领导新中国的建设、工人当家做主、工厂正在开展热火朝天的生产竞赛，绝大多数工人都投身到生产竞赛中去，而工人马芬姐却对党采取怀疑态度、对生产竞赛产生抵触甚至仇视情绪，这就与她所处的社会环境很不协调，而作者又没有揭示马芬姐之所以落后而顽固的原因，因而这个人物在当时的社会生活中是不现实的，在艺术上这个人物没有活动在相应的典型环境中，因而她的思想性格和行动，也是不典型的。萧殷一针见血地指出，马芬姐这个人物是作者头脑中虚构出来的产物，她的转变也是缺乏必要的社会基础和思想基础，因而她的突变是很生硬牵强的。事实证明，萧殷的批评是切中作品要害的，作者确实是由于偏爱人物的"倔强""有骨气"的性格的完整性，而人为地夸张了人物的性格和行为，以及制造剧场效果，而后来又不能不让人物转变，因而在没有充分的转变基础的情况下让人物突变了。萧殷在批评影片《刘胡兰》时，也指出它的失误在于脱离生活，脱离典型环境，没有把刘胡兰成长的环境、经历真实地描写出来，而是以另外一套虽然惊险却与刘胡兰的生活经历和环境完全不同的生活斗争来取代，由于环境不典型，影片中的刘胡兰也就与现实生活中的刘胡兰相去甚远，因而也是不典型不真实的。

直至60年代，由萧殷同志发起和组织，在广东文坛上围绕着长篇小说《金沙洲》展开的一场文艺论争，萧殷仍然执着地宣传文学典型论的文学主张。针对当时广东文坛和这场论争中存在的一些思想理论混乱的问题，如把艺术典型仅仅归结为社会的、阶级的本质特征，而丢失典型的个性特征，把艺术典型的共性与个性看作是二者的总和，而不是有机整体，把典型环境与典型性格割裂开来，离开典型环境而孤立地分析人物性格等，他指导易准同志写了《典型形象——熟悉的陌生人》等文章，进一步阐述了典型形象和典型环境等问题。文中指出，典型形象不应是单一模式的，更不是时代精神和社会（阶级）本质的赤裸裸的表现，"典型性格是多种多样的，生活中存在着千差万别的个性，艺术上就可以产生千差万别的典型性格"。而典型性格和典型环境是有着血肉相连的有机联系。构成典型环境的因素是多方面的，但最重要的是各种人物的命运及他们相互构成的人际关系，"正是这些个别人物的千差万别的命运、遭遇和性格冲突，形成了作品的特定环境。艺术的任务，就是通过作品所再现的典型环境中的典型性格，深刻地揭示'环境怎样影响人'，而'人又怎样影响他周围的世界'"。今天，在改革开放的大潮中，广东和全国各地的社会环境都发生了深刻的变化，并涌现出各种各样的新人——新时期的创业者、改革者等，也冒出了一些新的吸血鬼、寄生虫等，如何正确地把握新时代的主流和支流，反映新时期的典型环境，塑造好新时期的风流人物以及对立面人物，处理好典型环境中的各种典型人物之间的关系，萧殷同志的文学理论仍有其指导作用。

萧殷同志的文学典型论及其所坚持的文艺批评标准，其构成虽有几个部分，但又是一个互相关联的有机整体，社会生活积累是创作的出发点，是创作的基础，但必须经过典型化的过程，并进入典型形象的塑造，整个创作过程都必须以生活为依归。脱离社会生活的所谓典型化和典型形象，是不真实不足信的，也是没有生命力的。萧殷同志的文学典型论所主张的、所肯定的、所扬弃的，个中道理对我们今天和未来的社会主义文艺创作和评论，仍然是很有教益的。

萧殷的文学典型论及其特色

楼栖

中山大学中文系教授，曾任系副主任、文艺理论教研室主任、中国现代文学教研室主任，文科教材《文学概论》编委。

一

30年代中期，萧殷在广州开始文学生涯时，是从小说、散文、杂文开始的。后来去了延安鲁迅文学院文学系学习后，出于工作需要，辅导文学青年创作。在解放区，他前后主编过几个报纸的副刊，在华北联大文学系讲授创作方法论。他曾系统地学习马克思主义文艺理论，以及别林斯基、杜勃罗留波夫、车尔尼雪夫斯基的文艺理论著作，打下了较为坚实的文艺理论基础。新中国成立后，他主编《文艺报》多年，参加《人民文学》编辑工作，担任中国作家协会文学讲习所副所长、青年作家工作委员会副主任。60年代，他回到广州，负责中国作家协会广东分会部分领导工作，主编《作品》，担任暨南大学中文系主任等职。在近半世纪的文学生涯中，他集中精力从事文学评论工作，前后出版了《文学的现实性》等15本论著。

萧殷对文艺理论的贡献是多方面的，较为著名的是文学典型理论。古代作家不知道什么是文学典型，却塑造了一系列典型人物，如《水浒传》《红楼梦》中栩栩如生的典型形象，一直活跃在读者的心里。可见典型形象是千百年来优秀作家塑造人物所关注的核心，虽未形成典型理论，却积累了丰富的实践经验，一直为后代优秀作家所继承。新文学运动以后，外国文艺理论开始被介绍进来，恩格斯关于"现实主义的意思是，除细节的真实外，还要真实地再观典型环境中的典型人物"的论述，成为典型理论的指导思想。但人们理解起来，往往随心所欲，各取所需。

从教条主义或庸俗社会学角度理解典型理论，30年代已出现过。有人评论《阿Q正传》，说阿Q时代已经过去了，以此否定阿Q的典型意义。这在实质上认为，落后人物不能成为典型，反动人物更不用说。但是，现实生活却是异常复杂的，现实中的人物也是异常复杂的。凭主观臆想定下一个衡量典型形象的标尺，显然是站不住脚的。

二

50年代初，中宣部召开文艺座谈会，对"一个阶级只有一个典型"等"左"的理论进行纠正。60年代，广州文艺界对于逢的长篇小说《金沙洲》进行热烈的争论，关键就是如何理解典型问题。有人受了"左"的思想影响，对作品中的人物做了不正确的评价。萧殷感到如何理解典型，超过了对《金沙洲》的争论。典型问题上的混乱思想不澄清，革命文艺就得不到健康的发展。在萧殷主持下，讨论、撰写的《典型形象——熟悉的陌生人》（以下简称"《典型》"），总结了这场争论。《典型》明确指出，有些文章表现出一种倾向，要求典型形象必须与总的时代精神相一致，与社会的阶级的本质相一致，把艺术典型仅仅归结为社会的阶级的本质特征，丢掉典型的个性特征。在分析具体人物时有各种不同的表现。这是其一。其二，把艺术典型的共性与个性看成是数学的总和，不是有机的统一体。进行艺术分析时就舍弃个性而空谈共性。其三，割裂典型环境与性格，孤立分析人物性格，或者抽空典型环境的具体内容，使人物性格游离于环境之外。

围绕上述论点,《典型》针锋相对地对作品中的各种人物进行具体分析,有时引用马克思主义或俄国革命民主主义者有关典型的论据,分析合作化过程中的具体环境形成的各种人物性格,做出不同的论断。

《典型》总结作家的创作经验认为,文学总是通过典型环境中各个典型性格冲突来揭示社会关系的,在实际生活中,每个具体环境所包含的因素都是异常复杂的。每个典型环境也和典型性格一样,是完全不可代替的"这一个"。典型环境并不是唯一的,而是多种多样的。如果把典型环境抽象化,并和生活主流完全等同起来,其结果不仅把生活简单化,把典型环境简单化,而且也否定了创造各种反面典型的可能性。此外,《典型》也指出《金沙洲》的某些失误。例如,在创造出有利于反面人物活动的典型环境时,只着力描写了逆流的一面,忽视了主流中激流的一面,因而使正面人物处处受到攻击和牵制,几乎无用武之地,使作品中的典型环境屈从反面人物性格的发展,正面人物的性格得不到施展的机会。

《典型》着重指出,对于艺术典型理解的混乱,其根本原因,是把本质与现象、抽象与具体、一般与个别混为一谈。艺术典型的个性与共性的辩证统一,体现了现象与本质、个别与一般、具体与抽象的辩证统一关系。作家创造艺术典型,总是透过各种矛盾、复杂的个别现象去表现事物的本质特征,并且通过个别人物的具体行动,他与周围环境、人物之间的矛盾冲突来表现社会的、阶级的关系,反映生活的本质。在艺术概括中强调人物的个性,是为了更充分地揭示人物的本质,更集中地突出人物的共性,并赋予人物以丰富的血肉和生命。这些论断,是在对作品中的人物具体分析过程中所做出的。分析同一人物,同是引用恩格斯关于典型的论述,由于分析的观点和方法不同,因而做出相反的论断。这就关系到怎样学习马克思主义的问题。马克思主义不是教条,而是行动的指南,又一次得到有力的证明。

三

萧殷的文学典型理论,表现出如下几方面的特色:

第一,战斗与科学的辩证关系。萧殷参加这场争论,是要运用马克思主义文艺理论,正确阐述文学典型问题。为什么有人引用马克思主义的有关论述,却违反原意做出不正确的结论呢?原因在于违反了科学原则,不能实事求是,这是有历史根源的。教条主义和庸俗社会学对文艺理论影响相当深,这就增加了文艺斗争的艰巨性和复杂性。只有依靠科学,斗争才能深入下去。斗争有了新的成果,才能捍卫科学。战斗与科学,是矛盾统一的辩证关系。

第二,理论与实践的辩证关系。萧殷早年从事过文学创作,后来辅导青年的创作活动,总结青年的创作经验,深知创作的关键在于塑造典型形象。他认真学习马克思主义和俄国革命民主主义者的文艺理论,认识到没有理论指导的实践是盲目的实践,不以实践为基础的理论是空洞的理论。作家的实践首先是生活实践、斗争实践,才能积累素材、提炼主题,进入创作实践。这些实践,没有马克思主义理论做指导,就会迷失方向。马克思主义文艺理论,是总结作家的创作经验上升为理论的,如马克思、恩格斯致斐·拉萨尔等人的几封信,列宁论列夫·托尔斯泰的几篇论文,就是明显的范例。这些文艺理论,一直指导着各国革命文艺的实践。我国的革命文艺,是在马克思主义文艺理论哺育下发展起来并在不断斗争中壮大的。这足以证明理论与实践是矛盾统一的辩证关系。

第三,创作与批评的辩证关系。这种关系比前两种更为复杂。前两种体现在同一人身上,后一种却体现在不同的人身上。作家兼批评家的并不多见,常见的却是作家与批评家的矛盾、作家之间的矛盾、批评家之间的矛盾。《金沙洲》的争论就是例证。《典型》具体分析了作家所处的具体历史环境,他的生活实践、斗争实践,他所塑造的典型的或不够典型的人物与其环境的辩证关系,以此澄清某些混乱思想。批评对创作应当进行科学的实事求是的分析,应当尊重作家,体会作家的创作甘苦及其过程,才能认真总结作家正反两方面的经验。评论家如果站在作家的对立面,指手画脚,就无助于创作的健康发展。批评家和作家应当互相学习,共同提高。批评与创作应当是矛盾统一的辩证关系。

上述三种关系是有血肉联系、不能分割的。萧殷的文学典型理论,总结了作家的创作经验,成为科学的批评,是从实践中提升为理论的,是经过战斗检验的科学。它把战斗与科学、理论与实践、创作与批评融为一体,构成它的显著特色。

1993 年 8 月中旬

萧殷文学理论的核心——文学典型论

贺朗

广东省社会科学院研究员，曾任《羊城晚报》"花地"副刊主编、中国解放区文学研究会理事、中国传记文学学会理事、广东省传记文学学会会长。

萧殷的文学理论的核心是文学典型论。他自少阅读中国古典文学、中国文学史，后来他又爱读鲁迅、蒋光慈、郭沫若、茅盾和巴金等人的作品，并受到这些作家的思想影响，因而他研究和崇尚革命现实主义。创造典型的规律是文学这个容于美学范畴的思想形式先天的、基本的、普遍的规律，不限于现实主义，其他文学思潮、流派也是以不同的途径、手段来探索文学典型问题。而萧殷几十年来，就是以革命现实主义的途径，来进行具有自己独特素质的文学典型的研究和追求。

萧殷认为，生活是创作的源泉。文学创作要从生活出发，认真深入生活，注意和细心观察生活中有特征性的东西，在生活中发掘题材，从而进行艺术集中、概括，提炼主题，"把日常的现象集中起来，把其中的矛盾和斗争典型化"，努力塑造典型环境中的典型性格。

塑造典型环境中的典型性格，这是现实主义的一个重要的创作原则。萧殷在中学开始学习写作时，就学习并遵循这个原则，后来他改行搞文学评论，他就从现实主义创作方法的途径，去研究、探讨文学典型论问题。

萧殷学习我国古典文学的优良传统，学习马列主义文学理论，学习"五四"以来的优秀文学作品，结合自己现实主义创作方法的实践经验，从而总结形成了自己的见解，并带有自己个人色彩的文学理论主张——文学典型论。

萧殷是研究和崇尚现实主义的。他认为现实主义文学在历史上有它根本的优越性和长久的生命，就在于它反映了客观现实，这使它的内容充实，使它的艺术有生命。因此现实主义创作方法的持续性，是和这样作品的生命的长久性分不开的。而且现实主义既然因反映客观现实而存在，则它比较地不隔离人民生活，因此也比较容易受人民的生活上文化上的创造影响，吸收人民的创造到文学上来。

因此，作为创作方法的现实主义的一个最根本的特点，就是以写实的手法，从对历史和社会变迁的深刻原因的探索中，通过文学的美学创造，来反映现实生活的矛盾和斗争。

革命现实主义是继承了过去现实主义的基本精神和全部优点，并在这种精神和优点的基础上，加以创新，在质上有很大的发展。

所以，革命现实主义的特征，首先，从现实出发，对现实给予深刻和具体的观察，作家以文学和美学观点对现实进行客观的、真实的描写。其次，它以唯物辩证法为自己对于现实的认识方法的根本，即对现实的认识，符合客观的规律。对客观事物做具体的、深入的、全面的观察和分析，不仅看到现象，还要看到本质，不仅看见事物的一面，而且还要看到事物的全面；不仅看见事物的普遍性，而且还要看到事物的特殊性和复杂性。

艺术典型化的原则，是文学创作最根本的原则。这个方法，是现实主义创作方法的中心和灵魂。对于旧现实主义如此，对革命现实主义更是如此。

萧殷认为，典型化是艺术方法上的最高成就。它和现实主义是不可分离的。假如在现实主义的创作方法中抽去了典型方法，它就失去了灵魂，而它也不成为现实主义的创作方法了。现实主义创作方法，在文学和艺术上，其实就是典型化方法，过去的现实主义，之所以那么被我们重视，主要就因为在典型化方面有着非常高的光辉灿烂的成就。恩格斯从过去的现实主义大作家们的最成功的经验中总结了最完整的定义。

恩格斯于1884年4月在给玛·哈克奈斯的信中就明确指出："据我看来，现实主义的意思是，除细节的真实外，还要真实地再现典型环境中的典型人物。"

恩格斯又在给敏·考茨基的信中说："这两种环境的人物都有着你平素的精确的个性描写，每个人都是典型，但同时又是特定的个性，正如老黑格尔所说的'这一个'，而且应当如此。"

这是说典型的个性化原则，是包括在典型化原则之内的。

毛泽东同志在《在延安文艺座谈会上的讲话》中也说到典型化问题。他说："自然形态上的文学艺术虽是观念形态上的文学艺术的唯一源泉，虽是较之后者有不可比拟的生动丰富的内容，但是人民还是不满足于前者而要求后者。"

这说明文艺创作必须典型化，没有典型化，就没有观念形态上的文艺。

萧殷在阅读文学名著时，就琢磨出作者之所以能成功地塑造出各种人物形象，其原因就是采用了典型化的手法。萧殷从中受到启迪，并在自己的创作中运用这种典型化手法，写出了一批反映当时现实生活的小说，如《乌龟》《疯子》《倒闭》《父与女》等。他从文学理论上，在创作实践中，深刻地体会到：采用典型化手法，才能真实地反映当时的社会生活，才能写出深受读者欢迎的作品。

萧殷到了延安后，学习了马列主义文学理论和毛泽东著作，以及俄国文学理论家别林斯基、杜勃罗留波夫、车尔尼雪夫斯基等人的理论著作，进一步认识到典型化是现实主义的灵魂和生命。因此，他专门学习，并结合自己过去的创作经验，总结出自己的文学理论：典型论。这些理论同辅导文学青年创作实践结合起来，把它进一步深化，使它带有萧殷自己的个性和色彩，成为他的文学理论主张。

萧殷的文学理论思想发展，分四个时期：

一、开拓时期

1939年萧殷到太行《新华日报》工作，办了一个油印刊物《通讯与联络》，开始对文学青年进行文艺的新理论新知识的启蒙和普及，辅导他们走上文学正道。后来他调到《晋察冀日报》《冀中导报》和《石家庄日报》负责副刊主编，利用副刊阵地，继续给文学青年进行文艺新理论新知识的启蒙和普及，辅导作者进行创作。1947年4月，他调到华北联大文学系讲授"创作方法论"，继续以文艺新理论新知识给文学青年普及和辅导。

当时他能接触到的马列主义经典著作还不多，但他从实际出发，特别是结合文学青年的创作实践，去摸索、研究有关文学写作的某些规律和问题。

萧殷在讲授"创作方法论"时，还办了个墙报《文学新兵》。

他每讲一次创作理论课，就动员学员下乡创作实习，将学员创作的作品在《文学新兵》墙报上发表，然后让大家用理论去分析、评价。例如讲到塑造典型形象时，就联系当时文工团演出的《白毛女》进行研究，讨论"白毛女"这个形象是怎样塑造的。同时还把徐光耀创作的、萧殷经手把作品发表在《冀中导报》的小说《周玉章》，拿出来让大家讨论，由徐光耀介绍写作经过。

萧殷就是在当时教学材料欠缺的情况下，从实际出发，理论联系实际，去开拓文学评论工作，进行新理论新知识的普及，去辅导文学青年创作。

这种新的理论联系实际的教学辅导方法，使学员在文学理论方面和文学创作方面，都得到很快的提高。

二、建设时期

新中国成立初期，萧殷负责主持《文艺报》的编务工作，从事社会主义文学理论建设，给文学青年进行文艺的新理论、新知识的启蒙和普及。当时处在社会主义文学理论建设时期，新旧交替，文艺思想很乱，中学大学讲授的文艺观都是杂七杂八的，五花八门，一般都是旧的。当时社会上专门论述文学理论、文学知识的书也很少，有一些西方来的《文学概论》之类，并不能使青年获得正确的文学知识。当时广大文学青年强烈要求学习文学新知识、新思想。

这时，身为《文艺报》主编的萧殷，就理所当然地要负起对广大文学青年进行文艺新理论、新知识的启蒙和普及工作了。

他利用《文艺报》这个阵地，开辟《读稿随谈》专栏，反映读者的要求，解答文学青年的问题，并发表他们的作品，做到"每稿必看，每信必复"，并针对他们写作存在的问题，撰写有关文学常识的文章，给他们进行新理论、新知识的启蒙、普及工作。随着他们对文学认识的提高，萧殷继续发表一系列关于文学创作问题的文章，例如《普及与提高》《论深入生活》《谈主题思想》《论生活的真实与艺术真实》《塑造典型形象》等，向文学青年普及文学新理论、新知识，阐明文学创作规律，辅导他们进行写作。

萧殷也参加当时文艺界的思想论争。针对当时文学批评上出现的教条主义、庸俗社会学的粗暴做法，他写文章进行批评。例如杨朔的《三千里江山》和王蒙的《组织部来了个年轻人》受到不公正的指责批评时，他挺身而出，写文章进行辩驳，积极保护作者和作品。为了反对脱离生活的创作倾向，反对公式化、概念化，他写了文章，批评剧本《红旗歌》和电影《刘胡兰》等。

这些文章，是对当时的教条主义、庸俗社会学进行批判，同时也对文学青年进行新理论新知识的辅导普及，让他们走上文学正道，使他们健康成长。

萧殷参与当时文艺界的思想论争，这也表现作为文学评论家的责任感，表现一个文学评论家的胆识和气魄。通过思想论争，他的文学理论思想有所提高和深化，文学典型论的观点有新的突破。

三、发展时期

1961年萧殷调回广东工作，担任中国作家协会广东分会副主席。他着手开展广东的文学评论工作，复刊《作品》杂志，并主持对长篇小说《金沙洲》的讨论。

他回到广东负责文艺工作，仍然坚持对文学青年进行文艺新理论新知识的普及和辅导工作，培养作者，开拓广东的文学评论工作。

他带领一支年轻的文学评论队伍，投入对《金沙洲》的论争，批判教条主义和庸俗社会学，深入探讨文艺典型问题。通过为时七个多月的讨论，辨清了文学创作问题的是非，打开了广东文学理论的新局面，培养了一支理论队伍，推动了广东的文学创作，一批有朝气的文学新人相继涌现出来。

他同易准合作写了三篇长篇评论文章：《典型形象——熟悉的陌生人》《文艺批评的歧路》《艺术构思和作品效果为什么会脱节》。

这些文章在文艺界产生了一定的社会影响，《文艺报》也转载发表。它们着重对教条主义、庸俗社会学进行了批判，对广大文学青年进行了文艺新理论、新知识的普及教育。同时，通过这次讨论，对他的文学典型论，有了进一步的探讨和深化，观点取得了新的突破。对过去关于典型问题的错误看法（例如"典型"就是"模范"、"典型环境"就是"先进地区"等），通过讨论得到澄清和批判。他结合文学创作的实际，从多方面、多角度地去阐明文学典型论的观点，提出了更有系统的更有说服力的理论依据。

四、拨乱反正时期

林彪、"四人帮"统治文坛时，兜售"从路线出发""主题先行""三突出"等违反马克思主义的文艺思想，违反文艺创作规律的"创作经"，把文艺界弄成万马齐喑百花凋零的局面。萧殷对林彪、"四人帮"这一套谬论，提出反对，并进行了抗争。他在清远文学创作学习班上做报告，反对"三突出"，反对江青关于塑造英雄人物是创作的唯一任务的谬论。于是他就被打成"文艺黑线复辟回潮"的典型，再度受到隔离审查。

但萧殷并不害怕，也不后悔。他对这场民族的大灾难进行历史反思。他在北京工作时，从有人对《三千里江山》的粗暴否定，就察觉到"左"倾教条主义、庸俗社会学在抬头，其后这些理论在发展，庸俗社会学在文艺界大流行了，文艺批评出现了无情斗争。过去在关于英雄人物的讨论时，就有人提出了"高大完美""没有缺点"等论调，这就是江青一伙提出的"三突出"的依据。萧殷认为，"四人帮"的文艺观点是反科学、反马克思主义的。

萧殷经过历史反思，对一些问题进行了新的认识，在思想理论上得到了提高，从而也鼓励了斗志，使他更加坚定地站起来同"四人帮"进行斗争，以捍卫马克思主义文艺理论。这表现了一个正直、具有真知的文学批评家的胆识和勇气。

粉碎"四人帮"后，萧殷带头写文章狠批"文艺黑线论"，并组织各种会议，批判林彪、"四人帮"的各种罪行，肃清他们在文艺界的各种流毒和影响。

萧殷在批判林彪、"四人帮"的反革命文艺思潮，清算过去各种错误文艺思想中，他的认识有了进一步提高，他的文学理论有了新的发展和突破。

总的来说，萧殷的文学典型论，是经过这四个时期，随着文艺思想的斗争而提高，是随着对文学青年进行文艺新理论新知识的普及和辅导，逐步发展、深化而臻于完善的。

萧殷的文学典型论，主要是从革命现实主义创作方法的角度，论述典型环境、典型性格（形象）、典型事件等问题，这些问题，都是围绕一个中心：努力塑造艺术典型形象。

萧殷指出：要完成这个艺术典型化的过程，首先要求作者要解决生活真实与艺术真实的问题。作为一个艺术家来说，仅仅是写得"像"，准确地描写出社会生活中的各种存在的现象和事实，还是不够的。艺术家的任务，应该是在现实生活的基础上，在共产主义理想光辉的照耀下，创造出能够反映生活本质面貌以及发展趋势的艺术形象。

生活是艺术的源泉，但它本身并不等于艺术。因此机械地描写生活现象，不能造成艺术；对事实和现象的如实描写，也不能创造艺术的真实，当然也就更不可能塑造典型形象了。

萧殷认为，作为艺术基本规律的典型化过程，就是将现实生活中的一般的、反复出现的现象，加以概括集中、提炼使之典型化。这典型化的过程，就是概括化和个性化统一的过程。而这一过程的全部奥秘，则在于创造"典型环境中的典型性格"。这是文学艺术创造的一条最基本的原则。

我们文学作者要懂得这个文学艺术创作的特殊规律，并且要掌握它，运用它，才能很好地写出反映生活的文艺作品来。

萧殷以理论结合实际，阐明这个文学艺术创作的特殊规律。萧殷说，所谓"典型环境中的典型性格"，其含义：一方面要通过典型的性格去反映现实中的矛盾及其发展的典型状态；另一方面，又要求作家严格地在现实矛盾与发展的典型状态中，去把握人物性格。越能反映出一定社会矛盾发展状态下所形成的一定性格，其典型意义就越大。否则，一切离开典型环境影响的性格，都不能算是典型的。

但是，要求通过典型人物反映典型环境，并不是放弃对局部社会生活的观察、发掘与描写；相反，应从局部去反映全部、从个别去反映一般。文学艺术家要创造典型，就必须深入各局部生活，从中把握全局性质的特点给以艺术概括。

怎样才能写出"典型环境中的典型性格"呢？萧殷指出，首先作家要深入生活，从生活出发，熟悉生活和人物。当作家深入生活时，必须有正确的立场观点——无产阶级世界观。如果作家不是站在革命的立场，而是帮着某种偏见去观察现实生活，那么，这种偏见就正像眼睛里的障膜，限制了他们的视野，阻碍着他们正确地理解人民生活，并阻碍着他们看得更全面和看得更深远。即使在观察一个同样的社会现象时，因个人的立场不同、观点各异，也会得出各不相同的结论。

也就是说，一个文学作者，如果他不站在马克思主义的高处来看现实，不以发展的观点去观察现实，他就很难认清哪是主流、哪是本质。也无法辨别哪是典型特征……因而也就不可能真实地反映生活。

萧殷进一步指出，文学作者仅仅在理论上懂得立场的重要，并不等于就能够认识生活。要真正认识生活，还需要进一步地参加到群众生活中去，参加到人民战斗的行列中去；否则，所谓站在人民的立场，只会变成挂在嘴边的空话。如果不在斗争中或实践中去体现立场，就无法说明你是真的站在人民一边。

因此，萧殷要求我们的青年作者，要在斗争中认识生活。那些只把立场停留在嘴边的人，实际上他们不是站在劳动人民利益的立场去反映现实生活。在他们的作品里，虽然也是写新社会的事物，但是，在字里行间或在细节、场景之中，却感觉不到作者有什么热情，只是像照相机似的重现一次，读者竟连作者的爱或恨也感觉不到。在理性上，他们是知道应该热爱新事物的，但是实际上他们对于新事物却没有真实的感情。因此，虽然他们辛辛苦苦地搜集了许多材料，但这些材料还是材料，作者的感情还是作者的感情，两者之间并没有融洽；写出来的所谓英雄人物或英雄事迹，仅仅是一大堆原始材料的堆积，成为一堆没有生命的"死材料"。

要深入地真实地理解人民在斗争中的思想感情，更重要的是以文学者的身份，深入生活。如果是以旁观的态度和抱着单纯"搜集材料"的采访方法，都将会毫无所得的。只有以文学者的身份参加到生活中去，到战斗中去，钻到社会发展过程里去，在战斗生活的体验中去观察、研究人民在斗争中的思想感情，才是可靠的。有些作者写新人物、新事物的作品，写得概念化，人物没有个性，没有什么思想感情，这都是由于作者没有以文学者的身份，深入生活，真正地理解新人物，更没有在生活斗争中认识他们品性和思想感情的缘故。

按照萧殷的典型论观点，作家除了解决立场观点，以及深入生活问题之外，还需要具备一定的对生活的观察能力和概括能力。我们塑造人物典型形象，不是材料的堆积，也不是社会现象和事件机械的再现。艺术形象应该是作者把在生活中他们感受的生活印象和事实，经过他们自己的世界观和美学观点的改造，经过融合和概括，塑造出既有一般意义的又独具个性的形象。因而，经过创造的艺术形象，就不再是低级形态的生活现象和事件，而是现实生活更深刻、更典型、更生动的美学反映。

萧殷指出，在我们文学评论中，对典型问题有错误的理解，认为艺术典型就是社会的阶级的本质特征，艺术典型的共性与个性是数字的总和，等等，这都是错误的。

艺术典型是要反映生活的本质。但是我们是用图解某一阶级本质的概念来表现社会（阶级）的本质呢，还是遵循文学艺术的特殊规律，通过活生生的、个性鲜明的形象，来反映生活的本质呢？答案当然是后者。

萧殷指出，艺术上的典型性格是多种多样的，生活中存在着千差万别的个性，艺术上就可以产生千差万别的典型性格：既可以有完全没有缺点的理想人物，也可以有有缺点的正面人物；既可以有具有全新的思想面貌的典型形象，也可以有正在改造、转变和成长中的典型形象。

文学艺术总是通过个别反映一般的。所谓个别，就是具体的典型形象。只有通过具体的、个性鲜明的典型形象，才能真实地、深刻地反映社会（阶级）的本质和规律。阉割了人物的个性，人物的阶级本质也就无从表现。正是这种个性与共性矛盾统一的辩证关系，构成了人物完整的性格。

关于典型环境，萧殷说：在实际生活中，每个具体环境所包含的因素都是异常复杂的，不仅有民族的、社会的、历史的条件，阶级的关系，人与人之间的关系，还有地区的自然条件、风土人情、生活习惯，等等。所以，典型环境也体现着普遍性和特殊性在一定的时间、地点、条件下的矛盾统一。文学作品中的每一个典型环境，也和典型性格一样，是完全不可代替的"这一个"。同样的社会历史环境的本质特征，只能反映在千差万别的典型环境中。比如同是反映农业合作化的长篇小说，《山乡巨变》所创造的典型环境就不同于《创业史》，《金沙洲》所创造的典型环境也迥异于《三里湾》。这种显著的区别，显然与作品所选择的题材、所反映的主题、所体现的艺术构思有关，但更重要的，还是由于生活本身的丰富多彩。

生活永远不会重复的，文学作品中的艺术构思及其典型环境也永远不会雷同。

萧殷还指出，对典型环境的理解，目前还存在着这样一种看法，认为没有体现我们时代精神的"事件"，也就不能反映出"生活的主流"，因而也就不能成为作品中的"典型环境"。这种观点，实质上是把能够体现我们时代先进思想的事件当成典型环境的唯一内容，而排斥了现实生活的复杂性。

生活的主流，固然能够体现出时代的先进精神，这是不容置疑的；但是时代的先进精神，并不等于典型环境。生活的主流固然是典型，但在主流冲击下的非主流，同样也是时代的、社会的产物（在大变革的过渡时期，这是一种必然的现象），因而也可以成为典型环境。典型环境的存在和发展，不是绝对的，而是相对的。随着时间、地点、条件的变化，典型环境的存在和发展的情况也就跟着变化。所以典型环境并不是独一无二的，而是多种多样的。如果把"典型环境"这一概念抽象起来，并和生活的主流完全等同起来，其结果不仅会把生活简单化，把典型环境简单化，而且也否定了创造各种反面艺术典型的可能性；而正面人物所处的环境也就会变得十分平静，这样，同时也就取消了在复杂斗争的环境中成长和发展的正面形象的创造。可见，把生活的主流和典型环境完全等同起来的观点，实质上正是"无冲突论"的变种，不能认为是正确的。

关于典型环境问题，萧殷还谈到，中外名著小说，大都是通过揭示典型环境，来表现作者对生活的态度和判断，显示其社会意义，表达其主题的。为什么许多人喜欢读小说，尤其是悲剧作品呢？就是因为它通过人物命运和遭遇的描绘、人物性格的展示，真切地、深刻地揭示了典型环境。读者越是同情悲剧主人，就越是痛恨制造悲剧的典型环境，从而推动他们实行改造环境的斗争。这时候，是人在影响环境了。但是典型环境并不是唯一的揭示生活意义的方法。有些小说，主要是通过展示事件的过程，用事件的后果来提出某种告诫，从而达到教育人的目的。莫泊桑的短篇小说《项链》就是这样。

萧殷认为，典型问题是一个复杂的问题，任何简单片面的理解，都会使我们的文学研究和文学评论陷入错误。艺术形象的阶级本质只能通过鲜明的个性才能表现出来，同一社会的、阶级的本质，只能反映在千差万别的典型性格中；典型环境也只能通过个别的具体的环境才能表现出来，同一社会历史环境的特征，只能反映在千差万别的典型环境之中，依赖于典型环境而存在和发展，并反过来又给环境以一定的影响，离开了典型环境，典型性格就失去了存在和发展的客观依据。

每一个艺术典型，不但反映着社会的、阶级的某一侧面，而且渗透着作家的思想感情以及对社会生活的态度，正是这一切复杂的因素，形成了艺术典型的丰富内容。

文学艺术的典型问题，是文学艺术创作的核心问题。我们作家需要解决，尤其是我们缺乏写作经验的文学青年，更需要解决。萧殷为了给文学青年进行文艺新理论、新知识的启蒙、普及，帮助文学青年解决创作的问题，他几十年来专门从革命现实主义创作方法的途径，来探讨研究文学典型论问题。他希望文学青年很好地认识和理解这个问题，正确掌握和运用典型化手法，创作出反映我们社会主义建设的伟大作品来。

浅谈萧殷早年的"现实主义"创作

包莹

中山大学中文系中国现当代文学博士研究生。

2018年6月受黄伟宗老师和陶萌萌女士（萧殷女儿）嘱托，寻找萧殷散落在20世纪30年代《广州民国日报》副刊《东西南北》（以下简称"《东西南北》"）上的一批小说原件，由此重读萧殷早期作品。萧殷在文学界有公认的三大贡献，一是他甘为"人梯"，几十年如一日扶持文学青年；二是文学评论；三是文学组织[①]。他的文学作品，因为写得早，也写得少，几乎没有引起学界关注。目前不多的评论文章基本上都是从批判现实主义的角度着

---

① 温儒敏：《萧殷先生的三大贡献》，《新文学评论》2012年第4期。

手，如贺朗探讨萧殷初期文学创作的特点①、程文超侧重分析萧殷早期小说中小人物的悲剧②、王学海分析萧殷小说对底层苦难生活的叙说③等。这些评论都触及萧殷早期作品的基本底色：对时代现实的摹写，为农村小人物造像，在冷冰的生活中寻找人性的温情。萧殷本人对这些作品是相当重视的，大概在1981年④，萧殷应邀编写《萧殷自选集》，想起自己20世纪30年代写的小说作品，但他在广东省立中山图书馆和上海徐家汇藏书楼都没有找到。后来他听说中山大学图书馆藏有《广州民国日报》和《广州市民日报》，便写信给当时的中大校长张幼峰寻求帮助。当时萧殷的身体状况不是很好，在信中他写道："这一次，请你无论如何要鼎力相助帮帮忙，这是我唯一的希望了。如果这一次在中大也找不到，我那批小说（至少三十多篇）便埋没了。"⑤殷切之情跃然纸上。幸运的是，萧殷之后很快看到这批小说，并在1982年选出部分篇目编入《萧殷自选集》（以下简称"《自选集》"）。《自选集》的编目充分体现出萧殷自身的考虑，他为自己划定了文学创作的起点，将小说《乌龟》视为处女作⑥，对作品的编排顺序也做了调整，并非按照发表时间排列。萧殷将自己走上文学道路的原因归结为两点："朦胧的理想"和"强烈的爱憎"⑦。程文超注意到这一点，将之称为"双重情结"⑧。本文将从"双重情结"出发，重新讨论萧殷早期作品的基本特点，以及萧殷的"现实主义"。

---

① 贺朗：《萧殷初期文学创作的特点》，见贺朗：《萧殷论》，广州：广州文化出版社，1989年版，第16—21页。
② 程文超：《谈萧殷的文学创作》，《中山大学学报》（社会科学版）1994年第3期。
③ 王学海：《历史脉络里的寒冷与温暖》，《新文学评论》2012年第4期。
④ 原信落款只有署名，没有时间。这个时间据陶萌萌女士回忆。参照萧殷写于1982年9月的《萧殷自选集》序言，序中写道："我最近意外地发现了三十年代初期二十多篇小说。"可判断该时间大致与现实相符。
⑤ 见陶萌萌女士提供给笔者的萧殷信件手稿复印件。
⑥ 萧殷：《我怎样走上文学道路》，见萧殷：《萧殷自选集》，广州：花城出版社，1984年版，第961页。
⑦ 萧殷：《我怎样走上文学道路》，见萧殷：《萧殷自选集》，广州：花城出版社，1984年版，第963页。
⑧ 程文超：《谈萧殷的文学创作》，《中山大学学报》（社会科学版）1994年第3期。

一

与"五四"倡导者相比,萧殷因为"后生",其文学起点是"滞后"的。萧殷的成长轨迹刚好比五四新文化运动晚了十年,1915年陈独秀创办《青年杂志》,萧殷刚刚出生;到1935年萧殷正式登上文坛的时候,五四新文化运动早已落潮,就是30年代初期成立的"左联",也即将面临解散。就成长环境来看,萧殷出生于广东龙川县佗城竹园里一个小手工业者家庭,童年时代在破产的农村与连年战争中度过,不仅没有经过传统私塾教育,直接入读新式小学校,而且读的是已经受到革命影响的学校。据他回忆,"我们小学的礼堂里也开始挂着马克思、列宁、孙中山'世界三伟人'的相片"[1],这样的小学校礼堂明显是受过改造的,这时的农村,早已改变了鲁迅笔下村民等着外出的人回来报告消息然后互相揣测革命形势的面貌,革命气氛日益浓烈。但是,对于更多在穷苦中成长的孩子来说,"革命"到底是什么并不重要,重要的是"有田耕,有工做,有饭吃,有书读"的革命"诺言"。1925年北伐军东征来到佗城,他们张贴的巨幅标语留给萧殷深刻印象,类似于鲁迅当年受到的幻灯片刺激,"无田耕,无工做,无饭吃,无书读"的不合理社会,对幼年萧殷产生了一定的"印刻效应",也成为他早年创作的基本来源。萧殷说:"这时我正好十岁,读小学四年级。这动人的标语,对我这穷孩子也是很大的鼓舞和启发。我第一次打开了眼界,开始憧憬着未来,梦想着一种人人有工做、有田耕、各尽所能的大同社会。"[2]1927年底至1928年初,黄克回龙川筹备苏维埃政府,此后龙川与海陆丰、紫金县苏维埃政权连成一片[3]。风起云涌的农民运动破坏了原有的农村秩序,新的苏维埃政权尚未定型,因此萧殷早年的笔下,更多停留在对于"不合理社会"的描写。至于"各尽所能的大同社会"到底是怎样的,作品中没有显现,不是萧殷没有写进去,而是年轻的作者本身也只能憧憬,无法想象未来。

于是萧殷在慢慢探索,尝试各种文体的写作。他与中学同学合办文学期刊,并大胆地取名为《湖畔》。萧殷受到英国"湖畔派"诗人华兹华斯的影响,看到19世纪欧洲

---

[1] 萧殷:《我怎样走上文学道路》,见萧殷:《萧殷自选集》,广州:花城出版社,1984年版,第956页。

[2] 萧殷:《我怎样走上文学道路》,见萧殷:《萧殷自选集》,广州:花城出版社,1984年版,第956页。

[3] 刘路红、段纪明编著:《黄克传》,北京:中共党史出版社,2016年版,第146—147页。

浪漫主义文学的反叛之处,并将之与自己接受到的马克思主义历史进步观念结合起来,《湖畔》发表的多是写实作品。高中毕业后萧殷开始给《东西南北》投稿,此时他刚二十出头,一方面正为生计、学业奔波,另一方面往返于故乡佗城与省城广州,通过不同渠道接触到"革命思想"。《东西南北》创刊于1934年3月19日,终刊于1936年8月31日,主编是厉厂樵。厉厂樵早年毕业于上海大学,他不是共产党员,但受过革命思想的熏陶,从1928年起先后担任《晨钟》《黄花》《东西南北》副刊编辑。由于厉与国民党广东省党部执行委员黄季陆关系很好,黄是厉办刊的靠山,因此厉主编的几个副刊都颇有特色,据晚年楼栖回忆,《黄花》经常发表各类针砭时弊的杂文,这在当时的历史条件下是十分难得的[①]。《东西南北》则侧重发表文学作品,兼顾读者札记、时事趣闻等内容。《东西南北》的刊首语称,编者的态度"不攻击私人,不吹捧名流,纵有批评,态度也是不偏不倚的、恳挚的、温和的"[②]。厉厂樵办的几个刊物,给当时广东的文学创作提供了一个重要园地,发表了进步青年的大量作品。晚年萧殷也曾对此表示感激之情,他说:"我和《东西南北》的编辑从未见面,也未通过信,可我寄给《东西南北》的作品,从没有退稿,全都发表了。我所以走上文学道路并继续努力,与一个对文学作品有鉴别力的编辑是分不开的。我衷心地感谢他们。"[③]《东西南北》编辑对年轻作者的态度,同样也对萧殷后面的人生选择产生重要影响。1936年秋,陈济棠反蒋失败,被迫下野,《广州民国日报》改为《中山日报》,《东西南北》停刊,后由李金发主编的《红棉》接替。厉厂樵去了香港,原来的青年投稿者们如萧殷、楼栖、杜埃、廖子东等人,也随之转移投稿阵地。

除了中学时代的习作,萧殷早年的作品基本发表于《东西南北》,时间集中在1935年7月8日至1936年2月5日,大多署名"郑文生",部分署名"鲁德"。就目前笔者查阅的情况来看,20世纪30年代萧殷在《东西南北》发表的作品共有17篇,《自选集》中收入的新中国成立前作品全部来自于此,这批作品的初版信息及被收录顺序详见下表:

[①] 楼栖:《〈黄花〉忆》(代序),见楼栖:《楼栖自选集》,广州:花城出版社,1994年版,第3页。

[②] 编者按:《从今天起》,《广州民国日报》副刊《东西南北》民国廿三年三月十九日(1934年3月19日)。

[③] 萧殷:《我怎样走上文学道路》,见萧殷:《萧殷自选集》,广州:花城出版社,1984年版,第965页。

篇名	署名	发表时间	收录情况	备注	《自选集》收入顺序
《牵牛花》	郑文生	民国廿四年七月八日（星期一）			
《第一次颤栗》	郑文生	民国廿四年七月九日（星期二）			
《除夕之前》	郑文生	民国廿四年七月二十日（星期六）	收入《自选集》		6
《疯子（上）》	郑文生	民国廿四年八月三日（星期六）	收入《自选集》		2
《疯子（下）》	郑文生	民国廿四年八月五日（星期一）	收入《自选集》		2
《乌龟》	郑文生	民国廿四年八月八日（星期四）	收入《自选集》		1
《芋圆（上）》	鲁德	民国廿四年八月十六日（星期五）	收入《自选集》		8
《芋圆（下）》	鲁德	民国廿四年八月十七日（星期六）	收入《自选集》		8
《一夜》	郑文生	民国廿四年八月十九日（星期一）	收入《自选集》		12
《狗运的一生（上）》	郑文生	民国廿四年八月三十日（星期五）	收入《自选集》		3
《狗运的一生（下）》	郑文生	民国廿四年八月三十一日（星期六）	收入《自选集》		3
《倒闭（上）》	郑文生	民国廿四年十月三日（星期四）	收入《自选集》		10

（续表）

篇名	署名	发表时间	收录情况	备注	《自选集》收入顺序
《倒闭（下）》	郑文生	民国廿四年十月四日（星期五）	收入《自选集》		10
《车夫阿火》	郑文生	民国廿四年十月十二日（星期六）	收入《自选集》		13
《沉落》	郑文生	民国廿四年十月十六日（星期三）	收入《自选集》		11
《生路》	郑文生	民国廿四年十二月六日（星期五）	收入《自选集》		4
《阿牛》	郑文生	民国廿四年十二月九日（星期一）			
《灾（上）》	郑文生	民国廿五年一月七日（星期二）	收入《自选集》		9
《灾（中）》	郑文生	民国廿五年一月八日（星期三）	收入《自选集》		9
《灾（下）》	郑文生	民国廿五年一月九日（星期四）	收入《自选集》		9
《父与女》	标题下署名"郑文生"，本期目录中署名"郑文山"	民国廿五年一月十五日（星期三）	收入《自选集》	目录署名出错	5
《曹家庄的怪剧》	郑文生	民国廿五年一月廿七日（星期一）			

（续表）

篇名	署名	发表时间	收录情况	备注	《自选集》收入顺序
《年关杂写》	郑文生	民国廿五年二月五日（星期三）	收入《自选集》		7

从上表可以看出，《牵牛花》《第一次颤栗》《阿牛》《曹家庄的怪剧》等四篇小说未收入《自选集》，已收入作品也不按发表时间排序。其中，《乌龟》被追认为萧殷"创作道路的起点"[①]，并且在《自选集》附录的回忆文章中，萧殷单独设一小节来介绍这篇小说。要选择某一篇作品作为自己"创作道路的起点"，既可以以时间为序，直接从第一篇作品算起，也可以选择自己风格既成的那一篇。《乌龟》显然属于后者，它留给萧殷深刻的印象。《乌龟》描写码头工人陆伯的人生遭遇，他的人生悲剧折射出旧时代对个体的戕害。陆伯早年因不满帝制投身革命，他的妻子为维持生计，到富商家当使妈，被男主人强奸，后自杀身亡。陆伯回来怒向法庭状告富商，却以莫须有罪名入狱，出狱后到码头当工人，终于获得"乌龟"称号。《乌龟》的代表性，在于它写出了旧制度带给底层人民的翻身/反抗之"不可能"，萧殷着意说明，要推翻这种"不可能"，必须推翻旧制度。这是《乌龟》暗含的写作逻辑，也是当时左翼文学预设的前提之一。翻阅《自选集》，我们会发现这批作品的描写对象覆盖了底层的各种角色，故事的描写也涵盖了生活的方方面面，但不管情节如何发展，结局总是上面所说的"不可能"。萧殷的早年写作，体现了20世纪30年代马克思主义对思想文化界的巨大影响以及无产阶级文学的胜利，萧殷等年轻作家对其持"毋庸置疑"的态度。就笔者目前读到的作品来看，萧殷一开始创作的时候已经服膺于这种新的意识形态，并有样学样，直接将革命文学的"基本要求"化用到自己的小说当中，不像大他7岁的欧阳山，早年还浪漫地改过"罗西"（来自英语rose音译）笔名，写过不少"五四"式作品。再加上广东同样滞后的革命环境，进一步促成了萧殷投身于相对落后的广东革命文坛，并始终如一，终生不倦。

[①] 萧殷：《我怎样走上文学道路》，见萧殷：《萧殷自选集》，广州：花城出版社，1984年版，第963页。

二

　　落选的《牵牛花》《第一次颤栗》文笔流畅、意境优美，其实是两篇短小的散文诗。《牵牛花》描写纯粹的忧郁之情，在忧郁当中，"我"的眼前幻化出一片原野和一簇枯萎的牵牛花。在萧殷笔下，"这里没有芬芳，没有火的艳红，没有天青的蓝。……这里有的，是灰的阴惨，紫的忧郁，黑的恐怖……"，而牵牛花的枯萎，是因为坏环境造成了它"精神的苦闷"，人类忘记了它的"灵魂的爱"，最后，牵牛花甚至鼓励"我"要觉悟起来，承继它的精神①。晚年萧殷却把情节记反了，认为"《牵牛花》以象征的手法，以物喻人。我在作品中歌颂生命岁短促却迎着晨光开放的牵牛花"②。但萧殷记错的只是作品的"外衣"，他当年要表达的精神实质，没有记错。以灰暗的原野预示当时黑暗冷酷的社会，以"我"和牵牛花的对话，来展现后者虽然枯萎，但精神不灭的状态，表达的正是年轻作者对未来美好社会的向往。《第一次颤栗》同样塑造了另外一个"世界"，两位天真烂漫的小姑娘在和煦的阳光下跳舞，突然遭遇一个"巨大的人类"和一记"巨大的巴掌"，于是她们开始了"第一次颤栗"。笔者认为，这是萧殷早期最具解读性的作品。散文诗对"自然"和小姑娘舞蹈的描述，不仅让人想起人类原始状态，套用现代主义理论，她们的返璞归真其实是对现有文明的反思，从这一点来看，《第一次颤栗》与《牵牛花》的思考出发点是一致的。尔后恶魔的出现，打破了人类原初的宁静，善恶从此相对峙，巨人预示着改变社会平衡的另一种力量。萧殷晚年说他"借此讽喻当时好人受欺凌、坏人当道的黑暗社会"③，倒把小说的意境窄化了。

　　萧殷走上文学创作的道路，一方面来自幼年志向，另一方面来自他自觉地学习。与五四第一代作家不同，萧殷所受的教育是贫乏的。他在农村出生成长，八岁父亲去世，读小学时常打零工，上课时老师也"经常离开课本讲天下大事"④。这些经历都不利于个人早年启蒙与知识的积累。但萧殷是生活的有心人。萧殷自小喜爱画画，小时候父亲

---

　　①　郑文生：《牵牛花》，《广州民国日报》副刊《东西南北》民国廿四年七月八日（1935年7月8日）。

　　②　萧殷：《我怎样走上文学道路》，见萧殷：《萧殷自选集》，广州：花城出版社，1984年版，第964页。

　　③　萧殷：《我怎样走上文学道路》，见萧殷：《萧殷自选集》，广州：花城出版社，1984年版，第964页。

　　④　贺朗：《萧殷论》，广州：广州文化出版社，1989年版，第4—5页。

在红蜡烛上写金字与画龙凤花鸟等图案,是他接触"艺术"的第一步;中学时代阅读中外文学名著,则是培养他文学修养的第二步。萧殷的学习条件有限,但他总能够抓住身边的机会,民间传说与民间歌谣也曾在一段时间内成为他学习的对象。这种教育背景在某种程度上使得萧殷早年创作中存在古典文化传统与西方现代主义文化经验的真空状态;而带有目的性地选择文学,决定着他的小说从一开始便附上了"革命文学"的灵魂,这是年幼的萧殷没有意识到的,那时他特别喜爱蒋光慈的《少年漂泊者》。

尽管如此,萧殷在早年的创作中展现出自己对文字的敏感。萧殷的小说短小精练,善用白描,场景如画。他的笔下没有多余的字,每一句话每一个词的组合都是经过考虑的,把它们放在一起便能达到萧殷想要的效果。如他描写码头的搬运工人:

> 太阳高高地挂在那士敏土厂的烟囱上。码头上坐着许多码头工人,身体都很脏,脸又黑,他们都有一副敏锐的听觉,去听每个旅客的叫唤声。①

短短的一句话,不仅将时间、地点、人物写得清清楚楚,而且极具画面美感。"太阳高高地挂在那士敏土厂的烟囱上",读来犹如"大漠孤烟直,长河落日圆"的早晨版本;阳光的温暖色调撞击着水泥厂烟囱的灰暗底色,再加上码头工人脏黑的身体肤色,生活的重压感油然而生。萧殷轻而易举地就告诉读者,这些劳动人民不可能欣赏到早晨的美好,他们只有求生存的欲望。萧殷对于色彩的感受,与他自幼对绘画的兴趣相关,包括他当年报考广州市立美术学校的时候,凭借一块赭石画出喜鹊从枫树起飞的例子,说明他对于构图与颜色有自己独特的天赋。陶萍曾回忆萧殷写作,"从来不用重抄,草稿即可做定稿。无论写多长的文章,从来没撕毁过一张稿纸"。具体的做法则是:"萧殷有大大小小的很多笔记本。有的是摘抄文艺大师的名言、警句;有的是抄写的古代诗词;有的是自己的读书笔记;把找到需要的放在桌上,翻翻看看,等到晚上,我们休息以后,他就动笔了。第二天早上,桌面上就摆着一篇写好的文章。"②在没有电脑的年代,要做到草稿即是定稿,必须有强大的打腹稿能力,而要打好一篇完善的腹稿,更需清晰的逻辑思维和建构作品的能力。萧殷写的都是短篇小说,因此容易打腹稿,若要使

---

① 萧殷:《乌龟》,见萧殷:《萧殷自选集》,广州:花城出版社,1984年版,第675页。
② 陶萍:《忆萧殷点滴》,见陶萍:《陶萍作品选萃》,广州:花城出版社,1994年版,第222—223页。

用此法来写长篇小说，可能就会困难许多，但这是萧殷写作的长处，因为对生活有敏锐的感受，因此能充分把握到人物的特征和心理，并用简练的语言准确将之表达出来。《乌龟》是以儿童视角来写的，叙述人是一个小孩子"我"。在小说的第四部分，陆伯将他妻子受富商欺负的过程和盘托出，在故事结束之后，萧殷写道：

> 我听他讲了这样多，有很多话我是听不懂的。但我完全被他的悲伤的情绪感动了。呆呆地站在他的床前，说不出半句话来，我的眼眶也红了。①

因为前面陆伯是用和成人聊天的口吻来讲述故事的，因此作者补充上了"有很多话我是听不懂的"这样一句，这说明萧殷考虑到叙述人的儿童身份，但"我"依然被陆伯的情绪感染，后面"呆呆"一句，寥寥几笔便为读者勾勒出一个善解人意的小小聆听者形象。这便是萧殷的生活描写，形神兼顾。陶萍回忆萧殷利用满天星来造盆景的生活侧面②，体现的也是同样的道理。

萧殷对于小说画面感的营造，另一个重要的手段是风景描写。这些风景描写一方面与人物所处的环境高度契合，另一方面则起到烘托人物心境的作用。再看《乌龟》结尾：

> 半月后，我和母亲来到一处乱坟岗。在一堆新土前站住了。土上还有一个石碑，刻着"张陆公墓"几个字。
> 我们深深地拜了拜……望了好久，我觉得寂寞了……
> 惨淡的夕阳，照在岗上。墓边的枯草，被晚风吹得摇摇摆摆……③

萧殷极力渲染悲凉萧飒的氛围，着力说明反抗旧制度的人"烈士"最后都埋进了土堆，剩下俗世中的其他人，虽然曾经被他感动，但却无力反抗，只好徒增寂寞。

不过，萧殷小说也流露出不少模仿鲁迅小说的痕迹，上面选文的整体感觉与鲁迅小说《药》的结尾极其相似。又如"疯子"意象，像《疯子》中失去女儿的老伯，疯癫坠崖；《狗运的一生》中无法融入生活的狗运等。狗运去土地庙中砸烂神像的行为，容易

---

① 萧殷：《乌龟》，见萧殷：《萧殷自选集》，广州：花城出版社，1984年版，第683页。
② 陶萍：《忆萧殷点滴》，见陶萍：《陶萍作品选萃》，广州：花城出版社，第227—228页。
③ 萧殷：《乌龟》，见萧殷：《萧殷自选集》，广州：花城出版社，1984年版，第683页。

让人想起鲁迅笔下熄灭长明灯的疯子。《一夜》中的寡妇也体现出妇女受封建制度压迫的主题。丈夫死去八年,儿子今年九岁,她独自一人支撑家业,最后家产散尽,连儿子治病的钱都拿不出来。凌晨的一个眼花之后,儿子的身体冰冷了,于是小镇上从此又多了一个疯婆子。寡妇身上,闪现着鲁迅小说《明天》中单四嫂子的身影。

三

上文谈过萧殷文学起点的相对"滞后",这种"滞后"决定了他的早期小说在面世之初便带有"进步性",如《乌龟》在发表之初还被改编成话剧上演。这种"滞后"也决定了萧殷早期写作中有自己的"现实主义",一方面他遵从现实主义创作原则,他的小说充分体现了作家早年认知的世界而无法超越这个范围,程文超所说的"双重情结"在作品中表达得淋漓尽致,这在同时代的其他广东作家如草明身上也有体现。另一方面,因为有着对生活的细腻感受,萧殷的小说在细微之处不自觉带有人道主义视角,这一点相较当时的文学主流无产阶级文学来说有旁逸斜出之处,但不是完全不可行,这是作家融入生活的体现。

萧殷这批小说的故事发生地基本都在农村或者小城镇,不同阶级之间的冲突构成了小说的主要情节,符合马克思关于阶级与阶级斗争的理论标准。"马克思主义关于阶级和阶级斗争的观念同它的时间观、历史观一道,彻底地改变了小说叙事的基本风貌。按照阶级划分的观点,每一个人都有一个阶级的归属,不是无产阶级就是资产阶级,不是贫下中农就是地主富农。人既然不再是单个的存在物,就必须给人物贴上阶级的标签。这样,我们认识一个人物,也就不再需要从他的个性、品行入手,而需要从他的阶级背景、出身和所代表的阶级利益入手。"[①]根据这个准则,《乌龟》中对叙事者"我"的描写,就必须符合"来自小康之家"的身份,因此尽管"我"仍然还是一个起床要妈妈帮忙穿衣服的孩子,但"我"走过码头看到工人的时候,已经学会了"轻蔑地望了他们一眼,便昂然地走向空场去"[②]。其他的篇章体现的也基本都是阶级冲突。《疯子》的

---

① 林岗:《二十世纪中国广义革命文学的终结》,见林岗:《边缘解读》,香港:天地图书有限公司,1998年版,第141页。
② 萧殷:《乌龟》,见萧殷:《萧殷自选集》,广州:花城出版社,1984年版,第675页。

主人公是农民,曾将自己的小屋作抵押,向当地乡绅借款20元,不料两年期限未到,乡绅便带人来封屋,还掳走了他的独女玉姐,玉姐后来不堪受辱,奋力反抗,却被残忍杀害。于是,老人成为疯子,最后坠下悬崖。《狗运的一生》描写从小失去母亲的狗运极其凄惨的一生,没有家庭温暖,没有温饱,处处受人诬陷、打击、嘲笑,长大后无法在社会上找到活路,最后上吊结束了自己22岁的生命。《除夕之前》和《年关杂写》两部短篇,则描写了过年之前几个不同家庭的生活片段,不是穷得揭不开锅,拿东西去当掉,便是被人上门催债,不得安生,过年对于穷人来说,不仅没有任何欢乐,而且是噩梦的开始。

在这些阶级冲突背后,有两条暗含的叙事逻辑值得注意。一是萧殷的描写尚停留在"冲突"阶段,没有达到"斗争"。不同阶级之间的矛盾已经显现出来,但无一例外都是马克思所说的剥削阶层对被剥削阶层的压迫,面对这种压迫,后者不是默默忍受,便是以发疯、寻死等非常态的方式来应对,而不是选择正面反抗。萧殷的这批小说尽管写于1935—1936年,但它们的结局又更多是"五四"式的,即被压迫阶级找不到出路,最终以个人苦闷或个人毁灭来面对时代的虚空。因此这一点再次印证了萧殷文学创作的"滞后",他在"五四"早已落潮之后出道,没有赶上新文化运动的涌动;他在左翼文学已经定型之时提笔写作,又从"革命文学"中摸到"五四"的尾巴。在"强烈的憎恨"之下,萧殷从来没有忘记自己"朦胧的理想",而后者在他的小说中便体现在无法找到出路的人们身上。与此同时,萧殷"朦胧的理想",不再是五四年代人们对个体意志和文学审美的自由追求,而是已经主动纳入到了马克思主义历史进步观念当中。

晚年萧殷对这一点有非常清晰的表述,现摘要如下:

> 我们是革命者,不是为反映生活而反映生活,主要目的是为了改造社会改造世界而去反映生活。我们的艺术创作是为着革命的目的,跟十九世纪的批判现实主义的作者是不同的。过去,我们所读的文学名著,绝大部分是批判现实主义的作品,那些作者是站在人民一边,他们看到农奴社会、宗教统治或资本主义世界的丑恶,很不满,而那时还没有马克思主义,历史长河中的下一个社会形态——社会主义,还没有人明确指出来,奋斗的目标还不很清楚,因此那些批判现实主义作家怀着极大的愤怒去揭露旧世界,而且揭露得很深刻。他们把旧社会的丑恶揭露出来指明了它的实质,就算完成了他们的任务。而我们现

在不同了。我们是在马克思列宁主义、在共产党领导下的革命者,是为人民、为革命事业服务的。因此,只抱着揭露的目的去反映生活就远远不够了。我们反映生活中消极的东西,批判生活中的某种不良现象,也是为了建设更美好的东西,我们是为创造更好的社会才去揭露那些腐朽的事物的。忘记了这一点,批判、讽刺或暴露时就容易出问题。这个目的性一定要明确。①

萧殷的这段话为他40年前的小说创作提供了完整的理论注脚。在小说对贫穷农村和黑暗社会的描述中,暗含的是推翻、改变它们的要求,而取代旧世界的便是人类更为"先进"的社会形态——社会主义。因此,当一位革命小说家企图以笔代枪的时候,他们必须与真枪实弹上战场的战士一样,牢记自己改造社会的使命。这种全新的时间观和历史观因为有效地解释了当时中国社会的现实,并指出了可能出现的转机,在20世纪二三十年代逐渐为民国思想文化界接受。这也是马克思主义为中国社会的明天规划的蓝图,是左翼文坛对年轻作家提供的创作标准,因此能够慢慢内化到萧殷们的文学观念中。

不过,20世纪30年代的萧殷还小,"朦胧的理想"毕竟还是"朦胧"的,只有经过后面战争年月和文坛政治的洗礼,他才能成长为一名合格的马克思主义文学理论家。当时的萧殷,有时还会偶尔静下心来,在"远山、丛林和一切都显得温和而静穆"的阳光里,寂寞地哼着牧童的歌②;有时,还会关注有产者沦落到乞丐的悲惨命运③。在他的"双重情结"中,起主要作用的还是"强烈的爱憎",因为"没有强烈的爱憎,我们就不可能有灵敏的感觉和感受;同样也就不可能深刻地体验人物的精神世界。爱憎的感情如果衰退了,我们的联想和对生活的概括能力,也会跟着衰退"④。这种看法体现到作品中,便是萧殷不自觉的人道主义视角,对人性的描写是他早期小说中的闪光点,残酷中现真情。《车夫阿火》生动地展现了洋车夫阿火内心对生活的恐惧和绝望。小说以

---

① 萧殷:《开拓题材,提高艺术质量》,见萧殷:《萧殷自选集》,广州:花城出版社,1984年版,第217—218页。

② 萧殷:《疯子》,见萧殷:《萧殷自选集》,广州:花城出版社,1984年版,第691页。

③ 萧殷:《倒闭》《沉落》,见萧殷:《萧殷自选集》,广州:花城出版社,1984年版,第753—770页。

④ 萧殷:《生活应当和思想感情相融合》,见萧殷:《萧殷自选集》,广州:花城出版社,1984年版,第70页。

阿火妻子备受欺凌的一个梦写起,引出现实中阿火对家庭与妻子的思念。尽管整个故事的情节是老套的,即有产者乘客对无产者车夫的冷漠与压迫,但作者在其中一再描写阿火的心理状态,如等待客人时的焦虑、与其他车夫抢客人时的紧张、好不容易拉上一个客人时内心的解脱、肚子剧痛无法拉车时的绝望等,整个叙述一气呵成,使得车夫阿火成为一个有血有肉的人物形象。

萧殷早期小说避免成为"政治传声筒",没有出现口号式的"呐喊",在左翼文学允许的条件下对"典型形象"做出探索,甚至有旁逸斜出之处,这是他的"现实主义"的重要特点。《芋园》屏蔽了阶级斗争,讲述客家妇女梅姐与村中青年林子在芋园中幽会,最后被沉潭的故事。如果一定要找出该作品的"教育意义",萧殷可能想强调落后的封建习俗对人性的摧残和对生命的漠视,但这个主题直到小说最后一句才显现出来——"就在这一天夜里,小河里浮着两个尸首,那是牢牢地捆在一起的"[1],而且表述语气上甚为平淡。客家地区素有开放民俗,对男女之事相对比较包容,这在广泛流传的客家山歌中有所体现,李金发当年还专门收集编写了《岭东恋歌》,而在张资平的《梅岭之春》中,童养媳保瑛的丈夫甚至重新接纳已经与他人育有一孩的妻子。《芋园》中的梅姐没有这么好命,但作者下笔意不在此,他写得更多的是梅姐对老丑丈夫的嫌弃、对自然风物的享受以及对年轻情人的期待。小说中的风景描写非常优美,不仅描绘了客家山区农村初春的生机,而且寓示着人的本真欲望。"微风吹动芋苗微微地颤动"这个多次出现的意象,是梅姐情欲的象征,她只要想起情人林子,便"实在觉得是挺甜蜜的事"。萧殷如此描绘他们在芋园中的幽会:

> 这日子真可爱。暖暖的太阳照到绿的芋苗上,在上面像一池荷叶,若你走进里面,仿佛是进了翡翠宫,又凉,又清。尤其是当这太阳强烈地照下来时,这里更有趣。
>
> 在这么美丽的芋苗底下,他们喁喁地说着情话,快乐占据了他们的全身,外来的声音都不知道了。[2]

含蓄的写景非常生动地展现了梅姐与情人所获得的身心满足,阳光与芋苗为他们的

---

[1] 萧殷:《芋园》,见萧殷:《萧殷自选集》,广州:花城出版社,1984年版,第740页。
[2] 萧殷:《芋园》,见萧殷:《萧殷自选集》,广州:花城出版社,1984年版,第739页。

情感交流营造了天然的情调，就像老舍《骆驼祥子》的第六章，通过天上的流星、地面的秋萤来摹写祥子与虎妞间的情事，人性真情在这种忘我的状态下实现了与自然最终的交会，人物成为小说描写的主体。老舍的这段写景在20世纪50年代人民文学出版社重印《骆驼祥子》时被删除，因为祥子过不了虎妞的引诱这一关，体现不出劳动人民坚定、勇敢的积极面。《芋园》较为幸运，30年代发表，80年代才重新面世，得以避过新中国成立后社会主义现实主义文学的严格筛选。如果《自选集》编选于新中国成立后十七年文学时期，可能《芋园》一篇，会同样落选。

总之，称萧殷早年的小说创作为"习作"并不过分，这些小说反映了年轻萧殷在创作之初对革命文学的探索，就文学基本的表现形式来看，它们"学习"的痕迹较重。这些小说"埋没"了半个世纪，萧殷一直对它们念念不忘，尽管认为它们"很不成熟"，但他不仅没有悔自己少作，而且努力将之搜集来编入《自选集》。笔者认为，这与萧殷一直以来服膺马克思主义文艺理论有直接关系，不管是他早期的文学创作，还是后期大量的文学评论，都没有脱离这个大的历史框架。与同时期的其他许多中国现代作家相比，萧殷的文学创作可能乏味许多；但就马克思主义文艺理论在中国的发展和演变要求来看，萧殷不多的文学作品可能更为"纯粹"。

第五辑 文学作品论

高屋建瓴 平易近人
——简述萧殷的诗歌评论

张永健

华中师范大学文学院文学研究所副所长、博士生导师,中国新诗研究中心主任,湖北省文艺理论家协会副主席,中国新文学学会名誉会长,中国诗歌学会理事,汉口学院文法学院名誉院长。

萧殷是20世纪50—70年代颇有影响的文学评论家,新中国成立后曾在北京、武汉、广州等地从事文学和文学教育工作,写了许多有影响的文学评论,出版了一些指导人们进行文学创作的有针对性的文学论文集,对于新中国早期工农兵走上文艺舞台,成为文艺的真正主人起了积极的普及作用和推动作用,这时他的文学评论侧重在小说方面。诗歌评论在他的评论文章中只占很少的比例,然而从他20世纪50年代的几篇诗歌评论《关于诗的形式》(1950)、《谈写诗》(1952)、《民歌应当是新诗发展的基础》(1958)、《把社会主义的激情唱出来——为〈龙川报〉作》(1958),还有一篇《向群众口语学习》虽写于1949年初,不是专门谈诗歌的，但涉及诗歌语言，从这些评论文章中却可以窥见他的美术追求、理论深度与文品人格。我概括为：高屋建瓴，细致入微，良师益友，平易近人。

一

萧殷作为一个有社会责任感的评论家，在密切关注小说、散文创作态势，热情评点小说散文，努力培植小说、散文文学新人的同时，也关注新诗的发展。他的《关于诗的形式》《民歌应当是新诗发展的基础》和《把社会主义的激情唱出来——为〈龙川报〉作》，就显示了一个评论家对诗歌创作走势的一种高屋建瓴、细致入微的理论深度与诗品人格。

首先，关于新诗的形式与内容问题，这是人们一直很关心的问题。他认为形式和内容，由内容决定形式，形式又反转来影响内容的表达。就外来形式和本土形式，他认为要以本土形式为主，主要是吸取本土民族诗歌中古典诗歌形式和本民族民歌形式。他说："也许我的看法是片面的，但我总认为诗歌的形式，应当从广大人民的喜爱与接受的习惯去考虑取舍，而不应当只从少数人的爱好去考虑取舍。很多人都认为应当尊重中国诗的传统，并发扬这个传统，这是对的；可是其中有一部分人，只承认'五四'以来的自由诗是传统，只主张发扬自由诗的传统。不错，自由诗也是传统；但自由诗不是从中国传统诗歌的基础上发展起来的，它与中国劳动人民的歌唱习惯多少还有些距离；虽然它们也曾被人喜爱过，但那仅仅习惯于知识分子的小圈子里；它们还没有、也很难为广大劳动人民所接受和乐于传诵。因而我以为自由诗可以写，也可以发展，但应向易记、能唱的方向发展。"

萧殷的文艺主张是开放的，他主张接纳外域诗体形式，但接纳的目的，是为了丰富自己，发展自己，而不是改弦更张，另谋他途。这里，第一，他指出了诗体形式取舍的标准，应该"从广大人民的喜爱与接受的习惯去考虑取舍，而不应当只从少数人的爱好去考虑取舍"；第二，中国诗歌的传统，"不能只发扬自由诗的传统"，也要注意发扬中国古典诗歌和民间歌谣的传统；第三，自由诗要"发展"，"但应向易记、能唱的方向发展"。为什么萧殷强调要发扬中国古典诗歌和民间歌谣作为"中国诗歌"的传统而加以发扬呢？他认为这两者都有一个共同的东西："都是以五七言为基础的"，为了防止有人片面理解，他说"为基础"并不一定死板限于五个字或七个字，问题的实质是在音节上和格调上。他认为这种以五七言为"基础"的有点格律的形式,一方面"与我们民族的诗歌传统,在格调和形式上是相衔接的",另一方面"又符合广大劳动人民的歌唱习惯,容易为群众所接受并乐于传诵",因此,他认为这种形式"是有发展可能和发展前途的"。这些意见对新诗的民族化、大众化都是极为可贵的意见,是真知灼见,但他不绝对武断强加于人,而是说"是有发展可能"的。萧殷喜爱民歌,喜爱古典诗歌,但他认为只能吸取其民主性的精华,必须剔除其封建性的糟粕,不能是古非今,而应古为今用,创造新的老百姓喜闻乐见的民族形式。他说:……在摸索过程中,应当向民歌学习,应当向古典诗歌学习,应当大量吸收群众的口语,并给以适当的加工和提炼;但对于民歌中那些陈词滥调,例如"地流平"之类,应当毫不犹豫地把它们丢掉。……诗既然是语言的艺术,如果语言不凝练,又缺乏情景交融的意境,只一味追求诗的形式,也是无助于诗歌的发展的。

其次,关于新诗发展的基础问题,他认为:"新民歌无疑地应当成为新诗发展的基础。"这种观点是他20世纪50年代初提出的,这同毛泽东、郭沫若、周扬、茅盾等许多大家的观点都是一致的。萧殷的这一观点是不是人云亦云,随大流,或"唯上"呢?我认为不是的,这是与他"劳动人民是世界的创造者"的历史唯物主义世界观相一致的,是与他尊重群众、热爱群众的思想作风相一致的,是与他的文学艺术为群众为老百姓的艺术观相一致的,他的《向群众口语学习》一文就表现了这种鲜明的观点。他在论述同群众口语学习的时候讲了两个根据,第一个根据是:"现在是人民民主的时代,文学艺术应当与政治、经济一样为人民服务,首先应该为工农兵服务。工农兵是民族的主体(不仅因为他们占全人口最大多数,而且他们是创造世界的主力军),故人民民主时代的文学艺术的表现对象,首先应该是工农兵及其干部。只有正确地反映了工农兵的生活、思想与感情,才谈得上反映了时代的真实面貌。然而,要表现工农兵的生活、思想与感情,只有用他们常用的词汇才能表现得正确,只有那些能够把工农兵的生活和性格表现得最正确最明确最生动的语言,才是最美的最有生命的语言。因为'有力的有作用的语言之真之美,是由于形成作品的思想、情景、性格的语言之正确性和明了性'(高尔基语)。"第二个根据是:"因为在方言词汇中埋藏着文学语言的宝藏。在一般群众的口语中包含着很多极有艺术价值的词汇,如能大量搜集,并经一番辛勤的提炼,那么,中国新文学的语言一定会丰富起来。如果要真正地使中国新文学语言丰富起来,并摆脱洋八股与老八股的束缚与影响,我们非认真地吸收群众口语中的词汇不可,非吸收有血有肉的群众词汇和语句的精华不可。只有当我们的语言得到群众的新鲜血液而恢复了生命之后，我们的文学语言才可能有正确地明了地表现人民生活的能力，同时也才可能有表现现实生活与斗争的能力。"

可见，"民歌应当是新诗发展的基础"是他一贯的思想，是其世界观、文艺观在诗歌理论和诗歌创作中的具体体现。

为什么要把民歌作为"新诗发展的基础"呢？他认为：一是因为民歌是广大劳动人民所熟悉的和喜闻乐见的艺术形式；二是因为民歌"与我们古典诗歌的表现方式相衔接"。因此，要建立民族气派又为老百姓所喜爱的新诗，就一定要重视民歌、发展民歌，向民歌汲取养分，并且应当把民歌作为新诗发展的基础。同时，他认为要发展新诗，也要向"外国优秀诗歌学习"，但绝不能拿外国的诗歌来代替自己民族的诗歌，而应该学其所长，"更好地来发扬自己民族的诗歌，使诗歌的民族特点更发展、更突出和更完美"。同样，也应当向古典诗歌学习以之来发扬自己民族的诗歌，使诗歌的"民族特点更发展、更突出和更完美，能更深刻地和更动人地表现英雄时代的英雄气魄和精神"。

针对有人提出民歌的局限性，以此来否定民歌是新诗发展的基础，他简述了民歌的多样性，他说："民歌有多种多样，各地的民歌都有各不相同的形式，有句子较整齐的，也有长短句的，不管形式如何不同，但它们都是音韵铿锵、节奏分明；念起来，平易清晰，朗朗上口的。这给新诗歌提供了极其丰富的形式和多方面表现生活的可能性。"同时，他认为民歌也是发展变化的，会"随着生活内容的发展，民歌的形式也应当相应地随着发展变化"。如何发展变化呢？他认为："关键仍然是毛主席所指出来的：提高，是人民的提高，不是从空中提高，不是关门提高，而是在普及基础上的提高。很显然，诗歌形式的发展如果完全抛开了人民的普及基础，完全抛开了人民自己所喜闻乐见的艺术形式的基本特点，也即是抛开了劳动人民歌唱的气派和格调，反而企图凭借外国诗的形式来建立我们的什么'新格律诗'，结果，都只会把我们的诗歌引到衰退的道路上。这样建立起来的诗歌，绝不能指望它有什么民族风格和民族气派。"

以上这些见解都是萧殷用马克思主义的历史唯物主义和辩证法，从中外诗歌的对比、古今诗歌的对比、民间创作和文人创作的对比中得出的比较正确的而且是符合中国诗歌发展实际的颇有见地的诗歌理论主张；是高屋建瓴的，同时又是开放的，是为了诗歌民族化、大众化的真知灼见。

与此同时，对劳动人民的诗歌、民歌创作，萧殷又是细致入微地精心培植的。在《把社会主义的激情唱出来——为〈龙川报〉作》中，他既满怀热情赞美了新民歌、新歌谣的巨大成就，同时，他又坦诚而尖锐地指出新民歌出现的许多缺点和不足之处，他列举了许多例子，往往从新旧、优劣民歌的对比之中，指出新民歌创作中依然存在着标语化、口号化的创作倾向；并且热情地帮助作者深入生活，获得真情实感，进而寻找创作的灵感，捕捉诗歌的意象；甚至还十分耐心地向青年作者讲解比喻、拟人、夸张等诗歌常有的写作手法与如何运用这些手法，以及如何向工农群众学习语言，等等，其态度之真诚、认真、细致，确实令人敬佩。

二

与写作者做朋友，平等相待，循循善诱，平易近人，是萧殷一贯的作风。新中国成立初期，人们的政治热情很高，写作热情也很高，特别是写诗的作者（尤其是青年作者）很多，每个文学刊物每日都收到大量的诗稿，它的比例要占来稿总数的百分之九十以上，但达到发表水准的却非常之少，甚至连百分之一也达不到。针对这种情况，他写了《谈写诗》一文，开门见山指出"写诗的人多""文学刊物编辑部每日能收到大量的诗稿"这"本来是种好现象"，值得肯定，值得赞扬。同时，他指出其"问题"出在许多写诗者"用一种极草率的态度来写诗"，其目的常常是"为写诗而写诗"，或者"为投稿而写诗"，甚至是"为成名"而写诗。接着，他列举了一些"从头到尾都是用政治术语或社会科学的术语堆砌起来的诗"，对这种以为把这些句子"一句一句地并起来就是诗"的年轻和年老的作者，他不是轻视他们、嘲笑他们、鄙视他们，而是满腔热情、深入细致地进行耐心的帮助和引导。

首先，他告诉青年作者，什么是诗："所谓诗，它的特点并不是仅仅表现在形式上，更重要的，是表现在它的内容上。诗是心的歌，是客观事物运动激起诗人内心沸腾的共鸣和体验，经过感情和想象的培养和独创的构思，把诗人内心孕育的诗的情绪和境界融入形象的语言表现出来的东西。一首好诗，即使把句子连接起来，它仍然具有诗的感染力量，读者仍然把这种'不分句排列'的作品叫作诗。理由就是因为这些作品在内容上有着诗的情绪和诗的境界。相反，如果在内容上没有诗的情绪与诗的境界，无论你把'我们打败了黑暗的反动势力，打败了帝国主义的侵略，摧毁了历史上最残酷的最野蛮的反动统治'等句子怎样排列，它仍然不会有诗的感染力量，也不能产生诗的效果。"

从这段文字看出，萧殷对诗的定义是科学的，是对诗歌艺术内部规律的正确而精练的概括：第一，诗歌是客观事物在诗人头脑中反映的产物；第二，诗歌是客观事物经过诗人感情和想象的培养和独创的构思而产生的，即诗是客观事物与主观情感的结合，而且是"独创"的，富于诗人个性特点的；第三，诗人内心的诗的情绪和境界要通过"形象的语言"表现出来；第四，一首好诗主要在内容上有"诗的情绪和诗的境界"，而不在形式上的"分句排列"。

接着，他用大量的不是"诗"的例子，十分耐心而详尽地告诉习作者们为什么这些"分行排列"的文字，不是"诗"的原因：第一，是因为这些"诗"，没有"真情实感"，没有抓着"事物的特征"，不是"先乎情，始乎言"，而是"在内心并无激情和无诗的冲动的情况下"写出来，这样的"诗"没有和作者的"血液融化起来"，没有"渗透着作者的意识和感情"，而是"冷冰冰"的东西，不能打动人。第二，因为这些"诗"，是"生吞活剥"的新闻报道，或支离破碎的报纸社论的"重复"。对此，萧殷首先肯定"结合政治运动而写诗"，希望"诗能在政治运动中起积极的作用"，其态度无疑是正确的，其精神是好的。但是，这些作者不懂得文艺写作在政治运动中的特殊作用，即"通过形象去打动读者的心弦激发读者情绪上的爱憎，进而启发他们去思考、引导他们去行动"。第三，因为这些"诗"没有生活的激情，没有艺术的生命。诗歌的生命到底在哪里呢？萧殷认为，看一首诗是否有艺术生命，"首先要看它是否有强烈的生活激情"。"生活的激情"是"从现实生活中吸取灵感和真情实感"，而不能把"激情"理解为表现在字面上的"大量的形容词或形动词"对激情的"装饰"。他举了一首名为《欢迎我们最可爱的人》的"诗"作例子，指出全诗以"欢迎""抗击""保卫"三个动词为主要的内容，用很多的形容词来"修饰"这三个动词，因而内容贫乏、干瘪、空洞无物。还有一首名为《春耕》的"诗"，从一位叫王老汉的农民从清晨"公鸡啼了"起床写起，然后写他到田里去劳作时路上所见所闻以及如何在田里劳动的情景，一直写到"傍晚"回家，几乎什么都写了，全是"流水账"，既无中心，也无真情，不能给读者丝毫启发与感染。

举了这些例子之后，他将当时写诗的主要问题总结为五个方面，我以为是很恰当的：①用概念代替生活实感；②用大量的形容词、形动词来"装饰"情绪；③用说理代替形象感染；④把动人的事件抽象化、表面化；⑤用旁观态度去罗列现象。而这所有种种的根源，"都是离开了形象思维过程"。

最后，在指出这些弊端之后，他用当时流行的颇有影响而直到现在仍有艺术生命的政治抒情诗《和平的最强音》（作者石方禹）和几首清新健康的民歌作为好的诗例同这些概念化的口号诗相对照，向写作者谈了写作好诗的几点基本规律：

第一，要有"诗的内涵的境界"。他说："所谓诗的境界，并不是诗人凭空'制造'出来的，也不是来自外在的修饰；而是现实斗争映入诗人内心所激发出来，经过感情和想象的活动所构成的一种'意''境'凝练、情景交融、易于引起共鸣的、富有魅力的境界。"

第二，要"熟悉生活"，要把生活中获得的饱满的情绪通过艺术形象抒写出来。他说："越是诗人熟悉的生活，情绪就越饱满；越是经过诗人深思熟虑和再三感动过的生活，诗人对它的情绪就越强烈。因而，诗人就越能通过具体的印象、联想和夸张所构成的优美的诗的意境来表达这种情绪和加深这种情绪。"

第三，诗的生命在于要传达人民的疾苦和爱憎。他说："我曾说过，一首诗是否有生命，首先决定于诗作者对于歌唱对象是否有生活实感与强烈的情绪；但现在我必须强调地补充一句：并不是什么样的生活实感与强烈情绪，都能够获得诗的生命；只有与广大人民群众利害相关联的思想情绪，并且是向上的、清新的思想情绪，经过感情和想象的活动，经过'独出心裁'的诗的构思，才可能创造出动人的有生命的诗的境界。"

高屋建瓴，细致入微，良师益友，平易近人，是我读了萧殷先生诗歌评论之后的一种感想。半个多世纪过去了，他的为数不多但弥足珍贵的诗歌理论，仍然是我们研究、探求新诗发展道路和进行诗歌理论建设的极其宝贵的资源；他平易近人、循循善诱的师德文风仍是我们学习的楷模。

萧殷短篇小说艺术论

王祚庆

曾任广东鲁迅研究学会副秘书长,广东省归国华侨作家联谊会副会长,《广东鲁迅研究》杂志编委,《岭南侨星》杂志副主编。

萧殷30年代的短篇小说颇有思想内涵和艺术特色。正如他在《文学作品的感染力》里所说的那样:"只有思想内容的作品,不一定有艺术感染力;但如果作品光注意华美的形式,而缺乏思想内容,作品就会丧失社会意义和教育作用。只有两者结合起来,文艺作品才能感染读者,动人心弦,又为人民所利用。"萧殷的文艺理论与创作实践是一致的。他的短篇小说,就是这种创作理论的直接成果。他常常撷取平凡生活的花瓣,以小见大,见微知著;追求人物性格的多样性和立体感,并善于细腻缜密地透视人物内心世界的奥秘;注重诗化氛围的创造,又具有浓烈的生活气息。总之,萧殷力求自己的作品能为读者提供新的东西,即思想内容的新鲜独特、艺术特色的个性化。

一、善于撷取平凡生活的花瓣

萧殷谈到文学的社会功能时明确地指出："文学是用形象来帮助人们认识生活的。但作家描写的对象不是生活的全面，而是选择生活的某一个侧面来进行概括和描写。通过这些，我们就看到了生活某一侧面的真实状态；不仅看到了栩栩如生的场景、气氛和人物的活动，而也看到了人们的精神面貌。"① 作家正是受着这种审美观念的支配而投入创作实践，编写故事情节，塑造人物形象，渲染环境氛围的。他在小说中所描写的对象一般不以激烈的斗争场面、曲折复杂以至于离奇怪异的故事情节取胜，而是以描写凡人小事见长，而且善于从普通人物身上发现美的因素和本质，善于在凡人小事的叙述中挖掘深刻的主题和社会意义，善于通过描写日常生活中习见的事，但发掘得深入和宽阔，见出时代的印迹和人民的影像，又不失其美学价值和教育作用。《乌龟》通过一群小孩子的眼光来叙述陆伯的不幸遭遇，从而折射出当时社会的黑暗和腐败。《父与女》则描述父与女相依为命的故事，即女儿为了赚钱给父亲治病，被迫出卖肉体而身陷囹圄，使人感到这个社会只能给穷人以绝望和窒息。《除夕之前》记叙阿毛为了一家人能在除夕吃上一顿饽饽而典当了"妻子汗血的结晶"———一捆布，换到一块六角，旋即被债主抢走的厄运，让人们真切地感受到穷人的日子确实无法挨下去了！《年关杂写》则抒写四则故事：一是鸦片烟鬼烟七偷走老婆俭省储蓄的六毛钱抽鸦片花掉，其老婆怨艾自己嫁错了人；二是除夕阿赤被逼债而无力偿还，竟被抓去坐牢；三是奸商阿万嫁祸于人的故事，让读者体认到尔虞我诈的社会现实；四是阿方年关结不了账，被锁押房子而走投无路，他终于奋起抗争，给人以鼓舞力量。这四则故事勾画出旧中国是一张吃人的罗网，指明了人民受苦受难的根源及其前进方向。至于萧殷小说中鲜明生动的人物形象，也正是从这些凡人小事的描写中表现出来的，人物思想感情的细微变化也是通过这些细琐事件得以显露的。其中富有代表性的作品是《狗运的一生》，狗运一生的遭遇无不悲惨、催人泪下。

狗运幼年玩耍，被踢挨打，读书时候，又被老师诬为盗窃手表而开除学籍。后来当

---

① 萧殷：《向文学汲取精神力量》，见萧殷：《与习作者读写作·一集》，北京：中国青年出版社，1959年版，第145页。

牧童,偏偏遇上一个极刻薄的主人,既挨骂又挨棒子。不久,父亲病亡,借钱奔丧。但祸不单行,被冤枉盗窃主人的钻戒而被赶出家门。此后,狗运的日子一天比一天挨不下去,决心去当扛夫苦力,可天寒地冻又遭富农讨债,狗运激怒了他,无奈被抓去坐牢,挨了两年的监狱苦难,总算恢复了自由,但生活依然没有着落,更遭冷眼和蔑视,终于被迫上吊身亡,撒手人寰。

小说所写的虽然是狗运生活中的一些细微小事,但人物个性颇为鲜明生动。从狗运软弱到倔强、从忍辱到抗争、从绝望到自杀身亡的情节,人们可以清楚地看到他从自发到逐步自觉,终于勇敢地走上反抗压迫与剥削的金光大道,表现出不为统治者的欺凌与威压所屈服,宁为玉碎不为瓦全的高风亮节,从而折射出中国人民不甘欺侮、不怕牺牲的斗争精神。

由此可见,题材虽然有大小之分、轻重之别,但对表现主题来说,并不起决定性作用,关键在于如何根据主题的需要选择题材,营造结构,雕塑人物,编写故事情节。萧殷也未必没有驾驭重大题材、编写曲折离奇故事情节的能力,但俯拾平凡生活的花瓣,表现丰富多彩的社会生活,映照社会和时代的精神面貌,发掘其深刻的主题思想和社会意义,表现一定的审美理想,这确是萧殷短篇小说艺术的一个显著特色。

二、追求人物性格的立体多元化

萧殷对于人物性格描写有过精辟的论述:"我们倘要把小说的情节(故事)的发生、发展、结局说出一个'所以然'的原因,就非深入地描写人物的性格不可,非深入地描写故事主人翁的性格与社会环境的关系不可。"[①]萧殷对自己笔下的任何人物都不做单一的或净化的处理,而是竭力保持人物性格的立体多元化,而且深入描写人物思想感情的变化,以展现人物于不同境况中的精神面貌。这是萧殷短篇小说艺术的又一个显著特色。

《疯子》是萧殷短篇小说的代表作之一。小说由三个部分构成。第一部分是记述疯子的种种言行,特别是他反复呼唤"我的乖女"最为感人;第二部分抒写疯子的报仇义举,突出他的反抗意志;第三部分描叙疯子发疯的缘由,强调其遭遇的悲剧性。这三个

---

① 萧殷:《论小说中的故事和人物》,见萧殷:《与习作者谈写作·一集》,北京:中国青年出版社,1959年版,第34页。

部分是一个有机的整体，环环相扣，彼此映衬，互相制约，互为因果，把人物的身世、际遇和人物之间关系的原委剖示得极为明晰，表现出人物性格的多面性和复杂性，使其人物形象丰满厚实。其实，疯子性格的发展变化经历着这样一个过程：抱着幻想探求，进而报仇反抗，屡遭挫折之后，赍志而殁。这是悲剧社会给人以悲剧性格及其结局。

关于人物描写的任务和要求，萧殷有独到的见解："必须描写人物怎样去活动，什么内在的东西支持他去活动，也就是说，必须写出什么样的具体的历史环境形成了人物什么样的思想感情，而这思想感情又怎样使他做出什么样的事情和说出什么样的话。只有这样，人物才可能写得真实，社会的真实面貌才可能通过人物之间的关系的描写反映出来。"①萧殷在这种理论的支配下写出了许多有血有肉、感人至深的好作品。

《生路》描写阿荣由愤世嫉俗，控诉现实社会"太不公平"而蜕变为伤感、绝望甚至于沉沦的具体过程。小说不是停留在一个平面上铺叙，而是竭力追求人物描写的立体化。其中，既有纵的关于阿荣失业，走投无路的描述，也有横的关于阿荣被撤职及其原委的补叙；既有阿荣夫妇一起去当挑夫无望的抒写，也有阿兰与阿金命运的勾画，还有日本鬼子入侵的述说。小说如此纵横捭阖地铺彩摛文，旨在表现人物性格的丰富性与复杂性，以便让读者真切地感受到人物性格的立体化。

细细体味一下，阿荣的思想性格的发展变化，是符合他的身世、遭遇和思想感情发展逻辑的。阿荣家境贫穷，家庭生活的重负，社会生活的重压，各种不幸的事情接踵而来，造成对他的重围，简直是闷雷贯顶，迫使他喘不过气来。面对如此一个又一个不幸事情的袭击，他无力解脱自己，周围的人对他也无力援助，他只能从愤世嫉俗起向绝望而沉沦。也就是说，阿荣性格的蜕变是当时吃人的社会强加给他的。

萧殷在短篇小说创作上还努力追求表现人物的细微的感情活动来展现人物的内心世界和精神面貌。小说《灾》塑造阿赤这个形象时，萧殷不只是直接地正面地描绘他的表现，而更重要的是抓住他在每一个关键时刻的心理活动，将艺术笔锋直入阿赤的心灵深处，对其精神世界，尤其是复杂微妙的心理活动予以精细的披露，把他在特定场合、特定环境和特定情势下所产生的各种心理状态真切地显现出来。

阿赤自小就过着贫穷痛苦的生活，长大后以种田为生。所以他对田禾的爱护真比什么都宝贵。小说是这样描画他视察禾田的心理活动的：他在田埂上走着，"总是向着两

---

① 萧殷：《应当写出与人物言行相适应的性格》，见萧殷：《与习作者读写作·一集》，北京：中国青年出版社，1959年版，第100页。

边的禾田留心地视察着",有时,"蹲下身去,轻轻地用手指去摸那细嫩的禾苗","见禾苗都长得又茂,又黑,于是微笑又浮在他的脸上"。这里,不仅显示出阿赤爱禾苗如命的特点,而且充满着丰收的欢乐和希望。阿赤的形象及其性格特点因此在读者心目中留下深刻的印象。

后来,阿赤借钱为妻子治病,为快干死的禾苗车水,他借钱归途中的心理活动又是另一番苦涩情味:

> 阿赤闪着红眼睛,出了张永发的家门,是正午了,阳光像火一样地烧着他的背脊,汗珠一颗颗地滴下来。空气仿佛就要窒息了,连树荫下也一样地郁热。然而他不想停下来休息片刻,他的脚仍然在黄泥路上拖着。

阿赤那种归心如箭,焦躁不安,而对前途又茫然的无可奈何的心绪一一在目,无不唤起读者的恻隐之心。

其实,萧殷指写人物的心理活动以展现人物内心世界变化的最成功的作品是《芋园》。小说描写林子与梅姐互相定情、互相调情和互相偷情的细节更为细腻、翔实、真切、生动,无不撕人心肝、搅人肺腑,真有亲临其境、如见其人之感。至于林子与梅姐为了自由恋爱,自觉追求婚姻自主,寻找性爱的自我餍足而不顾生命的血性便活脱脱地展现于人们眼前。

三、注重诗化氛围的渲染

所谓"诗化氛围的渲染",是指对人们在一定社会生活中的一切外在条件的刻意描写,以增强作品的感染力和活泼性。它包括自然环境描写和社会环境描写两个方面内容。谈环境描写而忽视自然环境,这是片面的认识,因为人离不开一定的自然环境而存在,这是不容置疑的事实。环境描写或诗化氛围的渲染,这是小说家审美观念和审美理想在感性的自然美的形态上的追求和体现。诚如叶文玲所说:"我选择了幽静明媚的山村,又选择了明月如水的秋夜,对地点景物的描写,竭力谋求优美动人。"[①] 我认为,萧殷作品的环境描写不仅足以印证和超越这种文学主张,而且特别注重诗化氛围的渲染:

---

① 叶文玲:《梦里寻你千百度》,杭州:浙江文艺出版社,1983年版,第309页。

> 在七月的上弦月光的笼罩下,那山岭的右边,静悄悄的,躺着一块大平原。这里有着许多村落,和许多绿油油的禾田;在较远的那边,还有一条滚滚的大江。这时在朗清清的月光底下,白布似的横着,仿佛蕴藏着无限的神秘。风,苏苏的吹着禾苗,什么都静谧了。
>
> ——《灾》

这是一幅月夜宁静的乡村风景画,其意境实在美极了、诗意极了。这里,远与近相配合,动与静相映照,而且色调异常和谐匀称,明丽迷人,把乡村宁静平和的生活情调渲染得淋漓尽致,把读者带进了一个甜美如痴似醉的境界,给人一种美的遐想。景美,衬托了人美;人美,更映衬了生活之美。这是欲抑先扬的写法,当你读到后面关于洪水泛滥成灾,人和物都被洪水淹没的惨状时,彼此对照,自然而然地加重了人们的伤感和忧虑。

萧殷还善于抓住一些最有代表特征的事物,描绘一幅幅民族风俗画,给小说的色彩和氛围增添了深沉凝重的意蕴。在小说《倒闭》中,萧殷生动地描画了何侃老板打算盘的神态、低头沉思的情状,还相应地状写街上行人的瑟缩情形,勾画出商店倒闭前的不祥征兆,诱发人们既要面对悲凉颓败的现实,也要回顾往昔落后的历史。

萧殷笔下的风俗画是丰富多彩的,真可以使你叹为奇绝。《沉落》开篇关于街景的描写是极为精妙的:

> 早晨,珠江岸边的马路,已非常热闹。宽敞的柏油路旁,耸立着蜜蜂巢似的洋房;笔直的,耸到丈把二十丈高。尖顶上,还挂着飘飘荡荡的国旗;怪庄严的。平滑的路上,奔驰着各种怪异的车辆,汽车,人力车……都连续地飞奔而过。还有在乡下梦想不到的那么多的行人,也在街上像一个大洪流一样,涌来涌去。

文字表面上写的是"洪流一样"的"非常热闹",但骨子里蕴含着颓败沉落的意趣,渲染出一派虚伪的繁华情调,使得作品的格调更为深沉、凝重、冷峻,感情波澜更为跌宕起伏,给作品蒙上一层淡淡的悲剧色彩。

萧殷的短篇小说艺术是独具风格的。作家的探索和追求取得了可喜的收获，形成了他的朴实、简练、清丽、隽永的艺术风格，也给我们留下了宝贵的艺术珍品。这是值得我们庆幸的。

历史脉络里的寒冷与温暖
——萧殷小说分析

王学海

历任海宁市文联副秘书长、创作研究室主任,嘉兴市作家协会副主席,浙江省作家协会评论委员会副主任,中国社会科学院文学所访问学者。

翻检萧殷的小说,我们又一次扯开了历史尘封的沉重一页,同时也看到了萧殷作为一个旧中国的知识分子,运用小说揭示底层劳苦百姓蒙受战争苦难与生活煎熬的现实,以及作者在小说中表达的对那个时代的生命感悟及责任思考。

一

由花城出版社1984年2月出版的《萧殷自选集》中,共有14篇小说,其中最具代表性的是《生路》《芋园》《灾》和《倒闭》。《生路》和萧殷早期其他几篇小说一样,讲的也是底层百姓寻找工作养家活口的故事,然其情节的设置、人物的刻画、环境与细节的描写,均已见出作者较鲜明的审美意识与深刻的批判精神。小说借阿荣在砖厂找工的事,引出他失败回家的沉重压抑,接着便引出挨饿要吃奶的孩子阿金,这既增加了压抑沉重的氛围,又让人产生悬念去思考孩子的妈妈的种种。童养媳出身的孩子妈兰嫂,在穷人家长大,贫苦中成长,却偏偏拥有强壮的身体,这给小说增添了一抹希望的亮色。然而,为了孩子,为了家庭,兰嫂和男人们一样到车站做牛马似的挑夫活。照说,即使她男人阿荣一时找不到工作,只要她挑得到东西,就能让全家喝口粥汤,也是可以勉强活下去的。然而,偏偏是风雨专打破漏屋,活蹦乱跳好端端的儿子阿金却突然跌伤了,还因流血过多而昏迷。医院当然是有的,但"一打听,至少要十块钱,这不比上天还难吗"①。小说虽然没有直接描写官僚、军阀、地主老财等对阿荣家的欺诈、压迫,但是这短短的一句话,深刻地揭示了空气般弥散在平民百姓生活中的人剥削人、人压迫人的制度对他们生活的挤压。因为无钱治病,孩子阿金死去了。特别要指出的是,萧殷在这里以小说表达社会的痛苦,已冲破了其他小说描写对象是工人农民的成规,将"公务员"(统捐局卫兵)阿荣作为小说主人翁,让读者看到他写作时的多元趋向与社会学上的开阔思考,这与同时期只写工人农民如何贫苦如何受压迫的小说相比,无疑拓展了小说创作的多元文化视野。尤其令人刮目的是小说的结尾,小说没有循读者想象惯例——阿荣由于身体瘦弱又不熟悉挑夫行当,根本抢不到生意;或他被同行欺打受伤生病而死;或因妻子健壮惹人妒恨受人暗算,甚至被行业霸头们欺压奸侮而走上自寻短见之路等,来以悲剧形式结束小说——而是跳开这一套路,笔锋一转,将日本鬼子占领车站,镇上再没有挑夫的情景冷酷又无情地推到阿荣面前,推到为阿荣一家之生计忐忑不安的读者面前。"阿荣……像着了魔似的跳起来窜到房间里叫:'难道这种卖苦力的生涯也不容我们过下去么?!'"②"兰嫂听了这话,喉咙里像给什么堵住似地:'天啦,倒叫我们怎么活下去!……'"③是道貌岸然的腐败政府的无能,是无视他国主权的日本铁蹄的践踏,将困顿、饥饿、挣扎和绝望中的民众一步步推向了死亡的深渊。萧殷在其创作谈中曾说过,写这小说是"九一八事件以后,由于日本帝国主义的步步逼进,不仅农村破产更加恶化,亡国的威胁也日益加深。于是,心中有许多激情要迸发,有许多

---

① 萧殷:《生路》,见萧殷:《萧殷自选集》,广州:花城出版社,1984年版,第709页。
② 萧殷:《生路》,见萧殷:《萧殷自选集》,广州:花城出版社,1984年版,第710页。
③ 萧殷:《生路》,见萧殷:《萧殷自选集》,广州:花城出版社,1984年版,第710页。

积愤要呐喊……"①。这是一种精神的审美，也是萧殷创作小说的积极动因。现实的残酷、社会的黑暗、人民的苦痛、国家的贫弱，让萧殷拿起笔来，以小说为武器，刺戳花朵下的脓疮，揭露国民政府伪善下的罪恶和日本侵略的罪行。我们知道，20世纪20年代，中国知识分子的目光，已开始探索与关注乡土中国的农民问题、城市居民的失业问题，并逐渐发现了政治腐败的主因与错综复杂的社会原因。在发现这些问题与苦难的同时，知识分子自身也陷入了由此带来的精神上的胁迫与折磨，并在思考中逐渐有了新的认识，正是在此过程中，文学的审美想象以及文学对社会的精神担当，也就在他们创作的小说人物中，有了新的发展与提升。

《灾》和《倒闭》也是两篇质量上乘的小说。《灾》反映了拼命种田的农民到头来只能被社会抛弃而饿死的残酷现实。《倒闭》描写了即便是处于社会中层的小业主，他们在艰难维持生计的最后，不是坐牢就是出逃的悲惨结局。这是中国大革命前夜农村与城市的凄惨图画，也是广袤的神州大地百业凋零、饿殍遍野的现实写照。《灾》的取材虽与当时其他同类小说题材相似，但作者将故事情节置于整个社会变动的大情势之中，这就不得不令人叹服。七月的平原，禾苗茁壮，丰收在望。然而勤劳的阿赤突然遇上了妻子因劳累过度而流产的大事，尚未享受丰收的喜悦，生活的灾难竟又降至。阿赤无奈，只好偷偷拿了地契去财主家做抵押借钱为妻子治病。然病未去治，灾又空降：城里的米价，每百斤七块半又跌至六块八！这无疑给丰收在望的农民又狂打了一记令人晕眩的大耳光。"反正总是我们吃亏！"②阿赤的话道出了亿万农民长期压抑的心声，也反映了当时中国农民的实情。不管是战争还是自然灾害，到头来，一切灾难全摊到了普通老百姓的头上。社会，就是这样的不公平——小说表达的，正是这么一个时代的病相。然而，灾难的空降犹如日本鬼子的炸弹那样，接二连三地狂轰下来：突然，大雨滂沱，一连十几天的暴雨，先是冲决了堤岸，尔后又淹没了长势正旺的庄稼，后来甚至冲毁了房屋。当撤退上山的一班人惊魂未定地喘息下来时，阿赤才猛然想起，患病的妻子还躺在床上。勤劳、拼搏、希望；禾苗长势旺盛、丰收在望；妻子流产、地契抵押、借债治病；稻米跌价、大雨冲堤、庄稼淹没、房屋冲垮、病妻在床……一连串的情境，在小说的叙事中似电影镜头般摇晃着闪现，整个小说，恰似一出扣人心弦的独幕剧，将生活中

---

① 萧殷：《我怎样走上文学道路》，见萧殷：《萧殷自选集》，广州：花城出版社，1984年版，第963页。

② 萧殷：《灾》，见萧殷：《萧殷自选集》，广州：花城出版社，1984年版，第748页。

喜剧的闪影与悲剧的多味重叠，浓缩地呈现在读者的视野与心灵中，让读者通过文字的有限阅读，直观又无限放大地看到了当时中国农民活生生被折磨的一幕。作者虽亦身处在这样艰难的环境中，但他并未躲在"小我"中置身事外，做小资式的呻吟，而是通过社会与自然等的诸多灾难的典型描写，为挣扎在生死线上的广大农民，表达出了特有的责任感与人道主义的审美情怀。相比同时代的某些作家，萧殷的忧患意识确实是难能可贵的。

《倒闭》讲的是小业主兴和米铺老板何侃的故事。处于赊给农民大米艰难境地中的何侃，眼见自己的米铺也将入不敷出，不料晚上张富翁因移居香港又来讨债，而且是三百元的大数目，而泰隆钱庄上，何侃还欠着四百元。无奈，何侃只好再借高利贷三百元。年关到了，人家欠何侃的钱怎么讨也讨不回，而张任生、三奶又来催债，更何况还有高利贷利上加利的欠债、泰隆钱庄的欠款，在万般无奈下，何侃只得逃走了。承接《倒闭》，萧殷又写了续篇《沉落》。何侃到了广东珠江，找乡友未成，只好流落街头，沦为乞丐。最后，"陡的一块硬东西压到他裂着龟纹似的脚胫上，原来是一位阔太太的高跟鞋跟，把他干裂的脚胫踏破流着血"。①可想而知，逃出来的何侃最后的下场会是何等凄惨。由《倒闭》到《沉落》，我们不仅看到了小业主由生到灭的过程，而且看到了整个中国民族资本经营者的萎靡衰败。这是文本自觉的民族意识在萧殷创作中的流动，这是自我矛盾与自我寻找中企求自我突破的时代民族精神的底层显现。在萧殷的叙事里，读者看到了他对社会疾患的深度认知，在欲望与恐惧、生计与家庭的交织描写中，他让读者直面这类群体的无助与绝望，读者也由此看出了作者对悲凉凄落时代的写实批判。

二

在萧殷的小说中，我们还发现了萧殷创作的另一种精神指向——人性的精神关怀，其代表是《芋园》和《疯子》。

一个美丽的爱恋故事，被包裹在沾满泥丸的芋园里。两颗情投意合的心，让每次激烈的冲动真实地演绎曾经的梦想。在实实在在的肉的交合中，宣告了想要的自我之实现和幻灭。这就是《芋园》，寂静里有光的透亮，幽深中有热的升腾。林子和梅姐，决不

---

① 萧殷：《倒闭》，见萧殷：《萧殷自选集》，广州：花城出版社，1984年版，第770页。

仅仅是偷吃野食的奸淫之人,更重要的是,他们是没有一定明确的理性目标,但内心深处满蕴着朦胧的、潜在的向往自由的冲动的代表。自然,两人最后的结局必然是封建制度的牺牲品,"就在这一天夜时,小河里浮着两个尸首,那是牢牢地捆在一起的"①。他们是一个民族一个国家处于现代性前夜的人们向往现代、追求现代的一份祭奠,更是一个具有现代意识的作家,在发现自身所处环境的糜烂衰败、毁国祸民的毒雾之后,以深度的精神批判与生命的全力呐喊,试图驱散这团毒雾,追寻百姓真正的希求,并把它作为一个知识分子内心真正的需要,从而去确立自我人生的一个崇高的坐标。这是小说的审美性,也是萧殷自我追求的美学价值。

在小说《疯子》中,作者显然是以另一种形式的反证方式来展现民众疾苦,更以此境暗喻彼境的想象,诠释一个疯子的苦难史。如果说疯子的疯是因为女儿被抢被杀,那么,造成他疯的一定是更疯的对手——这正是萧殷所关注的"比较重大的社会主题"②。疯子是被逼疯的,他不过是被逼疯的成千上万的老百姓之一,而导致这一类疯子的正是那个不讲公道、不讲人情的社会,正是那些恶霸、那些乡长,加上那些道貌岸然的绅士,正是这一类贪婪、狠毒的真正疯子们,做出的一桩桩非人性的罪孽之事,才导致了玉姐父亲的变疯。是的,首先是这个社会疯了,它疯得开始在吞噬构成社会最基本的元素:百姓。小说以它荒诞的形式雕琢了那个时代一座疯的群像,揭示出社会对人性无情的摧残、对家庭的疯狂破坏与戕害的无边的罪恶。这正是小说《疯子》极其深刻的社会意义所在,也是文学史中作为历史缩影的小说的历史意义所在。

在这里,我们不能不提到萧殷的另一部小说《乌龟》。作者通过主人公"我"对一群人围追辱骂陆伯的感性认识与理性认知的描写,剖析了"我"的灵魂的感悟过程。"我"起先几次表示出对邻居陆伯的厌恶,直至"我"溺水被陆伯救起,才开始重新审视常常被众人疏远嘲弄恶骂的"乌龟"陆伯。故事及小说并非简单地告知读者,从无知到亲近到深读陆伯与"乌龟"这个名词,以及陆伯蒙受被误读的冤屈。小说更深远的意义在于,作者借故事的曲折发展、小说的叙事与场景描写,凸显出主人公"我"的人性觉醒,以及其觉醒的深度与社会学美学价值。这既是主人公"我"对社会的认知与感悟,更是作者对现实苦难的尖锐批判,是萧殷笔间流泻出的人性的温暖与光泽。

---

① 萧殷:《芋园》,见萧殷:《萧殷自选集》,广州:花城出版社,1984年版,第740页。
② 萧殷:《我怎样走上文学道路》,见萧殷:《萧殷自选集》,广州:花城出版社,1984年版,第965页。

三

　　小说的力量，有时会像风暴一样，掀开读者的心灵，同时带出我们的内力，与之共舞。萧殷以小说人物中的那份无助、孤独、孱弱、忧伤、痛苦，乃至绝望的悲之形象去对应旧中国衰败的社会面貌，是对新文学人物群像的一份贡献。在当时社会境况及内在构成面前，萧殷表现了极大的同情心与主动性。作为一个有良知的知识分子，他丝毫不屈从于压抑霸道的反人民力量，更没有流俗于逃避消极的行列，而是以生命的自觉感受、思想的主动碰撞、身源的巨大活力，对备受战争、贫困、灾难和压榨的人群倾注了极大的热情与心血，以敏锐的观察、沉着的思索、无情的揭露、深刻的批判，写下了一个个催人泪下的故事，刻画了一个个身受相同苦难而又遭受不同境遇的文学人物形象，为中国的新文学建设留下了一处厚重的历史遗存。

　　萧殷与其他一些作家一样，不回避自杀的题材。《狗运的一生》中的狗运出生的那一年便死了母亲，他被寄养在叔母家里，受到叔母的虐待，饱受同伴的欺侮。在学校，由于"不讲卫生"的肮脏形象，他也"被疏远"，永远成为一只失群的孤雁。最为可怕的，是他一生两次被诬陷为贼，不久唯一的亲人父亲也去世了。于是，狗运只好去干苦力做挑夫，但因经常揽不到活儿，只好饿一顿饱一顿，被迫借债。逼债、坐牢，让一向沉默懦弱的狗运变成了暴烈、狂躁的狗运。他一不顺心回家就拼命摔东西；他顶撞逼债的富农，甚至一把将他推倒在地；他怒火中烧，跑到土地庙把神像推倒，摔个粉碎。都说小说是活着的历史，在狗运身上，我们看到了萧殷寄托于文学的那颗心魂，是怎样的不安、怎样的悲恸，这正是作为小说家的萧殷精神内在的一份波动的持念。人来到这世上，都是渴望幸福的，但偏偏由于时代、政权、自然灾害等诸多原因，人又无不在苦难中渡行。当然，于哲学人类学及社会学而言，幸福与苦难对于人类，总是相生相随的，这也恰如佛教中的"受苦受难"之训示一样，"众生皆难（苦）是人生"的基本主题，所以释迦牟尼要"普度众生"。因此，萧殷的精神持念，就在小说中作为他的人文关怀流动着和发展着，并在不断地延伸、扩张。他没有在小说中创造光明和幸福，也没有在人物身上塑造崇高与伟大，而是还故事于生活、还人物于真实。在这里值得我们提出来加以研究的，是作者并未由此而陷入浮泛的虚狂，去构筑脱离现实的理想塔，更没有陷入宗教，让故事、人物乃至整个社会投身到宗教的怀抱中去。萧殷只是深沉地表达：用他凄婉的叙事、颤抖的描写，如鲁迅先生所言，把苦难，一层层地撕开，让带泪带血的现实，血淋淋地展现在读者的眼前。也许，这就是萧殷先生创作小说时的持念：它是精神的，但决不迷惘；它是社会的，但决不虚假；它是时代的，真实无饰；它更是艺术的，平直中蕴藉深沉的启示意义。

在另外的小说中，萧殷也塑造了一些贫困穷苦的底层人。《父与女》中有为了给父亲治病，只好沦入出卖肉体之列，后来又被抓的阿瑛；《一夜》中有呆呆地坐在床前看着病儿的身子一点点变冷变僵的寡妇；《车夫阿火》中有一生忠厚，饿着肚子拉车，却碰上了一个长途，半途中肚子因饥饿而剧痛，实在拉不下去，跌在地上不省人事的阿火。一个个凄惨的人物形象，无不因被那个社会、时代的受虐而变形。然而，正是这些变形的小人物的不同苦难，激活着小说，使它更具丰富的形象性与复杂的社会性；同时，也激活着阅读者的思想，让读者在品尝一杯杯苦酒时去思考，去寻找正义，寻找摆脱苦难的钥匙。

萧殷在《从生活出发》中曾批评"四人帮"时期的文艺作品"闻不到一点生活气息，也闻不到一点生活着的人的气息"[①]。"生活气息与生活着的人的气息"，无疑是萧殷小说创作中由精神持念到审美境界的美学操守。在萧殷的小说分析中，亦可从中体悟到这份美学操守给小说带来的特色、文本的质地及其历史性的审美价值。

萧殷的小说，离我们如此之近又如此之远。重读萧殷小说，我们被他带到了那个苦难深重的年代，听到了在苦难、沉重的历史里于地狱边缘发出的呼救呐喊，看到了这呐喊后面支撑着的一个个发烫的灵魂。萧殷的小说，是意识与世界关系的一个现象学问题，是由现实而想象，又将想象的艺术世界还原为意识内容的一个艺术创造。特别需要指出的是，萧殷的还原意识内容，又是从自身接受苦难的洗礼中拔出来，以新的富于社会学意义的审美眼光去做一种存在与展示的写作，并像生活世界里由树而发现水一样，让读者去做实在的理解，以此过渡到社会人类学的视域再去思考问题。如《疯子》的内心世界的艺术行走，《狗运》中狗运推倒富人的反抗与自杀，《芋园》里梅姐"最爱一个强壮的男人来强欺她"的心理及两个"强"字的词义学层面的含义等。萧殷的小说，多是通过一个很小的视角（一户人家、一爿店、一个"疯子"或一个"乌龟"称谓）反映巨大的社会现实，让读者从一个个单一的社会细胞中看到近代中国现实世界中彼时的

[①] 萧殷：《从生活出发》，见萧殷：《萧殷自选集》，广州：花城出版社，1984年版，第126页。

结构，在阅读与思考中作为一个参与者而非旁观者去感应历史、认识社会，加深对当下现实状态的实践性理解。于此，我们作为现在时的读者，就被统一进了一个不可分割的存在着的世界里了。这正是萧殷小说的核心意义所在，也是今天纪念萧殷的目的性维度。

评论家的艺术情思
——萧殷的小说散文集《月夜》读后感

谢望新

曾任广东省作家协会专职副主席、《作品》杂志主编、广东文学讲习所所长、《花城》杂志副主编、广东省委宣传部文艺处处长、广东省广播电影电视厅副厅长兼广东电视台台长。

许多文学青年都熟悉作为评论家的萧殷,然而,对同时又是小说散文作家的萧殷,则并不十分熟悉。这些青年同志,读了他新近出版的第一个小说散文集《月夜》[①],不禁为之赞叹,想不到评论家也能写出如此优美动人的作品。其实,这并不奇怪。萧殷30年代初步入文坛,就是从写小说开始的;只是以后因为革命工作的需要,才致力于评论。正如他在集子的《后记》中所说:自己"更喜欢幻想和想象,更习惯于概括和描写活生生的、可感可触的东西"。这个特点,既表现在他的评论文章中,也表现在他的小说散文的风格上。

---

① 萧殷:《月夜》,广州:广东人民出版社,1980年版。

萧殷新中国成立前写的近百篇小说、散文、文艺通讯、报告文学、特写等，大都散失了。收进《月夜》中的11篇小说、散文，是他在50年代繁忙的工作之余，接触生活时，"每次都不由自主地提起笔来"写成的。这些作品虽是二十几年前写的，但今天读来，我们仍被作家笔下的艺术形象和意境创造所传达的真挚感情，掀动着心扉。字里行间，仿佛有一团团火焰般的诗情，在燃烧、跳跃。托尔斯泰说："作者所体验过的感情感染了观众或听众，这就是艺术。""感染越深，艺术则越优秀。"《月夜》的成功正在于此。

很明显，上面谈到的《月夜》的这个主要特色，散文的成就又胜于小说。《桃子又熟了》是萧殷的名篇。它在我国当代散文中也有一定的地位。人民文学出版社出版的1957年《散文特写选》和新中国成立三十周年《散文特写选》，都收进了这篇作品，足见其影响和生命力。这篇散文仅是通过对新闻记者仓夷的一些生活片段的回忆，写出了作家对革命战友的深切怀念和眷恋之情。在艺术表现上，作品借助主人公十分喜爱的"水蜜桃"作为感情的贯穿线索，并通过反复的渲染、联结层次迭出的悬念和涌出的情绪高潮，托物以情，情景水乳交融，从而创造出了一个深沉、隽永的散文意境，借此去牵动和感染读者的情绪和心灵。散文开篇，运用近于小说的白描手法，勾勒了作家与仓夷在解放战争时期，一次因美军的阻挠，不能同往北平的矛盾处境。其间，作者特意用工笔细腻地描绘了仓夷在机场休息室选购水蜜桃时的动人情景，及人物的音容笑貌、神情，为以后作家睹物（桃）思人引发的感情波涛，埋下了伏笔。之后，作品省略了作家在飞机上的心理活动的静态描写，而代之以出其不意的笔触，用浓墨展开作者在北平机场"向耀眼的白云堆里搜索着黑点"，等待仓夷到来的忧心如焚的心情。作品在这里留下的"仓夷为什么没有来"这一悬念的线头，就紧系着读者的心弦。再下来，作家对仓夷的描写，从平面转向立体，穿插了作家对仓夷的许多高尚品格、革命情操等的回忆，让我们更清晰地看到了仓夷的可爱的形象。而且，作家对往事的长篇追忆，不是孤立的，而是把它放在多次为桃子洒清水这一典型细节和典型的情绪状态之中，这就大大加浓了作品的"托物抒情"的气氛，和"见物思人"的感情色彩。正是在这种冥冥思念之中，作家关于桃子"已经由柔软逐渐腐烂起来"的一笔，不禁令我们不安的心为之战栗。这里，作家是以托付了主人公生命的物的变化，来暗示人物命运的阴影的。作家并没有在这里突然扼住感情的潮头，而是继续铺开深沉、委婉的旋律，用大幅度的跳跃的剪裁，写出在此情此景中又一次看到仓夷远在新加坡的未婚妻的来信，掀动着读者感情的波澜，提出了第二个更为强烈的悬念。此后，散文紧紧扣住"信"，展开想象的翅膀，不断生发出作家对仓夷各种各样的遭遇和结局的猜测，热切地期待着他在"经历过种种非凡的遭遇之后，又从死亡的门口回到生活的路上"。这股崇高的战友之情，流贯于作品的全篇，也汩汩地流淌在我们的心田。散文的结末处，以类似电影画面的叠印手法，写桃子熟了一年又一年，作家也翘首望了一年又一年，终于在人民解放战争的最后一年，才证实仓夷已被刽子手杀害，这个读者不忍卒听的不幸消息，到此才轻轻点出。"多雨的季节已经过去，桃子又快熟了。……可是，可是仓夷呵！他却永远不再归来！……"作家这最后一声悲怆的呼唤，是带血的情思，再次拨响了读者无比怀念仓夷的感情的心弦。

作家的另一篇散文《严寒的夜晚》，也写得感人。作品自始至终以冬夜的"严寒"这个特定的环境为背景，通过对李谦和其他抗日战士如何与严寒做斗争的生活场景的描写，有层次地逐步在读者面前展开人物乐观和坦荡的情怀，真实生动地再现了当年革命根据地的艰苦生活。散文从写冬夜的严寒起笔，展现北风吹裂窗纸，"颤抖地叫鸣着"的可怖情景，可李谦和其他同志，谁都因"怕惊醒"别人，装作"睡得很安稳"。这里，人物外在表现的"静"和心理活动的"动"的对比强烈，使其精神世界一开始就显出亮光。接着，继续写风的狂暴，李谦从自己的被窝里掏出棉花堵塞破败的窗棂，人物的精神世界进一步透发出光彩。后来，李谦又提出用"精神会餐"来抵御严寒，他的点题发言。"是谁叫我们挨冷，是国民党顽固派嘛"使大家的情绪达到了高潮，一时竟引吭高歌，忘却了严寒的存在。直至最后，李谦领着大伙奔向"北风呼啸"的篮球场，艰难地跟严寒搏斗的撼人心魄的情景描绘，使李谦和战士们的精神世界闪射出夺目的光辉。作家最后对李谦牺牲前遗书的追忆，点出李谦这样做不是为了别的，而是为了"人民能像人那样地生活着"。这样处理，使得人物内在的精神活动有所依据，同时也深化了作品的主题。散文《孟泰仓库》也写得好。孟泰的事迹在当时是很出名的，作者对此没有去做正面描写，而只是选择参观"孟泰仓库"这一特定活动过程中所见所闻引起的感情上的涟漪，从而形象地再现了人物的"高贵心灵"。

《月夜》中收集的几篇小说，有的也是动之以情的。其中以《在柳庄》《伤疤》两篇写得最为出色。《在柳庄》主要写了三个人物。父亲陈金海这一人物着墨较多，但由于他的性格大部分依靠间接的叙述，直接描绘还不够，因而，这个形象远不是激动人心的；母亲只是陪衬的人物，写得也比较一般化；女儿小玉兰，花的笔墨不算多，但由于作家抓住了人物在特定环境下感情起伏和变化的脉络，以及表达感情的独特方式，并逐步展开与"我"的感情交流，因而，小玉兰的形象给我们留下的印象较深。小说按照小玉兰的年龄、心理特点，写她虽然不完全懂得眼前发生着的一切，但知道来她家养伤的"我"，是她父亲的"同志"，便每天带着三条小花狗，"想出各种耍法来逗它们玩"，以此去慰藉和温暖"我""烦闷"的心，使双方由感情沟通，到贴切，再到融合，共同的患难和命运紧紧维系在一起。小说中关于"我"伤养好后，许诺给小玉兰捎来一大筐"柿疙瘩"，而等待"我"的却是小玉兰一家已被敌人杀害的噩耗的叙述，进一步加深了这种忧患感情的渲染。最后，当我们读到"我"为小玉兰家扫坟的凄凉情景的描写时，心被揪痛着，不禁潸然泪下。《伤疤》在人物的表现上与《在柳庄》有近似之处。它紧紧抓住革命战争年代一位普通老大娘金兰妈两次救护受伤的营教导员的故事，细腻地展示了这位革命母亲崇高的情怀。小说中关于金兰妈背负教导员艰难穿行山岭水洼几十里，以及救人而不顾"家当"被敌人烧毁的行动描写，读来感人至深。

　　以上看法，只是我们读了《月夜》之后，感受最深的一点。萧殷多次强调，评论工作者最好也从事一点创作实践。这个意见，我们觉得很宝贵，对于评论工作者亲身体验创作这门精神劳动的甘苦和复杂性，更准确、公正地运用艺术规律来分析、评价作品，不无裨益。他还对我们说，等稍闲暇些，还准备执笔写几篇散文。我们殷切地期待他洋溢着炽热感情的散文之花，再吐芬芳。

寻找现实主义的河流
——从《月夜》看萧殷的创作观及现实意义

关向明

曾任罗定市委常委、常务副市长,现任广东省工商联(总商会)秘书长。

萧殷同志是我国当代著名的文学评论家,他在文学理论、文学批评方面的杰出成就常常使人忽略了他在小说、散文创作方面的才能。他曾说:"按我的习惯和爱好,我却更喜欢幻想和想象,更习惯于概括和描写活生生的、可感可触的东西。"从他的短篇小说、散文集《月夜》中,我们可以明显地感觉到他在"概括和描写活生生的现实"方面同样超人的才能,同时也可以发现,他的小说、散文创作正好体现了他一贯的创作思想:严格按照现实主义的创作原则进行创作;在创作过程中强调创作主体的介入(即主观介入)。因此,我们可以说,他的文学创作和文学批评是互为对应的。

一

50年代是社会主义现实主义创作方法取得突出成就的时代。《月夜》收集的作品大部分完成于50年代。但当时现实主义创作方法存在明显的不足：作家只是机械地照搬现实，像摄影师一样将现实的人、事、景摄录下来，萧殷却是用主观的眼光去观照现实，让机械的、"死"的现实走进作家的眼中，通过作家眼睛的过滤重新走出来，从而完成一种不停跳跃的、鲜活的现实的创造，显示出与众不同的特点。

（一）善于在对现实的客观把握中凸显一段真实的历史

短篇小说和散文由于篇幅的限制，往往不能完整地反映生活面貌，而只能截取生活的横断面去反映某方面的社会生活。萧殷在《月夜》的创作中也无意去反映生活全貌，但是由于他客观细致地把握了现实，以时代的实质点作为突破口去反映现实，因此他的每一篇作品都在无形中凸显了一段真实的历史。如《在柳庄》通过"我"在突围中受了伤，转移到柳庄支部书记陈金海家休养，与陈金海一家结下深厚友谊的故事，从侧面讴歌了那段可歌可泣的抗战史。作品没有直接写抗战的场面，而是以陈金海的言行为主线，穿插介绍抗战情况，把握住了"全民抗战"这个时代的实质点。这样，整个抗战时期的历史画卷便自然地有序地展现在读者面前，一曲历史与英雄赞歌便随着"我"对陈金海一家的怀念（亦即是对历史的怀念）而响起。

《月夜》这篇小说反映了社会主义合作化初期的社会现实：人民群众渴望通过走"合作化"道路早日走向富强。但党的农村政策却被某些头脑僵化的干部当作教条错误理解，损害了农民利益，以致引起了农民的不满情绪。这种现象在合作化时期普遍存在着。作者敏锐地抓住了这一时代实质点，巧妙地以区委书记黄狄和区委副书记叶道民的矛盾为突破口，通过对他们矛盾的产生、发展、激化到最终找到解决方法的细致描写，浓缩了社会主义合作化时期我国农村的历史，具有丰富的内蕴力量。《高经理》是最早反映"五反"斗争的小说。新中国成立之初，人民政府对工商业进行了合理的调整，但工商业资产阶级中的某些人却利用各种手段从事被称为"五毒"的行贿、偷税漏税、盗骗国家财产、偷工减料、盗窃国家经济情报等活动。《高经理》就紧紧抓住了党的工作组与高经理的斗争，形象地揭露了资产阶级唯利是图、损人利己、投机取巧的本质，深刻地反映了当时的社会现实。

《在深山里》《桃子又熟了》《姚玉贵》等作品，也以独特的视角挖掘平凡的生活中丰富的内涵和意义，反映了一个个典型的、真实的历史年代。这是《月夜》主要的特点，也是作者把握材料的高超技巧的体现。

（二）善于在各种矛盾冲突中表现浓浓的"人情味"

作者在刻画人物时不是人为地给人物戴上或凶恶或善良或可悲或可敬的面具，使作品中的人物成为"塑像"，而是赋予人物以新鲜的血肉，使其笔下的人物都具有某种"人情味"，这种"人情味"总是在特定的环境中表现的，因此总带有不同寻常的味道。革命战争年代，死神随时都会降临到一个革命者身上。他们面临的矛盾是人生的终极矛盾——生与死的矛盾。在这种矛盾中，一切情感都带有硝烟味和死亡味。这时的人情味就显得弥足珍贵。"我"与玉兰的情谊，与其说是种阶级情谊，不如说是玉兰特有的浓浓的人情味的表现（《在柳庄》）。《伤疤》中老大娘为了救"我"，血迹引来了日军，日军点燃了老大娘的房屋，这时老大娘面临着两个选择：冒着牺牲自己和这个家的危险救"我"或者舍弃"我"而保住这个家。老大娘选择了前者。在这里，狭隘的"人情"升华到了深厚的阶级情谊。"不，同志，有我就有你"，是人世间的所有"人情"的最高体现。

《天旱的时候》写的是另一种矛盾冲突中的"人情"。在人与自然的矛盾（抗旱斗争）和人与人之间的矛盾（"我"妈妈与社员的矛盾）中写人情味，这种人情味就带有一种甜甜的、酸酸的味儿。《严寒的夜晚》中"我"与刘桂荃从不理解到理解的情感变迁历程，《姚玉贵》中蔡师傅、刘经理、张厂长等人由于对姚玉贵进行技术改造怀有不同的态度而与姚玉贵产生的纠葛，也富有浓浓的人情味。这种对于"人情味"的刻意而又自然的追求，使得萧殷的作品常常使人产生美好的希望，也使作品的生活气息更加浓厚。更值得注意的是萧殷不是单纯为写"人情味"而写"人情"，而是在写"人情味"中展示人物迥异的性格特点，推动故事情节的发展。

（三）注意人物的系列性，通过互为补充的人物形象去反映一个完整的时代

《月夜》收进了7篇短篇小说和4篇散文。每篇作品虽然单独成篇，但又不是孤立的，而是形成了几个系列，反映不同时期的历史风云。这也是这本集子的显著特点。

如果按时间来分，可以分为两个系列：一个是革命战争年代系列，一个是社会主义改造时期系列。如果按人物来分，大致可以分为三个系列：一个是工人和农民系列，一个是革命战士系列，另一个是资本家系列。在刻画同一系列的人物时，人物的性格是互补的（即性格有某方面的共同点但又显著不同的人物形象互相对照、互相补充），共同

反映同一时代同一系列人物的总体形象，从而真实地揭示某时代的历史风云，揭示时代的本质。《月夜》中的区委书记黄狄和《五月间》中的副乡长苏发旺就是一个互补。黄狄和苏发旺是在对待合作化问题上走向两个极端的典型。黄狄有文化、懂政策，但他却教条地、主观地歪曲了党的政策，不搞调查研究，不顾实际单凭主观意愿发号施令，客观上疏远了群众，损害了农民的利益。苏发旺却无文化，看不起知识分子，理论水平低，思想顽固，只顾眼前利益，不顾长远利益和集体利益。这两个人物都没有真正认识社会主义。在当时这两种人都是客观存在的。这两个性格迥异的典型人物出现在两部不同的小说中，但放在一起，便有了强烈的对比意义，作品揭示的社会内容和历史意义便大大丰富了。《姚玉贵》和《孟泰仓库》中的两个劳模姚玉贵和老孟泰也有互补性。姚玉贵利用其丰富的实践经验和过硬的技术本领进行技术改造，为硫铵厂恢复生产和提高生产效率做出了突出贡献。老孟泰却是出于对厂的热爱，利用空闲时间捡拾废铁，为国家节省了大量资金。他们做贡献的方式不同，但目的却相同，都是为了祖国的富强。人物的互补性使萧殷的作品虽然篇幅短小，却能反映丰富的时代内容。

在同一部作品中人物形象同样有互补性。《月夜》中的黄狄和叶道民，《五月间》中的苏发旺、阿德、骆火狗，《高经理》中的高鸿茂和高敬泰，《天旱的时候》中的金生叔叔和"我"妈妈都是一系列形象各异而又有互补性的人物。正是人物形象的互补性使人物形象从单薄到丰满、从片面到全面，共同表现了一个色彩缤纷的时代。这是萧殷艺术独创性的表现。如果没有丰富的生活体验又掌握了成熟的艺术技巧是很难做到的。

（四）细节描写的细腻逼真和结构的严谨多变也是《月夜》的一大特色

如《在柳庄》中，陈金海对曹大岳和小高的考验，这一细节就逼真地表现了陈金海丰富的对敌斗争经验和谨慎小心的性格特点。《桃子又熟了》写"我""把行李整顿完毕后，又把仓夷未婚妻的信连同照片妥帖地压在书桌的玻璃板下"，这一细节极其细腻地表现了作者渴望仓夷早日平安回来的心情。类似的细节描写每篇都有很多。

作品结构方面，综合运用顺叙、插叙、倒叙的叙述方法，显得跌宕多变，《桃子又熟了》以桃子为连接整篇的线索，寄寓着丰富深刻的情感。

二

萧殷在创作中强调主观介入，创作主体的情感常常有意无意地制约着故事情节的发展。这种主观介入表现在两个方面：

（一）在叙事过程中注入主观评价，强化作品的艺术感染力

我们可以发现，《月夜》中差不多每篇都带有作者情感的痕迹。因为这些作品本身就是作者的情感寄托，是作者情感的外化形式。《桃子又熟了》写的就是作者和他的同事的事迹，仓夷的事迹感动着他、激励着他，在作者自然流泻的感情潮水中便洋溢着全部的主观情绪。《在柳庄》也是他曾经历过的事，对题材的过于熟悉，使作者在叙事过程中不自觉地介入了作品的内部。这种介入一方面强化了作品的艺术感染力，另一方面又使作品的情节发展常常显得突兀和不自然（特别是结尾部分），这大概是源于作者的"善意原则"。思想顽固的苏发旺在无意中听了骆火狗和李明远对他的评价后，思想立刻有了转变。他痛苦地思索："怎么？见鬼！莫非我真的错了？"与其说是人物性格发展的必然，不如说是作者主观的善意原则介入故事的结果。（《五月间》）自私自利的妈妈最后"出奇"地沉默，多少也给人牵强的联想，因为深层思想意识的转变是最困难的。

（二）以"我"为叙事联系细节，推动故事发展，为主体的介入做铺垫

我惊奇地发现，《月夜》中的所有作品除了《姚玉贵》外都以"我"作为叙事的纽带。"我"虽不是作者本人，也不是作品的主人公，但所有作品中的主要人物都是以"我"来联系着，在与"我"的种种关系中体现性格特征的。同时，在读者眼中，"我"又常常被看作作者本人，这就为作者的主体介入做了铺垫，作者对人物的评价、对事件的看法就可以通过虚构的"我"表现出来，这就无形中加强了作品的真实程度。

三

以上谈到的是《月夜》的艺术特点，如果联系当代文坛的状况对照一下萧殷的创作思想，我们就不难发现其突出的现实意义。

有学者认为从1976年到1992年文学实际跨越了两个阶段，第一阶段是所谓的当代文学（伤痕文学、反思文学、改革文学、寻根文学）阶段，第二阶段是后新时期文学阶段。以马原、残雪等作家的实验小说，余华、苏童、格非等人的先锋小说，刘震云、方方、刘恒等人的新写实小说为标志，文学进入了一个多元时期，现实主义在退化。

我始终认为优秀作品必须反映现实内容，富有时代气息，不管采取什么形式、什么

表现手法，其内容都必须具有时代意义，因为只有现实才是不停地发展变化的。不同的时代有不同的人生思想情感和人生内容，因此抓住了现实的实质也就抓住了时代的特征。这是文学中的"以不变应万变"的原理。

当代的作家说得最多的是"重建"，但却不明白这种重建其实应包括两个方面的内容：对生活现象的重建和对精神心灵的重建。"前者包含着创作主体对于生活现象的选择、判断和艺术组织；后者体现出现实的需要、心灵的呼唤与追求"（吴秉杰语），这种重建是必须以现实为前提的。而当代作家犯的错误恰恰是只停留在纯主观的心灵探索阶段，让心灵高悬于现实天空，在虚构的心灵世界中苦苦寻觅，这就使得"重建"失去了基础和源头，作家只能在西方哲学家咀嚼烂了的"我是谁？""我从哪里来？""我到哪里去？"的哲学世界中绕圈子，永远走不出这个既定的重复的艺术的迷宫。因此，就有了史铁生的《我与地坛》、张承志的《心灵》，希冀以宗教去挽救灵魂，让苦难的灵魂在神和上帝的庇护中得到慰藉。史铁生今生今世或许在荒芜的故国中沉思，听取那亘古不散的苍凉的唢呐声了。而其他作家呢？是否会像王朔一样大彻大悟回归现实呢？"我对这种没心没肺特别无聊的调侃、胡呛产生了怀疑。这是文学吗？我，用俗话儿说，真的深沉了。"

文学必须重建，但重建必须以现实主义为源头，当代作家有义务有责任重新回归现实，这是时代的要求，也是创作出伟大作品的要求。这是我重读《月夜》的体会。

小人物，大内涵
——浅析萧殷1949年以前小说中的小人物形象

郑紫苑

华南理工大学法学博士，赣南师范大学客家研究中心教授。

萧殷是我国著名的文学评论家和作家。其1915年生于广东省的龙川县，1938年到达延安，并于同年加入了中国共产党。其还曾任《晋察冀日报》编委兼副刊主编、文学讲习所副所长，新中国成立后，又历任《文艺报》主编、《作品》月刊主编、广东省文联副主席、国际笔会广州中心理事，兼任中山大学和暨南大学教授等。他的主要作品有《论生活、艺术和真实》《给文学爱好者与习作者》《与习作者谈写作》《谈写作》《习艺录》《月夜》等。

与其文学评论相比，萧殷的小说创作并不算多，而且在中国现代文学史上也没有专章专节对其进行过详细的论述。然而其小说创作却是其整个创作生涯的重要组成部分，表现了他几十年来对人生以及社会的思考。从萧殷小说创作的整个生涯来看，以1949年为界大致可以分为两个阶段。而其1949年之前的小说以小人物的悲惨人生作为创作的主要着力点。善于写小人物的悲剧也是其这个时期的一大创作艺术特色。这些小人物虽然只是一群平凡的人物，但是他们的悲剧从某个角度折射了广阔的社会生活，进而也建构了作者独特的艺术世界。本文即是以其1949年以前的小说创作为研究对象，试图分析其作品中的小人物悲剧形象，进而揭示这些悲剧人物背后深刻的文化内涵。

一、精神和肉体双重压迫下的悲剧

悲剧，一种是英雄的悲剧，郭沫若的悲剧是表现伟大人物的痛苦与死亡，悲剧精神是崇高、雄伟、悲壮，使人们的心灵从悲剧的崇高中得到提高；而另一种是小人物、灰色人物的悲剧，它表现的则是平凡人的痛苦。萧殷的小说则属于后者。其在小说中描述了大量的平凡小人物的悲剧。这些小人物为活着而辛苦地工作着，然后却身不由己地被卷入身体和精神两难的境地。他们不仅经受着身体的贫困，同时也承受着精神的痛苦。而且他们内心的痛苦远比肉体所受到的苦难更深。这就是精神痛苦，就是没有希望。萧殷通过对社会中这些小人物日常生活和生存境遇的描写，表达了对民众的一种世俗性关怀和对人性的关注。如《乌龟》和《疯子》都是以一个小孩子观察的视角入手深入刻画人物形象的。《乌龟》中的"乌龟"——陆伯的妻子被富商强奸致孕而自杀。陆伯为报妻仇上法庭告状，结果却是自己被抓起来坐了大牢，出狱后还受尽了羞辱。而小说中的"我"对"乌龟"开始并无好感，甚至为蚂蚁事件"我"还大为光火。游泳落水被"乌龟"救起后，"乌龟"在"我"眼中才变成陆伯。经过妈妈的教导"我"也逐渐感受到了陆伯的善良，进而知道善良的陆伯的贫穷。陆伯去世后，"我"终于也了解善良而贫穷的陆伯的悲惨的一生，逐渐依稀懂得了世界之黑暗与陆伯之悲惨的关系。

"疯子"（《疯子》）因还不起债，年关被曾乡长抢走了心爱的女儿玉姐。玉姐不愿受辱竟被杀害。"疯子"最终摔下深谷而走完了疯癫的历程。《疯子》里的"我"，从对"疯子"好奇，到教"疯子"，到亲眼看到"疯子"摔下深谷，最后又从"疯子"弟弟口中听到"疯子"的悲惨故事，终于逐步了解到"疯子"所受到的精神和肉体双重压迫的悲剧性。

这些小说都是通过悲惨小人物与孩子"我"的交往将他们的故事推到了另一个故事的背后,从一个侧面描写出来。"我"了解"疯子"和陆伯的过程正是"我"认知世界的过程。在这样的叙述方式里,孩子的纯真与世界的脏污之间构成了极具表现力的艺术张力。作者通过孩子的纯真与世界的脏污进行对比,使得孩子显得更加可爱可贵,而世界显得更加丑恶、更令人发指。"对人物命运的设置与安排,是小说写人的一个重要方面。"

萧殷笔下呈现的人生悲剧大部分没有血雨腥风的残酷和激烈复杂的矛盾冲突,发生在那些善良、中庸、勤恳、努力的小人物身上的悲剧是含蓄内敛、深沉而又沉重的。其小说通过一些特殊视角和写法的运用,使其叙述不限于对社会的揭露,它还引人做更多的思考。而其小说人物的痛苦也逐步从肉体深入到精神。之后精神痛苦更是从解剖灵魂入手,以委婉细腻的笔墨把悲剧人物的内心痛苦一层一层地具体真切地表现出来,使原来无形的痛苦灵魂仿佛浮雕般地凸显出来。因此这些精神痛苦虽不是鲜血淋漓,但是却埋藏得很深,不易为人察觉,比一般的痛苦更动人、更令人同情。萧殷通过悲剧人物所寄寓的,也不是一般的人生苦恼与离合之悲,而是个体生命与社会文化、理想与现实之间矛盾冲突的悲剧。

二、挣扎无望后的生存悲剧

按照马克思主义的观点——"有意识的生命活动把人同动物的生命直接区别开来",人的自觉的、能动的创造活动是人区别于动物的根本标志。保持人的主体性,能够用自己的头脑去思考和行动才是健全的人的第一特征。而萧殷小说中的这些人物却恰恰相反,他们虽然也做过本能的挣扎,但是在旧社会的压迫下最终丧失了"反思的能力"和"判断力",丧失了人的主体性,丧失了自己的思考能力和自觉的行动力,成为旧社会文化的功能性符号和傀儡。旧的社会文化系统的规则变成了他们的"本能",对待一切外界环境刺激,他们只能按照文化规则去像动物一样"本能"或"条件反射"般地做出反应。如狗运(《狗运的一生》)短暂的一生便是集苦难于一身的一生。他出生才一年,母亲便病故。穷扛扶的父亲将其寄养在叔母家。但是无娘的孩子从小却受尽了叔母的虐待和其他小孩的欺侮。读书后,老师诬他偷手表;扛工,主人栽他偷钻戒。他不仅一生贫穷,而且人格和尊严受到肆意践踏。他试图反抗过,但他的情感遭囚困、生命被摧残，精神一步一步走向了麻木，终于不堪忍受而悬梁自尽。

再如《除夕之夜》中的阿毛的故事。快过年了，他不仅一身债无法还，更无米下锅。家里仅剩一匹布，原准备将一家人的破烂衣服换换。没办法，阿毛忍痛将布拿去当了一块六角钱。本以为一家人可以过一个有饭吃的除夕，然而当怀着微弱的喜悦往家走去的时候，却在路上碰到了债主汪大爷。虽然他使出了浑身解数努力保护自己这份微弱的希望，但最后还是被汪大爷尽数搜去了那仅有的一块六角钱。

作家通过艺术手法故意将故事时间设置在除夕之前，设置在有钱人灯红酒绿、尽享天伦之乐的日子里，而阿毛一家竟连最可怜的一点希望也无法满足。作家描写了妻儿在家对阿毛的等待，等待那一年中唯一可能的一丝欢笑，而等来的却是又一个失望。

生存，是每一个生命最基本的要求。按照达尔文的生命进化法则，一切生命，包括人在内，都有自我完善的发展需求，"正像一粒橡籽'迫切趋向'长成一棵橡树那样，人在自己的本性中也'迫切趋向'人性的完善实现"。出身于平民阶层的老舍也曾说道："贫人的空想大概离不开肉馅馒头。"可是，在旧时代的中国，过一个真正意义上的人的生活，是充满了奢侈的假想。就连最起码的生存，都是一个美丽的幻影。"悲剧性是与人的生命现象、人的生理本性联系在一起的，尤其是与生命的痛苦与毁灭联系在一起；美学的悲剧性就是对生命的痛苦与死亡现象进行审美判断的结果。"这些小人物都是一些生活中平平常常、触手可及的人物。他们无力掌控自身的命运，只能在社会与时代的缝隙中挣扎。他们悲哀而矛盾地活着，让人感到的是悲剧的痛感，弥漫的是一种哀伤的挽歌情调。

萧殷通过巧合手法的熟练运用，把社会上的众多悲惨故事在一个人的一生乃至一个人的一件事上集中表现出来，通过祸不单行、雪上加霜等手法，造成一种惨而又惨、悲上加悲的强烈艺术效果，进而构建了一个小人物的悲剧艺术世界。这些小人物行走在雾霭之中，跌入人生无处不在的生存裂缝里，寻找不到出路。他们陷在生存困境与精神上的犹疑与混乱中，进而造成思想深处无可寄托的流浪。作者通过他们的悲惨遭遇，有力地鞭挞了那个让人无法生存的社会。

三、世俗关怀中的社会悲剧

小人物从来都是时代的配角、社会的底层，但他们也是构成整个社会的最基本的元素之一。他们的成长都受其所生活的现实社会的深刻影响。很多作家注意书写小人物，如老舍笔下的"老北京"众生相，鲁迅笔下的"阿Q""孔乙己"等。这些小人物既没有惊世伟业，也没有撼天动地的举动。但这些鲜活的艺术形象却寄托了作者对人性和社会的深刻反思。他们都是来自现实社会之中的，是对现实生活的客观反映。萧殷小说创作也是如此。

萧殷出身于贫穷的家庭。其幼年丧父，母亲长年卧病在床，以至于其从小就感受到了世态的炎凉。他在回忆中曾谈道："记得我上小学的时候，刚好遇上东征军过境，他们当时的口号'有田耕、有工做、有饭吃、有书读！'深深地打动了我。我开始受到革命理想的鼓励，产生了对未来社会的憧憬；但我的故乡，我周围的社会现实，却是那样黑暗，贪官污吏横行霸道，人民群众饥寒交迫。以后我读了鲁迅、蒋光慈和其他人的小说，自然地引起了共鸣。于是我深感社会的不平，觉得有许多话憋在心里，要倾吐，要发泄，要呼喊。""我之所以走上文学的道路，原因就是我很早就对新的社会制度有朦胧的理想，因之对剥削阶级的所作所为，怀着强烈的憎恨。"幼小时的心灵震撼是强烈的，这使萧殷有了创作冲动和创作欲望，后来随着社会阅历的逐渐丰富，他见到了更多旧社会平民百姓的悲惨生活，于是以此为生活积淀，写出了一批具有悲惨故事的小人物形象。如《生路》中的阿荣。阿荣家境贫寒却又失了业。在经受了很多找工作的打击之后，他放弃了之前的尊严，决定承受着众人蔑视的眼光，以柔弱的身躯去干苦力，以求继续维持贫穷的生活，可是偏偏这时心爱的儿子又摔伤致死。然而最悲痛的是，由于社会大环境的变动，最后他连卖苦力都没有人要，断了"生路"，于是阿荣只能在无望中继续艰难地存活下去。

再如，《父与女》中的阿瑛。阿瑛的父亲病重，无钱医治，万般无奈，阿瑛瞒着父亲出外，决定抛弃自己女性的尊严，希望用自己的肉体换一点药费。但是社会连这样的活路都不给她，她第一次陪人出去就不幸被抓。消息登报，其父亲连病带气，一命归天。老舍在论述悲剧产生时指出，"人物（并不是坏人）与环境或时代的不能合拍，或人与人在性格上或志愿上的彼此不能相容，从而必不可免地闹成悲剧"。肖同庆说，"不同文本与民族文明的历史经历、政治意识乃至经济状态构成谐和一致的对应关系，文本中所表现的个人奇特复杂的经历和命运，本质上内在地展示出民族的心灵史"。一方面，萧殷笔下的那些故事、那些故事的"魂儿"，从根本上说，不只是他看到的，更是他经历过的体验到的，也因此他才写得真切，写得入木三分。另一方面，从更深的层次讲，萧殷笔下的这些小人物的悲剧结局不仅属于他们个人，而且也属于社会，小说中悲剧的情节是旧社会在人的心灵上造成的伤痕。他从世俗层面展现个人奋斗的茫然和无助，表达的都是一种社会关怀与启蒙意图。

四、结语

总之，必定是作家对于作品内容非常熟悉，有充实的写作材料，作品中的人物必须先感动作者，作家有感而言，才能产生佳作。正如萧殷在《论艺术的真实》一文中指出的那样："一篇作品是否真实，不在于它是否如实地描写了事实或现象，关键在于它是否通过事物的现象透视到事物的本质，是否通过生活现象的描写反映了生活的真实面貌（本质面貌），是否反映了一般事实的逻辑的真实。"

在萧殷早期生活的时代，民众个体生命欲求与外在环境的限制造成无奈的生命状态，在生活的重压下生命黯然失色。社会的黑暗没有给下层人以生存的机会，贫穷造成了无尽的苦难，直到默默死去才是他们的苦难尽头。贫困、死亡制约着社会底层人的生存，个人与苦难的命运抗争几乎无一例外地经历由痛苦地挣扎到彻底毁灭的过程。而人间惨剧就像暗夜中的黑影难以摆脱，命运的不公使悲剧一幕幕地上演着。当社会和一些自身无法左右的力量将人推向死亡时，这是一种莫大的悲哀。更可怕的是，即使这样，下层人也已经认命了。苦也好悲也好活着就好，除此之外不敢有所苛求，可是对他们来说活着都是一种奢望。贫穷、灾难、屈辱、绝望的生活如一条毒蛇越来越紧地缠绕着这群苦命人。

萧殷1949年以前的小说是以被压迫、被压抑的不幸的人们为主角，从世俗层面来展开悲剧，悲剧的冲突不是个人与劲敌的搏斗，而是更多从日常生活、琐碎小事中，从人们最基本的生活问题中来展开，以人道主义与个人主义的现代思想观念来审视中国社会历史与现实。并通过小说独特艺术手法的运用，描绘了中国人精神备受摧残，生命遭到毁灭的各种人生悲剧，增强了作品悲剧的普遍性和现实性，表达了自己深沉而真挚的悲痛，从而激起人们深深的同情和对黑暗社会斗争的决心，进而引导人们去认识美、追求美、憎恶丑、反对丑。